蒙景辉◎著

图书在版编目（CIP）数据

怀心集 / 蒙景辉著. -- 兰州 : 兰州大学出版社,
2022.8
ISBN 978-7-311-06274-3

Ⅰ. ①怀… Ⅱ. ①蒙… Ⅲ. ①散文集－中国－当代
Ⅳ. ①I267

中国版本图书馆CIP数据核字(2022)第084582号

责任编辑 王曦莹
封面设计 曲 丹

书 名 怀心集
作 者 蒙景辉 著
出版发行 兰州大学出版社 (地址:兰州市天水南路222号 730000)
电 话 0931-8912613(总编办公室) 0931-8617156(营销中心)
0931-8914298(读者服务部)
网 址 http://press.lzu.edu.cn
电子信箱 press@lzu.edu.cn
印 刷 兰州银声印务有限公司
开 本 710 mm×1020 mm 1/16
印 张 26.75(插页6)
字 数 416千
版 次 2022年8月第1版
印 次 2022年8月第1次印刷
书 号 ISBN 978-7-311-06274-3
定 价 68.00元

蒙景辉，汉族，1952年出生在甘肃省通渭县，毕业于青海师范学院中文系，主任记者，青海作家协会会员，曾任《工人日报》青海记者站站长、青海省新闻学会理事和青海省新闻工作者协会理事。先后出版散文《野采集》和《大地情》，于1997年1月获《工人日报》“贡献奖”；1999年9月被国务院授予“全国民族团结进步模范”；2000年12月被青海省委宣传部、省政府办公厅和省外宣办评为“对外宣传青海先进新闻工作者”；2007年5月被青海省委宣传部命名为“全省宣传文化系统‘四个一批’优秀人才”；2010年8月被青海省委、省政府和省军区授予“全省抗震救灾模范”。其传略入编《青海文艺家传略》《中国当代著名编辑记者传集》《优秀共产党员成就博览》《中华成功人才宝库》《中国优秀专业人才辞典》和《世界华人专家名典》。

2005年8月，作者与爱人刘秀珍和儿子蒙振宇在贵州黄果树瀑布公园留影

作者手记

我是在素称“世界屋脊”的青藏高原走进记者队伍的，并在这一平凡又艰辛的岗位上获得了中华全国新闻工作者协会颁发的“从事新闻工作30年‘荣誉证书’”。

身为记者，不分春夏秋冬，无论严寒酷暑，既要追随激流涌进的时代潮头去观察、去探索，也得沉入社会生活的百花园地去耕耘、去感受。由于职业使然，在数十年的记者生涯中，我走过农村和牧场，进过工厂和兵营，钻过矿山和森林，祖国山河的壮美和富饶，华夏文明的灿烂和辉煌，炎黄子孙的智慧和力量，无不使我心潮澎湃又荡气回肠，一种难以抑制的激情总是让我把自己的所见、所闻和所感写下来，《心怀集》就是这样成书的。

蒙景辉（2021年10月于西宁）

序

安海民

今年春夏之交，景辉兄带着厚厚的一沓书稿来到我的办公室，要我给他的《怀心集》作序。年轻时不自量力，尤喜舞文弄墨，也常常应邀给朋友即将出版的书稿作序。自从给自己的导师胡安良先生大作《言语的内察与外观》写了序言后，发现作序并非我之所长，且至苦至累，发誓以后不再写序言之类的文字了。然景辉兄与我是同乡，又都从事媒体工作，过从甚密，是我平生景仰的人，面对景辉兄的恳请，便又欣然为他的散文集写了一些文字，略说闻见与己意于下。

一

景辉兄出生于甘肃通渭县，通渭虽是黄土高原上的一块苦地方，但历史悠久、文化灿烂，是赫赫有名的“全国田径之乡”“中国书画艺术之乡”和“中国民间文化艺术之乡”。就在素有“耕读之乡”的故土上，景辉兄读书启蒙，农田劳作，经历了20世纪五六十年代的苦难与艰辛；来到青藏高原的军垦部队后，景辉兄又进入青海师范学院（今青海师范大学）中文系读书，在当时师资队伍人才济济、任教老师实力雄厚的中文系读书期间，景辉兄有幸笃学了著名文字学家王宁讲授的“汉语写作”课，中国古典文学名家姜书阁讲授的“古典文学”课，青海师范大学文学院教授、硕士生导师张成材讲授的“汉语语法”课，尤其在“汉语写作”课的学习上，无论是评论文写作，还是记叙文写作，景辉兄都得到恩师王宁先生的精心辅导和指点。走出校门后，景辉兄当过中学语文老师，从事过教育行政工作，1986年11月，任《西宁晚报》记者部副主任的景辉兄被组织选派为《工人日报》青海记者站第五任记者，随即被任命为站长，全面主持记者站工作。

景辉兄踏进新闻界，算是入对了行。他以新闻为舞台施展才华，挥洒人生。为了做好驻地的发行和报道，景辉兄在自己采发稿件的同时，还带领通讯员深入生产一线采访，将《工人日报》覆盖到全省城市、农村和牧区，使省内职工人均订阅《工人日报》数连年都位居全国31省区市的第一名，1993年，有15000多名职工的西宁钢厂每7名职工订有1份《工人日报》的记录，至今仍为全国独立核算大中型企业订阅报纸之“最高”。在新闻采访和报道上，景辉兄能始终坚持正确的政治方向和舆论导向，坚持团结、稳定、鼓劲和正面宣传为主的方针，高扬主旋律，体现群众性，既聚焦于社会发展中的新举措、新经验和新成就，也善于捕捉日常生活中的新气象、新事物和新典型，为宣传青海多写稿、多聚力。为了写出具有民族个性和地区特色的新闻稿，景辉兄去过农村和牧区，进过兵营和工厂，钻过矿上和森林，从“万山之父”昆仑山，到“江河之母”唐古拉，在素有“中华水塔”之称的青海高原，他都留下了自己的身影，成为驻地青海职工的忠实“喉舌”和“代言人”，曾被当年身任青海省委书记的赵乐际同志称之为“工人记者”。

“宝剑锋从磨砺出，梅花香自苦寒来。”在新闻岗位30多年的坚守与奉献，自然给景辉兄带来了不少成就与荣誉：他所采写的《太阳灶喜居撒拉家》获“青海省科技好新闻奖”；《“酥油花”会闹新潮》获“青海省文化好新闻奖”；《大家称她“亚克西”》获“全国‘百名优秀工会工作者’征文”奖；《凝聚力》获“全国‘今日职工之家’征文”奖；《奔向一片新天地》获“全国‘工会在改革洪流中’征文”奖；《一所特殊的医院》《为了那神密广袤的土地》《神奇青海好去处》《“长江源头最高学府”增设环保课》等16篇作品获“青海省新闻奖”；《“女儿国”的情怀》获第三届“全国现场短新闻”奖。2005年3月上旬—12月中旬，中宣部组织新华社、《工人日报》和《人民日报》等12家国内主要新闻单位开展“全面落实科学发展观”大型主题宣传活动，派出600多人次深入全国各省区市集中采访和报道，先后刊发各类稿件8000多篇（幅），景辉兄采写的《“保、治、退、管”齐头并进，“封、护、育、造”综合治理——三江源打响生态保护攻坚战》获中宣部“‘全面落实科学发展观’主题宣传优秀作品”二等奖，成为这次大型系列主题宣传活动200篇获奖作品中唯一报道青海的作品。景辉兄本人于1996年被评为“全国总工会先进个人”；1997年被《工人日报》授予“贡献奖”；1998年被评为《工人日报》“‘新闻扶贫’先进个人”；1999年被国务院授予“全国民族团结进步模范”；2000年被青海省委宣传部和省政府办公厅评为“对外宣传青海先进新闻工作者”；2007年被命名为“全省宣传文化系统‘四个一批’优秀人才”；2010年被青海省委、省政府、省军区授予“全省抗震救灾模范”……每当提起这些荣誉与称号时，景辉兄总是这样说：我是一名党员记者，理应为新闻报道多写稿、多尽力。有耕耘才有回报，尽管景辉兄如此谦虚，但能获得如此多的成就和荣誉，是组织对他忠于职守、甘于奉献的认可和表彰！

二

景辉兄酷爱文学，勤于创作。我曾拜读过他的散文《野采集》，在青海人民出版社工作期间为他的《大地情》当过责任编辑。尤其在责编景辉兄散文集《大地情》一书时，觉得该书思想深邃，文笔优美，字里行间喷吐着浩然正气，凝聚着真诚的生命体验与繁富的思想碎片，读后能给人诸多的感悟与启示。

或许是与景辉兄当记者的经历有关，行将付梓的《怀心集》，内容涉猎历史风云、古迹名胜、民族民俗和自然风光，虽然所收篇目多，取材范围广，创作时间跨度大，实则浑然一体，用一条精致细腻的红线绾合着。这条红线，依我个人所见，就是对祖国、对人民的挚爱和对生活、对未来的憧憬。

景辉兄的散文随笔，是沉下去在生活的第一线“踩”出来的，既有记者的敏锐洞察力，也有学者的冷静思辨力，更有诗人的激情与艺术感受力。他每到一处，先观察生活，感悟生活，然后带着诗人般的激情，将他所看到的、所听到的、所感悟到的，一一用朴实而生动的语言呈现出来。如《井冈今日更娇娆》一文，既写有参观井冈山所引发的历史回忆与沉思，也写有对井冈山巨大变迁的感叹与礼赞；《茅盾故乡乌镇行》对乌镇物华天宝、人杰地灵的描写："乌镇属浙江省桐乡市，北接太湖，南连京杭大运河，河网纵横交织，沿河而建的巷弄、房舍一半依水一半倚陆，家家户户几乎都是枕水入梦、闻桨而苏，是江南赫赫有名的六大水乡之一。这座早在唐代咸通年间正式称镇的古镇，距今已有1300多年的历史，纵贯全镇的车溪河（俗称市河）南接金牛、白马二塘与大运河相通，北过澜溪、紫云二港与太湖相连，整个市区河港如网，水街相依，小桥流水、枕河人家，意韵无穷地展现出江南水乡的美丽画卷。""钟灵毓秀的乌镇，不仅有古老之胜、水乡之美，而且地灵人杰，人才辈出，仅宋、明、清三朝，乌镇考中举人、进士者就有近百人，近、现代更是名人济济，文学巨匠茅盾、政治活动家沈泽民、银行家卢学溥、作家孔另境、新闻界前辈严独鹤及李达夫人王会悟、章太炎夫人汤国梨等均诞生在乌镇。在乌镇的观前街中段，有一座近200年的清代古宅，这就是中国现代文学巨匠茅盾（1896—1981年）的故居。"景辉兄总是不经意间把自己那份炽热的爱和一往深情融进所写的文字里，呈现给读者。因此，他笔下写景抒情的《庐山纪游》《漫步紫金山》《名闻天下绍兴桥》《漓江行》《畅游千岛湖》《衡山观奇》《鼓浪屿掠影》；写社会变迁的《览胜姑苏城》《秀美如画古扬州》《美丽富饶说滇池》《江南古镇周庄游》《"神州第一水乡"甪直》《千年古韵耀常州》《武夷山下尚贤风》《柳州拾锦》；写民族风情的《摩梭人风情》《基诺山寻访基诺人》《石林情》《黄河源漫记》《长江源头冻土地》《爱牛敬牛仡佬族》《水族之乡过"端节"》《湘西探奇》《黎乡行》；写人物的《柳青常青》《谒蒲松林故居》《怀念爷爷蒙兆祥》《罗广斌：一个脱凡超群的伟大作家》等等，总能给人以向上的力量和艺术感染力。

"登高使人心旷，临流使人意远。"文学之所以成为文学，首先体现在作品里应该有崇高的思想境界，而这种思想境界理应成为当今艺术家所追求的一种艺术境界。读罢景辉兄的散文，让我深深沉思，也使我更为坚信：自从盘古开天地，三皇五帝到于今，泱泱五千年的中华文明，形成了底蕴深厚的传统文化，积淀了源远流长的民族精神。在实现中华民族伟大复兴的今天，无论世界风云如何变幻，我们都要传承和发扬好我们中华民族的精神遗产，保护和建设好我们中华民族的精神家园！

文化是民族的精神命脉，文化兴，国道兴。将传统文化转变为现代文化，农耕文明转变为都市文明，唯有继承和传扬优秀传统文化，尤其是大力弘扬革命文化、时代精神，传承红色基因，我们的现代化事业才能蒸蒸日上。身为作家，应自觉增强文化自信，不忘初心、牢记使命，把握民族复兴的时代主题，把自己的人生追求、艺术生命同国家前途、民族命运融为一体，为历史存正气，为世人弘美德。可以说，《怀心集》的审美视角就是以此为基点的，并且通过非常娴熟的艺术技巧，把这个问题的方方面面呈现给了读者。

三

散文自古就有"美文"之称，美就美在它的语言。中国汉字与英美文字的区别就在于汉字独具的形、音、义，因而在累字成句、积句成篇时，往往能从视觉、听觉、嗅觉等感官上打动读者，给人留下美的享受。读过景辉兄作品的人大概都会击节赞赏他的文笔优美。我在拜读《怀心集》时，也曾尝试着改动书稿中的某些字、词、句，发现只要一动笔，作品的意境就变了。这说明在驾驭汉语言文字的创作过程中，景辉兄确实达到了炉火纯青的地步。姑举数例以示欣赏：

"沿着整修一新的水泥栈道步步登高，在那'窟耸烟中，龛飞霞上'的悬崖绝壁间回首俯瞰，仿佛自己是在腾云驾雾，体验到了'麦积峰千丈，凭空欲上天'的玄妙滋味。在东崖长达30多米的千佛廊里，游人们与分上下两排罗列的魏代258尊泥塑佛像共聚一堂，这些佛像喜怒哀乐神情各异，或抑或扬，或智或愚，秉性不同。面对一群接一群的游人们，每尊佛像好像都有自己的一肚子故事要讲述。令人格外惊讶的是，在这雨量充沛、经年潮湿的山林地区，这些泥塑佛像千百年来却一直裸露在光天化日之下，至今仍然坚硬如石如铁，依然保持着魏代雕塑的艺术风韵。"——《观奇麦积山》

"从杭州到绍兴，一路上天生地就般钟灵毓秀的浙东大地，就像一幅绚丽、古朴的中国画，处处都给人无穷的韵味和情感。"——《鲁迅故乡话今昔》

"说起来，旅顺是很美的，她美得自然，美得含蓄，美得宁静！你看，一条巨大的老虎尾巴，给浩瀚的黄海围出了一片水阔波平的大港湾，拱卫海湾的苍峰峻岭，名字叫黄金山、白银山、老铁山、白玉山和鸡冠山；海岸边，一头雄狮向着老虎尾与黄金山之间的大港口仰天长啸。"——《大

连沉思》

观上述文字不难发现：叙述则铺陈排比，而又做到如话家常，娓娓道来；写景则言简意赅，如在目前；抒情则更是情透纸背；议论则思理绵密，逻辑严谨，言之有故，持之成理。在语言方面尤其值得称道的还有，作者似乎打通了各种文体的原生界限，在散文里巧妙地运用诗歌语言的洗练、小说结构的技巧和白描手法……并且做到了天衣无缝，舒畅自然。这些都充分证明：景辉兄的散文作品，在语言表达和文字驾驭上都达到了一定高度，这在人人都能捉笔为文的当下，实在是极富启示、极有镜鉴的个性和特点。

对于诗词文章，古人曾概括过两句话：一句是“言之无文，行之不远”；一句是“立文之道，惟字与义”。大家知道：中国文人自古以来就相当重视语言的文学性，并把此作为文人辞赋与村老“野语”的区别。《论语·宪问》说：“子曰：‘为命，裨谌草创之，世叔讨论之，行人子羽修饰之，东里子产润色之’。”孔子关于“草创”“讨论”“修饰”“润色”的观点，代表了古人心目中语言的修辞观。此后的中国文人，便以此作为文学创作的金科玉律。杜工部有言：“语不惊人死不休。”王国维也说：“‘红杏枝头春意闹’，著一‘闹’字而境界全出；‘云破月来花弄影’，著一‘弄’字而境界全出矣。”古人将吟诗赋文称为“雕龙”，主张“平字见奇，常字见险，陈字见新”，要求“意胜”等等，都是说著文立章、遣词造句都要讲求新颖性、奇特性与趣味性。景辉兄先辈们既俯仰劳作，又崇文尚德，在父辈兄弟五人中，其二伯父蒙之廉和五叔父蒙之仁都是书法名人。就在这一良好家风影响下，执著于散文写作的景辉兄，总是“观山则情满于山，览海则意溢于海，”从时代之变、生活之源提炼主题，萃取题材，因而“入之愈深，所见愈奇”，以自己文质兼美的散文作品，展现中华历史之美、文化之美、山河之美和民俗之美，让《怀心集》各篇都给读者以诸多美的享受和感悟。

壬寅初夏于青海师范大学

目录

观奇麦积山

趁逗留天水的机会，我终于去游览了被列为全国重点文物保护单位的麦积山石窟。

汽车在秋雨的淅沥声中开出市区，向东南行25公里后即奔驰在诗圣杜甫当年旅居过的东柯谷，平坦的柏油路两旁，整齐的杨柳树全湿漉漉地在微风中摇曳。一到甘泉镇，那飘飘洒洒的小雨忽然变成了茫茫白雾，周围远远近近的山峦都把峰顶露在云层雾海上面，简直成了一座座古画里的仙岛。再往前走15公里，便到了云遮雾罩的麦积山，门楼匾额上由郭沫若手书的“麦积山石窟”五个大字赫然入目。仰脸望去，只见被众山拱卫着的麦积山高耸千仞，在缭缭绕绕的雾气中影影绰绰，忽而似乎要压顶而倾，忽而好像要随雾腾空而去，显得气象万千，神奇诱人。

麦积山坐落在北道区麦积山乡南侧，是秦岭小陇山中的一座孤峰。五代人撰写的《玉堂闲话》中说：“麦积山者，北跨清渭，南渐两当，五百里岗峦，麦积处其半，崛起一块石，高百万寻，望之团团，如民间积麦之状，故有此名。”早在公元前8世纪春秋时期的秦文公，死后即选址安葬在这麦积山。这里松柏成荫，横云飞渡，烟雾缭绕，碧水长流，素有“秦地林泉之冠”的美称；其石窟同敦煌的莫高窟和大同云冈石窟、洛阳龙门石窟一起被列为中国四大石窟。就特色而言，莫高窟重于绚丽壁画，云岗和龙门著于壮丽石刻，而麦积山则以精美的塑像闻名于世。

进入山门，首先映入眼帘的是凭崖而凿的一组雕刻造像：中间一佛高达15米，左右两尊菩萨侍立，喜笑颜开，迎送来往游客。行至山脚，抬头仰望，只见龛窟密如蜂房，依窟建檐，层层相叠。历经后秦、北魏、北周、隋、唐五代和宋、元、明、清的开凿经营，这里在1600多年前就成了全国的一处佛教重地。在那高达140多米的悬崖上，石窟多凌空而凿，有崖阁、摩窟，也有山楼、走廊，窟形有拱楣、穹顶、方楣平顶、人字坡顶、方形平顶等。据载，麦积山石窟原是一个完整的山体，石窟错落有致地布满山崖，像重重楼阁，似孔孔蜂房。唐开元二十二年（734年），天水一带发生强烈地震，崖面中部崩毁坍塌，窟群便被分为东崖和西崖两部分，直到1972年修架水泥栈道，才将东西两崖重新接通。现东崖有石窟54个，西崖有石窟140个，在这194个石窟中，共保存了4世纪末叶至19世纪初历代泥塑石雕造像7200余尊，大者高达十五六米，小者仅为20多厘米，另外还有壁画1300多平方米。

沿着整修一新的水泥栈道步步登高，在那“窟耸烟中，龛飞霞上”的悬崖绝壁间回首俯瞰，仿佛自己是在腾云驾雾，体验到了“麦积峰千丈，凭空欲上天”的玄妙滋味。在东崖长达30多米的千佛廊里，游人们与分上下两排罗列的魏代258尊泥塑佛像共聚一堂，这些佛像喜怒哀乐神情各异，或抑或扬，或智或愚，秉性不同。面对一群接一群的游人们，每尊佛像好像都有自己的一肚子故事要讲述。令人格外惊讶的是，在这雨量充沛、经年潮湿的山林地区，这些泥塑佛像千百年来却一直裸露在光天化日之下，至今仍然坚硬如石如铁，依然保持着魏代雕塑的艺术风韵。

穿过千佛廊，再上一层栈道，就是北周时开凿的散花楼上七佛阁。至此，游人竟攀上了离地面70多米的悬崖上，这是麦积山最雄伟的石窟。相传在北周保定、天和年间，秦州大都督李允信为了给他死去的父亲建造这七佛阁，曾动用人工40多万。在七佛阁的七间佛龛里，有42尊神态慈祥的菩萨塑像。每间佛龛上端的窟壁上均画有四身飞天女，这28位仙女，有进香的，有奏乐的，有散花的，个个神态潇洒，衣带飘拂，仙体舞动。据介绍，这些天女至今还能显神呢：你要是在她们身边向下撒把小纸花，纸花纷纷扬扬往下飘一阵后会忽然又向上飞，不管你撒下多少花，始终不会有一朵花瓣落到地面上去……

与上七佛阁紧接的是5号窟“牛儿堂”。堂内除有线条流畅、做工精美的塑佛和菩萨外，竟有一幅在国内其他石窟见不到的塑像：在龛门前，一位气势威猛的天王正将双脚踩在一头卧着的牛身上。这牛犊活灵活现，瞪圆双眼注视着前方，腿虽盘曲，却似乎要跃起的样子。传说这是一头力大无边的神牛，要是它吼一声，就会地动山摇，房倒墙塌；如果它动一动，就会天翻地覆，灭绝人类。天水一带地震多，就是它又吼又叫引起的。神牛的这威力，早被天王发现并留意。为了让人类能安居乐业，天王便不舍昼夜地监视神牛。一天深夜，天王发现神牛伸长脖子，想要挪动四蹄站起来，便立即跃上牛身踩住了它。听着这传说，细看这塑像，我不禁对这位天王肃然起敬，对他忠于职守的精神更加钦佩。

在西崖石窟中，以127号和133号石窟为最大。那133号石窟为碑洞，是麦积山石窟中最特殊的一个洞。洞中不仅有许多泥塑像，而且还有18块石碑，有几块碑面密列着贤劫千佛小佛像，因此这窟又称“万佛堂”；而127号窟的四壁及藻井壁画，虽为后魏所作，但至今保存完好，龛中绘的是说法图，有千乘万骑来聚听；西绘舍身饲虎图，有虎12只，形态各异，其正壁龛中一石雕佛更为精绝，石佛背于光环之中，上部有使乐仙女12位，各奏乐器；下部有飞天仙女8个，她们个个天衣飞扬，给人满墙风动之感。在那卷涡莲花中，亦有莲花生小佛头，中间坐佛，举掌端坐，面容慈祥和悦，神态栩栩如生。这座雕像，据说不只在麦积山石窟中精彩绝伦，就是在世界石雕艺术中也为稀有珍品！

举世闻名的麦积山石窟，栈道云梯建于悬崖，浅龛深窟凿于绝壁，其建筑之雄伟高超，工程之奇险浩大，令人惊叹不已。据记载，当年开凿石窟时，从下堆积木料直至高处，营造一层，才将木料拆除一层，直到现在，当地还流传有“砍完南山柴，修起麦积崖”之说。麦积山石窟的开凿者、创建者，就是这样含辛茹苦，一代接一代地描绘和雕塑，可以说，石窟的每一笔一画，都凝结着中华民族的智慧，都渗透着古代劳动者的血汗。传说中石窟的“佛光”，看来并不是什么佛的“灵光”，而是我们的前人所创造的伟大艺术之光啊！

流连于麦积山石窟，人们无不被古代劳动者的聪明和才智所折服，大家都会情不自禁地赞叹：麦积山石窟真是一座绚丽的艺术宫殿，是一部包罗万象的“百科全书”。从一幅幅内容各异、活灵活现的壁画，到一尊尊大小不一、惟妙惟肖的雕塑，都以生动、具体的形象为我们展现了1600多年的历史，每件实物都是4世纪以来社会发展、音乐美术、文化教育、民族风俗等方面的形象资料和历史记录。正如郑振铎先生在《麦积山石窟》画册序言中赞美的那样，麦积山石窟“在研究中国雕塑史的人看来，简直是一个极重要的塑像宝库。把这部分的创作加入我们的雕塑史里，我们的雕塑史的篇页更加显得辉煌，更觉得光彩异常灿烂了”。可以毫不夸张地说：麦积山石窟所创造的灿烂文化，所记录的悠久历史，是我们中华民族的骄傲。

著名雕塑家刘开渠把麦积山石窟称赞为“我国历代的一个大雕塑馆”。这是一个多么美好的比喻啊！难怪当年著名高僧昙弘、玄高要在这里禅居讲学；难怪西魏文帝的原配夫人死后要“凿麦积崖为龛而葬”；也难怪北周著名作家庾信、唐代大诗人杜甫等历代文人墨客都在这里留下了脍炙人口的华章和诗篇；更难怪那高高低低的石级、凌空飞架的栈道不知留下了多少探访者的足迹！在这座艺术宝库，你可以透过漫漫烟云，倾听历史的脚步，感悟时代的脉搏……

临返程时，我随游人从七佛阁沿山径登上了山顶。只见那座建于魏文帝时的舍利塔仍亭亭玉立，后崖的三扇崖瀑布，银练垂空，珠玑飞溅；在茫茫云海和飘缈紫雾中，远处的僧帽山、香积山和云门山层峦叠嶂，奇峰耸立；脚下松柏摇波，翠竹竞秀，碧水清波。这处处有景、景景迷人的壮丽风光，如同一幅浓淡相宜、层次分明的山水画，让人恍如置身仙境。

驻足山巅，俯瞰那凌空而建的天桥和栈道，一种激情涌上心头。今日的麦积山，已经拂去了身上的尘埃，展开了自己宏伟壮丽的历史画卷。镶嵌在祖国丝绸之路上的这颗璀璨明珠，又以它特有的光彩和魅力，吸引一批又一批的中外游人来观览、来探究。

（1980年7月）

庐山纪游

因山灵水秀、气象万千而名闻天下的庐山，人都说她“春如梦，夏如滴，秋如醉，冬如玉”，赞誉她“匡庐奇秀甲天下”。能目睹庐山风采，是我的一大夙愿。

乘车从九江出发，不一会儿就爬上了山北公路。说起来，庐山海拔并不算高，但因她挺立于鄱阳湖盆地的辽阔平原，相对高差达1300多米，山势便显得巍峨峻峭，险不可攀。经关帝庙，过九里山，越马尾水，奔英雄洼……一路上，一边是悬崖峭壁，一边是万丈深渊，汽车全是在山崖上盘绕，一路穿云破雾，好似遨游天宫。两个钟头后，便开进了庐山要隘牯牛岭。

坐落在牯牛岭的牯岭镇，素有“云中山城”之称，是庐山政治、经济和文化中心。牯岭镇交通以牯岭镇正街为起点，修建了环山公路，北山、南山两公路分别与九江和南昌相接，并把东谷、西谷、小天池、大天池、仙人洞、三宝树、黄龙潭、含鄱口等风景名胜连在了一起。作为庐山主城的牯岭镇，是一座风景秀美的小山城，这里山青峰翠，湖碧水绿，各类建筑高低相间，错落有致。在那数不胜数的疗养院、宾馆和别墅中，并不起眼的庐山礼堂却格外惹人注目，1959年中共八届八中全会和1970年中共九届二中全会，都是在这座二层建筑内召开的。当你走进这座与一般影剧院并无二致的礼堂时，立刻就会陷入对历史的沉思，真有“物是人非景依旧，耳际犹响风雷声”的感觉。坐落在芦林河畔的庐山博物馆，是幢回字形现代化建筑，周围苍松映翠，鲜花飘香。1961年中央工作会议期间，其正厅左侧就成了毛泽东的卧室，30多年后的今天，室内依然保持着当年原貌：一张宽大的硬板床放在右侧，床的左侧是一张大书桌，上面摆有笔、砚等文房四宝，一盏落地灯高悬于桌旁。在卧室的玻璃展柜里，陈列有毛泽东书写的四句李白诗："登高壮观天地间，大江茫茫去不还。黄云万里动风色，白波九道流雪山。"欣赏这幅珍贵书卷，人们既为毛泽东的遒劲笔锋所叹服，又被李白诗中的庐山胜景所吸引。

在中国的众多名山中，庐山是文化积淀最为深厚的。据说庐山的名胜古迹很多，林林总总有200多处，显然无法一一观赏。于是，我决定先去因与白居易结缘而闻名遐迩的花径。相传白居易任江州司马时游庐山，在此突然看到桃花争奇斗艳，便写下了"人间四月芳菲尽，山寺桃花始盛开。长恨春归无觅处，不知转入此中来"这一咏桃绝句，遂使庐山有了花径这一名胜。出镇往西便是西湖，西湖又称花径湖，步至花径门，映入眼帘的是绿水盈盈的花径湖，此湖是1949年后在庐山修建起来的第二个人工湖，细看湖面像一把大提琴，山泉注入，声若琴音，人们又称它如琴湖。绕湖滨小径，来到花径亭，亭正中石碑上刻有"花径"二字，传说为白居易手书。穿花簇，绕花径，至浓荫掩映处便是白居易草堂。此草堂是仿白居易所建庐山草堂式样修造，其正厅左右为侧室，面积不足百平方米。草堂内，墙壁上挂有白居易游庐山的绘画，玻璃柜中陈列着历代出版的白居易诗文集，置身于草堂，我的思绪如堂前的清泉一样涌流，心中溢满了对这位伟大诗人的追思和怀念。

距花径不远处，是被誉为庐山"小公园"的锦绣谷，这里岭峻、峰险、渊深，满山满谷鲜花竞秀，百鸟争鸣，因是晋代东方僧慧远的采药处而古今闻名。步出花径，行走在奇峰峥嵘、怪壑叠砌的盘山小道，清风拂面，溪水奏乐，令人真有飘飘欲仙的感觉。此地巨岩峭壁层叠而上，愈高愈悬，愈悬愈险。在峰岩陡峭的山顶上，凌空突出一块巨石，犹如石松亘空中断，这就是被称为庐山一景的"天松"。那低垂的雾气似飘舞的轻纱，笼山罩壑，使"天松"显得神秘莫测。在此坐观云起，卧听鸟鸣，让人心旷神怡。不少游人竟登上"天松"摄影留念，有人竟在"天松"上踩踩踏踏，以示自己的胆量和勇气。

凡到庐山的人，都要去看看仙人洞。传说八仙之一的吕洞宾就是在这里修炼成仙的。仙人洞位于佛手岩，此洞宏轩宽敞，高深各三丈有余，洞中左面建有"纯阳殿"，殿内供着汉白玉吕洞宾雕像，剑仙黑须亮睛，矮胖身材，一副慈善温厚的神态。当你再往深处探去，只觉洞内阴湿潮润，水滴叮咚作响。仔细观看，只见石壁上刻有“山高水滴千秋不断，石上清泉万古长流”等题咏，由仙人洞北行，见崖壁间刻有“竹林寺”三个大字，旧传这里曾建有竹林隐寺，旅行家徐霞客也说：“竹林为匡庐即庐山幻境，可望而不可即，台前风雨中，时时闻钟梵声。”我也想听听“钟梵声”为何声，但没能如愿。

来到庐山，我不禁想起了李白的《望庐山瀑布》，因山陡峰峭，庐山不仅多泉、多潭，也多瀑布。有香炉峰瀑布，有王家坡瀑布，有黄龙潭瀑布，有乌龙潭瀑布，还有石门涧瀑布……在众多久享盛誉的“匡庐飞瀑”中，最著名的要数三叠瀑布。三叠瀑布又称三级泉或水帘泉，位于五老峰的东面山谷，自古以来被誉为“庐山第一奇观”，故有“未到三叠泉，不算庐山客”之说。三叠瀑布是由条条溪水从五老峰、大月山等山涧汇集后，经过层层石级形成的一股湍急巨流，然后从落差高达15米多的断岩石壁凌空而下，又连续跌落在上下三个大绝岩上，如银河倒挂，似碎玉摧冰，发出崩云破雾、摧崖裂壁般的巨响，但见飞珠撒玉，万斛明珠尽抛涧底，水气茫茫，细雾腾腾，气势极为壮观。真是“山静养性，水动慰情”，在同大自然无拘无束的亲近中，我于顷刻间即如痴如迷，整个身心都被眼前的美景所浸染。

观览了三叠泉、三宝树，我又来到了素有“千里鄱阳一岭含”的含鄱口。在那状如鱼脊的峭岩上，如神工鬼斧般开了一个大壑口，壑口正对着鄱阳湖，似有吸尽鄱阳湖水之势。人都说，这里是庐山观湖、赏雾、看日出的好地方。当大家爬上望鄱亭，只见岚烟氤氲，水天一色，苍苍茫茫的云雾，一层接一层从壑口升起，时而似薄纱飘舞，缭缭绕绕，时而又像大海扬波，澎湃磅礴。漫漫大雾，使鄱阳湖水天相连，点点渔帆时隐时现，茫茫云海，令含鄱口神秘莫测，山光水色雄奇壮观，就连伟人毛泽东来到庐山后，也是坐在望鄱亭那条长形石凳上观云看雾，并摄影留念。身临这一神话般的世界，让人犹处太虚幻境，别是一番情趣。难怪陶渊明在当年辞官后也选中了庐山的栗里村居家。我揣测，或许就是这怡人的风光、恬静的环境，才给了诗人以激情和想象，使他写出了那流传千古的《桃花源记》。

凡是名山，都有名产。庐山的云雾茶就被列为祖国十大名茶之一。从导游小姐的介绍中知道，云雾茶具有叶绿均齐、条索紧细、汤色澈明、馥郁芬芳、香浓味醇的特点，还可杀菌解毒、助消化、健脾胃、降血压，早在宋代就被列为“贡茶”。清代诗人王世懋游庐山时赞美道：“金芽碧叶云中生，赞美桃李莫如君。五老峰下成绿海，茶香千里万年名。”1959年，朱德元帅在庐山品此茶后，亦挥笔作诗：“庐山云雾茶，味浓性泼辣。若得长时饮，延年益寿法。”

在季节的变化上，庐山的特点是春季晚来，夏季凉爽；秋天早到，冬无酷寒。由于高耸于江湖之间，庐山不仅雨量充沛，年降雨量多达2000毫米，更显奇特的是千姿百态的云之奇、变幻无穷的雾之美！清晨，那轻盈的薄雾，从涧底缥缥缈缈地升腾、弥漫，像是婀娜多姿的仙女在飘舞纱巾，纱巾飘过之处，景物即渐次迷蒙起来，随着云雾越来越厚，天地之间云海茫茫，不消片刻，满天云雾如雪浪排空，填满了深谷幽豁，让人恍感腾云驾雾一般；陡然，一处处浓雾又顷刻变薄，瞬息之间便消失殆尽，重峦叠嶂的山峰、浓荫遮地的树林、鳞次栉比的房舍，又统统都现出了自己的容颜。大概就是如此变幻无常的个性天气，让王阳明当年在庐山曾留下了这样一首诗：“昨夜月明峰顶宿，隐隐雷声在山麓。晓来却问山下人，风雨三更卷茅屋。”听说当今的云雾茶专产于庐山植物园，我又决定去植物园参观。此园是国家以引种驯化南北方植物、发掘利用野生植物资源为主的科研基地，就建在含鄱口北面，占地面积达4400多亩，种有各类植物3400多种。举目四望，驰名全国的这座高山植物园峰青山翠，五彩眩目，既像一幅水彩画，又如一首抒情诗，令来此品茶的中外游人都赞不绝口。

庐山，因周朝匡氏兄弟在此结庐修仙而得名。西汉时，司马迁“南登庐山，观禹疏九江”，晋代王羲之曾在归宗寺洗墨，朱熹曾在白鹿洞讲学，王阳明曾在舍身岩散步，到20世纪30年代周恩来与蒋介石在庐山谈判，50年代彭德怀元帅在庐山蒙冤……从古到今，庐山不知留下了多少文人墨客的千古绝句，铭记了多少惊心动魄的政治风云。这又使庐山蕴含了丰富多彩的文化内涵，积淀了深厚悠久的历史底蕴。

当你驻足庐山，不仅会领悟到庐山的悠久文化，更能观赏到庐山的秀奇与俊美。远看，庐山有如一山飞峙江边；近看，千峰携手紧紧相连；横看，铁壁铜墙耸立湖岸；侧看，擎天一柱高耸云间。“横看成岭侧成峰，远近高低各不同。不识庐山真面目，只缘身在此山中。”大诗人苏东坡描绘庐山的这首《题西林壁》，不知被多少人所吟诵传唱，可以说，庐山的成名与历代名人的赞美有直接关系，游览这块美丽富饶的土地，既能回顾历史，弘扬文化，又可陶冶情操，升华思想……

啊，庐山，她已永远地留在了我的心中！

（1980年8月）

漫步紫金山

人都说，在素称“六朝古都”的石头城南京，最牵人心的要数紫金山。凡是初到南京的人，紫金山总是非去不可的地方。

紫金山也称蒋山、钟山和金陵山。因山上的紫色页岩层，在阳光照映下总是呈现紫金色，传说晋元帝渡江时见这里有紫气升出，故又称紫金山。尽管它的最高峰还不足500米，但因是平地拔起，如猛虎盘踞，似苍龙腾跃，显得格外险峻和壮观。作为南京的主山，从古到今，无数文人墨客在盛赞“江南佳丽地，金陵帝王州”的南京时，总是以紫金山作象征，把它当成了讴歌的对象。

出市区来到紫金山南麓，只见巍巍高耸的紫金山拥苍抱翠，碧峰叠嶂，那闪闪发光的银杏，清幽古朴的松柏，把这座南京名山点染得深沉含蓄，巍峨壮美。车至玩珠峰下，让游人最先游览的是明孝陵。明孝陵是明朝开国皇帝朱元璋征用10万军工、历时32年给自己修建的陵墓。此陵规模极为宏大，周长竟达40里。在长2650多米的神道上，两旁排列着一对石柱、四对石人和十二对石兽，这些精雕细刻的石柱，神态威武的石人，形象逼真的石兽，更给明孝陵增添了一派皇家气魄。在经历了数百年的风风雨雨后，气势恢宏的明孝陵保存完好的还有孝陵殿、明楼等建筑，朱元璋和马皇后、孙贵妃的合葬墓就设在明楼后面的宝城下。与其他陵墓相比较，明孝陵迥然不同的是陵前的神道呈弯弓形。其正前方的梅山上，是三国时吴国皇帝孙权和夫人的墓地。传说当初决定在此建陵时，有人建议将孙权墓迁走，朱元璋听了不同意，他说：“孙权也算是一个英雄。留着给我守陵吧！”于是便将陵前的神道转了个弯。如今的梅山，植有100多个品种的上万株梅树，成了祖国规模最大、品种最多的种梅基地，每到冬末春初，争相竞艳的梅花就把这里变成了一片“香雪海”。

由明孝陵沿紫金山麓东行，一路上古树参天，浓荫遮地，在苍林翠海深处，便是名扬中外的中山陵。

中山陵位居紫金山中心。据说孙中山先生于生前就十分喜爱紫金山，闲暇时曾多次来这里游览。1912年4月1日，孙中山先生在辞去临时大总统职务后再次来到这里，看到此地前有平川，背倚青山，山水相依，气象万千，即对陪同者感慨道："待我他日辞世后，愿向国民乞此一抔土，以安置躯壳尔。"1925年3月，孙中山先生在北京弥留之际，仍念念不忘这一夙愿。在先生辞世后，夫人宋庆龄及其子孙科亲临紫金山择选墓地，于是，中国现代最大的伟人墓便建在了紫金山。

中山陵筹建于1925年4月，耗资400万，费时3余载，至1929年春竣工。同年6月1日，国民党举行"奉安大典"，将孙中山先生的灵柩从北京西山碧云寺移葬中山陵。此陵面积8万多平方米，墓堂掩映在苍松翠柏之中。墓前是一个半月形广场，南侧高台上矗立着孙中山先生铜像，从对面广场拾级而上，穿过高大的博爱坊，再经一条长达数百米的墓道，就是陵墓大门。正门上有孙中山手书"天下为公"四个大字，碑亭中的石碑上，镌刻着"中国国民党葬总理孙先生于此"13个镏金大字。亭后是通往祭堂的392级花岗岩石阶，石阶依山而建，层层上升，给人以仰止崇高之感。随人流拾级而上，进入建在半山腰的孙中山陵堂，前厅中央安放着孙中山先生的大理石坐像，他气宇轩昂，慈祥温厚，似在正为未竟大业而凝思。在四壁的墨色大理石面上刻有《建国大纲》，仔细阅读，即可领会孙先生倡导民主、自由、富国、富民的宗旨与信念。祭堂后面是圆形墓室，正中长方形石棺上，是孙中山大理石安卧像，看着他那安详坚毅的神情，追忆孙中山先生的功绩，身际仿佛传出了他"革命尚未成功，同志仍须努力"的声音。虽说孙先生已辞世多年，但他倡导中国民主革命的伟大形象仍树在人民心中，他为中华民族建立的历史功绩彪炳千秋。来此拜谒"国父"的游人们，个个缅怀先贤，感慨万千，不少人还面对先生卧像行鞠躬礼，以此表达对孙先生的敬仰和崇拜。

驻足于陵前高高耸立的平台上，我的心情久久不能平静。中山陵建成后，那长达392级的石阶上，既留下了蒋介石、宋子文、李宗仁、蒋经国等国民党政要的脚印，也映记着毛泽东、刘少奇、周恩来、邓小平等共产党人的身影。陵园管理处的讲解员告诉人们，每年来瞻仰孙先生陵墓的人数逾百万，世界上已有100多个国家的元首和政府首脑来拜谒过中山陵。以历史做比较，对“国父”孙中山先生，共产党比国民党还尊敬，这使我想起了香港、澳门和台湾岛……一时竟然久久不愿离去。

从中山陵往东，经过一段桂花飘香的幽径路，便是紫金山的另一胜地灵谷寺。灵谷寺于公元514年始建于紫金山独龙阜，公元1381年朱元璋因修明孝陵而迁今址。原寺规模相当宏伟，后毁于战火。现保存的有灵谷塔、三绝碑、玄奘纪念堂和无量殿。无量殿已有600多年历史，全部用砖砌造，因没有梁，人们又称“无梁殿”。此殿前设5个拱形门，内为拱形顶，其规模之宏大，结构之坚固，年代之久远，堪列全国同类建筑之首。在殿内，依墙有134块大石碑，上面刻着33000多名国民党北伐阵亡将士的姓名和职别，面对一行行烈士英名，使人不免念古怀今，思绪澎湃。

在无量殿之后，是依山而建的松风阁。此阁四围地势平坦，林木茂盛，处处可闻鸟语花香，被列为金陵四十八景之一的“灵谷深松”就说的是这地方。松风阁后有条长石道直通灵谷塔，灵谷塔为九层八面，高达66米，顺塔中的螺旋扶梯登顶眺望，但见紫金山苍柏拥翠，碧松扬波，有种让人销魂夺魄的神韵和令人叹服倾倒的魅力。览景会心，游人们都感到高朗其怀，旷达其意，如醉如迷，流连忘返。

怀着深深的仰慕和眷恋，我于返回途中仍依依回首紫金山。在它那莽莽苍苍的西峰山顶上，驰名中外的紫金山天文台在阳光下熠熠生辉，就在那一栋栋银白色的拱形建筑里，珍藏着我国古代众多价值连城的天文仪器，汇聚着祖国天文学界的英才巨子，星星的出没隐现，太阳的东升西落，月亮的圆缺盈亏，无不都被他们收入眼底，祖国天文学界的不少发现，就从这里向世人宣告……

有话说“山高不碍云，水浅能容月。”正如这句哲语所言，巍然耸立在长江岸边的紫金山，是你把悠久的历史与美好的今天连接起来，把广袤无垠的太空和繁衍万物的地球揉为一体！啊，紫金山，你这独特的风采，将使人们对你更青睐、更向往。

（1980年8月）

鲁迅故乡话今昔

绍兴，这是一座有着15处国家和省级重点保护文物单位的文化名城。早在2000多年前，越王勾践从绍兴出兵，打败了吴王夫差，在绍兴建立了国都；生于绍兴的著名爱国诗人陆游，终身奋笔疾书，给后人留下了9300多首壮丽诗篇，在祖国文学史上树起一块巍巍丰碑；1881年9月25日，祖国伟大文学家鲁迅又诞生在这个名人辈出的古城里。

从杭州到绍兴，一路上天生地就般钟灵毓秀的浙东大地，就像一幅绚丽、古朴的中国画，处处都给人无穷的韵味和情感。这使我禁不住思忖：难怪大书法家王羲之从山东临沂老家来到绍兴后，竟辞官不做，“六诏不应”，执意要在这小桥、流水、人家的地方颐养百年。作为周恩来总理的祖籍和鲁迅先生的故乡，绍兴地灵人杰，名人辈出，唐代诗人贺知章、南宋诗人陆游、明代画家徐渭、清末女革命家秋瑾都出生在绍兴这块风水宝地。凡到绍兴的人，都会很自然地想到鲁迅先生，首先去参观的也是鲁迅故居。汽车停在绍兴城南都昌坊东面的周家新台门前，就到了外地人来绍兴必至的鲁迅故居。伟大文学家鲁迅诞生在这里后，他的童年、少年和一段执教的青年生活都是在这里度过的。

周家新台门里坐北朝南的房子，建于清朝末年，是周家世代聚族而居的故宅。进了大门，穿过一个铺着石板的天井，就到了大厅，这大厅是周家族人共同活动的场所，名曰“德寿堂”，穿过大厅向后走去，便是一排五间楼房。由西往东数起的第二间楼下，即是鲁迅故居。1918年，经族人共同商议，将周家新台门的全部房产卖给了邻居朱家，以后虽经几次拆建，但鲁迅故居的主要部分仍保存至今。

鲁迅故居看上去是座极为普通的两层小楼屋。其楼下东首的前半间叫“小堂前”，是鲁迅全家会客、吃饭的地方；后半间称“退堂”，是鲁迅母亲的卧室，西首则是鲁迅祖母的卧室，后半间为过道，楼上为其他家人的住室。仔细观览，故居堂前、卧室、厨间的陈设布置和家庭用具都与晚清、民国初年的一般民家无异。然而，就是在这间极为普通的小屋中，却诞生了举世闻名的伟大文学家鲁迅。数十年来，有无数中外游人都来到这间平凡小屋，寻找那位不平凡人物的故事，感悟伟人的智慧和精神。

走出新台门向东，不远就是周家的老台门。这也是一座聚族而居的老屋，遇有祭祀等大事，每家都要派人到这里举行仪式。幼年的鲁迅据说经常到这里去，他并不是去参加祭祀典礼，而是趁此机会钻出钻进看热闹，或是和小朋友们去后面园子捉蟋蟀、逗青蛙……从老台门再往前走不远，折向南，过了一道跨在张马河上的石板桥，就是与周家老台门隔河相望的“三味书屋”，鲁迅先生12岁到这里读书，一直到17岁。这期间，因遇有祖父周介孚“下牢”，父亲周伯宜病逝的不幸，周家家道中落，全家不得已避难乡下，才十三四岁的鲁迅，领受了世态的炎凉，认清了封建社会的腐朽，立志要为民族、为国家呐喊、奋争。

鲁迅对自己的家乡始终怀着眷恋之情。其故居后面的“百草园”，就是鲁迅记忆中的乐园，漫长的岁月和千里迢迢的远隔，从未中断过他的乡思和怀旧，故乡的一草一木，荣衰变迁，总是时时刻刻萦绕在他的心中，故乡的人和事，故乡的习与俗，成了他创作的宝贵源泉，那《从百草园到三味书屋》，让一代又一代的年轻人领悟童年的美好和纯真，而不少中年和老年人，又从中找到了自己逝去的岁月和记忆。

在鲁迅纪念馆，副馆长章贵每天都要向来馆参观的国内外游客介绍鲁迅及其作品。章贵是鲁迅儿时玩伴“闰土”（章闰水）的孙子，童年的“闰土”来到周家做“帮工”时，与自己年龄相仿的少爷鲁迅成了好朋友，这个初到城里的“农村娃”，喜欢给鲁迅讲述农村里的新奇事，“闰土”口中的“稻鸡、角鸡、鹁鸪、蓝背、青蛙似两只脚的鱼”等组成的奇幻世界，总是让常年四季只在书屋读书的鲁迅听得入神入迷；“闰土”所讲述的“雪地捕鸟”、“海边捡贝壳”、晚上捏着胡叉到“西瓜地里管獾猪、刺猬和猹”等等丰富多彩的农村生活，更让生活在城里的小鲁迅惊叹不已，以致两个小玩伴亲密无间、难舍难分，当周家“三十多年才轮回一次的大祭祀”结束后，到周家“帮工”管祭器的“闰土”必须回农村自己家去时，仍要到书屋读书的小鲁迅还急得大哭；因为舍不得少爷鲁迅，“闰土”也躲到厨房里，呜呜哭着不肯出门……正是由于与童年鲁迅的这段玩伴经历，才彻底改变了“闰土”后人的人生命运，“闰土”的孙子章贵自1953年来到鲁迅纪念馆工作后一直潜心研究鲁迅及其著作，成为对鲁迅研究最深的人物之一，他除了坚持不断向游人亲自讲解鲁迅的生平和作品外，还写出了几十万字的鲁迅研究资料，为后人研究鲁迅提供了不少好参考。

说起鲁迅笔下的绍兴风情，总不免要想到乌篷船。鲁迅说他小时候去外婆家或看戏，坐的都是乌篷船。在《社戏》里，他还这样写道：“近台的河里一望乌黑的是看戏人家的船篷……”

绍兴方言里把黑叫乌。乌篷船，这是水乡绍兴独特的交通工具，除了在城内或上山，绍兴人通常代步的都是船。这里的船一般分两种：白篷的大都是作航船用，普通座的都是乌篷船。划船时，既可用橹摇，还可用脚蹋，船速极快。看着这种乌篷船，我禁不住想起了它的过去：当年祥林嫂就是被人拖进了这种乌篷船，塞住了嘴巴，卖到了深山冷岙去。鲁迅在1919年12月初回故乡搬家，绍兴的情景竟是这样的：“冷风吹进船舱中，呜呜的响，从篷隙向外一望，苍黄的天底下，远近横着几个萧索的荒村，没有一些活气。”

古绍兴在历史长河中，已驶到了一个新时代。历史的劲风，早把苍黄、萧条吹走了。如今的绍兴，可以说富甲天下，一直被列为“贡品”的绍兴丝绸，在宋代以前就很发达。新中国成立后，作为绍兴传统工业的轻纺业如鱼得水，生产规模越来越大，已建起来的近千家丝绸纺织厂成了绍兴的支柱产业，形成了从原料加工到兼有丝、麻、毛、棉成衣生产的大格局，这也为繁荣旅游业打下了基础；1915年曾在巴拿马万国博览会获金奖的绍兴黄酒，每年仅销往国外的数量就超过万吨，至1979年底，全县工农业总产值已超过11亿元。如今，绍兴城内矮小破旧的房子已经拆除。过去那种一根竹竿横架街上就能晒衣服的街道已经加宽，从北门火车站到南门小码头的五里长街，有商店、有旅社、有银行、有影剧院，在鲁迅故居周家新台门，鲁迅童年时玩耍的乐园——“百草园”，鲁迅少年时读书的地方——“三味书屋”，都一一做了修缮；从“大禹陵”“右军祠”“贺知章故居”“沈园遗址”，到前观巷里的徐渭故居“青藤书屋”，轩亭口矗立的

“秋瑾烈士纪念碑”，小小的绍兴城，各级重点文物保护单位竟多达49处，成了一个名副其实的文化名城和旅游胜地。

绍兴不仅城区变了样，农村更是五业兴旺，日新月异。早在1978年，全市粮食平均亩产多达1400多斤，创下了有史以来的最高纪录。鲁迅先生在《故乡》里描写的荒村倪家溇，全村近400户人家、1300口“闰土”的后代们，在村党支部新任年轻书记李天荣的带领下，仅1978年一年就削平了三个山头，搬、砌土石6700多方，硬是在荒山野岭中建起420亩茶园，接着倪家溇人又在这片传统的庄稼地里办起了乡村织布厂，从美国、西德等国引进先进设备，建起了设备领先全国的染整厂，在全省率先出厂了平绒产品，形成了纺织、印染、加工一条龙生产线，产品已远销美、日、西德等10多个国家。眼下的倪家溇村，办起了医院、学校、托儿所、敬老院，全村1200亩土地由10几户种田大户承包，除将95%的劳力转向工业生产外，还吸收近万名省内外劳力在这里上岗，人均年收入突破了2000元。

鲁迅先生在《故乡》里写了“闰土”的生活之难后，曾满含一种凄凉和哀伤地期望：“闰土”和儿子水生“他们应该有新的生活”。半个多世纪后，鲁迅寄托于故乡的理想已经变成了现实。今日的绍兴，生机勃勃，英姿焕发，比它历史上的任何时期更繁荣、更昌盛。

（1980年9月）

名闻天下绍兴桥

“百舸争舟摇摇摇，一河两岸桥桥桥。俯身水底见桥影，侧耳河面闻桨声。”就是这首描绘绍兴风光的诗，将我带到了素有“桥都”之称的绍兴城。

作为水乡泽国，绍兴的水多是出名的。无论是浩浩荡荡流动的，还是平如明镜静卧的，绍兴人对家乡水的称呼就有河、泾、溪、浦、湾，也有池、潭、湖、汇、塘。在绍兴，摇绿扶翠的树木，鳞次栉比的房舍，四通八达的马路，都被镶嵌于波光粼粼的大小河网中，那纵横交错的河流，就是这里的街道。因为河网密布，绍兴人自古以来便与桥结下了不解之缘，据有关史料的记载，从尧舜开始，历经春秋战国及汉、晋、唐、宋、元、明、清各代，绍兴境内前前后后修建的各种桥梁近5000座。时至今日，绍兴林林总总仍有大小石桥1621座，桥的密度比世界著名水城威尼斯还高好几倍，世人由此便誉绍兴为“古石桥博物馆”。说起绍兴的古石桥，其数量之多、式样之丰、保存之好，均令世人叹为观止。

你一来到绍兴，就像走进了桥的博物馆。“垂虹玉带门前事，万古名桥出越州。”在那如织的河道上，一座座石桥横卧在绿水碧波间，有的像弯月，有的如锦带，有的似彩虹，将户户人家、幢幢房舍紧紧地联结在一起，青瓦粉墙，绿树碧波，相互映衬，妙趣横生，向你舒展着一幅幅览不尽、赏不够的水彩画——

在城中闹市区，有一座经历700多年的八字桥，这座七边石拱桥，结构奇特：一座单孔大石桥，连接着两座小石桥，跨越在横竖相连的三条河道上，合看是一座桥，分看则成了三座桥。

那座被列为全国重点文物保护单位的纤塘桥，更是别具一格，长近4000米的桥身，竟与河流并肩而行。这座世间奇桥，原是古人专为纤夫拉纤修建的纤道，纤夫们在桥梁上背船行进，若遇强风猛浪，船便离开航道，通过桥孔，进入纤道与岸边间隔的浅水区避风。据说，这样架在水流当中，与河道并行的石桥，在绍兴不只是纤塘桥。

在城西萧绍运河的宽阔河道上，有座10孔拱梁组合桥叫太平桥。这座桥的10个孔高低、宽窄都不同：凡高桅船行至桥下，都从那孔又高又宽的单孔高拱桥下驶过，体型较大的船是分别通过两孔中梁桥，而低矮的乌篷船则穿行于靠近岸边的几孔低桥。人们会告诉你，这座桥就同大城市的快、慢道，是为保障行船安全、调解行船秩序而建的。

那别具风格的凌霄桥，与流水、楼台和绿荫浑然一体，构成了一幅灵秀、深沉、含蓄的风景图；桥型矫健的泗龙桥，三孔高拱，像昂扬龙头，然后是20孔石梁平桥，落岸处，又翘起一座石亭。高拱桥、低平桥、翘石亭，还有桥边的石墙和石凳，一线摆开，宛如一条昂首、展身、翘尾的水上游龙。那建于宋代、重修于明代的融光桥，桥栏外石缝藤萝垂挂，密密匝匝的藤蔓将整座桥身所遮掩。细看这桥，如同一位历史老人微微飘动着长髯，在风声雨声中向大家诉说着古老的故事。

更令人叹绝的，是有不少的石桥还与历史典故相伴，一座桥就是一个动人的故事：有因夏禹治水时遗履而命名的夏履桥；有王羲之为一老妪题书扇面的题扇桥；那座俗称为“伤心桥”的春波桥，竟日复一日、年复一年地向人们讲述着大诗人陆游与前妻唐琬的绵绵情结——

公元1145年，20岁的爱国诗人陆游与舅父的女儿唐琬结为伉俪，两人情深意笃，不幸被陆母强行拆散，其后唐琬改嫁赵士程，陆游也另娶王氏。公元1155年春的一天，陆游往游沈园，无意中与唐琬相遇，陆游未忘前盟，唐琬亦念旧情，遂以酒肴款待前夫，不胜伤感的陆游当即于沈园写下了《钗头凤·红酥手》：“红酥手，黄縢酒，满城春色宫墙柳。东风恶，欢情薄。一怀愁绪，几年离索。错、错、错。春如旧，人空瘦。泪痕红浥鲛绡透。桃花落，闲池阁。山盟虽在，锦书难托。莫、莫、莫！”此后，因爱情不幸而抑郁成疾的唐琬不久即离开人世。40多年后的庆元五年（1199年）春的一天，已75岁的陆游故地重游，触景生情，见物思人，更深地触痛了他的隐伤，又写下《沈园》二首追怀唐琬：“城上斜阳画角哀，沈园非复旧池台。伤心桥下春波绿，曾是惊魂照影来。梦断香消四十年，沈园柳老不吹绵。此身行作稽山土，犹吊遗踪一泫然！”一首《钗头凤》，两首《沈园》诗，让春波桥留下了一代文豪撕肝裂胆的爱情悲剧，让游人也因此动感伤怀。如今，春波桥畔的沈园遗址已成了浙江省重点文物保护单位。

漫步桥都绍兴，你还会发现这里的石桥有不少都是不拘于传统桥的变型桥。你看，明虹桥被建成了一个大写的“工”字形，有二十几孔的浪桥，则被围成了一个大大的圆弧形。不少石桥千姿百态，奥变无穷，有拱桥，有平桥，还有拱梁组合桥。其中拱桥又分为半圆拱、马蹄拱、五边拱、七边拱……这使你一看就知道，这些造型别致的石桥都是桥工们智慧的写意，情感的抒展。那一块块粗硬的石头，在桥工们手中都如同柔软的胶泥，经他们揉捏摆弄，要方即方，要圆即圆，要长即长，要短即短，要直即直，要弯即弯，成了刚与柔、实与虚、凝重与飘逸相统一的奇观和杰作！为了增加桥的功能和美观，绍兴人在建桥时，往往还要在桥面上建阁、廊和亭。就连只起安全防护作用的桥栏，桥工们也要把它建上石凳和石椅。这些阁、廊、亭、凳、椅，既能供行人休息、观景，又能让行人乘凉、避雨。有的石桥上，还干脆修了戏台，台前唱戏，台后照常过往通行，渔民、农民摇着船来，停泊桥下，坐在船上便可仰头看戏……

听说绍兴建房修桥的石料大都来自东门外的青石山，而同青石山相映成趣的正是与杭州西湖、嘉兴南湖一起被誉为浙江三大名湖的绍兴东湖，我这个初到绍兴的北方人便特意到东湖去参观。

原来东湖在过去并不是湖，而是一座青石山。山上青石坚硬，石质优良，是人们修路建房的理想原料。从汉代起，绍兴人就开始在此开山采石，经一代接一代的采运，终于把这座山凿成了峭壁千仞、山腹为洞的奇山，坑洼处形成了幽深莫测的水塘。至清代末期，绍兴人在青石山下筑堤，堤外为河，堤内为湖，并在堤上植树建亭，于是才有了名闻遐迩的东湖。

东湖湖中有洞，洞里是湖，峻岩俯水，波依峭壁，曲折有致的长堤和秦桥、霞川两座构筑古朴的石桥将湖面剪为三片，有稷寿楼、积香亭、饮绿亭、听湫亭和陶社相点缀。

湖岸边停靠着十几条小巧精致的乌篷船。有一船主人见我要游湖，热情地拢过来给我打招呼说："过去，乌篷船常常是少数富商、官吏作客、游览、迎亲和看戏时用的，普通百姓家哪有船？如今，家家户户除了开上私船外出跑运输，还要摇上这小船带游人参观绍兴哩。"

跨上船，我不禁想起鲁迅先生小时候看五猖会的事，便问船主他那时坐的是否也是这乌篷船？船主听了回答道："正是这样的乌篷船。你坐这小船，还可去访问鲁迅外婆家安桥头。"

泛舟东湖，远处会稽山层峦叠翠，近处，古桥楼舍尽入眼底，随乌篷船缓缓进入仙桃洞，迎面见一石刻对联："洞五百丈不见底，桃三千年一开花。"荡漾于云水交栖的湖面，耳听船舷哗哗作响的桨声，举目仰望巉岩高悬的峭壁，低头俯视幽深莫测的绿水，恍如置身于一种空蒙迷人的神奇世界。

当小船紧贴石壁而过，用手抚摸一下当年石工留下的凿痕，我这时才暗自思忖：桥都绍兴的桥多、桥古、桥奇、桥美，既是大自然的造化和恩赐，更是绍兴人的勤劳和智慧。

（1980年9月）

“书圣”墨香漫兰亭

位于绍兴兰渚山下的兰亭，因东晋大书法家王羲之写了《兰亭集序》而成了千古胜迹。千百年来，凡到绍兴观光的游人们，有不少总要到素享“书法圣地”美誉的兰亭去寻幽探古。

在一个风清气爽的清晨，我乘车驶出绍兴城，径直驱向西南方向的古兰亭。一路上，平畴绿野，水清波幽，吼山、塔山、秦望山，这里几乎每一座山都留下了名噪千秋的故事，这若耶溪，还有越王台、大禹陵，都是一首首无字的诗，一幅幅清雅的画，令人目不暇接，美不胜收。在大家边谈笑、边赏景的空儿，汽车就开到了距绍兴城只有13公里的兰渚山下，只见兰亭掩映在一片苍翠欲滴的绿荫中，清澈见底的兰溪就在兰亭前泠泠地流淌。早在孩提时，我就听说了王羲之在兰亭书写《兰亭集序》的故事，“曲水流觞”的情景一直铭记在心田里。20多年后，我终于能目睹兰亭风姿，心里别提有多兴奋了。

沿一条石铺小路，即进入了兰亭大门。门内修竹夹道，卵石曲径，举目仰望，只有一线蓝天露在翠竹的枝叶外。竹林深处，一汪碧水横躺在眼前，旁边是座砖墙翘檐的三角亭，亭里立有一石碑，所刻“鹅池”二字赫然入目，两字笔力雄浑，那鹅字势如风云，跃跃欲动，那池字则稳健遒劲，浑厚端严。传说这一瘦一肥两个字，是由王羲之与其子王献之共同题写的。

过了鹅池三曲石桥，拐个小弯便是流觞亭。流觞亭为木质结构，从“流水邀游处”的匾额上就知道，这就是当年王羲之与谢安、谢万等41位名士聚会的地方。他们依次坐于水畔，让盛酒的羽觞顺水漂流，流到谁的面前，谁就要即席作诗，最后推举王羲之为诗作序。兴致酣畅的王羲之便挥毫泼墨，一口气写下了28行、324字的《兰亭集序》。其章法布白浑然一体，精神相合，全篇20个之字、7个不字，各具特点。《兰亭集序》是王羲之用茧纸、鼠须笔书写的得意之作，被后人称为“天下第一行书”。据说历代关于《兰亭集序》的临摹本已达300多种。

千百年来，人们都说欣赏王羲之的书法，就像观赏一幅肃穆恬静的山水画卷，像聆听一阕扬抑缠绵的优美乐曲，也像在吟诵一页澹远曲雅的壮丽诗篇，于是尊他为“书圣”。这位在祖国书法艺术上树起巍巍丰碑的伟人，字逸少，是今山东临沂人，晋怀帝永嘉元年（307年）出生于一户名门望族：父亲王旷善隶书，堂伯王导以行草兼妙而“见贵当世”，叔父王廙“工于草隶飞白”；他的堂兄弟王恬、王洽、王劭、王荟，子王献之、侄王珣、王珉等都善书法。对王羲之的书法，历来评价极高，梁武帝萧衍说：“羲之书法字势雄强，如龙跳天门，虎卧凤阁。”李嗣真《书后品》说王羲之的正体是“书之圣也”，“若草行杂体，如清风出袖，明月入怀”，是“草之圣也”；《唐人书评》如是说：“羲之书如壮士拔剑，壅水绝流；头上安点，如高峰坠石；作一横画，如千里阵云；捺一偃波，若风雷震骇；作一竖画，如万岁枯藤；立一倚竿，若虎卧凤阁；自上揭竿，如龙跳天门。”历代帝王中最爱书法的唐太宗李世民对王羲之更是佩服得五体投地，他在宫内收藏王羲之真迹竟达3600纸，还亲撰《王羲之传论》道：“详察古今，研精篆素，尽善尽美，其唯王逸少乎？观其点曳之工，裁成之妙，烟霏露结，状若断而还连；凤翥龙蟠，势如斜而反直。玩之不觉为倦，览之莫识其端。心摹手追，此人而已。”这位皇帝在得到王羲之《兰亭集序》的真迹后，即命他的臣子赵模、韩道政、冯承素、诸葛贞四人，各摹拓数本，赐赠皇太子和诸王近臣，临死时又特嘱儿子唐高宗将《兰亭集序》真迹作陪葬。从此，后人能见到的《兰亭集序》都成了临本和钩摹本，给书法艺术留下了一大憾事。

作为传世珍宝，《兰亭集序》不仅真迹命运坎坷，就连石刻也是饱经沧桑。据说兰亭的《兰亭集序》石刻先在长安，后移至汴都，辽耶律德光攻破后晋后将《兰亭集序》石刻掳去，后弃途中，宋代被人发现，竖立于当时的定州州治（今河北定县），后人称之为“定武兰亭”。宋代著名书法家米芾曾为此赋诗：“此书虽向昭陵朽，刻石尤能易万金。”高度评价了定武兰亭石刻的珍贵价值。

"书圣"王羲之留在兰亭的逸闻趣事，千百年来牵动了无数文人墨客的情思。南宋大诗人陆游到兰亭后，写下了"江左诸贤嗟未远，感今怀昔使人愁"的诗句。这一幕幕的历史情景，这一件件的传世佳作，使人缠绵徘徊又浮想联翩，令人追昔思古而荡气回肠！

步出流觞亭，我又来到耸立于其南面的兰亭碑亭。碑上刻的"兰亭"二字为清康熙皇帝亲书。远处望去，亭上右上角有一片黑渍，近前一看，原来是一大裂缝斜贯碑面。纪念馆的同志告诉大家："这是'文革'破四旧时被砸的。"不少人惋惜地说："为什么不作修复呢？"纪念馆的同志无可奈何地回答："无人能写出康熙的字呀！"是啊，文物的价值就在于它的历史真实性，失之不可复得。元代王冕当年游兰亭时"空亭回首独凄凉，山月无痕修竹小"的感叹，所说的只不过是古兰亭年久失修的荒凉冷意，可是历史到了20世纪的70年代，本应更文明的人类却干出了这种愚蠢而野蛮的事！这，不能不让人抱憾，不能不让人沉思。

在不远处，有一高3丈、宽丈许的巨碑立于八角亭基上。这块江南少有的大石碑，正面刻着康熙皇帝手录的《兰亭集序》全文，背面刻有乾隆皇帝的《兰亭即事》诗："向慕山阴镜里行，清游得胜惬平生。风华自昔称佳地，觞咏于今纪胜名。竹重春烟偏澹荡，花迟禊日尚敷荣。临池留得龙跳法，聚讼千秋不易评。"于此详细记述了他游兰亭的心得和感悟。看来，酷爱书法的乾隆皇帝对兰亭的慕恋也近痴迷。他六下江南时曾四次游兰亭，还将搜集到的历代名家《兰亭集序》临摹本汇为一帙《兰亭八柱帖》。站在这块"二皇碑"前，游人个个都不胜感叹：一块石碑同刻二皇御书，在祖国有文字记载的几千年历史上是极为罕见的。这就是中华民族深深炽爱王羲之书法艺术、念念不忘兰亭"曲水流觞"历史的佐证。据纪念馆的同志介绍，直至今天，每逢农历三月三，当代的许多书法家仍要聚集到兰亭，他们人人挥毫泼墨，为"书法圣地"不断增添着光彩。

兰亭，群山合抱，曲水环绕，山光水色，迷蒙空灵，是山阴道上的一处著名文化胜地。早在春秋时期，越王勾践就在这里种兰花，留下了卧薪尝胆的千秋史话。官至右军将军，会稽内使的王羲之来到兰亭后，又为这块风水宝地积淀了博大精深的书法文化，给后人留下了永远的记忆。尽管"书圣"已仙逝1600多年，但人们没有忘记他，在那古朴而肃穆的王右军祠，正殿里祭祀的是神采飞扬的王羲之像，西廊墙上镶嵌的全是唐宋以来10多位著名书法家临摹的《兰亭集序》。伫立于当年“书圣”洗墨的“墨华亭”，墨池如镜，光辉可见。追思“书圣”“临池学书，池水尽墨”这种精研苦练书法艺术的精神，他那不懈的追求，博大的胸襟，超俗的风度，都一一浮现在游人面前，使大家从中透视到“书圣”攀上书法艺术高峰的奥秘，对这位先贤越加敬佩。

在怀着依依不舍的心情踏上归途后，我忍不住又回头眺望，融进浓荫中的兰亭显得那么自然、恬静和秀美。这时候，我不禁想起了陆游“兰亭绝境擅吾州，病起身闲得纵游。曲水流觞千古胜，小山从桂一年秋”的诗句，一种追思悠久历史的惬意，观赏灿烂文化的满足，久久地充溢在胸腔中！

（1980年10月）

览胜姑苏城

江苏省的苏州市，东邻上海，西傍太湖，京杭大运河纵贯南北。就是这座以山水秀丽、物产富饶而举世闻名的江南古城，同浙江省的杭州一起，被称之为“人间天堂”。

苏州也称姑苏，是公元前514—496年春秋时吴王阖闾为他兴建的都城，越灭吴后也迁都于此，至隋代改称苏州。从西汉以来，苏州的丝绸锦缎一直闻名中外，如今的苏州，仅大中型丝绸企业就建有20多家，年产丝绸8000万米。近几年，不少丝绸企业引进应用微波、微光等先进技术，工人直接操作自动卷纬机、整经机和接经机，既减轻了劳动强度，又提高了产品质量。全市已形成了从缫丝、织造、染整和丝织机械制造等完整的丝绸工业体系，素有“东方彩霞”之誉的苏州丝绸更加绚丽多彩，丝绸产品已畅销世界近百个国家和地区。悠久的历史，丰腴的物产，秀丽的风光，使苏州成了人们心向往之的地方。

虽然正是8月的暑热季节，但苏州的小桥流水、亭台楼榭、依依垂柳，加上如彩似霞的江南丝弦，却让人感受到一种少有的清凉和舒惬。同许多游人一样，记者初到姑苏城，首先荡入心头的是人文情感。

曾记得诗人杜荀鹤在《送人游吴》中写道：“君到姑苏见，人家尽枕河。古宫闲地少，水巷小桥多。夜市卖菱藕，春船载绮罗。”在来到苏州之前，记者早就听人说，苏州市内有35公里水道，168座桥梁，是我国目前河最多、桥最密的城市，素有“水城”之称，有“桥乡”之誉。亲临苏州，才知道无论古人或今人，对苏州的这种赞语并不夸张。

进入苏州市区，但见街巷纵横，河道交错，整个苏州城处处都是水路并行、河街相邻、桥梁棋布，真谓三步遇水、五步逢桥。在那数不清、看不尽的一渠渠流水上，一座座石桥或横卧，或拱起，有的像弯月，有的似锦带，将户户人家紧紧地连接在一起，“小桥、流水、人家”的水城风貌，如同一幅幅既古朴又典雅的天然画，令人魂销魄迷，叹为观止。

宜人的气候，肥美的土地，姑苏城曾使多少人钟情倾慕。从春秋吴王阖闾以来，漫漫两千多年中，各代都有官吏和商贾在苏州建家园，修别墅，以致把这座文化古城建成了景致典雅、风格独特的园林城。

作为祖国园林最多的城市，苏州有大小园林150多座，其中建在南宋史正志万卷堂遗址上的网师园，是苏州最小的园林。这座占地只有5000平方米的小园林，却移步换景，秀雅别致。据说苏州园林工人在1979年去美国纽约大都会艺术馆，按此园结构布局建造了复制品，一时在美国引起轰动，有无数人专去参观和欣赏。

记者特意游览了名闻全国的拙政园——

拙政园建于1506—1521年，占地面积5万平方米。这座姑苏城的最大园林，同苏州留园、承德避暑山庄和北京颐和园一起称全国“四大名园”，是明代御史王献臣弃官返乡后所建。拙政园的总体布局以水池为中心，分东、中、西三部分。一入园门，即为东园，是“归田园居”的旧址，由于年久失修而荒芜。新中国成立后又凿池垒山，增植树木，点缀林香馆和兰雪堂等建筑物，使园中景致既沿袭了传统特色，又给人以新鲜畅朗之感；由林香馆西行，横过一带花窗长廊，就进入中园。中园的主体建筑为远香堂，此堂四面皆为玻璃小窗，从此观览，桥栏迂回，亭榭相连，荷摇碧水，景色如画；步出听雨轩，进至别有洞天，就是西园，其主厅三十六鸳鸯馆西北为浮翠阁。此阁为双层建筑，居园中最高处，登阁四望，池碧影翠，桥栏阁榭尽映水中，轻风拂面，顿觉神爽情悠，别具意境。

在苏州，一提到唐代诗人张继的《枫桥夜泊》，几乎没有背诵不上来的人。“月落乌啼霜满天，江枫渔火对愁眠。姑苏城外寒山寺，夜半钟声到客船。”就是这首古诗，促使记者也去了一趟寒山寺。

寒山寺在市区西面4公里处的枫桥镇。该寺建于南梁时期，当初名为妙利普明塔院，传说因唐代高僧寒山和尚拾得曾居于此寺而改今名。现寺为清末重建，规模不大，进门经一小院即可入殿，但素朴雅静，名扬中外，尤因居寺僧人曾东渡日本，为中日文化交流做出了贡献，日本朋友对寒山寺颇有感情，凡到苏州旅游观光者，十之八九都要朝拜寒山寺。他们除了大把烧香、赐钱，还要磕头作揖，敬奉之态极为虔诚，临别时，几乎人人都要说几句“撒呦那啦!”

在寒山寺大门前，就是悠悠流淌的古运河，河上有座石条砌成的小拱桥。记者跨过桥面，信步踱到河对岸，立即被穿行在运河水上的舟船所吸引，隆隆的机声，咿呀的橹桨声，一次次沉下去，又一次次扬起来，有无数的钢材、水泥、矿石、粮食、棉花和瓜果，就在这种大合唱中被运往南北各地。夕阳下，一些乌篷小船便相继靠岸停泊，船一抛锚，“水上人家”的妇女们即开始淘米做饭，男人们则蹲在船头纳凉歇息。那些随船离家的孩子们，便在船上尽情嬉戏，他们从这条船跳上另条船，追逐着，打闹着，欢声不断，笑语不绝。

凝视这情景，一种悠悠思绪荡入脑际。记者想到了开凿运河的隋炀帝，也想到了几游江南的清高宗，无数与古人、与历史和民间传说联系在一起的逸闻趣事，如梦似幻悄然而生。京杭大运河啊，这条世界上最长的人工河，沟通了海河、黄河、淮河、长江和钱塘江五大水系，从南到北悠悠2000多公里。千百年来，它一直就是这样日复一日、年复一年，载着重负，载着希望，送走了一个个白天和黑夜，又迎来了一次次朝晖和晚霞，成了中华民族的幸福河、欢乐河!

苏州历史悠久，古迹荟萃。在这座市区面积只有35平方公里的古城中，有国家级文物保护单位8处，省级文物保护单位61处，市级文物保护单位393处。其中被誉为苏州“第一名胜”的虎丘，虽是座海拔只有36米高、面积约为0.2平方公里的小山丘，但风光独秀、古迹众多，早在春秋时代就成了吴王的行宫。传说吴王夫差将其父阖闾葬在这里后，第三天有白虎踞于其上，故取名为虎丘。初到苏州的游人们，没有不去这里看看的。

记者乘车来到西北阊门外，进山门后即沿径而上，一路观赏了试剑石、真娘墓和名列镇江中泠泉、无锡惠山泉之后的中国“第三泉”，行至剑池桥上，只见呈长方形的剑池中，清冽的池水深达七八米。相传吴王阖闾就葬于池下，并以3000把宝剑随葬。后来秦始皇和孙权都派人发掘过此池，但均未挖出一把宝剑。从这处飞桥架池、景象奇险的地方往上攀，就到了虎丘最高处，巍巍虎丘塔就矗立在丘顶上。这座名闻全国的千年古塔，始建于五代末年，塔身为七层，平面呈八角形，高达47.5米。如今塔身已西斜，塔门也封闭。立身塔下仰视，虎丘古塔指天挺立，显得既苍老又雄伟，给名胜虎丘增添了无限英姿和魅力。来此观光的中外游人们，纷纷选择最佳角度摄影拍照，都想把美好的时刻留为永久的纪念。

走进玄妙观南面的马医科巷子里，你会发现这里是曾经住过3位大名人的地方。那座名叫“曲园”的宅园，乃是晚清著名朴学大师俞樾的故居。俞樾与李鸿章都是道光甲辰科的进士，中榜后的李鸿章从了政，俞樾从了文，两人走了两条截然不同的人生之路，以致当时民间曾盛传“李鸿章拼命做官，俞曲园拼命著书”之说。俞樾因此园地弯曲狭小便命名为“曲园”，并自号“曲园老人”，坚守在此讲学著书，成了赫赫有名的大学者。离“曲园”不远的锦帆路上，坐落着一处宅园叫“章园”。“章园”是俞樾得意门生章太炎晚年定居苏州的住宅。与俞樾一样，章太炎也是一位才华盖世的大学者，在文字、音韵、文学、史学与经学等多门学科中卓有建树，并是留名青史的革命家。另一位在马医科巷子里住过的人，是在明万历年间出生的著名文学批评家金圣叹。金圣叹虽然未入科举，其名声可比那些状元还要大得多！金圣叹，原姓张，名采，金圣叹是他的别号和评书用的笔名，至于为何改性，无从查考。他一生无意于功名，即使是去参加科举考试，也视同游戏，在考卷上不是写上讽刺考官的俚语，就是撰有针砭时弊的小说。有一次，金圣叹听说主考官在阅卷时，不用眼睛看文章，却伸手向考生要赏钱，他就鼓动落第书生把孔夫子的牌位搬到财神庙，又将财神老爷请进了孔庙。别看此公傲视功名，对著书立说却格外认真。他曾评批《离骚》为第一才子书，《庄子》为第二才子书，《史记》为第三才子书……在他评批为第五才子书的《水浒》上，我们至今都能看到他的那些十分精彩的眉批。对古书的评点上，金圣叹总是借古讽今，指斥劣政，在做学问时不忘贬斥封建暴政，以致在顺治新丧期间发生了由他发起的“抗粮哭庙”事件：

顺治十八年（1661年）二月，皇帝驾崩，苏州官员设幕哭灵，金圣叹等几个秀才却组织市民写了揭帖，到哭灵场上控告县官贪污仓粮和打死乡民等罪行，接着又组织乡民去孔庙“哭庙”，众人击钟鸣鼓，震动四方……清王朝镇压了这次乡民的示威活动，金圣叹也被问罪斩首，将其家财籍没，妻子充军。这位敢怒敢言的大文人，在临刑前依然诙谐陈词：“杀头，至痛也，籍家，至惨也，而圣叹以无意得之，不亦异乎？”今日的金圣叹故园遗址，已变成了海红小学，行至此处，尽管没有了当年的踪影和印迹，只听书声琅琅、乐曲悠悠，恰是“旧时王谢堂前燕，飞入寻常百姓家”，这种天壤之变，不禁让人感慨万千！

苏州出秀丽的山水，出玲珑的园林，也出杰出的文人，一条小小的马医科巷子，先后竟有三位大学者居住过，如此一斑，可见苏州的文化之盛。早在南宋初年，苏州文人范成大就在《吴郡志》中把苏州称为“天堂”。正如人们所说：姑苏城“天宝物华，地灵人杰”。位居长江三角洲的古苏州，天造地设般钟灵毓秀，不论是旅游风景地，还是繁华闹市区，那古色古香的宋锦、玲珑纤巧的檀香扇、形态奇特的玉石雕刻、精致美观的红木小件等成百上千种的传统工艺品尤被游人所喜爱。同苏州丝绸一样誉满天下的苏州刺绣富有江南特色，同广东的粤绣、湖南的湘绣和四川的蜀绣一起并称为“中华四大名绣”。现在，苏绣艺人又创造出了“双面绣”“三面绣”等多种新型绣法，既丰富了刺绣题材，又提高了艺术表现力。《牡丹》《金鱼》《小猫》和《南京长江大桥》等不少绣品已风靡世界。大自然的恩赐，姑苏人的智慧，使“人间天堂”盛名不衰，美不胜收，有多少人一到这里就如迷似醉，流连忘返。

临别苏州古城，一股依依之情从心中涌动。刻在记忆中的姑苏城，有丝丝拂面的垂柳，有五彩缤纷的市井，有如诗如画的小桥流水，有乌篷船上的“水上人家”，更有勤劳智慧和温柔热情的水乡儿女……啊，姑苏城，记者还想再来！

（1983年8月）

秀美如画古扬州

“天下三分明月夜，二分无赖是扬州”“春风十里扬州路，卷上珠帘总不如”。不论你生于何地，长于何方，但只要诵起这些诗，就会情不自禁地想到扬州去。

扬州，位于长江下游北岸，同镇江隔江相望。这座已有2400多年历史的文化古城，始建于春秋战国时期，先后称邗城、广陵和江都，仅扬州这名字就已叫了1300多年。

今天的扬州，虽不能像“盛唐”一样称她“富甲天下”，但已成了祖国的一座新兴工业城市。除了生产机械、电子、化工、轻纺和食品，手工业和旅游业极为发达。素享扬州“二绝”的漆器和玉器，如今更是丰富多彩，精湛独特。其早在战国时代就开始生产的漆器，在2000多年后的1978年又夺取了“全国第一名”的桂冠；由扬州漆器工艺厂等企业生产的刻漆、点螺、平磨螺钿、雕漆嵌玉、骨石镶嵌诸大类300多种漆器工艺品，已销往60多个国家和地区；于300多年前为北京故宫珍宝馆增添了五吨半重的《大禹治水玉山》玉雕后，聪明灵巧的扬州人，在继承立体雕刻和玉石镶嵌传统工艺的基础上，又创造了平面浮雕工艺，各种玉石雕刻品已成了扬名世界的抢手货。当你走进扬州城，满城树木葱茏，百花吐香，高楼林立，人流如潮，处处一派勃勃生机。在宽阔平坦的汶河路，一字儿排列的唐代石塔、千年银杏和明代文昌阁，给这座文化古城增添了诱人姿色。

人类的文明，是靠水开始的。扬州的发展，亦源于水。早在春秋时代，吴王夫差就在这里筑邗城、开邗沟，沟通了长江和淮河。到了隋代，南北大运河一开凿，扬州即成了南北交通枢纽。就是这条千年流淌的古运河，给扬州注入了蓬勃向上的无穷力量，为扬州带来了数不胜数的金银财富：江淮一带的粮、茶、盐以及丝绸、木料都在这里集散；中国航运日本、东南亚和东非的商船，有不少都从这里出发，使扬州不分是盐商、茶商、粮商，还是丝绸商、木材商，家家都是日进万金，户户均是富可敌国。据史籍记载，在清朝的康乾盛世，扬州的茶、盐、丝绸、木材等税收均占全国财政收入的四分之一，每年供入朝廷的白银多达12000万两。繁荣的经济、灿烂的文化，使扬州一度成了中国东南地区最大的商贸中心。李白的“故人西辞黄鹤去，烟花三月下扬州”；杜牧的“十年一觉扬州梦”，都是对当时扬州兴盛和繁华的生动写照。翻开历史，从隋炀帝的“龙舟”，到康熙和乾隆的“圣驾”，有不少帝王将相曾被扬州的风光所倾倒；唐代李白、白居易、骆宾王、刘禹锡、王昌龄……都在扬州写下了绝句；宋代文学家欧阳修、苏东坡还先后任扬州太守。这些史实，既为地灵人杰的扬州增添了不少人间佳话，又为这座文化古城留下了供人凭吊的名胜古迹。

自古以来，扬州就一直是崇文尚学的文化之地。这块名扬世界的书画之乡，处处洋溢的书香之气，世世代代都滋养和培育着人们的生活观念和价值认知，当代仅从扬州走出的世界著名科学家和文学家就有40多位。在《别了，司徒雷登》一文中，被毛泽东主席赞扬为“铮铮铁骨”的散文作家朱自清，就是在素有“千年繁华地，满街忠义情”的扬州东关街长大的，这位满含爱国情怀的大作家，“宁可饿死，也不去领美国救济粮”的铮铮骨气，赢得了祖国各族人民的崇拜和敬仰。

千百年间，扬州一直与“上有天堂，下有苏杭”的苏州和杭州并美。扬州的软山柔水，扬州的园林亭榭，清丽淡雅、恢宏含蓄，既有南方之秀，又有北方之雄。说起扬州的清秀和美丽，扬州人总要给你讲述琼花台的故事：琼花是扬州的稀有花卉，传说是由一仙女埋在地下的玉长出来的。此花逢闰年开花，花瓣大如盘，状如玉色蝴蝶，花落不着地，随风飞空中，香飘十里，沁人心肺。当年到扬州巡察的隋炀帝被这花所吸引，即在扬州大兴土木，给自己建造了一座专赏琼花的琼花台，增设了一座华丽无比的大迷宫。这位骄奢一世的“万岁爷”于是在琼花台观花，在大迷宫赏景，连北方的都城都忘在了脑后。

人都说杭州以湖山胜，苏州以市肆胜，而扬州则以园亭胜。那四季皆具的个园，春天淡冶如笑，夏天苍翠欲滴，秋天明丽如镜，冬天恬静如睡；在玲珑精致的何园，那曲曲长长的回廊，与古时修建的二层主楼连为半圆，紧拥着一池碧水和古色古香的赏月亭。那回廊旁形状各异的漏窗，那回廊尽头的百龄古楠，那虎气生生的石狮子，无不令人遐思迩想，使你会忍不住惴猜：当年这里的主人应是盐政林如海吧？聪明过人的林黛玉是在这里“醉倚晴云留作赋，闲邀明月夜调弦”吗？透过不灭的时空，拉近历史的镜头，人们可在这里闻到飘荡不绝的茶香，看到移步轻轻的倩影……

比起来，那园中有园、景外有景的瘦西湖，要算扬州园亭的佼佼者。到了扬州，谁都要到这处名闻遐迩的地方去看看。

瘦西湖躺卧在扬州的西北角。此湖南自虹桥，北至蜀岗，湖水与城河、潮河相连，与大运河相通，湖长近5公里，湖身窈窕曲折，岛屿点缀其间，湖水碧绿清澈，湖面舟楫摇荡，虽无太湖的浩荡，却有西子的娇媚，湖中各景区亭榭满园，石桥错列，花木疏秀。你要站在湖南被称为北郊二十四景第一丽观的大虹桥北望，只见波平如镜，水天交融，仰观俯视，会分不清是云行湖底，还是树映天上。从大虹桥向北，是古色古香、荷摇轻波的徐园，再往北，是四周环水的小金山，小金山东边耸有“四桥烟雨楼”，从此楼望去，南边的虹桥，北边的长春桥，西边的春波桥和五亭桥都历历在目，让你实实在在地领悟到“园林甲天下”的扬州风姿。

在乾隆盛世，扬州那些富比皇家的盐商为了迎接乾隆南巡，还特意开辟了今五亭桥至平山堂的一段莲花埂新河道，并在莲性寺西侧湖面最宽阔的地方修起了五亭桥。在十多丈长、二三丈宽的桥身上建起了五座亭子。五亭的中间主亭高拱，南北各亭对称，亭顶琉璃黄瓦青脊，亭角所系金铃徐徐有声，桥下十五洞皆可行船。五亭桥构思奇巧，在我国园林桥梁中堪称杰作。与五亭桥隔水相望的，是钓鱼台，据传乾隆皇帝巡游扬州时曾在此钓过鱼，在五亭桥的南边，屹立着莲性寺白塔，此塔有阶53级，高13层，八角四面，塔身下圆而大，上锥而小，直指苍穹，与五亭桥相映成趣，景观丽殊，令人叹绝。

从瘦西湖往北，就到了蜀岗胜境，这里有始建于南宋的大明寺，寺内正中是大雄宝殿，殿中的四大金刚、十八罗汉保存较好；西侧就是遐迩闻名的平山堂，这是宋代文学家欧阳修任扬州太守时建造的，距今已有900

多年的历史。它自建成后，年年岁岁都有不少文人墨客到这里吟诗赋词，至今在堂内仍保存着不少古人的诗赋。平山堂西侧的西园，四周丘陵环抱，内有荷池清波，有水榭风亭，还有“天下第一泉”遗址；出西园向北东折，就是1973年新建的鉴真纪念堂。鉴真于688年生于扬州，少年出家后即精研佛教律学，在唐天宝二年（743年），受日本僧人的邀请开始东渡日本。由于当时航海条件差，鉴真在十年中有5次东渡均告失败，因长期漂流海上，备受艰辛，致使他双目失明。但其东渡决心不变，于天宝十二载（753年）开始第六次东渡，终于到达日本，这年他已66岁。鉴真纪念堂就是为了纪念这位矢志不渝的友好使者而建的，由碑亭、长廊和纪念堂组成，进入堂内，迎面正中是鉴真大和尚的楠木雕像。这座建筑是我国著名建筑师梁思成设计的，整个建筑为仿唐风格，雄浑朴实，庄严典雅，已成了中外游人到扬州后的必游之地。

在扬州，那清波悠悠的大运河，总是时时都印证着扬州的古老历史。“东南四十三州地，取尽膏脂是此河。”当年，为了开挖这条河，隋炀帝强征200多万农民服苦役，弄得怨声载道，饿尸遍地，他自己也在轰轰烈烈的农民起义烈火中丢了性命。然而，正如皮日休在《汴河怀古》中所写：“尽管隋亡为此河，至今千里赖通波。若无水殿龙舟事，共禹论功不较多。”不论如何说，大运河的开通，确实为唐、宋、元、明、清历代社会带来了经济的发达和文化的繁荣，大运河，不愧是一条流溢着希望的河！

渠网纵横、绿波荡漾的瓜州古渡，自古以来一直是进出扬州的咽喉，古运河、新运河都从这里汇入长江。今天的瓜州古渡，已兴建了宏伟壮观的江都水利枢纽工程。这座被国外水利专家与四川都江堰一起并称为“中国两大了不起”的水利工程，集灌溉、防涝、发电和通航于一体，以四座抽水机站为主体，牵动着它周围的12个节制闸和5个船闸，使苏北1.8万平方公里的“地下河”地区，从素有“锅底”之称的“洪水走廊”变成了粮丰鱼盛的小江南、旱涝保收的鱼米之乡。在此同时，这座水利枢纽工程还让长江水通过京杭大运河北上，沿途经多级抽水站使水位提高600多米，将江水抽引到山东济南后，再沿逐渐下降的渠道自流到天津，把中华民族南水北调的梦想变成了现实！

古文化与现代化的融汇，人文景观与自然景观的和谐，使今日的扬州古城处处都蕴含着夺人的魅力，涌动着昂扬的生气。那能让你“唐宋元明清，从古看到今”的文化遗迹，那浸润着江南灵气的园榭秀姿，那巧夺天工的绫罗锦缎，以及那轻柔温婉的吴侬软语，美得让你目清气爽，眼花缭乱；美得叫人如痴如醉，流连忘返！

啊，扬州，你真是一个勾人心魄的地方啊，你的倩影，将会永远铭刻在游人心中！

（1983年10月）

杭州漫记

人都说："上有天堂，下有苏杭。"仲秋时节，记者就来到了被世人誉为"人间天堂"的杭州。

作为一座历史文化名城，自秦代建县起，杭州已有两千多年的历史。在秦代，这里叫钱塘，隋开皇九年（589年）始称杭州。五代时期，吴越开国国王钱镠筑城拓地，将国都定在杭州，至南宋王朝，先后曾有14个皇帝以杭州作都。

一踏进杭州，扑入眼帘的就是新颖别致的高楼，相映成趣的园林，大街小巷垂柳依依，花香四溢，山光水色融为一体，整座城市如同一个五彩缤纷的大花园，处处显得既清新幽雅，又雄浑壮丽。这座素有"丝绸之府"美称的江南名城，那形态奇特的雕刻，那精巧玲珑的竹器，那大方美观的绸伞，那巧夺天工的丝锦，那富有特色的檀香扇，如此等等举不胜举的传统手工艺品一直享誉国内外。如今的杭州，已形成化工、机械、冶金、电子、制药、纺织、采矿等门类齐全的工业体系，仅大中型纺织企业就有40多家，昔日的"日租界"振宸桥一带，已成了闻名全国的轻纺工业基地，全国最大的黄麻纺织企业"浙江麻纺织厂"和全国最大的丝绸印染企业"杭州丝绸印染联合厂"就坐落在这里。据市委宣传部的同志介绍，在杭州，丝绸产品品种已由解放初的36种增加到1400多种，产量增加了近30倍，丝绸产品不仅遍及全国各省、市、自治区，而且还畅销世界120多个国家和地区，这使杭州已成了名扬世界的丝绸城。

发达的经济，加上独特的风光、众多的古迹，使杭州成了中外游人向而往之的旅游热土。听说西湖是杭州最享盛誉的风景胜地，同无数初到杭州的人一样，记者首先到西湖去观光。

西湖位居杭州市西郊，这里西北、西南和东南三面群山环抱，满湖秀水碧波荡漾，垂柳丝丝，亭榭密布，拥揽汇集了古城杭州的大多名胜。在湖中，有白堤、苏堤、孤山、湖心亭、三潭印月和阮公墩，湖边有花港观鱼、柳浪闻莺、平湖秋月和中山公园。环湖四周，有吴山、宝石山、玉泉山、飞来峰、天马山、狮子峰、青龙山、玉皇山、凤凰山，有玉泉、虎跑泉、龙井泉，还有紫云洞、栖霞洞、烟霞洞、水乐洞、石屋洞和紫来洞，湖区内有各种风景名胜多达40处，有省级及全国重点文物保护单位30多个。保存在这里的五代罗汉，宋、元两代的塑像，都是千年宝物，价值连城。那优美别致的白塔、挺拔俊秀的保俶塔，都是建筑史上的杰作，这些名胜古迹，同西湖秀水交相辉映，组成了一幅幅优美和谐的自然画图，让西湖显得更多情、更迷人。

注目白堤和苏堤，不禁使人顿生一种怀古幽情。古老的西湖，历经了沧海桑田，阅尽了人间春秋。在地质史上的第四纪末期，杭州的很多地方都淹没在海水中，后来随着地势的抬升，海水才逐渐退出了杭州湾，留下来的海水即形成了西湖。由于泥沙的沉积和菱荷淤塞，西湖面积不断缩小，湖水也随之变浅，曾数次几乎干涸。唐宋时期，诗人白居易和苏轼先后在杭州任职时，西湖因沼泽化，近三分之一的湖面被淤塞。两位大诗人便招募民工围堤筑坝，疏浚河床，为西湖的生存立下了不朽功勋。新中国成立后，杭州人民对西湖进行了大规模整修，投入大量人力物力疏浚湖床，驳砌湖岸，植花栽树，修葺古迹，并兴建了环湖公路。现在的西湖，面积近6平方公里，湖围15公里，湖内蓄水2000多立方米，不只湖光山色分外妖娆，而且大量养殖淡水鱼，灌溉市郊大片农田，改善了市区小气候，使杭州锦上添花、名扬中外。

西湖边上的灵隐寺，是杭州一大胜迹，也是国内佛教名寺。此寺建于东晋咸和元年（326年），算起来，至今已有1650多年了。古代许多文人墨客都被灵隐寺的秀丽风光所吸引，为灵隐寺留下了不少佳作和名篇：唐朝时，宋之问形容灵隐寺“桂子月中落，天香云外飘”；宋朝时苏轼也赞叹“溪山处处皆可庐，最爱灵隐飞来孤”。今日的灵隐寺内，仍挂有一副14字著名对联：“人生哪能多如意，万事只求半称心。”这副对联看似简单通俗，实则写尽了人生真谛，凡游览到此者，莫不仔细品味和鉴赏。

在西湖岸边的青山沃土中，还安葬着民族英雄岳飞的忠骨。抗金名将岳飞父子被奸臣陷害后，杭州人即在西湖西北岸边建起了岳王庙。多少年来，这里便成了人们凭吊英烈的地方。来到这里，但见岳飞墓墓门和墓前的望柱上，刻着两副对联，一副写的是："青山有幸埋忠骨，白铁无辜铸佞臣。"另一副写的是："正邪自古同冰炭，毁誉于今判伪真。"读罢这两副对联，再看被反剪双手，赤身跪倒在岳飞墓前的秦桧夫妇和张俊等4名奸贼的铁铸像，人人心潮难平、气愤难当，当年，正是这三男一女以"莫须有"的罪名屈死了民族英雄岳飞。好在历史是公正的，四个奸人，终于被牢牢钉在了耻辱柱上，祖祖辈辈遭人唾骂！

浏览了西湖美景，记者又同众多游人一起去观钱塘江。钱塘江大潮为我国江河潮汐的一大景观。有史记载说："浙江（钱塘江）之水，涛山滚屋，雷击霆碎，有吞天沃日之势。"唐代大诗人刘禹锡曾赋诗道："八月涛声吼地来，头高数丈触山回。须臾却入海门去，卷起沙堆似雪堆。"江河湖泊虽数不胜数，但江潮能形成气吞山河之势的，世界上只有两处，除了南美洲的亚马孙河入海口，另一处就是钱塘江大潮。在钱塘江口，大潮涌来，如万马奔腾，高达二三米的潮头以每秒十多米的速度宣泄，大潮带来的海水每秒钟内常常可达几万吨。1953年8月的一次大潮，潮水竟把海宁镇海塔附近3000多斤重的"镇海铁牛"冲出十多米，老盐仓有些护坝用的混凝土大石块，虽然每块重达11吨，据说也被凶猛的潮头所冲走。这一举世罕见的自然奇观，吸引无数游人以能目睹为欣慰。

登上雄伟的六和塔俯瞰，只见钱塘江波掀浪涌、浩浩东流。说起"壮观天下无"的钱塘江大潮，同行的一位老地质工作者告诉大家："钱塘江大潮如此壮观，是由江口的特殊原因形成的。"他解释说，与长江和黄河等大河的入海口不同，钱塘江口是个典型的"三角江"，入海口呈喇叭形，江口大而江身小，在江口正发育着一个巨型拦门大沙坝，每当起潮时，海水便推涌着扑入江口。但到翁家埠一带，河宽只有四五公里，来势汹涌的潮头被狭窄的江道一约束，后浪推前浪，一层叠一层，于是卷起了排山倒海般的水浪，这就形成了波澜壮阔的钱塘江大潮，并留下了无数勾魂摄魄的神奇传说。千百年来，无数名人墨客都到这里观潮览胜，诵诗作文，给临江而居的杭州、海宁和萧山留下了一笔丰富的"潮文化"遗产。

作为龙井茶故乡的杭州，在其西湖西南的群山峻岭中，遍布着终年碧绿的龙井茶茶园，这一带生产这种优质绿茶的历史已有一千多年。凡到杭州者，不论走进大宾馆，或是出入小茶店，处处都用龙井茶水招待宾客。当你端起茶杯时，热情的主人总要说：作为中国一大名茶，龙井茶具有色绿、香郁、味醇、形美等特点，加上用水质纯净、甘甜爽口的虎跑泉水沏茶，茶水就更醇香、更绵长。“龙井茶叶虎跑水”这句话，就是民间赞誉杭州龙井茶的。大概就是这一经典赞语，多少年来一直让杭州龙井茶名扬天下、享誉中外！

徜徉杭州，处处都感到她的富饶和美丽。记者相信，在勤劳智慧的杭州人手中，明天的“人间天堂”会更富饶秀美，更瑰丽多姿！

（1983年10月）

柳青常青

——皇甫村纪事

由于酷爱《创业史》，我对作家柳青尤为敬重。也大概是这一缘故吧，虽然柳青已长逝，但我还是一直渴望一游他写出了《创业史》的生活基地。这次我有机会去西安，要凭吊柳青的强烈心情就再也无法抑制了。于是，在一个星期天的早晨，我从西安南门挤上了去长安的公共汽车，寻访了向往已久的地方——皇甫村。

车到皇甫后，当我一提到柳青的名号，立刻被一大群男女庄稼人围住了。这些热情、直率的关中农民，放下了手中的活计，忘记了劳动的疲倦，七嘴八舌，向我争着讲述起柳青生前的事迹来。

那是1952年的一天，在时任西北局书记习仲勋的关照下，已享有作家盛名的柳青坐着一辆马车，沿着长安通往王曲的坎坷不平的石子路来到皇甫村落户。虽然他那时候还不到40岁，但皇甫纯朴的庄稼人见他剃着光头，脸膛黝黑，又瘦又小的身上经常穿对襟袄、中式裤，就都亲切地称呼他“老汉”。在皇甫人的心目中，这个黑老汉和自己一样是个庄稼人。村上的干部遇到什么问题，就聚集到他家里要他出主意，庄稼人有了什么愁心事，总爱找他谈一阵，就连兄弟纠纷与夫妻不合、小孩生病，都要找这个黑老汉评公理、寻药方。闹互助组时，柳青给庄稼人讲社会主义的优越性，大家都是早早地赶到会场，就是中途上厕所，还要小跑着，生怕少听了几句。平时，他总喜欢和大家一起聊天，遇上王曲逢集的日子，他有时也要挎上篮子，里边放上油瓶之类，和庄稼人一起说笑着去赶集。在短短的时间里，他就能叫出皇甫村和方圆罗家湾、蛤蟆滩几百户、上千人的姓名，熟悉了成百个家庭的历史和上下几辈人的性格。当时，大家只知道他是长安县委的副书记，直到1960年6月《创业史》出版后，才知道他是写书的作家。谈到这里，有几个老人深情地说，在皇甫的十多年中，柳青生活俭朴，过着和庄稼人一样的日子，他走乡串户，所骑的一辆自行车也是破旧的，但在1960年《创业史》出版后，他却把16000元的稿费全部交给了当时皇甫村所在的王曲公社，公社用这笔钱修建了一所医院。现在，这所医院有医务人员近50名，附近的庄稼人生了病，就到这所医院来治疗。

说真的，我在刚踏上皇甫的村道时，想着自己初来乍到，人地两生，对如何采写已逝世几年的柳青在皇甫的遗迹很犯难。没想到一提起柳青，竟一下子打开了皇甫人的话题。瞬息间，连那些过路人也围拢了过来。在谈叙中，这些皇甫人仍然亲切地称柳青为“老汉”。有一个自称和柳青在一起下过棋的老农民说着说着还动起了感情，他气愤地说：“要不是‘四人帮’的迫害，老汉今天还活着哩！”他这一句话，把话题中心引到了“文革”时柳青遭受的迫害上，使大家回忆起这段无法忘记的历史。

1969年，在夫人马葳被逼死后，柳青的病情更加严重，一个月里就被抢救了几次。那时候，皇甫有很多人冒着风险去探望他，有人还背他去医院。有人听说狼油能治肺气肿，就进终南山打狼，专门给老汉弄狼油去治病。看到老汉被折磨得不成样子，大家的心里就像捅了刀子一样。

皇甫人心上有柳青，柳青心上更有皇甫人。柳青第一次被“解放”后，第二天就到皇甫村。他和大家一起痛骂“四人帮”的倒行逆施，对人民的疾苦和国家的命运忧心如焚。政治上的迫害，肉体上的折磨，使柳青的身体完全垮了，他经常佝偻着身子，费劲地咳嗽，面色发青，显得更瘦更老了，动一步都很困难。但在皇甫人中间，他仍然是那么充实，那么有风趣。后来，他的病情日趋严重，离开皇甫去外地治疗，在医院里对前去看望他的长安县同志们说：“我死了以后，请你们以朋友的名义，把我的尸体拉回去，埋在皇甫的原野上……”当柳青的骨灰送来皇甫村安葬时，皇甫人流着泪说：“柳书记，你活着和我们在一起，现在，又和我们在一起了。”这些对柳青有着特殊感情的皇甫人还告诉我，柳青虽已逝世6年了，但大家都没有忘记他，每逢清明节，还有很多人到他的墓前去烧纸哩！

从皇甫人的缅怀中，我知道柳青留给我们的，不只是他那史诗般的长篇巨著《创业史》，更主要的是他和人民群众共患难、同甘苦的做人品格。谈到柳青在皇甫住了14年、创作了《创业史》的“家”，皇甫人指点着告诉我：就在皇甫村和罗家湾接壤处半山腰的土坡上。几个庄稼人给我详细介绍说，老汉住的家，很早前是座古庙，叫中宫寺。1952年柳青来后，把倒塌了的墙垒了起来，修整了荒凉的庭院，并栽上了桃树、杏树、苹果树和葡萄。院子当中的一棵桃树，结的果又红又大，人们去了，柳青总要指着夸赞一番；还有一棵大槐树，长得枝密叶茂，夏天时节，柳青爱和串门来的人坐在这棵树下乘凉、聊天。

顺着人们指点的路，我爬上土坡，来到柳青住过的地方。因房屋早在“四害”横行时被说成是“地主庄园”而强令拆除，已无丝毫住过人的痕迹。我站在这块土坎上，禁不住思潮翻涌、浮想联翩。《创业史》被文艺评论家列为我国现代优秀长篇小说，认为它是新中国成立以来文学创作上的一个重要收获，而我们的柳青，就是在这里刻心镂骨，用自己的心血写出了《创业史》。《创业史》的出版，标志着柳青在思想上和艺术上的成熟。正当他采足了生活的花粉，要为祖国人民酿造更多更甜的文学之蜜的时候，却被万恶的“四人帮”中断了创作。一个严肃、深沉、才华横溢的优秀作家，年仅62岁就溘然离世，这是一个多么大的损失啊！

早晨9点多，我又来到王家斌的家，这个《创业史》中是梁生宝原型的庄稼人，浓眉毛、大眼睛、高鼻梁，整个脸庞的各部位都显得那么匀称，岁月尽管在他脸上刻下了深深的皱纹，但仍保留着他当年的英俊。他今年66岁，家有八口人，四个孙子都上了学，15岁的大孙子已经读初中三年级。他听我说明了来意后，谦虚地笑着说：“书上写的不全是我，可是生宝做的事对我的心思。”说着，他像叙家常一样说起柳青来。

“在我带着6户贫困户办互助组时，柳青为了帮助大家，经常天不亮就来找我。我没起炕，他就站在门口喊：‘家哥，快起来，不能多睡懒觉啰！’他这样叫了几次后，我就不再起懒了。1954年，我们互助组进终南山割竹子，柳青说啥也要跟着去。去后和我们一起喝生水，吃凉饭。为了解决我们互助组的困难，他天天都要从皇甫来我们蛤蟆滩，不是挨家挨户了解情况，就是给大家出主意、想办法。有时候晚上也不回家，同我们庄户人一起研究工作，一起睡土炕……”

王家斌说话声音不高，不带形容词，但从他的谈话中，我听出这个敦厚笃实的庄稼人，在共同相处中和柳青建立了一种特殊感情。1958年，王家斌因不愿搞浮夸，被插成“白旗”免了职，他对此想不通，是柳青来到他家里，给他说宽心话：“咱对哩！你要挺起腰杆哩!”1964年社教时搞阶级斗争扩大化，担任大队党支部书记的王家斌被揪出来批斗，是柳青的搭救，才停止了对他的迫害。“文革”开始后，造反派几次要王家斌交出柳青藏下的“黑材料”，可他从没有说过一句加罪柳青的话。1967年，柳青被诬为“现行反革命”和“国民党特务”后，当时他不仅工资被停发了，造反派还逼他偿还给皇甫人拉电线预支的工程款，使全家人的生活极度困难。王家斌凑了20元钱，在腊月三十日赶去送给柳青，要他过个年。柳青知道这钱来得不容易，说啥也不收，而王家斌硬是要他把钱收下来，推来让去，两个人都伤心地大哭了一场。说到这里，66岁的王家斌，这个《创业史》中梁生宝原形的硬汉子，眼泪充满了眼眶，声音也发颤了。

说着话，我们又折回到屋里。我这才注意到墙上那个大相框，上面有柳青夫人马葳及孩子们的全家照，也有王家斌同西安市几名劳动模范的留念合影。王家斌指着另一张照片说：“这是文化部的贺敬之副部长要我同他一起照的。贺部长去年来皇甫参加柳青逝世5周年活动，我真后悔没有让他留下一首诗。”

在吃饭的时候，王家斌给我说，下午要开支委会，专门研究蛤蟆滩搞商品生产的事情。他说：“省委书记马文瑞给我们解决了100头奶牛指标。我们离省城近，养奶牛这行当撩得很（好得很），听说一头产奶牛，一年要纯收入一千多元。可过去没有搞过，大家思想上有顾虑。党支部决定认真讨论，解决一些实际问题，争取两年之内，把全队办成养牛专业队。现在政策这么好，不鼓着劲干，就是对不住党哩!”

访问了王家斌后，我走在蛤蟆滩的土路上，心里充满了一种特殊的感慨。被柳青写在《创业史》中的这个蛤蟆滩，解放以来经历了一条由穷变富、由富变穷、又由穷变富的艰难道路，这不正说明有很多经验、教训值得我们深思和吸取吗？

（注：此文刊于文学杂志《雪莲》1984年第4期）

（1984年4月）

太史故里赏遗风

位于陕西渭北高原东北隅的文化名城韩城，因是祖国古代伟大史学家、文学家、思想家司马迁的故乡而闻名遐迩。

千百年来，韩城一直以得天独厚的人文景观著称于世，她的风姿和魅力，引得无数文人学士前去瞻仰观光。正当山花烂漫、燕鸣莺啼的初夏时节，我也来到了东濒黄河、北接龙门的“文史之乡”，慕名游览了这处人杰地灵的风水宝地。

韩城之名始于3000多年前的西周初年，周武王将他的一个儿子封为“韩侯”后即于这里建邑，《诗经》上也有“溥彼韩城，疆封周命”的诗句。其实，韩城的历史可上溯到4000多年前大禹治水的洪荒时代。相传那时候，距韩城东北30公里的龙门山还连在一起，被挡住去路的黄河一流到这里便到处泛滥，害得百姓苦不堪言，大禹率领先民凿开了龙门山，疏通了黄河道，治服了泱泱水患。为了纪念大禹的治水功绩，人们把龙门改称为禹门。《名山记》曾这样记载：“河水至此山，直下千仞，湍澜惊涛，如山如沸；两岸皆断山绝壁，相对如门，唯神龙可越，故曰龙门。”民间“鲤鱼跳龙门”的故事，就是在这里形成后广为流传的。汉景帝中元五年（公元前145年），我国古代伟大史学家、文学家、思想家司马迁就诞生在韩城的高门原上。从此，“太史故里”韩城即名扬四海。

当你进入韩城老区，一股古朴典雅的文化气息即扑面而来，街道整洁紧凑，至今仍保留着明、清时代的建筑格局和风貌。临街两边的商号店铺鳞次栉比，虽大多都是砖木结构的二层楼房，但雕窗漆门，古韵悠然。据说老城内共有大小街道74条，有四合院1000多座，长街短巷，布局井然。这里的四合院建筑与北京的四合院很相似，但又具有十分鲜明的地方特色，青砖灰瓦，洞门木楼，五脊六兽，雕饰精美，特别是门楼极为讲究，门上的匾额、彩绘，门口的影壁、上马石、拴马石，一应俱有；木雕、砖雕、石雕，无所不有，院内天井敞亮，上房、厅堂及两边厢房错落有致，美观优雅，充分体现了中国封建社会晚期民居的丰富和艺术。难怪英国皇家建筑学会查理教授曾这样说：“东方建筑文化在中国，中国民居建筑文化在韩城!”

漫步韩城，不仅传统的四合院比比皆是，而且文物古迹荟萃，历史遗存十分丰富。在韩城县博物馆内，现存有旧石器、新石器时代和周、秦、汉、唐以来的珍贵出土文物1000多件，全县有保存价值的古遗址、古建筑达200来处，那蜿蜒于黄河岸畔的战国魏长城，那矗立于城区高坡之上的八角六层金代塔，那殿堂雄伟的文庙、城隍庙，那风格别致的普照寺、三清殿，还有那引人遐思的禹王庙、法王庙，都印证着韩城的悠久历史和灿烂文化。

在历史上，韩城曾被金、元两代统治230多年，为当时元帝国向四面八方开拓疆土的一个军事重镇，因而遗存的元代古迹至今还有21处，是全国元代建筑保存最集中的地方之一。那坐落在学巷内的文庙，素称“关中一冠”，四进院落青砖铺地，古柏参天，殿宇辉煌，气魄宏伟，是陕西省现存13世纪最有代表性的建筑群。作为祖国的一处文化兴盛之地，从太史公司马迁到当代著名作家杜鹏程，韩城为祖国生养了无数优秀儿女，在宋、元、明、清各代，都有韩城人在朝廷任宰相或枢密使，仅明、清两代，这个当时不过10万人口的小县，就出了2名状元、13名解元和会元，进士、举人、贡生成千，秀才更是不计其数。在韩城群星般灿烂的杰出人物中，伟大的史学家、文学家和思想家司马迁竟千古垂名，成了全世界都数得着的大名人!

司马迁祖上世代为史官，父亲司马谈，是汉武帝初期的太史令，其职责是执掌天文星历，占卜祭祀，并兼管文书档案、记录朝廷大事。司马谈是一位知识渊博的大学问家，他精于天文历算，通晓古文经传和诸子百家学说，怀有修一代信史的远大抱负。

汉景帝中元五年（公元前145年）出生于这样一个家庭的司马迁，从小受到与众不同的教育和熏陶，他10岁即诵读古文，接着又拜董仲舒、孔安国为师，专心苦读，使自己成了一位博学多才的史学家、文学家和思想家。为了“网罗天下放失旧闻”，更好地熟悉地理和研究历史，在父亲的支持下，司马迁“二十而南游江、淮，上会稽，探禹穴，窥九疑，浮于沅、湘；北涉汶、泗，讲业齐、鲁之都，观孔子之遗风，乡射邹、峄；厄困鄱、薛、彭城，过梁、楚以归。”每到一地，他都细心收集历史传说，考察民风民俗。他在38岁继承父业做了太史令后，又认真搜集资料，遍读宫中藏书，把主要精力和时间放在撰述一代信史上。正当司马迁全力以赴写作《史记》时，李陵之祸不幸降临，他刚正不阿，直言劝谏，触怒了汉武帝，于天汉三年（公元前98年）被判宫刑。残酷的刑罚酿成了司马迁的人生悲剧，也使司马迁悟出了“人固有一死，或重于泰山，或轻于鸿毛”的哲理，想到“草创未就”的著述时，他隐恶含辱，发愤写作，把全部心血都贯注到《史记》的写作上，终于在公元前91年完成了《史记》这一中华民族的第一部纪传体通史，为中华文化竖起了一座前无古人的巍巍丰碑。

《史记》上起传说中的轩辕黄帝，下至汉武帝元狩元年（公元前122年），记载了中国近3000年的历史，全书约52万字，分8书、10表、12本纪、30世家、70列传五大部分，共130篇。《史记》当时称《太史公书》。司马迁的这一血汗结晶，直到他外孙杨恽向汉宣帝的请求被获准后，才公之于世。开祖国纪传体先河的《史记》，上自天子诸侯，下至游侠屠夫，从天文地理，到世事沧桑，无所不包，是一部集历史价值、文学价值于一体的泱泱巨著。“通古今之变，成一家之言”，从《汉书》到《明史》，《史记》竟成了我国国史的楷模，祖国的洋洋二十四史，皆可追溯到《史记》，使之成了“正史之首”。鲁迅先生曾说：“文不拘于史法，不囿于字句，发于情，肆于心而为文。”祖国这位现代大文豪也称赞司马迁的《史记》是“史家之绝唱，无韵之离骚。”2000多年以来，无论是世事轮回，还是风雨沧桑，司马迁却一直被誉为“文史祖宗”，世世代代受到人们的崇拜和敬仰！

凡到韩城的人，都要去拜谒司马迁祠。司马迁祠就建在芝川镇南门外，这已成了关中盆地的一处重要名胜。

从韩城县城向南行10公里，便到了芝川镇，顺公路向东走，过一座石拱桥，即见耸立于梁山东麓的司马迁祠。芝水从祠前流入黄河，这里风光迥殊，景致优美，相传芝水原名陶渠水，因汉武帝在此采得灵芝草，故改名为芝水。据《韩城县志》记载，司马迁祠建于西晋永嘉四年（310年），北宋宣和七年（1125年）重建，以后各朝都有修葺。新中国成立后，曾两次大规模修整，使司马迁祠面貌焕然一新，不分冬春秋夏，来此拜谒和考察观光者都是络绎不绝。

司马迁祠依山而建，由四个高台组成，台间有石阶相连，坡下一座木制牌坊，上书“汉太史司马祠”六个大字。穿过楼门，一条又高又陡的大土坡挡在面前，这坡叫司马坡。沿着石块铺砌的坡道层递而上，到第一座高台前，是第二座牌坊，上书“高山仰止”四个大字；再上去是第三座牌坊，额上砖雕“河山之阳”四字，这四字出自《史记·太史公自序》：“迁生龙门，耕牧河山之阳。”以此说明伟人司马迁少年时代曾在这里过耕田放牧的生活，受到家乡壮丽山川的哺养和陶冶。

站在“河山之阳”牌坊下引颈仰望，一连99级陡峭的石阶直上云霄，两面峭壁千尺，松柏倒挂，险峰雄奇，一派肃穆景象。在石阶尽头的山门上，“太史祠”三个大字赫然入目。登临山门，脚下田畴村舍尽收眼底，远处的黄河，如条白色缎带飘浮在绿色的原野上。步入祠院，古柏苍翠，殿宇相连。在那气势恢宏的献殿内，碑碣林立，石刻满墙；在南北墙壁上，嵌有毛泽东读《史记·游侠列传》和《史记·货殖列传》后所写的评语，内容独特，字迹奔放，格外引人注目。另有一副对联，上联是“刚正不阿，留得正气凌霄汉”，下联是“幽而发愤，著成信史照尘寰”，横匾是“文史祖宗”。驻足品味，这副对联写出了无数拜谒者的赞叹和心声。在大大小小的60多块石碑中，有一块上面刻的是郭沫若的一首五言诗：“龙门有灵秀，钟毓人中龙。学识空前富，文章旷代雄。怜才膺斧钺，吐气作霓虹。功业追尼父，千秋太史公。”千百年来，司马迁的鸿篇巨制《史记》，成了中华民族光辉灿烂的文化财富，也是世界文化宝库中少有的稀世珍品！世世代代都有无数人为司马迁的经历感慨万千，为名垂千古的这位伟大史学家、文学家、思想家骄傲和自豪。郭沫若的这首五言诗，就代表了人们对司马迁的评价和褒扬。

出献殿，进寝室，正殿神龛上端坐着一尊司马迁的泥彩塑像。塑像有4米来高，头挽发髻，身穿长袍，足蹬木屐，浓眉入鬓，双目炯炯，丰满的面庞，飘洒的长须，气宇轩昂，神采非凡，惟妙惟肖地显现了司马迁的稳健仪态、刚毅气概和脱俗气质。看着他那飞扬的神态，人人都浮想联翩，无不敬佩这位伟人的胆识、智慧和毅力；面对这尊严肃慈祥而又深沉睿智的塑像，我久久地沉思遐想，终于读懂了一部人生启示录：尽管历史上没有一个皇帝给司马迁封号或谥号，但人民对祖国和民族的功臣是不会忘记的，伟人司马迁的名字被牢牢地铭记在了人民心中!

在司马迁祠的后面坡顶上，是司马迁墓。墓前石碑上，刻有清乾隆年间陕西巡抚毕沅题写的“汉太史公墓”几个大字。墓用青砖砌成圆形，墓砖上刻有八卦图案，当地人都称此墓为八卦墓。墓顶有5棵古柏，枝杆交若蟠龙，前人留诗赞道：“古柏生新翠，龙蟠太史坟。一抔藏大雅，万岭照遗文。”据说，这墓并不是司马迁的原葬墓，而是元代修建的衣冠冢，司马迁的原葬墓究竟在哪儿，现在还没有答案，但有一字千金的《史记》留世，司马迁的风范就长存，精神就永在。

站在司马坡顶眺望，只见滔滔黄河滚滚东去。如今的太史公故乡，作为陕西省一个新兴的能源基地，已在龙门山下、黄河岸边迅速崛起。眼下的韩城，新城区的建设已初具规模，高楼林立，街道宽敞，华灯绿荫交相辉映；年产300万吨煤的桑树坪煤矿、年发电量为27亿度的黄河电厂，都昼夜不停地为现代化建设输送着光和热。勤劳智慧的韩城人，正在给这块古老的土地谱写着更加光辉灿烂的新篇章。

（1984年5月）

访古嘉峪关

从酒泉向西行20多公里，就到了明长城最西端的嘉峪关。

嘉峪关建在河西走廊中部的嘉峪塬上，它北有峰峦峻峭的马鬃山，南是白雪皑皑的祁连山，东西原野水源充足，物产丰腴，历史上不只是通往西域的交通要塞，而且一直是河西走廊的一大军事关隘，全长两万公里的汉长城就从这里横穿而过，在五代时期，于附近还建过天门关。

明洪武五年（1372年），征虏大将军冯胜在率军收复河西后，看中了这个易守难攻的好地方，于是选择在峪泉西北坡建关，至明正德二年（1507年）二月，兵备副宪李端澄监修竣工东西二楼及官厅、仓库等生活设施，嘉峪关才告全部建成，从选择地点到建成为坚固的防御工程，嘉峪关历时竟达一百余年，成了我国古代闻名中外的伟大建筑之一。

嘉峪关是按战争和防御需要布局的，由内、外两城组成。内城面积25600平方米，城墙高达9米，均为黄土夯筑或土坯垒筑。城墙上端外侧有砖砌垛墙，城头四角各有一座角楼，南北城墙中段又各设一座敌楼，东西墙正中均设砖砌拱券门，东门名“光化门”，西门称“柔远门”，两门顶端对称地建有两座高达17米的三层城楼，城楼均雕梁画栋，飞檐凌空，气势极为壮观。为了强化内城防御，在东西门外都建有瓮城，瓮城面积各约550平方米，城墙与内城同高，东门首刻“朝宗”二字，西门首刻“会极”二字，两门顶上都建有单层三间阁楼一座。在两瓮城门外约6米处，是“凸”字形的罗城。罗城正中设门，门顶刻有“嘉峪关”三个大字，作为内城的最前防线，罗城的南北两端还建有箭楼。据记载，罗城门顶的平台上，原有一座三层三檐的城门楼，上悬“天下第一雄关”匾额，此城楼早年已被拆毁，匾额也遗失。在罗城正门外百余米的地方，竖有清代刻立的大石碑，上有四个大字为“天下雄关”。

在内城外围的东、南、北三面，均又筑有一道城墙，此城墙即称外城，外城总长1000米，墙高3.8米，南北两墙的两端都与罗城相接，东西城墙上有土筑城垛。外城的东北角有一“闸门”，其上还建有闸门楼，这“闸门”就是当年守关者检验出入人员证件的地方。

进入内城院内，记者见城内现存建筑只有几处，遂逐一仔细参观。在东门内靠北墙是游击将军府，此府坐北向南，为一独立四合院，正厅面南，有正房五间，东西陪房各三间，院内除过厅外，所有建筑均红漆木柱，古色古香。据说从明到清，历任嘉峪关的军事首领都住在这里；内城中心偏西北方有官井，此井建关时开凿，井水可供城内官兵及军马饮用，在东瓮城靠北墙，有一座三间红漆明柱通廊式营房；其城外还有重建于清道光二年（1822年）的文昌阁，靠两墙一米处，是一座坐北向南的关帝庙，庙内牌楼保存相当完好，精雕彩画，十分美观。在关帝庙的斜对面，坐南向北是戏楼，其“离合悲欢演往事，愚贤忠佞认当场”的楹联，吸引了不少游人品评议论。

内城东西两门的内北侧，各有马道门楼一座，进入门楼后，就是宽阔的斜坡式砖铺马道。顺马道登上城顶，沿内侧建有宇墙的宽阔城墙观览，就会发现垛墙上都有瞭望孔，以供守城官兵观察敌情。西面的垛墙上还设有夜间照明用的灯槽，灯槽下为斜坡式箭孔，守城者可从此向城下敌人射击。绕城观览，最令人赞叹不绝的，就是陈放在西瓮城“会极”门楼后面檐台上的“定城砖”。相传当初建关时，聪明的工匠们不只设计出结构坚固、工艺精巧的关城方案，而且还精确计算了建关用料，提出建关用砖需九万九千九百九十九块。到工程竣工时，只剩下了一块砖，人们就将它存放在这里做纪念。望着这块砖，记者不禁思绪潮涌，巍巍屹立的嘉峪关，不只渗透着古代人民的心血和汗水，更显示着中华民族的超人艺术和智慧！

嘉峪关东、西门顶的两城楼，均建在城门顶端的铺砖平台上，两楼都面阔三间，进深两间，楼顶全为歇山顶式，脊上装有蟠龙和狮子，由绿色琉璃瓦盖顶，整座楼阁红漆、明柱、回廊，斗拱重叠，五彩缤纷，气势非凡。为了保护好嘉峪关这一全国重点文物，这两座城楼是不向游人开放的。见有记者来参观，文管所的同志才特意打开了城楼门。其第一层为砖木结构，东西两面开门，门内安装木楼梯，攀梯可上二、三楼。二、三两层楼均为纯木结构，四周木格壁窗。登上最高处眺望四周，嘉峪关地理位置的重要性即一目了然：此关所在的嘉峪塬，有祁连山和马鬃山南北对峙，其余脉均伸向嘉峪塬，二者中间形成了一处狭长的咽喉地带，嘉峪关就建在这个咽喉的最窄处。为了加强这处“河西第一要隘”的防御能力，嘉靖十八年（1539年），明王朝又以嘉峪关内城为中心，在其南北两面扩筑长城百余里，南面的长城如莽莽巨龙，一直伸向祁连山下的卯来泉；北面的长城依山延至马鬃山下的野麻湾。这一新的防御工程，就像从内城中伸出的两把巨钳，卡断了东西通道，把西行的路线全改在了嘉峪关关口。难怪人称嘉峪关为“天下第一雄关”，看来这是当之无愧的。

长城，是古代的一大重要军事防御工程，我国历史上曾有20多个王朝都修建过长城。如果把各代长城连接起来，其总数竟达6万多公里，但现存下来的已不足六分之一，其中，完整者更为少见。而以黄土夯筑的嘉峪关，虽说已经历了600多年的风雨剥蚀，但主体仍巍然屹立，气势之雄不减当年。尤令人惊异的是，那高大的砖砌楼阁几乎都建在黄土夯筑的城墙上，几百年的沉重压力，仍未使土筑墙发生塌陷或变形。

对此，文管所的同志解释说，当年修筑城墙，所用黄土全都经过认真筛选，然后还要摊在石板上让烈日烤晒，使其中的草籽失去发芽能力，以免影响城墙质量。在夯筑城墙时，为增强黏结度，黄土中都要掺进丝麻和灰浆，甚至还拌入糯米汁。工程一结束，立即进行严格检验：在一定距离内用箭射墙，凡箭头碰壁落地，就证明城墙坚固合格；如果箭头射入墙中，便立刻返工重修。

作为祖国的重要历史遗迹，嘉峪关在保障东西通商和中外文化交流上起过的重大作用，已被牢牢载入中国和世界的史册中，一直受到党和政府所保护。1961年，嘉峪关被国务院列为第一批全国重点文物保护单位，接着设立了嘉峪关文物保管所。30多年来，国家已先后三次大规模修缮，使它保持了辉煌和壮观。凡登临此关的旅游探访者，都被它的独特魅力所陶醉、所倾倒、所自豪、所骄傲。

立身嘉峪关城头，令人会从心底涌起一股亢奋和激情。“酒泉西望玉门道，千山万碛皆白草”这两句诗，曾经被人流传了多少代，而如今的嘉峪关，西有我国最早的石油基地玉门油田，在这里，井架林立，油龙滚滚；东是戈壁新城嘉峪关市，西北地区最大的钢铁企业酒泉钢铁公司就建在这里；南面有独具特色的祁连玉，所制“夜光杯”驰名中外；盛产于关北马鬃山的嘉峪石，颜色青紫，肌理微粗，用其制成的嘉峪砚，可同崆峒栗亭砚相媲美。脚下的块块农田，水网纵横，五谷飘香；兰新公路、兰新铁路，都从其身旁横穿而过……

驻足嘉峪关，让人心潮澎湃，思绪万千，眼前恍然出现了东来西往的商贾驼队，出现了矢志报国的守边武士……啊，被誉为“天下第一雄关”的嘉峪关，你在饱览了数百年的人间沧桑后，终于以特有的风貌迎来了新时代，跨入了新世界。

（1985年10月）

开封剪影

在陇海线中段的河南东部，屹立着一座古城叫开封。这座已有3000多年历史的文化名城，同北京、南京、西安、洛阳、杭州一起被誉为我国六大古都。

还是在春秋时期公元前8世纪，地处“咽喉九州”的开封被列入郑国版图，郑庄公在这里修筑了一座储粮“仓城”，取“启拓封疆”之意，定名为启封。战国时期的魏国在这里定都，改名叫大梁，由于开封地临汴水，在隋、唐时代又称汴州；唐朝末期，朱温废掉大唐皇帝，建立后梁，定都汴州，又改称开封府。五代时期的后晋、后汉、后周都在这里建都，并称开封为东京。公元960年，赵匡胤建立北宋，仍然以开封为国都。

作为八朝古都，开封留给人无限遐思。李后主“春花秋月何时了，往事知多少”的深长忧叹，赵匡胤伺机而起，黄袍加身的陈桥兵变，杨家将的爱国壮举，“包青天”的为民请命，以及禹王台的香火，柳园渡的涛声，无不让人神往，无不令人流连……

在北宋统治的168年间，开封达到了历史上的鼎盛时期，人口达150万，是当时世界上最大的都市。那时候的开封，享有“国际都会”的美誉，城垣建筑规模宏大，设内外三城，中间的京城，也叫内城，周长10、5公里；内城中偏北设一小城叫“皇城”，周长2.5公里；内城外面是周长达25公里的外城。除了皇城外，开封城内街巷纵横，房舍栉比，茶楼、店铺、酒馆随处可见，还有著名的道观、佛寺、祠庙100多处。至于娱乐活动，更是夜以继日，丰富多彩。当时，开封的手工业也很发达，仅官办绫锦院就拥有400多张织机，1000多名工匠，日本、朝鲜、印度、阿拉伯及越南等国的商人都纷纷来开封经商，有不少国家还派遣学生、僧人到开封进行文化交流，北宋大画家张择端的名画《清明上河图》就生动地描绘了开封的繁华景象，“琪树明霞五凤楼，夷门自古帝王州”和“汴京富丽天下无”的诗句，都是对东京开封兴盛无比的生动写照。

你来到开封，处处都会看到历史悠久的古建筑，处处都会听说动人心魄的古逸闻——

在那绿荫环抱的市中心，坐落着已有1400多年历史的相国寺。这是与少林寺、白马寺、龙门寺齐名的河南四大寺院之一。在我国古典小说《水浒》和《西游记》里，都有对相国寺的详细描述。这座寺院在战国时为魏公子信陵君故宅，北齐天保六年（555年）改建为寺，北宋时曾一度成了“皇家寺”。这里有古色古香的大门，有气势轩昂的大雄宝殿，有式样别致的藏经楼，唐代著名画家吴道子、韩干等都曾在这里画过壁画。相国寺与众不同的是身居闹市，时时刻刻都饱览着人间烟火，在那八角琉璃殿里的千手千眼观音菩萨，是用一棵完整的大白果树雕成的，像高六七米，全身贴金，雕工精美，是木雕艺术中的杰作。站在寺内，你会禁不住想起《水浒传》《杨家将演义》和《东京梦华录》，帝王的荒淫、奸臣的狡诈、市井的繁华、世态的炎凉，都一一浮现在眼前。据说半个世纪前，占地545亩的相国寺还是个聚集着“三百六十行”的“大世界”，做买卖、说书卖艺、唱戏耍把式的应有尽有，如今规模早比鲁智深看菜园、杨志卖刀那时要小得多，但周围的小商品市场、宋都商场都繁花似锦，人流如织，是另一种气魄的兴隆和昌盛。

位于市区西北隅的龙亭，原是后梁、后汉、后周以及宋、金等六朝皇宫遗址，明代为周王府花园。这里的龙亭大殿，也叫万寿宫，是17世纪清朝修建的，大殿高居于有64级石阶的煤山之上，四周环列着石雕栏杆，这座顶部覆盖着黄绿色琉璃瓦、翘角飞檐、黄墙红柱的古建筑，金碧辉煌，巍峨庄严，远望如天上宫阙，极为恢宏。蹲在龙亭大门前的一对石狮子，全身雕满了精美花纹，身高体伟，虎视眈眈，相传为宋代遗物。游人们来到这里后，总要仔细端详，并纷纷站在它俩跟前摄影留念。

驻足殿前，你的视线会立即停留在大殿两边的两个湖泊上。导游小姐告诉你，这两湖湖址相传原是宋将杨继业和奸臣潘仁美的故宅，后人将两宅院辟为湖，西边为杨家湖，东边为潘家湖，因杨继业爱国，杨家湖便四季碧波清澄，而潘仁美心奸手狠，潘家湖也就常年混浊不清。这番话，引得人遐思不断、迩想无穷：这处八朝帝王建都的地方，数百年中不知留下过多少纷争和遗恨，演绎出多少喜欣和悲伤。但历史是公正的，对历史人物的忠、奸、功、过，人民是世世代代都要做出评判的。

在市东北角，人们在很远的地方就能看到一座巍峨耸立的古塔。这是一座高达55米的八角十三层砖塔。塔身全用褐色琉璃砖砌成，颜色望之如铁，所以人们都叫它铁塔。此塔始建于宋代皇佑元年（1049年），是我国现存最大的琉璃塔，每层都有门窗、飞檐、翘角、挂铃，104个铃铎随风摆动，不停地叮当作响。你近前细看，塔身外砌砖上都刻有麒麟、龙凤、坐佛、玄僧或飞天等50多种花纹和图案，塔内不同部位，又有许多形状各异，大小不一的“结构砖”，这些砖有榫有眼，严丝合缝。塔的基层有四门，北门内有石阶可以登塔，沿阶在塔内盘旋而上，登至第五层即可俯视全城景色。驻足塔顶远眺，大地如茵，黄河似带，游人在登塔赏景之时，联想到铁塔建成后历经地震、洪水和战火，可至今仍然擎天摩云，巍然屹立，个个都为古代劳动人民的聪明才智所折服。

新中国成立后，开封曾被不断扩建和改造，所幸的是开封人新时装不改旧姿容，尽量保留着开封古都的历史遗存，让游人能到此发思古之幽情。

漫步在宋城一条街，确实会领略到一番他处难见的辉煌景致。在这条又被称为御街的街道上，两旁建筑雕檐画栋，处处可见金狮玉马，令人仿佛听到宋徽宗赵佶的宴乐声，恍惚看见李师师在翩翩起舞，气派之盛，令人入迷。

走进被改造一新的书店街，所有店铺门面或雕檐刻柱，或拱门花窗，或描金涂红，古色古香、妙趣横生。在这里，你会情不自禁地想起北宋诗人刘子翚南渡后写的《汴京纪事》：“梁园歌舞足风流，美酒如刀解断愁。忆得少年多乐事，夜深灯火上樊楼。”尽管滚滚滔滔的汴河已经消失，尽管当年的皇都盛世也被埋没于黄土之中，但人们一踏上这块土地，总要追忆徽宗和钦宗被俘的凄惨，国亡家破的幕幕历史，既让人感慨万千，又令人流连忘返。

悠久的历史，给开封留下了丰厚灿烂的文化遗产。就拿书画艺术来说，远在东汉末年，大书法家蔡邕就曾在开封泼墨，开封市博物馆至今仍存有他的石经拓片；在相国寺，有唐代大书法家李北海撰写的碑文真迹；到了宋代，汴京的书画更是名扬天下，苏东坡、黄庭坚、米芾、蔡京四大书法家的遗风至今不衰。眼下的开封人普遍讲求雅情逸致，人人酷爱书画艺术，不论在火车站、汽车站，还是宾馆、饭店，都挂有书画，即使在平常百姓家，也是书画悬于堂上，匾额高嵌门庭。已成开封书画中心的相国寺书画社，是开封文人墨客的云集之地。近几年，这个书画社的作品不断跨洋过海，已经传遍了世界五大洲。

在开封观光游览，如烟往事时时都会浮上心头。宋代以后，由于屡遭战火，古老的开封逐渐变得千疮百孔，尤其是一次又一次的黄河水患，给开封造成深重灾难，仅明崇祯十四年（1641年）的黄河决口，全城37万人就有34万死于洪水，当年北宋皇城的无数建筑，大都被黄河所淤没。可现在，国泰民安，黄河在开封上游的三门峡、青铜峡、刘家峡和龙羊峡等七八座大型水电站，可拦蓄河水300多亿立方米，开封城北的黑岗口，也建起了大型引黄灌溉工程，狂暴的黄河已被驯服。如今的开封，已成了中原大地上的一座现代化城市，可成批生产汽车、仪表、电动机、拖拉机、中压阀门、农药、化肥和大型谷物联合收割机，产品远销世界60多个国家和地区；早在北宋就负有盛名的宋绣，作为开封的著名工艺品，更是畅销国内外；朱仙镇的年画、汴梁的石果、鲤鱼焙面、马豫桶子鸡，也一直享誉神州大地。1985年的地区生产总值，竟是1949年的60多倍！

人们到开封来，既是寻找逝去的历史脚印，观赏灿烂的文化遗迹，也是来了解这座文化名城的变化和发展。看来，今日的开封，比她历史上的全盛时期更繁荣、更昌盛！

（1986年4月）

“医圣”遗风满蕲春

从武汉启程，沿长江东下150公里，便是医圣李时珍的故里湖北省蕲春县。16世纪中叶，生于斯长于斯的李时珍，在这里览古今、尝百草，完成了医药百科全书《本草纲目》之后，便安详地长眠在故乡的土地上。

医圣的故乡北依大别山，南临长江水，左控匡庐，右接洞庭，历为水陆交通要冲，物产集散盛地，境内高山、丘陵、平原、湖泊兼拥，岗峦起伏，陂泽纵横，土地肥沃，物产富饶。其北部山区林木茂盛，生长着黄檗、杜仲、紫苏、天麻、茯苓等中药材600多种；中部绵延的丘陵，盛产蜜桃、葡萄、猕猴桃等多种水果，被列为国家长江柑橘开发区，年产柑橘1000多万斤；南部平原和湖区，素称“鱼米之乡”，所产“水葡萄米”于1000多年前就被列为“贡品”，是全国七大名米之一；被誉为“蕲春四宝”的蕲龟、蕲蛇、蕲艾、蕲竹名闻遐迩；已探明的金、铜、石英石、水晶石等矿产资源达25种之多。

记者挤在熙熙攘攘的人群中游览这座文化古城，只见新老建筑鳞次栉比，街道整齐干净，绿树成荫，鲜花溢香。令人叹为观止的是李时珍一条街，从耸立长江岸边那绿瓦飞檐、气魄雄浑的医圣楼北行，道路两边是新近改造的仿古建筑，时珍大药店、药商楼、医圣阁，当年李时珍为百姓诊疾治病的玄妙观，如今已改名为李时珍医院。在蕲春这块物华天宝、人杰地灵的土地上，历代名医贤士先后留下了灿烂的文物资源，有国家、省、县级文物保护单位86处：县西毛家嘴西周文化遗址的木质建筑、铜制农具和彩绘漆器，是东楚文化的代表；著名神话小说《西游记》的作者吴承恩，曾数年于蕲州蕲王府任纪善职，写入小说的玉华王府、竹节山、豹头山，均是以蕲春境内的山水风物作背景。

蕲春被国务院列为开放县，近几年经济迅速崛起，初步形成了化工、机械、建材、纺织、食品五大支柱产业，而拳头产品则依然是医药。蕲春利用李时珍人文资源和药物资源优势，已开发出“李时珍”系列医药产品20多种。医圣故乡的中药材资源十分丰富，尤以加工精细、药剂齐全著称于世。县委书记刘友凡历数了蕲春的名人名产后说，眼下蕲春在各地的副教授级以上人才就有400多名，人们于是称蕲春为“教授县”。县长程坤波告诉记者：“在今年10月举办的首届李时珍医药节暨中药交易会上，仅蕲春参加交易的自产中药材就达150多种，中药饮片360多种，全国有24个省、市医药界的宾客纷至沓来，药材和成品药交易额达5400多万元。”

凡到蕲春的人，总要去凭吊李时珍陵。李时珍陵在蕲州镇东门外5里处的瓦屑坝。公元1593年，76岁的李时珍逝世于家中，人们便将他安葬在雨湖南岸的土耳地。陵园占地约4公顷，木门匾额上，是郭沫若亲书“李时珍陵园”几个大字，陵园门旁是一片荷花塘，距塘20米处，有李时珍半身塑像，走过塑像，后面是石碑坊。沿石阶而上，便有左右并排的两座坟墓，李时珍和他父亲李言闻就长眠于此。墓呈半圆形，虽不甚宏伟，但引人遐思。医圣晚年就居住在这雨湖边。围长只有10公里的小雨湖，却留有医圣李时珍的音容笑貌，铭记着一代伟人的丰功伟绩。身临其境，对医圣的敬仰之情油然而生。

显得简朴、庄重和肃穆的李时珍纪念馆，是一座仿古式庭院，大门上方悬挂着邓小平亲笔题写的“李时珍纪念馆”匾额。步入馆内，除陈列着《本草纲目》的各种版本和李时珍的其他著述外，还有百草药图长廊和大型壁画“李时珍采药图”。种种资料，件件实物，让你真正领悟到“福庇治疴”“功在生民”的丰富内涵。将目光移注在李时珍生平的介绍上，记者的心绪激荡不已，仿佛同400年前的著名医学家一起游历，一起感奋。

公元1517年，李时珍诞生于一个世代行医的家庭里，他的祖父是走村串户的郎中，父亲既是德高望重的秀才，又是颇有名气的医生。由于受父亲的影响，童年时的李时珍同小朋友一起玩耍时，总要告诉他们哪些是麦门冬，哪些是剪春罗，哪些是金盏平，喜欢带领伙伴们去田野寻找青蒿子，采摘滴滴金……

父亲李言闻将小时珍的志向看在眼里，喜在心中，但这高兴中又夹杂着忧愁。他认为瓦屑坝李家几代行医，而家境却一贫如洗，自己在乡试中一再落第，重振家业的重任自然落在了小时珍身上。在李时珍12岁那年，父亲即明确宣布：小时珍的奋斗目标是考进士，耀家业。看到父亲满含期望的目光，看到父亲辛勤忙碌的身影，李时珍不忍心让父亲失望，便刻苦默读子、史、经，于14岁即考中了秀才。但在17岁起连续3次应考落榜后，崇德求真的李时珍即开始挂牌行医。

在同疾病做斗争的过程中，我国劳动人民早就开始用某些植物、动物、矿物治病，逐渐形成了我国特有的中药学。中药种类繁多，其中以草木类药物占多数，人们便把中药称为“本草”，把中药学称“本草学”。早在夏、商时期，用药经验就逐渐丰富，至春秋战国时期，史书上记载的药物已有100多种，到了东汉，又出现了记载药物的专书《神农本草经》，记载药物365种，对药物的性能、使用、采集、炮制、贮藏，都做了较细的记述，形成了专门学科“本草学”。随即又出现了许多注释和补充性著作，从《本草经集注》《唐本草》《蜀本草》《开宝本草》《嘉祐本草》，到《证类本草》，收药物已达1746种，载药方2935个。李时珍一面行医，一面通读医药书籍，并结合实践对已有的医药学进行总结和研究，发现古代药书中往往有“玉石水土混同，诸虫鳞介不别”的缺点和错误，在记述药物方面，“名称多杂，或一物而析为二三，或二物而混为一品”，所绘图形也有“图与说异，两不相应，或有图无说，或有物失图，或说是图非”。总之，“其中舛谬差讹遗漏，不可枚数。”于是，李时珍立志要对旧药书进行整理，写出一本新的本草书！

公元1552年，35岁的李时珍开始了《本草纲目》的写作。为了了解药物的形状和生长，李时珍开始从“博览群书”转向“采访四方”。蕲春境内的远山近水，都留下了他的足迹，盛产药材的缺齿山、丫头山、紫云洞、朱家洞、雨湖畔，都成了他常常出没的地方。1565年，为了实地考察，李时珍开始长途游历，他不畏辛劳，上武当，登庐山，赴湖口，游河南，攀钟山，先后行程1万余公里，采集标本上万种，经过35个春秋的奋斗，历经3次修改，终于在公元1587年完成了《本草纲目》的写作。这部医学巨著共52卷，190万字，全书把药物分为16部、60类，收载药物1892种，比前人增加374种；载入药方11091个，比前人增加4倍；附有动植物插图1110幅，其规模之宏大，内容之丰富，为古代任何一部本草书所望尘莫及。这部巨著不仅是一部药物学巨著，而且是一部详明的植物学、动物学和矿物学专著，对我国和世界医药学的发展都产生了深远影响。

《本草纲目》于1590年首次于南京刻印，1596年出版，这就是珍贵的金陵版，此后，《本草纲目》在国内外翻刻翻印达50多次，如今，这部药物学巨著已被译为日、法、德、俄、英、拉丁等10多种文字，国际学术界赞扬它是“东方医药巨典”，是“中国古代医药百科全书”。

从纪念馆的介绍中知道，李时珍一生含辛茹苦，笔耕不止，著述颇多，除《本草纲目》外，还著有《五脏图论》《三焦客难》《命门考》等书，而今保存下来的只有《本草纲目》《脉诀考证》《奇经八脉考》和《濒湖脉学》四种，其余著作均已失传。那一行行的文字，一页页的著述，一幅幅的插图，让人浮想联翩，感慨万千。医圣李时珍，将他一生的精力和智慧，就这样无私地奉献给了全人类!

李时珍一生爱花草、植花草、尝花草，相传在自己的庭院里，大门前都植满了药花、药草。为了更好地纪念他，蕲春人特意在李时珍纪念馆建了一个药材园。这座据说是按医圣当年的“红药园”修建的花草园里，种有茶梅、芍药、月季、玉簪、铁丝莲、獐耳细辛……一年四季，这里都有鲜花开放，人们爱称它为“国药园”，让它成为李时珍永远活在人们心中的象征，永远昭示医圣独特贡献的价值。当你欣赏那竞相争艳的中草药花时，恍若看到了李时珍的身影。就是他，为培植这些品种繁多的药花、药草倾注了自己的全部心血和汗水。

伫立在医圣纪念馆，记者心潮激荡，遐思翻涌。李时珍对祖国、对人类的贡献已被公认。斯人虽逝，英名长存，在他离世400年后的今天，每年仍有40000多中外游客来陵园凭吊。这真是“一代药宗百代情”！记者相信：医圣李时珍将永远活在人们心中!

（1991年4月）

亳州印象

正是百花烂漫的时节，记者来到了淮北平原上的古亳州。

一踏上久负盛名的亳州大地，秀丽的风光使记者赞叹不已。说来真不愧是神医华佗的故乡，被誉为我国四大药都的亳州，药材栽培历史已有2000多年，种植品种达140种，其中仅“亳芍”的种植面积就有5万多亩，年产量达1800多吨，有不少都定向销往东南亚各国。眼下的亳州，有一条长达40公里，宽7公里的芍药种植带，在那浓香扑鼻的花海中，蜜蜂飞舞，彩蝶嬉戏，构成了一幅绚丽多彩的自然景观，让人感到目清气爽，心旷神怡。

亳州物华天宝，人杰地灵。在公路、铁路还未能开发的古代，穿城而过的涡河连结黄、淮，成了亳州的南北通渠，给亳州带来了少有的繁荣。在汉魏时期称为谯的亳州，曾与许昌、长安、临漳并为洛阳之陪都，向为群雄逐鹿之所，人物辐辏之地。这一历代大商埠，地平壤沃，百物繁衍，经济十分繁荣，早在清代就有了电灯，人们称之为“小南京”，其历史之悠久，文化之灿烂，一直享誉中原数省。你一到亳州，既朴实憨厚，又细腻敏锐的亳州人总要向你这样做介绍：春秋时期著名的思想家老子出生于亳州；春秋末期帮助吴王阖闾立国的伍子胥是亳州人；三国时的曹操、许褚、夏侯惇、夏候渊均是亳州人；晋代竹林七贤士嵇康、宋代道学家陈抟、清代大书法家梁七都出生在这块土地上！

进入市区，在老祖街东头路北是坐北朝南的道德中宫，门前的小巷叫问礼巷，据说这是当年孔子问礼于老子的地方。道德中宫名叫老子祠，又名老祖殿。《史记·老子列传》说：老子“姓李氏，名耳，字伯阳，谥聃，周守藏室之史也。”公元前516年，周王室发生内乱，一直担任周王朝收藏史官的老子逃亡鲁国，后又移居沛国，晚年返回故里。公元前478年，楚灭陈，老子遭受亡国之痛，逃到西楚的函谷关栖身，著《道德经》五千言，给后人留下了一部博大精深的哲理诗。唐贞观十一年（637年），唐太宗李世民敕修太上老君庙于亳州，唐乾封元年（666年），唐高宗李治亲赴亳州祀拜老子，并加封老子为“太上玄元皇帝”尊号。历代帝王祀老子都要到亳州来，亳州须有“老子祠”，于是道德中宫也成了圣上行宫。此宫三间前山门，后大殿祀老子，殿后有一高台，名曰春登台，台上64块石碑，全刻的是老子的著作《道德经》，中间有拜殿3间，两侧各有一跨院，院内有配殿和厢房，东院门题“紫气东来”；西院门题“青牛两度”。传说老子西出函谷关时，关令尹喜见有紫气东来，知道将有圣人莅临，果然有老子骑青牛西渡关口，后人便以此表示祥瑞之气。亳州市文化局的同志解释说：除了亳州的道德中宫外，还有两宫祀老子，一是在蒙城为老子母亲有感流星入怀而孕老子的地方修建的下清宫，一是在老子出生地鹿邑县曲仁里修建的上清宫。

记者来到东郊的魏武故居。曾威赫数世的曹家宅院已无影无踪。在一片樱桃园旁，只存有两棵千年古银杏，那粗壮的腰围，交错的老枝，像是在向游人诉说着主人的兴衰。当年，那位“挟天子以令诸侯”的曹操，就是在这里度过了他的童年时代。导游告诉大家，曹操的故居虽已荡然无存，但亳州仍有庞大的曹操宗族墓。按史书所载，曹操死后葬于邺城之高陵，但亳州人则说是葬在谯陵，当地人称谯陵为曹堌堆。近几年，考古学家已经开掘出3座曹氏家墓，其中曹操祖父曹腾墓有石室7间，规模宏大，俨然一座地下宫，在曹操父亲曹嵩墓中，还出土了极为珍贵的银缕玉衣；此外，在曹炽、曹胤和曹操长女曹宪墓中，还发现了精致的牙雕、玉器和水晶物，其内容繁多的篆、隶、真、草字砖，成了目前我国保存最多的东汉文字。

在魏武故里，北有观稼台，南有八角台。据载建安初年天下饥荒，“尸骨遍于野，百里无鸡鸣”，曹操率兵屯田，在观稼台察看了庄稼长势后感叹道：“夫定国之术，在于强兵足食，秦人以急农兼天下，孝武以屯田定西域，此先代之良式也。”在取得官渡之战全胜后，曹操于建安七年（202年）一月抵返故里，为了光宗耀祖，他筑起八角台犒劳六军，《亳州志》也称：“文帝幸谯，大飨父老，立坛于故宅前，树碑日大飨碑。”然而，星移斗转，大浪淘沙，曾经盛况空前的八角台，如今只成了一堆小土丘。看来，刻在石头上的文字，很容易被风雨所剥蚀。

说起来，早就是商成汤王故都的亳州，在历代英杰中，最受人们崇敬的莫过于神医华佗。

华佗字元化，精研岐黄，兼通数经，首以酒服“麻沸散”施行剖腹手术，成为外科鼻祖；在内、妇、儿和针灸诸科医术也是药到病除，被誉为“神医”。见华佗医术精湛无双，曹操竟强令华佗给自己当侍医，但华佗不从，托故从许昌返回故里行医，被曹操关入牢狱后郁郁而逝，以致家人流散，故居被毁。但人们从未忘记华佗的功德，一代接一代纪念他，至唐代，亳州人在华佗故居前建起了华祖祠。此后，华佗祠香火不断，朝拜凭吊者更是络绎不绝。

出亳州古城向北行5公里，便是华佗故里华庄，华佗祠就掩映在华庄的一片花海中。穿过一处林园，即达华祖祠。华祖祠有山门、耳房、大殿，东西有配殿和华佗故居。有副对联为：“善德善心善行，尤缘善医至善；名山名水名胜，更因名人而名。”相传，这里原是一片荆篱茅舍，宅前屋后碎砖曲径，遍植中草药，华佗当年正是以园内的灵草妙药来医济百姓。眼下的华祖祠于1981年已被列为安徽省重点文物保护单位，其山门内外双狮雄踞，古木参天，正殿内供奉的华佗金身塑像，腰悬药葫芦，神采奕奕，面容慈祥，给人以栩栩如生之感。祠内陈有《华佗神方》《内照法》等华佗医史文献和众多实物资料，还有亳州华姓百姓献出的铜器和古代华佗木雕像。祠后一高台上的华佗故居，其东厢益寿轩是华佗当年给人医病的地方，西厢存珍斋是华佗的药房，存列的全是用华佗研制配方制成的中草药。1984年，在这里召开了全国华佗学术研讨会，来自全国的200多名医药界专家学者向华祖祠敬献了“苍生大医”的匾额。越过故居回廊，有一被垂柳吊槐覆盖的药池，竹篱柴扇间植满了芍药、紫菀、枸杞、白菊和车前子等近百种药草。身临这名副其实的“药圃流香”，入眼情景让人遐思不绝，浮想无穷，神医华佗走乡串户，为民解疾除痛的身影恍在面前。

作为国家级历史文化名城，亳州既有灿烂的文化古迹，又有独特的地方风情。在素有72条街、36条巷的老城区，你单从猪市、羊市、牛市、瓷器街、帽铺街、纸房街、打铜巷、筛子巷、艳子巷等百行街市的名称上，就可以想象到这座古城历史上的繁荣和昌盛。你要站在高处眺望，平静宽阔的涡河上舟船如蚁，沿河六码头八市，绘成了一条十里长街，物品汇聚，商贾云集，其顺河街、董家街更是人流如织，热闹非凡。说亳州是名驰中原数省的大商埠，看来一点都不过分！

肥沃的土地，温润的气候，使亳州成了一块物产丰饶的富庶之地。这里自古以来就盛产玉米、小麦、棉花和芝麻，远至商代的泡桐栽培历史和150多万立方米的泡桐蓄积量，使亳州还享有“桐乡”美称。亳州泡桐纹理细致，不裂不翘，具有防潮防腐，绝缘隔音的优点，深受日本等国家的欢迎。如今在亳州20万公顷的土地上，泡桐林带纵横交错，每到暮春，被诗人称为“勿忘我”的泡桐花便渐次开放，连空气都溢满了浓郁的馨香；亳州还有亚洲最大的人工栽植核桃林场。这里的核桃肉厚、壳薄、以糖分、脂肪、蛋白质丰富而著称，已成了市场上供不应求的男女滋补品；自古就出产名酒的亳州，当年曹操就拿家乡的九酝春酒送汉献帝，眼下有6个部优、9个省优白酒畅销国内外。驰名中外的古井贡酒已4次蝉联国家金奖，在1989年举办的首届中国酒文化节上，亳州荣获“中国酒文化名城”称号。亳州的烟草生产历史虽只有50多年，但已成了安徽省最大的烟叶生产基地，产量竟占了全省总量的多一半……

说起亳州的富裕和殷实，市长苏迅自豪地说：“亳州水陆纵横，交通便利，占有天时地利的自然优势，自古以来就是物丰民富的风水宝地。改革开放这些年，亳州经济的发展更加迅速，已形成了烟、酒、药、桐四大支柱产业，于1990年跨入全国95个财政收入超亿元县市的先进行列。面对亳州已被国务院列为全国历史文化名城这一新机遇，市委、市政府又重新制定了‘兴农、强工、活商、服务、富民’的新战略，决心带领120万勤劳智慧的亳州人民艰苦奋斗，发展经济，让中原的明珠亳州更辉煌，更灿烂！”

听了市长的话，一股豪情激荡于记者心头。记者认定：在人文荟萃的古亳州，英杰间出的亳州人一定能创造出无限美好的明天来！

（1991年4月）

桂林览胜

在祖国，有北京、洛阳、西安、苏州、杭州、昆明及泰山、华山、庐山、峨眉山等不少驰名中外的风景胜地，而最享盛誉的，则是“风景名城”桂林。“桂林山水甲天下”，孩童时代就铭刻在心中的这句话，使我把游桂林当成了人生旅途上的一大夙愿。

桂林，位于广西壮族自治区的东北部，在2000年前属百越之地。秦始皇统一中国后，命史禄在此开凿灵渠，沟通湘江和漓江，使桂林成了“南通海域，北接中原”的华南重镇。公元前111年，汉武帝刘彻在桂林设始安县，唐代改称临桂县，1940年设市。目前，加临桂和阳朔两县，桂林市辖区面积为4183平方公里，人口总数120万。这里四季如春，气候宜人，是我国南方最凉爽的地方，为国务院划定的第一批历史文化名城之一。

据地质学家们推断，早在3亿年前，桂林一带还是一片汪洋大海。到距今1.8亿年左右，地壳发生剧烈运动，海底上升为陆地，那些沉积在海底的石灰岩经风化剥离、雨水溶蚀等外力作用，逐渐形成了奇山、秀水和异洞，构成了桂林山水的独特风貌。宋代诗人范成大曾说：“桂山之奇，当为天下第一。”以山多和形秀闻名于世的桂林，东是海洋山，北是越城岭，西北是天平山，西南为驾桥岭。在漓江两岸，东有北面山、屏风山、七星山、穿山、塔山，西有九华山、骑马山、鹦鹉山、隐山、西山、候山、南溪山。这些山大多平地崛起，争高直指，形状各异，奇特俊秀，有的尖削峻峭，有的奇巧玲珑，有的伏地而卧，有的栩栩如飞，千百奇峰，天下独绝，细细观赏，近的苍翠，远的青紫，再远的灰褐透亮，万般绝景，美不胜收。

对于桂林风光，有人是这样形容的：“山峰环野立，一水抱城流；水绕青山山绕水，山浮绿水水浮山。”来到桂林，必先观览被定为桂林市徽的象鼻山。你乘车到阳江和漓江汇流处，就见水面突起一座高达六七百米的大山，整个造型酷似一头大象。它后半身跨在地面，前半身俯视江中，象鼻正伸入江面吸水。从左、右两侧去看，那坚毅的头颅，那下伸的鼻子，那斜拱的脊背，那眯缝的眼睛，活灵活现，逼真神奇。相传，在远古时代，玉皇大帝率领成群巨兽逛桂林，有头病象被弃荒野，在村民护理下才得康复。为报答救命之恩，这头大象便为主人耕耘田地，驮粮运草。不料被玉皇大帝知道后，命天将将它杀死，但大象至死不屈，变成一头石象永伴人间。大概也因这缘故，象鼻山很早以前就成了人们的祭祀之地，其南麓的云峰寺，从唐代建寺至今，一直香火不断，在山旁舍利塔的岩壁题赞中，还有著名爱国诗人陆游的手迹。驻足象山公园，脚下漓江碧水悠悠，轻波泛舟，东望訾洲，西顾牯牛山，南观斗鸡山，北瞧伏波山，山光水色，浑然一体，景色格外迷人。

远远望去，犹如堆彩叠绣的叠彩山，是我国及世界上少有的奇观。此山与独秀峰和伏波山鼎立于市区中心。从南侧古道拾级而上，便到了叠彩山主峰明月峰峰巅。明月峰雄居漓江之滨，峭壁危崖，险峻秀美，从峰顶鸟瞰，桂林风光尽收眼底：城郊平畴绿波无垠，市内高楼鳞次栉比，群峰竞秀，漓水依依，满眼一幅千姿百态的天然图画。1963年，年逾古稀的朱德、徐特立和谢觉哉三位伟人曾健步登临此峰。在峰顶“拿云亭”，朱德欣然挥毫：“徐老老英雄，同上明月峰。登高不用杖，脱帽喜东风。”徐特立高兴地当即和诗：“朱老更英雄，同行先登峰。拿云亭上望，漓水喜东风。”游人细品伟人诗篇，个个备受鼓舞，大家喜笑颜开，纷纷选择最佳角度拍照摄影，要把这一美好时刻作为永恒的纪念。

在桂林，几乎有山就有洞。中国岩溶地质研究所在桂林已探明洞穴2000多个，搜集大小洞穴资料3800多份，其中有名的洞穴近1000个，可供游览的达50多个。这些岩洞，高的有穿山的月岩、平山的穿岩、阳朔的明月洞；低的有象鼻山的水月洞；深的有七星岩，此岩洞一连穿越几个山腹，岩道长达2公里；浅的有独山的甄皮岩，洞口开敞，阳光充足；多的有隐山洞，山腹洞洞相连，纵横贯通；怪的有阳朔冠岩，五个洞府泉水潺潺，经年不息，给人一种奇不可测的神秘感。

“天生芦笛千般巧，欲写奇岩下笔难。”为目睹溶洞奇观，我来到了令人神往的芦笛岩。

芦笛岩位于桂林西北处的光明山，因洞旁生长一种可做笛子的芦草而得名。从导游小姐的讲解中得知，这座溶洞奇苑曾沉睡了几万年，直到1959年开始开发，1962年正式开放，洞内近百件题词、题名等壁书中，最古的是唐代“贞元八年十月”。此洞洞体为回圈形，洞深240米，洞高18米，最宽处达93米。

进入洞内，只见彩灯闪烁，银光辉映，洞壁全为银色钟乳石，各种各样的石幔、石花和石柱组成了一幅幅天然雕塑，画屏上有宏伟的宫殿，高峻的山峰，擎天的巨柱，无边的林海，在观赏了“远望山城”“高峡飞瀑”“盘龙宝塔”和“雄狮送客”后，往前一处较为开阔的地方，见到的景物更令人击掌赞叹，这就是“丰收小景”。只见洞顶洞壁生长着莲藕、萝卜、白菜、豆角、丝瓜、南瓜、花生……或大或小，应有尽有。其旁的“药材山”，有人参，有灵芝，奇花异草满山满坡。接着便是“石柱林”，高大的，矮小的，各形石柱密密匝匝，有一根植于洞顶的石笋，眼看就要同地面的石柱相连接，导游小姐特意为此作说明：“石乳生长很慢，一百年才能长1厘米，凡到洞内的人，即使‘返老还童’，也无法看到它们相接的情景。”一番话逗得大家开怀畅笑，徜徉在这种神话般的奇幻世界，令人如醉如迷，竟分不清哪是天上，哪是地上！

桂林美，更美在悠悠绿水上。在桂林，有桃花江、小东江、灵剑溪、良丰河、金宝河、相思江和纵贯全市的漓江。其中那无处不美、无时不奇的漓江，可以说是桂林山水之精华。这条江，沿途奇峰夹岸，怪石嶙峋，溶洞高悬，不分春夏秋冬，江水清澈见底，一年四季既不扬波，也不喧哗，时时都那么温馨宁静。一路上，蓝天、白云、农舍、楼阁、绿野、群山，全映江中，船来水动，倒影婆娑，处处“群峰倒影山浮水，无水无山不入神”，展示着一幅幅气象万千的风景画，可谓一江流水，千幅画图，让人赏心悦目，赞叹不已。古往今来，来桂林的作家、诗人、画家、摄影家已举不胜举，仅吟咏桂林山水的诗词就达5000多首。

翻开历史，风景名城桂林曾几度兴衰。尤在日寇入侵我国期间，全城房屋建筑95%被焚烧，不少文化古迹惨遭破坏。新中国成立后，党和政府对桂林进行重点建设，促使工、农、商和旅游协调发展，形成了以机械、橡胶、电子、医药、旅游、食品和工艺美术为重点的工业体系，所产三花酒、腐竹、腐乳、辣椒酱及罗汉果、沙田柚驰名中外。如今的桂林，楼房美观，园林雅致，街道繁华，全市修葺保护古建筑达200多处，保护碑、碣及石刻等文物2000多件，建成旅游资源近2000平方公里，花木种植面积达1425公顷，绿化覆盖率占33%。眼前的桂林，不论大街小巷，或是江滨湖畔，樟树、女贞树、天竺桂、榕树，将山城点染得一片翠绿。其中，桂林人最喜欢的金桂、银桂、丹桂与四季开花的四季桂争相媲美，处处桂荫盖地，满城花香袭人，使桂林成了名副其实的“桂花林”。

当介绍到桂林的旅游业发展规划时，常务副市长蔡永伦说：“1981年，邓小平同志来桂林视察，他老人家高瞻远瞩，严肃指出因搞工业污染了漓江，是‘功不抵过’，从而为桂林的发展指明了方向。近几年，市政府先后投资4.8亿元用于市环建设，除修建了芦笛、尧山、奇峰、桂海和龙泉五大风景游览区外，还下决心搬迁、关闭了39家有污染的企业，各单位锅炉和烟囱都得到改造，安装了除尘器。按照国务院批准的‘总体规划’，桂林市在20世纪最后10年的主要任务是‘保护环境，造福人民’。今后，市内不再兴建大中型工厂，严格限制老城区规模，至2000年，全市人口不得突破140万，其中城区人口必须控制在42万以内，各类建筑物一定要与自然景观相协调，坚决做到‘城不压山’，把桂林建设成世界一流的旅游胜地。”

“四季景物殊，气象真万千。宁当桂林人，不愿做神仙。”这首诗，是陈毅元帅1963年视察桂林时写下的。身处桂林，不论你立足何方何地，时时刻刻都会有一种“山水甲天下、风光满眼优”的心灵感悟。这一风水宝地真是处处有景，景景醉人！风景名城桂林，不知有多少人都被她的风光美景所倾倒。当年，曾访问过80多个国家的美国总统尼克松一到桂林即惊叹：“世界上没有哪一座城市可以同桂林媲美！”瑰丽的风光，悠久的历史，已使桂林成了驰名中外的一处旅游胜地，近几年，来桂林游览观光的中外宾客每年都逾700万人次。

对桂林的历史性变迁，市委书记袁凤兰格外自豪。她满怀激情地对记者说：“桂林水陆交通四通八达，航空运输更为优越，每隔15分钟就起飞一架班机，观光游览人数在全国名列首位，欢迎大家常来桂林作客！”

（1991年12月）

漓江行

有话说："桂林山水甲天下，阳朔堪称甲桂林。"凡到桂林的人，没有不去阳朔的，记者正是在去阳朔时才饱览了名扬中外的漓江风光。

漓江，又名桂江，是纵贯桂林市的主要河流。它那清澈明丽的江水，发源于海拔2140米的中南第一峰——兴安县境内的猫儿山，在沿江纳入甘裳江、桃花江、相思江、荔浦江、兴坪河等支流，回旋而下阳朔至平乐，缓缓流了160公里后才汇入桂江，奔向大海。这条名江沿岸尽是举世罕见的喀斯特地貌，奇峰林立，怪石嶙峋，溶洞高悬，竹翠林茂，荟萃了桂林山水的全部精华，其风光美景堪称世界上最大最美的天然画廊，可以说，"到桂林不游漓江，等于没到桂林!"

因时值浅水季节，漓江上游不好行船，记者便赶到南距阳朔44公里的杨堤去乘船。

杨堤是个秀丽的田园小镇，这里三面环山，一面临水，村后群峰中有两峰并立，活像倒举的羊蹄，当地人便以此谐音取名杨堤。镇上新楼拔地，房舍栉比，街道货铺林立，农贸市场人头攒动，柿、柚、栗、桔比比皆是。伫立观景新堤，只见这里水深潭阔，渔网密布，网浮筒子纵横交错。当地人神气地说："我们杨堤是漓江的一个天然大鱼库，除产竹鱼、鳜鱼、瘦鱼和梅花狗鱼外，还有久负盛名的坚鱼、鲤鱼、鲫鱼、白腊鱼和大眼鲂，它们肉质鲜嫩，味美可口，可算漓江的一大特产。"

顺着人流登上码头，一艘艘满载宾客的游船鱼贯而下。尽管播音员不停地向大家介绍沿岸的景点和传说，但人们仍纷纷离座挤上游船甲板，神话般的漓江风光即扑入眼帘。满江清水悠悠，两岸峰峦竞秀，一幅幅山水风光便接踵而至——

船至杨堤近300米处的鲤鱼滩，一山高耸，石壁上五彩斑斓，细看形似一条大鲤鱼，头右尾左，身旁还伴有一条小鲤鱼，头左尾右，两眼黑黑，活灵活现，似在嬉戏，这就是漓江岸边的“鲤鱼挂壁”。瞧，那座立在浪石滩右岸的小山，挺立直指，上尖下圆，活像一支倒插的毛笔，这就是名闻遐迩的“文笔山”。人都说漓江的百里画廊，就是这支巨笔描绘出来的。出“文笔山”不远，左岸就是浪石村，这里江中礁石参差交错，江面碧波粼粼，两岸奇峰夹峙，激浪溅船，余音回荡，真不愧是“浪石奇景”。此处右岸有大黄、文笔、笔架、狮子、冲天诸山高耸拥江，左岸有观音、飞凤、白兔、鸡仔群峰比肩争雄，正前方有一山圆似苹果，此即“苹果山”。漓江至此，如玉带漂流，船头涛岚声声，山光水色，令人叫绝。

漓江山水兼备，幽山清水，风光蔚为壮观。沿江群峰屏立，千姿百态，有的像人物，有的似怪兽，有的如珍禽，有的同奇花…… 风景妙趣横生，传说神奇动人，让人辨也辨不及，看也看不尽，神不守舍，目不暇接。

船在鸡笼淀，人们刚刚欣赏了那冲天拿云、扼守江喉的“三峰锁江”等景观，游船便到了漓江著名险滩大磢滩。这时，播音员用甜脆的嗓音告诉大家：“看呐，前面冷水村对面就是‘画山’！”满船人来不及听完介绍，就注目“九顶遏立，耸峙江心”的漓江奇峰。从船上看去，这座九峰相连的大石山，在高、广各约百余米的石壁上，石纹绚丽，黛绿、米黄、天青、蜡白之色浓淡相间，层次分明，线条清晰，犹如一座巨大壁画。播音员特意介绍说：“只要你仔细揣摸辨认，就会看到姿态各异的骏马：最上端的白马正迎风长啸，西边两灰马在低头喝水，左边的枣红马扬鬃奔驰，右边雪青马翘首追逐……相传一般人只见到三至五匹。有民谣说：‘看马郎来看马郎，问你神马有几双？看出七匹中榜眼，看出九匹中状元’1960年，周恩来总理视察阳朔途经此处时，看中九匹，陈毅元帅看好八匹。”此处的漓江岸边，山如画，画如山，船上游人兴致更浓，刹间有人称看到了五匹，有的却说连一匹也未看清，引得大家一阵欢笑。

船越“画山”不远，左岸一山俨然一头大雄狮，正回头面对九马瞪眼张嘴，像要捉马饱腹。从播音员的介绍中知道，此即“雄狮回头。”正当人们产生不少联想时，游船右转，行到了黄布滩、朱壁滩一带，河面即趋宽阔，江流平缓，沿岸峰峦倒映水中。此处的漓江，水上是景，水下更是景，别具一番风貌，成了漓江绘画摄影的最佳境地。游船漂过“猩猩山”“七女峰”“螺蛳山”，便到了“天水寨”。“天水寨”在漓江左岸尖山、驼背等六峰间，与“狮子骑鲤鱼”隔江相望。此寨海拔近千米，四面竹树环合，风摇烟云，韵动泉谷。据说寨中盆地尽为良田，有一水井叫天水井，终岁不枯，可供2000多人饮用。1921年，孙中山先生从广州至桂林，曾在此寨观察地形，筹划北上，并建议改“天水寨”为“天水园”。

一进兴坪境内，美丽的漓江画廊更为神奇。人都说：“桂林山水甲天下，阳朔堪称甲桂林。两岸奇峰看不尽，阳朔风景在兴坪。”此说果然不假。游船到此，锦绣山河令人神惊魄动。沿江望去，山下竹翠林茂，阡陌纵横，田园似锦，两岸奇峰秀山，峡谷深壑，悬崖幽洞，碧潭绿洲，好似神灵大师汇天下美景绘成的自然艺术宫苑。抬头远眺，在巴掌山旁兴坪河与漓江汇合的地方，漓江左岸有两山近在咫尺，左山上小下大，临江面如削壁，腰身微弯，活像一个光头和尚；右山如披巾尼姑，显得文静秀雅。僧、尼两山正在相视而立，含情脉脉；静看水中倒影，僧、尼亲吻形象惟妙惟肖。

过了佛子厄，细观“螺蛳山”，便到了美丽如画的阳朔城。顿时，“万朵芙蓉平地起，碧莲峰里住人家”的人间仙境扑入眼帘。只见县城四周奇峰环绕，峭壁苍翠，把阳朔县府包围得紧紧贴贴。那伸向江边、气势磅礴的是龙头山，拔地而立的是碧莲峰，一山一峰相峙而立，青云片片，雾色霭霭，宛如披在峰顶的神奇面纱。尤其是那座苍青奇秀的孤山碧莲峰，恰似出水碧莲，紧紧依偎在漓江西岸，显得幽深雄奇，成为阳朔一大著名景观。这座奇峰北侧半腰有两处白色圆形光滑石面，像两面镜子镶嵌在山腰，可将城中万物摄入镜内。传说它能分辨善恶，人们便称碧莲峰为“鉴山”，并从唐代开始，先后在山顶修建起鉴山寺和鉴山楼。隔江南岸，白沙村竹林掩映，群峰耸立，起伏嵯峨，近旁双曲长拱桥，如长虹落在山间。阳朔城，如同一颗璀璨明珠嵌镶在漓江岸边。

在游船靠岸的声声汽笛中，人们登上了新建的阳朔码头大坪台，顺碧莲峰下的滨江路步入阳朔城。沿街楼房拔地，亭阁巧立，花卉争艳，竹木葱茏，中外游客熙来攘往，摩肩接踵。设在碧莲峰下的农贸大市场，更是热闹非凡，繁华无比。这里货铺成行，摊位栉比，各种土特产琳琅满目，应有尽有，那酸甜可口的酸梅、杨梅、枇杷、葡萄、黄皮果，那纯甜味美的沙田柚、蜜橘、甜橘、金橘、寿心橘、柿子、板栗、甘蔗，都能使游人们饱享口福。因得益于漓江的独特山光和水色，阳朔这个小县城的旅游业十分发达，每年接待的中外宾客达500多万人次。据了解，仅县城这个按“漓江规划”蓝图兴建起来的新型超级大市场，各种商品的日均销售额逾400万元。

漫步在漓江岸边的阳朔城，就会发现阳朔人的热情和好客。听说记者是头一次来阳朔，一位正在出售金橘的农民热情地介绍说：“我家住在县城南面十多公里处的荔村，我这是专来销售自产金橘和罗汉果的。说起来，你肯定看过电影《刘三姐》吧，电影中那清清的河流、奇妙的穿岩、古朴的村庄、奇特的风光，就是距我们荔村不足2公里的古榕渡！到了阳朔，你说啥也得去看看这地方！”

顺桂荔公路驱车南行，沿途浏览了“食指峰”“月上壁”“青蛙晒肚”“金猫出洞”和“猪八戒显形”等景观，不一会儿便到了阳朔大榕树游览区。顺漓江支流金宝河边的游览道抵达千年古榕下，只见这棵高大的榕树宛如一把巨伞，树干挺秀，枝叶繁茂。据说此树是隋朝兴建阳朔时所栽，至今已有1300多年的历史。它8米的树围，17米的身高，浓荫覆盖面积近千平方米。榕树原本就美，再盘根错节，使千年古榕的风姿更为雄健。举目四望，古榕西面，群山腰岩洞开，石乳垂悬；北面，五指山形如巨掌；南面，明月峰指天高耸；东面，金宝河水流悠悠，稻田园畔蔗拥蕉簇。古榕下，河岸边，人流如织，笑语声声，歌舞漫漫，好一个迷人之处，难怪歌仙刘三姐对这里也是一见钟情！

无穷的风光，无限的魅力。漓江行，真是一次令人心醉神迷的难忘享受，记者不禁被那独特的神韵所倾倒——啊，漓江，你以勾人魂魄的长卷泼墨画给沿江人民带来了生机，带来了繁荣，带来了希望，愿你的山更青翠，你的水更甜美！

（1991年12月）

江源首镇处处春

长江，这条在地球上仅次于南美洲亚马孙河和非洲尼罗河的我国第一大河，从“江河之母”唐古拉山的各拉丹冬雪峰发源后，有370多公里都是在“生命禁区”的母亲怀抱里流淌的。从很早很早开始，人们便把这段河叫沱沱河，坐落在沱沱河岸边的沱沱河沿，就是长江源头的第一镇。

沱沱河沿这名字，是当年筑路大军叫起的。这个被称为“世界最高镇”的小镇，街面海拔高达4680米。自从青藏高原隆起后，沱沱河沿一年四季没有一天无霜期，高寒和缺氧使这里一直人迹罕至，就连一顶固定的牛毛小帐篷也没扎过。1954年开始，随着青藏公路从这里穿过，罕无人迹的沱沱河沿才逐渐变成了一个小集镇。现在，这里设有青海省格尔木市唐古拉乡人民政府，有商店、旅社、饭馆、银行、粮站、邮局、卫生所、运输站、养路工区、汽车修配厂，还有解放军总后勤部青藏兵站部的沱沱河沿兵站和输油站。不论春夏或秋冬，每天都有南来北往的汽车从这里经过，有不少中外宾客来这里考察或观光。

6月初，记者一来到沱沱河沿，就登上了被称为“长江第一桥”的沱沱河大桥。站在沱沱河沿这一最宏伟、最现代化的建筑上，胸中不禁涌动起一种激越和昂奋，无尽的思绪油然而生——

长江，这条中华民族的母亲河，就像一条腾云驾雾的青色巨龙，她跨雪山，过草地，绕千山，纳万水，浩浩荡荡直奔大海。就是这条母亲河，用自己乳汁般甘甜的江水灌溉着全国四分之一的土地，哺育着全国三分之一的人民，同黄河一起孕育了驰名世界的中华灿烂文化。在中国，一说起长江，人们都会想到她那波澜壮阔、一泻千里的恢宏气势，然而，因为这条母亲河发源地的高寒、缺氧、遥远和冷峻，会有多少人能目睹她那雄奇神秘的源头景象呢？

从海拔6620多米的各拉丹冬雪峰发源时，长江源头的沱沱河只是一些由冰川和冰斗融水汇成的小溪流，这些溪流在接纳了尕恰迪如岗雪峰的冰川融水后，即形成数米宽的小河。它绕山穿峡，越东水面越宽，当流至沱沱河沿时，河床已宽达2700多米，最大水深超过3米，水流量达280秒立方。全长6380公里的长江，就因其源头区域地貌复杂、溪流密布，历史上的几次大探查都未能揭开其源头之谜。直到1977年，由国家江源考察队经过近两个月的艰难考察后，才发现她的真正源头是沱沱河。滚滚奔流的长江，在流了多少万年后，人们才首次查明了她的发源地，沱沱河沿的名气也随之远播，成了人们心向往之的一片热土。

记者收住浮想后纵目极望，沱沱河沿的凝重风姿便一览无余，这里是一块东西长、南北窄的河谷盆地，地势开阔平坦，四周的高山都覆盖着皑皑白雪，虽然已是6月暑天，可沱沱河主河道两边仍然结着厚厚的冰，河水在这里显得格外平缓和温顺。

在沱沱河大桥下，记者碰上了3名正在钓鱼的藏族小青年。只见他们蹲在冰碴上，将手中一条密密麻麻拴了十多个小铁钩的细绳子投入水中，只过几分钟，就有十多条高原特有的无鳞鱼被拖上了岸。

原来，沱沱河水中的鱼格外憨，因它们胆子大，不怕人，不要说撒上网，垂上钓，就是拿铁锹拍下去，也会有鱼被打昏后浮上水面任你捞。一搭话，其中一个名叫南木达的青年首先做介绍，他说他父亲是沱沱河沿兽医站的医生；另两人一个叫红星，一个叫扎喜才仁，父母亲都在沱沱河沿粮站工作。记者知道藏族有禁忌食鱼的习俗，于是问他们钓了鱼做什么，南木达听了回答道："我们的长辈是禁忌吃鱼的，但我们年轻人不讲这风俗。这里的鱼肉肥味鲜，我们钓了拿回家，自己学着汉人的方法做了吃。"他们还告诉记者：现在，沱沱河沿藏族人的生活观念已普遍发生了变化，有的人家来客人，还做沱沱河的鲜鱼招待哩！

从沱沱河大桥南岸向西，顺着宽阔的便道走半公里，就到了唐古拉乡政府，今年才33岁的乡党委书记代东平是陕西人，这位年轻书记在他那办公室兼宿舍的平房里向记者介绍，唐古拉乡的面积近6万平方公里，人口只有1052人，在青海省的乡级区划中，唐古拉乡占三"最"，即辖区面积最大、平均海拔最高、居住人口最少。代东平书记说：唐古拉乡在地理位置上虽属亚热带，可气候常年寒冷，年平均气温低于零下17摄氏度，常年无法发展种植业。但居住着全乡近四分之一人口的沱沱河沿，是青藏两省区的交通要塞，每天经过这里的汽车有千余辆，人们便依托青藏公路线搞运输业和社会服务业，将沱沱河沿变成了全乡最大的物资集散地，不少人“借梯上楼”，走上了致富道路，过上了文明、幸福的新生活。

谈起沱沱河沿的变化和发展，在沱沱河沿已生活了23年的拉萨籍藏族副乡长南周说：“过去，唐古拉乡没有一所学校，没有一个识字人。而现在，人们都懂得了‘穷不办学，穷根难除；富不办学，富不长久’的道理，将民办公助建起来的唐古拉学校办成了海西州的先进单位，不少藏族孩子从四周的牧场、草原来到这里学文化、受教育，接着进工厂，进机关，进军营，有的还成了大学生。”说着，他亲自带记者到学校参观。

唐古拉学校坐落在沱沱河沿最西端的戈壁滩上，沱沱河就从其西、北两面蜿蜒奔流。校门口挂着的白色大木牌上，“唐古拉学校”五个黑漆字十分鲜亮，宽敞的校园里，整齐地座立着几排新教室，琅琅读书声清脆悦耳，教导处主任更尕南杰用酥油茶招待来客。记者从他的介绍中知道，唐古拉学校是所五年制小学，有教师15位，学生121名，校长巴桑是拉萨人，刚入而立之年就当了全国民族教育先进工作者，“五一”前夕，格尔木市教育局让他到北京、大连等地去观光和疗养。

更尕南杰是从青海省海西州民族师范毕业的藏族青年，他性格开朗坦诚，说话不带虚言套语。临别时，他满含激情地对记者说：“去年初，全乡牧民给学校捐牛50多头，捐羊600多只，扶持学校在距沱沱河沿30公里外的洛巴草原办了一个大牧场，这使学校的办学条件更加优越，住校读书的学生也由过去的20来名增加到了70多人。”

采访了唐古拉学校，记者又走进了同江源首镇沱沱河沿这名字一起诞生的沱沱河气象站，这个气象站因设有全国海拔最高的气象探空业务而闻名遐迩。在这里，每天早晚都要投放一颗探空气球上天，气球一升空，地面雷达即跟影追踪，将3800米高空的气象情况探得一清二楚。

看到记者来采访，气象员们满满围了一屋子，大家给记者沏了茯砖茶，还斟上了他们用以治疗关节痛的浸泡雪莲酒。记者从攀谈中知道，沱沱河气象站的23名职工，都是清一色的年轻人，平均年龄还不足23周岁。

由于高寒和缺氧，又常年吃不上新鲜菜，不少人已脱发、掉牙。今年27岁的地面观测员王泽，是1986年从兰州气象学校毕业后来站的，胃病和关节痛常使他食不甘味，夜不成眠，可是当组织上于去年春天决定调他离开这里时，小伙子动了情，他说："沱沱河更需要年轻人，还是让我再坚持几年吧。"就这样，王泽又主动留在了沱沱河气象站。

在深居"生命禁区"的沱沱河沿采访，记者处处都感受到有种力量在勃发，在涌动。生活在这里的建设者，正用自己的信念和双手，向世人展示着江源首镇的神采和希望！

（1992年7月）

长白山天池纪游

金秋8月，记者到吉林省通化市开会，有机会游览了名闻中外的长白山天池。

在通化市坐火车，只十来个小时便到了白河镇，在白河镇再转乘汽车，就可直抵长白山天池这处风景胜地。

从白河镇至长白山天池，一路上尽属国家长白山自然保护区。长白山保护区总面积达20万公顷，这里生物种类繁多，地貌、气候、植被和野生动物的分布具有典型的山地自然景观特征，不仅有雪峰、林海、瀑布和温泉，还盛产人参、灵芝等珍贵药材，并栖息着梅花鹿、紫豹、黑熊和东北虎。一路上，修直挺拔的红、白松，枝叶茂盛的落叶松和鱼鳞松无边无垠、遮天蔽日，汽车一驶入浓荫覆盖的林间公路，就令人恍感顿生，幻觉不尽，真正领略到原始大森林的静幽和气势。

汽车驰进长白山公园，大家即开始步行登临长白山天池。长白山曾是在数百年前喷发过的大火山，位居火山口的白头山处处都是火山喷发时积成的火熔岩，那或灰或黑或红的火熔岩体上，植被稀疏，白云缭绕。一到山脚，首先映入眼帘的就是长白山天池瀑布，只见在那坐北朝南的谷口上，一道雄涛飞泻而下，重重地跌落在近百米深的石基上，浪花四溅，水星如雨，真有“大珠小珠落玉盘”的景致。说也奇怪，你来到瀑布旁，那雷霆万钧的轰鸣声虽打破了白头山下万顷林海的宁静，却让人感到此处更幽静，更清雅，给瀑布后面的天池也平添了几分神秘感。尽管到天池的山路十分陡峭，脚下石动路滑，险象环生，但人们一个个勇气十足，顺着从乱石间踩出的台阶依次而上，大家你扶我挽，相互照应，不到一个钟头就爬上了山顶，来到了祖国最深湖泊的长白山天池身边。

长白山天池坐落在群峰环抱的火山盆口中，巍然而立的白头山，峰峦逶迤，崖岸嶙峋，似浪涌波拥绵亘于天池四周。这里天气变化异常，刚刚还是万里晴空，转眼间便云飞雾卷，不时洒下脆脆雨点，使天池显得雾腾腾，水灵灵，灰蒙蒙。一阵乌云飘过后，满眼朗朗晴空，群峰倒映湖中，水色青翠，满池透着一种凝重和深沉。这时的长白山天池，湖水清澈如镜，既像一轮圆月高悬在天空，又似一方宝石镶嵌在谷底，显得博大而沉静，端庄而坦荡，具有一种独特的气韵。立身池畔，细览它的神奇风貌，对长年生活在满耳噪音的城市人来说，可算是心灵的沉醉，精神上的享受。

从导游的介绍中知道，长白山天池比白头山顶只低500米，湖面海拔高达2100多米，它那9.2平方公里的面积，说起来虽算不上是大湖巨泊，但水深却达312.7米，湖面云横雾绕，烟雨茫茫，是大自然赐予长白山的特殊恩泽。这里与朝鲜毗邻，东距日本海只有一百多公里，因受海洋暖湿气候影响，年降水量多达2000毫米以上。较高的纬度和海拔，又使四周山峰积雪深厚，冰雪融水充足，加上源源涌出的地下水，长白山才聚汇了天池这一千古奇观。

驻足湖边尽情观赏，大家几乎都被长白山天池所陶醉，天池的恢宏气势，给人一种轩昂和激越。游人中有人敞开了歌喉，有人翩翩起舞，有的持望远镜眺望东北方向的朝鲜边防哨所，有的干脆席地而坐，围在池边品酒讲餐。一番忙碌之后，拍照即成了主要活动，不论男女老幼，纷纷选择最佳角度和位置，一群又一群的外国游人站在湖边梳理换装，一个个极为认真地把美好的瞬间留在照片上。天池的奇特地貌，旖旎风光，幽雅环境，使游人兴奋不已，欢声笑语不绝于耳，谈天说地互畅心扉……

早就听说："长白山里三大宝，人参、貂皮、鹿茸角。"说起长白山的宝藏和富有，一名来自延吉市延边东方熊业参茸有限公司的年轻人给大家讲起了他们公司创建"东方熊乐园"的故事：为了保护和研究野生动物，为长白山自然生态平衡做贡献，这个公司在经理瞿庆龙带领下，于1989年与日本日华综合贸易株式会社合资1196万元，建起了占地3万平方米的熊类动物繁殖基地。经过几年发展，已养有黑熊、棕熊和马来熊310头，养东北虎6只，每年可产熊仔100头，其中有10%经特殊驯化后又放归大自然。现在，“东方熊乐园”还开设了旅游饭店、商店，月接待外宾近4000人次，国内游客上万人次。这位“东方熊乐园”的年轻人骄傲地说：“在全国成千上万个三资企业中，我们公司养熊还属首家。再过两三年，我们公司就能成为年产值上亿元、年创利税逾3000万元的大企业！”

长白山天池是长白山风景名胜中最主要的景观。在它附近，还有星罗棋布的温泉群、天然高山滑雪场等30多处景点，每年都吸引着百余万中外游客来此观光赏景。旅游业的发展，振兴了当地经济，改变了长白山人以往的生活方式和思想观念。在这里，农、林、牧、副全面发展，百业兴旺，农林产品的商品率高达60%以上。当地过去祖祖辈辈钻森林、刨土地的庄稼人，现在办酒家，开店铺，当导游，驾“的士”，学会了做工、经商和搞“公关”，开辟了一片片新天地。眼下的长白山一带，多少年来的低矮农舍变成了一幢幢别墅，老牛车被摩托车和小轿车所取代，高档名牌家电走进了各家各户，那些世世代代同泥土打交道的男女们，如今衣着考究，谈吐斯文，义无反顾地跨入时代潮头。

步入白头山下的长白山天池农贸市场，一位名叫金玉珠的朝鲜族青年妇女，一身民族服打扮，显得既干练又洒脱，同记者寒暄几句后神气地说：“我们这里土地肥沃，物产丰富，风光迷人，很早就被国家列为风景名胜区和自然保护区。但在过去，由于长期受单一种植业指导思想的束缚，农村几乎都处于自给半自给的自然经济状态，不少人都‘守着粮食没钱花’，‘抱着金碗讨饭吃’。生活的贫困，社会地位的低下，我们当农民的被说成‘二等公民’，使不少人连做梦也想的是进城市，当工人。没想到政策一好，我们农民竟当起了活神仙。你别小看我这个小摊儿，虽摆的全是珍珠、玛瑙和人参、木耳等不起眼的东西，可经营一天后，收入说不定比你一个月的工资还高哩！”

金玉珠一面兴致勃勃地讲生意，一面精心挑了几把带须参递到记者手上，她大方地说：“听说森林会逐渐成为人们旅游的理想胜地，我们长白山旅游区，同北京、西安等地比，最大的优势除了天池外，就是有大面积原始森林，欢迎你过几年再来我们长白山旅行。”

啊，神秘莫测的长白山天池，你的风姿和魅力，曾使多少人神往，令多少人心醉！今天，改革开放的时代飓风已完全撩开了你神奇的面纱：在你的东北面，以珲春为中心的图们江三角洲地区已开始大规模开发；西南面，通化、集安也正在奋力崛起，整个长白山涌起了新的腾飞大潮。再次凝视那被群峰环抱的长白山天池，千缕恋情涌上记者心头，一瞬间，记者把心都留在了长白山！

（1992年8月）

大连沉思

在祖国数千公里的黄金海岸线上，有一座被称为“黄海明珠”的大都市，她的名字叫大连。

大连位居渤海湾北岸，东、西、南三面环海，与日本、韩国隔海相望。在祖国960万平方公里的金鸡形版图上，金鸡的嘴角就是大连，她的上嘴唇是黄海，下嘴唇是渤海，占尽天时、地利的优势。作为东北最大的出海口，大连的繁荣和腾飞，能把祖国北方推向世界。

初秋的一天，我乘火车从吉林通化市来到了大连。一下车，就被大连那独特的火车站、那人流如潮的天津街和笔直宽阔的马路、高耸云天的大厦所吸引。昔日曾被日本侵占40年的大连，如今已成了祖国计划单列市，其外贸进出口量已跃居全国城市之首，港口综合年吞吐量突破600万吨，造船、机床、电子、纺织、玻璃制品驰名中外，在世界上与140多个国家建有贸易往来关系，有4000多家外资企业在这里设了办事机构，在1.3万平方公里的土地上，540万大连人的人均生产总值名列全国第三。有谁能想到，当年大连从只有几平方公里的青泥洼起步发展，开埠不到百年，她就创造出了惊天动地的人间奇迹。至1991年，大连的工农业总产值已逾600亿元，实现利税近40亿元，全市的出口商品达120亿元。大连的崛起，已被世人刮目相看，就拿作为大连腾飞缩影的大连经济技术开发区来说吧，自1984年兴建以来，面积已由3平方公里扩展到22平方公里，先后有30个国家和地区的实业界进区办厂，累计批准的中外各类企业达650多家，总投资金额达45亿美元。眼下，该区已形成了以电子、机械、轻纺、建材、石油、化工、医疗器械等新技术产业为主体的工业结构，成为大连机电、医疗器械、服装、水产等加工出口基地。

我到大连前就听说，大连既是祖国北方最大的渔业基地，以盛产对虾、海参、鲍鱼、海带等各种名贵海产品著称，又是我国著名的避暑旅游胜地，这里海岸线长，沙细、水清、滩缓，蓝天、白云、碧海、黑礁，构成了大连独特、迷人的海滨风光。

说实话，我决定取道大连，最大的一个心愿就是想看看这里的海。我从小在山里长大，见得最多的是山，想得最多的却是海。海，她广无边际，深不可测；海，她有明媚动人的魅力，有气势磅礴的力量，有广纳百川的胸怀；海，是地球上最富饶的宝库，也是最神秘的殿堂。于是，我首先来到了位于市区东南海岸边的老虎滩。

老虎滩是大连海岸最热闹的地方。这里不同其他海滨，没有轻浮的大雾，没有连绵的阴雨。天，显得特别高远；海，显得特别温静；水，显得特别清澈；一艘艘巨轮，一只只小舟，渐渐远去，徐徐开来。在那绵延开阔的海水浴场内，有数不清的男男女女在海水中遨游、嬉戏，尽情地享受着大自然的恩赐。站在这处大海身边，我竟像婴儿投入母亲的怀抱，感到一种无限的温馨和惬意。

在乘汽艇游览了象山、点将台、绝石岛和褡裢岛后，我又漫步到海岸边观海潮，只见那海水一忽儿扑过来，一忽儿又退回去，在礁石上掀起浪花，给沙滩上带来海贝……在一处风平浪静的海岸边，停泊着一艘供游人参观的导弹驱逐舰，这艘驱逐舰是1940年由苏联建造的，1941年编入苏联红军太平洋舰队，曾参加过第二次世界大战，1952年被我国买来后编入海军部队。在海军服役期间，周恩来总理和海军司令员萧劲光都先后登上这艘舰检阅官兵。我花3元钱买了张参观票，站在甲板上，只觉得天更高，海更深，一种轩昂、激越的感觉顿生心头。

因为已决定从旅顺新港乘船去山东蓬莱，我又顺访了过去曾与大连合称为“旅大”的旅顺。

旅顺是大连的一个行政区，距大连有50公里路，面积为244平方公里，有人口22万。在八个旅游风景区中，有风景点72处，著名的黄海与渤海的自然分界线就在旅顺。

说起来，旅顺是很美的，她美得自然，美得含蓄，美得宁静！你看，一条巨大的老虎尾巴，给浩瀚的黄海围出了一片水阔波平的大港湾，拱卫海湾的苍峰峻岭，名字叫黄金山、白银山、老铁山、白玉山和鸡冠山；海岸边，一头雄狮向着老虎尾与黄金山之间的大港口仰天长啸。依偎青山、面对海岸的市区，道路整洁，楼舍别致，沿街那些旅顺特有的“火炬松”，像一簇簇跳动的绿焰映衬着蓝天，建在新市街的旅顺博物馆，陈列着历代珍贵文物2100多件，其中举世无双的宋代青铜器“双龙洗”，当你抚摸其双耳时，洗器之水就会徐徐喷起，水滴可达尺余；还有七具唐代的“木乃伊”，虽历经1300多年，但仍保存完好，1949年后修建的“解放塔”“胜利纪念塔”和“苏联红军烈士塔”高高耸立……

或许是旅顺的历史被盖了一层厚厚的屈辱印记吧，尽管今日的旅顺令人赏心悦目，可在旅顺游览却使人有一种沉重感和压抑感。同其他旅游胜地比，真谓“别有一番滋味在心头”。

翻开历史，旅顺本是清政府的北洋海军根据地。当年李鸿章先后耗资数千万两白银，苦心经营10多个春秋，除在大连设炮台6座外，在旅顺设炮台22座，停泊战船10多艘，使之与山东威海卫遥相呼应，共同捍卫着渤海门户。1894年中日爆发甲午战争后，日军于11月22日即攻占旅顺，接着对旅顺进行了三天三夜的大屠杀，除36人幸免于难外，3万多旅顺居民不分男女老幼全被日军杀害……

记得小时候上历史课，老师在讲到中日甲午战争爆发后，管带邓世昌率领官兵殊死血战、为国捐躯的悲壮情节，我往往会激动得不能自已。今日身临旅顺，我在参观了中日甲午战争遗址后，又特意去白玉山东麓凭吊了“万忠墓”。伫立在葬有3万多旅顺同胞遗骨的“万忠墓”，我好像走进了历史的深处，听到了历史的回声。凝望“矢志不忘”的墓匾，心中陡生疑念，偌大一个中国，为什么竟被小小日本侵略蹂躏？“万忠墓”在告诉人们：落后必然挨打，贫弱必遭欺辱。旅顺的历史昭示我们：中华民族必须奋发图强，中国的明天一定要繁荣昌盛！

（1992年8月）

蓬莱采风

翻开《史记》，在《秦始皇本纪》中有这样一段文字："维秦王兼有天下，立名为皇帝，乃抚东土，至于琅邪……既已，齐人徐市等上书，言海中有三神山，名曰蓬莱、方丈、瀛洲，仙人居之。请得斋戒，与童男女求之。于是遣徐市发童男女数千人，入海求仙人。"

俗话说："山不在高，有仙则名。"传说中曾为"八仙过海"处的山东蓬莱，自古就有"仙境"美称。早在战国时代，就盛传这里是神仙居住的东海仙山，说此山上的宫殿房屋都是用黄金白银所修造，居内仙人都掌管着一种吃了会长生不死的灵药。于是，齐宣王、燕昭王等人都屡次派人至蓬莱寻找不老药，就连首统华夏的秦始皇也做了几次入海求药的愚蠢事。到了汉代，威震天下的汉武帝竟追踪神山至蓬莱，"宿留海上"好几夜，可惜他也没有寻到不死药，只好在观仙山寻妙药的丹崖山下"筑城以为名"。就这样，多少年都虚无缥缈的仙山蓬莱便落实在丹崖山。从此，蓬莱不仅为四方翘首，而且一直闪烁"仙气"，引得人们心驰神往。

仲秋时节，记者也来到了蓬莱市。

在蓬莱，历代王朝曾在这里大兴土木，古建筑颇多，最著名的胜迹要数"蓬莱阁"和"水城"。刚刚登记好住房，记者便决定先到丹崖仙境"蓬莱阁"看一看。

蓬莱阁坐落在市区西北处的丹崖山巅，面临大海，凌空欲飞，阁前松柏苍翠，繁花似锦，隐现在翠屏绿嶂中的丹墙翠瓦金碧辉煌。据史料记载，这里原是海神庙，宋代嘉祐年间移庙建阁，后经明朝改建，清朝重建，蓬莱阁更加宏伟壮观。此阁建筑面积达1.98万平方米，共包括吕祖殿、三清殿、蓬莱阁、天后宫、龙王宫、弥陀寺六个建筑结构，各建筑自成体系，亭台楼阁错落有致，形成了一个结构严谨、布局巧妙、风格独见的古建筑群。如今的蓬莱阁，同湖北的黄鹤楼、湖南的岳阳楼和江西的滕王阁一起被称为全国“四大名楼”，1982年被列为全国重点文物保护单位。

踏着长石条铺就的梯级台阶登上蓬莱阁，先入眼帘的是清代著名书法家铁保手书“蓬莱阁”三个大字，分为上下两层的蓬莱阁显得浑厚凝重。立足高阁极目四望，北面是森森无垠的大海，水天茫茫，长山诸岛错落其间；南望市区，烟雨万家，高楼拔地，行人车马，历历在目；西看田横古寨，郁郁苍苍，清奇幽僻；东观海域，海水浴场波平浪静，无数游人正在畅游嬉戏，顺次而东，“八仙居”度假村楼房栉比，生机盎然。世传蓬莱有十大奇景，登临蓬莱阁，便可观赏“仙阁凌空”“万里澄波”“日出扶桑”“万斛珠玑”“渔梁歌钓”“晚湖新月”“狮洞烟云”和“海市蜃楼”八大仙景。从观海楼扶栏远眺，蓝天碧海，渔帆点点；青山绿野，机声隆隆。好一处人间佳境！好一幅天然图画！

在我国，蓬莱和江苏连云港海州湾、山东渤海长岛县、河北北戴河东联峰、浙江东海普陀山是观海市蜃楼的好地方，而蓬莱则属观赏海市蜃楼的最佳之地。每年的夏秋两季，阁前东海时有海市出现，但见海天相连，海上劈面立起一片胜景，或奇峰突起，或楼阁迭现，引得多少人心驰神往，流连忘返。

对蓬莱海市，古往今来都有不少记述。《列子·汤问》曰：渤海之东“有五山焉：一曰岱舆，二曰员峤，三曰方壶，四曰瀛洲，五曰蓬莱……而五山之根，无所连箸，常随潮波上下往还，不得暂峙焉”。《梦溪笔谈·异事》曰：“登州海中，时有云气，如宫室台观，城堞、人物、车马、冠盖，历历可见，谓之海市。”现代著名作家杨朔的《海市》，更是专描海市奇景的名篇佳作。1989年8月18日，《烟台日报》在一版报道：“8月14日，蓬莱又出海市。早7时，蓬莱阁西，庙岛西南的海面上，有一条巨大的似雾非雾、似光非光的弧形光带，并出现一南北走向岛屿。岛屿的北端有一巨大的白色悬崖，有些像南山岛的断头崖。崖岸以南是连绵起伏的山峦，西边是墨绿色的森林，山峦与大陆上的栾家口村衔接。山峦翠柏，渔村炊烟，海光天色，融为一体。悬崖以北的海面上，又有几只船影，随波逐流……岛上的景物在运动，变幻着形态和位置。岛屿上绿林间，闪现出十几幢平房，白墙红瓦。忽然，岛屿的山顶又冒出一座白色灯塔，半山腰又浮现深山寺院中多层塔楼……7点35分，海市消失。”

作为天下奇观，曾有无数文人墨客到蓬莱观赏海市，就连北宋大诗人苏轼也留下了“重楼翠阜出霜晓，异事惊倒百岁翁”的海市名句。新中国成立后，著名作家、诗人、艺术家叶圣陶、田汉、张伯驹、赵朴初、臧克家、启功、刘海粟等都到蓬莱饱览山光水色，以期能目睹海市蜃楼。凡到蓬莱观光的人，无不抱有要目睹海市的侥幸心理。为了消除人们的这种急切心情，导游小姐只好给大家详细做解释——

原来，海市蜃楼并不神秘，它只是一种大气光学现象。在通常情况下，大气总是随着气温的变化而变化，温度越高，密度越小，而渤海洋流温度偏低，尤其春夏和夏秋之交，海面气温容易较大地低于高层气温，这就形成了空气密度下层大于上层的逆温现象，这时光线通过密度不同的气层时便发生折射或反射，将或近或远的景物反射到海面，映入人眼便成了海市。

游览了蓬莱阁，记者随人流又步入丹崖山下蓬莱阁东侧的水城。

蓬莱水城被誉为中国的“水上长城”，是全国重点文物保护单位。记者从导游的介绍中知道，水城的前身是北宋庆历二年（1042年）建的“刀鱼寨”。当时，这里有“刀鱼巡检”统领水兵巡守海防。明洪武九年（1376年）设立登州卫，并筑起周匝约1.5公里的土城以御倭。此后明、清两代先后五次重修扩建，水城的规模越来越大，使水城城围水，水环城。水城全城只设南北二门，北门称水门，以此沟通内外水城，形成城内小海，为船只进出的咽喉要道；南门曰振扬门，为居民将士出入水城的大通道。在水门东西两侧城墙分别设置炮台，一对重炮互为犄角，控制着附近海面。水城的全部建筑分海港和防御两大部分，前者以城内小海为中心，有水门、防波坎、平浪台、码头和灯楼；后者为城墙、敌台、水闸、护城河等设施，构成一副严密的海上军事防御体系。明、清两代都在这里停泊战船，部署水师守哨巡洋。明代屡建勋功的爱国将领戚继光与其子曾两任登州卫指挥佥事，至今蓬莱市仍保留着戚家的祠堂和“父子总监”牌坊，水城前还成立着戚继光铜像。仔细观览，蓬莱水城构思巧妙，结构独特，它连画河，凭丹崖，负山控海，形势险要，别开胜境，是目前国内保存最完整的古代水军基地遗址。作为蓬莱阁风景区的重要组成部分，“水上长城”游人如织，气势非凡。身临其境东望海域，戚家军英气依存，令人不觉怦然心动，对民族英雄肃然起敬。

就在瞻仰戚继光铜像时，蓬莱市委宣传部的同志告诉记者：在1885年的中日甲午战争中，日舰于1月18日从海上炮击蓬莱，使蓬莱阁后壁受损。1937年卢沟桥事变后，日军飞机又从海上飞入蓬莱上空狂轰滥炸，将蓬莱阁后宫前戏楼炸毁。作为人间“仙境”蓬莱的大门，水城铭刻着民族的荣辱。新中国成立后，国家曾多次拨款对蓬莱阁和水城进行修缮。进入20世纪80年代以来，为了适应蓬勃兴起的旅游业，蓬莱市又先后重修了水城振扬门、太平楼和戚继光祠，使蓬莱阁及水城的风景区由原来的0.0328平方公里扩展到4平方公里，并开通了蓬莱至旅顺的轮渡航线，修建了蓬莱宾馆，组建了旅游公司和旅行社，使蓬莱的旅游业形成了体系，吸引着国内外游人纷至沓来，盛况空前。1983年，蓬莱市共接待中外游客仅40万人次，而今年预计会实现200万人次。

记者从有关部门了解到，历史悠久、景色秀丽、气候宜人的蓬莱，曾先后接待过的党和国家领导人有叶剑英、董必武、陆定一、乌兰夫、万里、李鹏、田纪云、王丙乾等20多位。1960年，叶剑英元帅视察蓬莱时欣喜不已，挥笔题写了“蓬莱士女勤劳动，繁荣生活即神仙”的诗句。默念着叶帅的这句诗，记者更为坚信：勤劳智慧的蓬莱人，将会用自己的双手给蓬莱写出更壮丽、更灿烂的新篇章！

（1992年8月）

青岛漫步

在祖国胶东半岛的西南边上，有座风景迷人的海滨城市，这就是驰名中外的青岛市。

青岛一面偎陆，三面环海，环境优美，风光秀丽，有“诗之城，画之岛”的美誉。金秋时节，记者一到青岛，立即被这座海滨城的蓝天碧海、黄墙红瓦所陶醉。

因受崂山山脉的自然伸延所影响，青岛坐落在一片东北高、西南低的狭长地带上，市区各街道都是顺着岗陵起伏的地势修建的，楼房层次错落，疏密有致，既有异国情调，又具民族风格，加上漫长曲折的海岸线，辽阔的水域，众多的码头，使青岛别有一番景致和情趣。

说起青岛的发展史，虽然早在五六千年以前的原始社会末期，人们就开始在青岛这块土地上定居繁衍，但古时的青岛，只是黄海岸边的一个小渔村，到宋、元两代，这里才开始有商船停泊，逐渐成为一个海上运输港口，直至乾隆年间，清政府首次在这里设立胶州关卡，使青岛的地位日益重要起来。就是这座山清水秀的海滨城，在近代史上曾饱经风霜和磨难，从1897年起，德国军舰和日本军舰都先后闯进过青岛；1945年第二次世界大战结束后，美国军舰又乘虚而入，直到1949年6月2日，青岛才回到了人民怀抱。几十年来，青岛已发展成为集食品、冶金、仪器、电子、纺织、机械及商贸、旅游为一体的新兴综合性工业城市，所产“崂山”牌啤酒以酒质柔和、口味醇正而名扬中外，自1963年被评为全国名酒后，数十年盛名不衰，畅销上百个国家和地区。如今的青岛，是国务院首批圈定的计划单列城市，享有省级经济管理权，对外贸易实行自主经营，成了祖国五大贸易口岸之一。1991年，在全国43个生产总值超百亿元的城市中，青岛仅次于上海、北京、广州、天津、苏州、重庆、沈阳、杭州、成都和大连而居第11位。

今年伊始，在邓小平同志南方谈话后，青岛在全国涌起的改革开放大潮中万众一心、奋勇争先，走出城门闯世界，形成了外贸专业公司、工贸公司、自营出口企业和三资企业四只轮子一齐滚动的新局面，千军万马竞相腾跃，1至8月已批准三资企业近600个，总投资超过13亿美元，比前8年的总和还高一倍多，预计至年底，全市的出口创汇由1991年的5556万美元增至2亿多美元；自营出口可望达到6.7亿美元，增长幅度会大大高于全国和全省的平均数。

作为一座海滨城市，青岛的海岸线绵长而曲折，海湾岬角交错，在人们统称为“前海沿”的市区南岸，从西向东，有团岛湾、青岛湾、汇泉湾和泉涌角、太平角等海湾和海角；分布在市区西部海岸一带的“后海沿”，濒临胶州湾，岸陡水深，码头林立，海面昼夜千帆竞发，百舸争流，海上通道分外繁忙。由于受东南部海洋季风的影响，青岛冬不严寒，夏不酷热，是誉满全国的旅游和疗养胜地。每当盛夏季节，平均气温只有二十七八摄氏度的青岛，海风轻拂，气候凉爽，到此旅游者成群结队、络绎不绝。

记者生在山里，长在山里，从小最向往的却是大海。一到青岛，自然先去的便是海边。俗话说“天高任鸟飞，海阔凭鱼跃”。无边无垠、碧水连天的大海，既能陶冶人们的情趣，丰富人们的生活，也能开阔人们的胸襟，萌发人们的遐想。站在风景如画的汇泉湾海畔，纵目凝视那一望无垠的大海，只见排排海浪从远处汹涌而来，直向脚下的海堤石上撞击，飞溅的浪花，发着有节奏的喧响。这汹涌拍岸的惊涛骇浪，令人心旌摇荡，遐思无穷，浮想万千，真正感受到了海的博大、海的雄奇、海的力量。

青岛的景观是很多的，有不少为国内所罕见。素有“长虹远引”和“飞阁回澜”美称的地方，便是被说成为青岛象征的前海栈桥。栈桥位于青岛湾中心，与繁华的中山路成一直线，它建于1891年，宽10米，长420米，桥南边的双层八角亭就叫“回澜阁”。登阁远望，可见岸上高楼鳞次栉比，近海岛屿历历在目。在栈桥，这里的风光是美丽的：海面，波光粼粼；沙滩，溢彩流金；卵石、贝壳、海螺……五光十色；红的像玛瑙，绿的如翡翠，花的似豹斑。显着不同肤色、操着不同方言的游人们，熙熙攘攘聚集到这里，会水者扑入湛蓝的海水中嬉戏、遨游，尽情地享受着大自然的恩赐。不少人撑起阳伞，躺在橘黄色的沙滩上任由海风爱抚。树荫下，亭栏边，有即兴作画的，有吟诗咏海的，有吃野餐、品名酒的，很多人干脆以近海礁石作背景，拍下一张又一张照片作纪念。

与栈桥同样令人流连的，是莱阳路上的鲁迅公园。鲁迅公园北靠市街，南临汇泉湾，公园正门是一座石筑牌楼，上刻“鲁迅公园”四个大字，园内有三座小亭，其中两座建在悬崖断岸之上，一座掩映在苍松翠柏之间。此园作为观海佳地，只见海面水天一色，船影点点。记者想象，在此观海，要值大潮飞涨，浪涛以排山倒海之势扑来，以雷霆万钧之力冲刺，那遮天盖地的水花，那惊心动魄的轰鸣，肯定会使人领略到汪洋大海的特殊韵味。

青岛水域宽广，海水终年不冻不淤，是名列中国第四、世界第七的出海大港。这座风光旖旎、气候宜人的海港城市，以其独特的自然景观和众多的名胜古迹驰名中外。在青岛，撇开域内69座海岛的迷人景致不说，单是那当年作为清朝总兵码头通道的“栈桥”，那琴岛顶端被誉为“琴屿飘灯”的白色八角“导航灯塔”，那点缀着80多座西洋别墅的著名疗养区“八大关”，那海滩宽阔、沙细质软，每天可容纳5万多人享受海水浴的“汇泉浴场”，大学路上那聚集着全国30%以上海洋科学专业人才的“中国海洋大学”，那一处处曾是老舍、萧军、萧红、梁实秋、沈从文等作家生活过和创作过的名人故居，无一不让人心向往之。在鲁迅公园的东部，有座形似宫殿的大建筑，这就是中国海洋生物研究所的诞生地——驰名中外的青岛海洋博物馆。记者走进这座水族馆，恍如钻进了海底“龙宫”，40多间玻璃展池中，饲养着海狗、海马、巨鲸及贝、虾、龟等上千种海洋动物，从昏昏欲睡的沙龟，灵活机警的乌贼，到仰头欲吼的海狮，凶猛好斗的鲨鱼，这些体态各异、种类繁多的水中动物，向人们展示着大海的富饶。是它们告诉人们：大海，这生命的摇篮，这湛蓝色的特殊土地，蕴藏着无数宝贵资源。今天的大海，有多少科学奥秘正等待着人们去探索；今天的湛蓝色土地，正张开着双臂迎接人们去开发。

漫步在海滨城青岛，那鸟语花香的公园，那浓荫蔽日的街道，那风格别致的建筑，那波涛汹涌的大海……真是处处秀色勾魂摄魄，幅幅美景令人流连！

（1992年8月）

千古文化凝泰山

来到齐鲁大地的我，想起孔子“登泰山而小天下”的赞叹，想起李白“凭崖望八极，目尽长空闲”和杜甫“会当凌绝顶，一览众山小”的名句，也把泰山列入了非去不可的一处圣地。

尽管是首次登泰山，但我知道：泰山不只是座风景山，更是一座文化山；她的魅力，不仅在于她的拔地通天之势、擎天捧日之姿，而且更在于她无与伦比的悠久历史和灿烂文化。

身临已经历了24亿个春秋的泰山，就先看看她的主庙岱庙吧。因泰山古称岱山，其主庙也就称岱庙。岱庙位于泰山南麓的泰安城内，其中轴线正对泰山主峰，历代君王祭泰山，必先祭祀岱庙，然后才启程登山。经过数千年的修筑扩建，岱庙的规模越来越宏大，整个建筑庄严雄伟，辉煌壮丽，与北京的故宫、曲阜的孔庙并称为我国最大的三座宫殿式建筑群。就在这座大庙里，存有一幅《泰山神启跸回銮图》，这幅巨型壁画传为宋代作品，画面上是泰山神从出发打猎至满载而归的盛大场面，600多个人物，神态各异，栩栩如生，加上惟妙惟肖的珍禽异兽、亭台楼阁和山川草木，是目前我国气势最为恢宏的古代绘画艺术瑰宝之一；在那挺拔参天的古柏中，有五株相传是汉武帝所栽；在林林总总的数百块古代碑碣中，有一块竟是2000多年前的秦二世诏书碑，书圣王羲之和宋代苏轼、黄庭坚、米芾等大书法家的亲书石刻，在这里都有保存和传世。

在泰安城内登泰山，要从岱庙起步，登泰山的石阶就始于岱庙坊。自此至泰山极顶有6293级台阶，长约9公里，经王母池、红门宫、一天门、孔子登临处，过万仙楼，登至斗母宫，宫前古槐虬枝拂地，院内翠竹簇拥，旁有三潭叠瀑胜景，由此往东不远是经石峪，这里有块方圆几亩大的石壁，上刻隶书《金刚经》全文，每字大约半米，笔力刚健，雄浑遒劲，被历代尊为“大字鼻祖”和“榜书之宗”，现存大字1043个，经郭沫若考证，此为北齐所书，对这一稀世杰作，所到游人无不惊叹叫绝！

从斗母宫上行，一路古柏荫深，景幽气静，登至壶天阁时，只见三面山峦环绕，若壶中观天。阁前一副对联：“登此山一半，已是壶天；造极顶千重，尚多福地。”这显然是激励游人继续往上登攀。在此仰望南天门，影影绰绰耸立山头。大家在此稍歇后继续登攀，经过一段陡崖险道即到了中天门。中天门海拔800多米，由此至南天门，建有目前在国内最大型的客运索道，此索道全长2078米，高差达602米，每车厢可载30人。游人要是乘索道车上山，可解除登攀十八盘之苦。说不清是啥原因，眼看有人乘索道车凌空隆隆开出时，我决然打消了享受这现代化工具的念头，与大多数游人一起继续步行上山。

中天门是东西两条登山路径的汇合点，由此向北望去，十八盘像一架长梯搭在南天门。从中天门至云步桥是段难得的坦途，人称“快活三里”。云步桥上的御帐坪，传说是宋真宗的驻跸处。桥下有酌泉亭，亭上“目依石栏观飞瀑，再渡云桥访爵公”的诗句，勾绘出这里听泉观瀑的风光和情趣。过云步桥，便是另一处留有历史传说的五松亭，据《史记》记载，秦始皇于公元前219年登泰山，至此突遇暴雨，他便同随行的文武大臣们一起在五棵松下避雨，于是当场封此五松为“五大夫松”。“五大夫松”于明万历年间毁于山洪，清雍正八年（1730年）补栽，现剩三株。松旁有五松亭，亭右侧的那株古松为秦代所植，这株已经历2000多年风雨的古松苍劲婀娜，仰俯偃伏，状如巨伞，有一枝向外伸出，好像是眺望或欢迎游人，故名望人松、迎客松。由此向北继续登攀，就是对松山，这里满山松树，风起松涛翻腾，云起则雾气迷漫，当年乾隆皇帝到此，写下了“岱岳最佳处，对松真绝奇”的赞语。

过了对松亭，就是登泰山最艰险的十八盘，其两侧悬崖壁立，蹬道本身也近乎垂直。北望岱顶，石级直入云霄；俯瞰群峰，逶迤足下。经升仙坊，南天门忽在云雾中，蹬道越走越陡，你抬头前人似在顶上，回首后者正居足下，在烟岚缠绕中如上天梯，让人有跃跃欲飘之感。登泰山的这段紧十八盘，既是对登山者体力的检验，更是对登山者意志的考验。刚登上南天门的我，一股喜悦豪迈之情即荡满胸腔，这才真正体味到李白《泰山吟》中“天门一长啸，万里清风来”的意境。

南天门夹在日观峰和月观峰之间，建于元代。这座海拔1460米的摩空阁上，有郭沫若手书“门辟九霄仰步三天胜迹，阶崇万级俯临千嶂奇观”的楹联。门内天街有商店，有旅馆，尽头是名扬中外的碧霞祠。这座宏大的宋代建筑内，供奉着泰山老母碧霞元君的神像，此神像为镏金铜铸，其工艺之精美在国内罕见；总面积达3900平方米的整座建筑又均以金属铸件和砖石构成，仅明洪武年间的一次修葺就耗黄金4950两。在碧霞祠东北大观峰的崖壁上，还有被誉为“泰山三大瑰宝”之一的唐摩崖碑，此碑为唐玄宗李隆基手书的《记泰山铭》，共刻有隶书996字，加上题款4字，恰好为1000字，又全部贴金，如今也成了稀世之宝。

登上泰山极顶玉柱峰，此处的玉皇宫内竖有极顶石，用红字标明海拔高度为1524米。在这泰山的最高处，名胜众多，古迹遍布，有月观峰、日观峰、拱北石、瞻鲁石、仙人桥、丈人峰……其中还有汉武帝所立的无字碑。相传当年汉武帝登临玉皇顶，连声发出“高矣、极矣、大矣、特矣、壮矣、静矣、骇矣、感矣”的赞叹，据说这无字碑，就因为这位皇帝无法用语言来形容泰山之伟之宏才立的。

人都说泰山顶有“旭日东升”“晚霞夕照”“黄河金带”“云海玉盘”四大奇观。因时间紧迫而无暇尽览这些景致的我，便久久伫立在无字碑前，凭栏远眺，茫茫云海蒸腾山谷，冉冉白雾拥罩林涛，齐鲁平原景色如画，黄河一线滚滚东流，好一派高峻、雄奇、挺拔、巍峨的壮丽风光！巍巍泰山，以她的庄穆和凝重，呈现着一种博大和崇高；以她的坚定和旷达，展示着一种深沉和恢宏。

驻足玉皇顶，我不禁遐思奔涌，感慨万千。多少年来，泰山被看成是天的象征，历代帝王无不到此封禅告祭。据《史记·封禅书》记载，从无怀氏到西周，先后有72君主到泰山举行封禅大典。接秦始皇之后，历代帝王没有不祭拜泰山的。每次帝王来朝拜，总要大兴土木，刻石纪念，而历代文人学士也纷纷前来游历，作文写诗，以致在泰山建起了许多楼、殿、寺、阁、亭和行宫，满山遍野留下了数不胜数的摩崖石刻、碑碣题词，使泰山成了东方的文物古迹宝库和历史艺术殿堂，你在这里细观细览，如同追溯着源远流长的中华历史，欣赏着一幅又一幅的壮丽画卷。面对如织如潮的游人，凝视这巍然挺立的泰山，令人顿觉天宇茫茫，岁月悠悠，而个人则显得分外渺小，人生更是十分短暂，无论帝王将相，还是庶民百姓，都是历史的匆匆过客，唯有泰山，才是无始无终，才会地久天长。

有句哲言这样说：“山高不碍云，水浅能容月。”巍巍泰山，给了我自豪，给了我自信。返途中，对泰山的眷恋之情油然而生，这时的我才真正感悟到泰山之稳、泰山之重。

啊，泰山，融高大雄伟和千古遗迹于一身的泰山，你不仅是中华民族的骄傲，更是中华民族的象征！

（1992年9月）

谒蒲松龄故居

自《聊斋志异》面世后，著者蒲松龄就一直被世人所敬仰，有些学者还尊称蒲松龄为中国的“短篇小说之王”。

这次胶东之行，正好途经蒲翁故里淄博，我便顺访了慕名已久的蒲松龄故居。

从淄博市的淄川区向东行三四公里路，远远就看见了矗立在街头的大拱门，上面写有“蒲家庄”三个朗朗大字。坐落在庄中央北侧的蒲松龄故居，青砖砌墙，古槐荫翳，1962年由郭沫若题写的“蒲松龄故居”五个镏金大字，高悬于入口大门上。高高的院墙，古色古香的建筑，广为流传的“聊斋”故事，把游人全都引入了一个别具神韵的世界。

步入大门，只见院落相连，池荷相映，垂柳摇丝，花木扶疏。那青石为基、茅草盖顶的小房舍，展示着蒲松龄一生的清苦和艰辛——

公元1640年，蒲松龄出生在祖父蒲生汭时就开始衰败的破落地主家庭，他父亲蒲槃更在20来岁就被逼背井离乡。至蒲翁成年时，“唯农场住屋三间，旷无四壁。”因为家穷，他连求婚也要遭受别人訾议，直到60岁高龄，他还要为生计冲风冒雨，四方奔走，至1715年76岁去世，可以说蒲松龄贫困潦倒了一辈子。然而，蒲翁淡泊明志，孤愤著书，终于在他“小树丛丛、蓬篱满之”的寒院茅舍里，写就了皇皇巨著《聊斋志异》，在中国文学史上留下了一块辉煌巨碑，这更增添了后人对他的同情和崇敬。

绕过几截曲径路，穿出双层月洞门，便是故居中新建的纪念馆。在大厅，设有“蒲松龄写聊斋”的陶瓷大壁画。壁画前的古式书桌上，陈列着蒲翁的手迹与影印图片，整个大厅蕴含着一派书香之气。

纪念馆的正屋是蒲松龄著作陈列室。迎门高悬着蒲松龄研究家路大荒手书“聊斋”匾额，下面悬挂蒲松龄画像，相传此像是蒲翁当了贡生的第三年，也就是他74岁时由江南画家朱湘鳞所画，画像上端有蒲松龄亲笔题跋二则，画中的蒲翁手捻银须，安坐轮椅，面虽有笑意却带忧郁，画像两侧是郭沫若撰书楹联：“写鬼写妖高人一等，刺贪刺虐入骨三分。”画像下，陈有《聊斋志异》手稿、《蒲氏世谱》及伴他30多年的石景石、两方端砚、四枚印章、一个铜灯和一支烟袋；在房子两端还摆有条椅、书桌、床榻、茶几等家具。萧斋、冷案、昏灯，蒲松龄就是在这样简陋艰辛的条件下奋笔疾书，给后人留下了200多万字的诗、词、散文、戏剧和小说。端详这些珍藏已久的蒲翁遗物，令人思绪如潮、感慨万千，心里溢满了对这位文学巨匠的敬仰之情！

来到后院的书画室，各种书画珍品琳琅满目，其中有国画家刘海粟的题诗：“聊斋声名震四海，一代文宗昭遗爱”；有著名作家老舍的题联：“鬼狐有性格，笑骂成文章”；“荡气回肠疑屈子，主文谲谏胜庄生”，则是著名历史学家顾颉刚撰写的。再看赞美蒲翁的画，有画家尹瘦石的《蒲松龄像》、赵松涛的《松石图》、唐云的《竹雀图》、霍春阳的《牡丹图》、孙其峰的《鱼容化鸦图》、刘继卣的《柳泉风采》，以及黄胄、陆俨少等当代书画名家的名作，丰子恺还在他的画上留有这样的题词：“留仙才高，聊斋名美；笔墨生花，文思如绮。”古人常曰“文人相轻”，然而，这些文人墨客对蒲松龄的赞语均发自内心，出于至诚，令人耳目一新，回味无穷，足可见蒲松龄在祖国文学史上的地位和功绩。

在那彩塑室，以民间彩塑形式雕塑着10组聊斋故事，形象逼真的“聊斋”人物活灵活现，你看狐仙小翠，机灵活泼，心地善良纯朴；狐仙娇娜，贤淑文静，对爱情忠贞不渝；狐仙婴宁，聪明天真，憨态可掬，却敢于蔑视宗法礼教……彩塑艺术家们以自己独特的刀笔再现了狐仙的“真面目”，这一件件彩塑形象，以小见大，增强了人们对蒲翁的理解和敬仰。

走出蒲松龄故居，我随游人又参观了“柳泉”。“柳泉”在出蒲家庄东行百步的地方，导游介绍说：“柳泉原名满井，当年此井深丈余，水满而溢，自流成溪，周围翠柳百障，合环笼盖，风景秀美。”据记载，这里当年曾是青州府至济南府的必经大道，蒲松龄常在此处设茶待客，同过往行人谈天说地，论证时弊，广泛搜集创作题材。《聊斋志异》中有不少故事，就是蒲松龄在“柳泉”形成的。蒲翁把从百姓口中听到的数不清的奇闻逸事，经过他的如椽之笔写出来，升华为无比的美：美的人，美的心，美的情操，而且将美与丑扭在一起，构成强烈的对照，衬映时代和世态的炎凉，讴歌美，贬斥丑。大概也就是这缘故，蒲松龄格外钟情“柳泉”这地方，概谓“蓬莱不易也”，并称自己为“柳泉居士”。正是“柳泉”的秀美风光和特殊的人文环境，哺育了这位轰动世界的文学巨匠。由当代大文豪茅盾先生题写的“柳泉”碑刻，给“柳泉”注入了一种新的生气，增添了一种新的魅力。

要告别蒲翁故居，我的胸腔久久无法平静，文学巨子蒲松龄，虽在19岁就中了秀才，但以后的30多年间多次参加乡试不中，51岁时应试又落榜，他一生清贫，终身寒苦，生活折磨了他，也成全了他。我想，倘若他当年飞黄腾达，醉生梦死，中国文学史就会少一座举足轻重的里程碑。看来，对于一个伟大文学家来说，贫寒清苦也是一笔宝贵财富。悠悠人生，真有让你难以解透的迷惑和哲理！

（1992年9月）

曲阜巡礼

从津浦铁路线上的山东省曲阜东站下车，再乘汽车往东行15公里路，就到了孔子的故乡曲阜。

在曲阜，不论你走到哪里，都会明显感到孔子的存在。这使凡到曲阜的人，总要去看孔庙、孔府和孔林。一处面积只有七八平方公里的地域内，却有国家和省级重点文物保护单位14处，出现如众星捧月般的人文景观，这大概在世界上也是罕见的。先看那坐落在曲阜城南的孔庙吧——

在孔子死后的第二年，鲁哀公就决定将孔子生前的居室立为庙。这一始建于公元前478年，延续至明、清两代的仿皇宫建筑，南北长达1公里，占地327亩，九进院落，分左、中、右三路，共拥有殿、堂、亭、楼466间，门坊53座。其恢宏、浩大，在国内只有北京的故宫可与伦比！

进入庙内，就会见到被列为我国十大名楼之一的奎文阁。奎文阁是专门存放皇帝御赐书碑的，其间存有公元668年立的“大唐赠泰师鲁先圣孔宣尼碑”、公元719年立的“鲁孔子庙碑”。孔庙的主体建筑大成殿，同北京的太和殿、泰山的天贶殿并称为我国的三大殿。其前檐廊的10根深浮雕云龙大石柱，更是天下罕见。你看，每根柱上都雕刻着两条飞龙，中间还雕着云焰宝珠，周围衬托着山石、祥云、波涛，构思巧妙，造型精美，你远远看去，只见蛟龙，不见石柱。对如此高超的雕刻艺术，谁见了都会赞叹不已。陈列于孔庙的2000多块历代名家书法碑刻中，仅2000多年前的汉代石碑就有18块，是我国保存汉碑最多的地方。其中的“孔庙”“史晨”“乙瑛”“礼器”四块汉碑，都是早已闻名中外的瑰宝。这些集楷、草、隶、篆之大成的古碑刻，简直成了全国书法、绘画、雕刻的艺术宝库，数量、价值仅次于西安碑林。更令人瞠目结舌的是一块高7米、重达65吨的巨碑，据说该碑石采自北京西山，在当时一无汽车、二无起重机的情况下，这块巨石是如何千里迢迢运到曲阜的？实在令人不可思议。

孔庙里还保存着100多块从附近汉墓中出土的汉画像石刻。这些造型优美的汉画像石，刻的是观鱼、下棋、打猎等画面，非常生动地反映了2000多年前我国的社会生活和风俗习惯。你要是想了解孔子的生平，可进圣迹殿去参观。这里有120幅石刻画像组成的“圣迹图”，从孔子出世，到汉高祖祭孔，详细地介绍了孔子一生的活动。圣迹殿里这幅价值连城的“圣迹图”，是明代苏州石刻家精心雕刻的，可谓我国最早的一套连环画！

再看那建于孔庙之东的孔府——

孔府是专供孔子后代中长子长孙居住的地方，于宋宝庆年间始建，明弘治十六年（1503年）重修。府宅分九进院落，占地240余亩，有厅、楼、堂、轩460余间，后院还建有假山池水。曲桥凉亭的大花园，是一座典型的封建官衙和住宅合一的贵族庄园。在其坐北朝南、堂皇威严的府门前，有一座粉白大照壁，左右是昂首挺立的石狮子，大门明柱上有清代书法家纪昀手书的对联：“与国咸休安富尊荣公府第，同天并老文章道德圣人家。”府内建筑的考究，陈设的排场，古玩的珍贵，用具的精美，都叫人一看三叹。这里有商周时代的青铜器，唐代的镏金千佛铜塔，明、清两代的衣冠服饰，以及13000多件历代名人字画、金石玉器、象牙雕刻、翡翠珊瑚等珍贵文物，存有孔府档案9000多卷。

自宋仁宗赐孔子第四十六代孙孔宗愿为世袭“衍圣公”后，至清代，“衍圣公”不仅官爵居首，而且还特许在紫禁城骑马，就连曲阜知县也必须由“衍圣公”推荐后才由朝廷任命。孔府内设有掌管租税、奴户、印鉴、公文事务等六厅，不说这六厅长官的权势有多大，仅居东西厢房专司“禀报外传”的“通讯员”就由六品官充任。据孔府档案记载，公元1827年的府房人役达244名。在孔府内宅，昼夜戒备森严，外人不得擅入。守门人持清朝皇帝特赐的虎尾棍、燕翅镗、金头玉棍三兵器侍立，有违令擅入者可“打死勿论”。就在这内宅，不提家具摆设的豪华，仅餐具就有404件，孔府设宴席，从绣球鱼翅，到玉笔珍珠，一桌菜可多达196道，孔府家人的气魄之大，自不待言！

接着再看建在城北的孔林吧——

孔林是孔子及其家族的墓地，占地3000多亩，围墙高3米多，周长7

公里。据说，同姓一个孔字，但在死后要挤进这块墓地并不容易，不论远房近支，能挤进者，虽光荣莫大，仍有贵贱之分：有的坟前石人石马拱卫，有的只立石碑给人看，其中最讲究的当属孔子墓。孔子墓埋在孔林正中偏南，四周又围了一道红墙，墓前有五间享殿，是为祭祀孔子修建的。在坟茔累累的孔林中，古木参天，浓荫匝地。眼下有古柏、银杏等各种古树22000多株，还有40000多株新栽小树。山风起处，飒飒作响，好一肃穆、幽深之处。目前，孔林已成了全国规模最大、保护最完整、持续年代最长久的家族土墓群。这一人造园林古色古香，非同凡响，它和孔庙、孔府一起，在曲阜构成了一部独特的文化史。

在曲阜，一山一水，一亭一殿，一草一木，可以说都打上了孔子的印记。除了“三孔”外，曲阜城东南还有一山叫尼丘山。后为避圣讳，改称为尼山。这山东临沂河，南有水库，东麓山腰有一洞。据记载，孔子之母颜徵在就在这洞里生下了孔子。元代至元六年（1340年）《尼山孔子像记碑》说：洞内原有石刻孔子像、夫子几、夫子案、夫子床。但现在洞已淤塞，唯洞口立一石碑，上刻“夫子洞”三个字，在此洞不远处的沂河畔，还建有观川亭。人们到此，望着汩汩流淌的沂河，无不驻足沉思，不免想起“子在川上曰，逝者如斯夫”这一名句。

出曲阜城东行10多公里路，在防山北麓有一古老林地，这便是启圣王林，又名梁公林。这里葬着孔子的父亲叔梁纥，母亲颜徵在。据载，孔子3岁丧父，24岁丧母，他将父母亲合葬防山之阴，并堆土起坟，从此，孔子给后人创下了起坟的先例。

孔子，这位春秋时期的思想家、教育家，少年“贫且贱”，成年后也不得志，但他整理《诗》《书》，删定《春秋》，保存了古代文化典籍，他所创立的儒家学说成为2000多年封建文化的象征。这位哲人、学者尽管生前穷困潦倒，而他“为人也，发愤忘食，乐而忘忧，不知老之将至以”的胸怀，“安贫乐道”“富贵于我如浮云”的傲骨，却影响了历代封建文人。多少年来，不仅识字的，不识字的，都来凭吊孔子；而且得意为官的，失意在野的，也都来凭吊孔子，可见他的精神、品格、事业和功绩，是全社会所公认的。

大概是受孔子这位教育家的影响吧，曲阜历来崇尚教育，北宋苏东坡到曲阜后曾赞叹道："至今齐鲁遗风在，十万人家尽读书。"如今的曲阜，不要说街道宽敞干净，旅馆、酒店随处可见，各类学校就达470多所，在校学生约为12万，孔子的后代们已完全转变了传统观念，把孔府至孔庙之间的马路办成了商品街，各种商品琳琅满目，应有尽有。眼下，旅游业已成了曲阜的产业龙头，仅1992年，到曲阜的国内外游客近150万人次，旅游收入达1.3亿元。已有越来越多的外商都看重了这地方，于是韩国人投资办水泥厂，美国人投资办电缆厂，英国人投资生产三孔啤酒……一年一度的孔子文化节盛况空前，曲阜人利用旅游资源优势，创出了孔府家酒、三孔啤酒等一批名牌产品，有40多种产品已销往国外。

文化名城曲阜，就像一部大历史书，一座大博物馆，处处都有耐人流连久思的意韵，那众多的名胜古迹，使人认识到祖国历史的悠久，文化的灿烂。这，让人深思，让人遐想，让人自豪，让人奋发！

（1992年10月）

摩梭人风情

从攀枝花市向西行150公里路，就进入了云南省的永胜县，由永胜再向西北行100多公里，便是纳西族摩梭人聚居的宁蒗彝族自治县永宁区。

汽车一路都迂回绕行在崇山峻岭间的盘山公路上。这里古木参天，浓荫蔽日，高大的云松、冷杉，挺拔的云南杉，还有那开着红、粉、白和鹅黄花儿的杜鹃，丛丛蓬蓬，密密匝匝，满眼秀色让人目清气爽，心醉神迷。当汽车行至一个山垭口，便到了素有“世外桃源”之称的泸沽湖。远远望去，形如马蹄的泸沽湖，就像一块巨大的蓝宝石镶嵌在轻雾迷漫的山峦间，四周的青山，湖中的小岛，以及飘浮在蓝天的朵朵白云，都清晰地倒映在湖面上。湖边的村寨房舍，田里的稻秧青禾，如同给泸沽湖绣上了一条五彩带，使它的风姿更秀美，景色更宜人。

泸沽湖畔的永宁坝子，聚居的全是纳西族摩梭人。说起来，尽管泸沽湖风光如画，而真正使泸沽湖名扬天下、吸引中外游人前来观光的，则是泸沽湖的子孙摩梭人——

早在《旧唐书》中就有记载，我国隋唐时代的雅砻江流域有个“东女国”。“东女国者，西羌之别种，俗以女为王”，民间“重妇人而轻丈夫”。宋人著的《册府元龟》也记载有“女王国”。据称在“女王国”，“以女为君”，“子从母姓”，“俗轻男子”。这里说的“东女国”“女王国”，实际上就是今天云南省的宁蒗和四川省的木里一带。之所以称为“东女国”，是因为宁蒗和木里均位于吐蕃之东而得名。

如今的摩梭人，其社会形态和婚姻习俗仍保留着母系社会特征。由于妇女在家庭中举足轻重，摩梭人普遍以生女为荣。家庭中若无女儿，便意味着家里断了根嗣，就得求找“养女”来支撑门庭。摩梭人在求找“养女”之前，要经全家人商量同意，然后委托家中德高望重的长辈带上礼物，去姑娘多的家庭请求过继“养女”。如果对方同意，便选择吉日举行仪式，并给“养女”重新起名，然后合家欢庆，待她成年后即担任家长，主持管理全家的一切事务。

按照摩梭人的传统，家庭成员的所有劳动收入，都要交给女家长，再由女家长根据各人的需要给每个人分配现金和添置用物。家庭的物品，不属个人私有，而是全家的共同财产，家里买来漂亮的衣裙、头帕，姊妹们谁都可以穿戴着去赶集或串亲；吃饭时，全家人都依次围坐于火塘边，掌勺的女家长按长幼顺序给每个人盛饭，大家接过饭都静静地吃，绝无吵闹或嫌少争多的现象发生。

记者踏着绿草如茵、鲜花遍地的土路来到泸沽湖边，在那杨柳低垂、微波拍岸的地方，有几个头缠红布大包巾、腰系百褶长筒裙的摩梭妇女正用陶罐在泸沽湖打水。她们将装满水的陶罐顶在头上，漫步上岸，那轻盈的步履、飘曳的长裙，个个都显得婀娜多姿。同游人碰上面，她们都站在一旁给客人让路。听了大家的解释后，一位摩梭姑娘笑着邀请记者到她家作客。

记者跟在姑娘身后来到她家里，院内有一排土木房，两面是配房，主房为两层，一层为过厅，二层是家人的卧室，沿墙东、南、北三面有五张炕床，靠西有一神龛，下为大火塘，火塘右侧坐着一位老太太。记者在来宁蒗之前就知道，摩梭人家的火塘既是全家人吃饭、聚会和待客的地方，也是家里举行各种礼仪的场所。因为摩梭人以右为尊，火塘右侧首位是年龄最大的妇女或家长，接着是按辈分、年龄为序的姐妹和甥女，男人侧坐火塘左侧，以年老的舅父为首，其弟弟和甥男分坐下边。坐在火塘右边的老太太正是家里的老主妇，她手念佛珠，神采奕奕，出乎记者意料的是她会用汉话和客人交谈。她让记者落座后即自我介绍道：“我今年已84岁，生有七个儿子和三个姑娘，家里共有11口人，刚才领你来的是我的小女儿。”说到这，她指着刚进门的一位50多岁的男子说：“他是我的二儿子，先后找过五个阿注，生了三个儿子、四个姑娘。按我们祖辈传下来的老规矩，儿子和姑娘都要和妈妈住在一起。”

原来，摩梭人从来都是只认舅舅，不认父亲，在他们的称呼中，也只有祖母、母亲、姨母、舅舅、姐姐、哥哥、妹妹、弟弟，而没有祖父和父亲。

在洛水乡政府，记者同留守机关的曹副乡长做了长谈。这位也是土生土长摩梭人的副乡长告诉记者，永宁区的洛水乡有居民377户、2406人，其中摩梭人为110户、830人，分属扎石义史、扎石达巴、阿瓦义史、阿果纳姆等10个母系大家族。在20世纪初，洛水乡的摩梭人全由永宁总管阿侯云的族弟阿夺奇统治。当时的洛水摩梭人分司沛（土司、贵族）、责卡（百姓）、俄（奴隶）三个等级，这10个母系大家族均为责卡。

曹副乡长是个非常健谈的人。听记者是第一次来宁蒗，便滔滔不绝地讲起了摩梭人的生活习俗和风情。记者从他的介绍中知道了摩梭人独特的阿注婚俗：

阿注，在摩梭语中是朋友和伴侣的意思。在永宁一带的摩梭人，绝大多数成年人都居于母家，男不娶，女不嫁，男女之间只建立着一种称为阿注的偶居关系。摩梭人虽无婚礼，但对命名和成年礼却甚为讲究。男女参加社交和结交阿注都有一定的规矩：男孩子年满13岁要举行穿裤子礼，女孩子年满13岁则举行穿裙子礼，举行了这种礼仪后，表示他们的童年已过，可以参加生产和社交，再过若干年，就开始结交阿注。摩梭人的阿注婚十分自由，只要男有情、女有意，男方晚上就可以到女方家与阿注同居，经过一段时间的同居后，如双方感情深厚，愿意继续作为伴侣，男方要依俗给女阿注赠头帕、上衣和鞋等礼物，还要给女阿注的母亲和舅舅送些盐巴和茶叶，这时他可以公开走访女家，甚至可把自己的行李也带到女阿注房间去。但是，无论怎样亲密，男子早上必须离开女阿注家，回到自己的母亲家生产和生活。这种阿注婚很不稳定，结交阿注的双方可以继续往来，也可以一刀两断，其阿注关系短则几天或数月，长则几年或十多年，只要女方有了新欢，不再开门接纳男方，就算结束了阿注关系，男方就不能再与女阿注同居，所生孩子一律归女方抚养。

在历史岁月的漫漫长河中，摩梭人交阿注，一般不受年龄、民族、财产和地位的限制，在人们的社会观念中，姑娘结交男阿注越多便越荣耀，因此，那些漂亮、聪明和能干的女子，都有几个甚至十几个男阿注，摩梭女子大都以此来炫耀自己的品貌和本领，而她的母亲与其兄弟姐妹也以此为荣。曹副乡长还告诉记者，1932年，美国地理学会的洛约瑟博士受美国农业部和地理学会委托来永宁做社会调查，在永宁住了18年，先后和几个摩梭姑娘也建立了阿注关系，生下的几个“混血儿”现在都已40多岁，均在洛水乡几个村寨里务农。

当记者问到这些年摩梭人的阿注婚俗在今天有无变化时，曹副乡长说：“‘文革’时，阿注婚被说成‘四旧’要扫除，曾硬性实行一夫一妻制，并明文规定：凡党员搞阿注婚要开除党籍，干部搞阿注婚要开除公职，群众搞阿注婚也要受批判，可是民间仍然暗中实行阿注婚。”曹副乡长沉思片刻后补充道：“阿注婚是一种自由婚姻形式。它具有内在的特点和规律，并非人们通常所想象的乱婚；阿注婚所生的子女也都受到良好抚养，母亲和舅舅是子女的合法保护人，再说，母系家庭和阿注婚既适应集体经济，也适应个体经济。新中国成立后，摩梭人的阿注婚姻即开始逐渐向一夫一妻过渡。现在政策好了，少数民族的风俗习惯得到尊重，除了干部和党员都组织了一夫一妻的新家庭，洛水的摩梭人有不少也改变了阿注婚。”

听了这番话，记者随即产生了如此意念：母系社会和阿注婚能经历数千年内的几种不同社会制度保存下来，肯定有其内在的缘由和活力。看来，阿注婚姻形态作为母系社会的“活化石”，已成为民俗学家、社会学家不可多得的研究内容。

在同伴们的怂恿下，记者又走进了泸沽湖自然水产保护所。彝族所长阿苏陪同客人登上一艘小游艇，在隆隆的机声中，阿苏向大家介绍：泸沽湖分属云南宁蒗彝族自治县永宁区和四川盐源县左所区管辖，虽然面积只有50多平方公里，但平均水深48米，最深处竟达93米，总蓄水量为11亿立方。如此深的湖水，是水深只有几米的八百里太湖不能比拟的，难怪当地人把泸沽湖叫“海子”。游艇在海包岛靠岸后，阿苏指着岛上的一堆残砖破瓦说，当年，美国的洛约瑟博士来永宁考察，就在这里修建了一座西式别墅，“文革”中别墅被毁坏，1984年，四川省组织人员来这里拍纪录片，又称洛约瑟博士为“民族学的前辈”。

驻足海包岛远眺，屹立在湖边的狮子山昂首静伏，头东尾西正俯视着泸沽湖。同行的一位摩梭人导游小姐向大家介绍说，在当地民间传说中，狮子山是一名叫“干木”的女神。摩梭语中“干”是山，“木”是女，“干木”意即为女山。相传，这位名叫干木的女神，既美丽又善良，在泸沽湖畔，她经常骑一匹白马外出巡游，不仅保佑这一带五谷丰登，人畜兴旺，而且还赐予妇女们体壮貌美、婚姻幸福和子孙繁衍。这位导游小姐还对大家解释说：漂亮善良的干木女神也有许多男朋友，其附近的瓦如卜拉山是她形影相随的男朋友；哈瓦山、则枝山、阿沙山则是她的临时朋友，不管是哪座男神山，都受干木女神山管辖。这一传说也可看出，泸沽湖畔的摩梭人把结交阿注视为天经地义，把母系家庭也看成是地造天设。据说，每年农历七月二十五日是干木女神的节日，各地男山神都要前来聚会和娱乐。于是，远近几十个村寨的男女村民，都要结伴到狮子山下拜女神，他们带上食品和美酒，或步行，或骑马，大家天不亮就上路，纷纷要绕泸沽湖走一圈，不少村民扶老携幼来到狮子山下的女神庙前，在地上摆上各种供品，燃起松枝，献上蜂蜜、白酒、牛奶和鲜花，虔诚地向干木女神磕头，祈求她的保佑。然后，便在草地围坐成一个个圆圈，烧起篝火，煮起酥油茶，跳起东巴舞……

大概是母系家庭的缘故吧，在泸沽湖岸边、路旁，不管是开商店，还是办旅店，出头露面的多为女性，有不少摩梭妇女向游人出售自家的水果和熟食。在这里的风味小吃中，最令人难忘的是食鲜鱼，摩梭人将从湖里捕来的鲤鱼和细鳞鱼养在水池里，1公斤只要10元钱，你与主人讲好价，他们便当场捞出来过秤下厨，虽说做法简单，但这里的鱼肉嫩味鲜，吃起来别有一番风味。

住在泸沽湖岸边的木质小楼上，清风徐徐，湖水依依，令人心旷神怡。那清幽洁净的湖光山色，那世所罕见的民族风情，使这块翡翠般的世界满含着古朴和神秘。这里的古朴、神秘，这里的古朴、纯真，又使泸沽湖畔成了让人流连的地方！

（1993年5月）

基诺山寻访基诺人

1979年6月，在我们祖国的民族大家庭中，又新添了一名新成员，这就是人口最少的基诺族。

基诺族聚居于云南省景洪市境内的基诺山。他们没有本民族的文字，但有本民族的语言、传统和风俗，是个具有传奇色彩的少数民族。自江泽民总书记于1990年到这里视察后，基诺村寨即名闻遐迩。记者一到西双版纳，便决定专赴基诺山采访。

从西双版纳傣族自治州首府景洪市驱车东行，不一会便转入了林木茂盛的盘山公路。一路上，记者从陪同采访的市人大常委会主任朱树先的介绍中，知道了基诺族的不少民俗和风情——

多少个世纪以来，没有文字的基诺族一直都是用刻竹来记事或计数，他们在一块大竹片的两边刻上许多大大小小的缺口，大的缺口代表10，小的缺口表示1，然后将竹片剖开，由当事双方各存一半，到算账时双方将竹片拿来合对缺口，然后将竹片折断就算了结。尽管基诺族用这种刻竹记事的方法维系着社会交往，但他们的历史却一代代由口碑传了下来。基诺族老人都说，他们的祖先是三国时诸葛亮的军士，在基诺族中，至今还流传着他们的先民南迁的故事。

当年，诸葛亮率领大军南征，由于长途行军和频繁作战，将士们大都人乏马困。其中有队军士一宿营便都酣然入睡，当他们醒来时大队人马早已无影无踪，大家只好定居于基诺山，基诺族这名字便与这一传说连接在了一起。基诺就是丢落的谐音，意思是被丢落的人，基诺族的习俗似乎也印证了这个传说。如西双版纳人口最多的傣族过泼水节，而同聚西双版纳的基诺族却没有这习俗，他们和汉族一样过春节。春节时，基诺人要向北方行礼，祭祀自己的祖先，有的甚至在祭拜中呼唤诸葛亮的名字，基诺族男子留在自己头上的三撮长头发中，有一撮就是特意纪念诸葛亮的……

年轻的傣族司机还告诉记者，基诺人的习俗十分奇特：不论男女喜欢文身，男子在手臂处刺日月星辰或动物花卉图，女的在小腿处刺几何纹，虽然文身痛苦不堪，但一到十五六岁时人人都乐意这么做。基诺族在1949年前还存留群婚制，在基诺族村寨里，15岁以下的少年晚上不出门，家里不准他们与异性谈情说爱，但于15岁行了成年礼后，“饶考”（小伙子）和“米考”（姑娘）便可以无拘无束自由交往，如双方情愿，姑娘就给意中人留下暗示，小伙子即可夜访姑娘，并开始与她同居，这样同居一两年甚至好几年，待生了孩子后才正式结婚，也有同居十几年仍不正式结婚的。现在婚前同居的习俗虽有了改变，但青年人的恋爱婚姻仍非常自由，最独特的是基诺人不是小伙子向姑娘求爱，而是姑娘来物色小伙子，要是哪位姑娘爱上了哪位小伙子，她就去摘一朵鲜花递到意中人手中，假如小伙子对姑娘也有情，他就将鲜花收下，于是两个人即开始相爱和结婚。

汽车沿弯弯曲曲的山区公路跑了两个多钟头，便来到了基诺族聚居的基诺山，站在公路眺望，只见这里前前后后都是山，有不少基诺人都把房子建在山坡上，不时会见到一些又矮又黑的小竹房。见记者诧异，朱主任解释说，在偏僻的高山区，有的基诺人就是住这房。原来，由于历史、经济等原因，基诺人的住房一直较简陋。他们的竹楼为两层，上层住人，下层关牲畜、堆杂物。多少年来，基诺人的竹楼分两种：一种是楼室内只建一个火塘、只住同一父系家族的小竹楼；另一种是由一个大氏族聚居的大竹楼，这种竹楼往往长达几十米，中间有过道，进门的地方设一象征性的总央塘，两侧是各小家族的火塘和住室。这种大竹楼，一般可容纳几十人，据说氏族人数多的大竹楼，可住30多户、120多人口。新中国成立后，这种大竹楼已基本绝迹，各村寨的基诺人都一家一户住上了小竹楼，不少人家还建起了砖木房。

说起来，在盛产竹子的基诺山，基诺人同竹子结下了不解之缘，他们的房子不仅全是用竹子建成的，就连刀柄、锄把、背篓、水桶，以至碗筷、酒杯、茶具也无一不是竹制品，即使烧茶、煮饭也是用竹筒。他们将鲜竹子削皮后砍成约50厘米长的竹筒，竹筒上切一个斜口，要煮茶，就往竹筒里放进普洱茶，灌进清泉水；要煮饭，则先用芭蕉叶包好米塞入竹筒，再灌进适量的水；要是煮菜，先烧开水后再放进菜和盐，不管是煮茶、煮菜、还是煮饭，都是在火塘上立两根杂木棍，中间再横架一根粗木棍，然后将装好米、茶、菜的竹筒放在上面烧烤。用这种办法煮出的饭和茶，都透着竹子的清香。目前，基诺人家里都用上了铁锅或铝制锅，但外出时仍用竹筒煮饭和烧茶。

说话间，不时有三三两两的基诺男子走过来，他们大都身背猎枪。陪同的人告诉记者，打猎是基诺人的传统喜好，但现在基诺人并不以此为生，主要是种田、养畜和采茶。基诺山是著名的普洱茶六大茶山之一，基诺人种茶的历史相当悠久，农作物主要是水稻和玉米，你站在公路边，就会见到头上戴着尖顶帽的基诺族妇女在田间劳动，基诺族妇女既善良又勤劳，从背水、做饭、养畜，到采茶、种粮食，女人们都是台柱子，然而大约是重男轻女的缘故吧，按照基诺族的习惯，假如哪家的“卓勒”（家长）死后无男性接替，妇女就得拆掉竹楼后或回娘家或改嫁，即使生孩子，也得离开竹楼卧室到楼下的杂物棚去，直等婴儿脐带脱落后才能上竹楼。

记者跟着朱主任走进么卓村的一户基诺族人家。这家人的一间厅堂和四间房屋全是砖木结构，虽然较简陋，但宽敞明亮，房里通了电，摆着一台收录机和一台电视机；边上另有一间小屋是厨房，屋后用管子引来了山上的清泉水，屋前围了一个小庭园，前后种了几棵柚子树。户主正好在家里，名叫木腊武，虽说已是50岁，可是看上去要显得年轻些，旁边坐着的是他70多岁的老父亲。木腊武穿件运动衣，只会讲几句简单汉话。记者只能通过朱主任翻译同他交谈。他告诉记者：他家有5口人，大儿子在市卫生院工作，二儿子和儿媳妇在身边同住。木腊武一边用柚子招待客人，一边给客人介绍说，他家种5亩水稻、7亩苞谷、5亩砂仁，养有两头水牛、三头猪，还有一群鸡。他很自信地说：“水稻全是自己吃，苞谷都是作饲料，使家里经济条件得到改变的，主要是砂仁，这东西每年可收300斤，加上它价格高，年收入可达14000元。”

在基诺乡政府的一座二层办公楼里，记者见到了乡党委书记普元富，这位不足30岁的年轻人，虽然是汉族，但从4岁起就在基诺乡生活了。谈起基诺人的变化时，他掩饰不住兴奋的心情说：“基诺族共有18000人，有10000人都生活在基诺乡，虽然人们都从事农业生产，但至1949年解放时还仍是刀耕火种，政府采取很多措施帮他们开田、固定耕地和提高产量，农业生产有了长足发展。在1980年前，全乡人均收入只有七八十元，许多人看病交5分钱的挂号费都有困难，现在人均收入有800多元，好一点的村，人均收入已突破了2000元。”记者从普元富的介绍中了解到，基诺乡砂仁种植面积达15000亩，砂仁产量占全国的20%，此外，基诺乡的基诺人还种茶叶、橡胶和水果，办起了橡胶加工、茶叶粗加工等乡镇企业。眼下的基诺乡，在45个自然村中，有37个村通电，41个村通自来水，44个村修成了简易公路，7个村公所都通了电话，有程控电话150多门，凡通电的村寨，家家户户都买了电视机，全乡1200户人家中，有900户告别小竹楼，住进了砖木房。

谈起基诺族发生的大变化，最令人惊叹的是教育。这个1949年前没有一个人识字，甚至在20世纪50年代办合作社时仍以刻竹记事的地方，从政府于1956年办了第一所小学起，现在已有小学44所、初级中学1所，儿童入学率达99.3%，巩固率为97.5%，初级中学入学率达85%以上，升学率也达43%。30年来，基诺乡初中毕业生有1263人，高中毕业生有216人，中专毕业生142人，大专毕业生39人。一万人口中有这么多大学生、中专生，不要说在少数民族中是高比例，即使在全国经济发达的汉族地区，也可以说位居前列了。目前，在全乡和村的干部中，大多是小学和初中文化，有不少还是中专生，并且已有了本民族的女干部。

听到这里，记者心中溢满了欣喜和骄傲。在中国共产党的领导下，一步从原始社会末期跨入社会主义的基诺人，如今已过上了富裕、文明和幸福的新生活。记者相信，基诺人的明天会更美好，更灿烂！

（1993年7月）

韶山升起新彩虹

韶山，这是一个声名赫赫的地方。正值毛泽东100周年诞辰的日子，记者来到了韶山。

作为一代伟人的故乡，韶山一直被人们所关注，专程到这里参观游览者总是络绎不绝。新中国成立以来，韶山接待的中外来客已达2800万人次，其中有10个国家的元首，60多个国家的政府和议会领导人，170多个国家和地区的13万名外宾。近几年，韶山大兴旅游业，开设了韶山到乌石寨彭德怀故居和韶山至宁乡县花明楼刘少奇故居的“名人故里游”；在韶山冲引凤山建起了毛泽东文物陈列馆，陈列毛泽东遗物1000多件；修复了韶峰古寺和观日阁；在韶峰山腰兴建了占地20000平方米的毛泽东诗词碑林，在100块诗碑中，《七律·到韶山》宽12.26米、高8.3米、厚0.99米，分别代表毛泽东的生日、享年和忌辰，是当今中国诗碑之最；从诗词碑林到韶峰寺，架设了双运吊椅游览车道；新修的游山大道已将仙女庵、六朝松、四方竹和飞来船韶峰四景贯穿起来，把整个韶峰景区结成一个整体，既丰富了韶山的景点，又方便了游人的参观，来韶山旅游观光者日益增多，于1991年首次突破100万人次，今年预计可达150万人次。

初到韶山，这里的一山一水、一草一木，使记者都感到十分新鲜。随着来自天南地北的参观者，记者首先来到上屋场的毛泽东故居。故居背依青山，前傍池塘。走进毛泽东父母的卧室，只见室内是一副老式双门柜，一副老式架子床，床上是普普通通的印花被。1893年12月26日，一代伟人毛泽东就诞生在这屋里。在毛泽东少年时代的卧室里，挂在墙上的一盏桐油灯格外引人注目。这盏沾满油垢的桐油灯，是毛泽东少年时代晚上读书用过的。毛泽东不足8岁就开始在韶山南岸和桥头湾等地读私塾，每天晚上，他都是在这盏桐油灯下看书的。13岁至15岁，毛泽东虽然辍学在家，但他白天下地干活，晚上依然在这盏灯下发奋自学。在这3年间，毛泽东不仅把韶山冲能借到的书都看了，还经常翻山越岭到湘乡县唐家坨的外婆家借书看，就在这盏桐油灯下，毛泽东博览群书，开阔了他的视野，丰富了他的智慧，激发了他改造社会的雄心和胆略。

毛泽东故居的后面，是牛栏、猪栏、碓屋和堆放农具等杂物的地方，这里陈列着毛泽东少年时代在家劳动时用过的犁、耙、锄头、铡刀；有他戴过的斗笠、穿过的蓑衣；碓屋里还有毛泽东使用过的碓子、风车和石磨……

翻过故居对面的小山，在山背的半山坡有毛泽东父母的合葬墓，墓前右侧的汉白玉石上刻有毛泽东写的《祭母文》。《祭母文》虽仅有395字，但情深义重，悲痛之情尽在其中；左侧汉白玉石上刻的是毛泽东写的挽母联："疾草尚呼儿，无限关怀，万端遗恨皆须补；长生新学佛，不能住世，一掬慈容何处寻。"据说，1919年10月5日在其母文七妹去世后，毛泽东还写过一联："春风南岸留晖远，秋雨韶山洒泪多。"春风、秋雨、韶山、南岸，都深切表达了毛泽东对故乡的赞美和对母亲的怀念。

韶山养育了一代伟人，伟人也时刻怀念着韶山。1959年6月25日，毛泽东回到了朝思暮想的故园韶山，回到了世世代代由韶山养育的乡亲中间，有一幅《毛主席在邻居家中》的珍贵照片，就摄下了毛泽东与几位男女乡亲在一起的欢乐情景。在韶山，记者见到了照片上那位赤着脚、挽着裤管、身上沾满泥巴的中年农民，他叫毛霞生，今年79岁。他说："那天早晨毛主席到我家时，我正在地里劳动，是上面派人喊我回来的。毛主席知道我是毛福生的儿子后，笑着说：'你小时候，我还抱过你哩！'接着问我家的粮食够不够吃，还详细问起了村里的生产，一一了解了村里老人的情况。"毛霞生告诉记者，在旧社会，他父亲常年到外县打工，母亲常外出讨米，他自己和妻子也常常给别人打短工，是共产党、毛主席领导我们翻了身。现在，他儿子经营全家五口人的责任田，孙子和孙媳妇开了"毛霞生餐馆"，他自己则摆摊销售旅游纪念品，一家人的日子过得红红火火。

住在毛泽东故居对面的汤瑞仁，在20世纪50年代搞合作化那时候，她率先组织了韶山第一个互助组，可以说是个老先进。20世纪80年代初，韶山落实联产承包责任制，见把集体的田分给个人耕种，把集体的山分给个人管护，汤瑞仁心里说啥也想不通，她坐在自家的房门口，望着毛泽东故居伤心地哭了几天几夜。

大概是一种阴差阳错的缘故吧，分给汤瑞仁耕种的责任田正好是当年毛泽东家的地，“种毛主席家的田就要种好！”全家人早出晚归，精心操务，当年亩产就超过900公斤。就在这年务农之余，汤瑞仁每天都要烧两桶茶水，免费招待来参观毛主席故居的客人，有人给她给钱，她说：“收钱就对不起毛主席！”

两年后，汤瑞仁把茶水和稀饭摆到了路边地头，并不再免费给人喝，到1987年，曾倔强了几十年的汤瑞仁竟在毛泽东故居对面办起了“毛家饭店”，堂而皇之地当起了饮食个体户。

随着农村改革的进一步深入，被辟为旅游区的韶山冲越来越热闹，许多老实巴交的农民都成了多种经营的行家里手。如今，韶山人说得最多的一句话是：“毛主席领导我们翻了身，邓小平领导我们致了富。”近10年中，韶山已有不少农民发了家，他们数着厚厚的钞票，心里感到了一种从未有过的充实和骄傲。

提起韶山的发展和变化，韶山冲现任党支部书记毛泽武对记者说：“毛主席1959年回故乡时，我虽然还是个只有14岁的小学生，但他也和我握了手。”这位新中国韶山冲的第二代创业者，在担任了村党支部书记后，多次放弃外出经商的机会，坚持在村里带领群众奔小康。记者从他的介绍中知道，眼下的韶山冲，已办起了故园工程公司、迎宾饭店、韶山钟表工艺厂等8家企业，开设了68家个体饭店，仅旅游品摊位已达100多个，今年人均纯收入可突破2200元，是前10年的近5倍，有近一半的人家都盖起了新住房。

看到韶山人开心的笑容，听着韶山人骄傲的话语，记者不禁想起了虎歇坪虎亭内的一副大对联：“气象万千虎踞高岗鸣胜境，岚光绕岫龙盘峻岭吐紫珠。”“虎踞高岗”“龙盘峻岭”都仿用毛泽东“虎踞龙盘今胜昔”诗句的含意，这副对联串古颂今，寓意深刻，可以说是今日韶山的真实写照！

（1993年10月）

滴水洞一瞥

你来到韶山，从毛泽东故居西面沿韶河溯流而上，依山傍水走过四五公里路后，就会见到一个中式小门楼，门楼上嵌着“滴水洞天”四个大字。在门楼右前方的峭壁上，有毛泽东草书的白底朱红大字“滴水洞”。这地方，便是多年来一直带有神秘色彩的“西方山洞”。

滴水洞早年名叫滴水冲，据当地人介绍，滴水洞附近是毛泽东祖辈的居住地，毛泽东祖父的坟墓至今仍在这地方。后来毛泽东的父亲做米生意赚了钱，他买田置地，才在韶山冲盖起新房，毛家也随之从滴水冲迁到了韶山冲。小时候的毛泽东，经常和他的小伙伴到滴水洞放牛，并自任“牛司令”，组织放牛娃分工合作，除留一两个看牛外，让有的拾柴火，有的采野果，等到斜阳西垂，牛吃饱了肚子，野果采满了筐子，柴火也捡成了捆子，小伙伴们便又要聚在一起听毛泽东讲《三国演义》。1903年，刚刚10岁的毛泽东曾逃学到这里，他靠野果充饥，前后竟有3天没回家。时到今日，在毛氏家谱中仍如此记述滴水冲：

“一沟流水一拳山，虎踞龙盘在此间；灵秀聚钟人莫识，石桥如锁几重关。”

这寥寥数语，就说出了滴水冲的奇特和灵秀。其“虎踞”、“龙盘”者为左右相峙而立的虎歇坪和龙头山。相传此地一直有虎，毛泽东的父亲走路时就曾遇到过，只是今日已经绝迹。

滴水洞山环水绕，景色别致，融神奇与秀丽于一体，一泓碧水清澈见底，四季长流，人都说这股清泉是从龙头山的龙口中流出的，便起名叫龙涎，有老人给大家做解释：饮这里的泉水，能消灾祛病，可延年益寿。此泉不远处，有3座水库依次而卧，山坡上苍松翠竹，奇花扑香；山脚下稻田纵横，橘林成片；生长在这里的树木花草，品类竟达800多种，除了银杏、铁树和光叶白兰等珍稀植物外，还有猴面鹰、穿山甲等珍禽异兽出没。由于特殊的山形和地貌，滴水冲冬暖夏凉，一到盛夏时节，这里的气温总要比山外低四五摄氏度，是方圆最好的一处避暑佳地。

从滴水洞翻过龙头山，在翠绿的杉木林中有两块青色岩石，一大一小呈搂抱状，恰似母亲抱着孩子在亲昵。这就是滴水洞一景的观音岩，也是毛泽东小时候祈拜过的“石干娘”。毛泽东排行第三，前面两个兄长均因病夭折，他母亲为了让毛泽东能平安长大，给毛泽东取乳名为石三，并在石三3岁时带他拜这观音岩当干娘，虔诚地祈求观音菩萨保佑石三。此后每逢年过节，母亲都要带石三拜观音岩。1959年6月25日，毛泽东来到已阔别32周年的故乡韶山，他激情澎湃，浮想联翩，在挥笔写下“别梦依稀咒逝川，故园三十二年前……喜看稻菽千重浪，遍地英雄下夕烟”这首《七律·到韶山》后，还特意去看望了他的“石干娘”。

就是这次回到韶山的毛泽东，在公安部部长罗瑞卿等的陪同下到韶山青年水库游泳。他指着滴水洞对过去当过自己秘书、当时正担任湖南省委第一书记的周小舟说：“咯地方很安静！我退休后，在这儿给我搭间茅棚好吗?”随后又补充道：“你们省里研究一下，能在这僻静的深山沟修几间茅屋，省委开个会，领导同志在此休息几天，也会其乐无穷也……”

此后，湖南省委派人实地考察，认为滴水洞环境幽静、空气清新、水质清甜，龙头山、牛形山、虎歇坪等几座山形成天然屏障，在谷地建房，既安全又保密，确是处供主席在乡间休养的理想之地。1960年，湖南省委即以“203”为代号兴建滴水洞工程。原计划分三期施工，建成后可举行中央全会，后因经济调整、基建收缩，只保留了一期工程。至1962年，滴水洞一期工程和柏油公路同时完工。

滴水洞一期工程的主体建筑是为毛泽东修建的卧室、工作室和会议室，另配有工作人员楼、豁口警卫楼。你从塑有龙虎模型的入口处进入院内，只见青砖灰瓦的平房掩映在一片浓荫中，在走廊宽敞的卧室里，除了有较大的空间和视野外，装饰却极为普通：只有一张书桌、一把椅子，按毛泽东睡眠习惯设了一张木板床，褥子上铺了一条白床单，显得素洁而淡雅；卧室的外面是活动室，地上安了一张乒乓球台，毛泽东身穿睡衣打乒乓球的那张照片，就是在这里拍摄的。

滴水洞一期工程建成后，最先入住的并不是毛泽东，而是后来也当了中共中央总书记的胡耀邦。当时，身任团中央第一书记、兼湖南省委书记处书记和湘潭地委书记的胡耀邦到韶山一带蹲点，就在滴水洞别墅生活、工作了40多天。1966年6月17日，毛泽东到南方视察时再次回到韶山，这才住进了滴水洞别墅。当时，他向妻子江青发自“西方山洞”的那封信，就是在这里写下的。6月28日，毛泽东离开了先后共住了12天的滴水洞，一下山便写了《炮打司令部—— 我的一张大字报》，在全国发动了“文化大革命”运动……

1970年，毛泽东发出“深挖洞、广积粮、不称霸”的“最高指示”后，滴水洞的毛泽东卧室后面便加了一道50米长的防空洞。防空洞两端都装有三层坚固铁门，据测定，这铁门能防32吨级的冲击波；洞内两壁安有吸潮、滤毒和通风、通信等设备，还有一间地下指挥室。这个防空洞建成后，滴水洞即开始与世隔绝，成了一个政治禁区。除了当时任中共中央政治局委员、解放军总参谋长的黄永胜等个别要人外，几乎没有人能准许从这里出入。在毛泽东去世前，尽管滴水洞工作人员曾数次按密令迎候毛泽东，但自滴水洞防空洞建成后，毛泽东却一直没回过韶山，倒是在1974年的12月底，去长沙向养病的毛泽东告周恩来总理状的王洪文，却专程到韶山钻过这个防空洞。

日月轮回，人间沧桑。在滴水洞别墅建成20多年后，湖南省委于1986年9月决定将滴水洞对外开放，曾神秘莫测的滴水洞，终于揭开了神秘面纱，普通百姓也可以目睹其容颜。眼下的滴水洞，除开放了毛泽东住过的卧室、工作室和会议室，还开放了毛泽东祖父墓、虎歇坪、虎歇亭、八景亭、八景碑廊等景点，使滴水洞成了韶山冲里的一块旅游热土。从1986年9月至1993年9月的7年中，来滴水洞参观的游人竟达500多万人次。

当你站在镌有董必武、叶剑英、聂荣臻等党和国家领导人题诗留墨的石刻旁凝望，会禁不住心扉顿开，思绪涌动。今天流连于滴水洞的游人们，到这里已不再是朝圣般的顶礼膜拜，而是踏着巨人的足迹来寻幽探胜。驻足滴水洞，抚今追昔，让人恍若隔世，令人感叹不已！历史，真是耐人寻味啊！

（1993年10月）

昆明拾粹

我爱一个地方，想一个地方，这地方的名字就叫昆明。

“万紫千红花不谢，冬暖夏凉四时春”的春城昆明，如一首诗！似一幅画！这里山水相映，明媚多姿。你看：镶嵌在西南边陲的滇池，东郊鸣凤山上的金殿，西部筇竹寺的五百罗汉，西山悬崖绝壁的龙门石雕，碧波摇荡、清幽秀美的翠湖胜地，鲜花成海、绿荫成涛的圆通公园……这使昆明处处都蕴含着诗情画意，时时都展现着迷人风采。

当你登上那红墙绿瓦、雄伟壮观的大观楼，就会看到正门两旁的一副长对联。其上联是：“五百里滇池，奔来眼底，披襟岸帻，喜茫茫空阔无边。看：东骧神骏，西翥灵仪，北走蜿蜒，南翔缟素。高人韵士何妨选胜登临。趁蟹屿螺洲，梳裹就风鬟雾鬓；更苹天苇地，点缀些翠羽丹霞。莫孤负：四围香稻，万顷晴沙，九夏芙蓉，三春杨柳。”下联是：“数千年往事，注到心头，把酒凌虚，叹滚滚英雄谁在？想：汉习楼船，唐标铁柱，宋挥玉斧，元跨革囊。伟烈丰功费尽移山心力。尽珠帘画栋，卷不及暮雨朝云；便断碣残碑，都付与苍烟落照。只赢得：几杵疏钟，半江渔火，两行秋雁，一枕清霜。”这副传诵了300多年的千古第一长联，情景交融，字凝句练，把昆明的悠久历史和无限风光全托了出来。

进入市区西北的郊野公园，满园奇花会让你眼花缭乱。这里不分春夏秋冬，地上是花，路上是花，可谓“喷云吹雾花无数”“千朵万朵压枝低”。在菊花、梅花、海棠花、芍药花和成千上万叫不上名字的鲜花中，有红、白、粉、黄、紫等10多种颜色的杜鹃花；有牡丹、紫袍、狮子头、恨天高等千姿百态的山茶花。那幽香沁人、花姿高雅的兰花，有雪兰、绿兰、夏惠、秋芝；有素心兰、独占春、双飞燕、虎头兰，品种之多，举不胜举，其中大雪兰和小雪兰花白如玉，凝香扑鼻，被誉为花中君子；还有同山茶、杜鹃和玉兰一起列为四大名花的报春花，这些万紫千红、千姿百态的花卉，除了我们自己的，还有来自亚洲、美洲、非洲、澳洲等100多个国家的。这花的世界，花的海洋，即使你竟日盘桓，也会流连忘返。“天公斗巧乃如此，令人一步千徘徊。”想起苏州、无锡等地的小园林，就会感到那不过是小摆设而已，在花的家族里，中国没有第二个地方能同昆明媲美。看来，人们称昆明为“春城”，赞昆明为“花都”，真是实至名归，一点都不夸张！

在建筑风格别具一格的云南省博物馆，陈列文物和标本竟多达5万余件，这里有距今约800万年的禄丰古猿化石，有170万年前的元谋猿人牙齿化石，最令人惊叹不已的，是从晋宁县石寨山、江川县李家山、楚雄市万家坝等地出土的6000多件青铜器。这批代表古滇人灿烂文化的青铜文物，有兵器、乐器、装饰品，也有生活用品和生产工具，其中有迄今国内年代最早的春秋中期铜鼓，最引人注目的是一件铸镂在贮贝器圆盖上的“杀人祭铜柱”古俗图。图中的一座栏式楼里，楼上正中高坐一位贵族，两侧列坐8人，形似正在饮宴；楼下则是众多奴仆，他们有吹弹奏乐的，有杀牛宰羊的，有烹煮食物的；楼房旁边是集市，有人头顶箩筐，有人提鱼叫卖，有人俯身交谈；稍远的蛇蟠柱上，正缚着一个待刑裸身男子，旁列骑马武士，这幅古俗图不仅人物形象惟妙惟肖，更让人惊讶的是大大小小120多个人像图，竟全铸在直径只有35厘米的一贮贝器圆盖上，其场面之大，人物之多，布局之巧，在国内罕见。

你想领略民族风情吗？一到城南海埂的云南民族村，那风格各异的民居，各具特色的民俗，会把你带入一个令人神往的境界：步入已建成的傣族寨、彝族村、白族村、佤族村、纳西族村、基诺族村和拉祜族村，既能欣赏不同民族的住屋、服饰、生活习惯和传统风俗，也能看到傣族的“孔雀舞”、白族的“霸王鞭”、彝族的“左脚舞”、纳西族的“东巴跳”和拉祜族的“跳芦笙”，还可参观丰富多彩的石雕、木雕、草编、竹编和扎染。陈列在白族村的大理石工艺品，从首饰、笔筒、墨砚，到屏风、桌面、塔楼，品种达4000多个。你仔细观览，这些用水墨、彩花、纯白和银灰各色大理石做成的工艺品，不只光洁润泽，美观大方，而且石纹绚丽多彩，其花纹有的似骏马，有的似苍鹰，有的似雄狮，有的像屹立的奇峰，有的像飘动的云彩，有的像奔腾的江河，那一幅幅迷人的天然花纹，让人意趣无穷，百看不厌。

耸立于滇池之滨的西山，峰峦起伏，苍崖峭立，绿水千寻，云横绝顶，普贤寺、华亭寺等古刹殿宇掩映于林荫深处。从滇池岸边的龙门村拾级而上，可以探访明代状元杨升庵讲学的“碧烧精舍”，可以参观地理学家徐霞客纪念馆。在太华寺与三清阁之间的苍荫处，就会进入聂耳墓，墓地依山面水，墓形呈月琴状，墓穴在琴盘发音孔上，墓前的7个花坛代表音乐的7个音符，24级石阶象征聂耳24岁的年轻生命，墓碑上刻有郭沫若手书“人民音乐家聂耳之墓”九个大字，碑背是郭沫若1954年2月所撰的墓志铭。这位生于昆明、先后创作了《大路歌》《铁蹄下的歌女》等歌曲，并为我国国歌谱了曲的音乐家，虽然只活了24岁，但他却与国族并寿。游人站立墓前，国歌之曲犹响耳畔，无不肃然起敬，纷纷在此摄影留念。

攀至西山主峰罗汉山的罗汉崖，就是昆明又一处名胜三清阁。此阁原是元代梁王给他修的避暑宫，后人将它改为寺。寺内灵官殿、纯阳楼、玉皇阁、凌霄殿诸胜，均凭空架隙，依山凿石而建成。远远望去，12座殿堂皆镶于悬崖险壁，似燕窝蜂房，累累如坠。你登临于此，若置身空中楼阁，顿感飘然如仙。从三清阁上行，便是西山险景龙门，这里曲径回廊全凿在悬崖绝壁上，经慈云洞，至达天阁，一处处崖刻，一座座浮雕，都是就天然石壁而雕凿的，石阶、石雕浑然一体，其雄奇险峻，不愧为昆明一最。

你沿曲径小道盘桓而上，就来到了白云深处的小石林，千形百态、妙趣横生的天然石像，令人目不暇接。驻足西山这最高处，只见滇池碧波浩渺，水天一色，渔帆点点；古城昆明高楼林立，古树参天，气象万千；眺望美女峰，屈腿仰卧、青丝散垂的“睡美人”云缠雾绕，飘然欲动。这风姿绰约的“睡美人”，那碧水苍茫的滇池水，相映相衬，给昆明增添了一道独具特色的风景图，使昆明古城更加绚丽多彩，更加秀美夺人！

悠久的历史，秀丽的风光，使昆明成了云贵高原上最大的一颗璀璨明珠。纵观历史，昆明一直是祖国西南边疆的政治、经济和文化中心。早在公元前3世纪，楚国大将庄蹻率兵入滇后即定居这里；500多年前，出生于昆明的郑和带领一艘艘帆船出海远航，为中国历史留下了“郑和下西洋”

的光辉篇章；清政府当年为扑灭孙中山民主革命而创办的云南陆军讲武学堂，却成了云南革命的大据点，历届毕业生中不仅有很多人加入了同盟会，而且有不少人还成了无产阶级革命将领，中华人民共和国的10位开国元帅中，朱德和叶剑英就是从这所驰名中外的军事学府走出来的……

路密如蛛网，四通八达，铁路有穿越万水千山的成（都）昆（明）线，有横跨云贵高原的昆（明）贵（阳）线，还有南通越南的昆（明）河（内）线，被列为国家重点建设项目的南（宁）昆（明）线正在修建；已跻入全国六大机场之列的昆明机场，开通国内航线36条，国际航线也多达6条。党和国家领导人刘少奇、周恩来、邓小平、陈毅、贺龙、胡耀邦、李鹏都先后来这里视察；郭沫若、朱自清、杨朔、秦牧等作家和诗人，也都为昆明写下了不少华章和诗篇。

昆明美，美得自然，美得纯朴，美得古老，美得坦荡！我到昆明，虽然来去匆匆，但昆明的美，却深深印在了我的脑海里，铭刻在了我的记忆中！

（1994年7月）

美丽富饶说滇池

“昆池千顷浩溟濛，浴日滔天气量洪。倒映群峰来镜里，雄吞万派入胸中。”这首诗，就是人们用来赞美滇池的。

正值金桂扑香的季节，记者出差去昆明。飞机飞越成都盆地后，只一个来钟头就飞临昆明上空。从舷窗俯瞰，在群山逶迤、江河奔泻的滇中大地上，首先映入眼帘的是滇池。只见这一高原明珠形似弦月，碧澄清澈如一颗绿色翡翠嵌于昆明西南。从万米高空览见的这一情景使记者深信：素有“高原江南”之称的昆明，其美丽，其富庶，无疑是与滇池紧密相连的，也因这意念，记者对滇池更增添了几分钟爱之情。

说来也巧，记者的下榻处正好是白鱼口的云南工人疗养院。这里是昆明著名的风景疗养胜地。在那依山傍水的空谷园，有磊楼别墅，有引胜桥，有望月亭，有温水泉，滇池与住室只凭栏相隔，让记者有缘同滇池相伴了10多个日日夜夜。

滇池也叫昆明湖，是云贵高原上最大的淡水湖。其南北长39公里，东西宽13.5公里。平均水深为5米，最深处达8米多，四周有海源、金汁、银汁、白沙、昆阳和盘龙江等20多条河流汇入，蓄水总量近16亿立方米。那碧波荡漾、千帆竞发的万千景象，时时都吸引着人们去流连，去观览。

当你坐在岸边石栏旁的石椅上，凝神静观秀水拍岸、天光云影的滇池时，你会发现这一面积比杭州西湖还要大50倍的高原湖，既有湖泊的妩媚韵致，又有大海的壮阔气势，其情调、其姿色别具一格：在天高气爽之时，岸边垂柳轻拂，湖面波光粼粼，滇池显得是那么秀逸美丽，温柔娴静；凡狂风暴雨袭来，滇池便波涌涛掀，白浪滔天，这时的滇池，犹排山倒海，气势磅礴，壮观无比。最让人叹绝的，是滇池的变幻多姿：随着云彩的飘动变化，她有时是蔚蓝的，有时是碧绿的，有时又是紫墨色的，有时则一半浓绿、一半银白，在一望无垠的浩渺烟波中，渔帆点点，峰影绰绰，此情此景，会使你神摇气荡，如梦如醉。

多少年来，美丽的滇池一直以她的独特风光享誉天下，就拿耸立于西岸的“睡美人”山来说吧，相传古时候有位名叫阿娟的青年女子，婚后不久丈夫就被酋长抓到很远的地方服苦役，她日日思念，夜夜悲啼，泪水积成了滇池水，自己也仰面倒地化成了西山。你从高处眺望，西山确如一位美女屈腿仰卧在滇池岸畔，她头向西直枕白鱼口，脚朝北蹬往市郊的河尾渔村，其脸、胸、腹、腿以至下垂入水的头发，轮廓分明，曲线清晰，呈现一派绰约风姿，使“美人卧波”成了滇池一大景观。当你登上岚光滴翠、苍深雄峻的西山最高峰太华山俯瞰，但见滇池碧波万顷，烟水苍苍，古城昆明尽收眼底。

据地质学家考察，滇池是200多万年前的地质运动造成的。早期的滇池面积比现在的330多平方公里还要大近一半。由于气候变化等因素，湖面虽然逐渐缩小，但古老的滇池却孕育了悠久灿烂的云南文化。在滇池周围，密布着数十处新石器时代遗址，从众多出土石器和陶器花纹图案上，人们就能了解古滇人在这里的生活和生产。那出土于晋宁县石寨山的4000多件西汉前青铜器，有很多图案就铸着农耕稼穑、牧牛放马、厅堂饮宴、赶街易贸、踏歌起舞和文身刺面等古滇人的风俗图，反映了古滇池一带在2000多年前的社会生活及人世百态，这一独具特色的青铜文化，使滇池的历史更为悠久灿烂和熠熠生辉。

同众多美好的地方都有着美好的神话一样，美丽的滇池也流传着很多引人遐思的故事。据说在古代，滇池中有匹名叫“滇池驹”的神马，能日行500里，它天天在滇池边上吃草奔驰；在翡翠般的西山上，有只被当地人称为“碧鸡”的凤凰，它经常舒展彩翅飞来飞去，时时都放开嗓子鸣叫歌唱。这神马和碧鸡的故事，不仅流传在人们的口头上，而且还屡见于各代的辞赋典故中。《汉书·郊祀志》就记载道：“或言益州有金马碧鸡之神，可醮祭而致，于是遣谏大夫王褒使持节而求之。”你要是来到滇池东南岸边的牛恋村，村民们就会给你讲述这么一个动人故事：在很久很久以前的一天，天上的一位牧牛仙发现滇池岸边水草丰美，便赶着一群天牛到滇池边来放牧。谁知天牛贪恋人间的丰美牧草，一头头都不愿返回天宫，牧牛仙左一鞭、右一鞭，怎么赶也赶不动它们，时至雄鸡报晓，贪恋人间美草的天牛即一头头化成了石牛。你看，那神态各异的石牛，至今仍三三两两留在滇池岸边，它们有的伏地而卧，有的仰头望天，有的立于水中，有的却在与犊儿嬉戏……

翻开历史就会知道，在群山莽莽的云贵高原上，滇池地区自古以来一直是块气候宜人、物产富饶的好地方。《史记·南夷列传》记载，早在公元前3世纪，楚国大将庄跻一入滇即称赞滇池“有盐池田渔之饶，金银畜产之富”。今日的滇池，环湖良田万亩，沃野千里，农、牧、林、副、渔五业兴旺，处处一派勃勃生机。就在昆明市西山区的白鱼口一带，家家户户都有茶果园，都种水稻地，不少人家虽盖起了宽敞明亮的新楼房，开上了小手扶和大汽车，但很多人家依然留有渔帆船。一到滇池“开海”时节，全家人除留老人看家外，都带上食品入湖打鱼。在疗养院门前的红云坞码头，记者登上了长驻白鱼口的云南401号渔政船。攀谈中，船上的渔政员向记者介绍说，每年8月1日至9月15日，是滇池的捕捞期。眼下每天入湖的打鱼船达3000多只，如果按每船每天捕鱼30公斤计算，滇池一天的出鱼量便突破了10万公斤！

那望月亭前的浅水区，是渔民们在白鱼口一带抛锚休憩的好地方，每天一到午后，都有不少渔船从湖心摇出来，船主人或橹摇，或竿撑，将船在白鱼口岸边一排排摆渡得整整齐齐。待船停稳，男人们有的蹲在船头吸烟，有的上岸打扑克、下象棋，女人们则不是忙着淘米做饭，就是精心缝补编织，那些随船出海的孩子们，都个个乐不可支，他们如同燕子般轻盈地从这条船跳到另条船，相互追逐嬉闹，让空谷园荡满了欢声和笑语。一名来自高峣村的渔民对记者说：“今年开海后，我的运气很不错。每天捕鱼都超过百公斤。这不，加上我那小女儿，船上3个人，人均收入天天都不少于300元！”接着他给记者又算了这么一笔账：“如果以后也与这几天一样，开海一个半月时间内，我仅打鱼收入这一项就会突破4万元！”

听了这位渔民的话，记者心中溢满了感慨和激奋。人都说“滇池是昆明的摇篮”，看来这话一点不假。古代的昆明靠滇池点染，靠滇池进化，几千年后的今天，仍有不少昆明人把自己的理想和希望寄托在滇池上。记者从心底祝福：愿滇池碧水长存，美景长在。

（1994年8月）

石林情

在云南这块五彩斑斓的土地上，有片被誉为“天下第一奇观”的石头林，这就是位于路南彝族自治县石林镇境内的路南石林。

“路南”来源于彝语，意思是“黑色的石头”。据勘查，路南境内有三分之二的区域都分布着石林群，总面积达千余平方公里，在已开发开放的几片石林中，占地40多万亩的石林镇李子箐石林，因其景观最多、面积最大、历史最久而被人们称为大石林、路南石林，1987年已由国务院命名为路南石林风景名胜区。正在撒尼人欢度“火把节”的日子里，我也来到了这块令人心醉的地方。

汽车一开进石林镇，游人们都径直向石林扑去，跨过石林湖上的大石桥，便是举世闻名的路南石林风景区。在导游小姐“阿诗玛”的引导下，中外游人即开始了石林游。

进入石林大门，迎面一座石壁上刻有“石林”两个隶书大红字，据说这是1931年由当时任云南省主席的龙云所题写。在此不远处，就是游人必须通过的一座小石门。这座石门两旁是飞耸的峭壁，上面嵌着一块摇摇欲坠的大磐石，似乎你拍拍巴掌也会将它震落下来。人们壮着胆子从磐石下穿过后，顺着忽上忽下、忽左忽右的峰间小径，即走进了石峰、石廊、石亭、石洞和瀑、湖相间的天然大迷宫。一路上，险象环生，时而有碰头之险，时而又有失足之危。无数的潜瀑暗水，在深不可测的石缝中汩汩流淌。那些形神各异的石峰，造型独特，多姿多彩，不论形人、形禽、形兽、形物，个个惟妙惟肖，栩栩如生。你看，“古战场”“众志成城”，都是一幅幅气势恢宏、勇不可当的集体画图；“梁祝相送”“相依为命”“孟母教子”“孔雀开屏”“蟒蛇出洞”“悟空拜观音”等石峰则天生地就，相映成趣；“承露盘”“石林天灯”“南天华表”等石峰则独自成型，独自为景，意韵深长。那一石多姿的“骆驼骑象”峰，你若是站在下方看，极像是一头双峰骆驼骑着一头长鼻子大象；要是从其上方看，却是两个活灵活现的人像图，那身背孩子、身材稍矮的是妻子，那身着灰甲、伸出双手去迎接的是丈夫，人们便称它为“喜相逢”。从此峰向南走，就是“母子偕游”峰，那位身穿撒尼服的妈妈，正领着自己心爱的孩子去游石林。这些奇石怪峰，在经过亿万年的风蚀雨磨后，终于幻化成了富有生命力的群体，让人感悟到石族的不朽和灵气。

顺着曲折迂回的石阶路，我随人流攀上了当年朱德曾登临过的“望峰亭”。此亭为钢筋混凝土结构，宽敞的观景台可同时供百余人驻足观景。站在这高达40多米的石林之巅举目四望，石林群峰尽收眼底，只见怪石嶙峋，奇峰参立，座座石峰层层叠叠，苍茫如海，绿树、鲜花、池水、游人点缀其间，宛如一幅气势磅礴、神奇壮观的风景图。在此眼观美不胜收的石景，耳听悠扬激越的歌声，令人心旷神怡，悠然如仙。

步下“望峰亭”，当你来到池水泛绿的“玉鸟池”畔，就会见到一座石峰高高耸立，形状很像身背篓筐、身着长衫、抬头仰望北方的撒尼姑娘，在其包头下方，还露出撒尼妇女特有的外留坠发，背篓中装着的是她采摘的野菜。这就是路南石林中最有灵性、最富感情的“阿诗玛”石峰。导游小姐随即给大家讲起了“阿诗玛”的故事——

相传很久以前，在撒尼人聚居的阿着底村，有一名叫格路日明的撒尼人生了一个小女儿，见她肤色白嫩，长相俊俏，全家人十分高兴，便宴请亲朋给女儿取名叫阿诗玛，意思是美丽如金子一样。说来也怪，5岁的阿诗玛就会帮阿妈织布，7岁会给父亲缝衣，15岁时的阿诗玛就更心灵手巧了：她绣的包头如彩霞，她缝的衣服似山花，她的名字也被人越传越响，越传越远……在另一山寨里，有个名叫热布巴拉的财主听说阿诗玛这般能干，想占她给自己的懒儿子阿支当媳妇，即把阿诗玛抢到家里逼她成婚，不料阿诗玛百般不从，执意不肯，便被关进一间黑屋里，直到哥哥阿黑找到热布巴拉家，阿诗玛才被救出虎口。不想热布巴拉勾结岩神，将阿诗玛的身子化成了石峰。听着哥哥“阿诗玛你在哪里”的呼喊声，悲痛万分的阿诗玛在石峰中回答道：“阿黑哥哟，你要想妹妹，就到石林中，对着石峰喊，我就会答应；告诉爹妈别难过，我永远活在石林中，云散我不散，日落我不落，我将永远在故乡！”

听了这故事，游人们都被“阿诗玛”所感动，又为“阿诗玛”的悲惨遭遇所惋伤。于是一个个都相继与“阿诗玛”石峰合影留念，以此怀念这位热爱生活、不畏强暴的撒尼姑娘。

尽管“阿诗玛”的故事属传说，但千百年来路南一直是“阿诗玛”的故乡，“阿诗玛”也一直是撒尼人的象征。石林之美，除了大自然在距今2.7亿年前的造山运动和喀斯特地貌的恩赐外，更要归功于祖祖辈辈生活在这里的撒尼人。声名远播的李子箐石林虽然早在明洪武年间就被发现，却正如赵朴初所吟：“可惜前人文罕记，石林异境晚知名。”直到长篇叙事诗《阿诗玛》的出版，宽银幕彩色影片《阿诗玛》的拍成，路南石林才闻名遐迩、天下倾慕。为了这片石林的开发和建设，刘少奇、周恩来、朱德、邓小平、陈毅、李先念、彭真、李鹏等党和国家领导人都到李子箐视察，在李子箐东南30公里处的维则乡，传说中“阿诗玛”曾担过水、洗过麻的长湖岸边，还留下了历史学家吴晗的脚印，映记着开国元帅贺龙的身影。如今，路南石林以李子箐为中心，又开拓了几处新景区：占地达5000余亩的乃古石林群、芝云地下溶洞群以及长湖、圆湖、月湖、大叠水瀑布均已向游人开放，石林风景区由李子箐1处增加到8处，游览面积由10平方公里扩大到50多平方公里，并在各风景区建起了宾馆、商场、邮局、停车场和娱乐场……

路南是“阿诗玛”的故乡，“阿诗玛”的传说，不知打动过多少人的心，引发过多少人的梦！今天的路南石林，处处都飘动着“阿诗玛”的身影，时时都传唱着“阿诗玛”的歌声。那些头戴花包头、身着五彩裙的撒尼姑娘，已告别了封闭和落后，大大方方给中外游人跳“三弦”、当导游，那诗一般优美、画一般迷人的石林风光，那时时都流传在石林中的“阿诗玛”故事，使我把满腔的千思万绪都留在了石林，留在了“阿诗玛”的故乡！

（1994年8月）

大理随记

想到文化名城大理的心愿，我早就有了。

汽车开出昆明后，一路向西行驶在时而崎岖、时而又坦荡的公路上，沿途所经安宁、楚雄、南华、祥云等县、市，多为彝族、佤族、哈尼族等少数民族聚居区。农田里除了水稻和玉米外，种植面积最多的就是云烟。由于这一带气候湿润，土地肥沃，即使是无法浇水的陡坡地，片片烟苗仍然长得极旺盛，那又长又厚的烟叶子葱茏欲滴，不少农民都在地里拔草和打枝，他们将发黄的边叶剪下后又背回家中晾晒。最令人惊叹的，是这一带的低廉物价，那又甜又鲜、售出时还要替买主削好皮的大菠萝，一个只售1元钱，汽车就在这绮丽富饶的“高原江南”行驶近400公里路，便到了依山傍水的大理城。

来到大理古城，这座曾是唐代南诏国和宋代大理国建都的地方，果然别有风姿。建于明洪武年间的大理古城，城墙高耸，城楼雄伟，从镶嵌着郭沫若手书“大理”二字的城门进入古城，古朴的青石板路纵横有致，房舍古朴典雅，绿树成荫，在鳞次栉比的店铺里，摊摊相连的货架上，扎染、服装、仿古铜器、金银首饰等土特产品琳琅满目，街上游人熙来攘往，热闹非凡。就在这座古城里，一年一度的本主节、绕三灵、火把节、蝴蝶会、耍海会等民族节日丰富多彩，一到已延续了1000多年的“三月街”，大理古城便商贾汇聚，物产云集，通宵歌舞，其繁华昌盛，令人叹绝。

大理，真不愧为“文献名邦”，这里文物荟萃，古迹众多。有被列为省级和全国文物重点保护单位的羊苴咩城遗址、太和城遗址、南诏德化碑、元世祖平云南碑，仅弘圣寺、法藏寺、苍山庙等建于各代的古寺庙就有50多座。这些文物古迹将大理点缀得更神奇、更壮美，使大理如同一座绚丽多彩的文化宝库。就说被列为全国文物重点保护单位的崇圣寺三塔吧，后面是云缠雾绕的苍山，前面为碧波浩渺的洱海，三塔如三足巨鼎拔地而起，又如玉柱标空高入云端。建于唐代南诏国丰佑年间（823—859年）的主塔千寻塔，塔身16层，高69.13米，塔顶四角各有一铜铸的余鹏鸟。在它的南北两端各建一座10层八角塔，两塔均高42.19米，塔身有佛像、莲花等浮雕，塔顶挂伞形铜铃，风一吹，叮当作响。这3座塔布局统一，造型和谐，浑然一体，千余年来一直被誉为大理的象征。传说1515年5月，千寻塔裂如破竹，但10天后又自动弥合；1925年大理发生7.5级大地震，城内房屋有多半被震塌，而三塔仍巍然挺立。

“三塔倒影”是大理的一大景观。在洱海西岸的下鸡邑村与龙凤村之间，过去曾有两个天然湖，两湖连接呈葫芦形，人们称为星湖和神湖，每当朝阳升起或夕阳西下，三塔及崇圣寺楼阁便倒映湖中，在微风波光中忽隐忽现，大有海市蜃楼的奇妙景观。但“文革”时围海造田，两湖均被填去，“三塔倒影”的景观只能从莲花湖及一些小水塘中欣赏了。从导游小姐的介绍中知道，1978年国家拨专款对三塔进行维修时，在被称为大理守护神的千寻塔顶和塔基内发现唐、宋两代文物600多件，其中重达1135克的纯金观音菩萨像、金质释迦牟尼坐像和金镶珠凤凰三件文物均为罕世珍品，更为珍贵的是在此塔中还发现了纸质、绢质的写本佛经和丝质长卷绘画。

在大理，你到处都会听到关于蝴蝶泉的动人故事：相传在很久很久以前，蝴蝶泉边有一名叫阿花的姑娘既勤劳善良，又妩媚秀丽。苍山榆王府的国王见阿花长得漂亮过人，就把她抢到了自己宫里，恋人阿龙设法将阿花救出宫，但国王派人紧追不舍，两个人跑到泉边，知道无法逃出国王的魔掌，就一起投泉而死，接着化为两只蝴蝶双双飞去。一会儿，从四面八方飞来无数彩蝶，围着泉水上下翻飞。从此，人们把这口无底潭改名为蝴蝶泉。说也怪，此后每年三四月，大大小小、形形色色的蝴蝶便成群结队飞来蝴蝶泉边，它们密密层层拥挤盘旋，在蝴蝶泉形成了五彩缤纷、景色粲然的罕见奇景。一旦文化以一种独特的方式融汇在自然之中，它便能够充实和强化自然美，并产生画龙点睛和摄人心魄的妙趣，使其更加传奇、更具魅力，名扬天下的大理蝴蝶泉，就是这样一眼让人遐思无限的神泉奇水。1961年9月2日，郭沫若在州长欧根陪同下游览蝴蝶泉，他在泉边听白族老人倪其珍讲述了阿花阿龙投水化蝶的抗暴故事后，当场写道："蝴蝶泉头蝴蝶树，蝴蝶飞来千万数。首尾相垂如串珠，四月中旬年一度。我来今已届中秋，蝴蝶不来空盼顾。清茶酹祝蝴蝶魂，阿龙阿花春永驻。"

据说以前的蝴蝶泉，每年盛夏蝴蝶泉边的古树一开花，苍山洱海间的无数蝴蝶便成群结队汇聚于此，万千彩蝶集结在泉边的古树上，衔尾接翅，连须钩足，从树头倒垂至水面，犹如一条条绚丽灿烂的彩带，甚是神奇和壮观。就是这让人心动神迷的奇景，吸引着记者来到了大理城北20多公里处的蝴蝶泉。在云弄峰麓神摩山下，只见有棵盘根错节的合欢树似一把大伞护罩着一池面积大约50平方米、深有3米的清泉水，泉水晶莹碧透，不时泛着串串水珠，泉底小石历历可数，泉边四围护有大理石栏杆，其面积不足百平方。记者满腔希望能看到蝴蝶汇集于泉，有成千上万的蝴蝶聚在一起翩翩翻飞的景象，可惜胜景难逢，泉边只有几只孤蝶在飘飞。一位白族姑娘解释说，由于人们无法说清的原因，每年蝴蝶来泉相会的时间十分短促，很少有人能目睹这一人间奇观。即使如此，白族人仍把蝴蝶泉同对爱情的追求联结在一起，至今有不少热恋的"金花"和"阿朋"都要来蝴蝶泉留念。

大概是气候变异和人类的影响吧，今日的蝴蝶泉已没有了世间罕见的蝴蝶群，但人们寄托在蝴蝶泉的美好传说却经久不衰，自30多年前以蝴蝶泉为外景拍摄了爱情故事片《五朵金花》电影后，蝴蝶泉更是名声远扬，从此，蝴蝶泉成了白族人心中的爱情泉，每年农历四月十五日的"蝴蝶会"这天，当地十里八乡的白族群众都要来到蝴蝶泉隆重庆祝"蝴蝶会"，大家聚在一起唱歌跳舞，使蝴蝶泉喜庆满满、热闹非凡。就在年复一年、从不间断的"蝴蝶会"上，所有来参会的未婚青年，不分男女都要身着节日盛装，把蝴蝶泉边的"蝴蝶会"当成寻觅爱情、互定终身的好时节和好场所。"大理三月好风光，蝴蝶泉边好梳妆；蝴蝶飞来采花蜜，阿妹梳妆为哪桩……"只有此地此时，《蝴蝶泉边》这优美、动人的歌声，尤能显出它细腻、独特的感染力。如今人们慕名来看蝴蝶泉，与其说是观景，倒不如说是来摄魂。

漫步大理街头，你会发现令游人爱不释手的扎染工艺品大多产自周村。周村是大理最大的白族自然村，电影《五朵金花》的故事就发生在这里，影片也是在这里拍成的。这个以完整保持着白族文化、生活特征而著称的白族村，地处苍山之麓，洱海之滨，蝴蝶泉畔。得天独厚的旅游资源优势，使周村人看到了旅游这一无烟工业的发展潜力和前景，全村人及时调整农村产业结构，在全村1200多户人家中，仅兴办民族服饰和旅游产品加工企业就有280多家，村里80%以上的“金花”都从事旅游产品的生产、加工和销售，不少人还用普通话和英语谈生意。就在这个村，村民们自筹2000多万元资金，于滇藏公路至蝴蝶泉建成了大理州规模最大的周城白族民俗风情旅游度假村，开展婚礼、对歌、舞蹈、火把节等民俗活动，并建起了“三方一照壁、四合五天井”的白族宾馆，开设了正宗的白族“三道茶”和独具风味的豆腐酸辣鱼，为中外游客提供了吃、住、玩、购一条龙服务，年均接待游客10多万人次，旅游总收入达500多万元，使这个古老的白族村成了名闻遐迩的富裕村、幸福村！

随着旅游业的发展，古城大理于近几年还建起了“洋人街”。“洋人街”的原名叫护国路，自1984年在这条街建起了红山茶宾馆这一全市第一家涉外宾馆后，大理的“金花”“阿朋”们不再拘泥于古旧风俗，他们敞开城门迎接一批又一批“老外”，于是，在这条千年古街出现了专门为“洋人”服务的餐馆、酒吧、画廊、咖啡室、白族扎染店、古玩工艺品店……每当夜幕降临，你一置身于这条灯光闪烁、洋文招牌林立的“洋人街”，看着三五成群的洋人们聚在一起吃喝、聊天和下棋，看着白族客栈中的木雕桌子木雕椅，你仿佛又回到了唐宋时期的大理南诏国宫廷，这一切，不只令老外们倾倒，也让中国游人流连。

“天气常如二三月，花枝不断四时春。”这两句诗是人们形容大理气候的。寒止于凉、暑止于温的如春气候，使大理的四季都是花的世界，花的海洋。就说被大理人引以为荣的山茶花吧，因为土壤、水质、气候都极适宜山茶花的生长，大理人栽培山茶花的历史已有1000多年。这种常绿乔木花，有的树龄竟达百年以上，枝高为10多米，品种有40余种。在几乎家家户户都栽培的山茶花中，有花瓣形如雄狮昂头的，有像彩蝶展翅的，有的红白相间，有的金光灿灿。每当山茶花陆续开放的季节，整个大理五彩眩目，春意盎然，于是便有了“云南茶花甲天下，大理茶花甲云南”之说。被植物学家称为“天然杜鹃园”的点苍山，分布于各峰的杜鹃花达50多种，花期从早春二月可一直延续到初冬十月。其中树高叶大、花状如球的马缨杜鹃被赞为杜鹃花珍品，那大白花杜鹃不仅洁白无瑕，而且食后还有健身强骨的医药作用。就是这些红、黄、白、紫等10多种颜色的杜鹃花，将云缠雾绕、苍翠欲滴的点苍山装扮得姹紫嫣红，把花城大理点染得美不胜收。

在大理，还有那幽香四溢的大理兰花，更是争奇斗艳，仪态万千。大理白族养花名家李映龙，多年来在兰花培育的“新、奇、异、稀”上下功夫，精心培育出墨兰、蝴蝶兰、朱砂兰、莲瓣兰、小雪兰、大雪兰等十几种珍贵品种，其中小雪兰、剑阳蝶、碧龙奇蝶三种已收入《中国兰花名品录》。

坐落在苍山洱海之间的大理，一峰一溪，一石一泉，都形成了不少优美的自然景观。那清碧溪、凤眼洞、玉带云、黄龙潭、天生松、花甸坎、苍山雪、洱海月，景景妙趣横生、引人入胜。这些天设地造般的景致，激发了白族人的想象力，创造了许多神奇的传说，留下了无数动人的神话故事。单说常常升浮在玉局峰顶的一团灰白色孤云吧，它忽而冉冉腾空，又倏然隐而不见，宛如一位白族少女探身眺望洱海，这就是望夫云。传说在南诏时，美丽善良的阿凤公主与勇敢的猎人阿龙相爱，国王便将阿龙变成石螺沉入洱海，公主阿凤即忧郁而死，精气化成一朵望夫云，一年接一年、一天连一天，时时刻刻都飘浮在苍山之顶和洱海之上眺望丈夫。这一流传了千百年的神话故事，白族人又将它搬上了舞台，拍成了电影。

今日的大理，已形成了烟草、纺织、机械、医药等门类齐全的民族工业体系，成了云南省第二大纺织工业基地，87%的农田都实现了有效灌溉，工农业年总产值达16.6亿元，地方财政年收入1.2亿元，商品零售总额为6.3亿元，经济实力在全省126个县（市）中居第8位。这一自古就是滇西交通枢纽的文化古城，将向世人展现出自己的新姿色：广通至大理的铁路已开工修建，大理飞机场预计于“八五”末建成通航，总规划面积10平方公里的省级旅游度假区和16平方公里的经济开发区均见雏形。

大理，真是一块美丽、富饶、神奇的土地啊！那悠久的历史文化，众多的文物古迹，绮丽的自然风光，独特的人文景观，浓郁的民族风情，让人看不够，赏不够！我知道，既是全国首批24个历史文化城之一，又是全国首批44个风景名胜区之一的大理，其姿色，其风采，将永远印记在我心中。

（1994年8月）

名扬中外大理石

在美丽而富饶的大理，众多物产尤以大理石最著名。“苍山韵风月，奇石吐云烟。天功人力代，海外竞珍传。”这四句诗，就是大文学家郭沫若在《大理石》一诗中赞美大理石的。

被誉为大理自然风光代表的点苍山之所以驰名天下，不仅是它巍峨秀美，苍莽幽深，兼有云、林、雪、泉、溪、花、瀑等绚丽多彩的天然景观，而且还因为它那层峦叠嶂的19座山峰，山山都堆银垒玉、峰峰都盛产大理石。就这在蕴藏着大理石富矿的点苍山，其鹤云峰的水墨石纹如国画，雪人峰的汉白玉晶莹无瑕，云弄峰的彩花石青翠碧绿，小岑峰的云灰石浓淡相宜，应乐峰的百灵迹浅绛微黄……

说起大理石，当地民间还流传着这样的故事呢——

在很久很久的古时候，专给王母娘娘织造彩锦的仙女听说点苍山风景好，便慕名来到这点苍山上绘锦图。仙女们见有不少人成天都在山里采石头，就知道这石头在人间肯定有着大用场，于是使出“点石术”将满山的粗石头全都点化成了五彩石，让点苍山的石头更贵重。从此，大理石便名扬四海，誉满天下。“若要富，点苍山下卖石头”的民谣也流传在了人们的口头上。

大理石又名苍山石。它石质细腻，花纹美观，色彩绚丽，是极为名贵的建筑和装饰材料。大理石品种丰富，有黑白分明、近浓远淡的水墨花石，有底色洁白、灰黑相间的云灰石，有花纹奇特、图案各异的彩花石，有晶莹剔透、洁白如玉的白玉石，还有青翠碧绿的“绿花石”，黄绿赭边的“金镶玉”，花纹紫黛的“葡萄花”，黑底灰斑的“锦斑黑”，底黑花白的“夜飘雪”，花赤纹朱的“鸡血红”，纹图优美的“百灵迹”，还有……

啊，只要你喜欢听，大理石的名字还多呢！纵让说上一整天，也未见得能说完。

就是这花纹绚丽、品种繁多的大理石，经独具匠心的白族石工们雕刻打磨，或制成花盆、桌面等器皿，或刻成大象、雄狮等艺术品，价格就要亮到几十元至几万元，有的甚至会价值连城。即使切割成建筑物贴面，也是光洁润泽，会使建筑物显得更高贵、更华丽，矗立在北京天安门广场的人民大会堂，也是由点苍山的大理石装饰的。尽管被地质学家称为“础石”的大理石在国内外均有分布，但点苍山的大理石，从石质到花纹都独具特色，在当今地球上，还很少有哪些石头能同大理石相媲美。为了区别于其他产地的大理石，就连欧美等国家也直接以大理石译音来称呼大理石！

你要是追溯大理石的开采史，竟会发现它比大理古城还悠久。然而，在漫漫历史长河中，大理石的开采、加工一直靠手工。1956年，新成立的大理石厂终于取代了手工作坊，在解石、切割、研磨等各工序都安装了机械化生产线。石工们根据不同石质、不同花纹进行切割，再经水磨、修边、打蜡等精雕细琢后，让其显露出天然色彩和花纹。近几年，生产大理石制品已成为大理城乡的主要加工业，解石机具已增至数百部。每年生产的大理石板都超过了2万平方米，其中不少被加工成花瓶、台灯、群雕、酒杯、画屏、墨砚等工艺品。那绚丽多彩的花纹，犹如一幅幅迷人的水墨画。你看，有的像峭壁嶙峋的奇峰，有的像飘浮缭绕的云彩，有的像蜿蜒奔腾的江河，有的像奋勇驰骋的骏马，有的则如苍鹰翱翔、玉女婷立、鸡鸭啄食、大海荡波，这些千姿百态的花纹和图案，会使你眼花缭乱，百看不厌。

大理石美，不但美得别致，美得自然，更美得丰富，美得气魄。再看那享誉中外的大理石云木家具吧——

在大理，人们把苍山彩花石和云南珍贵木料制作的各种家具统称为大理石云木家具。这类家具美观大方，价格昂贵，历史上一直仅为少数商家富户所定做。大理石云木家具作为商品而大量投放国内外市场，却始于20世纪70年代初。当你走进大理民族木雕家具厂，但见各种大理石云木家具琳琅满目，目不暇接。这个厂选色彩美丽、花纹奇特的彩花石为台面，以云南上好的禾木、红椿、楸木和楠木做支架，精心制作出桌、椅、屏、几等高档家具。仔细观赏，木件上除雕刻着传统的“二龙戏珠”“双凤朝阳”“喜鹊闹梅”等图案，还有孔雀、狮子等吉祥如意图。这些家具的油漆工艺十分考究，既色泽光亮，又耐烫耐磨，那“十头孔雀”椅、“九头福寿”桌、“八头二龙戏珠”椅件件都富丽堂皇，别看一套标价高达数万元乃至数十万元，但产品远销港、澳、台和日本、泰国、新加坡、加拿大等三大洲的40多个国家和地区，在不少市场上，大理石云木家具已成了供不应求的抢手货。

1961年9月，大文豪郭沫若在游览大理时，曾把大理的崇圣寺三塔与点苍山的大理石联在一起赞美。33年后的今天，位于三塔寺公园内的大理石工艺品一条街已蜚声中外。在那800米长的街面上，富有白族风格的建筑物鳞次栉比，三塔的前区、西区和北区，铺面林立，货摊相连，特意制作的角钢货棚、水泥桌摊位达300多个。这里满街满摊摆放的全是大理石工艺品，小到笔筒、酒盅、茶杯，大到彩屏、台面、假山，千姿百态的花雕、禽雕、兽雕，给大理石赋予了灵气、性格和风姿。在这条人流如织的大街上，大理石以自己独特的魅力吸引着游人，那璀璨夺目、玲珑剔透的石雕品，如丝缭乱，如絮挥洒，撩得人心如潮涌，乐而忘返。

伫立三塔前，眺望点苍山，更觉这座万宝山的秀美、神奇和富饶。“石因山而得名，山因石而增辉”，用这句话形容点苍山和大理石，真是再也恰当不过了！

（1994年4月）

洱海风光醉游人

到大理观光，有项重要内容就是游洱海。

洱海是我国的七大淡水湖之一。它北起洱源江尾，南抵下关团山，首尾拥抱点苍山的云弄峰和斜阳峰，入海河水除了苍山18溪，还北纳西洱河，东容波罗江、玉龙江和风尾阱，西汇弥苴河，再加上许多暗河和潜流，在此形成了南北长42公里、东西宽7公里的泱泱大湖。此湖总面积250多平方公里，水面海拔1971米，清澈的湖水从下关西洱河流出后，即注入澜沧江。尽管洱海的面积比滇池小，但平均水深达15米，最深处为21米多，正常蓄水量超过30亿立方米，眼下的洱海，在沿岸建有抽水站11个，安机组428台，装机总容量达2.4万千瓦，使沿湖86%的土地都得到灌溉。

记者在白族集聚的周村吃过午饭后，便登上了洱海的“金花”号旅游船。船上两名导游小姐都清一色穿的是白衣裤，均在白色上衣外又套件大红灯芯绒领褂，腰束镶边绣花裙，头包鲜艳花彩帕。从飘垂在左耳旁的包头穗上就知道，她两人都是未婚白族姑娘。待游人全都上了船，两位导游小姐即告诉大家说，在“五朵金花”的故乡大理，男的统称是“阿朋”，女的统称为“金花”。于是，一船人在两位“金花”的陪同下开始了洱海游。

在电影《五朵金花》的歌声中，“金花”号游船载着游人向洱海深处驶去。但见岸边渔村相连，水中岛屿相接，上面是层云飘忽的苍穹，下面是波光粼粼的湖水，那倒映的蓝天，那飘动的白帆，构成了一幅景象万千的天然画。听大家都赞叹映立在洱海南岸的点苍山，“金花”指着缠绕于群峰山腰的“玉带云”介绍说：“这点苍山，苍莽绵延50多公里，由北向南分别由云弄、沧浪、五台、莲花、白云、鹤云、三阳、兰峰、雪人、应乐、小岑、中和、龙泉、玉局、马龙、圣映、佛顶、马耳、斜阳19座山峰并列而成。从苍山流出的锦溪、梅溪、桃溪、龙溪、绿玉、清碧等18条河流全都流入洱海。”游人从“金花”的介绍中知道，巍峨壮观的点苍山，不仅有石质优美的大理石矿藏，有古松、古杉等原始森林，而且还生长着苍山贝母等药用植物1280多种。这苍翠欲滴、堆银垒玉般的点苍山，可真是座名闻遐迩的万宝山啊！

说话间，“金花”号游船驶到了大理市东海乡的金梭岛村。金梭岛是洱海“三岛四洲五滩”诸胜之一，“金梭烟雨”被列为大理一景，此岛两端高而宽，中部低而窄，宛如一把织布金梭飘浮在洱海中，就在这个南北长不足2公里，东西宽只有370多米的小岛上，却先后出土了不少新石器时代的石刀石斧、战国时期的铜器、汉代的花砖和唐代的字瓦，南诏国王阁罗凤还在这里修建了避暑宫。一到这个小岛上，“金花”先领大家参观白族民居。白族民居中最具民族特色的是白墙灰瓦的“三房一照壁”，院内四面都建房，房四周还建有漏阁。各院落从外形上看，屋顶曲线柔和优美，檐下都绘有黑白彩绘，屋内墙柱都刻有花、鸟、虫、鱼，那三滴水的门楼都有泥雕木刻、大理石屏及花砖构成的图案，斗拱重叠，飞檐翘角，看上去既考究又壮观。

参观了白族民居后，大家即走进了金梭岛老人基金会大院。基金会的人员告诉记者，岛上居住的240多户人家都为白族，全部从事渔业生产，年人均收入8000多元。在招呼大家落座后，主人即请客人品尝“三道茶”。有一“金花”手端摆满茶杯的托盘来到客人面前，另一“金花”端起茶杯以作揖状递到客人手中。这“三道茶”白族人称“喜茶”，是专门招待嘉宾亲朋的，其头道茶是熬得极酽的浓茶，虽然味苦，但后味清醇；二道茶中加了壳桃仁和蜂蜜，喝了满口甘甜；三道茶则是添了生姜的清淡茶，喝起来别有风味。主人说，喝了这“一苦二甜三回味”的“三道茶”，不仅以后的日子会由苦变甜，而且会牢牢记住白族人生活的地方。记者知道，云南是世界茶树的原产地，这里的民族早就形成了自己独特的饮茶方式和风俗。而过去多少年来，人们只说江南出名茶，西湖的龙井茶、洞庭的碧螺春都有口皆碑，并把“扬子江中水，蒙顶山上茶”和“龙井茶叶虎跑水”赞为茶水双绝。当年嗜茶如命的乾隆帝六次游江南，一路品茶呷茗，饱尝了龙井、碧螺春和铁观音，但可惜他没来“文献名邦”大理，更没能喝上白族的“三道茶”，如此说来，我们却是多么幸运啊！

当离开金梭岛的时候，我们的“金花”号游船上新添了几位客人。其中一名小伙子告诉记者，他叫周更生，是1969年来大理的上海知青，已在大理血防所工作了21年。他满含深情地说：“我的父母双亲和哥哥、姐姐都在上海，他们很希望我也回上海去，并为我联系好了工作单位，但大理这地方冬暖夏凉，气候宜人，白族人又纯朴厚道，热情好客，我就决定留在大理，并同一位湖南姑娘结了婚。眼下，爱人‘下海’当‘个体’，儿子正在读小学，日子过得很惬意！”从他说话的语气中，记者听出他对大理怀有一种特殊的爱。

游船将游人送到一个个新景点，绚丽的风光使人看不完，动人的故事让你听不尽。位于金梭岛南面的，是银梭岛，岛上浓荫匝地，鲜花盛开，家家鸡鸭成群，户户鱼香扑鼻，因庆“火把节”，人们都要载歌载舞耍海会，使岛上火树银花，欢乐无穷；那坐落在海印村不远处石灰岩小岛上的“小普陀”，是传说中观音菩萨放置的一颗镇海印。你看，仅有600平方米的圆形石岛高高兀立在洱海东北的水面上，就是这颗镇海印，让洱海不再四溢泛滥，让环湖居民能安居乐业。东观与点苍山遥遥相望的鸡足山，只见这座佛教名山层峦叠嶂，岚气霭霭，它的雄伟和壮观，引得游人又是一番遐思和迩想。

来到万花溪的入海口，只见是洱海四洲之一的大鹳鹏洲像一条长舌头伸入海中，数里外的子沙村岸柳成荫，阡陌纵横，农舍幢幢，机声隆隆，处处一派兴旺景象。看着鸥鸟在水中嬉戏，白帆从身旁掠过，刚跳完“霸王鞭”的两位“金花”，又给大家讲起了洱海的海鲜和特产——

自古就以富饶著称的洱海，有鱼、虾、螺等渔产上百种，每年入湖的渔船就有3800多只，年捕捞总量竟达600多万公斤。当地白族同胞利用洱海的丰富资源，不仅烹制出风味独特的“砂锅鱼”、野味十足的“海水煮海鱼”招待宾客，而且制成罐头、鱼干和鱼粉销往祖国各地。更让人叫绝的是洱海特产弓鱼，这种被誉为“鱼魁”的世界罕见鱼种，可用嘴衔尾、能弹跳如弓而得名，其色如银，因刺少肉嫩、味道鲜美久享盛誉。此鱼喜欢在夜间逆水游动，人们便在岸边设坝引水，诱其游入后捕捞。据说在桃源村外的洱海中有弓鱼洞，多少年来产于这里的桃花弓鱼让人赞不绝口。但因生态变化和过量捕捞，弓鱼于20世纪70年代基本绝迹。为了保护洱海的这一宝贵资源，大理市从1991年开始禁止机帆渔船入海，并限制了捕捞时间，经几年休养生息，久无身影的弓鱼又开始在洱海出现。

太阳西斜的时候，“金花”号旅游船把游人送到了洱海公园，此公园就建在洱海南端的团山。这里古称息龙山，曾是南诏国的皇庭鹿苑，目前是大理市面积最大、设施最好、风景最美的傍海公园。这里三面环水，园内有亭、榭，有楼、阁，有钓鱼台，有游泳场，曲廊幽径，妙景天成。你从海边拾级而上，登至山顶的望海楼眺望，只见嵯峨耸立的点苍山飞金流彩，岚霭如烟，环海沿岸平畴沃野，花红叶绿，茫茫洱海波柔浪静，千船竞发。此情此景，让人目不暇接，为之心醉。

泛舟洱海，几番寻幽觅胜，几番索魂牵魄，那绮丽的风光，那淳朴的民风，让人无不铭刻心田。当大家一一伫立在码头，向导游小姐“金花”和“金花”号游船告别时，一种眷恋之情涌上记者心头。俗话说“退后一步想，能有几回来”。记者思忖：这次在洱海的游览和观光，肯定是每个游人终生难忘的经历啊！

（1994年8月）

无限风光在三峡

长江三峡，素享天然“山水画廊”的美称，以其雄奇壮美、秀丽幽深的风姿名扬华夏、誉满寰宇。在金秋十月，我终于有缘目睹了三峡风光，实现了多年萦绕心头的一大夙愿。

从“川东门户”万县乘船，顺江东行120多公里，便到了“西控巴渝收万壑，东连荆楚压群山”的白帝城。滔滔长江，在这里以气吞山河之势，劈开崇山峻岭而夺路东下，绘成了举世闻名的三峡奇观。

提起白帝城，这是中国人都不陌生的名字。早在西汉末年，据蜀称王的公孙述在此筑城，他见明良殿前的白龙井内白气升腾，以为白龙献瑞，遂自称白帝，并定城名为白帝城。三国时，刘备伐吴兵败，退守白帝城，病卧永安宫，临终前将国事、家事都一一托付丞相诸葛亮。历史上这一刘备托孤的故事，使白帝城与三国结下了不解之缘。现在的白帝城内，仍有白帝庙、明良殿、武侯祠、托孤堂和观星亭。多少年来，这座小山城以瑰丽的自然风光、悲壮的历史故事、珍贵的文物古迹和美妙的神话传说，吸引着一批又一批游人来观光游览，其中李白、杜甫、白居易、刘禹锡、苏轼、黄庭坚、陆游等大诗人都在这里留下了脍炙人口的诗篇，像李白的“朝辞白帝彩云间，千里江陵一日还。两岸猿声啼不住，轻舟已过万重山”；杜甫的“风急天高猿啸哀，渚清沙白鸟飞回。无边落木萧萧下，不尽长江滚滚来”等名篇，都成了吟诵三峡的千古绝唱。白帝城以它特有的魅力吸引着诗人，诗人的歌咏更增添了白帝城的魅力。那坐落在山腰的西阁，是纪念杜甫的地方。你站在这里凭栏眺望，群山起伏，长江汹涌，不禁顿觉情激意荡，昂奋不已。

由白帝城东行，就是“镇全川之水、扼巴鄂咽喉”的长江三峡。三峡控制了长江上游的来水，水流量几乎占长江总水量的一半，它地跨四川的奉节、巫山和湖北的巴东、秭归、宜昌5县市，全长200多公里。在习习清风中，游船首先驶入了瞿塘峡。

瞿塘峡自白帝城至巫山县的大溪，全长为8公里。游船到此，只见两岸双峰欲合，如门半开，陡然一束的浩浩江流，从重岩叠峰的巫山破出一条豁口，咆哮着奔腾而去。在这里，航道窄处不足百米，两岸石壁如刀削斧劈，高耸石岩隐天蔽日，峡谷里激流汹涌，大波猛浪发出震天撼地的巨响，让游人都饱览了山水相争、各不相让的壮观景象。在离水面100多米的岩壁上，游人可观赏到铁锁关、风箱峡、古栈道、七道门、凤凰饮泉、粉笔石刻、倒吊和尚等多种奇观。那嵌在岩壁的只只木匣，则是古代川东人安葬死者的悬棺，旁边的瞿塘栈道，上有百丈悬崖，下临滔滔大江，其险峻之势惊人心魄。在伟岸直立的绝壁上，还留着不少字大如斗、笔力遒劲的摩崖碑刻，其中有冯玉祥将军“踏出夔门，打走倭寇”的题刻。读此题刻，祖国山河不容侵犯的爱国豪情会油然而生。

船出大溪，即驶出了瞿塘峡，前面是30多公里的大宁河宽谷。这时导游小姐告诉你：大宁河是三峡中最神奇的支流，从陕西省的平利县发源后，穿经巫溪和巫山两县的连绵峡谷，于此注入长江。这条河虽不长，但景色秀丽，风光迷人，有仙人、双溪“两洞”，栈道、悬棺、野人“三谜”和龙门、巴雾、滴翠、剪刀、庙峡、荆竹、月牙“七峡”。要是时间允许，你可坐肚儿圆圆、两头尖尖的柳叶舟去游览大昌山下60公里处的龙门、巴雾和滴翠三个“小三峡”。说话间，游船便越过了大名鼎鼎的巫山城，将满船游人带进了风景旖旎的巫峡。

巫峡西起巫山县大宁河口，东至湖北巴东县的官渡口，全长42公里。在长江三峡中，巫峡的景色最秀丽，传说也更动人——

记得唐代诗人元稹写过“曾经沧海难为水，除却巫山不是云”的诗句。船行巫峡，巫山群峰高耸，神秘莫测。那飘浮在山间峰腰的白雾，似烟非烟，似云非云，使座座山峰显得幽深俊秀、雄浑壮丽。就看风姿楚楚的神女峰吧：她缠云绕雾，脉脉含情，格外动人。传说此峰是西天王母娘娘小女儿瑶姬的化身。当年瑶姬被大禹治水的精神所感动，便带领侍女下凡，在施展天术、帮助大禹疏导了三峡水道后，为了人间的幸福和安宁，瑶姬即化成了神女峰，从此，这位美丽善良的神女永远留在了人间，昼夜伫立在此处给行船导航，为人间播雨。那默默守候在神女峰身边的座座山峰，相传就是由瑶姬的侍女变成的。望着那亭亭玉立的神女峰，想象那美丽动人的古传说，我不禁对神女峰更加敬慕，对巫峡更加眷恋。

行至金灰银甲峡，这里的山岩上部金灿灿，下部银闪闪，犹如武士头戴金盔，身披银甲站立于江畔。附近的峭壁岩纹褶皱交错，形状如鸟、如鱼、如车、如桥、如楼，这些鬼斧神工般造就的天然图画，颇耐人寻味。在集仙峰下，一块凹形巨壁上刻有“重岩叠嶂巫峡”六个大字，笔力苍劲，神韵飘逸，传说这是当年诸葛亮率军进蜀途中刻下的，人们都称它为“孔明碑”。一样样的秀色美景，一处处的文化古迹，真让人目不暇接，览不胜览。

从官渡口到秭归县的香溪，为25公里的香溪宽谷。香溪河畔的宝坪村，就是王昭君的故乡。被誉为中国古代四大美女之一的王昭君，因她出塞和亲而名传千古，就连大诗人杜甫在游览这里后也写下了“群山万壑赴荆门，生长明妃尚有村”的诗句。据说昭君村里有一口楠木井，千百年来楠木不朽，井水不枯，你如喝口井水下肚，浑身都会清爽舒快。人们触景生情，浮想联翩，对这位引得“边城晏闭，牛马布野，三世无犬吠之警，黎庶无干戈之役”的出塞佳人，心中溢满了敬仰和赞叹。

游船从香溪顺流而下，便进入了西陵峡。西陵峡全是在湖北境内，西起秭归县的香溪河口，东到宜昌市的南津关，全长76公里。船上导游告诉大家，西陵峡以滩险水急、航道曲折迂回而闻名。游人听了，都纷纷站在船舷看，有人干脆坐在船边的靠椅上，聚精会神地观览起来——

西陵峡段有好几处小峡。首先游经的是米仓峡。米仓峡又称兵书宝剑峡，这里水势虽不太急，但山崖高峻，巉岩峥嵘；接着是牛肝马肺峡、灯影峡、黄牛峡、黄猫峡。位于兵书宝剑峡和牛肝马肺峡之间的青滩，为川江枯水第一恶滩，礁石密布，白浪翻滚，水猛湍急，来往船只下滩疾如飞箭，上滩慢似爬坡。船到崆岭滩，激流咆哮，漩涡迭起，船只一到这里都得格外小心。当地有句民谣说：“青滩泄滩不算滩，崆岭才是鬼门关！”在漫长的历史岁月里，不知有多少船舟在这里被激浪掀翻，有多少生灵在这里被漩涡卷走。新中国成立后，政府曾数次于此排礁除险，使“滩滩都是鬼见愁”的西陵峡航道变了容颜。如今，延续了多少世纪的人力拉纤也被绞滩船所代替。即使如此，看着东西往来船只忽左忽右艰难漂行的情景，人们仍然要因西陵峡的险峻捏把汗。

船一驶出南津关，浩浩长江就流到了江汉平原，这时的长江，水面骤然增宽，水流也由湍急变得平缓。映入你眼帘的，是幅“峡尽天开朝日出，山平水阔大城浮”的新景致。在满船游人的欢声笑语中，游船驶到了葛洲坝水利枢纽工程的船闸前。

葛洲坝是长江干流已建成的最大水电工程，滚滚长江就在这里被全长2606米、坝高70米的大坝拦腰斩断，这座水电工程由拦河坝、发电站、泄洪闸、排沙闸和鱼道、船闸等建筑组成。它的三座船闸中，1、2号船闸都可通过万吨级客轮，是目前世界上最大的船闸之一。

望着葛洲坝，我不禁想起了供奉在西陵峡黄陵庙中的大禹像，想起了日日夜夜伫立在巫峡的神女峰……而今天，繁衍在神州大地的中华儿女们，处处都有了治水英雄，时时都建竖着治水丰碑。

按照国家的建设规划，待到公元2003年，长江三峡的葛洲坝上游还会崛起一座举世瞩目的特大型水力发电站，这就是建后会震撼世界的长江三峡水利工程。

据水利专家勘察和设计，三峡水利工程大坝选在西陵峡中部江段的三斗坪，下距葛洲坝40公里。这座建成后是世界规模最大的水利枢纽工程，坝高185米，库容量393亿立方米，电站装机26台，总容量1820万千瓦，年发电量847亿度，等于7座240万千瓦的火电站，一年可节约原煤5000万吨。待三峡水利工程一告竣，坝西会形成一个平均库宽1000米、库长600公里的高峡平湖，祖国腹地将出现一个人造地中海。届时，三峡水位可提高100米，水库回水可到重庆以上，形成600公里的深水航道，年单向通过能力可由目前的1000万吨提高到5000万吨，万吨级航船可直接从上海抵达重庆，拖载效率由每马力30吨公里/小时提高到50吨公里/小时……那时候，三峡就会成为一座“当今世界殊”的水上长城，三峡水利工程也要成为三峡中最激人心魄的人文景观。

长江三峡，既给人以享受和启示，又给人以力量和勇气。这一天设地造的深山大峡，让人激奋，更让人眷恋。有道是“无边落叶萧萧下，不尽长江滚滚来”。我相信，未来的长江三峡，魅力将会更独特，风姿将会更诱人！

（1994年9月）

黄山神韵

300多年前，著名地理学家徐霞客在两次登临黄山后说：“五岳归来不看山，黄山归来不看岳。”就是他这句把黄山列为群山之首的名句，神差鬼使般让我也来到了黄山。

坐汽车驶到山门前的停车场，就得开始徒步登山。经茂林修竹掩映的慈光阁，翻山青水绿的蜡烛峰，过风光如画的天门坎，就到了三大主峰中最险峻的天都峰脚下。海拔高度1810米的天都峰，拔地耸天，直刺云霄，那凿在光滑岩壁上的登山石级，就像一副垂直而立的天梯，尽管两侧都有拴着铁索的防护栏，但攀登其上仍有摇摇欲坠的感觉。你从远处眺望，登山的人群一个接一个鱼贯而上，如同一条彩带飘动在斧劈刀削般的岩壁上。快要到达山顶的地方，有一段长10多米、宽不过1米的光滑山脊，这就是“鲫鱼背”，登攀这段两边均是万丈深渊的石级路，即使不往两边看，也让人胆战心惊，浑身发怵。据说登天都峰的石级是1937年才开凿的，在此之前能登上此峰的人屈指可数，于70年前有位诗人还这样兴叹：“何年白日骑鸾鹤，踏碎天都峰上云。”过了“鲫鱼背”，再爬一段几近直立的陡壁，这才到了“天上都会”。放眼望去，低伏的群峰在云遮雾罩中若隐若现，天都峰如海上蜃楼，似瑶池仙境，令人胸阔气荡，乐而忘返。

从天都峰往北，经过左临深壑、右傍悬崖的小山坡，穿越一道峭壁千仞、豁口狭窄的一线天，在玉屏楼前就会见到一棵千年古松破石而立，这棵古松姿态奇异，树枝斜伸，似在伸出手臂欢迎游人，这就是名扬四海的黄山迎客松。游人们几乎都以先睹为快，并纷纷与它合影留念。就是这棵枝叶苍翠、脉脉含情的千年松，让游人对黄山松分外钟情。

黄山松是黄山树木中数量最多的树。在黄山，从山坡到山顶，不管是躯体裸露的山脊，还是悬崖立壁的石缝，都生长着苍劲秀美的松树，形成了或立或卧、或俯或仰的奇特风姿。在那让人千载叫绝的始信峰上，有棵奇松身躯高大，树枝似一把大伞四下张开，它的名字就叫黑虎松。相传，在一个大雪封山的夜晚，云谷寺高僧寓安正在大殿诵经，忽然一只黑虎推门而入，寓安惊异道："要吃我，我舍身给你；要吃饭，我做饭喂你。"黑虎听了即蹲在地上。寓安煮粥喂它，黑虎吃饱后才出门而去。又一日，寓安带一小和尚去狮子林，途中见这只黑虎竟卧在一棵松树上。看到寓安走过来，黑虎跳下地绕他一周，接着返身又爬上了松树。此后，人们便将这棵松树称为黑虎松。数百年后的今天，寓安早已成为古人，黑虎更是不知踪迹，唯有这棵黑虎松仍然枝繁叶茂、傲立山间，俨然成了当年那只黑虎的化身。在黄山，除了像这样带有传奇色彩的奇松外，还有形似卧龙的卧龙松，如凤凰展翅的凤凰松，如美人撑伞的姊妹松……这些千姿百态的奇松，使黄山充溢着丰富多彩的自然美，也赋予黄山顽强的生命和不朽的灵魂。

从玉屏楼经送客松、望客松、蒲团松，过莲花沟，翻莲花岭，便是群峰簇拥的莲花峰。

莲花峰海拔1860米，是黄山的最高峰。四周群峰叠翠，巉岩拥立，整个山峰就像一朵巨大的莲花仰天怒放。从峰下至峰顶，有一段1.5公里长的莲花梗路，登山石阶多达800级，沿迂回曲折的石级攀登而上，移步换景，风光无限。在连穿四个石洞后，才能到达方圆仅丈余的山顶。站在峰顶俯瞰，只见莲花峰与南面的天都峰、北面的光明顶一字排列、鼎足而立，其四周有高耸的山峰，有深切的谷地，有尖峭的岭脊，奇岩怪石比比皆是。就在始信峰不远处的狮子林，有闻名遐迩的黄山奇景"猴子观海"，那活像黄山猴子的花岗岩石猴，一动不动地蹲在狮子峰上观赏云海；再看那鳌鱼峰下的鳌鱼峡，巨石上开裂的巨罅犹如鳌鱼大张的嘴巴，头部的石窟窿恰似它的眼睛，当游人从其嘴中穿出后又登攀在它的背脊上，便会发现这一石鳌鱼除长鳍、长尾外，周身还处处是鳞甲；而那十八罗汉渡海者，三个一群，五个一簇，有两相耳语者，有回头张望者，有伸脚探水者……这些琳琅满目的奇岩怪石，引得游人遐思无穷，赞叹不已。

下莲花峰，登黄山第二高峰光明顶，尽管沿途人人都大汗淋漓，气喘吁吁，但奇异风光让人兴致盎然，异趣横生。登上海拔为1841米的光明顶，即见满山满谷烟云弥漫，远远近近都成了云的世界、雾的海洋，座座峰峦都隐现在浩瀚缥缈的浓雾里。只有山巅峰顶像汪洋中的小岛，时沉时浮在茫茫云海之上。山风起处，雾气驱拥，云海翻滚，万顷云波宛如吞天浴日，整个黄山好似在云海中浮动，其波澜壮阔的云海奇观，让人心醉神迷，恍如置身于天界神宫，这时你才会真正感悟到人们以海称山、将黄山分为前海、后海和东海、西海的缘由。

黄山重峦叠嶂，有名可数的就有36大峰、36小峰。千百年来，有无数文人墨客都在这座曾是传说中轩辕黄帝采药炼丹的名山留下了足迹。从晚唐诗人贾岛，南宋诗人范成大，到当代著名作家老舍、巴金、叶圣陶，从明末著名画家渐江、石涛、梅清，到现代画坛巨子张大千、徐悲鸿、潘天寿、傅抱石、黄作宾、吴作人、李可染、刘海粟、关山月等无数诗人、作家、画家都在黄山的天趣神韵中得到了启示，获得了灵感，给世人留下了不朽的杰作。巍巍黄山，记载着祖国的悠久历史，沉淀着民族的灿烂文化。它的风姿，使多少人魂牵梦萦；它的魅力，使多少人朝思暮想！

人都说，黄山是一幅美不胜收的中国画，不论是泰山的雄奇，华山的险峻，衡山的烟云，还是匡庐的飞瀑，雁荡的怪石，峨眉的清凉，莫不兼而有之。在黄山，除了奇石、奇松、奇峰、奇云，还有四时如汤的温泉，有医治百病的药草，有争香斗艳的异花；溪、湖、潭、瀑，无丽不臻，无美不有。在目睹了黄山的风光，欣赏了黄山的意韵后，你就知道人们对黄山的赞语并不过分。

人类是爱美的，美好的风光，已成了一种资源优势。为了开发黄山，党和国家领导人陈毅、董必武等都先后到黄山视察，1979年，邓小平健步登上黄山，他高瞻远瞩，做出了“把黄山的牌子打出去，让黄山人民先富起来”的决策，安徽省委随即设立了安徽省黄山管理局，成立了黄山市。眼下的黄山，已建成了温泉、云谷、松谷等六大景区，并在云谷寺至白鹅岭建起了高差770多米、全长2800多米的空中客运索道，修缮了上山的石道、跨溪的小桥和供游人休息的亭子，使那始建于唐代的左蹬道分东、西、南、北贯通了各景区。现在，黄山的建筑面积已达15万平方米，各宾馆拥有的床位达4200多张，年均接待中外游客150多万人次。在历史上因其险峻而让多少人望而却步的黄山，已成了名扬世界的旅游胜地。

黄山，真不愧是祖国名山园地中的一朵鲜艳奇葩！这座亿万年前由地壳火浆凝固而成的花岗岩群峰，今天已成了一处奇、险、雄、秀兼备的人间仙境。我为祖国有这座壮美的山峰而骄傲，也为自己目睹了黄山的壮丽风光而自豪。

（1994年10月）

千秋伟业都江堰

在有2300多年历史的文化名城成都，有武侯祠，有王建墓，有杜甫草堂，但是细说起来，在众多古迹中首屈一指的是都江堰。凡到成都观光者，没有不去都江堰一游的。

都江堰位于成都市灌县城西1公里处的玉垒山下，与成都市的距离是55公里。这一古代大型水利工程系公元前276—公元前251年秦昭王后期所建，至宋代初期改称都江堰。在2200多年的岁月中，星移斗转，人间沧桑，而都江堰却经久不废，至今仍发挥着重大水利作用，这令无数人都为之叹服！

从成都到都江堰，人们都是乘坐专线旅游车。汽车一上路，热情的导游小姐即向游人讲起了都江堰。大家从导游小姐的介绍中知道，都江堰是兴建在岷江干流的一个水利工程，那发源于甘肃和四川两省交界处岷山脚下的岷江，在接纳了大渡河、青衣江等河流后，向南流600多公里，于宜宾汇入长江，每年的水径流量竟达890多亿立方米，比祖国第二大河黄河的年径流量还要高一倍多。就是这条滋润着川西平原的浩浩大河，从江源到都江堰虽然只有300多公里的流程，但落差竟达2000多米，湍急的河水一到成都平原就减缓变慢，大量泥沙即淤积下来，常常给沿江两岸造成水患。为了彻底消除洪水灾害，让两岸人民能安居乐业，当时的蜀郡太守李冰和他的儿子便设计修建了都江堰这一伟大水利工程，使川西平原成了阡陌纵横、沃野千里的“天府之国”。看来，成都在2000多年中一直能成为“天府之国”的中心，是与都江堰分不开的，难怪中外水利专家都把都江堰说成是“中国历史上一个了不起的伟大水利工程”。

车到都江堰，游人们才看出这一伟大水利工程是由鱼嘴分水堤、宝瓶引水口、飞沙堰溢洪道三大部分组成的。附近建有二王庙、伏龙观、安澜桥等国家级重点文物保护单位。

随着川流不息的人流，我先瞻仰了二王庙。二王庙是后人为纪念李冰父子而修建的。门匾上“二王庙”三个金光闪闪的大字，是冯玉祥将军书写的。两面门柱上的对联是：“万顷波光归稼穑，四山云气栗蛟龙。”一进门，最先映入眼帘的是一座取名为“商山”的小亭，亭内放有一朽木，从介绍牌上的说明中知道，此木是灌县巨源乡村民发现的，据北京大学历史学专家考证，系3400多年前夏商时期的遗木。它在经历了3000多年的埋湮后仍能留存于世，真可称得上是“稀世之木”。

步至大殿，殿檐下书有“深淘滩，低作堰”六个大字。大殿内，前殿供奉着李冰塑像，塑像正襟危坐，面部慈祥而庄严，手持绢图，这大概就是都江堰的设计图；后殿供奉李冰之子李二郎的塑像，李二郎则手持铁镭，英姿勃勃，恰似劈山修堰之状。进殿者有不少都在李氏父子塑像前掬躬作揖，其虔诚之状令人动心。在殿内，陈列着不少歌颂李冰父子的词赋、匾额、楹联和字画，其中傅杰的题匾是“惠民济世”，对联曰：“水治农兴千载德，父传子教万年功。”仔细品味，这一匾额和对联意深涵广，古雅清新，高度概括了都江堰水利工程的巨大作用，也集中表达了人们对李冰父子的歌颂和敬仰！

二王庙中还有一神社，所供三尊佛像中有一为龙，龙口吐水，龙前有一方井，清水悠悠见底，有不少游人围在一起向井池中扔硬币，据说有福者，硬币扔下后会浮起，无福者扔的硬币则下沉。出于一种好奇心，我站在一旁静目观察，但未见有一枚硬币上浮水面。

走出二王庙，我来到了都江堰鱼嘴口的安澜桥。此桥横跨内外两江，长500米以上，堪称我国最长的古桥之一。桥以木为桩，初以竹为缆，现在已代之以铁索，上铺木板，两边设翼栏，悬挂于江上。游人踏上此桥，眼望桥下浩浩江水，尽管都是小心翼翼扶栏缓步而行，但仍禁不住要心惊胆战，浑身发怵。

鱼嘴口分水堤是都江堰的主要工程。在这里，分水堤把滔滔岷江水一分为二：外江是正流，江水于此向下游流去；内江则引水灌溉农田，在正常情况下，内江进水为此处岷江水流量的60%，遇有洪水泻来，这一分水比例就又自然倒个：鱼嘴口内江水流量便被调解降低为此处岷江水流量的40%。由于有鱼嘴口分水堤的自然调解，这才保证了川西平原不受岷江洪水的侵害。

飞沙堰溢洪道，是都江堰排泄洪水、泥沙和调补水量的工程。在旱季，由它把岷江的水注入内江，保证下游灌区农田用水；而在大雨季节，它又把高出内江容纳量的水溢出，使之从外江向下游流去。

那宝瓶引水口是内江的咽喉。所谓宝瓶口，实际上是从玉垒山开凿而成的一个大缺口，都江堰的水，都是从这个口子注入的，此处玉垒山孤峰突起，惊涛拍岸，水势湍急，宝瓶引水口的大、小、深、浅，都起着非同小可的重要作用，大了，小了，或深了，浅了，都会影响都江堰工程的水利质量。在距今2200多年前，人们同自然做斗争的科技水平还相当低，而我们的祖先却设计和兴建了如此高水平的都江堰。对我们祖先的聪明和才智，人们心悦诚服，感叹不已！

登上玉垒山顶的观澜亭四望，东麓古树参天，遍地郁郁葱葱，江水湍急，隆隆涛声不绝于耳，坐落在山脚的灌县县城，高楼林立，马路纵横，千家万户都掩映于绿树碧波，映入眼帘的，处处是一幅秀丽古朴的田园秀景；在西麓，田畴广袤，蓝天无垠，一望千里的苍茫和雄浑，别是一种绚丽而多姿的山川图画。导游介绍，当年毛泽东也登临观澜亭，这位伟人在亭里坐了许久，他览胜抒怀，高度评价了都江堰，热情赞扬了李冰父子。驻足此处，让人遐思迩想，李冰父子率众修渠的情景恍现眼前……

人们都知道，面积达20万平方公里的四川盆地，边缘是由巫山、大娄山、大凉山、邛崃山、岷山、米仓山围拢起来的。因周围都是山，这里的气候独具特色：冬天温暖，春天来得早，夏天比较热，秋天很凉爽，霜冻时间短，雨水足，其春耕、春播甚至要比江苏一带还提前一个多月。良好的气候，肥沃的土地，丰富的水源，使四川盆地成了祖国的一个粮食基地，在所产五谷中，水稻占一半以上，年总产量占全国各省、区之首；油菜产量、蚕茧产量在全国各省、区名列第一。如此富饶的物产，有相当一部分都要归功于都江堰。这一2000多年前的水利工程，被一代又一代的后人珍惜、利用，眼下的都江堰灌区，农田面积已由过去的300万亩扩大到近900万亩。这变化，这发展，让人对都江堰更加钟爱，更加敬重！

伫立在千古伟业都江堰，望着那滔滔江水流向良田，一种昂扬之情油然而生。抚今追昔，让人心如潮涌，浮想联翩。我相信，都江堰将永远铭记在中华儿女的心田里，将永远镂刻在中华民族的治水丰碑上！

（1995年7月）

井冈今日更娇娆

巍巍井冈山，既是中国革命的一大纪念地，又是全国重点风景名胜区，在天高云淡、清风送爽的金秋时节，记者来到了井冈山。

汽车一驶上层峦叠嶂的井冈山，那蓊蓊郁郁的苍峰，那潺潺奔流的小溪，那清清亮亮的房舍，引起人们对历史的回忆和沉思：在这曾是共和国缔造者们初领风骚的地方，五井碑、黄洋界、八角楼的灯光、七溪岭的硝烟……毛泽东、朱德、陈毅、彭德怀等一个个彪炳史册的名字与其紧紧连在一起。

地处井冈山中心地带的茨坪，是当年党政机关集中的地方，红四军军部、毛泽东和朱德的旧居，以及其他革命政权机关均以其原样供游人瞻仰。茨坪面积不过1平方公里，四周被崇山峻岭环抱，有路可通黄洋界、朱砂冲、八面山、桐木岭、双马石五大哨口和大、中、小、上、下五井，中间有一小溪流过，北面山坡上耸立着雄伟庄严的井冈山革命烈士纪念塔和纪念亭。登上纪念塔凭栏眺望，北有黄洋界，南有五指峰，东有严岭嶂，西有八面山，而脚下的茨坪已成为一座繁华小山城，南边是南山公园，农田相连，湖塘相映，一派山林田园的恬静风光。在山城中心地段，有一条繁华的商品街，红墙黄瓦，古色古香，一字儿排开的数十家旅游工艺品门店，吸引了来自天南海北的游客，井冈茶等土特产和竹制文房四宝等工艺品，成了游人们青睐的纪念物，眼下的茨坪市场，是目前井冈山各种工艺品的最大商贸中心。

在长坪乡采访，记者看到了这样一副对联："靠山吃山养山山山献宝；竹头木头石头头头生财。"长坪乡是江西吉安地区有名的特困乡，过去人们守穷抱苦，偏居一方，"红米饭，木炭火，神仙日子天天过"，有的干部也是"抬头只道人家好，抱着被窝睡大觉"。改革开放的春风吹拂着这块资源丰富而贫困依旧的穷乡僻壤。今日的长坪人因地制宜，大力开发竹、木、石资源，兴办了10多家乡镇企业，乡镇企业总产值已跃居全地区前列。乡干部黄兰山看出记者的诧异，左手一指漫山遍野的杉木、毛竹林，右手一指村口的长贸食品开发公司和长利花岗岩开发公司，神气十足地解释说："我们乡就是靠林业资源和乡镇企业致富的，现在全乡人均年纯收入1300多元，每年还向国家上缴利税近40万元。"已走上致富路的长坪人，还自豪地编了一首新民谣："昔日长坪乡，穷得叮当响；今日长坪乡，富得响当当!"

新中国成立前的井冈山，虽有丰富资源，但"人口不满两千，产谷不足万担"。这里无工业，无公路，无医院，无学校，无电灯，家家户户都过的是饥寒交迫的苦日子，直至1949年，这里的农民年均收入只有19元，人均有粮52.5公斤，而到了45年后的1994年，农民人均年纯收入达1103元，人均有粮543公斤，全市生产总值提前八年实现了翻两番。年轻的井冈山市委书记马仲强如是说："制约井冈山经济发展的交通、能源、通信三大障碍正在被突破，至1994年，井冈山工业从无到有，先后已办轻工、建材、电子、食品、轻纺等企业60多家，有16个产品获省优、部优称号；邮电通信在全吉安地区率先实现了市化交换程控化、长途传输数字化、农话本地通信网的'二化一网'，全市已建成水电站15座，4万人口人均有电1000度，昔日靠松脂点灯照亮的穷山乡，已一跃而成全国农村初级电气化达标县（市）。"

记者从市委书记的介绍中知道，1994年，井冈山工农业总产值首次突破2亿元，财政收入也突破了2000万元，全市生产总值、居民人均可支配收入等几项指标均高于全国平均水平。

井冈山，这一蜚声中外的革命摇篮，英雄的业绩与壮丽的山河交相辉映。在这里采访，处处都叫人流连忘返，时时总令人激动难抑——

来到茨坪，在其正西路边会见到两块名叫"双马石"的大石头，这两块巨石因躯形呈马状而得名。1927年10月，毛泽东就是由此率领秋收起义队伍进入井冈山的。

位于茨坪西面8公里处的大井，是毛泽东率部上井冈山后的最先驻扎地。在毛泽东旧居前，有一块大石头，当年毛泽东看书看报或休息，常常就坐在这块石头上；旧居后同穴而生的一棵红豆杉和一棵柞子树，是毛泽东1927年冬亲手栽下的。令人不解的是这两棵树在1929年被国民党军队烧死后，于1949年中华人民共和国成立的时候又奇迹般地复活了，1993年，在毛泽东100周年诞辰的日子里，柞子树还第二次开了花。

小井，位于茨坪西北6公里的地方，当年这里建有红军医院，红军撤离井冈山后，有100多名伤病员全部被敌人杀害在医院里，那高高竖立的烈士墓碑上有毛泽东的题字。从红军医院下行1公里，有条清溪湍泻在原始森林中。此河在不足2公里的流程中，竟有5次跌落悬崖，形成“五瀑十八潭”，第一瀑为凌空飞泻的碧玉瀑，瀑高达67米，以下分别为锁龙瀑、珍珠瀑、击鼓瀑和玉龙瀑。各瀑都是急流注潭，飞珠溅玉，气象万千。再下有一红军洞，洞内可容百余人，在反“围剿”的艰苦岁月里，红军的伤病员就居住在这洞里，当年红军使用的石灶和地铺遗迹，至今仍依稀可辨。

那名闻遐迩的黄洋界，在茨坪的西北面，海拔1558米，这里是江西永新和湖南炎陵的交通要隘，一条羊肠小道穿行在悬崖绝壁间，威名远扬的黄洋界哨口居高临下，真有“一夫当关，万夫莫开”之势。1928年底黄洋界保卫战就发生在这里，现在还保存了当年红军的作战工事和瞭望哨，高耸的纪念碑上刻有毛泽东《西江月·黄洋界》一词，哨口不远处有棵高大的木荷树，当年毛泽东、朱德、陈毅、彭德怀等伟人和战士们一起挑粮上山时，就是在这棵树下休息的。你站在黄洋界举目四望，只见群山起伏，层峦叠嶂，东北面的桐木岭嵯峨险峻，东南面的朱砂冲指天而立，正南面的八面山高耸入云。看着那汪洋大海般的白云霭雾，记者眼前恍若出现了红军的身影、战火的硝烟，耳畔也响起了隆隆炮声、阵阵呐喊……

井冈山，是革命的山，也是开放的山，在半个世纪前，红军队伍在这里开创了农村包围城市的第一个根据地，毛泽东、朱德、陈毅、彭德怀、谭震林等伟人在这里留下了千古不朽的精神财产，使井冈山成了一块遗迹密布、文物遍地的“风水宝地”，仅红军时期的各种纪念地就有37处，其中列为全国重点文物保护单位的多达10处。

人文景观与自然景观的结合，形成了发展旅游业的独特优势。目前，井冈山已建起了饭店、宾馆70余家，设有床位7000余张，已累计接待国内外游客1000多万人次，其中有20多万是来自130多个国家的外国客人。市长鲍甫生告诉记者，从前年起，每年来井冈山观光的游客就多达50多万人次。旅游业的发展，使井冈山的名气也越来越大，有不少外国人都来井冈山做生意。现在，全市已引进外资7200多万元，兴办“三资”企业18个，产于井冈山的竹笋罐头、卷烟纸、玩具、服装等100多个产品销往国外。鲍甫生市长以非常自信的语气说：“在山下的京九铁路开通后，井冈山还要再兴建一批合资企业，到那时候，井冈山的发展就会进入一个新纪元！”

听了市长的话，记者更加坚信，在这块浸透着革命先烈鲜血，走出了一代伟人的红土地，英雄的井冈山人民一定能写出井冈山的新乐章，创出井冈山的新辉煌！

（1995年7月）

山海关风采

山海关，这一赫赫鼎鼎的雄关，我在启蒙时候就铭记在心了，也从那时候开始，每次提到长城，我不免总要想起山海关。然而，有机缘目睹山海关雄姿，却是30多年后的今天。

今年1月的一天晚上，我从北京登上了去秦皇岛的列车，清晨刚下火车，便立刻直奔山海关。

汽车沿宽阔的柏油路向东行驶了半个多钟头，我思慕已久的山海关便扑入眼帘。这座雄关北依巍巍角山，南临滔滔渤海，西接北京，东连沈阳，万里长城沿燕山支脉蜿蜒而下，又从这里伸入大海，从而把山、海、关连为一体，如虎踞龙盘控制着海陆咽喉，确有“山海关关山海”之势，在军事上的地位显而易见。在明代万里长城的众多险关中，山海关与居庸关、嘉峪关一起列为三大名关，而山海关因是万里长城最东端的第一关，又是长城拱卫明王朝京城的第一要隘，使其一直名冠古今。我所见到的重关要隘，可以说没有能与此关相比的。

据《山海关志》记载，明初大将军徐达率领将士修建永平、界岭等诸关，见这里“枕山依海，实辽蓟咽喉”，便于明洪武十四年（1381年）在此建关。山海关的建筑颇具匠心，整个城区布防为四方形，周长4.3公里，城高14米，厚7米，关城与长城交接处，城墙顶宽逾15米，可十人同行，五马并骑。城墙内部土筑，外部全用砖砌，四面均设关门，关门之上各有箭楼。如今保存完好的是被称为“天下第一关”的东箭楼，那“天下第一关”的巨大匾额高悬箭楼之上，五个大字笔力雄健、气势磅礴，你从老远就能看得清清楚楚。

全长5650公里的明长城，曾分属九镇设防，每镇设总兵领辖，有兵员10余万。隶属蓟镇的山海关以险制塞，嵌立于海滨、平原和崇山峻岭之间，集中国长城的建筑艺术于一身，既是人类文明的一大奇迹，更是中华儿女的智慧和骄傲。一到山海关，我首先参观“天下第一关”。此关楼为箭楼形式，坐东朝西，分上下两层修建；下部城台呈长方形，据导游介绍，城台长43.4米，宽30.4米，高11.75米，从灰色墙体上就能看出，城台建筑敦实雄厚，中央为一砖砌拱券门，当年出入东门的商贾游人、文臣武将，均从此门验证通行。我从城台南侧的马道登上“天下第一关”城楼，城楼分两层，全为砖木结构，东西宽10米，南北长20米，下层高5.7米，墙厚1.3米；上层高8米，墙厚0.9米，总面积198平方米。仔细观赏，此楼造型美观，建筑很有特色，其顶部为歇山重檐，顶脊双吻对称，四角飞檐上都饰有脊兽，楼内外檐桁枋心，雕梁画栋，显得雄伟壮观。楼内下层陈列不少古代兵器，有明代的竹节炮，有清代的铁索甲，有净重83公斤的“青龙偃月刀”，还有守关将士用过的各种弓、箭和衣、帽。楼外四周是宽敞的城台，城墙垛口既可射箭，又可打炮。在城楼南北两侧，各陈列一尊重达5000斤的铁铸大炮，大炮均为明代崇祯十六年（1643年）铸造。炮身刻有“神威大将军”五个字。据说这炮威力极大，是当时山海关的主要防御武器。细览这些历史遗物，我对山海关增添了几分崇拜和敬意。屹立于渤海之滨的这座古雄关，已经历了600多年的人间沧桑，无论是异族的马队，还是列强的坦克，它都是最直接的见证者。1961年3月，国务院已将此关列为“全国第一批重点文物保护单位”。

沿城楼边墙漫行细赏，“天下第一关”城楼东西是结构严谨的罗城，左右还有临闾、牧营两城楼拱卫于侧，关城、罗城相互对应，古台、烽堠星罗棋布，使“天下第一关”成为一组卓越的军事建筑群体。伫立城楼放眼眺望，万里长城犹如一条巨蟒，从连绵起伏、层峦叠嶂的角山直冲下来，又一头扎入烟波浩渺、涛涌浪翻的渤海，用它那蜿蜒舞动的巨臂，把青山碧水紧紧牵抱。这波澜壮阔的图景，使我惊叹不已，一种庄严、激越和亢奋之情油然而生，瞬息间，流逝的岁月在胸中浮涌，历史的帷幕在脑际重现——

祖国的万里长城，是中华民族智慧的结晶，力量的象征，早就被列为世界七大奇迹之一。这一人类历史上的宏伟建筑，曾先后延续了2000多年，经历了20多个诸侯国家和封建王朝，仅秦、汉、明三代修筑的长城就超过5万里。其历史之悠久、工程之艰巨、规模之宏大，均为人类历史所罕见，以致宇航员在月球看到的地球上，最明显的建筑物只有中国的万里长城。在那干戈扰攘、征战频仍的历史岁月里，巍巍长城曾一次又一次地抵御着异族的入侵，捍卫着祖国的山川土地，嵌在墙上的一块块砖石，哪一块没浸洒守城将士的热血？伸展在墙下的一片片原野，哪一处没埋葬入侵者的白骨？如今，古老长城虽已成为历史的陈迹，已失去了它那往日的使命，但它那雄伟的躯体，依然显示着中华民族不可侮、不可屈的信念，凝结着中华儿女的意志和力量。触景生情，我不禁想起了修建此关的大将军徐达，想起了镇守此关的蓟辽总兵戚继光，想起了在此关前曾与清兵殊死血战的李闯王……

收住遐思，我又去游览被誉为山海关“海上堡垒”的老龙头。

老龙头是万里长城的入海处，距“天下第一关”城楼只有4公里，屹立于海中的是入海石城。万里长城从角山蜿蜒而下，至入海石城雄踞海上，在苍茫无垠、水天一色的渤海构成了一道水上防体，无论当初或现在，老龙头都堪称山海关海防要塞的桥头堡。沿石阶拾级而上，首先入眼的是老龙头的最高点澄海楼。此楼也称观海楼，康熙、雍正、乾隆、道光等皇帝曾来此观海览胜。由此前行，经南海口关，便是靖虏台，靖虏台和其尽端部分的入海石城全为海中建筑，于明万历七年（1579年）由蓟辽总兵戚继光所建。为了经得住海水冲刷，这段海中长城以海中天然老龙岗岩礁石为基，将其凿平后镇以巨型花岗岩块石。为了使石块衔接坚固，每块巨石上还凿有马蹄形凹槽，铸铁相接，铁骨钩连，展现了古代劳动人民精湛、高超的水下建筑技艺。据介绍，因历时400多年，入海石城和靖虏台有不少处都坍塌毁坏，国家于1986年投资重建。为了保持原样，入海石城的五六两层用的全是旧块石。伫立城墙，扶垛俯视，石城从海中拔起，任海水回环激荡，海风乍起，更是烈烈有声；人立其上，登高翘首，却不免顿生怯意，但见脚下沧海无垠，波掀浪涌，这气势，真有“地到尽时天不断”，“人能来处鸟难飞”之感。

驻足“天下第一关”的入海口，更见山海关的凛然和雄伟。举目仰望，莽莽长城翻山越岭，越岭翻山，由此起步向西北蜿蜒而去。看那山，由海边拔地而起，波涛般起伏的峰峦高耸入云，昂首远眺波涛滚滚的大海；看这海，从天边奔腾而来，山峦般起伏的海水掀波推浪，海映托着山，山陪衬着海，山的磅礴和海的磅礴相映成趣，壮观无比。游人们无不被这雄伟气势所惊叹，所折服。

立足巍巍雄关，面对茫茫大海，令人滋生一种新的感受、新的激情，澎湃的思绪如脱缰之马：今日的山海关，尽管你没有了昨天的辉煌，但你的存在就是一段历史，你的屹立就是一种象征！你以血与火铸就的信念，以特殊的方式感召着中华儿女，这，就是热爱祖国，保卫祖国，建设祖国！

（1996年2月）

寻幽姜女庙

出山海关东行6公里有座山，名叫凤凰山；山上有座小庙宇，这就是名闻遐迩的孟姜女庙。

孟姜女哭长城是我国四大民间传说之一。我在孩童时，就无数次听大人们讲述过这么一个故事——

在秦始皇率兵一统天下的时候，陕西潼关的孟家庄上，一姓孟老汉有一独生女名叫姜女，姜女长大后，便嫁给了来潼关躲避劳役的姑苏籍书生范杞梁（也称万喜良）。不料夫妻双双刚拜完花堂，范杞梁就被官府抓去修长城。夏去秋来，转眼到了十月一，孟姜女想到丈夫还穿的是单衣，便决定去给丈夫送寒衣。她千里迢迢走到山海关长城脚下，才知道丈夫范杞梁早已累死，他的尸骨也被筑进长城墙内。姜女心痛如绞，悲伤万分，遂倒在埋有丈夫遗骨的长城下放声痛哭，一连哭了七天七夜，哭得天昏地暗，日月无光，忽然轰隆一声巨响，一时山摇地动，石破天惊，刚筑起来的长城被崩塌了800里，将范杞梁的尸骨露了出来。姜女的哭啼倾倒了800里长城，引起举国惊动，气得秦始皇七窍生烟，下令捉拿孟姜女。可怜的姜女便抱起丈夫遗骨，纵身跳进了浪涛冲天的大海里……

忆起童年时就留在心里的这故事，已来到山海关的我，便决意去亲眼看看孟姜女庙。

车开到凤凰山下，面前的凤凰山说是山，其实是座小土包，孟姜女庙就坐北朝南立在土包顶上。庙墙是一围矮墙，涂着一层绛红色，庙门低矮窄小，门前是条东西走向的柏油路，两边栽满了松树、椿树和桐树，看起来俨然是一家依山而建的小农院。从南庙门108级的石阶拾级而上，进入悬有“贞女祠”素匾的庙门，便是一个约2亩见方的小院落，东面的钟亭里，相传在宋代建庙时就有钟，但后来遗失，现在悬挂的大铁钟，是公元

1924年由当地群众捐款重铸的，重达500公斤，其声洪亮悠远，敲之山鸣谷应，可使姜女庙显得更清幽，更肃穆。

庙院西面，分前后建有两座小殿堂，前殿供奉着哭倒了长城的孟姜女，后殿祭祀的是观音、文殊和普贤三菩萨。在三楹四窗、古朴素雅的前殿门柱上，是副蓝底黄字的长对联："海水朝朝朝朝朝朝朝落，浮云长长长长长长长消。"相传此联由南宋状元王十朋所撰，它巧用汉字一字多音、一字多义的特点，叠音叠义，别具一格，读之令人遐思迩想，回味无穷。就是这副对联，让孟姜女庙名扬天下。进入殿内，只见正中神龛上端坐着孟姜女的彩色塑像，东侧站一童男，西侧立一童女。细心观览，姜女塑像颇具匠心，她身披长风，翘首南望，那微锁的双眉，深情的二目，满含着忧郁和哀怨。塑像后是一幅名为"姜坟雁阵"的大壁画，想起传说中孟姜女的苦难身世，我瞬间被姜女的忧伤神态所感染，从心里发出怜悯和同情，两眼便久久地停留在塑像两旁的一副楹联上："始皇安在哉，万里长城筑怨；姜女未亡也，千秋片石铭贞"，楣额是"万世流芳"。细心品味，这副相传由南宋文天祥撰写的楹联别有意韵，可以说它是姜女庙最好的导语和潜词。

孟姜女哭长城的传说，在我国几乎家喻户晓，妇孺皆知，但细究起来，历史上并没有孟姜女其人，所谓孟姜女哭长城的故事，是经数百年的传说演变而成的。这一故事最初见于比秦始皇筑长城还早300多年的《左传》记载，说在齐襄公二十三年（公元前550年），齐国有位叫杞梁的大将在攻打莒国时战死，"齐侯归，遇杞梁之妻于郊，使吊之。"到汉代的《说苑》在记述杞梁战死之后的情形时说："其妻闻之而哭，城为之倾，而隅为之崩。"汉代刘向在《列女传》中说："杞梁之妻无子，内外皆无五属之亲。既无所归，乃枕其夫之尸哭于城下，道路过者，莫不为之挥泪，十日而城为之崩。"从汉代的《说苑》，到晋代的《古今注》，虽都提到这故事，但却没出现孟姜女这名字。

直到晚唐五代，孟姜女哭长城的故事才基本定型，唐末诗人贯休写有题为《杞梁妻》的诗曰："秦之无道兮四海枯，筑长城兮遮北胡。筑人筑土一万里，杞梁贞妇啼呜呜。上无父兮中无夫，下无子兮孤复孤。一号城崩塞色苦，再号杞梁骨出土。疲魂饥魄相逐归，陌上少年莫相非。"在敦煌石窟，大约做成于晚唐五代的短曲《捣练子》写道："孟姜女，杞梁妻，一去烟（燕）山更不归。"这首短曲既首次点出杞梁妻的名字叫孟姜女，又首次写出了"送寒衣"的情节，较真实地显示出孟姜女故事的原始面貌。到了宋代，孟姜女哭长城的故事已广为流传，不少地方还修起了孟姜女庙，直到新中国成立前夕，在河北的沽北口、徐水和山西的潞安等地都有孟姜女庙，但唯有山海关的孟姜女庙保存得最完好。

明明是虚拟假托的传说故事，人们却偏偏要心动神摇，这只能归结孟姜女哭长城所具有的广泛社会基础，孟姜女的形象代表了人民大众的强烈心愿。

据历史记载，修长城最早的是楚国。《左传》曾记述：楚成王十六年（公元前656年），齐国派兵攻打楚国，见楚国有坚固的"方城"作防御，只好收兵。这里说的"方城"就是楚长城。自公元前221年秦始皇统一中国后的200多年中，齐、魏、郑、韩、燕、赵等诸侯国家都修筑了长城……秦始皇以后，汉、北魏、东魏、北齐、北周，至隋、辽、金、宋、明等10个王朝也都修筑长城，如果把历代修筑的长城累计起来，长度最少不下10万里。要是用修长城的砖石、土方筑成5米高、1米厚的大墙，可绕地球10多圈。秦始皇统一中国后，为了防御匈奴和东胡奴隶主的骚扰，发展燕、赵等国及秦国北部地区的文化和经济，除设置右北平、辽西、辽东等12郡加强统治外，还决定修筑长城，于是在打败匈奴之后立即派大将军蒙恬和太子扶苏修筑长城。《史记·蒙恬列传》记述道："秦已并天下，乃使蒙恬将三十万众，北逐戎狄，收河南，筑长城，因地形用险制塞，起临洮，至辽东，延袤万余里。"修筑万里长城，这本来是秦始皇统一天下后的主要政治军事措施，也算他建立中国历史上第一个中央集权王朝后的一大功绩，但因修长城苛刑暴敛，使百姓啼饥号寒，苦不堪言，于是，民间便流传起孟姜女哭长城的故事。

孟姜女身上寄托着人们推翻暴政的心愿，深受人们的同情和敬仰，孟姜女庙自然也就成了人们凭吊古迹、发思古之悠情的地方。就在后殿之后，有一块刻有"望夫石"三字的大石头，传说孟姜女千里寻夫来到长城脚下，就是站在这块石头上寻望夫君的，以致将足迹深深印在了石头上。"望夫石"作为与孟姜女密切联系的遗迹，令许多诗人墨客挥毫题词，就连乾隆皇帝也于乾隆八年（1743年）十月在“望夫石”留下了亲笔御题：“凄风秃树吼斜阳，尚作悲声吊乃郎。千古无心夸节义，一身有死为纲常。由来此日称姜女，尽道当年哭杞梁。常见秉彝公懿好，讹传是处也何妨。”就在“望夫石”旁有一六角攒尖凉亭，名叫“振衣亭”，相传此亭是为康熙皇帝休息而建的，在其不远处还有“御马台”“栓马槽”。如今，“振衣亭”已非皇家禁地，不少游人都要在这里坐一坐，亲身体验一下当“皇帝”的滋味。

据《临榆县志》记述，孟姜女庙“创始于宋以前”，至明万历年间“重建”。尽管山海关一带属兵家必争之地，在历史上征战频仍，干戈不停，但孟姜女庙却一直被人民所保护。1956年，孟姜女庙又被列为河北省重点文物保护单位。多少年来，每年农历四月十八日，四周乡民都要来这里赶庙会，使孟姜女庙人山人海，热闹非凡。孟姜女庙景区管理处的同志还告诉游人，一到旅游旺季，每天来谒庙的游人可达数万。

带着一种扯不断、理还乱的思绪，我驻足庙门眺望露于海面的“姜女坟”，浮想联翩，遐思无限，不禁又想起了“海水朝朝朝朝朝朝朝落，浮云长长长长长长长消”这一长楹联。我相信，海水有涨有落，浮云能长能消，但不管沧海桑田，还是桑田沧海，孟姜女的形象是会永存的。

（1996年2月）

黄河源漫记

“君不见黄河之水天上来，奔流到海不复回。”诗仙李白的这一名句，千百年来曾激起过多少人对古老黄河的无穷眷恋，引起过多少人对黄河源头的神往和遐思。来到玉树藏族自治州西北部的曲麻莱县政府所在地，尽管从县城到黄河源头的玛多乡还有260多公里，沿途又是山连山、水连水，记者还是决意到祖国母亲河黄河的发源地去采访。

汽车一驶出县城，就向北爬上了积雪皑皑的巴颜喀拉山。一路雪峰入云，寒风呼啸，颠簸在雪山便道上的吉普车，如同飘浮在大海狂浪中的一帆小舟，在行驶了12个钟头后才开进了黄河发源地的玛多乡政府。

乡党委书记叫活泼，他对记者的来访喜出望外，以异常欣喜的语气说：“你是我接待的第一位记者，我代表乡党委和乡政府欢迎你！”接这话，他即问记者喜不喜欢吃糌粑，习不习惯吃酥油，在弄清记者的饮食习惯后，便亲自为记者下灶做饭。这位年轻的藏族书记告诉记者，玛多乡面积达1.2万平方公里，下辖扎加、巴颜和郭洋三个牧业村，有778户3860口人，牲畜存栏数为10388头（只），每年给国家缴税金37万元。黄河南源卡日曲和北源约古宗列曲都是从郭洋村发源的。

说来也巧，郭洋村的党支部书记子敏正在参加乡党委召开的乡、村、社三级干部会，记者顺便找子敏攀谈。子敏是州、县人大代表，显得既纯朴又开朗。他向记者介绍说：“由于草山面积大，牧民居住分散，全村六个社的256户人家距乡政府都有200多公里，不只学龄儿童入学率是零，缺医少药的问题也十分突出，分娩妇女近10%死于难产，孕儿的成活率只有60%，很多人生了急性病，亲人们只好眼瞅着让他魂归西天。”这位村党支部书记还告诉记者，对这些问题，他已多次在州、县人民代表大会上提过建议，希望有关部门能予以重视，并采取牧民自筹和国家支持的办法，给村里建一所小学和一个医疗站。讲完这情况，他满含深情地说："到我们这里不容易，记者你来了，就到我们村去走一走、看一看。"是子敏书记的这番话，使记者又踏上了通向黄河发源地郭洋村的土便道。

汽车沿巴颜喀拉山北麓的山间雪道行驶，一个多钟头后便进入了约古宗列滩。这是一个东西宽40多公里，南北长约60公里的椭圆形大盆地，四面被群山环抱，因盆地内排水不畅，到处都是湖泊沼泽，黄河北源约古宗列曲就发源于这个盆地的西南隅。我们的汽车时而颠簸在冻实了的沼泽滩，时而又穿行在弯弯曲曲的冰河道。透过车窗望去，在那广袤无垠的高寒草甸上，牛毛帐篷两顶三顶一簇，四顶五顶一片，宛如一个个小村庄。牧人的歌声笑语，牛羊的短呼长唤，灶膛里跳动的火焰，帐顶上飘绕的炊烟，给静谧的草原增添了欢乐和活力。

在郭洋一社牧民尼德家的帐篷里，尼德的妻子沙尼对记者说：她家4口人养有40多头牛，丈夫和15岁的大女儿一起去放牧，只留她在帐里看小女儿和干家务活。这位中年妇女给记者烧好了奶茶后，即讲起了草原上妇女的生活：每天凌晨三四点钟，当草原还在沉睡时，妇女们就开始起身挤牛奶，一般挤一头牛的奶需十几分钟，必须在太阳出山前把奶挤完，待丈夫赶着牛羊放牧后，妇女们都要给牛羊清圈，还要把挤下的鲜奶加工成酥油，到晚上牛羊归来，先是给全家人做好晚饭，然后是第二次挤奶，接着再加工鲜奶。从凌晨到深夜，黄河源头的妇女们很少有空闲时间。一到冬季，挤奶次数虽少了一次，但男人们往往要外出销售畜产品，这样，妇女们每天除了挤奶、背水、清圈和做饭外，还要赶着牛羊去放牧。黄河源头的藏族妇女们，竟是这样日复一日、年复一年的辛勤劳作，迈着沉重的脚步从远古走到了今天。

汽车驶到二社牧民松加的帐篷前，正在啃草的一群牦牛抬起头直瞅我们，它们站立在孕育了黄河的冻土地上，一头头"牛"气十足，目空一切，完全一种不可侵犯的凛然之势。听见汽车开过来，松加立刻从帐篷迎出来，他连说几句"巧得毛（你好）"后，即邀记者到自己帐篷去喝茶。

松加的帐篷是用白帆布做成的，帐内除了普通的日用家具外，还叠放着几条毛毯和被褥，6只黄色小木箱整整齐齐地摆在一起。一进帐，他立即拿出一块新卡垫铺在"塔夸"（火炉）左边，用双手示意记者落座。待大女儿查杰烧好奶茶递到记者面前后，松加一边请记者喝茶，一边便自我做介绍。他以十分惬意的语气说："在郭洋村，我是数得着的富户。去年，我家人均收入达5000多元，给国家缴售肉牛8头、肉羊30多只，今年虽遭了雪灾，家里的160多头牛和400多只羊被冻死，但眼下全家7口人仍养有105头牛、100多只羊，人均收入超过了1000元！"

在松加和记者交谈时，他大儿子当智洛柏一直坐在缝纫机旁缝藏袍，一看他那双灵巧的手，就知道他干缝纫活是能手。听记者赞扬自己，当智洛柏不好意思地解释说："在我们这地方，男孩子一到能干活的年龄就开始学做缝纫活。等长到十五六岁，几乎个个都会裁剪和缝制衣物。"原来，在黄河源头，人们常把一家老小的衣着是否合体，节庆中的穿戴是否好看，作为衡量当家男子是否勤劳手巧的标准，手工好者往往受人羡慕，很多姑娘找对象，亦常把男方是否善缝纫作为一项重要条件，有的甚至要求男方亲手做一件藏袍当作彩礼。

记者走进郭洋村四社牧民尕折家，只见三个孩子都睡在地上的一张羊皮上，15岁的大女儿正在发高烧。原来这是一家重灾户。在初冬刚刚暴发的这场百年不遇的特大雪灾中，他家的牛和羊有三分之二都冻死在雪地里。尕折指着地上的4袋青稞说："有政府救济的这些粮，我就不愁没饭吃。至于以后的日子，我相信没上不去的山，跨不过的河！"说到这，这位不愿说困难和艰辛的康巴汉子，竟给记者讲述起他捕杀一条大恶狼的事——

"我在10多天前的一天去放牧，有条大灰狼扑过来咬倒了一只大羯羊，我见羊已被咬死，就盯着它'狼吞虎咽'，等它把肚子吃得像装满了青稞的羊皮袋，才骑上马去捕杀它。因为我知道，狼把成只羊吃到胃里只是暂时储存起来，等返回窝后再一块块吐出来，或喂幼崽，或埋在地下以后吃，这时的狼胃里过饱，跑不快，又吐不出，是捕杀它的好机会。我骑马只追了半截路，就追到了狼跟前，一套索就勒住了它的脖子，将它活活拖死在冻实了的草地上……"

尕折的讲述让记者惊叹不已。这，是勇敢，更是智慧！也许是巴颜喀拉山的风雪练就了他们的特殊性格，也许是伟大黄河的甘甜乳汁陶冶了他们的坦荡胸怀，这些生活在"地球第三极地"的藏胞们，就是以这种超常的坚毅、无畏和耐性，一代接一代在这块海拔5000米的地方撒播希望，追求幸福！

结束了对黄河源头“玛多”的采访后，记者的汽车在牧民的簇拥下开动了，几条牧羊犬竟好奇地追过来同汽车赛跑，藏族司机秋美才仁为了让它们过足追车“瘾”，有意放慢了车速，几条超越了汽车的“冠军”们，一面继续朝前跑，一面还得意地回头往后瞅；身后的藏胞们，依然都站在凛冽的寒风中，他们挥动胳膊，轮着帽子和头巾，以自己最炽热的方式给记者送行。此情此景，使记者把心都留在了这块高峻而神奇的土地上。

（1996年12月）

长江源头冻土地

辖属青海省玉树藏族自治州的6县中，有一个名叫治多县。“治多”在藏语中的意思是“长江源头”，地球上仅次于南美洲亚马孙河和非洲尼罗河的世界第三大河长江，就是从治多发源的。

治多位居玉树藏族自治州的最西端，虽然只是一个县，但面积却达8万多平方公里，那高耸入云的雪山，纵横交错的河流，使这块广袤土地既冷峻又神秘。记者乘汽车从州府结古镇出发，向西跑了240多公里的土便道后才来到了县委县政府所在地。

县委县政府都设在吉博洛格草原上，说起来是县城，却只有一条东西向的土便道，在土便道两边，几乎全是清一色的土平房，居住人口还不足2000。走进内墙结着一层冰的县“宾馆”，县政府办公室副主任李宝一面生牛粪炉，一面对记者解释说：“这房子是全县档次最高的，就在这间房子里，我们接待过省委书记尹克升、常务副省长王汉民，记者你来了，我们也安排你在这房里下榻。”

记者在来治多前就知道，孕育了浩浩长江的治多，既是野生动物的乐园，又是高寒植物的王国，就在这块神奇广袤的土地上，不仅繁衍生息着野牦牛、藏羚羊、棕熊、雪豹、黑颈鹤等20多种异兽珍禽，还生长着贝母、大黄、雪莲、人参果、冬虫夏草等几十种名贵植物，已探明的金、银、铜、铁、水晶等矿产资源多达数十种，真正称得上是祖国的一块风水宝地。

然而，由于高山远隔，河流设阻，加之“生命禁区”的严寒气候和恶劣环境，治多的社会变迁却相当缓慢。今日的治多县，依然是一个靠天养畜的纯牧业县，在如此辽阔的辖区内，四季能通车的等外公路只有400多公里，全县6个乡，至今有3个不通车、不通邮；安装在县委县政府的电话机，仍是慈禧太后时代的“摇把子”，牧民们有事进县城，不少人都得骑马骑牛走20多天路，全县21150人口中有多半仍过的是“逐水草而居、席地而卧”的原始游牧生活。

大家知道，人类的文明几乎都起源于大江大河之畔，而大江大河的源头则往往是荒凉冷寂的。全长6380公里的滚滚长江，在她治多母亲的怀抱里蜿蜒迂回了1000多公里后，才犹如一条腾云驾雾的巨龙，绕千山，纳万水，浩浩荡荡直奔大海，沿途用她乳汁般的江水浇灌着全国1/4的土地，哺育着全国1/3的人民，使祖国山河更加壮美，让中华文化更加灿烂。但在孕育了中华民族伟大母亲河的治多县，年总产值只有3600万元，年财政收入仅为200万元，截至11月底，全县包括教师在内的852名“工薪族”已有4个月未领到工资，县财政拖欠的职工医药费、差旅费、抚恤费等各种费用高达450多万元，从县委县政府的领导到基层单位的普通职工，不管是因公外出，还是入院看病，人人都是自己想着法儿筹资金……

治多尽管很贫穷，但这里有一种精神在感染人、激励人：当年从马背上来到这块高寒土地、将蛮性十足的野牦牛驯化为“雪山之舟”的藏胞们，不管遇到什么困难，不管步履如何沉重，他们对美好未来的憧憬总是那么强烈，对幸福生活的追求总是那么执着——

记者从县教育局了解到，由于地广人稀，牧民居住分散，加之山高水险、交通不便，治多县的学龄儿童入学率仅为23%，在西部的索加、扎河等几个乡，孩子的入学率至今仍是零，即使被称为全县“最高学府”的治多县民族中学，也只设了三个初中班。已在治多工作了20年的县教育局长白贤本对记者算了这样一笔账：“建一座教室3万元，买一套桌椅200元，只要能筹措到200万元，全县每个牧业村就可建起一所四年制小学，每个乡的四年制小学可升格为六年制，县民族中学也可办起高中班。然而从目前的治多县来说，要办成这件大事情，那简直就是痴人说梦。”

在长江源头的第一个国营牧场采访时，藏族场长欧尕向记者讲起了这么一件事：去冬今春的大雪将牧场死死围困后，牧场职工人人都奋起抗灾，千方百计保护国家牲畜。老牧工尕玛才仁竟带领全家八口人全力照料国家牛羊，不仅将饲料留给国家牛羊吃，还将自己也舍不得吃的奶粉喂仔畜。待雪灾消除后，由他放牧的国家牛羊保住了，自己家的200多头（只）

自留畜却全部冻死在雪地里。当县领导表扬他这种公而忘私的精神时，这位老牧工却憨厚地说：“我是国家牧工，在这时候哪能忘了国家保小家！”

由于至今是“无电县”，治多的牧民家家依然点的是酥油灯，家庭条件好点的，也只能点蜡烛照明。因为没有电，人们买来洗衣机和大彩电，都是搁在家里当“摆设”。为了尽快甩掉“无电县”这顶“落后帽”，县里正在筹措资金修建通卡水电站，刚做了阑尾炎手术的常务副县长胡居政不顾刀口的隐痛，硬要陪记者到电站工地去看看。

在海啸般狂吼的大风中，记者来到了修建在治曲乡通卡村的通卡水电站工地。只见被尼卡河削出的深峡中已矗起一座20多米高的拦河坝。坝前厂房已建成，拥着块块冰坨的尼卡河穿山绕峡，由南向北宣泄而去。胡副县长领记者边走边看边介绍：“这座水电站海拔4300多米，总投资3000多万元，设计要安装3台各5000千瓦的发电机组。虽因天气太冷，每年的施工期不足5个月，但自前年开工后，工程量已完成了89%，明年8月中旬可建成发电。”

站在目前全国海拔最高的水电站拦河大坝上，望着不远处与尼卡河相汇的通天河，记者禁不住心潮激荡，思绪万千。说起通天河，大家都肯定不陌生：万里长江从海拔6600多米的唐古拉主峰发源后，人们称她为沱沱河，沱沱河穿越“无人区”与当曲河、布曲河和尕曲河相汇后，人们又叫她通天河。“走遍天下路，难过通天渡”，就是流传在这里的一句古民谣。千百年来，南来北往的使者、商贾和游人，不知有多少都被困倒在这一天堑前，当年唐僧师徒也是在通天河被“千年老龟”掀入水中的。如今人们不仅在通天河上架起了大桥，还要在这里实施“光明工程”，这，是多么了不起的变化啊！

要结束采访时，县委常务副书记贺大明向记者展望了治多的前途和远景。这位已完全藏族化了的关中汉子动情地说：“治多深居地球‘第三极地’的腹部，多半区域都是永冻土、沼泽滩，空气的含氧量只有海平面的一半，平均每4平方公里才有1个人，发展起来难度很大。但治多也有治多的优势，最明显的就是人口少，矿产资源丰富。针对这特点，县委县政府已把发展交通、电力和邮电作为重中之重，争取在‘九五’期间乡乡通路、通邮，部分乡通电。”

贺大明副书记的这番话，给记者描绘了长江发源地治多县的发展蓝图。治多，这块孕育了祖国最大母亲河的冻土地，尽管眼下百业待兴，举步维艰，但不久的未来，她的资源优势就会变成经济优势，长江源头将会揭开新的历史纪元。

（1996年12月）

八达岭长城游览记

今年的8月，我到石油部管道局的北京十三陵职工疗养院参加一次业务研讨会，趁着休会时间即游览了八达岭长城。

八达岭，古称北口，与南口相对应，是关沟南北的两个山口，单从名字上看，是道路四通八达之意。其实这里山隘重重，交通并不是太便利，不知是什么人在什么时候把这里叫成了八达岭。据考证，八达岭的蒙古语为“险要的山岭”，八达岭长城正因为修建在“险要的山岭”而闻名于世。眼前的八达岭长城是明长城之一，这段已有四五百年历史的长城修建在军都山上。军都山属燕山山脉，群山起伏，纵横交错，山高谷深，地形异常复杂。长城的修建者便选择了一条依山就势、因险设阻的城墙走向，将长城建筑在山脊的最高峰，使长城随山峰起伏转折而弯曲，该小曲则小曲，该大弯则大弯，该登高则登高，该下谷则下谷；或沿高峰峻岭，或沿峡谷绝壁，随山势延伸而去。登上城墙，脚下的崇山峻岭像汹涌澎湃的大海，波涛滚滚，万里长城则似翻江倒海的蛟龙，其势异常雄伟和壮观。

八达岭长城的关城高大厚实，下部由10多层花岗岩条石垒砌而成，上部砌大城砖，城台宽20余米，厚17米，高7.8米，是八达岭最壮观的城台之一。城门洞顶砖石拱券，门洞安装双扇大门，门面铆钉嵌装铁皮，门内有门杠顶柱和门闩。平时城门洞开，行人商旅自由出入，战时城门紧闭，禁止通行，一旦有敌来袭，主将发出反击号令，千军万马奋勇而出，其势不可阻挡。据史料记载，八达岭长城的关城，初建于公元弘治十八年（1505年），嘉靖十八年（1539年）重修关城东门，门额大书“居庸外镇”四字，万历十年（1582年）重修，面积5000平方米，同年重建关城西门，门额大书“北门锁钥”四字，其“北门”系指京师的北大门，“锁钥”自然是指此关的极端重要性。修建八达岭长城的条石和大方砖，都是明王朝分派各地政府专门监制的，其墙体也很有特点，墙体两面下部用花岗岩条石包砌，上部则用大城砖垒砌，墙顶由大方砖铺面封顶，横架竖垒，墙缝均用糯米浆拌石灰灌缝黏结，墙体三面风雨不透，坚固耐用。这里的长城随山势而建，墙体有高有低，有宽有窄，错落有致，墙体修建总体呈现为平缓处高、险要处低，外墙高而内墙低。一般墙体底宽6.5～7.5米，顶宽4.5～5.8米；墙高6～9米，最高可达10米，平均高7.8米。因为八达岭为长城的重要关口，墙体顶面开阔，可“五马并骑，十行并进”。而北峰至青龙桥一段，山势险峻，墙体明显较窄，最窄处大约只有2米。

关城顶部，为长方形平台，平台四周筑守城士卒搭弓架炮用的宇墙垛口，城台南北两侧均建有敌楼。在关城城台以北曲长1863余米的城墙上，设敌楼10座，相距最近的只有三四十米，最远的也不过500米；城台以南曲长1176米的城墙上，设敌楼7座，相距最近的不足40米，最远的为400多米。敌楼是守城士兵的御敌之楼，是守城士兵居住和储存军械粮草的堡垒，敌楼四周墙面都设有瞭望孔和射击口，楼内士兵在敌楼既可瞭望敌情，也可开炮射箭，具有驻兵、囤聚、瞭望、守卫等多种功能。此段敌楼的密度之大，为万里长城首屈一指，可见八达岭长城防卫之严密是其他长城关隘所不及。

游览八达岭长城，既可从山脚不同的方向攀登，也可从入口处攀登，还可乘南、北两索道直达南、北两峰顶。其实，游览八达岭长城，主要是领略万里长城的雄伟壮丽，观赏长城内外的北国风光，体会中华民族的智慧和精神。除了很少部分的老弱病残者是乘索道外，十之八九的游客都是步行上了南岭再上北岭，或是上了北岭再上南岭。

八达岭长城的南岭有7个敌楼，从关城到第7敌楼共长1176米，其中以第4楼最高，海拔高度为803.5米，第3楼与第4楼之间，山势险要陡峭，几乎为直上直下。你立足第4楼低头俯瞰，官厅水库绿波无垠，茫茫如海；康西草原绿浪茵茵，毡包点点，一派“风吹草低见牛羊”的牧区美景展现眼帘；放眼远望，长城内外群山连绵，北国风光尽收眼底。此情此景，禁不住让人心旷神怡，激情满怀！

八达岭长城的北岭有12个敌楼，从关城到第10敌楼共长1863.8米，其中第8楼是八达岭长城的最高峰，海拔高度为888.8米。关城至第3楼的地势比较平缓，过了第3楼向第4楼攀登的前一段也是很陡的，不过，险要处都有护栏，游客可以手扶护栏漫步而上。北岭长城的敌楼是很有特点的，其中北5楼的券洞最多：从关城到北5楼，约550米，敌楼呈正方形，分上下两层，从券门走进底层，好像进入无梁殿，每面墙壁有4行砖垛，垛与垛之间以券洞相连接，全楼共有30多个券洞，这在长城的敌楼中是很有特色的；北6楼面积最大：从北5楼至北6楼大约250米，敌楼呈长方形"天井式"，底层面积约100平方米，敌楼内部全是城砖结构，长面为7行砖垛，宽面为4行砖垛，游人可从天井登上第二层；最壮观的北8楼是建在八达岭的最高处，距北6楼有700多米。是八达岭长城箭楼最多的敌楼，加之位处最高点，是观赏八达岭长城最理想的地方。

八达岭长城是明王朝首都的重要屏障，素有"京师锁钥"之称。为了一览八达岭长城的壮美和雄姿，凡是登上八达岭长城的游人，大半都要攀登到北8楼，即便是年逾古稀的老年人，一到八达岭也会老当益壮，不让后生。你驻足北8楼放眼南望，树木苍翠，沃野千里，首都北京隐约可见，锦绣山河无限壮观；长城犹如一条银色巨龙，从波涛汹涌的汪洋大海中由西南而来，又顺着绵延起伏的高峰峡谷向东南方向奔腾而去，如虹气势锐不可当!

万里长城，是中国历史上最伟大的军事建筑工程，也是人类历史上最伟大的历史奇迹之一。新中国成立后，经过多次修复的八达岭长城，显得更加雄伟壮观，更加瑰丽多彩。美国第一位登上月球的宇航员阿姆斯特朗说："在太空和月球上，凭肉眼四观，只能看到地球上两项人工工程：一是中国的万里长城，一是荷兰的围海大坝。"1961年3月，八达岭被国务院确定为第一批国家重点文物保护单位；1982年，八达岭长城被列为全国重点风景名胜区；1986年，八达岭长城被评为全国十大风景名胜之首；1987年，八达岭长城被联合国教科文组织列入"世界文化遗产清单"；1995年，八达岭长城被国家关心下一代工作委员会定为"全国爱国主义教育基地"。作为驰名世界的风景名胜区，八达岭长城每天都吸引着成千上万的中外游客游览。截至1995年底，已有139个国家的269位国家元首和政府首脑光临八达岭游览，其规格之高、数量之多，在国内独一无二，在世界也是绝无仅有。

作为中国历史上最伟大的军事建筑工程，万里长城处处都留存着战争遗迹，汇聚着无数感天动地的历史故事。出八达岭“北门锁钥”西行2里许，有一个与八达岭一起具有重要战略地位的地方名叫岔道城。历史上，八达岭一直被看作“居庸关之咽喉，岔道又为八达岭之籓篱”。又称“守岔道，所以守八达岭；守八达岭，所以守居庸关；守居庸关，所以守京都也”。岔道城原是八达岭前哨军营，岔道城西门外有练兵场，东西两山顶上，各筑堡垒一个，周围山上筑有6座烽火台，驻有“守备一、把总三、兵七八八”。在明朝初期，朝廷在八达岭脚下的延庆地区就驻有5卫官军，这些军营后来逐渐衍化成为村名。如今，仅延庆县境内，称营、城、堡、司等与明朝边防驻军有关的村庄竟有120多个，其中叫马营村、军营村、大营村、屯军营村等以“营”为村名者多达63个，从而折射出八达岭长城在军事上的重要地位。

人都说，明长城是中国万里长城的典型代表，而八达岭长城则为明长城的最精华部分。当你身临八达岭，亲足攀登古长城，油然而生的是对万里长城的仰慕和敬意，顿生感悟的是中华民族的智慧和力量！

（1997年8月）

珠海游记

因为要到“百岛之市”珠海参加一个业务会，我于8月17日从西宁的曹家堡机场乘飞机去广州。航空距离2300多公里的路程，飞机飞行了3小时20分钟才降落在了广州的白云机场。下机后，我再转乘汽车直达珠海，住进了与拱北海关仅百步之遥的拱北宾馆。

珠海市位于广东省珠江三角洲西南部，东隔伶仃洋与香港相望，南接澳门，西邻台山，北连中山，距广州140公里，辖香洲区和斗门县，陆地面积1300平方公里。由于辖区海域辽阔，岛屿众多，珠海被誉为“百岛之市”。珠海1980年成立特区以来，已由昔日的小渔村发展成了以工业为主、农渔牧业和商贸旅游业综合发展的现代化城市。市内交通四通八达，有纵横交错的公路干线，有大型集装箱码头，有国际规模的飞机场，这些陆海空配套齐全的基础设施，给珠海的跨越式发展插上了腾飞翅膀，自1980年8月设立为特区以来，在短短10年间，珠海已由当年的一个小渔村变成了祖国的一个重要进出口岸和外贸基地，人口也由2万增加到了60多万，全国各地每年来珠海的务工人员都超过了100万。

在珠海市前山镇，有一被列为广东省重点文物保护单位的梅溪牌坊。梅溪牌坊是梅溪村人陈芳的私人建筑，陈芳曾是清朝政府首任驻檀香山总领事，后落叶归根，回到家乡安度晚年。由于陈芳乐做善事，光绪皇帝先后御赐“乐善好施”“急公好义”匾额的石制旌牌牌楼4座（其中1座已毁），上面精心雕刻有人物、瑞兽、书画和花果，美轮美奂，成为岭南一处精美绝伦的古建筑，由此引申到珠海的历史，你会知道珠海是个地灵人杰的好地方。工人运动的杰出领袖苏兆征、民国第一任内阁总理唐绍仪、广东第一个马列主义宣传者杨匏安、我国第一个百万富翁陈芳、中华全国总工会第一任委员长林伟文、著名诗僧苏曼殊、中国第一个留学生容闳、中国第一位世界冠军容国团，都是从珠海走出来的。

珠海是座新兴的花园式海滨城市，属亚热带海洋季风气候，年均气温22.4摄氏度，环境幽雅、空气清新，四季宜人，其以市容游览、环岛观光、休闲度假、旅游购物、体育竞赛为特色的旅游业十分发达。外伶仃岛的野趣、东澳岛的沙滩、荷包岛的怪岩、桂山岛的渔村，无不让人流连；珍珠乐园、珠海度假村、唐人饮食街处处令人驻足；优越的地理位置，丰富的旅游资源，使这座初具规模的现代化城市被评为“全国环保模范城市”，并被联合国授予“人类居住环境最佳范例奖”。

珠海的航空业十分发达，市东滨海区的海景路有一处直升机机场，市西有各项设施均达世界先进水平的珠海民用大机场。机场建有可供当今世界各型飞机起降的跑道和滑行道，仅直达北京、海口、昆明、桂林、西安、哈尔滨、乌鲁木齐等国内城市的航线就达28条。在珠海，蜚声中外的是每两年一次的中国国际航空航天博览会，届时有几百家中外厂商来参展，来自世界各国航空航天和国防工业的飞机、火箭、导弹、卫星、发动机、雷达系统等高新科技产品和设备都在航展上亮相，中国、俄罗斯、美国等世界著名的空军特技飞行表演队也要进行精彩绝伦的特技飞行表演，使珠海万人空巷，让游客饱享眼福。

坐落在珠海九洲大道大石林山下的圆明新园，占地1.39平方公里，东西北三面环山，南面平坦开阔，此园以北京圆明园被焚毁前的部分建筑为母体，设计选建碧云殿、紫霞殿、翡翠殿、辉渊阁、奇瑞阁、千祥阁、万福阁、琼华楼、九州清晏殿、方壶盛境殿、正大光明殿等具有代表性的30个建筑物，面积约为北京圆明园的六分之一，仅在8万平方米的福海湖水域，建有篷岛瑶台等10个游览景点，除了个别项目正在施工兴建外，多半项目已竣工开放。园内有荷花池、临水亭、三孔桥、千佛塔、翠屏山、烽火台、观瀑亭、石林瀑布、上下天光楼……还设有皇帝上朝、选妃、乾隆游江南、八旗演武、编钟乐舞、民间杂耍等各种演出节目。这一举世罕见的仿古建筑，融中国文化、西洋文化、历史文化、旅游文化、商业文化、饮食文化为一体，为美丽珠海增添了一道迷人景观，为祖国爱国主义教育提供了一处重要基地。

坐落在凤凰山风景旅游区的四大佛山，顺着山势重现浙江普陀山、安徽九华山、四川峨眉山、山西五台山的主要建筑物，中国四大佛教名山的这些古寺庙建筑和名胜，殿堂黄墙黛瓦，飞檐翘角，佛像雕塑造型精美，姿态优雅，钟楼悬挂着重达7000斤的“大吕铜钟”，叩之轰轰鸣响，余音绵绵，堪称稀世之宝。

位于双龙山的珠海“无土栽培旅游基地”，环境清雅，空气清新，有玫瑰园、玻璃温室、阴生植物园、八卦田观赏、组织培养工厂等各式各样的反季节花卉、蔬菜和瓜果。这里不仅是融农业观光、饮食、娱乐于一体的农科基地，也是欣赏农业生产的知识园地，你可以在“农科之窗”了解到农业科普知识和奇闻趣事，在演示厅浏览到高科技农业的发展趋势和骄人成果，还可以参观水车阵、传统农具展览馆。位处斗门县鸡啼门和磨刀门之间的白藤湖农民度假村，水陆各半，水天一色，几千亩连片种植的莲藕香飘数里，水鸭、水鸡、禾花雀等水鸟众多，田园景色十分秀丽。这处全国第一家农民度假村，有班车、班船开往广州、江门等地，并与港澳通航，园内建有海鲜餐厅、水上游乐场，盛产风鳝、水鱼、鲈鱼、田螺、大闸蟹等地方风味的乡土海鲜，以“住水边、吃海鲜、玩水面”吸引游客，来此游览观光者络绎不绝。

位处香炉湾畔的海滨公园，占地880亩，依山傍水，风光旖旎。内设石景区、休憩区、娱乐区、翠湖中心区、山顶观光区、管理服务区6个功能区，园内有宽阔的海滨浴场、蜿蜒曲折的林带，有“骆驼卧伏”“猛虎回眸”“山羊归洞”等千姿百态的石景，号称“珠海第一瀑”的人工瀑布水帘漫漫、飞珠溅银，奇峰、幽洞相映成趣，是珠海一处得天独厚的游览胜地。山景、石景浑然一体，给游人增添了无穷乐趣。其北侧海拔80米的石景山旅游中心，是一处高级别宾馆，曾先后接待过江泽民、李鹏、朱镕基等党和国家领导人。3座主体大楼为六角形蜂巢式建筑，餐厅、商场、游泳池也呈六角形，那栋白色5层楼房风格独特，雅致、美观，设有接待国家元首和政府首脑的“总统套间”，每宿的床位费高达2.5万元；院内清雅幽静，山水相依，池水涟涟，绿树茵茵，7尊灰白色仙女雕像身姿飘逸，神情楚楚；池水南侧有方巨石，上书“南天一景”4个红漆大字；登临石景山，山上有“神龟”“雄鹰”“熊猫”“笑面佛”等可供观赏；西南是大草坪，四周有紫荆花树；大门对面是珠海国际贸易展览中心，中心对面的

“九洲城”，有一座仿天安门城楼修建的古式建筑，城楼巍峨高耸，气势磅礴，被淡蓝色的墙面衬托得优雅古朴，“九洲城”3个金黄色大字镌刻在一块黑红色底色的长方形匾额上，给珠海增添了不少古色和古香。

在珠海市唐家镇北面的鹅峰山下，就是珠海名声远播的唐家公园。唐家公园原名叫共乐公园，20世纪初由民国第一任内阁总理唐绍仪所创建，占地面积500多亩，园内建有白鸽塔、观星阁和喷水池，植有各类名贵树木和奇花异草数百种。1949年后，当地政府在园内设立了苏兆征铜像和万山群岛烈士纪念碑。来到景色别致的石包岛度假村，岛北的海面水平如镜、波澜不兴，岛南的海面则怪石突兀、惊涛拍岸；四周被银白色沙滩环绕，花岗岩、沉积岩上，卵石、礁滩错落其间，高陡的海崖上，风蚀的巨岩形同山禽猛兽，攀之有惊无险；沿岸的穿洞，狭窄处只能容一人侧身而入，游人来到这白浪细沙的海滩上，既可欣赏大海的宏伟壮观，也可品尝当地的风味佳肴，人人怡情满满，个个其乐融融。

全长12公里的情侣路，全由填海而成，南起拱北，北至唐家银坑，东面临海，西面依山，三排路灯华丽璀璨，路旁一行行的椰子树和棕榈树，在微风轻拂下枝摇叶动，倩影婆娑，给人一种情爽意绵的特殊韵味。屹立在香炉湾铜锣石上的那座渔女石雕像，飘逸俊秀、楚楚动人，她手举一颗晶莹璀璨的珍珠，向人间昭示着富裕和光明。作为珠海市的象征，渔女时时刻刻都在手举明珠向人间献宝。传说中的献珠渔女是玉皇大帝的女儿，来到人间后与珠海渔民海鹏相爱，玉皇大帝知道后强命女儿重返天宫。临别时，这位美丽善良的仙女将自己项链上的一颗宝珠献给了珠海百姓。为了纪念这位心地善良的仙女，珠海人便设立了这尊渔女石雕像，并将沿海而建的马路定名为情侣路。珠海的渔女石雕像，由70块花岗石组合而雕成，身高近9米，重达10吨，海滨公园也因此雕像而闻名遐迩，成了中外游人来到珠海后的首选景观，不少游客纷纷以献珠渔女为背景摄影留念。

东澳岛是珠海的著名景区之一。因其东侧锲入中部1500多米，形成一个大凹部而得名。岛东侧的东澳湾与西侧的南沙湾在岛中部相对峙，形成蜂腰地貌。东澳岛林木葱茏，碧波簇拥，景点众多，有明末清初的古城堡、烽火台、摩崖石刻，有“求子泉”“仙姑榕”等人文景观，还有独具特色的海上娱乐设施和色香味美的海鲜海味；南沙湾被誉为“钻石沙滩”，遍布金黄色细沙，沙滩平缓宽阔，既是珠海最美的沙滩，也是冲浪、海浴的理想之地。地处珠海西区的金海滩，依山傍水，跨度2300多米，纵深500多米，海中波缓浪轻，碧水如镜；岸上海天相依、风景秀丽，柔软细腻的海沙，在阳光下熠熠生辉，使这里成了珠海以亚热带海岛风光为特色的国际性旅游胜地。

与珠海一水相隔的国际城市澳门，位处珠江三角洲南端，由澳门半岛、氹仔岛和路环岛组成，经澳氹大桥、友谊大桥、路氹公路连成一片，东距香港仅60公里，原属广东省香山县。是中国与西方经济文化、宗教交流最早的港埠，也是亚洲首屈一指的旅游观光城市，16世纪被葡萄牙人占据。乘坐澳门环岛游旅游船，从船上放眼观望，映入眼帘的，是众多古老的欧式建筑，是屹立云端的高楼大厦，当旅游船行驶到澳氹大桥时便是另一番景象：屹立在眼前的现代化大桥雄伟壮观，桥上，车水马龙，大小不一，颜色不同的各式汽车南来北往，如流如注；桥下，轮船涌动，各式客船、货船、小型快艇、大型旅游船络绎不绝，满眼都是朝气勃勃、欣欣向荣的繁华景象。

我下榻的拱北宾馆，位处情侣南路的南端，就里是陆路通往澳门的必经之地。门前道路宽阔气派，商贾云集，街市繁华，宾馆、酒店鳞次栉比，路面花坛绿树成荫、百花争艳，街心公园新颖别致、自成一景。这条沿海堤建成的情侣路，是人们欣赏珠海和澳门两地美丽夜景的好地方。每当华灯初上，月光如泻的夜晚，不少人都聚集到这里来散心和纳凉。这时候，这座花园式的海滨城市更加别具风韵，沿路的渔女雕像，情侣花园、海滨浴场、组成了一幅幅璀璨优雅的海岸画图，人们或漫步，或观景，或静听大海节奏分明的涛声，或欣赏宛转悠扬的广东音乐，都会让人既惬意又温馨。

你漫步在珠海的大街小巷，到处都能看到“迎接澳门回归，共创美好未来”的标语，处处都洋溢着迎接澳门回归的喜庆气氛。按照中葡两国已经达成的协议，至今年12月，被殖民数百年的澳门主权即回归中国，成为祖国的一个特别行政区。大家坚信：在澳门回归祖国怀抱后，作为澳门的北大门，珠海又将进入一个新的跨越式发展期，与澳门一起大展宏图、比翼腾飞！

（1999年8月）

千年古都看广州

结束了珠海之行后，因为要在白云机场乘飞机返回西宁，于是我又趁此机会游览了千年古都广州。

广州地处珠江三角洲北缘，东、西、北三江汇流于此成为珠江，经虎门流入南海。在中国960万平方公里面积的土地上，广州一直是座赫赫有名的大都市。早在公元前214年，一统天下的秦王朝便在番山和禺山修筑城垣，随即将城起名为“番禺”；至魏蜀吴三国鼎立时期，吴国于黄武五年（226年）置广州，自后广州即为郡治、州治、府治所在地；到了隋唐时期，广州即成为我国对外通商最早的城市之一，并跻身为世界著名大港。如今的广州，距市中心20公里的黄埔港，是华南最大的内河港口；白云机场是目前我国三大机场之一；广州又是京广铁路的终点，也是广深、广三铁路的起点。由于优越的地理位置，广州作为我国海上“丝绸之路”的起点，一直是祖国重要的商业、外贸和旅游城市，自1957年以来，每年4月15日—5月5日和10月15日—11月5日春秋两届“中国出品商品交易会”都在广州举行。

广州是个具有光荣革命传统的城市。那是1841年5月，英国侵略军攻打广州，占领了四方炮台，并在三元里一带烧杀抢掠，激起了三元里人民无比愤怒，在农民首领韦绍光的带领下，三元里103乡群众同仇敌忾奋起抗敌，在5月30日大败侵略者于牛栏岗；1911年4月27日，孙中山领导的同盟会在这里举行了推翻清政府的广州起义；1923年6月10日至20日，中国共产党在这里召开了第三次全国代表大会；1924年至1926年，中国共产党人在这里举办由毛泽东任所长，周恩来、彭湃、萧楚女、恽代英任教员的农民运动讲习所，先后有300多名学员来听讲，结业后回到22个省市从事农民运动；1927年12月11日，中国共产党在这里领导了广州武装起义，建立了“广州公社”。

广州位处珠江三角洲，辖区有黄埔、天河、东山、越秀、芳村、白云、海珠、荔湾8个区和番禺、增城、花都、从化4个县级市。境内名胜荟萃古迹众多，园林风光多姿多彩，岭南建筑风格典雅独特，早在宋代就有“羊城八景”之说。1962年曾评出“新羊城八景”，1986年又重评越秀层楼、黄埔云樯、云山叠翠、珠水流光、红陵旭日、龙洞琪林、黄花浩气、流花玉宇为羊城八大旅游景观。1996年，广州市民又投票评出十大旅游景观：世界大观、东山乐园、云山锦绣、莲花盛景、穗石祥楼、辛亥之光、金蛇狂舞、六榕花塔、百粤冠祠、西关商廊为十大旅游景点。

在逐一参观了三元里抗英纪念碑、红花岗七十二烈士墓、广州农民运动讲习所和广州起义烈士陵园后，我便来到了中山纪念堂。中山纪念堂位于孙中山总统府旧址，由前后四个宫殿式重檐和左右两座歇山大屋顶烘托着中央巨大的八角亭，是世界公认的著名建筑之一，1929年动工，1933年建成。堂前是孙中山铜像和宽阔的草坪、乳白色的墙壁、宝蓝色的琉璃瓦、金黄色的宝顶、朱红色的立柱、镂着花的大门，使纪念堂金碧辉煌，光彩夺目。分为上下两层的纪念堂大厅，有近500个座位，由于声学和力学的巧妙结合，大厅内无一根立柱影响视线，亦无一丝回音，让游人对设计者的智慧和才能增添了无比敬佩。

位处惠福西路的“五仙观”，传说是五位仙人骑羊降临的地方。相传在古时候的一天，有五位身穿彩衣的仙人骑着五彩羊降临广州，把一茎六出的谷穗赠给当地百姓，祝愿此地庶民从此丰衣足食，永无饥荒，然后便腾空而去。仙人留下的五只五彩羊，则化成了五只石羊陪伴着广州人，直至今天，这一美好传说在广州依然盛传不息。解放后，广州人又在越秀山塑造了五只石羊像作纪念，把五羊定成了广州的标志，将广州亦称为“羊城”。

越秀山又名越王山，因明代在山上修建观音阁，又称观音山。依托越秀山兴建的越秀公园，是广州最大的综合性公园。此园占地90多公顷，园内有镇海楼、海员亭、中山纪念碑、五羊塑像、鲤鱼岗青少年活动区、金印青少年游乐场；在北秀、东秀、南秀3个人工湖，有美术馆、花卉馆……那座建于1929年的中山纪念碑，高37米，底部刻着孙中山遗嘱，内分12层，顺铁梯回旋而上，可达顶端；越秀山上建于明洪武十三年（1380年）

的镇海楼，是明初朱亮祖镇守广东时为壮观瞻而修建的，取名“镇海”，寓“雄镇海疆”之意，楼高28米，现辟为广州博物馆，1986年评成了“羊城八景”之一。

广州人爱花，几乎家家植花，户户养花，境内不分东西南北，常年四季都是鲜花盛开、花香袭人，因此又被美誉为“花城”。走进面积达4万平方米的兰圃，就置身在了兰花的海洋。兰圃是广州市最大的兰花培植基地，园内栽培着200多个品种的兰花达1万多盆，其中不少品种的兰花极为名贵，每当春秋季节，各种兰花含苞怒放，朵朵鲜花吐出缕缕清香，令人心旷神怡，陶然欲醉。园西的芳华园，被誉为国际园艺中的明珠，曾于1983年慕尼黑国际园艺展中获得两项金奖。位于广州火车站东侧的草暖公园，是一座风格别致的西式庭园。人工整形的树木，绿绒般的草坪，鲜艳夺目的花卉，古堡式尖顶建筑，人造喷泉，各种雕塑，构成一幅绚丽多彩的画图。这里的音乐咖啡厅，可容纳好几百人，七彩音乐喷泉水柱可达8米，坐这里边品味咖啡，边欣赏音乐，边观看梦幻般的喷水，给人一种赏心悦目、奇妙无比的特殊感受。你来到流花湖公园，又是另一番景致：流花湖是广州最大的人工湖，园内棕榈成林，浓荫遮道，曲折逶迤的湖中长堤，颇具杭州西湖苏堤风韵；坐落在园中的勐苑，既有傣族的竹楼，也有云南的名茶，服务人员皆着清一色的傣族服装，按照傣族礼数招待客人。

广州的莲花山，东临珠江口狮子洋，隔珠江与黄埔相望，这里的古迹有明代的莲花塔，有清代的莲花城遗址，峭壁峙立，濒临大海，笔直的石柱朝天矗立，奇石怪岩仿如鬼斧神工雕琢而成，作为鸦片战争的第二道防线，当年林则徐曾率兵在此驻防。建在山顶的观音阁，有观音神像1000多个，其中望海观音金像以120吨青铜铸造，180两黄金贴身，金像身高36.88米，加上莲花台座，总高度达40.88米，创造了当今世界观音像最多、最大和最高的三大“世界之最”，观之令人耳目一新，见识陡增。

位处市区东北角的白云山风景名胜区，面积28平方公里，从北向南，依次有山北、山顶、麓湖3个风景区。其最高峰摩星岭，海拔382米，山虽不高，但白云缭绕，气势磅礴，名胜古迹众多。山北风景区内松林如海，松风如涛，主要景观有明珠楼、桃花涧、松涛别院、白云松涛等，其中“白云松涛”是1962年评出的羊城八景之一；登上山顶公园，有鸣春谷、能仁寺、九龙泉，山庄旅舍、双溪别墅。驻足白云晚望亭远眺，天空云彩缥缈，地上珠江如带，羊城景色一览无余。据导游介绍：要是在清晨登临白云晓望阁看红日喷薄而出，最为壮观。坐落在白云山三台岭的云台花园，是目前全国最大的园林式花园，总面积多达12万平方米，有景区景点14处，园内除了瀑布、雕塑、灯光喷泉、少数民族图腾，还有大型玻璃温室，有造型独特的岩石园，有花种繁多的醉花苑，各种景观让人目不暇接，赏不胜赏。

广州的公园风格别致，个性独特，细细品赏，总给人一种耳目一新之感。就以兴建在塘西路西侧的“雕塑公园”来说吧，占地46万平方米的雕塑公园，一进正北门即是雕塑广场，由5根花岗岩石柱组成的华厘夏柱，象征的是中华民族五千年的沧桑岁月；再往前，便是屹立在古城上的辉煌群雕，那四组肩负金印的四武士雕塑，分别代表着农业、商业、渔业和手工业；再往前就是位于人工湖的雕塑馆，馆前有一羊柱，柱面刻满了从古到今各种字体的“羊”字，特色鲜明地寓意着羊城人对羊的感情和喜爱；此外公园内还有不少当代著名的雕塑作品供游人参观和欣赏。走进芳村区的“醉观公园”，在面积3600平方米的园区内，水面面积竟多达3400平方米，设有植物、建筑、水体、山石四大园林体系，在整体上融汇了江浙苏杭园林和岭南粤港园林的不同风格，小中见大，静中见动，幽中见雅，令人感悟颇多，情趣无穷。

在天河区的东圃镇，有一处特殊景观叫“航天奇观”。奇观园内设有升空馆、太空站、星际历险、太空遨游、航天科普馆、火山地震馆、火箭发射中心和360度影视厅等10多个场馆，融科技、科幻、游乐于一体，集声、光、电等科技精华模拟太空，让人在全新的感受中领略宇宙世界的无穷奥秘。

你来到番禺市环市中路的“星海公园”，但见公园正门墙面上是大型浮雕《黄河颂》。进入公园，大家可以“拜访”著名音乐家冼星海。冼星海1905年出生在番禺一个贫苦的水上人家，1935年从巴黎留学回国后，一直以音乐为武器向黑暗势力宣战，至1945年逝世，他在短短的一生中创作了50多首革命歌曲，撰写了340万字的音乐理论，在万紫千红的音乐园地竖起了一块巍巍丰碑。就在这一全国唯一的音乐家冼星海公园里，有逸趣亭，有冼星海雕像，还有冼星海陵园。驻足观览，耳边仿佛听见了音乐家谱写的乐曲，眼前出现了音乐家一身正气的身影。这位英年早逝的音乐家，所创作的歌曲都凝聚着时代的坐标和记忆，留给后人的，是蓬勃向上、激流勇进的斗志和力量。

把知识、娱乐与园林结合在一起，是广州旅游产业的一大特色。在建有各种展览馆的文化公园，文体活动丰富多彩，应有尽有，除了定期举办元宵花灯、秋季菊展等游园晚会外，每逢节假日，人们还可以到园里看戏、看电影、听音乐、下象棋、听说书，年轻人也可来打球、来溜冰；“园中院”内设有草堂、北池等高级茶座，极富南国田园风味；那座占地8000平方米的汉城，古老的城墙，朱红色的阙门，招展的旌旗，巡游的武士，显得肃穆又威严，俨然一派汉代风貌。城内设有陈列区、市井区和后花园，在杂耍区，斗鸡、口技、戏法、歌舞等一应俱全，在文君酒肆内，服务员全着汉代服饰，恭俭谦和、彬彬有礼，服务热情、周到；蜡像馆里，陈列着项羽、刘邦、张良、萧何、韩信等30多个汉代著名人物的蜡像，这些栩栩如生的人物蜡像，把2000多年前的历史又展现在了游人面前。

广州的动物园，是我国三大动物园之一，园内有熊山、狮山、虎山、猴山，还有鹿苑、水禽湖、河马池、熊猫馆、猩猩馆、热带鱼馆，饲养动物200多种、3000余头（只），其中除了我国特有的大熊猫、四不像、扬子鳄、金丝猴、丹顶鹤等珍稀动物外，还有非洲的狮子、犀牛、河马，南极的企鹅、北极的北极熊等来自世界各地的珍禽异兽。设在动物园内的广州海洋馆，是目前世界上最大的内陆海洋馆，占地面积1.2万平方米，建筑总面积1.5万平方米，分海底隧道、洄游馆、锦鲤池、鲨鱼馆、海狮乐园等展馆，馆内现有300多种、1万多条海洋生物，其中法国神仙、魔鬼鱼等都是国内所罕见。尤其是设在海洋剧场的海狮、海豚表演，吸引着众多游人争相观看，乐而忘返。

漫步广州，犹如走进了一座绚丽多彩、璀璨夺目的大花园，这座已经历了2000多年沧桑岁月的华南古都，如今已成了繁华无比、魅力无穷的现代化大都市。珠江的壮阔气势，林立的高楼大厦，街景的热闹繁华，优美的自然风光，既让人惬意、让人赞叹，更让人倾慕、让人留恋！

（1999年8月）

难忘的记忆

1999年10月1日，是我一生中最难忘记的日子。

就在这一天，被国务院授予“全国民族团结进步模范”的我，按中共中央办公厅和国务院办公厅的通知，于9月29日上午出席了国务院第三次全国民族团结进步表彰大会，并受到江泽民等60多位党和国家领导人的集体接见之后，又受“中华人民共和国成立50周年庆祝活动筹备委员会”邀请登上天安门城楼观礼台，参加了中华人民共和国50华诞庆典，同党和国家领导人一起观看了新中国成立50周年国庆大阅兵。

在神州大地普天同庆的喜庆时日，修缮一新的天安门城楼金碧辉煌，宏伟壮观。天安门广场上无数彩旗迎风招展，10万名少先队员和青年学生手持花束，组成了红底黄字的巨幅“国庆”字样图案分外醒目。

上午9时58分，在欢快的迎宾乐曲声中，江泽民、李鹏、朱镕基、李瑞环、胡锦涛、尉健行、李岚清等党和国家领导人来到了天安门城楼主席台。10时整，中共中央政治局委员、北京市委书记贾庆林宣布庆典开始。在50响的隆隆礼炮声中，200名国旗护卫队官兵组成的方队从人民英雄纪念碑前沿红色地毯向广场北端的旗杆行进。随后，由1000多人组成的中国人民解放军联合军乐团奏响中华人民共和国国歌的旋律，全场肃立高唱国歌，鲜艳的五星红旗冉冉升起，高高飘扬在天安门广场上空。

在《中国人民解放军军歌》的激昂乐曲中，身着中山装的中共中央总书记、国家主席、中央军委主席江泽民乘国产红旗牌检阅车驶出天安门城楼。检阅车跨过金水桥、驶上长安街，阅兵总指挥、北京军区司令员李新良上将即驱车迎上前去：“主席同志，受阅部队列队完毕，请您检阅！”

此刻，代表着共和国武装力量构成的42个方队整齐列队东长安街，这蜿蜒2公里长的受阅队伍，是人民解放军陆海空三军、人民武装警察部队、民兵预备役部队1万多名官兵和400多辆战车组成的钢铁巨阵。千人军乐团高奏阅兵曲，在阅兵总指挥李新良的陪同下，江泽民主席乘检阅车徐徐向东，在天安门广场开始检阅三军部队："同志们好!""同志们辛苦了!"江泽民主席洪亮的声音在长安街上空响起，指战员们齐声回答："首长好!""为人民服务!"

10时36分，当中共中央总书记、国家主席、中央军委主席江泽民在天安门城楼发表了讲话后，气势磅礴的新中国50华诞阅兵分列式随即开始：

由156名三军仪仗队员护卫着中国人民解放军军旗走在最前面；随后，由陆军、海军、空军、武装警察部队、民兵预备役官兵组成的徒步方队，由各类战车、火炮、导弹车组成的车辆方阵，一队接一队通过天安门广场，接受祖国和人民的庄严检阅——

一支支威武的徒步方队迈着铿锵有力的正步从天安门城楼前走过，每个方队都是横看一条线，纵看一条线，斜看也是一条线，如劲风呼啸，似春雷滚地，把整个天安门广场、整个北京、整个中国都在这一刻聚焦在一起，使国威、军威彰显到顶点。

陆军的三色迷彩，仿佛秋日里斑斓的草场——来自北京军区的两个步兵方队，一支曾在太行山击毙日本"名将之花"阿部规秀，另一支涌现过"济南第一团"等31个英模单位，整齐豪迈的步伐，铿锵有力的足音，延续着长征的脚步；勇往直前的雄姿，展示出势不可挡的气势。

宛若蓝色的海洋，恰似洁白的波浪——黑飘带、蓝披肩勾画出海的风采，英武自信的面庞上镌刻着海的威严。平均年龄18岁的水兵方队，显示出人民海军驰骋海洋的精神风貌：大海，托举他们从浅蓝驶向深蓝；大海，托举着他们从国门走向世界。

黑白相间的作战服，展现着伞兵健儿翱翔蓝天的英勇气概——作为曾经威震上甘岭的英雄部队，今天，黄继光的传人们已由陆地猛虎插上了雄鹰的翅膀，在祖国蓝天凌空展翼、纵横逾越。

那青春的橄榄绿，是武警官兵热血铸就的盾牌；那朝霞般的橘红色，是女民兵方阵的飒爽英姿……

"向前，向前，向前，我们的队伍向太阳……"伴随着雄壮激昂的《中国人民解放军军歌》乐曲声，金戈铁马浩浩荡荡动地而来，一支又一支机械化方队出现在人们眼前：一辆辆坦克、步战车、装甲车披坚执锐，一门门榴弹炮、加榴炮、火箭炮、自行高炮昂首挺胸隆隆驶来，向祖国人民展示了人民军队无往而不胜、无敌而不克的强大力量。带着“叶挺独立团”的铁军雄风，18辆轮式装甲战斗车，从骡马化到摩托化到机械化，人民解放军已形成了立体机动作战的装备体系和配套的支援保障体系，作为陆军巨变的缩影，这支机械化劲旅，有着猛虎啸月的威严，瀑布泻地的气势。那一枚枚直指云天的红箭，那机动灵活的反坦克导弹，那骑鲸蹈海的舰舰导弹，那笑傲苍穹的地空导弹，显示了我国雄厚的国防实力，昭示着这支强大的人民军队，始终是国家繁荣富强、人民安宁幸福的可靠保证。

世纪大阅兵压阵的，是第二炮兵的4个战略导弹方队。那一枚枚中程导弹和远程导弹铁流滚滚、倚天长啸，像一群群奔腾的巨龙，壮我军威，壮我国威！强国必须强军，军强才能国安。从“小米加步枪”到“两弹一星”，从常规武器的长足发展到国防尖端技术的重大突破，从单一军种到诸军兵种合成，人民军队日新月异的武器装备，为捍卫祖国和领土完整提供了强大后盾。

11时5分，广场上空响起巨大的轰鸣声，25架涂着迷彩的直升机首先穿云破雾腾空而来，接着，由空军、陆军、海军航空兵107架新型轰炸机、强击机、歼击机、加油机联合组成的10个空中梯队低空飞过天安门广场上空，8架护卫机喷射出的彩烟，在空中拉出了一道道五颜六色的绚丽彩虹。随着受阅部队的一批批通过，广场上的组字背景变换出长城、和平鸽等图案和“政治合格、军事过硬、作风优良、纪律严明、保障有力”的字样，城楼上的党和国家领导人，观礼台上的各界代表，一次次报以热烈鼓掌。当战略导弹方队最后通过时，全场掌声经久不息。

新中国成立50周年大阅兵，是20世纪13次国庆阅兵中兵种最多的一次。这次参阅的陆、海、空、二炮、武警和地方武装，代表了我国武装力量的所有成分。其中，陆航、海航、海军陆战队、武警特警和预备役部队等，都是新增加的受阅兵种或部队类型，充分展示了现代兵种合成、军种联合的特点。在受阅的42种大型装备中，95%以上是我国自行研制的新装备，受阅装备新、技术含量高，充分展示了我军现代化建设的新成果。

这次阅兵规模宏大、场面壮观，参阅的部队总共有24000多人，其中，正式受阅人员是11000名，装甲、火炮、导弹等地面重装备443台（辆），各种飞机132架，共编成17个徒步方队、25个车辆方队和10个空中梯队，采用“中空、低空、地面”多层次、立体化方式通过天安门广场，构成了威武雄壮、气势恢宏的受阅场面。参阅部队都是中国人民解放军的精锐之师，展示出我军威武之师、文明之师、胜利之师的崭新风貌。

在庄严的《歌唱祖国》乐曲声中，50万民众游行队伍紧随受阅部队向广场进发。来自祖国山南海北的各族同胞，分别组成了30个方队和90辆彩车，参加了游行活动：

彩色的服装，豪迈的队伍，别致的彩车，独特的模型，使天安门广场如彩色的河，流动的画，沸腾的海。最后一辆以“奔向未来”为主题的巨幅彩车驶过广场，14000名手持鲜花和气球的少先队员高唱《中国少年先锋队队歌》向前行进，当少先队方阵来到天安门城楼前时，万只五彩气球升向空中，5万羽和平鸽腾空而起，少先队员们欢呼着涌上金水桥，江泽民等党和国家领导人满面笑容地向孩子们挥手致意，庆典气氛又一次推向高潮，使天安门广场变成了一片欢乐的海洋。

12时5分，在全场雷鸣般的掌声和欢呼声中，中华人民共和国成立50周年庆典活动圆满结束。回到住地京西宾馆时，虽然已是下午1点，但我依然激动不已、感慨万千，兴奋之情难以抑制。涌满心头的千言万语全都凝结成了一句话：一九九九年十月一日，这是我一生中最难忘记的日子！

（1999年10月）

爱牛敬牛仡佬族

在祖国的民族大家庭，有个民族每年都要过一次“牛王节”，这个疼牛、爱牛、敬牛的民族就是仡佬族。

仡佬族虽然人口不多，却是一个族源积淀厚重、繁衍历史悠久的古老民族。“仡佬仡佬，开荒辟草”，这一在民间广泛流传的歌谣，就验证了仡佬族是贵州高原最早的开拓者。据有关文献记载，仡佬族的形成大致经历了濮人、僚人、仡佬族三个历史阶段：远在商周时期，濮人即参与了武王伐纣之役；战国初期，濮人又在西南地区建立了夜郎国，成为诸小国家拥戴的中心。秦统一全国后，将濮人地区划归荆州管辖。至东汉后期，夜郎王因持强谋反遭到官兵镇压，夜郎国随之灭亡；至魏晋南北朝时期，濮人的后裔僚人即退居到贵州北部山区；至隋唐时期，僚人才形成仡佬族，并逐渐集聚在道真、务川等边远山区。由于历代王朝的歧视驱迫，不少仡佬人改变或隐瞒自己的族属成分，以致新中国成立初期，自报仡佬族者仅3万余人。新中国成立后，国家进一步落实民族政策，大批仡佬族人才得以返本归源，恢复了自己的民族成分。1986年，国务院批准贵州省遵义市的道真和务川两县设立为仡佬族自治县，总人口不足40万的仡佬族，70%以上都聚居在道真和务川。于是，这两县便成了中国的“仡佬之乡”。

据记载，历史悠久的仡佬族还是中国最早掌握提取丹砂技术的土著民族。商灭后，濮人即以丹砂奉献周武王。丹砂又叫朱砂，在化学上叫硫化汞，加热后可分解出水银。周朝濮人所献丹砂，就产于今天的务川县。在务川县境内，至今仍然流传着“宝王菩萨”等有关生产丹砂的传说。此传说说的是仡佬族的先人发现色红鲜艳的丹砂后，便将丹砂进贡给周武王，周武王得之，视为至宝，遂封濮人头领为“宝王”。宝王死后，濮人在盛产丹砂、水银的三坑鸡金山建起一座“宝王庙”祭祀他。今天务川县大坪镇的瓮溪桥，据传是明万历年间一个从陕西举家搬迁至此的水银商陈均仁修建的。当时，这一带因盛产丹砂而商贾云集，为了方便丹砂、水银的外运，陈均仁便解囊修桥。新中国成立后，国家于1952年成立了务川县汞矿厂。据检测，务川汞的纯度为99.999%，丹砂质量含硫化汞99%，是高于部颁标准的特级朱砂。

记者在道真、务川采访时发现，仡佬族的婚俗很有特点：新中国成立前，仡佬族也实行封建的婚姻制度，还盛行“背带亲”或“背褶亲”，男女青年的婚姻基本上都是遵从“父母之命”和“媒妁之言”，在幼年时期即由父母订婚。在道真、务川两县境内，流传有“凡姑之女，定为舅媳”和“舅家要，隔河叫”的说法。在过去的婚俗中，仡佬族还有一种奇特的“打牙”习俗：在结婚前，姑娘和小伙子都要拔掉上颚的两颗牙齿，说这是为了漂亮和美观。新中国成立以后，仡佬族落后的婚姻习惯已经有了根本性改变，婚姻由男女双方自由选择，父母不再横加干涉，男女双方也不再“打牙”了。

在仡佬族婚姻习俗中，自古就崇尚“重义轻物”的“仁义亲家”，即当地所说的“打（选）仁义亲家”。仡佬族的“仁义亲家”重人品、德行和健康，而不重财礼，彩礼由男方根据经济状况量力而行，女方不强求硬要。凡有人提亲后，双方对其人品、德行、健康状况进行暗访，满意即“放话”。“放话”后男方要交第一次“放话礼”；第一次“放话礼”只备酒、肉之类的平常礼，再访后交第二次“小礼”；“小礼”也不过是在“放话礼”标准上再加1件衣服而已；第三次下聘礼时，男方除了必备大红聘书外，还要各送1只象征凤凰鸳鸯的鸡和鸭；女方则必有“允婚书”、两包带大红喜字的糍粑和亲手制作的鞋袜，然后就是“开庚”“迎娶”。如今的仡佬族婚俗仍然与众不同，结婚时不举行仪式，新娘由迎亲人陪同，带着谷种、食盐、茶叶，有的还带上历书、穿着草鞋、打着雨伞步行到新郎家去，新郎家要燃放爆竹迎接，此时新娘和亲属都要躲起来，待新娘把所带之物放到神龛上，由迎亲人直接带进洞房，婚礼便告结束。

今年43岁的道真仡佬族苗族自治县县长雷甘霖是本乡本土的仡佬族干部，记者从他的介绍中了解了不少仡佬族的民族风俗和传统文化——

在道真、务川等仡佬族聚居区，仡佬族人至今依然保留着本民族特有的风俗和习惯，其中与众不同的风俗就是家家户户爱牛、老老少少敬牛，每年的农历十月一日都要过“牛王节”——

仡佬族每年要过的“牛王节”，说起来还是挺有意思哩。仡佬族一代接一代流传说：每年的农历十月一日是牛的生日，就在这一天，仡佬族人家都要过“牛王节”，各家各户都要杀鸡煮酒敬牛，所有喂养了耕牛的人家，这一天不仅要停止耕牛上地干活，让牛好好休息一天，还要喂最好的饲料款待牛，以表示感谢耕牛一年四季对主人的辛勤劳动和付出。有的仡佬人在这一天还要用最好的糯米打两个大糯米粑粑挂在两只牛角上，然后将牛牵到水边，让牛从水中看看自己的影子，离水远的人家，就在家门口放上一盆清水，让牛在盆水中看自己的身影，然后取下糯米粑粑喂给牛吃，说这是给劳苦功高的牛做寿哩。

仡佬族人如此疼爱牛和敬重牛，来自一个美好动人的古老传说：相传在很早以前，仡佬人居住的地方被外族入侵者围困了好几天，人们缺吃少喝不知所措。正当大家心急如焚的时候，仡佬族首领家喂养的一头老黄牛突然扯住首领的衣服，将首领带往一个山洞，原来这个山洞可以通往后山，首领一见大喜，赶紧带领大家顺着山洞往外突围，大家就在这头老黄牛的指引下脱离了险境。从此以后，仡佬人把牛看成是“救命恩人”。时至今日，不少仡佬族聚居区仍然流传着“仡佬一条牛，性命在里头”的民间俗话，仍然保留着不打牛、不宰牛和不吃牛肉的传统风俗。

务川县的县城名叫都濡镇，这里山清水秀，四季如春，水清波绿的洪渡河穿流而过。记者在游览了县城后，又到涪洋、大坪、镇南等地参观探访，发现仡乡的饮食文化非常丰富，风格也很独特，糍粑、麻饼、金银饭、苞谷粑、米团粑、菜豆花、面辣椒、胖辣椒、罐罐茶、灰豆腐……其花样之多举不胜举。其中仡家人素常饮用的主酒“爬坡酒”最具特色。“爬坡酒”是由玉米、稻米、高粱、小麦、小米等为原料酿制的，酒酿成后装缸，用柴灰拌黄泥密封即成，装缸时间越长，酒色越浓，酒味越醇。据说，喝了“爬坡酒”，挑担干活、走路爬坡都不乏力。在仡佬族集聚村寨，仡佬人家遇有婚嫁喜事，亲戚朋友纷纷挑来“爬坡酒”作为礼物，坛上贴上封条，放置门外，坛内插一根空心粽叶茎或空心水竹竿，男女宾客可自由吸饮。此酒馨香馥郁，沁人心脾，男女皆宜。民间传说太平天国将领石达开在这里喝了“爬坡酒”后，即留下了一首千古名句：“千颗明珠一瓮收，君王到此亦低头。五岳抱住擎天柱，吸尽黄河水倒流。”

在仡佬族的饮食文化中，最独特的要数“三幺台”。每逢寿庆、建房、嫁娶和节日宴请宾客，仡佬族都要动用本族最隆重的饮食礼仪“三幺台”。“幺台”在仡佬语中是结束的意思，一轮宴席设酒、茶、饭三台程序，三台程序圆满完毕，宴席才告结束。宴席每桌8人或10人，开宴前，首先按长幼尊亲排座次，嘉宾和长者坐上下席，次之坐两边，各宴桌晚辈都不能坐上席，更不能与长辈对着坐。

宴席开始后，第一台是吃酒：宴桌上菜肴按三横三纵、三横四纵或四横四纵摆放，依次摆上猪心、肝、舌、耳、腰花、肚片和香肠、瘦肉片、卤鸡等下酒菜，每样1盘，每盘10片，人均各一。开宴时，随着上座长者一声“请”，在座宾朋便无拘无束举箸夹菜，碰杯换盏，畅怀痛饮。

饮酒“幺台”之后，立马收走杯盘，接着就是第二台——“茶席”。每人一碗深褐色的油茶汤，助饮的是米花、米粑、粽子、核桃、板栗、花生、葵花等小吃，待小吃依次摆好后，仍由长者带头，众位各取所需。

在仡佬族“三幺台”的饮食习俗中，饮酒、喝油茶只是“三幺台”的序幕，是家境和排场的显示，也是亲朋叙旧、增进情谊的好机会。待酒足茶酣而撤去碗碟后，便进入第三台——正餐，又称大菜。正餐特别讲究，菜肴有烧白、酥肉、肘扣、海带、笋子、木耳、黄花、豆腐丸和鸡、鸭、鱼大菜，另有4碟萝卜丝、霉豆腐、豆芽泡菜之类的小菜。每席菜肴有9碗、4盘或12碗、16碗加4盘。此轮吃罢，服务者举上一杯清茶漱口，酒足饭饱的客人才能相互起身离席。如此丰盛的酒、茶、饭“三幺台”宴席，让人深深体验到了仡佬人的热情、好客、奔放和豪爽。

古老的仡佬族既有自己与众不同的生活习俗，更有灿烂辉煌的民俗文化，其“山王舞”“高台舞狮”“打篾鸡蛋”“高架斗篷情”“淘盆打挂子”等文娱活动以独特的民族韵味而享誉全国，其中，“高台舞狮”尤以惊、险、奇、绝先后获得贵州省第二、第三届民运会表演项目一等奖，全国第五届民运会银奖。

被称为“仡佬杂技”的“高台舞狮”，看起来真让人瞠目结舌、惊叹称绝：在将9条特制的大方桌撑叠成为12米高的“九重天”表演台，在没有任何安全防护的情况下，表演者即开始表演仡佬族“目连救母”的感人神话。仡佬族“目连救母”的传统绝活，实际表演形式为“高台舞狮”，由狮头、狮尾两人和1名逗狮者共3人组成，集“演”与“技”于一体。表演前，先要“敬四神、扫瘟疫”，然后从第一条方桌到第九条方桌，先后完成包括“目连救母”和“母子重逢”在内的一系列动作，目连在地上拜师，学得鸽子翻身、倒立行走等基本动作之后，随师父一个“翻筋斗”上桌，然后相继完成倒上桫椤、拜四大天王、过金桥、断桥插柳、上九天、踩斗谢恩等20多个动作，随着剧情的展开，动作难度也越大、越险，尤其在“踩斗”时，由一人顶狮头，一人紧抓前者腰带扮狮尾，四只脚轮番在第九条桌脚上移步起舞，间以踢脚、舔腹、踩脚等动作，时而昂首瞪目，时而俯身低首，以此答谢四大天王，其舞技娴熟，高难惊险，堪称舞狮表演的绝技和精华。

在仡佬族传统文化活动中，最令人惊叹不已的是“上刀梯”和“踩烙铁”：“上刀梯”表演开始前，首先在表演场正中竖起15米高的“刀杆”，“刀杆”四周以绳索栓稳，“刀杆”两边各分级安放36把利刀成为“刀梯”，“刀梯”两端，一块用以“镇邪”的红布随风舞动，使表演场面显得既威严又肃穆。在经过一番敬神、念咒、画符祭祷之后，表演者即首先要“试刀”，证明刀的锋利后即开始赤脚上“刀梯”，在上“刀桥”时，表演者手拿锣鼓，头顶装有一只活鸡和一把宝剑等物的茶盘，不用手稳，边唱边上，走完“刀桥”即上“刀梯”，直到走完72把刀，而表演者的一双赤脚依然皮肉无损，安然无恙！

与“上刀梯”同样令人惊叹的是仡佬人的“踩烙铁”。在四周围满人群的表演场上，待一堆炭火中的一块铧铁被烧得通红时，表演者开始敬神、判卦、“起海水”、画“雪山令”，口中念念有词，祭祀完毕后，仅用一张“钱纸”作铺垫，赤手便将烧红的烙铁从火中取出，然后以赤脚在烧红的烙铁上踩踏，偶尔还将烙铁放在口中，这样时而脚上冒烟，时而嘴中炸响的表演，让观众惊叹不已，唏嘘不已。同为血肉长成的光脚板，不仅在锋利无比的“刀梯”上如履平地，还能在烧得通红的铧铁上任意踩踏，此情此景，既让观览者心惊肉跳，又让观览者神秘莫测。据说，在道真、务川等仡佬族之乡，能玩“上刀梯”、耍“踩烙铁”者不乏其人，道真县身怀绝技的仡佬族艺人陈均，就是赤脚“上刀梯”和“踩烙铁”的大名人。

在民族文化的传承中，越是民族的、古老的、传统的、独有的，就越是中国的、世界的。由于道真、务川两个全国仅有的仡佬族自治县都是在遵义行政区划内，今日的遵义市已规划把仡佬文化打造成为遵义会议、国酒茅台之后的第三大文化品牌。仡佬族，这个有着悠久历史和灿烂文化的古老民族，将让自己独具特色的民族文化走遍中国，走向世界！

（1999年11月）

刘少奇故居参观记

趁在长沙出差的机会，我特意到宁乡县花明楼乡炭子冲参观了刘少奇故居。

宁乡县花明楼乡炭子冲，是原中共中央副主席、国家主席刘少奇的故乡。刘少奇是党的七届一中全会选出的中共中央政治局委员及中央书记处“五大书记”之一；新中国成立后，刘少奇先后担任中央人民政府副主席、中共中央副主席、全国人大常委会委员长、中华人民共和国主席兼国防委员会主席等职务，是中国共产党第一代中央领导集体的主要成员。

刘少奇故居是全国重要的革命纪念地之一，东距省会长沙市50公里，南距毛泽东故乡韶山不足30公里，是全国首批爱国主义教育示范基地。故居由刘少奇故里牌楼、刘少奇铜像广场、刘少奇文物馆和刘少奇纪念馆组成。其纪念馆是以刘少奇故居为依托修建的，是全国唯一完整系统介绍刘少奇生平事迹的专馆，被列为全国重点文物保护单位，并先后被中宣部、教育部、团中央等单位命名为“全国优秀爱国主义教育基地”“全国中小学爱国主义教育基地”“全国爱国主义教育示范基地”。

走进炭子冲，最先映入眼帘的是刘少奇故里牌楼。这座牌楼是1998年刘少奇同志百年诞辰时修建的，在高12.4米、宽15米的门楣上，是由中国书法家协会主席沈鹏书写的“刘少奇故里”5个大字。走上100阶麻石台阶，就是占地8000多平方米的刘少奇铜像广场。铜像坐北朝南，手持香烟，沉思远望，再现了刘少奇同志作为国家主席忧国忧民、风尘仆仆、日理万机的光辉形象；铜像由著名雕塑大师刘开渠携高徒程允贤共同制作，1988年在他老人家诞辰90周年之际落成，像身加底座高7.1米，象征着享年71岁的刘少奇同志为党的事业献出了毕生精力。

顺着铜像后面的游道往前走，就是刘少奇同志纪念馆。正门楼上悬挂的“刘少奇同志纪念馆”匾额，是由邓小平同志亲笔题写的。馆内共设8个展厅，其中5个专题展示了刘少奇的生平，共陈列各类展品800余件。在纪念馆中心和广场的东侧，是两座小巧别致的怀念亭，亭子上“怀念亭”三个大字，分别是刘少奇同志的亲密战友、全国人大常委会前委员长彭真和他的老部下、国务院前副总理张爱萍所书写。

纪念馆的旁边是刘少奇同志文物馆。文物馆设3个展厅，集收藏、展览、办公于一体，其中少奇同志的办公室是由“中南海刘少奇同志故居”复原陈列：刘少奇在北京中南海的故居叫“福禄居”，从1963年—1969年11月，少奇同志一直在这里工作和生活。第一间是藏书室，内有王光美捐赠的各类图书1万多册；第二间是少奇同志的办公室，放置着少奇同志批阅文件、处理公务的办公桌，桌上那盏台灯，曾经陪伴少奇同志度过了无数个不眠之夜，还有那个烟灰缸和藤椅，都是少奇同志用过的原物；第三间是王光美同志办公室，室内的藤椅、藤茶几、木茶几、地球仪等也都是当年在中南海“福禄居”的原物；第四间是刘少奇夫妇的卧室。正对面放置的，是20世纪60年代南京无线电厂自行生产的第一代“熊猫牌”收音、录音和电唱三用机。

顺着文物馆往前走约200米，就是刘少奇同志故居。故居是按原貌恢复的原有茅屋和瓦房，坐东朝西，土木结构，始建于同治十年（1871年），前临绿水，后倚青山，共有瓦房16间，茅草房5间，建筑面积300多平方米，门匾上“刘少奇同志故居”7字，是邓小平同志于1982年亲笔题写的。故居内陈列了190多件展品，真实地再现了刘少奇童年时在这里生活学习的部分场景。早在1959年，故居就被列为湖南省重点文物保护单位。

走进院门，正对面的堂屋门上还有一块“刘少奇同志旧居”的门匾。这块门匾是1959年故居刚刚开放时的原物，“文革”开始后，故居的陈列物均被堆放在花明楼公社的杂屋里准备销毁，是公社的炊事员当菜板保存下来的，1980年少奇同志得到平反后，乡亲们敲锣打鼓把这块门匾又重新悬挂起来。

少奇同志兄弟姐妹共6人，其中3位是哥哥，两位是姐姐。由于少奇在叔伯兄弟里排行第九，他就被叫成了“九伢子”。顺着右边的门，便走进了少奇同志二哥刘云庭的卧室。二哥刘云庭参加过湖南新军，担任过下级军官，见多识广，思想进步，既是少奇少年时期影响最大的思想启蒙者，也是让弟弟少奇“远走高飞”、投身革命的直接资助人；接下来是少奇同志的卧室，少奇同志就是在这里度过了难忘的童年和少年时代，室内放着书桌、椅子、架子床、大板柜，床上铺着白被单，挂着白蚊帐，有一扇窗对着天井。从碓屋往左边走，有一间十分僻静的小屋子，这就是少奇同志的书房。小时候的少奇同志酷爱读书又过目不忘，乡亲们便叫他为“刘九书柜”；东南角的是少奇同志大哥刘墨庭的卧室，刘墨庭忠厚老实，父亲去世后他成了家庭的主要支撑者；紧挨着是少奇同志父母的卧室，室内摆设有书桌、靠背椅、折衣凳、梳妆台、大板柜、一架棉纺车，纺纱专用的靠背矮椅，还有一条叠着印花被、挂着白蚊帐、床边墙上挂着一盏桐油灯的睡床，1898年11月24日，刘少奇就呱呱坠地在这条床上。少奇父亲刘寿生生于1864年，1910年病逝，终年46岁，这位老人虽是农民却很开明，也很重视孩子的教育，很早就送小儿子少奇读私塾；母亲鲁氏生于1865年，是一位善良能干的家庭主妇，丈夫病逝后即挑起了抚养子女和操持家务的重担，1931年病故。1925年，少奇同志回到长沙时，曾把母亲接去治病。如今挂在墙上的一张母亲画像，就是当时带母亲治病时请人给母亲画的。江泽民总书记来参观时，端详着这幅画像说：“少奇主席很像他的母亲哟!”

少奇同志家里人丁众多，故居的厨房也就很宽敞，灶台大，饭锅多，在煮饭、炒菜的同时，还可以烧开水。在那个用来挂水壶烧水的“梭筒钩”上方，横着一根竹竿，将猪肉、鱼肉悬挂在这条竹竿上，下面经过烟火熏烤后，就成了当地人最喜欢吃的腊肉和腊鱼；厨房里还有一个“草鞋马”，茶余饭后，刘家人还可以围在火炉边一面拉家常、聊闲天，一面编草鞋、干零活……

故居的横堂屋是刘家的客厅，因为一面与天井相连，显得格外敞亮。正中墙边立着一张香烛柜，室内正中放着一条八仙桌和几条长短不一的条木凳。1961年4—5月的44天时间里，时任中共中央副主席、国家主席的少奇同志到湖南农村蹲点调查，在宁乡县调查期间就与乡亲们在这里座谈和聊天。当时也办起了公共食堂的炭子冲，乡亲们天天连肚子都吃不饱，但是受“五风”的影响，乡亲们一直不敢讲真话。与少奇同志坐在一起后，乡亲们再也不顾由上级统一的口径，痛痛快快把憋了好几年的心里话全说了出来。听了乡亲们的话，少奇同志十分难过，这位满头银发的国家主席当即摘下头上的蓝布帽，恭恭敬敬地向大家鞠了一躬。他深情地说："我将近40年没有回家，现在回来了，看到乡亲们生活很苦，是我当主席的工作没做好，我感到对不起大家！"在与基层干部的座谈会上，这位国家主席语重心长地说："现在，人民受了这么多苦，党和政府就要为他们解忧呀，不然，要我们共产党人干什么?"在这里，他了解到当时农村极端困难的原因的确如乡亲们所说是"三分天灾，七分人祸"；也是在这里，国家主席刘少奇果断地做出了解散公共食堂和顶住"五风"的重大决策！

在参观瞻仰故居时，我还意外获悉了刘少奇同志纪念馆建立过程中的一段历史——

炭子冲一直是刘家子侄居住的地方。20世纪50年代末期，宁乡县委向省委呈上报告，拟在炭子冲建立"刘少奇旧居纪念馆"，省委同意后报告了少奇同志，因少奇同志不同意，建馆的事就被搁了下来。然而，不设纪念馆，参观的群众照样来，并且越来越多。县委就没再去请示，自作主张建立了"刘少奇同志旧居纪念馆"，同时配备了两名干部负责接待工作。

1961年4月中旬，刘少奇到湖南农村作调查时发现，群众生活困难情况比预想的要严重得多：因为饥饿，到处都有患浮肿病的人，并有许多人因此而死亡。另外还有一件令人揪心的事：在"大跃进"中，湖南拆了数十万间农民住房办公共食堂，使有的老百姓失去了栖身之地。其间，刘少奇决定回炭子冲住几天，深入了解农村情况。他于5月2日深夜11时从长沙回到炭子冲，当晚就住进自家老屋里，这才发现这里已成了一个纪念馆。次日，少奇同志对来看望他的省委和县委的同志说："今天上午，我去看望了一些老乡亲，有的连睡觉、做饭的地方都没有。我们怎么好意思去搞这个纪念馆呀！赶快把纪念馆撤了，把房子腾出来，让给那些没房住的社员住！"于是，有5户贫农社员便搬进了刘少奇故居，其中一名叫黄瑞生的就住在了国家主席小时候读书的书房里。

黄瑞生原来住在炭子冲对面的山坡上，年幼时他母亲就去世。因为无田无地，过的是缺吃少穿的苦日子。那时候，刘少奇的母亲鲁老太太看他可怜，总要时不时接济他。1953年9月，刘少奇邀请黄瑞生等4名乡亲作为家乡代表参加国庆观礼，让他们登上了天安门观礼台，还参观了首都的工厂和名胜；离京前，刘少奇又设家宴招待了这几位来自炭子冲的乡亲；1961年少奇同志到炭子冲搞调查，还邀请黄瑞生参加了座谈会。

“文革”开始后，黄瑞生却站出来“造反”了。外地造反派每次来到炭子冲，都要召开现场“批刘”会，每场“批刘”会都要请黄瑞生带头发言。逢会必请、每请必到的黄瑞生，一上台就愤怒控诉刘少奇的“滔天罪行”，这使他竟成了炭子冲的大红人，他揭发批判刘少奇“罪行”的署名文章还刊发在了1968年12月5日的《湖南日报》上。

在长达10年的“文革”动乱期间，新中国的老主席刘少奇全家有4人被迫害致死，有6人被关进了监狱；即使是将共和国主席“永远开除出党”的决议，也选在八届十二中全会开过整整24天后的1968年11月24日——刘少奇70岁生日的这天才告知他本人；上至党、政、军的各级领导人，下至各行各业的普通老百姓，受刘少奇冤案牵连者多达数亿，就连全国劳动模范时传祥这位普普通通的掏粪工，也因他在1959年10月召开的“全国群英会”上与刘少奇握了手、照了相而不放过，把他从北京崇文区的清洁工岗位赶回山东齐河县的农村老家“劳动改造”。

随着王洪文、张春桥、江青、姚文元“四人帮”的覆灭，疯狂出演了10年闹剧的“文化大革命”终于收场了。刘少奇家乡炭子冲的“批刘”大红人黄瑞生却当了“五保户”，全年口粮都由村里供给他。1980年2月，中央决定为刘少奇的冤案平反昭雪，消息传到了炭子冲，不少人都哭了。25日，乡亲们自发地为自己的老乡亲、共和国的老主席刘少奇举行隆重悼念会，地点就设在炭子冲的坪场上。这时的黄瑞生，孤零零站在远远的地方，他无颜面对刘少奇画像参加追悼会，心里不仅担心自己会被搬出刘少奇故居，还生怕自己的“五保户”资格也会被取消。

也就在这时候，到北京收集刘少奇照片和遗物的县文化馆干部老俞去看望刘少奇夫人王光美，王光美仍然惦记着炭子冲的乡亲们，这位被囚禁了12年，于1979年春节才与子女团聚的老人请老俞给县、乡政府领导捎信“不要歧视黄瑞生”，她一再叮咛说：“在当时那种环境下，他做了一些不好的事，有他个人的原因，更是时代的悲剧。如果叫他搬出，一定要给他安排住房后再搬！”老俞从北京一回来，便将王光美的话原原本本告诉了黄瑞生，黄瑞生听后无言以对，只是痛苦地捶着自己的胸脯，懊悔不已地责骂自己是“混蛋”……

走出刘少奇同志纪念馆，我不禁思绪如潮，感慨万千：俗话说“疾风知劲草，板荡识忠臣”。刘少奇是中国共产党最早入党的57名党员之一，在整整半个世纪里，他为党的事业出生入死一往直前，呕心沥血鞠躬尽瘁。然而，就是这位新中国的老主席，在“文革”年代，却被子虚乌有的“罪名”迫害致死……好在历史是人民书写的：祸国殃民的“四人帮”被彻底粉碎了，共和国历史上的最大冤案已平反昭雪了——人民领袖刘少奇，中华儿女将永远爱戴他，永远怀念他！

（2000年5月）

彭德怀故居参观记

距湘潭县城西南40公里处的乌石镇，有个寨子名叫彭家围子，这就是新中国开国元勋彭德怀的故乡。

中华人民共和国开国元勋、国内外享有盛名的无产阶级革命家、政治家和军事家彭德怀，1898年10月24日（农历九月初十）出生在湘潭县乌石镇彭家围子一个贫苦农民家里。他6岁进私塾读书，母亲病故时他还是一个不满8岁的孩子，患哮喘病的父亲经不起这一打击，从此卧床不起，一个靠勤劳节俭勉强度日的八口之家，逼迫将家里几亩薄土山林典卖后即完全断了生计，彭德怀不满1岁的小弟弟被饿死，祖母只好领着在寒冬腊月仍光着脚的3个孙子外出讨饭。讨饭时，因为生性倔强的彭德怀不愿低声下气说吉祥话，往往讨不到东西吃，就又去给别人家放牛、打短工，协助可怜的老祖母挑起一家人的生活重担。13岁时，彭德怀就去煤窑当了童工，15岁时又到洞庭湖边当堤工，过早就踏上了艰难困苦的人生道路。

由于生活所迫，1916年，不满18岁的彭德怀投入湘军当兵，在军中结识了许多士兵朋友，他与黄公略等志同道合者秘密组织了“救贫会”；1922年，彭德怀考入湖南陆军讲武堂，毕业后历任湘军连长、营长，北伐战争中，因为屡立奇功，彭德怀当上了代理团长；1926年，在攻打武昌时，彭德怀认识了共产党人段德昌，随即加入了中国共产党，并于同年7月25日领导了著名的平江起义，担任了红五军军长；1935年8月，在中央红军突破敌人的最后封锁线到达吴起镇，刚一停脚，敌人有5个骑兵师便追了上来，遵照毛主席“打退追敌，不要把敌人带进根据地”的指示，担任北上抗日先遣队（即陕甘支队）司令员的彭德怀，在极其艰难的情况下指挥打胜了红军长征的最后一战——吴起镇之战，保证中央红军安全进入了陕北根据地。毛主席特赋诗称赞彭德怀：“山高路险沟深，大军纵横驰奔；谁敢横刀立马，唯我彭大将军。”1937年，彭德怀担任了八路军副总司令；1940年，彭德怀发动和指挥了震惊中外的“百团大战”；1945年6月19日，彭德怀在党的七届一中全会选为中共中央政治局委员；1950年10月，彭德怀担任了中国人民志愿军司令员兼政委，赴朝直接指挥抗美援朝战争；1954年，彭德怀担任了国务院副总理、国防部长、国防委员会副主席；1955年，彭德怀被授予中华人民共和国元帅；1956年9月28日，彭德怀在党的八届一中全会上再次当选为中共中央政治局委员，成了中国共产党的第一代领导集体成员之一。

从宁乡县花明楼的刘少奇故居乘坐旅游车往南走，至湘潭县乌石镇汽车站下车，往西南经过乌石镇旅游商品市场、乌石镇学校，就到了彭德怀故居。

彭德怀故居是一栋普普通通的江南乡村民居，土墙环绕，竹木掩映，平凡而宁静。那绝壁耸峙、翠色如云的乌石峰，是彭德怀童年打柴的地方，乌石峰下就是彭德怀故居——彭家围子，山坡上，野草半掩着一座孤坟，那里安葬着彭德怀的母亲。坟地上，长着一株青翠的苦槠树，老树被砍掉了，新树又从旁边长了出来，这株苦槠树是儿时的彭德怀为了悼念母亲栽下的，他不栽柏、不栽松，偏偏栽了一棵苦槠树，人们说：“这是苦娘苦伢栽苦树，悼娘还悼受苦人啊！”

彭德怀出生时，家里一贫如洗，原来的房子实际上是在半山搭起的几间茅草房，低矮、潮湿、阴暗。现在的故居，坐西北朝东南，是平江起义前彭德怀用湘军发给自己的薪水，委托胞弟彭金华、彭荣华动工建成的。故居为砖木结构，粉墙青瓦，占地面积2400多平方米，主体建筑面积350平方米，外筑围墙，是一栋具有江南特色的普通农舍，1983年8月1日公布为湖南省重点文物保护单位，并正式对外开放。故居陈列着60多幅图片、50多件文献资料。故居的堂屋悬挂着邓小平题写的“彭德怀故居”五字匾额，堂屋正中悬挂着彭德怀着元帅服的巨幅彩照，两侧粉墙上陈列着彭德怀元帅生平的主要活动年表，东正屋是彭德怀元帅在新中国成立后两次回故乡时的住室；东横堂屋悬挂彭德怀弟弟彭金华、彭荣华和弟媳周淑身、龙国英的遗照和生平简介。

自建成后的半个多世纪中，彭德怀故居几经沧桑。当年彭德怀领导平江起义上了井冈山，房子即被杀人不眨眼的湖南军阀何健下令没收后贴上了封条；弟弟、弟媳们流离失所后偷偷跑回来，在后墙上打洞又暗中住了进去。1937年8月，任八路军副总司令的彭德怀写信给弟弟彭金华，让他到延安抗大学习，1938年党组织又派遣彭金华回到家乡开展地下斗争。彭金华回到家乡后，发展自己的妻子周淑身、弟弟彭荣华和弟媳龙国英先后加入了共产党，并成立了彭家围子地下党支部，彭德怀故居随即成了中共地下党组织的主要活动场所。1940年10月4日深夜，湘军将彭家围子团团围住，然后朝屋里乱枪扫射，彭荣华当场被敌人打死，彭金华被敌人抓走，七天后也被秘密杀害。彭金华、彭荣华被敌人杀害后，遗体就安葬在彭德怀故居屋后的山坡上，后来任共和国副主席的王震为其亲笔题写了墓碑。1958年和1961年，彭德怀先后两次回到故乡调查研究，就在这故居里住过40多天，写出了具有历史重要意义的调查报告。

在彭德怀故居陈列室，陈列着彭德怀元帅1959年7月14日在庐山会议时写的“万言书”，以及他于1958年和1961年两次回故乡做调查研究时所写的材料。为了深入了解和调查研究农民生产、生活情况，彭德怀于1958年回到故乡彭家围子，走访乡亲倾听意见，召开社、队干部座谈会了解群众呼声，他从实际情况得出结论：当时发动的“大跃进”和“公社化”运动产生了高指标、瞎指挥、浮夸风和“共产风”为主要标志的“左”的错误，使国家和人民遭受到重大损失，具体陈述了他对1958年以来“大跃进”“公共食堂”等“左”倾错误及经验教训；1961年，党中央安排彭德怀第二次回到家乡乌石镇彭家围子后，他在故居住了30多天，先后调查了三个地区、七个公社的十多个大队和几十个小队，写出了4份调查报告，实事求是地向党中央反映了当时农村的真实情况，他语重心长地说：“我这个人，拿共产党员十条标准来衡量做得很不够，但有一条我做到了，就是敢讲真话，实事求是。”当他看到乡亲们在经历三年困难时期后仍然过着吃不饱肚子的苦日子，便对生产队的同志说：“从今年起，我坚持每年回生产队参加劳动10天，如果不能回来，就投资100元给队上使用。”此后，彭德怀从1961年开始，每年都给队上汇款100元，直到“文革”才终止。1979年，彭德怀夫人浦安修遵照他的遗愿，将中断了10年的1000元补交给了生产队，此外，浦安修还从彭德怀平反昭雪后补发的工资中拿出1万元，送给彭德怀同志曾亲笔题写过校名的“乌石学校”修建校舍。

1998年，在彭德怀元帅100周年诞辰之际，为了缅怀他的丰功伟绩，弘扬他的革命精神，人民政府在故居东南侧的卧虎山上塑建了一座彭德怀铜像。铜像高5.1米，连基座高达8.1米，“彭德怀同志”五个大字由中共中央总书记、国家主席、中央军委主席江泽民题写，巍巍矗立的彭德怀铜像背靠乌石峰，面前是田畴，身穿元帅服的彭德怀双手背后，昂首挺胸，朴实凝重，生动、艺术地再现了他生前坚毅、果断、刚正不阿的人格气质和运筹帷幄、决胜千里的威武雄姿，体现了“谁敢横刀立马，唯我彭大将军”的大将风范。

铜像西南侧是彭德怀纪念馆。纪念馆依山而建，坐落在树木葱茏的乌石峰麓，建成于1998年彭德怀诞辰百年前夕，馆名由中共中央总书记、国家主席、中央军委主席江泽民亲笔题写。纪念馆采用中国传统庭院式布局，围绕序厅疏密有致地设立了四大展厅、八大展室，总面积3100平方米，馆内陈列着700件珍贵文物、历史照片及艺术展品，分为“立志救贫，投身革命”、“战果卓越的军事家”“鞠躬尽瘁的人民公仆”“人民心中的丰碑”4个部分、20个章节，并采用声、电、光等科技手段，真实、具体地展现了彭德怀伟大、光辉、战斗的一生。

纪念馆正西是彭德怀墓，彭德怀墓西是彭德怀亭，彭德怀亭的西南两面是乌石峰、寨门山、元帅岭、烽火哨、射箭场、陆军军营、乌石镇遗址、志愿军兵器展览馆，东南面是民族村、桃花园和乌石镇宾馆。

彭德怀元帅是一个从穷乡僻壤走出来的不同寻常的凡人，贫穷、困苦、受欺的下层生活是他降临到这个世界后感受最早的人生体验。也许正是这样刻骨铭心的人生体验，使他由一个沿街乞讨的叫花子，一个富人家的放牛娃，一个受人剥削的煤矿工，一个旧式军队的普通一兵，一步步走向了红军，走向了共产党，走向了披肝沥胆、为民尽瘁的领袖行列。

在1959年7月2日至8月1日召开的“庐山会议”期间，彭德怀元帅不为形势所动，他正气凛然，坚持真理，据理力争为民请愿，与“左”倾冒进主义进行坚决的斗争，充分显示了他光明磊落的博大胸怀。尽管受到了不公正待遇，但他仍一身正气，无所畏惧，坚信“是非曲直由人断，事久自然明”!

1966年，“文化大革命”开始后，在江青的亲自指使下，彭德怀元帅被“造反派”从成都揪回北京批斗。在此后的8年时间里，他被戴上“里通外国”“三反分子”等大帽子，失去了人身自由，长期被关押在没有阳光、不许亲人陪伴的单身囚室里。1970年9月17日，“彭德怀专案组”在所谓《关于反党头目、里通外国分子彭德怀罪行的审查综合报告》这样写道：“彭德怀一贯反党反毛主席，里通外国，罪行累累……我们建议：撤销彭德怀党内外一切职务，永远开除党籍，判处无期徒刑，终身剥夺公民权利。”1973年4月25日，当“专案组”批准给彭德怀做直肠腺癌手术时，他对劝说他同意做手术的侄女彭梅魁说：“我知道上了手术台，可能就下不来了。不把我的话说出来，我是不做什么手术的，我留着这条命，就是要尽到我这个共产党员的责任！”

惨无人道的野蛮批斗，他的头被打破，脸被打青，两根肋骨被打断，肺叶受到严重踢伤，数次都被打得昏死在地……即使在如此折磨下，彭德怀元帅仍然坚信说：“我相信我们这个党不会总是这个样的！”丧心病狂的肉体摧残，无休无止的政治迫害，使他于1974年11月29日含冤离世。在彭德怀元帅被迫害致死后，“四人帮”又下令将他在关押期间阅读并做过批注的62本书统统烧毁，不准他的字迹存留人间，就连他的遗体骨灰也改名为“王川”后背着亲属移往成都。祸国殃民的林彪、江青反党集团不仅剥夺了彭德怀元帅的生存权，也剥夺了彭德怀元帅逝后的安息权，其手段真是惨绝人寰、无以复加。

1978年12月，中共十一届三中全会为彭德怀元帅平反昭雪，12月24日，党中央在北京为彭德怀元帅举行追悼大会，彻底推翻了强加给彭德怀元帅的种种莫须有“罪名”，全面恢复了彭德怀元帅的名誉。

彭德怀同志是伟大的共产主义战士，是中华民族的英雄，是中国现代革命史上深受人民爱戴的革命家、军事家。他为人民立下的赫赫战功，他传奇式的革命生涯，为我们中华民族的历史增添了光辉。他对敌人的雷霆之威，对党的赤子之忱，政治上的松柏之节，生活上的冰雪之操，作风上的朴实无华，都深深地铭记在全国各族人民的心田里，中华民族会永远敬重他、怀念他！

（2000年5月）

水族之乡过“端节”

早在数月之前，贵州省三都水族自治县中和镇镇长韦族琼便邀我去水族之乡过端节。趁着国庆节放长假，我便来到了誉为祖国“水族之乡”的三都水族自治县。

我是1999年9月底在北京出席国务院第三次全国民族团结进步表彰大会时认识韦族琼的，时任三都水族自治县中和镇镇长的韦族琼同我一起以“全国民族团结进步模范”身份到北京出席表彰会，我俩都是住在京西宾馆东楼，又是在一起参加会议活动，彼此熟悉后，韦族琼就介绍说水族的端节同汉族的春节一样，是水族一年中最隆重、最盛大的传统节日，并盛情邀我去三都过端节。这样，我就决定了这次“水族之乡”的游览之行。

水族是我国56个民族中人口不足50万的少数民族之一。在总人口只有40多万的水族同胞中，除了20多万人散居在贵州东南同广西西北交界区域的凯里、都匀、独山、黎平、榕江、三江等市县外，另19万多人都集聚在贵州省黔南布依族苗族自治州的三都水族自治县。虽然人口总数少，但水族有本民族的文字和历法，民风淳朴，贤达辈出，当年为中国共产党第一次全国代表大会13名代表之一的邓恩铭，就是从黔南州荔波县一个小山寨走出来的水族青年；古往今来，水族妇女手中那一件件精美绝伦、巧夺天工的“马尾绣”，更是驰名中外的手工艺术品。

三都水族自治县位居贵州与广西的交界处，是贵州通往广西的交通枢纽，这里山清水秀、风光壮美，层层叠叠的梯田，依山傍水而建的房舍，恰如一幅幅风景秀丽、生机勃勃的水彩画。这里气候温润，物产富饶，森林茂密，不仅种植水稻、小麦、油菜和烤烟，而且盛产竹笋、香菇、木耳、药材和水果，如今的三都水族自治县，已成了贵州高原上的鱼米瓜果之乡，难怪水族把自己的家乡比作“像凤凰羽毛一样美丽”的地方，实地看来确实毫不夸张。一见面，中和镇的青年女镇长韦族琼如数家珍般介绍说：中和镇共有11个行政村、70个自然村，全镇10360多人全部为水族，现在全镇家家户户已都通了电，镇上的产业经济主要是农副业，由于土壤和气候原因，中和镇种植的辣椒辣中带酸，味道独特，在贵阳等市场供不应求，各村已纷纷建起了辣椒生产基地，扩大了辣椒种植面积，农民收入已有了大幅度提高。

女镇长韦族琼1995年从黔南民族行政管理学校毕业后，先是在距离三都县城最近的一个乡当秘书，1997年，25岁的韦族琼担任了该乡的党委副书记，同年11月，她又到中和镇当镇长。这位年轻的水族女镇长，言谈举止落落大方，干起工作有板有眼、有始有终，浑身总有使不完的劲，得到全镇群众交口称赞，如此年轻就被国务院授予“全国民族团结进步模范”。见大家异口同声赞扬自己，韦族琼谦和地说：“中和镇有1万多人口，有专职干部40多名，我当镇长的不为群众着想，不因工作‘掉肉’，就对不起全镇的老百姓!”

因为是第一次到“水族之乡”游览观光，我便重点探访了解水族的传统风俗和民族习惯——

在过去的水族人家，事无大小都要看水历，不仅盖房子、娶媳妇要找“水书”先生占卜打卦，即使有猪有牛生了病，也要让“水书”先生算一算，人们从生活到生产，方方面面无不受“水书”所影响。尽管“水书”只有800多个单字，却已传承了800多年的荏苒岁月。“水书”先生韦国桥这样注释说：“‘水书’记载着水族的民族史，记载着水族的文化史，是水族独有的智慧和信仰。如今的水族人都过上了文明富裕的新生活，曾经与水族形影相随、共生共荣的‘水书’，早已没有了它的作用和市场，留给人们的只是一种记忆和感慨。”

从服饰打扮上来说，水族男女一般都穿青、蓝两色的衣服，男子喜欢用青布包头，老人还保留着穿长衫的习惯；妇女平素多穿蓝色无领的大襟半长衫，青布长裤，衣裤上都绣有各色花边，腰上系一条青色绿花围腰，脚穿绣花鞋，将长发梳成一把斜盘在头上，但在节庆的时候，妇女们都要穿上裙子，并佩戴各式耳环、手镯、项圈等银饰。大概是要过端节了，镇政府的领头人韦族琼就身穿红衬衣，配着黑裙子，显得既漂亮又干练，从这位一镇之长的气质上，完全可以欣赏到水族妇女的神采和风貌。

水族人热情好客，待客方式独特别致，把用鱼和酒招待宾客作为最高礼仪，其“待客宰活鱼、喝‘团团酒’”的传统风俗更让人终生难忘——

水族人有句俗话叫“无鱼不成年”。每过节日，水族人家餐桌上不能摆猪肉，但是家家户户的菜肴中都少不了鱼，先将鱼剖腹洗净后，再将辣椒、生姜、大蒜和韭菜等塞入腹中，做成美味可口的“鱼包菜”让大家吃。虽然按照水族的习俗，过端节的第一顿饭是吃素，然而吃鱼却是例外。其中有个缘由：据说水族的祖先原来生活在广东沿海地区，素有常食鱼虾的饮食习惯，后来他们虽然北迁到贵州高原，却仍然保留了这一饮食习惯，以表示对祖先的纪念。在水族人家，当宾客来临后，主人先是以酒、肉款待，在大家吃得高兴之时，主人便离开座席，到自家的鱼塘去捉鱼，然后提着活蹦乱跳的大活鱼走进屋，当着宾客的面将活鱼宰杀，收拾干净并当众烹调。等香味扑鼻的鲜鱼做好后，主人又是劝吃，又是劝酒，宾主兴致勃勃，其乐融融，席间气氛显得既热烈喜庆，又亲切欢快。

水族人家待客，喝“团团酒”的风俗颇为独特。宴席上，宾客和主人每人面前都摆着一个大酒碗，酒过三巡之后，便开始喝“团团酒”。在座的宾客和主人连成一圆圈，每人面前的酒碗里都斟满了自家酿制的九阡酒，宾客和主人双手在胸前交叉，右手端起自己的酒碗让左边的人喝，左手则接过右边宾客递过来的酒碗自己喝，当众人同声齐喊“秀！秀!”（水族语，即“干杯！干杯”）后，碗里的九阡酒就要一饮而尽。这一风俗，表示大家团结友好和亲密无间。

三都水族自治县共有29、6万人口，其中水族人口占全县总人口的比例高达64、2%。尽管三都的水族也过汉族的春节、清明节、端午节和中秋节，但过端节这一本民族的传统节日更隆重、更喜庆和更热闹。

在水族历法中，一年虽然也是12个月，也分春夏秋冬四个季节，但水族以农历九月开始为岁首。因此，按照水族的历法和习俗，每年从水历12月的第一个亥日起到水历第二年的二月上旬，也就是每年农历八月下旬至十月上旬期间的“七七四十九天”内，都是水族一年中最隆重的端节。每逢亥日，水族聚居的各村寨就会轮流过端节。水族以过端节来辞旧迎新的习俗，其起因是这样流传下来的：传说中在过去的水族村寨，为了维持生计，各家的男劳力往往都要外出打工挣钱，彼此之间很少见面，只有在水稻成熟的收获季节，才能回家团聚在一起喜庆丰收，慢慢就把这一团聚的日子叫端节。

端节期间，村村寨寨彩旗飘扬，家家户户张灯结彩。端节的上午，成年人都要挨家挨户去贺节日、吃年酒。每到一家，主人就拿出自己酿造的九阡酒和鱼肉等好酒珍肴热情招待，大家在“秀！秀！”的欢呼声中尽情痛饮。在此同时，热情招待客人饮酒吃肉的主人，还要挨个招呼跟大人一起来拜年的孩子们，将水果糖、鱼干肉、鲜果品一把又一把递到孩子们手上。按照当地的风俗习惯，谁家给孩子们的礼品多，谁家就更光彩、更有面子，也预示着来年的吉祥如意和幸福安康。

三都水族人自酿的九阡酒，色呈棕黄，味纯微甘，香气浓郁，饮之沁人心脾，是水族人待客的佳酿珍品。此酒以糯米为主要原料，用当地采集的草本、木本药物制成的酒曲发酵酿制而成，已有数百年的酿制史。九阡酒越陈越好喝，祖祖辈辈聚居在三都的水族同胞，很多人家都是一生孩子就开始酿制九阡酒，然后窖藏起来，直到孩子长大结婚时打开饮用；还有的人家在酿酒人去世后才开缸。

赛马是水族过端节的又一项重要内容。节日的下午，穿着青、蓝两色节日盛装的男女老少，从四面八方来到“端坡”。端坡又叫年坡，是在村外的一处开阔而平坦的田地设立的。大家随着铜鼓声和芦笙声的节奏，跳起水族传统的铜鼓舞、斗角舞，以此欢庆丰收，纪念祖先，预祝来年六畜兴旺、五谷丰登。敲铜鼓是水族同胞欢度端节的一项重要文娱活动。这种古老的乐器由青铜铸而成，呈筒状，直径约60厘米，中空无底，鼓面铸有精美的图案花纹。铜鼓高悬于房梁之上，由两人合敲。隆重、盛大的端节欢庆活动，就是在节奏优美、低沉而高亢的铜鼓声中开始的——

铜鼓舞、斗角舞之后，就是激人心魄的赛马比赛。赛马比赛也是在端坡上进行，人们扶老携幼拥挤在端坡，端坡四围坡上坡下人山人海，使赛马现场热闹非凡。赛马比赛一拉开序幕，只听一声号令，英武的骑手们即策马扬鞭，在人们的欢呼声中朝着坡顶飞奔，优秀的骑手把一批批对手淘汰掉，当他夺得冠军后，人和马都被披上了大红花，威风凛凛围绕人群遛一圈后才走出端坡。这时候的赛马冠军，不仅骑手成了英雄而受到人们的分外尊重，就连夺得冠军的坐骑也是身价倍增，令人仰慕。

从古至今，水族青年都热衷于参加赶端坡活动。因为这正是青年男女谈情说爱、选择伴侣的好机会。据说每年都有不少水族青年就是在赶端坡时相识、相爱而结为夫妻的。

说起水族的婚俗，流行最普遍的是“新郎不迎亲，新娘徒步行”。水族的婚俗与其他民族不同，青年男女在结婚时，新郎是不去女家迎亲的，只由男家请几位未婚的男女青年代表新郎家去女家迎亲。新娘一不坐轿，二不骑马，由自己打着雨伞步行到男家。新娘在结婚的当天或次日要回到娘家去，然后再由男家接回婆家来。新中国成立前，水族对妇女限制较多，尤其是出现婚姻解体时，如果离婚是由女方提出的，女方就得补还男方结婚时的全部开销，但是，水族的寡妇可以改嫁，也可以招婿上门，寡妇再嫁也可以带走自己的全部财物。据说以前水族青年男女的恋爱结婚比较自由，后来才演变成由父母包办，而且讲究门当户对，聘礼也很重。新中国成立后，随着《婚姻法》的宣传和实施，现在的水族青年男女已经打破了封建婚姻制度的束缚，大多数人都是经过自由恋爱后结为夫妻的，男女双方互尊互敬，地位平等，一旦因感情破裂要离婚，对女方也不再那么苛刻了。

要离开三都的那天早晨，赶来送行的女镇长韦族琼自信满满地对我说：“目前镇上的工业企业只有一座水电站和一个面粉厂，但在松寨村和拉旦村，有铅锌矿和无烟煤矿，州、县政府正在筹备开发这两大矿，已投资86万元建公路，待两矿建成投产后，中和镇乃至全县的经济就会翻上好几番；另外，中和镇境内的中和大瀑布，气势比黄果树瀑布还壮观，一旦开发成为对外开放的旅游风景区，那可是我们三都人想都不敢想的新景况！到那时候欢迎你再来三都做客！”

（2000年10月）

为民族团结鼓与呼

1999年9月，我被国务院授予“全国民族团结进步模范”后，于29日上午与627名来自全国各地56个民族的模范个人和626个模范集体代表出席国务院第三次全国民族团结进步表彰大会，在人民大会堂受到了江泽民、胡锦涛等党和国家领导人的亲切接见，并同60多位党和国家领导人一起合了影；10月1日上午，我又受“首都中华人民共和国成立50周年庆祝活动筹备委员会”邀请，在天安门城楼西观礼台观看盛大阅兵式和50万群众国庆大游行；晚上8时，我又在天安门城楼西侧观礼台观看了天安门广场的国庆文艺联欢晚会……身为《工人日报》的一名党员记者，那时刻、那情景，使我激情如潮，思绪似海，至今仍然激动不已，兴奋不已……

我所驻站工作的青海省，是孕育了中华民族母亲河长江和黄河的地方，区域面积达72万平方公里。作为“世界屋脊”青藏高原的组成部分，境内五分之四的地区海拔都在3000米以上，有60%的区域都是沙漠、戈壁和雪山，省内8个州、地、市，除西宁市和海东地区外，另6个均为民族自治州；全省550万人口中，少数民族占46.6%，在全国各省、市、区中，少数民族人口比例只低于西藏、新疆而居第三位。鉴于这种特殊情况，我每年都要到少数民族地区采访，向读者介绍少数民族地区在改革和建设中的发展变化，讴歌少数民族同胞在两个文明建设中的贡献和业绩。这些年来，为了深入少数民族地区采访，我登过“万山之父”昆仑山，上过“江河之母”唐古拉，进过“无人区”可可西里，闯过“生命禁区”各拉丹冬大冰川，从天山脚下的塔里木盆地，到云贵高原的基诺茶山，从莽莽苍苍的东北林区，到山清水秀的湘桂大地，我都曾留下过自己的足迹，过黄河、跨长江的次数，我自己已无法说清。

那是1991年8月，我首次赴深居青藏高原腹地的玉树藏族自治州采访，强忍着头昏脑涨、恶心呕吐等缺氧反映，经受了忍饥、挨渴和睡地铺的考验，采写了《“虫草”故乡话“虫草”》《拳拳之心系“国宝”》和《江河源头的“洛羊加毛”》等通讯；1992年7月，我得知国家对唐古拉山主脊区进行首次1：20万幅区域地质普查消息后，即自备了钢丝床、雨鞋、蜡烛和手电，背上被褥、棉大衣和方便面，跟随青海地矿局唐古拉主脊分队到唐古拉山主脊区采访。虽然时值盛夏季节，可眼前海拔5800多米的唐古拉山依然是绵绵雪峰，河里的水仍结着厚厚的冰。由于空气中的含氧量还不足海平面的一半，这使我成天头疼如裂，双眼鼓胀，鼻子流血，心脏像被往外掏，走路时脚下像踩了棉花，身子总是不由已地往下倒。就在这四周尽是冰川雪峰的长江源头，我不顾高山缺氧的无情折磨，坚持采访了长年生活在这里的军人、气象员和养路工，写出了《唐古拉主脊区1：20万幅区域地质调查结束：“生命禁区”被揭开神秘面纱》这一“独家新闻”在《工人日报》头版刊出，接着又写了《雪莲盛开五道梁》《唐古拉之恋》《江源首镇处处春》《祖国在他们心中》《丹心熔铸的丰碑》《无人区里藏汉情》等10篇《来自“生命禁区”的报道》，其中《丹心熔铸的丰碑》还获得了1992年度“青海新闻奖”二等奖。对我这次采访，《青海地质报》以《终生难忘这样的好记者》为题予以报道，青海省委副书记桑结加在与中央驻青记者座谈时，还表扬我说：“景辉能主动去那地方采访，真了不起！”

在少数民族地区从事新闻工作，最基本的一条，就是对少数民族同胞要有同荣辱，共苦乐的感情，要热情反映他们的呼声与愿望。1996年2月至12月，在玉树藏族自治州发生历史上罕见的大雪灾和《工人日报》“新闻扶贫”活动期间，我先后两次去距西宁1000多公里的玉树、治多和曲麻莱等县采访。在茫茫雪原上，我忍饥受冻深入重灾区采访，饱尝了艰辛，吃尽了苦头，先后采写了《民族亲情重于山》《雪原信使》《结隆行》《雪道上的县长》《走进暴风雪》等20多篇消息和通讯，从人们生活、社会发展等多方面向读者介绍了祖国“江河源头”各族同胞在党的领导下，克服重重困难，齐心协力建设家园的精神风貌，受到玉树州委和州政府的通报表扬。如今，在驻地青海，无论是全国唯一的互助土族自治县、循化撒拉族自治县，还是发源了长江、黄河的治多县、曲麻莱县，都已成了我从事新闻采访的“根据地”。我也在少数民族牧工、司机、气象员、教师、医生和乡长、县长、州长中结识了不少新朋友。在我采访的少数民族同胞中，荣获全国劳动模范、全国“五一劳动奖章”等称号者达30多名，仅被国务院授予“全国民族团结进步模范”的个人中，我先后采访过的有：青海互助土族自治县县长宋玉龙（土族）、青海循化撒拉族自治县县长韩尚文（撒拉族）、青海民和回族自治县县长冶兆忠（回族）、青海海北藏族自治州州长克保（藏族）、甘肃东乡族自治县县长赵维国（东乡族）、甘肃肃南裕固族自治县县长安永红（裕固族）、湖南麻阳苗族自治县县长陈健（苗族）、湖南花垣县县长刘昌刚（苗族）、湖南怀化市常务副市长刘宗林（侗族）、广西柳城县委书记魏开翔（布依族）、广西大化瑶族自治县县长蓝华兴（瑶族）、广西河池地区行署专员莫振汉（壮族）、贵州三都水族自治县中和镇镇长韦族琼（水族）、贵州凯里市副市长张卫（侗族）、贵州德江县政协主席杨泽芳（土家族）、贵州盘江县县长杨兴光（白族）、贵州道真仡佬族自治县县长雷甘霖（仡佬族）、云南西双版纳傣族自治州政协副主席朱树先（基诺族）、云南德宏傣族景颇族自治州州长管国忠（景颇族）、云南丽江地区行署专员和段琪（纳西族）、云南澜沧拉祜族自治县妇联主席罗萍（拉祜族）、云南保山市民政侨务局副局长姚自生（德昂族）、云南德宏傣族景颇族自治州人大常委会主任麻端（景颇族）、云南泸水县县长朱文勇（傈僳族）、中国社会科学院少数民族文学研究所副所长白庚胜（纳西族）、四川冕宁县县长祝春秀（彝族）……在少数民族地区采访后写出的《“花儿”唱的是土族人的心》《洒向草原都是爱》《让更多的人喜爱“花儿”》《大家称她“牙克西”》《“虫草”故乡说“虫草”》《拳拳之心系“国宝”》《太阳灶喜居撒拉家》《土乡巨变》《唐古拉之恋》等纪实性散文，先后都辑入我已出版的《野采集》和《大地情》两书。

尽管少数民族聚居地区生存环境艰苦，经济基础薄弱，文化教育落后，但当你深入到少数民族地区采访，少数民族同胞对祖国的无限热爱、追求美好生活的毅力、同各种艰难困苦做斗争的勇气和智慧，会时时感动我、激励我，使我觉得不把他们的生活和精神写出来，就是失职，就是麻木，就对不起我所采访过的人——

那是1996年12月，我到发源了长江和黄河的治多县和曲麻莱县采访，在那广袤的雪原上，我见到不少孩子是睡在结冰的帐篷地铺上，不少人脚上的胶鞋都露出了脚趾头。然而，当他们讲起自己的生存之难时，语气却平静得如同诉说别人的事，尽管他们自己的生活如此贫穷和艰辛，可他们对祖国的热爱是那么真诚和炽烈：为了给国家交售肉牛和肉羊，家家都要赶着牛羊在冰天雪地走20多天路。就是这样善良，纯朴的藏胞们，使我的心灵得到淬炼，精神得到升华，一种无法抑制的激情使我写出了《玛多行》《情系巴颜喀拉山》和《索南达杰身后事》等稿刊发在《工人日报》头版《来自“江河源头”的报道》专栏上。

到少数民族地区采访，不是去开眼界，不能去猎奇，而是要诚心诚意地去了解他们，熟悉他们，要从心里关注少数民族同胞的疾苦，关注少数民族地区的发展和进步。

由于气候恶劣、交通不便，加之居住分散、信息闭塞，在过去相当长的时期内，少数民族地区的文化、教育非常落后，缺医少药现象十分普遍。20世纪90年代，我到一些少数民族地区采访时，身为新闻记者，虽然没有回天之力解决少数民族同胞的生活之难，但在感情上却与他们相融相通，凡通过自己的努力能解决的问题，就尽力帮助他们解决，想方设法给他们办实事。1996年12月，我因参加“新闻扶贫”活动赴黄河源头的曲麻莱县玛多乡采访，当我在晚上10点多赶到仍然点酥油灯照明的乡政府后，乡党委的藏族书记活泼欣喜异常，亲自下厨做了两碗面片给我吃，然后又让正在开“三干会”的3名牧委会书记给我介绍情况：玛多乡地广人稀，全乡只有3个牧业村，平均3平方公里才有1个人，各牧业点牧民不要说去县城，就是到乡政府所在地，也要骑着马走上两三天，牧民群众的行路难、上学难、就医难尤为突出。谈至凌晨4点后，他们提出的最迫切要求：一是希望上级部门能给他们3个村各筹建1所寄宿小学，让全乡牧民的孩子们有学上；二是希望上级政府能给每个牧委会建立1所医务室，让各牧业点的牧民群众能就近治病。祖国幅员辽阔，经济发展千差万别，当有人纸醉金迷、挥金如土时，有人却为温饱问题而发愁。想到一些地方发疯般修建“贵族学校”，有的人就连切除阑尾炎也要去外国，我心情久久难以平静。返回西宁后，我即向省政府有关部门作反馈，省教育厅厅长高荣还主持召开民教处、普教处、财务处和办公室负责人参加的情况通报会，在听取了我的介绍后，当场决定一次性解决治多、曲麻莱等县牧民子女“上学难”问题。在得到省教育厅划拨的办学专款后，治多县教育局和曲麻莱县教育局都分别打电话感谢我，玉树州副州长索南拉加还带领州教育局的负责同志专赴西宁向我致谢。

俗话说“百闻不如一见”。身为记者，去少数民族地区采访，想要更好地关注当地少数民族同胞的生活和发展，反映他们的呼声和愿望，颂扬他们的精神和业绩，不仅要认真倾听他们的心声，了解他们的诉求，更要尊重他们的民族风俗和习惯，设身处地为他们做好事：

比如去少数民族地区采访时，不少少数民族同胞见我背着照相机，总会要求我给他们照张相，有的还要求要照“全家福”，看着他们男女老少喜气洋洋，一个个都穿上新衣服、戴上新首饰准备照相的情形，我每每都是一一满足他们的要求，待返回西宁自费洗出后，再将相片如数寄给他们，仅此一项，我每年都要花数百元；这些年来，我每去少数民族地区采访时，都要细心关注他们的疾苦、感触他们的脉搏、领悟他们的精神，我为被采访的少数民族同胞寻过医、捐过钱、送过物；替部分边远地区少数民族同胞子女的读书、就业托过关系、求过情；1996年初冬，玉树发生百年不遇的特大雪灾时，我在灾区采访期间曾多次目睹了藏族州长韩文录身先士卒，带病坚持在一线指挥全州抗雪救灾的感人情景，然而就是这位被灾区干部群众交口称赞的州长却受到不公平待遇，为此我特意替韩文录向省委书记尹克声鸣不平，尹克声在肯定了我的反映后说：“玉树雪灾发生时，我正在中央党校学习……组织上培养一名少数民族干部不容易，不能因为一时一事就否定。”就在省委书记尹克声的直接过问下，韩文录很快又走上了新的工作岗位。

大家知道，少数民族都有其独特的风土人情，与汉族有着不同的饮食、婚姻、嫁娶和丧葬习俗。这些风俗习惯的形成是相当复杂的，既体现了一个民族的特点，又反映了这个民族的共同心理和感情。身为少数民族地区记者，我便给自己定了一条规矩：凡到少数民族地区去采访，必须尊重少数民族同胞的风俗习惯，即使是“磕长头”，拜神佛等带有不少封建迷信色彩的习俗，也不能鄙夷、蔑视或说三道四，因为这些看起来是微不足道的小事情，往往轻则会伤害少数民族同胞的感情，重则还会引起民族矛盾。就因缘于这想法，我这个在黄土高原长大的汉族记者，尽管至今仍喝不惯酥油茶，吃不下生干肉，但不管走到哪个民族地区，我都能自觉尊重少数民族同胞的风俗和习惯。比如去土族人家，绝不数主人家的羊；去撒拉族人家，不与主人家的妇女开玩笑；到藏族人家，绝不随便摸孩子的头或动大人的帽子，更不随便打骂主人家的狗；到仡佬族人家，就要爱牛、敬牛，更忌讳说“宰牛”和“杀牛”之类的话；到了苗族人家，就不能说远古时黄帝诛杀蚩尤的事，尽量使自己融入少数民族同胞之中，让他们把我当自己的亲人或朋友，能敞开胸怀说心里话。

有一次，我坐农民的小手扶去十四世达赖喇嘛丹增嘉措家乡采访，发现达赖姑母拉木措（达赖父亲之胞姐）的儿子丹增荣若老是有意回避我，我见他患有气管炎，总是不停地咳嗽和吐痰，便给他介绍治这病的医院和偏方，还主动给他全家人都照了相，并同他一起坐在牛粪炉前吃烤土豆。当我们之间的感情距离缩小后，这位曾多次受到十四世达赖喇嘛“摸顶”，并同十四世达赖一起照过相的“还俗”僧人才拉开话匣和我聊起来。丹增荣若告诉我，因他比丹增嘉措大6岁，小时候经常带丹增嘉措一起玩，丹增嘉措被认定为十四世达赖喇嘛后，他也进入塔尔寺当了和尚，1958年宗教改革时才返家当了农民。这位声称“是毛主席给我娶了媳妇，使我过上了有妻有子好日子”的“还俗”僧人，以僧人的虔诚语气给我说：“达赖要回来，我能见到他，首先要劝他不要再去外国了。不管是谁，要分裂祖国，就会遭世人唾骂。”我这次采写的《探访达赖喇嘛故乡》在《工人日报》发表后，有好几家报刊都做了转载。记得我去黄河源头采访时，汽车在黄河源头的冰滩一停稳，陪同我采访的曲麻莱县政府办公室藏族主任多旦加和藏族司机秋美才仁即跪倒在地，面向黄河源头的冰滩磕头。想到这就是我们中华民族母亲河的“母亲”，我心里刹那间也涌起了一种特殊感情，禁不住也跪倒在雪地朝着黄河的“母亲”磕了头，接着，我又跟随多旦加和秋美才仁，冒着狂烈的寒风，以额头触碰的方式逐一朝拜了当地藏胞集资40多万元修建的黄河源纪念塔。多旦加老主任见我也同他们一样祭拜了黄河“母亲”，紧紧拉住我的手说：“凡是中国人，不管是哪个民族，对黄河的感情是一致的！”

要去少数民族地区采访，就得酸咸苦辣都要尝，不只吃不上饭、住不上店是常事，甚至还要冒遭车祸、得传染病、被风雪阻困和被藏狗咬伤等危险，由于气候和饮食等影响。我每次去少数民族地区采访，返回时总要掉10来斤肉，这些年里，我因长期在少数民族地区采访，无数次地挨过饿，忍过渴，喝过雪水，睡过地铺，手和脚多次被冻伤，双眼都得过雪盲症……尽管因此使我格外多吃了不少苦，多流了不少汗，但我把能去少数民族地区采访当成淬炼心灵、升华境界的最好机遇。在《工人日报》工作的20多年里，我所采访过的少数民族有水族、畲族、黎族、白族、傣族、土族、壮族、瑶族、侗族、布依族、土家族、朝鲜族、东乡族、保安族、景颇族、纳西族、哈尼族、维吾尔族、俄罗斯族等40多个。这既开阔了我的视野，也使我的记者生活更加富有和充实。在我采写的《今日撒拉街市》《江源赤子》《今日倒淌河》《丹心映昆仑》等数百篇专写少数民族同胞的作品中，《太阳灶喜居撒拉家》获"青海省科技好新闻奖"；《"酥油花"会闹新潮》获"青海省文化好新闻奖"；《大家称她"亚克西"》获"全国'百名优秀工会工作者'"征文奖；《凝聚力》获"全国'今日职工之家'"征文奖；《奔向一片新天地》获"全国'工会在改革洪流中'"征文奖；《一所特殊的医院》《为了那神秘广袤的土地》《神奇青海好去处》《"长江源头最高学府"增设环保课》等16篇作品获"青海省新闻奖"；《"女儿国"的情怀》获第三届"全国现场短新闻"奖。我本人继1997年1月被《工人日报》授予"贡献奖"，1998年2月被《工人日报》评为"'新闻扶贫'先进个人"，1999年9月被国务院授予"全国民族团结进步模范"之后，又于2000年12月被青海省委宣传部、青海省政府办公厅和青海省对外宣传办公室联合评为"对外宣传青海先进新闻工者"。

身为《工人日报》派驻少数民族地区的一名党员记者，我在新闻岗位上仅做了自己应该做的工作，但党和人民给了我这么大的荣誉，这使我从心里更坚定了一个信念：作为少数民族地区的新闻工作者，就要矢志不渝地为祖国各民族大团结鼓与呼！

（2001年10月）

（注：此文先后被《工人日报·记者通讯》《新闻三昧》《西海记者》和《青海工运》等杂志刊载）

畅游千岛湖

3月上旬，我来到了拥有79万人口、全年生产总值突破110亿元的浙江省东阳市横店镇开会。东阳市委常委、横店镇党委书记金福昌在介绍了横店镇“富甲天下”的镇情后，建议大家首先参观横店镇的工业城、影视城和名扬四海的义乌商贸城，然后再去看看千岛湖。就这样，我按东道主的举荐游览了千岛湖。

千岛湖位于浙江省淳安县与建德市交界的铜官镇。从地理位置上说，巍巍黄山就是千岛湖的西大门，当你游完黄山后，乘汽车到安徽歙县深度码头再改乘轮船可直达千岛湖镇，全程水陆行程只有三四个小时；千岛湖东距杭州仅有150公里，沿320国道两小时即可到达。我是从横店镇坐汽车往西行经金华市、兰溪市和建德市到的千岛湖。从千岛湖东南湖区的毛竹源旅游码头登上游船，沿新安江水电站大坝南侧的湖面向西行驶，即可饱览千岛湖的风光了——

伫立在游船甲板上凝目远眺，无边无垠的千岛湖水波渺渺，岛影绰绰，蓝天白云倒映水中，俨然一副美不胜收的风景画。一瞬间，我不禁想起了宋代大哲人朱熹留给我们的一首千古名句：“半亩方塘一鉴开，天光云影共徘徊。问渠那得清如许？为有源头活水来。”现在用这首名诗来形容千岛湖，真是再也恰当不过了。

千岛湖是新安江水电站大坝蓄水而成的人工湖，新安江自然便成了千岛湖的主要水源。清澈见底的新安江，曾经让“诗圣”李白万分惊讶地感叹道：“借问新安江，见底何如此？”当年新华社社长穆青游览千岛湖，将千岛湖赞誉为“天下第一秀水”。面积达982平方公里的千岛湖，在海拔高度为108米的拦河大坝内，蓄水量多达178亿立方米，湖水清澈碧绿，透明度在10米以上，每立方米的平均含沙量不足0.007千克。据国家环保总局监测，千岛湖属国家一类水体，为国内绝少未被污染的大面积水域之一。

1955年10月，电力工业部最终选定了新安江水电站大坝坝址；1956年6月，国务院将新安江水电站建设正式列入第一个五年计划；1957年4月，新安江水电站主体工程破土动工；1958年10月28日，国务院决定将新安江水电站库区的遂安县并入淳安县；1959年9月，新安江水电站开始蓄水；1960年4月，新安江水电站第一台机组发电。为了兴建新安江水电站，库区淹没了淳安县和遂安县的两座大县城、3座千年古镇、5座新兴农村商贸集散镇和1377个自然村庄，受淹桑地农田多达30余万亩，有29万城乡居民告别故乡而迁徙异地。听名字特显夸张的千岛湖，实有大小岛屿多达1078座，湖水下面还有“中国第一位女皇帝”陈硕真的作战处，有北宋末年农民起义首领方腊的起义遗址，有三元宰相商辂留下的历史遗迹，还有著名理学家朱熹的讲学处……这些深藏于浩瀚碧波之下的名胜和古迹，总会让来这里的人都思绪万千，遐思无限——

千岛湖库区曾是近30万人祖祖辈辈繁衍生息的地方，尽管他们孩提时代的田园村落全都沉在了碧波无垠的湖水里，但永远忘不掉的记忆和乡愁，使千岛湖成了很多人魂牵梦萦的地方，每年都会有不少人特意来到千岛湖“寻根问祖”。那些沉睡在湖底数十年的“故乡”如今安在？这已成了不少人都想解开的谜。据有关部门考察，确认水下古城均安然无恙。单说说沉入水底的贺城和狮城吧：沉睡在水下的贺城和狮城都是千年古镇，房屋大多是石、木、砖、瓦结构的楼房，粉墙青瓦，翘角飞檐，街巷井然，充分彰显着新安江的历史和文化。据说依山傍水的贺城，建有2.5公里的长街，街道全以清一色的茶园石板所铺成；位处千岛湖风景区茅头尖水域的狮城，距千岛湖镇40公里，是在城内建有东街、西街、北街和直街、横街的江南小镇，古镇四周的护卫墙竟高达7.8米。据2001年10月进行的水下考察，水下古镇狮城依然保存完好，潜入水底的考察人员还找到了古镇城门及城墙，甚至还探到了几处仍然屹立湖底水中的居民住房。

真是名不虚传，千岛湖的1078个岛屿，各有各的地貌，各有各的特色，地形不一、大小不同的岛屿一座连着一座，让人数不胜数、看不胜看！按地理位置以千岛湖镇为中心，在东南湖区有天池岛、密山岛、桂花岛、千岛湖石林；在西南湖区有孔雀园、三潭岛、还有包括数十座无名小岛的“界首群岛”；在西北湖区，有猴岛、鸟岛、锁岛、五龙岛、神龙岛、龙山岛、温馨岛、梅峰观岛……被誉为“华东第一石林”的千岛湖石林，面积达20平方公里，是一处发育奇特的石灰岩地貌景观，由蓝玉坪、西山坪和玳瑁岭3处石林组成，其面积之广、规模之大、景观之奇，在华东地区堪称一绝，整个石林集“怪石、悬崖、灵洞、古道”于一体，构成了“幽、迷、奇、险”四大特色景观。

三潭岛，是一处具有淳安浓郁民风民俗、集游客参与和动物生息相映成趣的景点，主要由山寨遗风区、娱乐参与区和特色餐饮区组成，有蛇园、鹿苑、野猪林、麻绣、水车、水上飞人……在这个岛上，可欣赏丰富多彩的民间舞蹈，体验世代相传的民风民俗，还可林中观珍、击鼓观湖、临水而渔，与动物嬉戏交流……

千岛湖的蜜山，是浙西黄金旅游线上的唯一一处湖中仙苑，岛上有神秘的蹬道，有吟诗亭，有摩崖滚钟，有佛手，有放生池，因传说中“三个和尚没水吃”的故事就发生在蜜山，后人就在这里修建了“三个和尚坐化坟”。山上的大雄宝殿巍然屹立，游人如织，善男信女络绎不绝，香火尤为旺盛，游人来到这里，还可以看看山上寺院和尚的“蜜山撞钟”。

在千岛湖的中心湖区，建有孔雀园、鸵鸟乐园、真趣园……位处中心湖区的龙山岛，坐落着气势恢宏的海瑞祠。海瑞祠飞檐翘角，雕梁画栋，典雅古朴，集淳安民间木雕、砖雕和石雕于一体，为淳安县民间建筑的典型精品。祠内还有各类诗碑20多块，并兴建了很有地方文化特色的石峡书院、半亩方塘景观，在山顶还保存有南宋的大铁钟。

千岛湖的土特产品种丰富，旅游商品众多，堪称是“大自然特色的购物天堂”——产于千岛湖的青溪龙砚，历史久远，深受国内外游客的普遍喜爱，多年都远销到东南亚及西欧数十个国家和地区；千岛湖的野生鱼干，有1斤袋装的小鱼干，也有1米多长的大鱼干，这些或淡或咸的鱼干，用以烹饪鱼干煲五味俱佳，鲜美可口；产于千岛湖的高山绿茶、鸠坑毛尖、千岛玉叶、秀水银针都是茶中极品；千岛湖的山核桃饱含蛋白质、维生素、氨基酸和多种矿物质，营养价值极为丰富，产量竟占全国山核桃总产量的40%。此外，千岛湖的猕猴桃、蕨菜干、甜玉米、野生葛粉、金丝蜜枣、天坪石笋干、茶园豆腐干、塘村辣椒酱、千岛湖贡鱼等数十种土特产，均是名扬四海的地方珍肴。

位于千岛湖旅游码头的野娇娇绿色食品城，是眼下千岛湖规模最大、品种最多的旅游购物商场，曾荣获淳安县技术监督局颁发的“购物放心店”称号。食品城销售的商品汇聚了千岛湖的茶叶、干果、干菜及有百种之多的千岛湖淡水鱼干等土特产食品，商场还有各种千岛湖工艺品、旅游纪念品，另外商场还推出了“千岛湖一绝”“千岛湖二珍”“千岛湖三宝”等系列产品。

作为浙江省一处得天独厚的淡水鱼养殖基地，千岛湖中有鱼类多达87种；相当于3000多个西湖蓄水量的优质天然湖水，成了当地数百万人生活和工农业用水的宝贵资源，经过精心加工而成的农夫山泉矿泉水，已成了饮用水市场的新“宠儿”，常年四季都畅销天南和海北，被誉为饮用水市场的“商业帝国”。

说起千岛湖的农夫山泉矿泉水，还有一段充满传奇和令人仰慕的故事呢——

把农夫山泉做大做强的传奇式人物名叫钟睒睒。钟睒睒1954年出生于浙江诸暨，父母都是地地道道的知识分子。但在钟睒睒还未上学的时候父母亲都被戴上了“右派”帽子，只读到小学五年级就因为父母亲的“右派”帽子而被迫辍学的钟睒睒学习做瓦匠、当木工。1977年恢复高考后，坚持自学的钟睒睒参加了两次高考，每次都因为只差20多分上不了榜，只好听从父亲的建议读电大，毕业后他被分派到《浙江日报》农村部当记者。从事新闻工作的几年间，钟睒睒即跑遍了全省80多个县，专访农民企业家400多人。记者职业让钟睒睒开阔了眼界，升华了志向，于1987年“停薪留职”闯海南，1998年又重返浙江，利用在海南淘得的“第一桶金”创办了农夫山泉有限公司，以“我们不生产水，只当农夫山泉的搬运工”和“农夫山泉，有点甜”这两句家喻户晓的广告语，让农夫山泉矿泉水声名鹊起，市场占有率迅速上升为全国饮料商品的第三位，与娃哈哈、乐百氏形成三足鼎立局面，年营收高达50多亿元，走红市场的农夫山泉矿泉水，又为名声远播的千岛湖增添了亮点和光彩！

由于位处浙江和安徽两个旅游大省的接壤区，千岛湖有着得天独厚的旅游业资源优势。在千岛湖，除了已开设的千岛湖新景一日游、千岛湖新景二日游、千岛湖新景—桐庐二日游、千岛湖新景—杭州—桐庐三日游等旅游线路外，还开辟了千岛湖延向四围名胜区的千岛湖—南京—苏北、千岛湖—上海—苏南、千岛湖—温州—浙南，千岛湖—安徽、福建、江西、广西、广东、湖南、湖北、四川、陕西、山东、河南及海外等地的旅游线路，成了人们纷至沓来的一处旅游观光热点风景区。集吃、住、游、娱为一体的温馨岛度假村，依山傍水，空气清新，环境幽雅，盛开的鲜花和那些别有风味的亭台、水榭、木屋、竹楼，时时处处都让人感到生机盎然、异趣横生。这里的“水上大世界”更是让人大开眼界的好去处：水上降落伞、飞天蹦极、水上摩托车、水上自行车等惊险项目，会让你眼花缭乱又惊心动魄。

据介绍，为了发展和壮大千岛湖的旅游业，今日的千岛湖拥有中、高档旅游船70多艘，游览摩托艇170余艘，可同时为7000多名游客提供游览服务，不论春夏或秋冬，游客的日接待量都超过了1万人次，年接待游客量达400多万人次。

眼下的千岛湖，已成了名扬四海的四A级旅游观光风景区。那沁人心脾的湖水，那令人陶醉的岛屿，加之神奇美妙的传说故事和博大精深的新安江文化，真让人流连，更让人神往！

（2002年3月）

蒋氏故居的变迁

3月中旬，我参加了在杭州召开的业务工作会议后，又特意到宁波市去游览溪口的蒋介石故居。由宁波到溪口，交通极为方便，单程旅游车票价只有12元，每隔10分钟发一趟车，沿奉（化）新（昌）公路北行9公里，至江口镇转西行13公里，用不了半个钟头即可抵达。

溪口位处奉化市西北，于宋景德五年（794年）建村，1902年首次列镇，算是一个名副其实的千年古镇。唐代贞元年右丞相樊泽就是溪口镇沙堤村樊姓始祖；宋监察御史范良忠因与丞相王安石不和，弃官归里，隐居于溪口；南宋丞相魏杞虽是安徽寿县人，逝后却选择溪口飞凤山安葬，可见溪口早在宋时即享盛名。在蒋介石三次下野期间，溪口一度成为国民党的指挥中心，南京与溪口之间军政要员频频往返，溪口镇上车水马龙，冠盖如云，直至1949年4月25日，蒋介石至象山港乘坐“太康号”离溪口而去。1949年5月24日，中国人民解放军第三野战军第七兵团21军61师进驻溪口，溪口的历史又揭开了新的一页。眼下的溪口，被列入国家级风景名胜区，有居民14575户、常住人口5万多人，成了我国名闻遐迩的旅游胜地。

溪口背枕白岩山，面对笔架山，东有武山（亦称武岭），西挹蛇山，因剡溪自东向西穿镇而过，至武岭头与溪南山阻夹成口，故名溪口。我国现代史上的重要人物蒋介石和蒋经国父子就生于溪口，长于溪口。从政后，蒋氏父子也常回溪口，在家乡留下了大量的遗迹和逸闻。凡是来到溪口的国内外游客，人人首先参观游览的就是蒋氏故居。蒋氏故居于1996年11月被国务院列为全国重点文物保护单位，迄今已开放的景点多达11处。虽然是第二次来游览，我依然跟随众多游人首先走进了是蒋介石出生地的玉泰盐铺。

玉泰盐铺位于溪口武岭路，面对剡溪河，是一处分前后两幢的两层建筑，前幢三间两层楼，上为居室，下为店面，后幢为作坊。玉泰盐铺是蒋介石祖父蒋玉表和父亲蒋肃庵经商开店之处，主要经营食盐、粮米、石灰和酿酒、烤饼之类。清光绪十三年（1887年）农历九月十五日，蒋介石就出生在盐铺楼上。次年，盐铺被火烧毁，蒋介石一家迁至祖居丰镐房。1895年蒋肃庵病故，次年蒋介石兄弟分家，盐铺及附屋归其兄蒋介卿所有。蒋介石在大门西边墙角的界石上题书“玉泰盐铺原址”6字，署名“中正”。1949年5月溪口解放后，玉泰盐铺由政府接管，在此先后办过卫生所、奉化第三招待所。1999年，当地政府对玉泰盐铺重新布置，摆设了柜台、桌椅等实物，还陈列了有关蒋介石及蒋母王采玉身世的照片30多幅。

位于溪口三里长街中段、南临剡溪的丰镐房，是蒋介石的祖居。1895年蒋氏兄弟分家时，蒋介卿分得玉泰盐铺和应收款项，蒋介石分得祖居三间、24亩田地和一片竹山。20世纪20年代末，蒋介石登上民国政府高位，30年代初扩建祖居，建成了现在的规模。丰镐房占地4800平方米，建筑面积1850平方米，有大小房间49间，整体建筑为传统的“前厅后堂、两厢四廊”格局。

丰镐房大致分七部分：为两层的前厅门额上书“素居”两字，楼下是账房办事和接待客人用房；楼上中间一间为佛堂，两边是住房；后堂称报本堂，为3间高顶平房，是祭祀祖宗和祭拜天地的地方，后改成了蒋介石家祠；报本堂东有3间中式水泥结构的两层楼房，原作佣人住房或堆放杂物之用；西厢房是蒋介石发妻毛福梅的居处，1927年蒋毛离婚后，毛以义姐身份仍住丰镐房，并主持家务。毛氏每当得悉蒋介石要来溪口，她总是命丫鬟把石板门堂洗刷得一尘不染，蒋对此颇感满意。蒋经国1937年从苏联回到溪口，补办婚礼后的新房就设在楼上；东厢房是宋美龄的住所，室内布置西式家具，抗日战争胜利后，蒋介石和宋美龄回乡曾在此留宿；西厢房西边有一两层独立小楼，是蒋介石母亲王采玉旧居，两间一弄，有狭楼梯与西厢房相连；西平房是6间西式水泥结构平房，为蒋家待客用房，毛氏晚年因患血丝虫病，两腿肿大，上楼不便，也住在这里。1949年后，丰镐房驻过部队，溪口区委也设在这里；“文革”中又成了“造反司令部”。1981年，政府投资修缮，恢复了丰镐房原貌；1984年底开始对外开放。

在丰镐房的各房间，共陈列着大大小小50余幅照片，分别介绍了蒋氏的家世、家产、家庭和家事：家世部分陈列了蒋介石在江苏宜兴、鄞县小盘山、宁波白水巷蒋家祠堂参拜祖先的照片；家产部分展示了蒋家的田地、竹山和房产情况；家庭部分展出了蒋介石兄弟姐妹、妻子儿女等家庭成员的照片和他们各自的简况；家事部分展出的是蒋介石拜堂成亲的场景，及其与宋美龄到溪口祭祖扫墓、探亲访友等照片，并有蒋经国留苏回来与其母毛氏的合影、补办婚礼的结婚照，及其母毛氏在丰镐房后门口弄堂被侵华日军飞机轰炸遇难等照片。

文昌阁又称乐亭，是蒋介石在溪口的一处别墅，为两层殿宇式楼房，建筑面积436平方米。1925年蒋介石亲撰《乐亭记》，记述了其地的景色和改建初衷：“武岭突起于剡溪九曲之口，独立于明群峰之表，作中流之砥柱，为万山所景仰，不偏不倚，望之岿然……岭上古木参天，危崖竖立，其下有溪水潆洄，游鱼可数，牧童渔夫荡漾其间，乐而无穷，其幽静雅逸之景象，窃比世外桃源无事他求矣。”蒋介石重建文昌阁，初衷是看中了这里的山光水色，建成后即起名为乐亭，成为蒋介石的私人别墅和藏书楼。1927年12月他与宋美龄结婚后，回乡时常住文昌阁。1937年1月13日，张学良被送到溪口幽禁，地点定在雪窦山中旅社招待所，因该所需要装修，临时安排在文昌阁住了10天。1939年12月12日，日军轰炸溪口，此屋被夷为平地，1986年4月，国家拨出专款，在原地原貌重建了文昌阁，次年初竣工后即对外开放。

在文昌阁东侧，与边门水泥台阶相接的，是一栋洋式三间两层楼房。此楼名叫小洋房，建筑面积300平方米，原为蒋介石住文昌阁时便于传唤近身幕僚而建。小洋房背山面水，屋顶有水泥平台，四周栏杆护卫，登楼眺望，远山近水尽入眼帘。蒋介石幕僚长陈布雷曾住在这里为蒋介石代写《西安半月记》，期间，蒋介石曾委派陈布雷上雪窦山代送张学良书籍和鱼竿等物品。1937年蒋经国从苏联回来，与妻子方良、长子孝文在此住宿。1949年蒋氏父子离开溪口之后，小洋房先后作过解放军驻军首长的宿舍和一家福利工厂的办公室，1979年重新修缮并对外开放。开放后的小洋房陈列了蒋经国在小洋房生活和读书时的照片，这些照片中有蒋经国出生、在祖母怀里、上海求学、留学苏联、出任赣州专员、母亡奔丧以及去台后晚年生活等照片，其中部分照片及信件属独家展出，史料价值尤为珍贵。

武岭学校是溪口的一大重点遗迹。1921年，蒋介石按其母王采玉逝前“所遗家产之半自办义务学校，教授乡里子弟因贫失学者”的遗言创办的。学校仿法国乡村办学形式，以学校为中心，集幼稚园、小学部、农业职业学校以及医院、电灯厂、罐头厂、图书馆、农事试验场等于一体。学校建成后，蒋介石亲书“武岭学校”匾额并自兼校长。1941年4月日军侵占溪口后，学校一度停办，1946年2月复校后，改原农业职业学校为普通中学。新中国成立后，武岭学校先后成为解放军学校、宁波农校和宁波疗养院，1988年5月，重修后的武岭学校举行了武岭中学复校典礼，现有学生近2000人，有教师120多名。由蒋介石题写的“武岭学校奠基石”仍嵌于学校大礼堂墙基，“武岭幽胜”4字镌刻于礼堂东侧山崖之上，门额上“武岭”2字也留在武岭门楼原处。

武岭公园是蒋介石于1935年建成的。公园南临剡溪，北界公路，占地百余亩，东首大门用紫藤花架筑成，园内建有漪澜厅、明远楼、茂倚亭、康乐亭等设施，这些建筑物之间有锦堤、荷池、花坛、草坪和石桥，园内最胜处是濒临剡溪的龟山，上建有“旷观”“涵碧”两亭。时人有诗如是说：“龟山高处两亭浮，武岭烟霞此地收。”丰镐房每年农历腊月28日例行谢年，蒋经国于当日从赣州赶回溪口，他主持吃过谢年饭后住宿武岭公园漪澜亭，次日即返回赣州。当时以运输商身份住在溪口饭店的日本间谍芝原平山朗得知蒋经国住在武岭公园的消息后，即秘密报告日本派遣军司令，日军以为蒋经国一定要在溪口过年，就选定正月初三轰炸溪口。这天午后，日军飞机开始对武岭公园狂轰滥炸，将其与对面的上山村炸成一片火海，数百间民房被夷为平地，死伤群众的断肢、断腿散落各处，场面惨不忍睹。日本无条件投降后，蒋经国照会日本天皇，要求将芝原平山朗以战犯论处，日本政府逼迫枪决了芝原平山朗，实现了他“以血洗血”的愿望。1988年，国家拨款重修武岭公园，增添了“锦堤秋月”“荷蒲送风”“柑橘长廊”等景观，1990年对外开放。

面对应接不暇的国内外游客，自称是蒋家族人的导游姑娘还给大家回忆说：1941年4月23日，侵华日军侵占了溪口，蒋介石故居丰镐房被日军设为司令部。日军守田大佐率兵进入溪口后见镇内无人，即下令悉数捣毁全镇居民家的水缸、锅灶，民间财物被抢劫一空。随后在溪口四周密布铁丝网，强令来往行人只能从武岭门及藏山大桥出入，稍有不尊即遭毒打或枪杀。至1945年8月18日日军撤出溪口，溪口在沦陷的1576天时间内，先后被枪杀217人，被抓捕后失踪73人，毁坏各类房屋3385间，被抢劫稻米1.5万石，谷子23万斤，茶叶2000余箱，以及大批耕牛、猪羊、鸡鸭和实物细软，被砍大树4899株，竹子150万株，汽车站、医院、公园等公众设施尽遭破坏，致使溪口经济一度萧条冷落、凋零衰败，百姓生活水深火热、困苦不堪。

穿镇而过的剡溪，尽管是养育溪口居民的母亲河，但是每逢台风或暴雨，总会给溪口一带造成严重水害。仅说当代最大的两次水灾：第一次是1922年的6月14日，剡溪暴发山洪，奉化全县冲毁道路、桥梁、塘堤5597处，房屋1719间，297人伤亡，受淹农田147480亩，灾民17192人，其中受灾最惨重的溪口镇亭下马村伤亡人数超过200名，几乎全村覆没；溪口三里长街洪水泱泱，蒋氏故居老当典屋的20阶楼梯，有18阶被洪水淹没。当时蒋介石侧室姚治诚带蒋纬国住在楼上，被洪水吓得失魂落魄，水退后匆匆迁到奉化西街租屋居住；第二次是1956年8月1日，12级台风侵袭奉化，全县受淹农田近14万亩，无数山林被冲毁，倒塌、受损房屋55287间，有188人被淹死，受伤者达630多人，作为重灾区的溪口，路面水深近两米，蒋氏宗祠前"忠孝传家"牌坊也被淹倒……

为了根治剡溪水患，浙江省政府经过8年多的艰苦施工，于1985年9月建成了总面积34平方公里，蓄水量相当于7个杭州西湖的亭下湖。亭下湖距溪口6公里，不仅解决了奉化、鄞县等地区67万亩农田的灌溉水源，为沿岸居民提供了优质生活用水，还为溪口增添了一处风光旖旎的旅游胜地，与蒋氏故居、雪窦山风景名胜区一起被列为溪口三大景系之一，成为溪口国家级风景名胜区的重要组成部分。这座大型人工湖，山水相映，风光秀丽，有着"高坝览胜""碧湖荡舟""金龟探水""鲶鱼卧波""晦溪九曲""龙潭圣水""棋盘石笋""滴水奇景"等10多处风景名胜，极富淡雅清明的自然个性。你站在高达70多米的钢筋混凝土重力坝顶俯瞰，东可俯视剡源八曲高岱，山山相连、峰峰相望；西可纵览亭下湖全貌，碧水苍苍、烟云茫茫，山岚水色娱人心目，天光云影令人心醉！

如今的溪口，街道宽阔，绿树成荫，现代化建筑鳞次栉比，过去人们南来北往须借助船舟或涉水而过的剡溪，已架起了一座现代化钢筋水泥大桥梁，街面上游客熙来攘往，处处一派繁华景象。作为国家级风景名胜区，其声名远播的“奎阁凌霄”“武潴浪暖”“碧潭观鱼”“屏山雪霁”“锦溪秋月”“松林晓莺”“雪峰晚照”“溪船夜棹”“南园早梅”“平沙芳草”十大自然景观各自成趣，蔚为壮观，天天都吸引游人慕名而来游览观光。

从1979年开始，前来蒋氏故居游览观光、考察访问、探寻史迹的国内外游人络绎不绝，并呈逐年增多局势。据不完全统计，蒋氏故居自1981年修复开放至2001年，溪口共接待海内外游客2000多万人，从1991年以后，来溪口的游客人数已连续11年每年都超过100万；自1983年以来，李鹏、胡耀邦、乔石、李瑞环、江泽民、吴邦国、朱镕基、胡锦涛、李岚清、杨尚昆等70多位党和国家领导人也先后到溪口视察。

蒋氏故居对外开放后，旅居国外和港澳台的蒋氏族人及亲戚也不断来溪口探亲访友、扫墓祭祖。先后到过溪口的蒋氏家人和亲戚，有蒋介石侄孙女蒋品雨、蒋志伦夫妇、侄孙蒋大伦、侄女蒋华秀；蒋经国之子蒋孝勇；蒋纬国夫人丘如雪和儿子蒋孝刚；蒋经国表弟毛善征、表侄陈家滨，外甥陈忠人、表妹朱培英、毛珍如……

“问渠那得清如许？为有源头活水来。”今日的溪口，早已旧貌换新颜，社会政通人和，人们安居乐业。作为溪口三大景系之一的蒋氏故居，成了人们思古念今的历史遗迹。大家坚信：风景秀丽、人文荟萃的溪口，一定会越来越昌盛，越来越发达！

（2002年3月）

茅盾故乡乌镇行

“苕溪清远秀溪长，带水盈盈汇野塘。两岸一桥相隔往，乌程对过是桐乡。”这首诗，是清代文人施曾锡歌咏江南水乡乌镇的。元朝大书法家赵孟頫在游览乌镇时也惊叹不已，感染之余，留下了“泽国人烟一聚间，时看华屋出林端”的著名诗句。阳春三月，我也慕名来到了中国现代文学巨匠茅盾（沈雁冰）的故乡乌镇。

乌镇属浙江省桐乡市，北接太湖，南连京杭大运河，河网纵横交织，沿河而建的巷弄、房舍一半依水一半倚陆，家家户户几乎都是枕水入梦、闻桨而苏，是江南赫赫有名的六大水乡之一。这座早在唐代咸通年间正式称镇的古镇，距今已有1300多年的历史，纵贯全镇的车溪河（俗称市河）南接金牛、白马二塘与大运河相通，北过澜溪、紫云二港与太湖相连，整个市区河港如网，水街相依，小桥流水、枕河人家，意韵无穷地展现出江南水乡的美丽画卷。

乌镇是一个倚溪傍水的古镇，自南向北的车溪河将其分成东西两部分：自应家桥下流向东栅的称东市河；自安利桥下流向西栅的称西市河。水乡本就多桥，而乌镇的桥多更是遐迩闻名。据说乌镇有“百步一桥”之说，桥之总数竟达120余座。其中明代以前修建的有南新桥、南花桥、北花桥、官人桥、放生桥、仁济桥、全家板桥，清代修建的就更多了。乌镇古桥不仅数量多，而且桥形风格各异、式样繁多，有古朴威严的单孔石拱桥，有秀美巧趣的砖砌洞桥，也有小巧玲珑、短仅盈丈的小木桥……仅中市河就有各类桥10多座，其中最著名的南市桥，为明正德九年（1514年）重建，北花桥为宋代所建，当年的这两座单孔石拱古桥在1967年被改建成了现在的钢筋水泥桥。乌镇东市河的望佛桥、永安桥都是清代古桥，风姿至今依然不减当年。

在乌镇的东市河两岸，古民居鳞次栉比，加之古石桥装点，景色优美、风光秀丽，电影《杜十娘》的外景就是在此拍摄的，剧中杜十娘投河也就是从这里跳下的。由于整修车溪河，乌镇有不少古石桥已被改建，目前保存较好的古石桥主要集中在西栅区域，其中有两座单孔石拱桥成了游人都要慕名观赏的古桥胜迹。这两座古石桥，一座名叫仁济桥（又称栅桥），此桥横跨西市河，南北走向，改建于明正德十三年（1518年），为市西河末端的最后一座桥。过去，仁济桥外水中曾设有木栅门，为防止盗贼从水中进镇，一到晚上，仁济桥外的木栅门就要关闭，停止夜间通航；另一座石拱桥名叫通济桥，此桥重建于明正德十年（1515年），桥面长近30米，宽近4米，高6米，东西各铺有26级石阶。此桥以西原为湖州吴兴地域，每当夕阳西下的时候，站在桥顶可以看到吴兴的山景。最令人惊叹的是：这两座石拱桥成直角相连，任你站在哪一座桥边，均可透过桥洞看到另一座桥身，故有“桥里桥”之美誉，若站立南面河岸观看，两座石拱桥分别倒影水中，虚实桥孔相接，正好合成一个整圆，显得既神奇又美观。

钟灵毓秀的乌镇，不仅有古老之胜、水乡之美，而且地灵人杰，人才辈出，仅宋、明、清三朝，乌镇考中举人、进士者就有近百人，近、现代更是名人济济，文学巨匠茅盾、政治活动家沈泽民、银行家卢学溥、作家孔另境、新闻界前辈严独鹤及李达夫人王会悟、章太炎夫人汤国梨等均诞生在乌镇。在乌镇的观前街中段，有一座近200年的清代古宅，这就是中国现代文学巨匠茅盾（1896—1981年）的故居。1983年经国家有关部门批准，当地政府对茅盾故居按原貌修葺，修葺后的茅盾故居于1985年7月4日茅盾89周年诞辰之际正式对外开放，1988年1月被国务院公布为“全国重点文物保护单位”。

茅盾故居是一栋四开间两进深砖木结构的旧式楼房，总面积450平方米。据说故居是清光绪十一年（1885年）由茅盾在汉口经商的曾祖父沈焕购买的。楼房坐北朝南，面临观前街，东面两开间两进自成单元，因是先期购买，便称为老屋。老屋楼上东首第一间为茅盾祖父母的卧室，第二间为茅盾父母的卧室，1896年7月4日，茅盾就出生在这间屋子里。此屋靠里边是一张雕花木床，贴两壁放有小床、衣橱和几个衣箱，屋里的所有陈设，都是根据茅盾亲属回忆按原样原貌布置的；此屋临街有一窗，窗下有一张书桌，是茅盾5岁时由母亲陈爱珠教他识字用的。老屋后进楼上两间，为茅盾两个姑母和女佣的住处；楼下两间，西为厨房，东为客堂，茅盾少年时期，曾在客堂参与过祖母的养蚕劳动，为他后来创作《春蚕》积累了原始素材。与客堂相通处原是一处半亩大的园子，茅盾曾祖父在园中盖起三间平房作晚年休闲处，曾祖父去世后当成了杂物仓库。1934年，茅盾亲手设计草图，用自己所得稿费将三间平房翻建成书斋，作为从上海回家时的住所。书斋仍为3间，约有100平方米。东边屋用木板隔成两间，后半间为贮藏室，前半间作过道；中间屋以一排中式堂窗相隔，前为客堂，后为卧室；西边屋是隔成南北两间的牌楼式书橱，其南间为起居室，北间为书房，有门与起居室相通；书房北壁有一张写字台，1935年，人称《子夜》续篇的中篇小说《多角关系》，就是茅盾在这里创作的。

在老屋西面与其同样结构的两开间两进屋是后期买入，称作新屋，与老屋一墙相连。新屋临街第一进楼下两间为一统间，是全家的饭堂；楼上两间是茅盾二叔和四叔的卧室，天井后面第二进楼房上下共4间，是茅盾曾祖父曾祖母的居所。东西两楼屋的前后两进之间各有一个天井，中间有楼梯相隔，前后左右上下来去相通，浑然一体。老屋第一进楼下东边的一间，本为过道，故居修葺时改为序厅，作为进入故居的大门。大门上方高悬着陈云同志题写的“茅盾故居”匾额，门厅中放置着茅盾握笔沉思的半身铜像，大文豪那凝神远望的表情，显示着文学巨匠“胸藏万汇凭吞吐，笔有千钧任歙张”的逼真形象。

在茅盾故居序厅的西面，有一间屋是家塾，幼年的茅盾同叔父的3个孩子都在这里接受过茅盾祖父沈砚耕和父亲沈永锡的教育；茅盾故居的东隔壁，原为茅盾童年时读过书的“立志初级小学”，1991年修复后作为茅盾纪念馆对外开放。如今的故居及其陈设，真实地再现了茅盾童年时代的原貌，整个建筑结构严紧，庄重古朴，吸引着越来越多的茅盾研究者和文学爱好者来此参观瞻仰。

茅盾的童年、少年都是在故居度过的，青少年时期虽外出读书，但每逢寒暑假仍回故居度假，故乡的一水一桥、文韵民俗都深深铭记在他的心间，其1200余万字的文学著作，无不得益于故乡的滋养。“一·二八事变”后，茅盾从上海回乡看望母亲，眼前的故乡却满目萧条，衰败不堪，小镇赖以生存的蚕丝无人问津，传统工商业几尽破产，茅盾清醒地认识到强国才能兴邦，便开始了以文报国的创作生涯，时隔不久即写出了《林家铺子》《子夜》等传世佳作，成为中国革命文学的伟大奠基人。

参观了茅盾故居后，我便参观位于茅盾故居东侧的立志书院。立志书院是清代官府支助地方绅士兴办的一种学馆，它不分年级，课程以研习儒家经籍为主，教学重视自学，实为一种科举考试预习场所。书院规模较大，环境优雅，门楣上嵌着“立志”二字，两旁的抱柱联为“先立乎其大，有志者竟成”。走进大门，穿越过道，有一天井，天井两端种有桂花树，过天井为一平厅讲堂。当年，乌镇及附近的莘莘学子，就是在这一讲堂里读书识字的。茅盾8岁那年，也是进入已改名为“立志小学”的立志书院读书的，成为立志小学首批学生中年龄最小的学生。他的国文老师沈鸣谦学识广博，志向高远，要求学生每周都要写一篇作文，以引导学生发奋苦读、立志明理。茅盾自小酷爱文史，加之他天资聪慧又肯下苦功，每篇作文都如行云流水，老师和同学都想一睹为快，小小年纪的茅盾即成了立志小学有名的“小才子”。

在立志书院门前河埠上，有一栋坐北向南的古楼阁，名叫文昌阁。文昌阁前临东市河，后靠观前街，上为楼阁，下为连接立志书院的通道，靠河埠有一环形拱门，左侧有梯可登上文昌阁。文昌阁规模不大，约20平方米，前面临河有一排矮窗，游人透过窗洞观赏河面及对岸风景。当初的文昌阁既是文人聚会的场所，也是文人祭祀文神魁星的地方。古代神话传说中的魁星，是一个专管写文章的神仙，他青面赤发，相貌怪异，常立鳌鱼头上，左手托一小斗，右手握一毛笔，笔尖直对小斗以取“魁星点斗，独占鳌头”之吉利。据说，当年乌镇及附近一些要参加科举考试的读书人，在考秀才、考举人之前都要来文昌阁礼拜孔子塑像和文神魁星，以求魁星保佑赶考得中。

在乌镇观前街西段北侧，有座名叫修真观戏台的古建筑。修真观戏台占地200多平方米，背南面北，南临东市街，北靠观前街，与修真观山门相对，是座江南水乡集镇唯一保存下来的古戏台。这座始建于乾隆十四年（1749年）的戏台分两层，底层用砖石围砌，进出有边门和前门，边门直通河边，前门与以石板铺地的戏台广场相连接，戏台为歇山式屋顶，飞檐翘角、威严庄重。在戏台正面两旁台柱上的对联是："锣鼓一场唤醒人间春梦，宫商两音传来天上神仙"，横匾为"以古为鉴"。眼下戏台上布置了融戏剧、民俗于一体的陈列室，游人漫步其间，不仅可以欣赏古老戏台的建筑艺术，还可以感悟戏曲文化的艺术魅力。

说起乌镇商贾的殷实和富庶，人们就会想到"徐东号的牌子，张同盛的银子"这句流传甚广的民间俗语。在乌镇首屈一指的"同盛商行"大老板张厚堂，是乌镇清代晚期鼎鼎有名的大富商。据传张家的银子多得用麻袋装，有次从船上搬银子上岸，跳板不平，张家竟用银子垫板。张厚堂做生意发迹后，于光绪末年在乌镇南栅福兴桥北堍购买土地，建起了私宅"张家厅"。张家厅坐东朝西，面临南栅大街，后靠急水桥港，整个建筑以陪弄为界分为南北两部分。南部原有的侧厅、花厅、账房厅等虽已荡然无存，但北部的店堂、客厅等楼房建筑保存完好。这些砖木结构堂楼风格别致，工艺考究，尤其是刻有唐诗及周子爱莲、松涛琴韵等画作的6扇梯堂门，更是典雅罕见，堪称建筑木雕中的精品之作。

凡是来到乌镇的外地人，不论男女或老少，都喜欢看一看乌镇的水上楼阁。乌镇是江南有名的水乡古镇，这里的街道依溪而建，民居傍水相邻，人们在傍河的店房和居室背后以木桩在河中立起柱子，架上横梁，搁上木板，然后在木板上搭起水阁居住或置物，这就是人们统称的水上楼阁。水上楼阁三面有窗，可凭窗观赏市河的水上风光，你乘坐乌篷小船漫游在清波涟漪的河面上，会别有一番情趣涌上心头。

水乡乌镇，既是古老的，也是现实的，更是艺术的！在成千上万的游客眼里，茅盾故乡的悠久历史、灿烂文化和令人心醉的水乡风情，犹如一幅深沉厚重的立体画卷，让来到乌镇的每一个人，都以各自的方式和思想接近她，欣赏她，理解她，赞叹她！

（2002年3月）

江南古镇周庄游

在江苏南部地区，民间一直流传着这样一句口头语："上有天堂，下有苏杭，中间有一个周庄。"借在苏州出差的机会，我特意游览了江南古镇周庄。

周庄位处国际大都市上海与历史文化名城苏州之间的一个江南名镇，建镇已有900多年的历史，元代时属苏州的长洲县，明代中期属松江府华亭县，清初复又归属长洲县，清雍正三年（1725年），周庄镇区有五分之四属元和县，五分之一属吴江县，1949年5月，解放军挥师南下，周庄归属吴江角直区，结束了两县分治的状况，1952年以后，周庄才正式划归苏州市的昆山市管辖。

江南水乡周庄，以江南水乡独特的传统、淳朴的民风、古老的建筑和充满传奇色彩的历史故事，吸引着无数中外游人前来游览。1998年，周庄被联合国教科文组织列入"世界文化遗产预备名录"，2000年，周庄又荣获"迪拜国际改善居住环境最佳范例奖"，成为国内唯一获得这项殊荣的城镇。

来到周庄，首先映入眼帘的是一个石牌坊。

石牌坊作为古镇周庄的象征，通体用浅褐色的花岗石錾成，巍然峙立在新老镇区的交界处。石牌坊的北面，镌刻着由书法家沈鹏题写的"贞丰泽园"4个隶书大字；坊柱上镌着由昆山文化名人冯英子撰写、顾廷龙手书的对联，对联的上联是"贞坚不二攀日康庄有道路，"下联是"丰衣足食向阳桃李自逢时"。经导游讲解，石牌坊额题"贞丰泽园"自有来历——原来，周庄旧名叫贞丰里，直到康熙初年才正式改名为周庄。

周庄四面环水，咫尺往来，皆须舟楫，"小桥、流水、人家"这种精美格局形成的自然环境，造就了典型的江南水乡风貌。来到周庄，双桥是不能不看的。

在清澈的银子浜和南北市河交汇处，有两座秀丽别致的石拱桥，这就是周庄最享盛名的双桥。双桥由一座名叫世德桥的石拱桥和一座名叫永安桥的石梁桥组成，桥面一横一竖，桥洞一方一圆，样子很像古时候人们使用的钥匙，当地人便称这桥为“钥匙桥”。其中世德桥长16米，宽3米，跨度5.9米；永安桥长13.3米，宽2.4米，跨度3.5米。双桥中，石拱桥横跨南北市河，桥东端有石阶引桥伸入街巷；石梁桥平架在银子浜口，桥洞仅能容小船通过，桥栏由麻条石建成。双桥最能体现古镇的神韵，桥下碧水泱泱，桥旁绿树茵茵，间或有艘艘小船从桥洞穿过，其情其景让人心旷神怡。你站在市河一侧举目望去，钥匙形的双桥与不远处名叫太平桥的清代石拱桥连接在一起，形成了三座古桥并立的壮观情景。

作为物产富饶、人杰地灵的江南水乡，周庄代代都有不少官宦人家和殷富商贾，至今仍保留着章厅、迮厅等几处名门望族的古宅邸。从双桥沿北市街往南走几十米，就来到了被列为江苏省重点文物保护单位的张厅。张厅是周庄为数不多的一处明代建筑，原名叫怡顺堂，相传为明初中山王徐达之弟徐逵后裔于明正统年间所建，清初出卖给张姓人家，遂改名为玉燕堂，俗称张厅。作为殷富人家的住宅，张厅历经500多年的沧桑时光，但至今气派依旧。走过沿街的门厅，前面是一个天井，两侧是厢房楼，上下都设蠡壳窗户，轩敞明亮的大厅，一抱粗的厅柱下是罕见的古木墩，坚实的石柱，精良的雕饰，厅堂内典型的明式红木家具，依然保持着张厅昔日的风采。悬挂在厅堂墙面的字画中，有一副对联尤其引人注目：这副对联的上联是“轿从门前进”，下联是“船自家中过”，寥寥10个字，既十分切当地写出了张厅的建筑特色，更真实地形容了张厅的宏伟和气派。

大厅的东侧，是一条幽暗深长的陪弄。旧时周庄的官宦和富商，平时轻易不开大门，家人进出都走陪弄，遇有婚丧喜庆或有贵宾来访，才打开大门抬进轿子。如今，陪弄成了别有风味的旅游通道。进入后院，花木扶疏，景色如画，有条小河从弄底贴着墙根流来，又穿越水阁而去。小河河岸全由花岗石砌成，在那如意形状的缆船石上，拴着一条迎宾船供游人观览。驻足张厅后院，除了目睹“轿从门前进，船自家中过”的真实情景，还能享受到安谧温馨的水镇情趣，一种诧异、感慨、怀旧之情油然而生。

周庄人的房屋建筑在江南水乡是很有特色的，在全镇近千户民居中，明清两代和民国时期的建筑占60%以上，其中有近百户古宅院第和60多座砖雕门楼，还有一些过街骑楼和水墙门。在这些建筑中，最典型最具代表性的当属富商沈万三后裔沈本仁于清代乾隆七年（1742年）建成的沈厅——

沈厅位于富安桥东堍南侧的南市街上，坐北朝南，七进五门楼，有大小100多间房屋分布在100多米长的中轴线两旁，占地2000多平方米，现为江苏省重点文物保护单位。这一规模宏大的富商私宅，共由三部分组成：前部是水墙门和河埠，专门供家人停靠船只和洗涤衣物之用，为江南水乡的特有建筑；中部是墙门楼、茶厅和正厅，是接送宾客、办理婚丧大事和议事的地方；后部是大堂楼、小堂楼和后厅屋，为家人生活起居之处。整个厅堂为典型的“前厅后堂”建筑格局，前后楼屋之间均由过街楼和过道阁连接，形成一个环通的走马楼，为同类建筑物所罕见。

游人来到沈厅，在游览花厅、正厅、大堂楼、走马楼的同时，还可以参观名人书画陈列室、名家摄影作品陈列室、出土文物陈列室、民俗器物和民间收藏陈列室，尽情欣赏到苏沪书画名家的珍品佳作，在这里你即可看到日本画家桥本心泉的日本画《在周庄的某一天》，陈复礼、简庆福、吕厚民等摄影家在周庄拍摄的艺术作品，也可以看到太史淀出土的良渚文化时期的陶器、石器、井图以及历代瓷器，还能欣赏到制作精细、装饰华美，令人叹为观止的“千工床”，那些品类众多的竹器、桶器、绣品、服饰等日常用品，让人感受到水乡生活习俗的悠远和演变。

沈厅先人沈万三，名富，字仲荣，行三，吴人称其沈万三。元朝中期，沈万三的父亲沈祐由吴兴（今浙江湖州）南浔迁徙到周庄经商，至沈万三时已富可敌国。沈万三在富甲天下后，先是支持苏州张士诚的大周政权，张士诚也为沈万三树碑立传；明初，朱元璋要修建南京城墙时，沈万三自告奋勇，在捐资修筑了南京都城三分之一的城墙后，又向朝廷献白金两千锭、黄金两百斤。见沈万三花了这么多钱，朱元璋便封其长子沈茂为“广积库提举”，次子沈旺为“户部员外郎”，沈万三随即在京城也站稳了脚跟，以致民间流传起“南京沈万三，北京枯树湾；人的名儿，树的影儿”这一谚语。依仗富可敌国的家产，财大气粗的沈万三居然飘飘然起来，竟放言要“代皇帝犒赏三军”，这一狂言引发了朱元璋的警觉和愤怒，将沈万三免于“斩首”后发配云南充军，让仗财妄为的沈万三在西南边陲苦度余生。沈氏家族失去了当家人，富气也减去了一大半。明洪武三十一年（1398年），因受“胡蓝党祸”牵连，沈万三家族遭到朝廷第三次苛罪罚惩，沈万三长子沈茂、女婿顾学文和曾孙沈德全等6人同日“凌迟”，这次政治清算，沈氏家族先后被杀者达80多人。

出身低微的沈万三，由贫而富，又“极盈而覆”，成了江南豪富的一个典型缩影。至清代康熙年间，沈氏家族已一落千丈而衰败不堪，“早岁喜欢邪游，所交者皆匪类”的沈万三后裔沈本仁，却“浪子回头”，在其父死后发愤耕耘，拓展家业，建起了颇具规模的沈厅，给今天的周庄留下了一处名胜古迹。

周庄地灵人杰、名人辈出。早在西晋时期，这片土地就生养了被诗仙李白赞为“张翰黄金句，风流五百年”的文学家张翰，张翰之后，唐代诗人刘禹锡、陆龟蒙也曾在周庄寓居。到了20世纪，周庄又养育了王大觉、陶惟坻、叶楚伧、费公直等著名诗人和社会活动家，尽管这些名人都已作古，但周庄至今依然保留着给故乡增光添彩者的故居以纪念。周庄位处太湖流域，四周湖荡围拥，人们利用古镇滨湖地带的自然风光和历史胜迹建成了南湖公园，让南湖景区成为游人慕名而往的好去处。

来到周庄，让你不能不去看看的是迷楼。迷楼位于三毛茶楼西侧的贞丰桥堍，为临河修建的一栋两层小楼，尽管外表毫不起眼，却是一处名声颇大的历史纪念性建筑——

迷楼的主人名叫李德夫，夫妻两人擅长烹调，在此开设了“德记酒店”。1920年12月，著名诗人柳亚子带着自己的两个弟弟柳抟霄和柳率初来到了周庄，邀请周庄的南社社友陈去病、王大觉、凌莘穰、费公直等在“德记酒店”作诗填词，用手中之笔抨击时弊、鼓吹革命。志同道合的诗友们欢聚一堂诗酒唱和，沉醉期间，正是“酒不醉人人自醉，风景宜人亦迷人”。于是，诗人们将“迷楼”的雅号赠送给了德记酒店，德记酒店从此便多了个名字叫迷楼。

离开周庄后，柳亚子即吩咐弟弟柳率初将自己的诗作誊抄后寄给叶楚伧、胡石予、沈眉若、朱剑芒等40多位南社社友索和，收集到唱和诗词

140余首，定名为《迷楼集》交上海新华书局刻印付梓。《迷楼集》中柳亚子的《迷楼曲》竟洋洋洒洒长达78句，其中“贞丰桥畔屋三间，一角迷楼夜未央”、“楼不迷人人自迷，夭桃红换蘼芜绿”等名句被四处传唱。《迷楼集》出版后，柳亚子特意给德记酒店店主李德夫赠送数册，李德夫如获至宝，消息不胫而走，德记酒店从此名声大振，数十年间天天宾客盈门、生意兴旺，成为周庄的品牌酒店。

新中国成立后，定居北京的柳亚子尽管位尊年高，却仍然眷恋着周庄的迷楼和南社社友，他在为周庄新南社社友朱翊主编的《学习词典》一书作序时，特意定题为“怀念周庄”。

经历了近一个世纪的沧桑岁月，迷楼早已破旧不堪。1993年，周庄镇人民政府出资购买了迷楼产权后加以修葺，使迷楼又恢复了当年的风貌，并成为展示周庄人文历史的一大景点。如今的迷楼，室内陈列着周庄南社成员的照片、手迹、著作和书法绘画；二楼的东侧，是一组人物蜡像，展现的正是当年“小楼轰饮夜传杯”的情景。小小的迷楼，成了吸引游客乐而观览的处所。

从富安桥堍往西，绵延通往贞丰桥的，是周庄最繁华的商业街——中市街。铺设在街面的花岗岩石板路，虽然狭窄却依然平整。在中市街的西段，街面店铺都是纺织、劈蔑、钉称、打铁、蒸糕等在现代化生活中早已消失了的民间工艺作坊。专门经营艺术品的贞丰轩，宽敞明亮的店铺里飘散着浓浓书香，这里除了陈列着各种笔、墨、纸、砚等文房四宝，还摆放着有关周庄历史变迁的书籍、画册及苏沪一带书画名家的书画作品。与贞丰轩隔街相对的，是一家琴行。二胡、竹笛、琵琶、古筝和锣鼓钹号应有尽有，店铺里传出的悠扬琴声，让古镇老街充满了一种愉悦感，让游人们心旷神怡。在那古意盎然的几十家古玩店，各式各样的铜镜、老玉、脚炉、漆盘、竹雕、石雕、木雕、青花瓷……如同磁铁般吸引着游客驻足鉴赏，笃然站在店铺里的男女店主们，与前来光顾的游客大谈康熙、雍正、乾隆时期瓷器的窑口、画工和木器的质料、雕工，个个都说得头头是道，让你掏尽了钱又不能不深信自己是把周庄的一部分带回了家。从这点说，今天的周庄人，比明代的江南巨贾沈万三更胜一筹。

作为中华民族传统艺术的剪纸工艺，在中市街也得到了充分展示。在这里，你可以看到艺术家仅凭一把小小的剪刀，就将手里一张张普普通通的工艺纸神奇地变成了各种各样栩栩如生的人物、动物和花卉，那开屏起舞的孔雀，昂首阔步的长颈鹿，扬颈长啸的骏马，憨态可掬的熊猫，色彩纷呈，生气勃勃，让游客们仿佛进入了童话世界……

在周庄，60%以上的民居是明清和民国时期的建筑，90%以上的民居临河濒水，于是造就了水阁、水墙门、旱踏渡、长驳岸、河蚌廊坊、穿竹石栏、走马塘楼、过市骑楼和水桥幽弄等极有水乡特色的古建筑，体现着无以估量的艺术价值。除了画家和建筑学家对此产生浓厚的兴趣，把周庄作为艺术实践的一个重要营地，部分艺术院校的学生也把周庄当成了一个大课堂，成群结队前来写生，甚至连过年也不愿回去。就连不少电影导演和演员，都把周庄作为最佳的外景地，《聊斋志异》《济公游记》《杨乃武与小白菜》《摇啊摇，摇到外婆桥》《共和国不会忘记》等数十部电影和电视剧，都是选择周庄的自然外景拍摄的。

周庄虽没有名山大川的雄伟峻奇，没有宫廷殿堂的皇家气派，这里的小桥、流水、人家，也与其他江南水乡别无二致，然而，已有900多年高龄的周庄，却有着深沉厚重的文化，有着耐人寻味的历史。江南古镇周庄，犹如一幅幅铭刻历史的画卷，一面面观览古今的镜子，一段段梦幻传奇的故事，让人赏心悦目、如痴如醉！

（2002年3月）

"神州第一水乡"甪直

在东距苏州18公里的鱼米之乡，有一个被誉为"神州第一水乡"的江南古镇名叫甪直。甪直既是一个让人深感新奇别致的名字，也是一个让你难以忘记的地方。

走进横头写有"甪直古镇"四字的高大石牌楼，穿过甪直桥，即可见到竖立在迎面广场中心的甪直镇标大石雕。这座由石栏围护的甪直镇标是一头造型独特的独角兽，细看麒麟不像麒麟，狻猊不像狻猊，它的真实名字叫甪端，甪端也称角端，与麒麟同类，是古代传说中的一种神异之兽。据传甪端有两大特异功能，一是速度飞快，能日行一万八千里；二是能听懂四方语言，天下事物无所不知无所不晓。看来甪直人以甪端作镇标，是有其特殊寄托和深长意味的。

走进甪直，你就走进了浩渺绵延的历史长河。古镇甪直与苏州古城同龄，至今已有2500年的历史。春秋时代，吴王阖闾在此修建离宫，明代正式设立甫里镇，清代又改名为甪直镇。悠久的历史孕育了古镇甪直丰富灿烂的文化，是江苏省首批公布的四大历史文化名镇之一。从导游的介绍中知道，户籍人口只有4.2万的"神州第一水乡"甪直，每天来此旅游观光的国内外游客却多达3万余人。

论起开发之早，甪直是其他江南水镇难与比肩的"老寿星"，且不说在它南部发现了五六千年前的"崧泽文化"和"良渚文化"，即以现存古迹来说，也可追溯到2500多年以前。清人张夏写有一首五言诗，全句是"生居吴郭外，传是古离宫。泽国通鱼市，江天起雁风。"这首诗写的就是甪直镇西南吴王阖闾的离宫，遗址今称阖塘；位于古镇北郊的枫庄，原名就叫吴宫乡，吴王夫差的别宫就建在这里，唐人卫万有"君不见吴王宫厥临江起，不卷珠帘卷江水"，可知别宫宫址就在吴淞江江畔。宫中的梧桐园是上古有名的林菀，历代有不少诗词就是吟咏别宫的。三国时代，甪直镇南有民女被选为孙权的嫔妃，其地便被称为孙妃村。孙妃死后魂归故里，孙妃村又改名叫孙墓，村南的水港也叫成了孙墓洋；孙妃村东面的张陵山，就是西汉丞相张苍的墓葬处，也是东晋太守张镇夫妇合葬的地方；到了南北朝，梁武帝在此修建了保圣寺，使甪直这地方盛极一时；至唐代，大诗人陆龟蒙隐居的白莲寺西，就是今天甪直汽车站东北面的魏家库，稍后有诗人罗隐结庵于此，其庵后为宋太师魏了翁所得。

在甪直古镇西南1.5公里处，就是张陵公园。张陵公园俗称张陵山，相传汉丞相张苍葬于此。20世纪50年代初，当地农民在此发掘出土了不少玉镯、玉瑗、玉管、玉斧和陶器，均为崧泽、良渚文化时期的珍贵文物。至1979年，江苏省文管部门在陵区两侧又清理出新石器时代墓葬11座，同时还清理出东晋砖墓5座，虽然前后陆续发现了上下数千年的诸多文物，却一直没有发现汉丞相张苍的墓葬。今日的张陵公园，园内只有二十四孝宫、钓鱼潭、四面厅、儿童动物乐园等设施供游人玩赏。

建于公元503年的保圣寺，内藏出自唐代“塑圣”杨惠之之手的泥塑罗汉像，是中国古代泥塑艺术的瑰宝，1961年被列为首批全国重点文物保护单位。寺内古迹除了泥塑罗汉塑像，还有白莲寺遗址，有建于1630年的天王殿，有重达1.5吨的大铁钟。位处白莲寺遗址之西的陆龟蒙祠，是甪直古镇的又一名胜和古迹。陆龟蒙是唐代著名文学家，生于苏州，家世显赫。他自小勤读经书，立志报国，然而怀才不遇，最后索性来到甪直置田隐居。在务农之余，也常扁舟出游，吟诗咏词，写出了不少反映江南水乡的名诗名句。陆龟蒙祠作为陆龟蒙的宅园，据载占地较大，园中有清风亭、光明阁、杞菊畦、双竹堤、桂子轩、垂虹桥、斗鸭池、斗鸭栏等“小八景”。现祠宇已不存，遗迹仅有陆龟蒙衣冠冢及1981年以来陆续修建的清风亭、斗鸭池和垂虹桥，其中衣冠冢和斗鸭池被列为江苏省重点文物保护单位。生长在墓右侧的三棵千年古银杏树，为两雄一雌，身高腰围均在15米和4.5米以上，据说历年都是雄树开花，雌树结果，有1棵在其腹中又生榆树一株，似“怀中抱子”，实属罕见，堪称古树“一绝”。

众多的古迹和遗址，见证和印记着一段段早已定额的历史。当你或站立在保圣寺唐代塑像之前凝望，或徘徊于晚唐斗鸭池旁沉思，或登临宋初建成的和丰桥远眺，你都会感受到一种古老苍茫的时代气息，面前的甪直古镇如同2500年长河中的一叶风帆，它正承载着你溯江而上，让你饱览一代代沧桑岁月，欣赏一幅幅历史画卷。

甪直历史悠久，名胜众多，文化教育源远流长。早在元代即创办了甫里书院，这对发展古镇的文化发挥了奠基作用。作为陆龟蒙、罗隐、赵子昂、叶圣陶等文化名人居住过的地方，甪直拥有历代遗留的名胜古迹，也蕴涵着意韵深远的文化传统；在甪直，无论是古刹、古塑，还是名苑、巨宅，琳琅满目的人文景观，给人以享之不尽的精神财富，让你随处都能触摸到丰厚的文化积淀。

甪直地灵人杰，不仅物产富饶、富甲天下，而且文化发达、人才辈出。据史料记载，自宋初至清康熙年间，甪直共考中进士、贡生120多人，考中秀才的人数就更多，仅清徐道源编著的《甫里人物考》一书中，就收录唐代至清道光年间甪直名人1200多名。仅清代王韬一家，四代人是秀才，三代人为塾师。到民国初期，甪直就得风气之先兴办新学，建立了甫里小学和学前教育的幼儿园，著名教育家叶圣陶、吴宾若、王伯祥、沈柏寒、沈百英以及电影业先驱戴公亮等都到甪直来任教。在这些著名学者的培养教育下，甪直走出了不少优秀人才，其中物理学家戴震铎，著名画家朱育莲，著名医学家殷绥如、沈家立、许绶泰，水利工程专家曹宏勋，土木工程专家殷之书，硅酸盐专家沈之文等，均是享誉世界的国家栋梁。

甪直有不少近现代达官贵人和富豪商贾的家宅建筑，其中最有名气的是位处甫里“八景之一”处的沈宅，沈宅建成于清同治九年（1870年），是同盟会会员、著名教育家沈柏寒先生的故居。建筑布局为前店、后宅，左坊、右铺，明显具有亦仕、亦商特色，建筑面积达3500平方米，房产广布，气势非凡，其为三开间正厅的乐善堂是甪直镇最豪华的建筑，厅内栋梁雕饰琳琅满目，气派十足。清末民初年间，甪直民间一直将沈宅传为“沈半镇”。电视剧《围墙》《红楼梦》《洒向人间都是爱》和电影《玫瑰漩涡》都是在这里拍摄的。1998年，甪直镇镇政府对沈宅投资修复后，将沈宅的北大厅改成了“东吴水乡妇女服饰展览馆”，成为甪直地区极具农村妇女流行服饰特色的旅游景点。

怀着满腔敬仰之情，我慕名走进了与保圣寺仅为一墙之隔的叶圣陶纪念馆。

叶圣陶（1894—1988年）是我国现代著名文学家、教育家、出版家和社会活动家，解放后先后任国家出版署副署长、教育部副部长和全国政协副主席。1912年，叶圣陶从苏州草桥中学毕业后即来到甪直小学任教和创作；1919年夏天，叶圣陶又让夫人胡墨林从苏州搬到甪直五高女子部当教师，与妻子带着刚满周岁的儿子叶至善定居在甪直生活和工作。数年后，叶圣陶与茅盾、郑振铎发起组织文学研究会，与朱自清、俞平伯创办了中国新文学第一份诗刊《诗》，出版了中国第一部童话集《稻草人》。叶圣陶对甪直有着深厚感情，他把甪直称为培育自己成长的“摇篮”，创作了不少以甪直为背景的文学作品，如《寒晓的情歌》《多收了三五斗》《高高银杏树》，临终时又遗嘱将他的骨灰葬在“第二故乡”甪直。为了表示对他的崇敬和怀念，甪直人将当年叶老先生执教的几处旧址改建成了叶圣陶纪念馆，馆名由中共中央政治局常委、全国政协主席李瑞环题写。纪念馆挂有全国政协副主席赵朴初题写的“一代师表”牌匾，有叶圣陶手书“得失塞翁马，襟怀孺子牛”两诗句，还有一幅写着“松柏有本性，园林无俗情”的对联。馆内陈列物品中，除了介绍叶圣陶各时期的活动说明、照片和叶圣陶各版本的著作和译作等资料外，还有当年甪直小学叶圣陶等5位教师被复原的宿舍和办公室，甪直小学那份声援“五四运动”的“罢课宣言”就是在此起草的。纪念馆东侧复原修建的“女子楼”，为一座四开间的二层楼，当年叶圣陶曾代替夫人胡墨林给这里的学生授课，他《稻草人》中的一些童话故事，就是在这里首先与“读者”见面的。

纪念馆北面与之相邻的，便是叶圣陶墓。墓园两侧松柏成行，浓荫盖地，陵墓为花岗石构造，墓碑坐西面东，墓墙上方和墓台四周雕刻的桃花、李花和万年青图案，是叶老先生“桃李满天下，业绩垂千秋”的象征。眼前的叶圣陶纪念馆，已成了常熟市高等专科学校德育实践基地，并分别被昆山市、苏州市和江苏省三级政府设立为“学校德育教育基地”和“爱国主义教育基地”。

瞻仰了叶圣陶纪念馆，我又慕名来到了中市街6号的王韬纪念馆。王韬是甪直的近代名人，也是中国近代史上赫赫有名的改良主义先驱，曾于清同治十年（1871年）在香港与友人集资买下了英华书院，改名为中华印务总局，创办了中国新闻史上第一家以政论为主的报纸《循环日报》，其鼓吹变法自强的主张，影响深远，被世人所赞赏。

来到甪直，万盛米行是不能不去看看的。

“万盛米行的河埠头，横七竖八停泊着乡村里出来的敞口船。里面装载的是新米，把船身压得很低……”这是文学家叶圣陶的小说名篇《多收了三五斗》里描写的景象，万盛米行也因此而闻名。

万盛米行位于甪直南市的下塘街南面，其原型据说是殷家祠堂南的万成恒米行，这是一家老字号米行，创始于民国初期，由镇上沈、范两家富商合伙经营，它的建筑格局为“前店后场”，店前是河埠头，就是装卸谷米等货物的码头，据传每年一到新谷登场，这里便舟船汇集，会出现小说《多收了三五斗》中所描绘的热闹场景——

当年的万成恒米行，于20世纪50年代改成了甪直镇的粮食收购站和储粮大仓库。眼前的万盛米行面对河埠，门面朝西，店铺是宽敞的石板大院，院内长廊的土黄色墙面上，以黑体字全文铭记着叶圣陶的经典著作《多收了三五斗》，两廊陈列的，是耕耘稻田的各种农具、加工谷米的各式器具，形象地再现了民国年间江南米市的真实风貌，成为甪直古镇一处具有水乡生活特色的旅游景观。

走在甪直的大街上，最吸引人眼球的是甪直的桥。甪直是古桥之乡，绵延的石驳岸、精美的桥体石雕和系船石图案，丰富了古桥的艺术内涵，以明代东美桥为代表的桥梁结构，艺术价值更是首屈一指。

在全镇68条大街小巷的河岸边，有宋、元、明、清年代修建的古桥70多座，现存的40多座古桥绝大部分都建于清乾隆之前。这些古桥桥体有梁式的，有拱形的，也有圆洞形的；在圆洞形古桥中，桥洞有单孔的，有多孔的；其用料有青石，有花岗石，还有武康石。各座古桥大小不一，风格各异，极具观赏价值，堪称是一座活生生的古桥博物馆。其中“桥龄”最老的桥，是位于中市街北端的和丰桥（又称中美桥）。和丰桥建于宋代，是甪直古镇“桥龄最老、年代最长”的桥。这座花岗石拱桥，以青石为拱圈，以武康石为桥墩。每块桥面石均有浮雕，图案古朴，雕刻精美，是别具宋桥特色的弓背形武康石桥。

甪直桥形最独特的古桥名叫东美桥（又名鸡鹅桥）。东美桥位于甪直镇东塔弄口西，建于明成化年间，已有500多年的历史。此桥的桥石上雕刻的是幡、莲等佛教图案，其最独特之处，是它那设计成全环形的桥洞，据说这种构造使桥的承载力比一般单孔拱桥更大。由于东美桥的这一独特结构和更大的承载力，已被载入中国桥梁史，成了角直人的自豪和骄傲。

角直最小的桥，是两座只有1米长的垂虹桥；还有一座桥名叫“半座桥”。“半座桥”是横跨角直镇与昆山市南港镇的界桥，因为这座桥是一桥横跨两镇，人们便把它称之为“半座桥”。

角直河网密布，水道纵横，桥梁众多，仅以三步可跨两桥的“三步二桥”就有5处，其中位于市中街的三元桥和万安桥，算是“三步二桥”的代表建筑，前者是一座花岗石砌梁式平桥，建于明万历年间；后者建于清乾隆年间，也是一座花岗石砌梁式平桥。更引人入胜的是，在角直万盛米行以南、东市头、中市北端和西市中段，还有四组新颖别致的双桥，它们被妇孺皆知的名字分别叫南昌桥与永福桥、和丰桥与交会桥、环玉桥与和丰桥、环壁桥与金巷桥。如果按修建年代来说，在角直的古桥中，建于明代的梁式平桥有凤阳桥、广济桥、永昌桥，单孔石拱桥有昌桥、兴隆桥，三孔梁式平桥有太平桥；建于清代的古桥就更多了，名字为大家耳熟能详的就有寿康桥、红岩桥、华阳桥、交会桥、凤凰桥、金安桥、三元桥、进利桥、南昌桥、万安桥、永福桥、金鼎桥、依人桥、大通桥、香花桥……

角直桥体最大的桥名叫正阳桥（亦称东大桥），坐落在角直镇东面，建有明万历年间，初名青龙桥，后称正阳桥，崇祯初年重建，因它是全镇第一座迎接旭日的建筑，故改名正阳桥。此桥桥体以金山花岗石砌成，桥长58米，拱高12米，桥孔宽10米，桥面宽5.2米，登桥石阶多达66阶，这使该桥显得格外高大雄伟，气势不凡。你驻足在这座角直体型最大的古桥上遥望四周，古镇风光尽收眼底。

除了独特、古朴的石桥外，角直河岸的两旁都有又整齐美观的石驳岸。石驳岸一般都长达千米，沿着水道逶迤拓展，那些镶嵌在石驳岸上的船缆石则是角直的另一特色。这些形状各异的船缆石并非单纯用来装点码头，而是带有眼孔的石钉，为船家停泊系船所设。仔细观览，有的船缆石上雕刻着如意、寿桃、蝙蝠、定胜等民间传统吉祥图案，有的雕刻着灵芝、猫眼、象鼻、立鹤、奔鹿，有的甚至雕刻着狮子滚绣球、刘海戏金蟾等民间传说故事图案，幅幅雕刻表现出民间艺术的古朴美，极大地提高了石驳岸的观赏价值。

角直的水巷很有特色，一种是前街后河，人家枕河而居，临河有阶；一种是两巷夹一河，河两边都有石驳岸，并有河埠供人上下船和日常取水。小巷几乎都是粉墙黛瓦，木门木窗，当中有石库门高墙的，就是从前的大户人家了。这些人家居室大都为三进以上，有厅轩有楼堂，有的还有走马楼和花园，门窗有雕饰，墙壁有书画，尽显主人家的文化品位。即使是普通人家，住房有平房也有楼房，虽然简朴，却不单调，望之高低起伏，错落有致。

角直的老街，全以弹石铺路，宽约3至4米，两边房屋一律为商铺，商铺和住宅连在一起，均现"前店后宅"的建筑格局。店铺老板不分男女或老少，个个都温文尔雅、彬彬有礼，接待顾客既热情又耐心。在信步游览街景间，我随意走进了"红木雕刻艺术店"。一进门，女老板即主动招呼我，她一面倒了一杯热茶让我喝，一面还递出一张名片给我看。这位女老板名叫雷德芳，虽然是30多岁的年轻人，但待人接物显得既精明又干练。我见货架上有一件标价1500元的木雕虎刻工很精细，形象也极逼真，便向女老板询问实销价。女老板先将木雕虎从货架上取下来，用毛巾轻轻擦了擦虎身，然后很有礼貌地递到我手上让我看，随即以她那浓浓的江南软语介绍说："这是用紫檀木雕成的。因为紫檀木在国内已绝迹了上百年，所以它的标价有点高。先生您要是真喜欢，就打七折卖给您。"虽然商场有句话说"要价在天上，还价在地上"，但听女老板雷德芳如是说，我不好意思再砍价，只让她将七折价零头的50元优惠后，将这件手感沉沉的木雕虎买下来作纪念。

来到角直古镇游览和观光，这里的历史，这里的文化，这里的自然景观，这里的人文风情，都在我心里留下了深深的记忆和印象。"神州第一水乡"角直，让我还想再来！

（2002年3月）

千年古韵耀常州

说起“三吴重镇，八邑名都”的历史名城常州，这可是一个物华天宝、人文荟萃的好地方。

常州，位处美丽富饶的长江金三角地区，与南京、上海两大都市等距相望，境内水网纵横交错，连江通海；区位条件十分优越，水陆空交通极其便捷：沪宁铁路、312国道、沪宁高速公路、京杭大运河穿境而过，常州港是国家一类开放口岸，年货物吞吐量超过百万吨，除了四通八达的水陆交通干线，航空交通也很发达，在国内开通了至北京、大连、西安、广州、深圳、海口、厦门等20多个大城市的直达航线。这里不仅是土地肥沃、富甲天下的鱼米之乡，而且地灵人杰，人才辈出的文化之乡。早在南北朝齐梁时期，这里就有名声赫赫的肖氏家族，早的不说，单说现代以来，名扬世界的数学家华罗庚，蜚声中外的艺术大师刘海粟，被誉为“常州三杰”的中国共产党早期领导人瞿秋白、张太雷、恽代英，都是从常州这一风水宝地走出来的大名人；被誉为民国“十大才女”和著名抗日救国“七君子”之一、新中国的首位女部长并长期担任全国政协副主席、全国人大常委会副委员长的史良，也是常州人。位于常州和平南路的史良故居，为晚清砖木结构建筑，如今既是史良生平事迹展览馆，也是常州市的重点文物保护单位和中国民盟的传统教育基地。

作为千年古城，常州至今仍流传着这样一首民谣：“里罗城，外罗城，中间方形紫罗城，三套环河四套城；内高墩，外高墩，四周林立百余墩，城中兀立王女墩；内河坝，外河坝，通道唯有城西坝，独木舟渡古无坝。”这首古民谣，说的就是已有2500多年的历史古城淹城。淹城位于常州市区西南7公里处，是中国目前保存最完整的古代地面城池遗址，由子、内、外三重土城墙和三道护城河组成，最外面有城郭，全城面积0.6平方公里。子城又称紫罗城（王城），为方形，地势较高，城墙高5米，墙基宽10米，周长约500米；内城俗称里罗城，略呈方形，周长1500米，城墙高12米～15米，墙基宽20米；外城又称外罗城，为不规则圆城，周长约2500米，城墙高9米～13米，墙基宽25米～40米。子城、内城和外城的每道城墙外均有护城河环抱，周长3000米的外城河宽竟有50米～80米，护城河水清澈碧绿，常年不枯。据当地老人讲，1934年发生大旱，赤地千里，不少河道断流龟裂，而淹城的护城河水却未干涸。三道城墙之间无陆路相通，以前只有以独木舟为交通工具从水门进出，眼下的进城道路和堤坝都是后人筑成的。据专家考证，像淹城这样的建筑形式，在中国乃至世界上都属罕见。

淹城既是古城，又是水城，更是一座深奥莫测的迷宫，尚有许多不解之谜正待人们去揭开。1958年，在淹城内城河出土了大量的坛、罐、瓮、钵和铜尊、编钟、青铜剑、独木舟等珍贵文物，最惊人的是以整段楠木、柏木火烤斧凿而成的独木舟，经测定为西周时期遗物，距今已有2800多年历史，被誉为“天下第一舟”，其中最大的一条独木舟长达11米，是目前全国已发现最早、最大、最完整的古代独木舟，除了少部分陈列在淹城博物馆，大部分都珍藏在南京博物院和中国历史博物馆。这些珍贵文物，凝聚着古淹城人的智慧，也展示着常州古城的悠久历史，让人对常州充满了敬仰之情。

距今1300多年的天宁寺，是常州的又一处名胜古迹。始建于唐代永徽年间的天宁寺，香火旺盛，信众如潮，每隔60年举行一次的传戒法会更是盛况空前，当年乾隆皇帝六下江南，曾3次到天宁寺拈香顶礼，留下了不少动人故事和美好传说。不久前，常州又将天宁寺修缮一新，并重塑佛像670尊，新铸了法器，使千年古刹重现了当年基广百亩、殿宇恢宏的盛景。天宁寺的山门宏伟古朴，门前一对石狮，东为雄狮，前爪按一绣球，象征权力；西为雌狮，足下搂着幼子，象征嗣续。进入山门，迎面坐落的是天王殿，殿内有佛像96尊，佛龛、供桌和琉璃灯均用朱漆装金，富丽堂皇，气势磅礴。与天王殿正对的是大雄宝殿，其建筑的砖雕、木雕工艺之精湛，品种之丰富，为江南其他寺院所不及。天王殿和大雄宝殿的东西配殿分别是文殊殿、普贤殿、观音殿和地藏殿，供奉着文殊、普贤、观世音、地藏王菩萨。将这4位菩萨祀拜一处，分别象征中国佛教四大名山——山西五台山、四川峨眉山、浙江普陀山、安徽九华山。以致民间常说：凡到常州天宁寺烧了香，就如同参拜了佛教四大名山。

常州既有田园之美，又有山水之胜。来到常州，大家都要去天目湖旅游度假区看一看。天目湖位于常州市辖区的溧阳市境内，天目湖为总长13公里的狭长状人工湖，在300平方公里之内建有两座大型水库。一座是沙河水库，一座是距沙河水库仅二公里的大溪水库。两座水库地处天目山的余脉，湖水来自发源于安徽广德与溧阳的50多条河溪，水库平均水深10多米，最深水位超过28米，蓄水量达1亿多立方米，从湖心岛高处往下看，两座湖宛如一位美丽少女的一对明亮的眼睛，故称“天目湖”。

天目湖有三大特色：一是水甜，二是茶香，三是鱼头鲜。

天目湖水澄碧清冽，纯洁甘甜，经省环保部门检测，天目湖水一直保持着国家超二级甲等饮用水标准，是江苏省内水质最好的湖水，一直为溧阳市区和周边乡镇居民的生活用水。

在天目湖上游，有着千亩茶园、万亩竹海和当年乾隆皇帝下江南时所栽种的百年古松林，植被覆盖率达80%以上，湖边岸线环曲弯绕，蜿蜒绵长，伸向茫茫苍山，群山环抱，峰峦叠翠，流泉飞瀑，松涛竹海，构成了一幅风景秀丽的山水画。人都说，天目湖美，也正美在山青、美在水秀。

由于天目湖水质好，加之湖底又均为砂石，湖甲的鲢鱼肉质鲜嫩，无土腥味，尤其是产于天目湖的大头灰鲢更是闻名遐迩。天目湖的特产菜肴“砂锅鱼头汤”，就是采用湖中8斤以上大头灰鲢的头段，加上湖中碧水及各种调料，以文火久煨而成的，鱼头肥而不腻，鲜而不腥，汤水乳白，味道鲜美，深受食客的喜爱和青睐。良好的生态环境，养育了天目湖丰富的水产品，每年生产各种鱼虾等水产品达50多万公斤。

作为集旅游观光、休闲度假的一处游览胜地，天目湖建有种类繁多的娱乐设施，由溧阳市和荷兰、加拿大共同修建的水上乐园，其水滑梯、冲浪池等设施具有国际先进水平，那有200多种鱼类遨游的地下水族馆，那百花吐艳的植物园，那互显竞技的射击场同，那人头攒动的欢乐世界，让游人乐不可支，流连忘返。

天目湖的湖里山公园，是一处三面环水、一面依山的半岛公园，岛上竹木茂盛，石级蜿蜒曲折，亭台、楼阁、长廊、轩榭环湖而建，漫步其间，湖光山色尽收眼底，岛上的“德泽厅”，是为纪念唐代诗人孟郊而修建的。孟郊一生清贫，直至50岁时才得了溧阳县尉一职，在职期间为溧阳百姓做了不少好事，那首脍炙人口的《游子吟》也是在此所作，如今，“慈母手中线，游子身上衣。临行密密缝，意恐迟迟归。谁言寸草心，报得三春晖”这首《游子吟》，已成了无数人耳熟能详的名句。坐落在东陵山上的“秦公寺”，流传着这样一段故事：相传秦桧害死了抗金名将岳飞之后，他的大哥秦梓和他的母亲因为无颜再见家乡父老，就来到溧阳隐居。隐居期间，秦梓出资整修了南北朝修建的报恩禅寺，并亲手题写了碑记，溧阳百姓为了感谢秦梓的这一善举，便将报恩禅寺叫成了“秦公寺”。驻足“秦公寺”，让人禁不住感慨万千，沧海桑田，岁月如梭，美与丑、善与恶，在历史的镜子里竟彰显得如此分明和直白。

位于常州老城西门古运河北岸的篦箕巷，原为毗陵驿所在地。当年的毗陵驿，是专供传递公文的差役和官员途经本地时停歇或换马住宿之所，为江南仅次于金陵驿的第二大驿站。明清时代，此地不仅是交通枢纽，也是商贸中心。为1987年整治古运河时，按原样复建为仿古商业街。飞檐翘角的楼阁，形状各异的亭台，条石铺面的回廊，高高耸立的马头墙，让整条街道雅致古朴，意韵无穷。进入篦箕巷西口，迎面是一座巍峨而立的石碑坊，上书“大码头”三个朱漆大字，顺着运河岸畔再向里走，就是常州专作官礼排场的“皇华亭”，也是文人学士赴京赶考的登舟之处。亭中立着由书法家武中奇书写的“毗陵驿”题碑，据说《红楼梦》第一百二十回记述的贾政与贾宝玉最后一别就是在此，由此可见“毗陵驿”在常州的知名度。

篦箕巷，原为常州绢缎宫花制作和销售之地，后因经营制作用料考究的梳篦而被乾隆皇帝改名为“篦箕巷”。如今的篦箕巷，以其浓郁的江南古街风格吸引着中外宾客探古寻幽。在篦箕巷东头，有一座三孔石拱桥名叫文亨桥，此桥是常州最大的古桥，建于明朝嘉靖二十七年（1548年），由青石和花岗岩石砌成，桥沿为镂空雕花石栏杆，全桥有93级台阶横跨在古运河上。由于此桥是明清帝王南巡的必经之地，地方官吏每年谨加修葺，尽管桥龄虽久，但桥体至今完好无损。1987年拓宽古运河时，此桥在原地旋转90度，由南北跨向变为东西走向。

在市区东郊，有一座名胜古迹叫舣舟亭。舣舟是“系舟”或“停船”

之意，当年，苏东坡曾先后11次到过常州，其中宋神宗熙宁六年（1073年）除夕，苏东坡从杭州前往镇江，途经常州时独自在此系船夜宿，并赋诗记之。为了纪念大文豪苏东坡，常州人便在他泊舟之处建起了舣舟亭。至清代，鉴于康熙、乾隆二帝数次南巡，在重修舣舟亭的同时，又在此基址上建起了万寿亭行宫。清咸丰年间，舣舟亭毁于火灾。1984年，常州重修东坡公园，在园内东南山顶按原貌建起了舣舟亭。舣舟亭翘檐飞角，饰以精美绝伦的砖雕和木雕，古色古香，朴素大方。立足亭间俯瞰，缓缓东流的运河水，犹如一条绿丝带缠绕在公园腰间，河面船舟穿梭，百舸争流，满眼一幅江南水乡的绚丽风光。

舣舟亭北面，有东坡洗砚池。该池以一块白石凿成，相传是苏东坡晚年卜居常州时洗涤笔砚之池，原置于苏东坡终老地顾塘桥藤花旧馆内。乾隆二次南巡来常州时，为了取宠皇帝，常州府台便将此洗砚池搬至舣舟亭北面的假山旁。在洗砚池不远处，有一御碑亭，是乾隆皇帝模仿其祖父康熙六下江南路过常州时题写的诗文碑刻，乾隆皇帝十分敬仰苏东坡，曾为苏东坡4次题诗，并给舣舟亭赐“玉局风流”的匾额，眼前的御碑亭，仍存有乾隆皇帝追怀苏东坡的6块碑文。舣舟亭下的运河边，就是名声赫赫的御码头，这一过去专供康熙、乾隆停靠官船的御码头，如今已成了中外游客乘坐游船畅游古运河的驿站了。由此向东，过三孔古桥广济桥，便是被运河怀抱的半月岛。该岛形似巨轮，岛边双层长廊环绕，岛上有亭台楼阁，有湖石假山，林木蔚秀，主建筑“仰苏阁”巍然矗立在岛中央，与舣舟亭遥相呼应，驻足观览，既让人感觉这是一种自然天成，也给人以意韵无穷的遐思和联想。

悠久的历史、灿烂的文化、秀丽的风光、富饶的物产，让常州名扬天下，千百年来一直享有“太湖明珠”之美誉。当你来到常州这处“吴中胜境”，犹如走进了岁月悠悠的历史长廊，无论是街头巷尾，还是山水林间，如同散珠碎玉遍布其境的名胜和古迹，让你赏不胜赏，看不尽看。在这里，你能听到很多动人的传说，能阅览铭刻史册的记载，能感悟世事轮回的音符，能体验民族智慧的力量……

（2002年3月）

怀化写意

位处湖南省西南边陲的怀化市，是我国侗族同胞聚居最集中的地方，也是国内外游人喜闻乐见的旅游胜地。

怀化市属云贵高原边缘地带，素称“滇黔门户”。境内山峦起伏，河流纵横，名山、秀水、奇洞遍及全市，还有新石器文化遗址，有战国墓，有全国重点保护文物——龙兴寺、马田鼓楼和芋头侗寨古建筑群，有粟裕故居、向警予故居、滕代远故居，有沅陵古黔中郡遗址，有省级风景名胜区怀化钟坡、通道万佛山、沅陵凤凰山五强溪等旅游景区和文化遗迹……

一到怀化，我首先参观了位于芷江县城东3.5公里处七里桥村的芷江受降纪念坊——

芷江受降纪念坊是华夏大地唯一纪念抗日战争胜利受降的建筑物。作为抗日战争胜利受降的重要见证，芷江受降纪念坊已被载入历史，也因这一辉煌的历史见证而驰名中外。

芷江位于云贵高原东缘的武陵山南麓及雪峰山西脉之间，自古既有“黔滇门户”之称，更有“荆楚咽喉”之誉，历来均为兵家必争之地。抗战时期，国民政府在芷江修建了当时国内的第二大机场，使这里成了重要的空军基地，当年驻芷江的军队总人数不下10万，同时驻扎芷江的还有苏联空军和美军第十四航空中队，即陈纳德的“飞虎队”。芷江空军基地作为阻止日军进犯川黔滇、保卫大西南的军事屏障，日军曾多次企图攻占。1945年4月9日，侵华日军总司令冈村宁次发动了“芷江攻略战”，命令坂西一郎中将率领8万精锐兵力进攻芷江，我军由何应钦率8个军奋勇抗敌，展开了著名的“芷江会战”。这场会战以我军完全胜利告终，在历时55天的战斗中，日军遭受重创，死伤3.4万多人，这也成了芷江成为“首受降”地点的一大缘由。

1945年8月15日，日本天皇裕仁向世界宣布无条件投降，8月21日，侵华日军副总参谋长今井武夫少将代表日本政府和军队到芷江受降，献交侵华兵力布置图，接受我方对中国战区日本投降做出详细规定的备忘录，史称“芷江受降”。9月2日，日本代表在投降书上正式签字，在华日军128万人向中国投降。至此，中国的抗日战争终于胜利，第二次世界大战也随之结束。为了纪念“芷江受降”，国民政府于1946年2月在受降原址修建了受降纪念坊。1992年，芷江县委县政府扩建受降园，在受降纪念坊旁新建了“纪念抗日战争胜利展览馆”。

芷江受降纪念坊建在原国民党空军司令部的群力礼堂，观览点主要分为凯旋门、纪念坊、受降室和纪念抗日战争胜利展览馆。受降纪念坊为四柱三拱，高8.5米，宽10.64米，厚1.16米，整座建筑宛如一个“血”字。坊上刻有蒋中正、李宗仁、何应钦、白崇禧、于右任、孙科、王东原、居正等国民党军政要人的题词联额和《芷江受降坊记》，其中蒋中正的题联为“克敌受降威加万里，名城揽胜地重千秋”，联额为“震古烁今”。当时的芷江受降，由时任国民政府陆军总司令何应钦主持，何应钦的题联是“名城首受降实可知扶桑试剑富士扬鞭还输一着，胜地倍生色应推到铜柱记功燕然勒石独有千秋”。据说，何应钦以主持芷江受降为一生最大荣幸，以题嵌受降纪念坊上的这副楹联为一生最得意之作。

眼前的受降会场，是一如当初布置的。会场正面悬挂着孙中山先生遗像和他“天下为公”、“革命尚未成功，同志仍需努力”的题词，靠像下方设主受降座，对面下首为投降座。受降仪式由何应钦主持，主受降官为陆军总司令部参谋长肖肃毅中将，副参谋长冷欣中将；日方首席投降代表为今井武夫少将。受降陈列室内展有大量抗日战争历史图片、文献资料和珍贵实物。

纪念抗日战争胜利展览馆，庄严肃穆，气势非凡，用大量文字、图片和实物真实地记录了中国人民抗击日本侵略的斗争历程。在日本侵略中国期间，大半个中国被日军践踏蹂躏，神州大地先后有930余座城市被日军侵占，有3500多万同胞惨遭日军杀害，有4200多万国民流离失所、无家可归。为了打败日本侵略者，全国各族人民经历了极其艰难的斗争，付出了无比巨大的牺牲，这座巨碑向世人昭示：光明必定战胜黑暗；正义必定战胜邪恶；真理必定战胜强权！

在怀化汽车南站，有快巴开往洪江市的黔城镇。在参观黔城镇沅水东岸的芙蓉楼时，我才获知了大诗人王昌龄与芙蓉楼的一段机缘——

唐代著名诗人王昌龄，字少伯，京兆（今陕西西安）人，其诗“绪密而思清”，在唐开元、天宝年间就名重一时，尤以七绝的艺术成就最高，被推为“七绝圣手”。但是，诗人的坎坷遭遇令人扼腕叹息：开元二十年（732年），王昌龄被贬谪为江宁丞，天宝七载（748年）再降为龙标（宋时为黔阳，今为洪江市）县尉，于是世人称他为王江宁、王龙标。安史之乱中，王昌龄还归乡里，不幸惨遭刺史闫丘晓杀害。

王昌龄被贬谪龙标县尉时，李白写了题为《闻王昌龄左迁龙标遥有此寄》的七言绝句，以“杨花落尽子规啼，闻道龙标过五溪。我寄愁心与明月，随君直到夜郎西”的诗句，表达了对友人王昌龄遭贬的惋惜之情。被贬谪的王昌龄经辰溪、酉溪、巫溪、武溪和沅溪等地到达龙标后，尽管这里地处偏远，但山清水秀，风光优美，诗人依然壮志凌云、激流勇进。在《龙标野宴》中“莫道弦歌愁远谪，春山明月不曾空”的诗句，诗人就展示了自己被贬时的乐观和豁达。这位满怀豪情的大诗人，身处异境中仍不减报国之志，在倡导龙标百姓繁荣经济、兴盛文化的同时，还主持兴建了芙蓉楼。

芙蓉楼素有“楚南第一胜迹”之称，坐落在沅江和舞水交汇处的黔城镇，距怀化市区40公里。现存的芙蓉楼为清道光十九年（1839年）重建，楼为两层，纯木结构，双重檐，歇山顶，上下均有围廊；二楼有明轩，供游人临江远眺，四周环境清幽，与树林、青山、江水浑然一体，登眺则群山叠翠，俯视则万木交荫。楼右是碑亭，碑壁铭有历代名人碑刻80多块，其中王昌龄宦楚诗就达15首，另有摹刻颜真卿《麻姑仙坛记》、米芾《西山书院记》、岳飞手书“墨庄”和黄庭坚、赵孟頫等历代书法名家的碑文200余方。楼后还有玉壶亭、乡贤祠、览翠亭等古迹。当年王昌龄为友人辛渐送别，写下了脍炙人口的《芙蓉楼送辛渐》：“寒雨连江夜入吴，平明送客楚山孤。洛阳亲友如相问，一片冰心在玉壶。”1000多年后的今天，这首千古佳句依然被人们一代接一代所传诵。芙蓉楼后的玉壶亭，以王昌龄《芙蓉楼送辛渐》中“一片冰心在玉壶”之意而取。立足芙蓉楼，才华横溢、乐观豁达、酷爱青山绿水的大诗人王昌龄仿佛就来到了你的眼前。

湘西是侗族的主要聚居区。为了游览皇都侗族文化村，我便来到了湘、桂、黔三省六县交界处的通道侗族自治县。

皇都侗族文化村坐落在距县城10公里的黄土乡，我在县城汽车站乘坐中巴车即直达这一旅游胜地。皇都侗族文化村是由头寨、尾寨、盘寨和新寨组成，是一处集民族建筑、民间文化、民俗风情于一体的侗族文化旅游景区。侗族建筑以鼓楼、凉亭、寨门、风雨桥、吊脚楼为主，其中被誉为“侗族建筑三宝”的鼓楼、凉亭和风雨桥最为独特。在皇都侗族文化村，寨门、鼓楼巍巍高耸，吊脚楼鳞次栉比，风雨桥横卧江面。那一座座工艺精巧、样式奇特的风雨桥更让人叹为观止，在这一侗族集聚的村寨里，无论清流河溪上，还是山腰坳头间，到处可见以青石为墩、松山为面的风雨桥，桥上建长亭，顶上盖瓦，桥的两端和石墩上建有桥亭。这些形如宝塔的六方或八方桥亭，飞檐层叠，气势巍峨；长廊两边有栏杆，栏杆旁设有长凳；廊柱和挡风板上有各种彩画图饰；侗族淳朴忠厚、豪爽耿直，礼宾好客，热心公益，凉亭大多建在路边坳头有水井处，除盖瓦的椽木为木质外，用料均为青石，常于井边放瓢和在亭内挂草鞋供人使用；鼓楼为侗寨议事之处，寨内有事，以击鼓为号集众商议，也是寨中的公共娱乐场所。作为侗寨标志建筑，鼓楼为纯木结构，楼高16米～20米，样式如塔层叠，层数有5、9、11层不等，造型有六方、八方各式，分阁重檐，雕梁画栋。鼓楼底层设有火坑，供取暖之用，楼内置有大鼓一面。

在我国的56个民族中，侗族的文化丰富多彩，素有“诗的家乡，歌的海洋”之称，侗族称之为“大歌”的民族演唱更是遐迩闻名。“大歌”演唱一般由4～10人组成，一领众和，间有朗诵带戏剧性的咏叹，也有由两人领唱，曲调自由丰富，男声洪亮粗放，气势磅礴，女声柔和细腻，婉转悠扬，听之很受感染。侗族的侗戏和琵琶歌，都是侗族独有的艺术形式，其琵琶歌以一种侗族特有的拉弦乐器“格以琴”伴奏而得名，已有300多年的历史；作为侗族民间剧种，侗戏由“大歌”中的叙事大歌和欢歌发展而成，也借鉴了湖南祁剧、广西桂剧、贵州阳戏等汉族剧种。一到节庆、社交、农事等节日，侗族都有表演芦笙舞、坡会舞、踩堂歌、水牛舞，这些歌舞或热情奔放、洒脱稳健，或威猛壮烈、迅疾刚健，或含蓄婉转、轻松明快，体现了侗族同胞热情、勇敢、豪爽、文明的民族性格。

侗家人热情好客，每当宾客至家，都会倾其所有招待，殷勤劝酒，以醉为快。在皇都侗族文化村，那浓郁的民族风情，别具特色的建筑，优美多姿的歌舞表演，令人喜不自胜，乐不可支。

悠久的历史，灿烂的文化，古朴独特的古代建筑，充满诗情画意的山水风光，蕴含山野情趣的风土人情，令游人看不胜看、喜不胜收。在离开怀化的列车上，我不禁一再回味此次怀化之行，所见、所闻、所感、所乐，让我心情仍是激动不已，兴奋不已！

（2003年6月）

湘西探奇

位处湖南西北部，紧邻张家界的湘西土家族苗族自治州，境内风景秀丽，古迹众多，其南方长城、乾州古城、黄丝桥古城、乌龙山大峡谷、小溪国家级自然保护区、不二门国家森林公园、南华山国家森林公园、皮渡河风景名胜区、猛洞河风景名胜区、红六军团指挥部旧址，犹如一块块巨大的天然磁石，时时刻刻都会吸引你一睹为快。

来到湘西首府吉首市后，我首先游览了位处猛洞河风景区南大门的王村古镇——

王村古镇是湘西的著名古镇，籍酉水而得舟楫之便，自古享有“楚蜀通津”之称，早在秦、汉时代即为酉阳县治，在五代十国时，因彭氏土司王小朝廷建于此而得名，迄今为止已有2000多年的历史。数百年间，这里一直为湘西土家族政治文化中心，其王村瀑布、西汉古墓群和经典的土家族民居汇成了独具特色的人文景观。在20世纪80年代初，自著名电影《芙蓉镇》以王村作外景拍摄放映后，王村古镇在海内外引起轰动，名声远播，世人争相而至一饱眼福，纷至沓来一睹为快。

王村古镇坐落在酉水北岸，依山傍水、古色古香。从酉水河边望去，一幢幢青瓦木壁的土家族民居挨挨挤挤占据在山腰；用青砖砌成的古城墙，墙体坚硬，在晨光暮霭里更让人怦然心动。镇内由青石板嵌成的梯子街，从河码头一直延伸到城顶，形成了绵延伸展的五里长坡；街道两旁，临水而建的吊脚楼鳞次栉比，式样古朴，富有土家风格和地方特色。镇东悬崖上的王村瀑布，分上下两级，高约60米，宽约70米，瀑布从悬崖上飞落下来，撞击在第二级石崖上，激起的巨大浪花溅向天空，又再跌落，汇入碧绿的酉水，跌泻而下的瀑流，响声如雷，雾珠弥漫，气势磅礴，蔚为壮观。驻足观览，这一素称“雪浪飞虹”的瀑布景观，让人叹为观止。

镇北是面积达1平方公里的石林，那一株株、一座座的石树如剑似戟，直插云霄，让人实实在在地领略一番大自然的神奇和壮美！

世世代代居住在王村古镇的人，几乎都是土家族。来到王村旅游观光，不能不去观览的就是溪州民俗馆。馆内陈列着体现民族特色的各种雕刻、家具、物产以及土司王的塑像、土家族崇拜的神像。你一走进溪州民俗馆，就能欣赏到是国家重点文物保护单位的溪州铜柱。溪州铜柱系五代后晋天福五年（940年）楚王马希范与土家族土司王彭士愁划分疆界所立的界标。铜柱八棱中空，直径39厘米，高398厘米，重2500公斤，柱上铭有楚王与土司王罢兵盟和历史的《复溪州铜柱记》，是研究我国民族关系的一件重要实物史料。铜柱原立在永顺会溪坪酉水西岸，因建凤滩水库才移到了溪州民俗馆内。

湘西民俗风光馆，真实地再现了土家族的历史风情和生活习俗。走进馆内，你可以从陈列的物品中了解土家族的信仰、婚俗、狩猎禁忌等民俗，还可以观看土家族“哭嫁”“猴儿鼓”“咚咚奎”“摆手舞”“土家溜子”“土家情歌”等富有浓郁民俗的民族歌舞表演。在猛洞河漂流月期间，王村每天都要举行土家族民俗歌舞表演，其中“茅古斯舞”的舞蹈动作，充满了原始狂野气息，只见一组土家汉子头戴稻草扎成的尖顶帽，身穿稻草衣裙，手持木棒，在石片打击声和原木梆子撞击声中，一面用土家语唱白，一面手脚并用狂舞，动作多为放火烧荒、打猎、打铁、插秧、收割、喂家畜、打糍粑等等，据说这种“茅古斯舞”，原本是土家族为纪念其祖先艰难创业而创造的一种娱乐艺术，而在熙熙攘攘的游客眼里，“茅古斯舞”却成了实实在在的现代“劲舞”。

青石板街的尽头是酉水码头，为游览猛洞河的登船之处。从码头拾级而上，走在五里石街，临街店铺和作坊都有很多土家姑娘用织布机精心编织花团锦簇的“织锦”。从导游的介绍中知道：“织锦”的土家族名字叫“西兰卡普”，意为“西兰姑娘织的锦”。相传古代有个心灵手巧的土家族姑娘叫西兰，她编的织锦图案最丰富、色彩最鲜丽，并将其技术广为传播。为了纪念西兰姑娘，土家人便把织锦称为“西兰卡普”。今日的土家族织锦，其花型、图案多达200余种，一般来自植物、动物，也有历史故事，这些织锦图案栩栩如生，灿若朝霞。过去织锦大多是作被面、桌布、椅垫、小孩摇篮及背笼之用，而现在已扩展到编织提包、褡裢、旅行袋等品种。这些织锦的编织，织进了土家姑娘们美好的时光、感情和对生活的祝愿。

来到王村古镇，有一个游人乐于游览的苗族村寨名叫德夯村。“德夯”在苗语中的意思是“美丽峡谷”，德夯村位于吉首市西郊24公里的峡谷深处，这里群峰竞秀，溪流纵横，古老的筒车、古渡、水碾、小舟，以及古朴的苗家吊脚楼，点染出一派田园风光和苗家风情，优美的自然风光，让人赏心悦目。德夯村现有80多户人家，村里清一色的灰瓦石基吊脚楼，风韵古朴，九龙溪穿寨而过，路、桥、坪、墙，全由青石板砌成，四周群峰高耸，山色青翠，古朴的人文习俗，清丽的田园风光，令人心旷神怡。

居住在德夯村的苗族历史悠久，能歌善舞，三月三、四月八、六月六、苗年、斗牛节、姊妹节、赶秋节等民间喜庆活动源远流长，情趣盎然，斗牛、椎牛、椎猪、抢狮、赛龙舟、赛牯牛、熊舞、猿猴舞、鸟雀舞和武术表演等粗犷豪放；摸油锅、过火海、上刀梯的表演，更令人心惊胆战，唏嘘不已！单说摸油锅、过火海和上刀梯这三种表演吧：摸油锅是将几枚铜钱丢进被烧得滚沸的油锅后，表演者就把手伸进油锅里又把铜钱摸出来；过火海是把五六张犁口烧得通红，表演者要赤脚从上面走过；上刀梯则是用36把尖刀，刀口朝上成梯状捆在木杆上，表演者赤脚踩刀一层层往上爬，爬到顶部后还要吹牛角、挥令旗。苗年农历三月二举行的清明歌会，活动内容主要是男女自由对歌和交往，同时也是当地人称之为“赶边边场”的好日子，据说赶边边场的场面十分热闹，农副产品非常丰富，市场上有蔬菜、肉类、木料、首饰、布匹，还有苗家自制的花带、围裙、头帕等等，让人目不暇接。

苗族妇女对服饰更是情有独钟，苗族妇女的首饰造型精美，种类繁多，有银帽、银耳环、银项圈、银手镯、银胸花、银纽扣、银戒指，凡是逢年过节，妇女们都要穿上无领、镶边、绣花的大襟上衣，下穿镶边、绣花的宽脚裤，头上、颈部、手腕、前胸后背都是闪闪发光的银饰品，舞动时银器轻轻碰撞的叮当声，听来有一种独特韵味。苗族妇女编织的花带也格外讲究，这些花带包括裙带、裤带、腰带、背带等等，各种花带质地厚实，色彩绚丽，纹样精美，既实用，又美观。从这些精心编织的花带上，既可领略到苗族妇女的聪颖、智慧和灵秀，也可欣赏到苗族妇女对生活的憧憬、寄托和追求!

从吉首市往南走53公里，就到了凤凰县城沱江镇。凤凰县城沱江镇坐落在沱江岸畔，四周群山怀抱，东有青龙山，南有南华山，西有凤凰山，北有雷草坡，沱江穿城而过，显得美丽又神奇。进入城内，那纵横交错的石板街，被岁月蹭磨得光滑锃亮；在清水悠悠的沱江两岸，全为纯木结构的吊脚楼鳞次栉比，错落有致；屹立在沱江河畔的东门、北门两座古城楼雄伟壮观；那大成殿，那天王庙，那万寿宫，那朝阳宫，那城隍庙，这一座座古色古香的古建筑，昭示着凤凰县城的历史和文化；绚丽多彩的自然风光，为数众多的名胜古迹，使凤凰县城名扬天下。难怪新西兰著名作家路易·艾黎在游览了凤凰古城后由衷赞叹：“中国有两个最美的小城，一是福建的长汀，一是湖南的凤凰。”

凤凰县城聚居着土家、苗、侗、汉等多个民族，前两个民族人口最多，占总人口的多一半。青石板铺成的古街上，除了商店就是饭店，蜡染、扎染、银饰及其他工艺品令人目不暇接。在人来人往的饭店里，弥漫着浓浓辣辣的油香味，一盘老腊肉、一盘菜豆腐、一盘糯米腌酸辣子丸，再加上各种美味泡菜和一大盆酸菜鱼，都会让就餐者饱享口福。那红灯万盏、载歌载舞的秀山花灯，那缠绵含蓄、优美明快的土家摆手舞，那高亢激越、即兴创作的苗族、土家族民歌，那音色柔和、曲调欢快的民间自制乐器“咚咚奎”，那声韵优美、旋律流畅，被誉为中国戏剧“活化石”的傩戏，无一不让人如痴如醉，乐而忘返!

凤凰县位居湘西南端，东与泸溪县交界，南与麻阳县相连，西与贵州梵净山毗邻，北与著名风景区猛洞河接壤，是一个风景秀丽、名胜众多的山城，自古以来就有“东岭迎辉”“南华叠翠”“龙潭渔火”“山寺晨钟”等八大胜景。如果说水赋予了凤凰人的灵性，山则熔铸了凤凰人的性格。千年荏苒岁月的洗礼，造就了凤凰人尚武崇文的乡风和民俗，无论是世家子弟，还是穷舍后生，总会受军功仕途的鼓舞和激励，或奔赴沙场去喋血，或百折不挠去创业，都会成就一番自己的精彩人生。在国难当头、民族危亡的“抗战”期间，凤凰的汉子们踊跃从军走上前线，参加了南昌保卫、宜昌反攻、荆沙争夺和长沙会战，彰显了凤凰人无敌无畏、奋勇向前的钢铁血性。

漫步在凤凰县城的青石板巷道上，触摸这里的一砖一瓦，让我不禁思索、探询起一个现象：在这一片世外桃源般的土地上，仅道光二十年以后的30多年间，竟然出了41名提督、总兵，43名副将，31名参将；民国时期，又出了7名中将，27名少将，还诞生了第一任民选内阁总理熊希龄、护国将军田应治；新中国成立后，文坛巨匠沈从文、国画大师黄永玉、中科院院士肖继美等诸多名人更是灿若星辰。回顾历史，纵览今天，或许就是穿越千年沧桑的农耕文化、楚巫文化、传统文化的交融和积淀，熔铸了这一边陲小城英才辈出、文星武将荟萃的文化盛景！

在游览了凤凰县城的全貌后，我便走进了位处城内中营街10号的沈从文故居——

沈从文故居是一座典型的南方式四合院，院内有3间前厅、3间正房和4间厢房，中间是天井，由沈从文祖父沈洪富于清同治初年所建。著名作家沈从文（1902—1988年）就出生在这一宅院里，并在这里度过了他的童年和少年。24岁那一年，走出湘西的沈从文开始文学创作，用他那质朴聪慧的如椽之笔，写出了著名小说《长河》《边城》和散文集《湘西》《湘行散记》等文学作品，多达600多万字的1000多篇作品，使他蜚声中国文坛，其作品被苏联、日本、美国和英国等40多个国家翻译出版，他本人也曾两度被提名为诺贝尔文学奖候选人。尽管大半辈子生活在北京，但沈从文魂牵梦绕的依然是湘西，这一情愫使他的作品几乎都与湘西和沅水形影相随。正如作家汪曾祺所说："沈从文在一条长达千里的沅江上生活了一辈子，二十岁以前生活在沅水边的土地上，二十岁以后生活在这片土地的印象里。"时至今日，凡到凤凰县城沱江镇的游客中，有不少是来印证沈从文作品中的情与景和人与物。新中国成立前，沈从文先后曾在青岛大学、西南联大和北京大学任教；新中国成立后，沈从文在中国历史博物馆、中国社会科学院历史研究所工作，潜心于中国古代服饰研究。在沈从文故居里，陈列着沈从文青少年时期使过的笔、砚等用品和珍贵照片、手稿、出版作品及睡床等遗物，还有他曾用以写作《边城》和《中国古代服饰研究》的桌子。瞻仰件件遗物，让人仿佛是与沈从文在对话，对当代中国这位著名作家的敬仰之情油然而生。

穿过几条繁华的街巷，沿着沱江岸边的林间小道拾级而上，便到了沈从文墓地，墓地没有隆起的土堆，只耸立着一块五彩巨石墓碑。据说沈先生的骨灰一半撒在家乡的沱江里，一半就安葬在这块五彩石下面。墓碑的正面，刻着沈从文的手迹："照我思索，能理解我；照我思索，可认识人。"背面为"不折不从，亦慈亦让；星斗其文，赤子其人"16个字，这16字是妻妹张充和女士写的铭文，文字虽少，却概括了沈从文百折不挠、奋勇向前的辉煌人生。其夫人张兆和在沈先生辞世几年后也故去，她的骨灰就撒在了丈夫的墓碑下面，两个人又团聚在了另一个世界。

离凤凰县城不远处的沱江回龙潭上方，横卧着一座巧夺天工的古石桥。此桥名叫虹桥，是西南少数民族村寨河溪上最常见的风雨桥，始建于明洪武初年，长112米，宽8米，高20米，主桥墩设有3孔，桥体用紫红砂石条砌成，桥上为木结构式吊脚楼，两侧各有12间桥屋，顶部两侧各饰一排用以采光的雕花木窗，桥头各立一座青砖半圆拱形牌坊门，与江岸层层叠叠的吊脚楼和回龙潭的泱泱绿水构成了一幅浓墨重彩的山水画。今天的虹桥，已成了凤凰古城的一道亮丽景观：桥两边的24间木板桥屋，已全部变成了商铺，铺内摆的是当地的农业土特产品和各式各样的民族珍稀工艺品；二楼当成了民俗文化室，满楼都是古今名人的题书和绘画，也有不少是土家族的"织锦"和苗族的"花带"。2001年4月8日，国务院总理朱镕基也登临此楼，他激动之情溢于言表，欣然挥笔留下了"朱镕基辛巳春凤凰城"的珍贵墨宝。凭窗远望，那飘荡在沱江绿水清流上的船舟，那一座座鳞次栉比的吊脚楼，那映有蓝天白云的回龙潭，无限美景尽收眼底，怡人秀色沁人心肺！

神奇秀丽的山水，悠久灿烂的文化，丰富多彩的遗迹，让湘西成了举世闻名的旅游乐园。当你来到这块风情万种的土地上，无论是考察、探访，还是游览、观光，都会让你情意绵绵而乐趣满满，心旷神怡而流连忘返！

（2003年6月）

永州怀古

在湖南南部湘江与潇水汇合的地方，有一座风光绮丽、古迹众多的边陲古城，这就是名闻遐迩的永州市。

永州是一座有着2000多年历史的文化古城。自秦凿通灵渠，沟通了湘、漓两水以来，一直是楚南政治、经济和文化中心，士人漫游、学者考察、商贾经商多汇于此。早在汉代，文学家司马迁就到此探访考察，此后，唐代的柳宗元、刘禹锡、颜真卿、怀素、李商隐，宋代的周敦颐、黄庭坚、范成大、杨万里，元代的杨维桢，明代的徐霞客、董其昌，清代的何绍基等大名人都曾经与永州结缘。到永州作怀古之游，徜徉山水之间，观览历史遗存，晤对前贤先哲，总是让你浮想联翩并肃然起敬。

怀着一腔敬仰之情，我慕名来到了人们为纪念著名文学家、永州司马柳宗元而修建的柳子庙——

贞元二十一年（805年），受任礼部员外郎的柳宗元和王叔文、刘禹锡等积极推行改革，主张废止“宫市”、惩办贪官、减轻税负、擢用忠良，做了不少利国利民的好事。由于宦官和旧官僚集团的联合反攻，这场改革只进行140多天就失败了，柳宗元被贬为永州司马，10年后调任柳州刺史，又4年后在柳州去世，终年47岁。

永州10年，是柳宗元人生旅途非常重要的时期。柳宗元在长安为官时，把主要精力放在政治活动上，在文学上尚未取得重大成就，贬谪永州的10年间，柳宗元实现了思想上和文学上的新飞跃，他以深远的思想和天才的笔触，创作了《江雪》《永州八记》《捕蛇者说》《贞符》《天对》《非国语》《封建论》等大量的散文、诗赋、政论等著作，从而确定了他在中国文学史和思想史上的重要地位。当时的永州虽然土瘠民穷，但山清水秀，自然风光引人入胜。元和四年（809年）9月，柳宗元去法华寺游览，无意中发现了西山盛景，写下了《始得西山宴游记》《钴鉧潭记》《钴鉧潭西小丘记》《至小丘西小石潭记》4篇游记，生动地再现了永州山水的形象特征，以此应验了“文章千古事，得失寸心知”这句名言。3年后，柳宗元又游览了永州袁家渴一带，又写下了《袁家渴记》《石渠记》《石涧记》《小石城山记》4篇游记，他先后写出的这8篇游记，成了后来文学上交口称赞的“永州八记”。“永州八记”遗存，也成了今人永州观光的必览之地。

柳子庙坐落在永州市芝山区潇水河西岸的柳子街，面对愚溪，背靠青山，砖木结构，三进三间，古朴典雅。正门上方有“柳子庙”三字石刻；进门是一戏台，双檐八柱，正殿供奉的是柳宗元的塑像，后殿安置碑刻处，收藏的著名碑刻有韩愈文、苏轼书《荔子碑》以及明、清时期的碑刻《捕蛇歌》《愚溪怀古》《寻愚溪谒柳子庙》等。在每年的农历七月十三日，柳宗元生日这一天，永州百姓都要举行活动以纪念柳宗元。

步出柳子庙，与柳子庙遥遥相对的朝阳岩即扑入眼帘，朝阳岩位于潇水西岸，临江崛起，突兀嵯峨，绚丽幽奇，其“朝阳旭日”为“永州八景”之一。眼前的朝阳岩，正是当年柳宗元曾登临盘桓、惬意畅游，并留下了《始得西山宴游记》这一千古名篇之处。极目远望，朝阳岩苍林尽染，雾霭茫茫，烟光石气，风光无限。

在湘西，流传着“潇湘之盛在浯溪”之说。浯溪碑林在永州市祁阳县湘江大桥南端，作为祖国南方最大的露天碑林，1988年被列为全国重点文物保护单位，成了省级风景名胜区和爱国主义教育基地。凡到湘西旅游者，没有不去浯溪碑林的，于是我便参观了浯溪碑林。

浯溪碑林占地16公顷，保存了唐代以来历代名人诗文、书法摩崖石刻500多处，其中保存完好的达482处，碑刻面积最大者9.6平方米，最小者0.9平方米；字大者直径300厘米，小者0.5厘米，这些摩崖石刻既是书法石刻宝库，又是文学艺术殿堂，集自然景观和人文景观于一体，为中国史学、文学、文字、书法研究的宝贵资料。

正如在永州不能不说柳宗元一样，到祁阳的浯溪碑林，就不得不说到唐代的另一位著名大诗人元结——

元结（719—772年），字次山，今河南洛阳人。他是中唐时期文学改革的一位先导者，也是一个富有正义感、关心人民疾苦与国家安危的政治家。仅以其山水诗文论，上承谢灵运，下启柳宗元，在文学史上卓有贡献。唐广德元年（763年），45岁的元结被任命为道州（今永州道县）刺史。元结在赴任道州后，为祁阳浯溪水的青山绿水所吸引，这位“雅好山水”的大诗人，于唐大历四年（769年）弃官不做，干脆来到祁阳溪畔隐居，并将溪水起名为“浯溪”。大历六年（771年）6月，书法家颜真卿路过祁阳，元结即请颜真卿为自己撰写的《大唐中兴颂》大字正书，后刻于湘江边的摩崖之上，从此浯溪名播潇湘。历代文人墨客、显宦谪臣凡游览浯溪者，都要题咏刻石，以致浯溪“无崖不刻文，有石就题诗”，遂有了浯溪碑林这一古今奇观。

在浯溪碑刻中，唐代颜真卿，宋代黄庭坚、米芾，清代何绍基、吴大澂等人的题咏碑刻引人注目。其中以元结撰文，颜真卿书写的《大唐中兴颂》最为著名，这刻于峿台崖壁上的巨型石刻高3.2米，直行，21行，自左至右书写，字大直径为15公分。元结撰写的《大唐中兴颂》，记述“安史之乱”的过程，以史为鉴，笔至警颖，历来受到世人推崇；颜真卿的正书，通篇笔法苍劲、气势磅礴，是后世学习书法者临摹的重要楷范，为唐碑中名品之一。在长达1000多年的沧桑岁月中，被世人一代又一代珍爱的浯溪碑刻，让人耳目一新，感悟无穷！

观览浯溪碑林，不得不登峿台。“峿台晴旭”“香桥渡香”“溪口垂钓”“双龙戏珠”“镜石含珠”“吕仙寿屏”“宝篆文光”等景点皆汇于此。其中“浯溪漱玉”景点，那清澈见底的溪水，那穿石击涧的浪花，那粼粼点点的波光，令人赏心悦目，难怪元结赞此“凝流绿可染，积翠浮堪撷”；后人有诗“一湾流水玉飞声”；今人陶铸也说“闻道浯溪水也香”。在浯溪碑林的木石掩映中，另有陶铸同志的铜像和陶铸同志纪念馆。身为党和国家的卓越领导人之一，陶铸同志是“文革”中继刘少奇、邓小平后被打倒的“第三号人物”，1908年出生于祁阳县陶家湾下院子一个知识分子家庭，1926年入黄埔军校，同年加入中国共产党，历任地方和军队重要职务，曾当选为国务院副总理、中共中央宣传部长、中共中央政治局委员、常委兼书记处书记，1969年被林彪、江青反革命集团迫害致死。王洪文、张春桥、江青、姚文元“四人帮”覆灭后，党中央决定对陶铸同志平反昭雪，并于1978年12月24日为陶铸同志举行了隆重的追悼大会。陶铸同志的铜像和陶铸同志纪念馆，更使浯溪碑林“镜石含辉”。发源于双牌县阳明山的浯溪，流经祁阳县城南郊2公里处的古渡口汇入湘江。这里石峰峥嵘，溪水潺潺，那些千姿百态的怪石，有的像狮子，有的似猛虎，有的或如嬉戏的小猴，或如伏卧的老牛；在苍苍古树中，有唐代的樟树，有宋代的柏树，也有明、清时代的松树、檀树；驻足纵览，溪流淙淙，林木翠翠，百鸟争鸣，宛若人间仙境，无限风光令人览不胜览，美不胜收。

来到永州，不能不去的还有九嶷山——

九嶷山，又名苍梧山。《史记·五帝本纪》记载：“舜践帝位三十九年，南巡狩，崩于苍梧之野，葬于江南九嶷。”从此，九嶷山以舜帝崩于苍梧，葬于九嶷山的古史传说而闻名。也由于这一古史传说，承载着众多神奇历史的九嶷山，成了华夏子孙寻根祭祖的旅游胜地。

九嶷山属喀斯特地貌，主峰坐落在潇水上游的宁远县南部，由舜源、娥皇、女英、桂林、石城、石楼、朱明、潇韶、杞林九峰相拥而成，因九峰山形相似而又高深莫测，故称九嶷山。为九嶷山主峰的舜源峰位居九峰之中，其他八峰如众星拱月般簇拥着舜源峰。登上九嶷山主峰舜源峰俯瞰，只见苍苍莽莽的群山奔腾而来，让人顿生“万里江山朝九嶷”之感。相传舜帝南国之行，一路上体察民情、教人耕织，在怒斩孽龙时不幸负伤身亡，苍梧黎民为舜帝举行了隆重的葬礼，将他安葬在了舜源峰，然后又修建舜帝陵来祭祀他。与炎帝陵、黄帝陵一起构成中华三大远古文化的舜帝陵，就坐落在舜源峰北麓山下，从而在这里留下了“巡狩去不返，烟云愁至今”；“苍梧恨不尽，染泪在丛筠”；“九嶷山深几千里，峰谷崎岖人不到”等饱含无尽幽怨和追思之情的优美诗句。舜帝陵前的舜庙，是后人为祭祀舜帝而建，占地12亩，由照壁、仪门、午门、拜亭、正殿、寝殿、碑亭、东西厢房等建筑组成，殿后有护碑亭，亭内置舜陵石碑，高3米，宽2米，上刻“帝舜有虞氏之陵”，舜庙四周松柏扶荫，显得格外庄重肃穆。始于夏朝的舜陵祭祖，历代帝王都是三年一小祭，五年一大祭，当地百姓每年都自愿来祭舜，往往一年四季香火不断。为了弘扬舜帝的崇高精神，舜庙每年重阳节前后都要举行公祭典礼和舜文化节，届时人山人海，热闹非凡。

据有关史料记载：为五帝之一的舜帝，早在辅助尧帝时就业绩显赫，继承帝位后，全力弘扬发展尧帝文治大业，以德治国、惠泽众生，严令九官各司其职，举任贤良，疏远小人，流放先贤不才之子，并制定了“五年巡狩之制”，实地考察各地首领从政业绩，亲身体察民生民情，为中国上古人文文化做出了杰出贡献。舜帝暮年时，泱泱洪水泛滥成灾，是鲧之子大禹率众疏积石、劈龙门、导三峡，苦战数年平息了水灾，虽然禹父鲧与己有杀父之仇，但舜帝不计前嫌，毅然将帝位禅让给治水英雄大禹，这一天下为公的崇高精神至今为世人所敬仰。

三分石是九嶷山的最高处，海拔1959米，这里是潇水的源头，三峰并峙高耸入云，山涧瀑布飞泻，峰顶云雾缭绕，云绕山流，山随云转，片片白云轻盈飘动，形成“九嶷山上白云飞”的神奇景观，把九嶷山装点得如诗如画，美不胜收。九嶷山还以洞幽见奇，在飞龙、玉馆、壁虚、白马等岩洞中，当年地理学家徐霞客曾经住过的紫云洞最为有名。紫云洞为一大型喀斯特地貌岩洞，被列入楚南十六名洞之一。洞内有“无为洞”“八音石”“仙人田”“读书堂”“水打莲花”“九曲黄河”等景观，千姿百态的钟乳石或垂或立，不知自何处来、又往何处去的潺潺流水淙淙作响，加之有各色彩光的照映，让人恍如步入了东海龙宫，如此稀奇的自然景观，只有亲临此处的人才有缘欣赏。

重峦叠嶂、白云缭绕的九嶷山，有着不少美丽动人的传说和故事：相传舜帝客死九嶷山后，他的两个妻子娥皇、女英千里迢迢前来追寻。娥皇和女英跋山涉水来到九嶷山下，但因九峰彼此相似而难以辨认，终未见得舜帝遗骸，两位妃子仰望九峰，痛不欲生，双双投入湘水而死，死后成为湘水女神。又一传说是：紧紧依偎在九嶷山主峰舜源峰两旁的娥皇、女英两峰，就是娥皇和女英二妃的化身。寻思这美丽动人的传说，不禁让人浮想联翩，无尽遐想。

游览九嶷山，自然会想起毛主席“九嶷山上白云飞，帝子乘风下翠微。斑竹一枝千滴泪，红霞万朵百重衣”这4句七言诗。在九嶷山，更让人饱享眼福的是九嶷山自然保护区。1990年，九嶷山已被设立成了九嶷山国家森林公园，在林地面积达7000多公顷的九嶷山国家森林公园，树种有87科596种，其中的水杉、摇钱树为国家一级保护树种，银杏、福建柏、钟萼木为国家二级保护树种，红豆杉、领春木、红椿为国家三级保护树种；受国家重点保护的野生动物有猕猴、娃娃鱼、金钱豹、鹰嘴龟等16种，尤其是九嶷山斑竹为世所罕见，被誉为“中国一绝”。这一面积达8万余亩的竹海里，有斑竹、墨竹、方竹、狗竹、猫竹、龙须竹、观音竹、湘妃竹、鱼鳞竹、罗汉竹等数十种竹子，其中的斑竹，又称湘妃竹的竹子，还附丽着一个神奇动人的故事：相传舜帝死后，娥皇和女英两位妃子寻夫到此扶竹痛哭，眼泪一串串滴在竹子上，遂将竹子变成了泪痕斑斑的斑竹。斑竹之所以长成斑竹，自有其科学缘由，但是一经附上神话传说，便可以让人既观赏自然之奇，又体会人文之妙，使九嶷山景观显得更有魅力。古往今来，不少文人墨客历经艰难险阻，穿行于九嶷山的奇峰峻崖，留下了许多脍炙人口的山川题咏，写出了大量千古传诵的游记名篇。

除了柳子庙、浯溪碑林、九嶷山等著名景观，永州境内还有回龙塔、宁远文庙、李达故居等不少文化遗迹，有濂溪月岩、阳明山国家森林公园、都庞岭国家级自然保护区等为数众多的好山好水。由于有新的采访活动要参加，游览了九嶷山后，我只能怀着浓浓的留恋之情，依依不舍地离开了永州。

（2003年6月）

再访红崖村

在青海省平安县石灰窑乡西南角的群山深处，有个名不见经传的小山村。这就是十四世达赖喇嘛·丹增嘉措的出生地——红崖村。

一个“脏孩子”的升迁

十三世达赖喇嘛于1933年10月30日圆寂后，刚刚被推选为西藏摄政王的热振活佛即于1934年1月10日主持噶厦会议做出了三项决定：一是在拉萨布达拉宫红宫历代达赖喇嘛灵堂供奉地建造十三世达赖喇嘛灵塔；二是加强同国民党中央政府的联系，维护中央对西藏地方的统治地位；三是通过占卜打卦等相关程序寻访十三世达赖喇嘛转世灵童。

为了寻访十三世达赖喇嘛转世灵童，热振活佛亲临山南等地诵经祈祷，并专赴拉萨东南的拉摩南措圣湖观看“显象”——

依照圣湖“现一农家，住马路将尽处，门前巨柳一株，旁系马，一妇人抱小儿立树下”的“显像”，寻访十三世达赖喇嘛转世灵童人员分三路启程：一路去西康，一路去藏南，一路去青海。

1937年，派往青海寻访十三世达赖喇嘛转世灵童的色拉寺格桑活佛一行人进入青海境内。经过长达两年多时间的漫漫寻访，并受班禅大师的点化和祝愿，格桑活佛一行3人于1939年5月来到了位处藏传佛教圣地塔尔寺东北角的红崖村，将5岁的拉木登珠遴选为十三世达赖喇嘛的转世灵童——

1935年5月5日，十四世达赖喇嘛·丹增嘉措出生在红崖村一个世代务农的藏族家庭。其父亲名叫祁却才仁，母亲名叫索朗措尼。在七个同胞兄弟姐妹中，丹增嘉措排行第五。丹增嘉措出生后，已有三儿一女的祁却才仁便给自己的这个四儿子取乳名叫拉木登珠。

对自己被选为十三世达赖喇嘛转世灵童的经历，十四世达赖喇嘛本人1984年曾向某国的一位记者描述说："那是40多年前的事了。当前世达赖喇嘛去世时，人们发现他的头是朝东方的。按照这一重要暗示，一个大喇嘛一直向东走，终于找到了与神指示的人家完全相同的房子，屋里有一个5岁的孩子，这个孩子就是我。"达赖喇嘛还以极其自信的语气补充道："他们一进屋，我立刻认出他们是喇嘛。当喇嘛把一些神器放在我面前，我很快又辨出哪些东西是已故达赖喇嘛的个人物品，于是我被确认为转世活佛，成为第十四世达赖喇嘛。当时在场的人都跪倒在地，膜拜我这个有点惊慌的脏孩子。"

随即，格桑活佛便要求青海省政府派人护送拉木登珠返西藏供养，集青海军政大权于一身的马步芳即将此电呈国民党中央政府。虽然正是抗战最艰难的时期，但国民党中央政府还是随即拨付白银10万两，并命马步芳派兵护送拉木登珠去拉萨。马步芳便指令师长马元海率领一营骑兵，于1939年7月启程护送拉木登珠进藏，于同年10月初将拉木登珠送至拉萨。

拉木登珠达到拉萨后，蒋介石即于同年10月27日致电西藏噶厦，并于1940年2月5日特准拉木登珠免于抽签而继任达赖喇嘛，同时派出中央蒙藏委员会委员长吴忠信带着40万两白银（当时白银与藏银的折算比例为1：15）率团赴藏，代表中央政府主持十四世达赖喇嘛的坐床典礼。就这样，年仅6岁的"脏孩子"拉木登珠，竟一举登上了达赖喇嘛宝座。当时的西藏摄政王热振亲自为拉木登珠剃度，并给他取其简称为丹增嘉措的法名。

在1954年召开的第一次全国人民代表大会上，不到20岁的十四世达赖喇嘛当上了全国人民代表大会常务委员会的副委员长，成为历史上担任中央领导职务最高的达赖喇嘛。

今日红崖村

拉木登珠在被确定为十四世达赖喇嘛后，真是一步登了天，全家人也随他离开了世世代代休养生息的红崖村。

红崖村坐落在海拔2800多米的阳面山坡上，四周群山高耸，沟壑纵横。村里共居住着藏、汉两个民族的64户人家、260多口人。村民户数虽不算多，但姓氏却不少，共有祁、刘、杨、杜、孙、牛、余、穆、魏9个姓。其中藏族人口占了多一半。由于地域偏僻，加之山高路险，人们出门连毛驴也骑不住。这使红崖村多少年来一直是个“碰死鸟儿摔死蛇”的苦地方。为了解决红崖村人的“出门难”，国家于1985年投资数十万元资金，专门修通了一条由平安县城通往红崖村，再从红崖村连接西宁市的70多公里公路后，亘古以来与世隔绝的红崖村，这才打开了大门，全村男女老少都能随便坐着汽车进县城、逛省城。

尽管已是清明时节，而红崖村对面海拔4400多米的阿弥吉列山仍是白雪皑皑，山沟溪流的水面上依然结着厚厚的冰。你站在村中俯瞰，红崖村最显特色的就是对面山头上的一座小白塔。据记载，十三世达赖喇嘛1907年从塔尔寺启程去北京，就曾在此处停留和休息，为了纪念这件事，附近信众便自筹资金建起了这座小白塔。

来到红崖村，记者首先采访了村党支部书记祁连奎。红崖村的这位当家人，自1994年开始当村干部，先后担任过村里的会计和村长，言谈举止显得精明和干练。他如数家珍般对记者说：由于海拔高、气温低，红崖村的1640多亩可耕地只能种洋芋、青稞、春小麦和油菜籽。要是种青稞、春小麦和油菜籽，每亩地最多只能产100多公斤，种洋芋产量虽然高一点，但也只收五六百公斤。近几年政府引导大家科学种田，已将农业收入翻了好几番，就说种脱毒洋芋吧，每亩地可产3000多公斤，产值比过去增加了五六倍。

记者从祁连奎的介绍中知道：国家实施“退耕还林还草工程”后，红崖村已有600多亩陡坡地实施了退耕还林和还草。尽管耕地面积减少了，但产量产值却提高了，加之每年都有不少年轻人外出打工挣钱，村民口袋的钱多了，家家都盖起了砖瓦房，户户都看上了大彩电，有17户人家还在城里买了新楼房，有80多口人已搬到县城和省城去生活。

说起村里的发展和变化，祁连奎即打开了话匣子：新中国成立前的红崖村，由于贫穷和落后，孩子没有几个能读书，男男女女都是连自己名字都不会写的“睁眼瞎”。而新中国成立后，党和政府在村里办起了小学，孩子们不出村就可以上学读书。1987年，省教育厅又拨专款扩建了红崖村小学，并分配藏、汉两个民族的4名公办教师从事“双语”教学。今天的红崖村，适龄儿童入学率为100%；孩子们读了小学读初中，读了初中又读高中，个个都成了大“秀才”。眼下红崖村的孩子们，除了30多人在小学和中学读书外，另有4人正在读大学。

形容红崖村的今与昔，用“翻天覆地”和“天壤之别”这两个词语一点都不算夸张。新中国成立前的红崖村，全村人都是吃了上顿愁下顿的穷人家，人人吃的是青稞面，穿的是破皮袄，住的是土房子，不少人活了一辈子，连钱是“啥模样”都没见过。而今天的红崖村，有摩托车20多辆、拖拉机30多台，有8家人还买来了大卡车、面包车和小轿车，家家户户都鼓着劲儿奔小康，日子过得比蜜甜。

家乡人的心愿

1950年10月底，经护法神“神断”，不到亲政年龄的达赖喇嘛提前亲政。于是，从红崖村走出去的十四世达赖喇嘛便成了西藏封建农奴制的总代表。

在红崖村，十四世达赖喇嘛的故居坐落在东北角的一块台阶地上。这是处一宅两院的藏式大宅院。尽管达赖在逃亡前是拥有黄金16万两、白银9500万两、珍宝玉器2万多件、珍贵裘皮衣服1万多件的全国首富，但他在红崖村的旧居一直是祖上留下的土平房。眼前这座红崖村最气派的宫殿式大建筑，是国家投资40万元在其旧居基地上新建的。

与十四世达赖喇嘛故居只有一墙之隔的，是达赖喇嘛外甥祁富全家。

祁富全的母亲名叫祁洛赛，与十四世达赖喇嘛同为一个曾祖父，去世前长期担任青海省政协委员和平安县政协副主席职务。记者1993年到红崖村采访时就知道：在20世纪30年代，祁洛赛家比拉木登珠家要富裕，方方面面的条件都比拉木登珠家好，加之祁洛赛比拉木登珠大了15岁，祁却才仁两口子凡出门去干活，总要把拉木登珠抱到邻家让祁洛赛照料。祁洛赛走到哪，就把拉木登珠这个堂弟背到哪。大概就是这一缘故吧，拉木登珠对祁洛赛的感情也格外深，以致把管理他旧居的大事儿全权委托给了祁洛赛。

身为红崖村里的文化人，祁富全曾长期在红崖村小学当校长，后又担任了平安县政协副主席。他女儿杨毛措是红崖村女孩中的第一个大学生，现在同哥哥一起都当了政府机关的公务员；只有大女儿和大女婿在家当农民，耕种着村里的15亩承包地。在给记者介绍达赖喇嘛故居时，祁富全指着他母亲和自己与达赖喇嘛的合影说："我和我母亲几次去印度达兰萨拉镇看望舅舅。每次去都要对舅舅说：'人老思亲，叶落归根'，乡亲们都希望你能回到家乡来，回来后即使不常住红崖村，但看一看家乡的大变化也好啊！"

1959年3月16日，身任西藏自治区筹委会主任委员、全国人大常委会副委员长的达赖喇嘛，竟为是否出逃而"占卜打卦"。按照"快走，今晚"的"神断"，他于3月17日零时化装成一名普通武装叛乱分子逃离拉萨，于同月26日在武装叛乱根据地山南宣布"西藏独立"，并成立了"西藏临时政府"，随即又逃亡去印度。但为了维护民族团结和国家统一，达赖喇嘛的全国人大常委会副委员长职务一直保留到1964年。可以说，对达赖喇嘛，我们的国家和民族都做到了仁至义尽。

曾担任过石灰窑乡副乡长和县总工会主席的祁进才，是达赖喇嘛的本家堂侄。这位小时候被达赖喇嘛摸过"顶"的藏族干部对记者说：我们的祖国是由56个民族组成的大家庭，西藏是中国领土不可分割的一部分，这是自元朝以来一直存在的客观事实。民族要团结，社会要进步，国家要统一，这是谁也阻挡不了的历史潮流！我希望达赖喇嘛不要再做分裂民族和危害国家的蠢事了！中外古今的历史证明：不管是什么人，凡要分裂民族，凡要背叛祖国，就不会得人心！

聊起这位因鼓吹"藏独"而成为"国际名人"的达赖喇嘛，土生土长在红崖村的党支部书记祁连奎如是说：达赖喇嘛虽然生于红崖村，长于红崖村，但他已忘记了红崖村！他自1956年来过一次红崖村后，有50多年不回故乡了，村里60岁上下的人连他面都没见过，他既没给家乡办过啥好事，更没给国家做出啥贡献，大家从心目中也早就把他"淡荒"了。

看来达赖喇嘛又应验了"得道多助，失道寡助"这句古人早就说过的话。在红崖村采访，面对爱憎分明的红崖村人，听着"翻身农奴把歌唱"的歌，记者明显感觉到：出生在红崖村的达赖喇嘛，他已背叛了红崖村，红崖村人也遗忘了他。

（2004年4月）

今日“原子城”

1964年10月16日15时，寂静的罗布泊上空有一团巨大的火球腾空而起，随着震天动地的轰鸣声，一朵蘑菇状烟云在茫茫空中冉冉升起！周恩来总理随即向全世界宣告：中国第一颗原子弹成功爆炸。

1967年6月17日8时20分，一阵雷霆般的轰响，中国西部天空陡然出现了一个大火球。接着，翻滚的火球变成一团大烟云迅速地扩展上升，在万里高空形成了第二个太阳——中国的第一颗氢弹又试验成功了！

中国的这第一颗原子弹和这第一颗氢弹，都是在青海省海北藏族自治州海晏县境内的金银滩研制的。

将时间的镜头拉到半个多世纪前，就会重现这样的历史——

在中国人民志愿军和朝鲜人民军一起把美军赶到三八线以南后，气急败坏的美国总统杜鲁门威胁说：“不排除在朝鲜使用原子弹的可能。”美国军界有人公然主张对中国“使用小型原子弹和核大炮”；1953年，美国和英国竟然讨论对中国使用核武器……

面对咄咄逼人的核威胁，中国人民志愿军司令员彭德怀刚从朝鲜回来，便提出了包括研制原子弹在内的武器装备现代化设想，著名科学家钱三强也向中央提出了发展原子能事业的建议。1953年4月，毛泽东指出：“在今天的世界上，我们要不受人家欺负，就不能没有这个东西（指原子弹）”。接着他于1955年1月15日又在中央书记处扩大会议上说，研制原子弹“这件事总是要抓的，现在到时候了”。我国发展核武器的决定便正式做出了。

于是，有关专家即赴祖国西南和西北地区勘选研制基地，经反复考虑了水文、气象、地理、地质和居民分布状况等条件，认为青海省海北藏族自治州海晏县境内的金银滩最合适。1958年7月，当时的中共中央总书记邓小平代表中共中央政治局批准了这一选址报告，将这一研制基地定名为221厂，并批准总面积1170平方公里的研制基地于同年12月开始建设。

位居青藏高原东北隅的金银滩，地处黄河上游主要支流之一湟水河源头的海晏盆地，北靠祁连山，南临青海湖，东接西宁市，西邻柴达木，虽然地理位置十分优越，但由于平均海拔高达3300多米，气压低、氧气少，年均气温为0.4摄氏度，人们一年有八九个月都得穿棉衣。上万名建设者就在这块四面环山的草原上以三顶帐篷起家，栉风沐雨，昼夜苦战，无数可歌可泣的创业图展现在了金银滩：住房不够，李觉将军等基地领导都搬进帐篷，把楼房让给了科技人员；主副食品不足，职工就自己开荒种青稞、种土豆；高原缺氧使大家都头晕恶心，吃不下饭、睡不好觉，但没有一个人说一声苦……

正值“两弹”研制工作开始起步，国家却出现罕见严重困难的时候，苏联又在1959年6月毁约停援并撤走了专家，天灾人祸使基地建设也遇到了很大困难。为了保障基地的建设和生活，中央给基地增拨粮食数百万公斤，提供肉羊4万多只，增调15000名施工人员和800多台车辆设备，又从全国选调100多名高级专家扩充科研队伍，许多具有特殊要求的专用材料、电子仪器、元件设备等物资源源不断地运到了金银滩。

随着基地的建成和投用，邓稼先、王淦昌、朱光亚、周光召、郭永怀、程开甲、彭桓武、于敏等“两弹元勋”先后率领一大批科技人员来到金银滩进行原子弹的研制与组装；1962年11月17日，中共中央又成立了以国务院总理周恩来为主任，由7位副总理和7位部长组成的15人专门委员会，调动全国力量发起了核武器研制的总攻势，一时全国有20个省市区、26个部委办以及解放军的900家工厂、科研机构、大专院校先后都参加了“两弹”研制大会战。

党中央打破核垄断的战略决策，更坚定了基地职工为国家研制“争气弹”的意志。参战人员群策群力，突破了一个又一个科学难题，经过几千次试验，我国首次核试验用的原子弹装置终于在金银滩装配和启用。在第一颗原子弹实弹试验成功后，研制人员再接再厉，立即将力量转向氢弹研制。

就在这关键时刻，中共中央总书记邓小平亲临金银滩视察，他鼓励氢弹研制人员：“别人已经做到的事，我们要做到；别人没有做到的事，我们也一定要做到。”基地研制人员肩负党和人民的期望，披荆斩棘，齐心攻关，继第一颗原子弹成功爆炸仅2年零8个月时间便研制成功了氢弹。尔后的金银滩，又先后16次成功组装了核武器爆炸品，生产出了多种型号的战略核武器，使人民解放军实现了武器装备的现代化。

中国的第一颗原子弹在这里诞生，中国的第一颗氢弹在这里研制成功。它向全世界宣告：站起来的中华民族终于有了自己的核武器！金银滩，这块“世界屋脊”上的高寒土地，便与中华民族振国威、壮军威的历史紧紧地连在了一起，其赫赫英名也随即传遍了全中国，传遍了全世界！

随着国家战略部署的调整，国务院和中央军委于1987年做出了撤销221厂的决定，将中国第一个核武器研制基地的全部设施无偿移交青海省海北藏族自治州，这使基地的特殊使命随即结束；1995年的9月15日，新华社受命向世界宣告：中国第一个核武器研制基地全面退役。

于是，祖国的第一个核武器研制基地取名为西海镇，成了青海省海北藏族自治州的州府所在地。从此，与世隔绝了30多年的金银滩开始向世人揭开了自己的神秘面纱。

来到“原子城”，首先映入眼帘的是高耸的基地退役纪念碑。这座巨大的黑色花岗岩石碑高16.15米，碑体呈四棱形，碑顶端是象征着我国第一颗原子弹的银色圆球，碑的正面是前国防部部长张爱萍将军题写的“中国第一个核武器研制基地”十二个金色大字；背面刻的是基地退役纪念碑文；左右两侧分别镌刻着我国第一颗原子弹和第一颗氢弹爆炸的蘑菇云图形。

作为核武器研制基地，金银滩的每一幢建筑都有它的光辉历史。今天的金银滩，有基地首批人员驻扎过的“三顶帐篷”遗址；有数百名科学家曾经度过无数不眠之夜的“专家楼”；有张爱萍、李觉、邓稼先、王淦昌、朱光亚、周光召等“两弹”元勋居住过的“将军楼”；有当年被视为“禁中之禁”的办公楼、科研楼、科技楼；有启用第一颗原子弹上车的“小车站”；有30多年不分昼夜保卫基地安全的“六号哨所”；有1964年6月6日进行模拟全弹核爆轰的试验场；有掩护基地30多年的“同宝牧场”；有邓小平、胡耀邦等党和国家领导人留下的身影和足迹；有代表核设施填埋处理成就的“亚洲第一坑”……

进入厂区，依然能见到或隐蔽或坦露的厂房和车间：那门口设有岗哨亭，院子里为半掩体厂房，围墙四周有了望楼的是二分厂，我国第一颗原子弹就是从这里总装启用的；当年为爆轰试验场的六分厂，看似小山的观察台和墙质似黑色钢板的掩体建筑瞭望孔，似乎还保留着“两弹”爆炸成功时的欢呼声；当年承担制氧、翻砂、锻造和热处理的三分厂，如今已变成了年产万吨电解铝的海北铝业集团公司。为原子弹研制提供电力和热能的四分厂，已被海北电厂整体利用。

在一度是“禁中之禁”的基地科研和生产指挥中心，栋栋楼房全都换了用场。邓小平、胡耀邦等党和国家领导人曾经下榻过的招待所，如今已装潢成了具有浓郁现代化气息的大宾馆；当年的职工文化宫，已改成了州委机关的办公楼；昔日的科技楼，现在却挂上了州总工会和基地“展览馆”的大牌子。那一排排整齐有序的建筑物，栋栋都被粉刷一新，看上去如同刚刚竣工的新楼宇。名扬中外的“原子城”，已被命名为“青海省爱国主义教育基地”，2001年6月25日又被国务院列为全国文物重点保护单位。当年基地建设者们栽种的几十万株树木，一棵棵都长得枝繁叶茂，使这里充满了生机和朝气。

设在金银滩的“两弹”研制基地“原子城”虽然退役了，但中华民族忘不了她！2002年，胡锦涛、温家宝等党和国家领导人先后亲临西海镇视察，对“原子城”的保护和建设做出了新指示。州委州政府决心带领全州各族人民努力奋斗，把“原子城”创建成为“全国文明城镇”，让“原子城”不断衍生出新奇迹。

说起“原子城”的大变化，州委书记李忠保告诉记者：作为海北藏族自治州的政治、经济和文化中心，州委州政府早就制定了保护利用和开发建设“原子城”的总体方案，利用基地已有设施优势统筹规划，加快道路、通信、水电等基础设施建设步伐，大力发展科技、教育、文化和卫生等社会事业，把“原子城”建成一个市政功能健全、基础设施完善、人居环境优美、能带动全州经济社会全面发展的新兴城镇。

关闭祖国第一个核武器研制基地，既体现了中国政府全面禁止和彻底销毁核武器的一贯主张，又在全世界开创了将核武器研制基地“化剑为犁”和“和平利用”的先例！今年7月24日，中国核工业总公司和青海省政府在“原子城”联合召开了“中国原子弹爆炸成功40周年座谈会”，被整修一新的“中国第一个核武器研制基地展览馆”也同时举行了开馆仪式，8个展室展出的200多件研制实物和600多幅照片，让来这里的人们不仅实地了解了“两弹”的研制历程，而且更深刻地体验到爱国主义的强大感召力。

据介绍，仅今年1至7月，已来金银滩“原子城”的中外参观者就超过了20万人次。昔日的“原子城”，已铭刻在了中华民族的史册上，更铭记在了中华儿女的心田里。今日的“原子城”，已成了一个引人遐思和激人奋进的红色圣地。

（2004年8月）

黎乡行

我国的56民族中，人口不足100万的黎族同胞有90%以上全都聚居在美丽富饶的海南省，就因这缘由，海南省被誉为“黎族之乡”。3月中旬，因参加《工人日报》在三亚市召开的全国记者会，我首次来到了位处祖国南疆的海南省，有缘游览了风光绚丽、民俗独特的“黎族之乡”。

海南省是岛屿省份，虽然陆地面积只有3.4万平方公里，但近海面积为210多万平方公里，海岸线长达1570多公里，拥有海湾1700多个，有热带深水港7个。岛上地势四周低平，中南部隆起，境内主要山脉有五指山和黎母岭，主要河流为南渡河、昌化江、万泉河。海南岛风光秀丽，物产富饶，主要特产有橡胶、可可、胡椒、沉香、砂仁、杧果、菠萝、椰子、槟榔、腰果、荔枝等热带植物；海参、鲍鱼、海马、珍珠等珍贵海产品驰名世界。

这次记者会的会址是在三亚市南田农场，与会记者全住在南田农场的好汉坡大酒店。南田农场是海南岛上的一个大型农场，在方圆10多平方公里的红土地上建成了杧果园、槟榔园、椰子园、咖啡园、可可园、腰果园6大农业旅游观光园。不久前，中共中央总书记胡锦涛来到南田农场看望职工，全场上上下下依然沉浸在一片喜庆气氛中，农场大礼堂主席台正中的电子显示屏幕上，仍然播放着胡锦涛总书记视察农场的实况录像。农场总经理王云龙对记者介绍说：南田农场始建于1952年，建场当初主要种植水稻、玉米等粮食作物，后又改植橡胶树，以生产橡胶为主业。20世纪80年代后，由于水稻、橡胶产值低，农场生产经营连年亏损，每年都有职工离开农场自谋出路。1992年新班子组建后，大刀阔斧进行产业调整，将农场的5万多亩橡胶树改植为杧果树。经过十多年的建设和发展，南田农场杧果的规模化生产已成了“全国优质杧果示范基地”。王云龙告诉记者：

杧果生长喜温湿，海南气候特别适宜杧果种植和生长，从3月到6月，南田农场的杧果采果期长达4个多月，所产的红金龙等品种杧果个大、色鲜、味甜，年年畅销日本、朝鲜、韩国和俄罗斯等国家。他说：采摘装箱后的杧果，仅用3个多钟头就可空运到韩国，1市斤杧果可卖到10美元左右，折合成人民币达80多元，每亩地的产值，已由过去的几百元，增加到现在的十七八万元。记者从王云龙的介绍中知道，今日的南田农场，已经发生了翻天覆地的大变化，1992年前的9万多平方米老旧房，全部改建成了新楼房，大半职工已住进了新颖别致的大别墅，家家户户还买了小汽车，职工人均年收入突破了5万元，家家户户都成了“百万富翁”。

记者从当地老人的回忆和介绍中知道：在1949年前的历史长河里，黎族人世世代代一直过着衣不蔽体、食不果腹的贫困生活。单说黎族人的住房吧，过去黎族人祖祖辈辈都居住的是十分简陋的茅草房。因防台风袭击，黎族人建房时首先在地上挖出半米左右的坑，然后在周围用竹子扎成半圆筒形的架子，上面覆盖了茅草便成为住房。这种状如倒扣船型的茅草房又低又矮，既没有窗户，也不分间，不通风，不透气，光线也不足。尤为不便的是家家户户把牲畜也关在屋里，地上虽然用竹片铺成地板，但牲畜的粪便就在地板下面的地坑里，茅草房内臭气弥漫，蚊蝇滋生，严重影响着人们的生活质量。新中国成立后，政府下大力气改善黎族人的生活条件，首先实行了人畜分居，住房下面也不再挖坑，四周地面都建有1米高的围墙，房内面积也明显增大，人们一改过去席地而睡的习俗，普遍开始设床睡觉，随着生活条件的提高和改善，如今的黎族之乡，家家户户都盖起了砖瓦房，过去的茅草房已成了历史陈迹。

与其他少数民族相比，黎族人的风俗更独特：在新中国成立前一直盛行早婚，夫妻多是女大于男，而且普遍存在婚后“不落夫家”的习俗，妻子只在农忙时到夫家住几日，直到怀孕或生孩子后才到夫家定居。黎族人的婚俗既简朴又特别：当女孩子长到十五六岁时，她自己或同女友动手在父母住宅的旁边盖一间名叫“笼闺”的小茅草房单独居住。住进“笼闺”的女孩子标志着她已经长大成人，可以独立自主参加社交活动。每当夜幕降临时，村寨内外的男青年都可以到“笼闺”中去“放寮”（即谈恋爱、交朋友），未婚男女青年“放寮”家长不干预，舆论不责备，但两个人结婚后就不能再参加“放寮”了。随着时代的进步，如今的黎族之乡，男女青年的“放寮”已大大减少，不少村寨“放寮”已经被废除；黎族人的婚俗极为简朴：男女青年结婚没有什么特殊仪式，选定良辰吉日后，男家让新郎和媒人两个人挑上酒肉等礼品去接亲。新娘在梳妆打扮以后，要用花生油调好锅烟灰涂在双臂上。接亲的两人受到新娘家的款待后，也要被抹黑了脸才能把新娘接走。新娘接来后，亲朋好友要聚在一起饮酒对歌。黎族的对歌十分有趣，参加者均为新郎和新娘村寨的男女青年。对歌者一般都是事先物色好了的对手，男女歌手分别坐在摆满一碗碗酒的长桌两边，男的先唱一段歌后，便将酒碗推给女的，女的喝下一口酒接着唱，唱完也把酒碗推给男的，就这样边唱边喝，一直要到天亮才罢休。

到海南旅游观光，无论在琼海、万宁，还是在陵水、三亚，有不少村寨都能见到黥面文身的老年妇女。原来在黎族人的传统民俗中，妇女一直保持着黥面文身的古老习俗。妇女黥面文身时，除了衣裙盖住的体位外，身体裸露处都要文，每人的黥面文身前后需要几次才能完成，一般先文脸部和颈脖，过一段时间再文前胸、双臂和大腿以下部位。这样做的起因，据说除了认为这是一种美的象征外，主要是黎族姑娘黥面文身后，就不会被外族男人抢走了。不过，文身不仅是黎族姑娘的习惯，有的黎族男子也文身，只是男子文身只在左右手的内侧文一些犁、耙、公鸡之类的图案。随着时代的发展和进步，现在的黎族年轻人已经不再黥面文身了。

三亚市是一个山环水绕的美丽海港城市，也是海南南部的交通枢纽和旅游中心。市区以南，拔地而起的五指山支脉，伸入海中形成半岛，岬部雄伟峻峭，形似一只金鹿站在海边回头观望，因此名叫“鹿回头”。“鹿回头”是三亚最著名的公园，山美、水美、传说美，气候温和，海产丰富。遥望海光山色，汹涌的大海让人遐思不已；“鹿回头”东部的马蹄形海湾，是闻名遐迩的大东海。大东海的东、西、北三面环山，南面邻水，这里水暖、沙软、滩平，椰林、海水、波涛、渔帆、欧燕与白云蓝天交相辉映，形成南国特有的“椰风海韵”，吸引着海内外游客络绎不绝。大东海以东约20公里处，便是名扬四海的亚龙湾。亚龙湾地形呈月牙状，海滩绵延7000多米，面积多达85平方公里，海水清澈见底，空气清新宜人，就是这处巨型海滩，被中外游客赞誉为“‘不是夏威夷，胜似夏威夷’的热带海滨游览胜地”。三亚的人文景观与自然海景有机结合，最著名的要数位于市西26公里处的“天涯海角”。“天涯海角”与下马岭斜崎海边，海滩巨石兀立，石上镌有红色“天涯”“海角”“南天一柱”等历代题刻，大字、巨石、广海相辅相成，立足此处，让人禁不住感慨万千，遐思无限。过去的三亚，一直是交通闭塞，人烟稀少的蛮荒之地，很多朝代一直把这里当成发派犯人或贬谪官员之处。他们来到这里，面对无垠的大海，回望遥遥中原，自然会有“天涯海角”之叹。

借着会休时间，我特意来到了三亚市天涯镇的文门村看望了黎族朋友周进明。周进明是被国务院授予“全国民族团结进步模范集体”的文门村党支部书记，我是1999年9月下旬在北京出席国务院第三次全国民族团结进步表彰大会时认识他的。我从周进明的介绍中知道：文门村是纯黎族聚居村，22个自然村有800多户人家、4800多人口，经济生产主要是种植水稻、热带蔬菜和荔枝、椰子、杧果等水果。自从5年前“村村通公路，户户有了电”，全村人家都买了摩托车和手扶拖拉机，有的人家还买来面包车搞旅游，大家的日子真是芝麻开花节节高，一天更比一天好！临别时，紧紧握住我双手的周进明用诗赋般押韵的语句自豪地说：如今的文门村，当了几十年“睁眼瞎”的中老年文盲全都脱盲了，已普及了义务教育的孩子们都学会说普通话了，家家户户出售农产品不再肩挑手提了，男男女女外出办事不再两腿步行了！

在海南，位于三亚市东北角琼海市的潭门镇，是海南东部沿海享有盛誉的大港口，也是闻名全国的渔业大集市。在潭门，家家是渔民，户户都有船，对潭门人来说，始终有两个家，一个家在镇上，一个家在南海。潭门渔民前往南海捕捞作业，通常一走就是大半年。他们在南海的岛礁上建造家园，白天驾船捕鱼劳作，晚上相聚共度时光。等到海产品晒干，渔民们这才带着满满的渔品回到潭门，休养生息之后，又开始了下一次出海，如此轮回往复，祖祖辈辈年年如此。于是，这片供潭门人耕耘的南海，被他们称为祖宗海，而守护祖宗海，就成了潭门人的文化根基。就是潭门人，一代接一代用自己的智慧和汗水，在西沙群岛和南沙群岛的无垠海面开辟出了至今仍然沿用的东、西、南三条主航线。

随着旅游业的开发发展，如今的潭门镇吸引着越来越多慕名而来的中外游客。在潭门镇最热闹的大街上，来自南海的石斑、海鳗、海虾，成为游客争相购买的最爱；一家家渔家乐、海鲜餐厅都座无虚席，潭门人接受着现代的生活方式，也极力保留着传统的生活习俗。茶馆里，渔民们每天依旧都到这里来喝茶、聊天；用椰子、面粉、白糖和芭蕉叶做成的三角粑，依然是当地人最喜爱的小吃之一。对于潭门人来说，鲤鱼灯寓意着吉祥、平安，在欢快的锣鼓声中，新一代潭门人造大船、闯大海、捕大鱼的梦想将走得更远。这种世代传承的南海文化，不仅铸就了潭门历史的辉煌，也闪耀着时代的光芒。

在潭门镇，有个渔村名叫草塘村。草塘村是潭门镇最大的渔村，村里聚居着近千户人家，有4000多人口。600多年以来，草塘村人一直以捕鱼为生，日复一日、年复一年，风与帆，船和海，是草塘村人的全部内容。草塘村人捕鱼与众不同：他们不下网、不放饵，而是采用自己独特的“潜捕”方式——首先潜入水下用渔网围成一个圆圈，再用椰林植物“鱼藤”的根茎汁和海水混合做成的“天然麻醉剂”，将水中的鱼虾贝类暂时麻醉后捕捞。据传这种潜水捕鱼的作业方式，一直是草塘村渔民的拿手绝技。如今，随着现代化渔业的发展，机械作业取代了人工捕捞，卫星导航取代了古老罗盘，但是草塘村的一些角落依然还留存着不少旧木船，让其在风吹、雨淋和日晒中诉说着祖辈们那些关于大海的往事，让更多的年轻人了解过去帆船航海的历史。

海南岛风光秀丽，四季宜人，为我国最迷人的热带风光旅游胜地。就在这个宝岛上，琼山、文昌两个国家历史文化名城享誉中外；五公祠、海瑞陵园、宋氏祖居、琼台书院、东坡书院、海口博鳌、苗村黎寨、琼崖纵队司令部旧址等遐迩闻名；著名自然景观除了名声远播的亚龙湾、大东海、南天一柱，还有崖州八景、万宁东山岭、文昌东郊椰林、东寨港红树林、陵水南湾猴岛……就是这些为数众多的风光和景观，常年四季都吸引着中外游人纷至沓来。距三亚市区20公里的南田温泉，与神秘的蜈支洲岛隔海相望，东靠南湾猴岛，南靠亚龙湾，平均水温58度，水中富含锂、锶、氢、锰、锌、砷、氮、氟、硫化氢、偏硅酸等多种气体和矿物质元素，对人不仅有强身健体、舒筋活络、润肤养颜、安神定气、延缓衰老等奇功，而且对风湿病、神经性骨痛、消化道疾病有着特殊疗效，素有“东南亚度假胜地第一神泉”之称，无论春夏或秋冬，天天都有中外宾客到这一“神泉”健身和疗病。

俗话说：“物华有天赐，地灵育人杰。”时代的发展，历史的演化，让黎族之乡彻底甩掉了“蛮荒之地”的大帽子，曾经人烟稀少、交通闭塞的“天涯海角”，已成为海、陆、空运四通八达，自然风光享誉世界的风水宝地！如今的黎族之乡，令人神往，让人流连！

（2005年3月）

威海遐思

从小学读历史课开始，我就敬仰民族英雄丁汝昌和邓世昌。每当想到他们在甲午海战中为国捐躯的英雄事迹，心情总是很难平静。也就是这缘故，我非常向往甲午海战的古战场威海。现在有机会来到威海市，心里别提有多高兴了。

威海位处山东省胶东半岛的最东端，三面环海，为沿海平原区，素有“金岭银滩”之称，与辽宁省辽东半岛的旅顺市遥相对峙，两个海滨城市一南一北相互策应，就像两个威武雄壮的卫士，时时刻刻都把守着渤海湾的大门。行政区划为省辖地级市的威海市，下辖环翠、文登两个区和荣成、乳山两个县级市，总面积5797平方公里，总人口达254万。境内海岸线曲折，岬湾交错，港湾、岛屿密布，金、银、铜、大理石、花岗石等矿产资源丰富，黄金产量居全国第五位，锆英石资源储量占山东省第一位，海水养殖业十分发达，对虾、海参、扇贝等海产资源尤为丰富，为全国重要的渔业生产基地。这座在20世纪50年代只有4.2万城市人口的海滨小城，如今已成为一座拥有机械、造船、电子、医药、轻纺、化工等门类齐全的新兴工业城市。其威海港属国家一类对外开放港口，是连接山东半岛和辽东半岛的交通枢纽。

一到威海，我在大清早即登上了威海城西的环翠楼，这座明代弘治年间修建的古楼，1945年被日本侵略者烧毁，只剩下了两座亭子。今天的环翠楼，是威海市人民政府于1978年在原址按原样重新建起来的。环翠楼古色古香，飞檐四起，金碧辉煌，两边角楼对称，四周游廊相连，被誉为威海市八大景之一的“山楼初旭”就指这里。立足环翠楼观赏日出东海的奇丽景象，只见海面东端一片红光，白云被染成了五色彩霞，太阳升出了海平线，慢慢地露出了半个脸，稍后“突”地一下就跃出海面，像深红色的圆盘悬挂在东边海天中间。随着薄雾的慢慢消失，初升的太阳把浩瀚无际的大海都染红了。置身于此时的环翠楼，让人恍入仙界，顿感身轻意醉，飘然如仙。

威海市面临碧波无垠的黄海，背靠峰峦挺秀的群山，明永乐元年(1403年)，为防御倭寇侵扰设威海卫、筑威海城，威海也就由此而得名。港湾南北两岸突入海中，将刘公岛抱在胸前，构成了黄海的一个天然良港。当你顺着滨海路由北向南观光游览，那车水马龙、人头攒动的海水浴场、客运码头、威海卫外滩、威海公园、海上公园等景区各展风姿，让你目不暇接，喜不胜收。

清朝时，威海为北洋海军的大本营，由于1894年中日甲午战争的威海卫战役就发生在威海的刘公岛，凡来到威海的外地人，必得看看的是横卧在威海湾出口处的刘公岛——

刘公岛是一座东西长5公里、南北宽2公里的小岛，素有“东隅平藩”和“不沉的战舰”之称。此岛是中国近代第一支海军——清政府北洋水师的诞生地，也是中日甲午战争的古战场，著名的黄海海战就发生于此。从威海市区去刘公岛，须乘轮渡旅游船才能登岛。作为威海港的前哨，横踞海上的刘公岛扼守着京津门户，是把守东陲海疆的军事要隘。坐落在岛上北面的贝草咀、听涛崖、板疆石、五花石几座石峰，最高峰海拔113米，山上树木参天，浓荫匝地，被统一划归成了“刘公岛国家森林公园”。岛上东南西三面均设置古炮台，东面有迎门洞炮台、东门炮台、东泓炮台；南面有南咀炮台；西面有黄岛炮台、所后炮台、旗顶山炮台。如今的刘公岛，有刘公庙，有丁汝昌寓所旧址，有北洋海军提督署，有北洋水师忠魂碑；其南面由西向东依次建有中华兵器馆、中日甲午战争博物馆、甲午海战纪念馆……

就是这座只有10平方公里的小岛，却在中华民族抵御外侮的史册上留下了壮丽篇章：自清代开始，刘公岛即成了中国重要的海军基地。1406年，倭寇第一次来到这一带侵扰，首先占领了刘公岛，接着又在威海登陆。在当地百姓的全力支持下，威海掌印指挥扈宁率领部卒奋勇抵抗，打得倭寇溃不成军，狼狈逃窜。此后100多年时间里，倭寇再也不敢来侵犯威海。光绪十四年（1888年），北洋海师海军提督署的衙门就设在这里。

1894年中日甲午海战爆发后，日军把刘公岛作为进攻的主要目标，对刘公岛先后13次发起猛烈攻击，在丁汝昌、刘步蟾、邓世昌等爱国将领的统率下，北洋水师全体官兵奋起抗击，侵略者的13次进攻全被彻底粉碎。尽管由于清朝政府的腐败无能而导致甲午战争失败，北洋水师全军覆没，海军将领丁汝昌、邓世昌等壮烈殉国，但威海儿女一直不屈不挠地同侵略者做斗争，1898年，当清朝政府把威海租借给英国的时候，威海立刻爆发了规模宏大的抗英起义。今天的刘公岛，又成了中国人民解放军海军的一处重要基地，让中华儿女热爱祖国、抵御外侮的民族精神代代相传。

有句诗是“问渠那得清如许？为有源头活水来。”今日的威海市，已成了我国的著名旅游城市。在威海旅游观览，让人印象最深的是由花草和树木染成的绿色景观。分布境内的环翠楼公园、槎山、海驴岛、昆嵛山、刘公岛风景区、成山头风景区、银滩旅游度假区、石岛赤山风景区、伟德山国家森林公园、岠嵎山国家森林公园、荣成大天鹅国家级自然保护区组成了威海丰富多彩的旅游文化。位于威海市环卫路的国际海水浴场，是威海著名的海滨风景区，这里沙滩平缓，水静浪小，风景优美，游人如织，与海驴岛、胶东渔村、赤山风景区、定远舰景区、桃园度假村、大乳山福地养生园、西霞口野生动物园、威海华夏城旅游风景区及刘公岛古遗迹相辅相成，形成了威海市独具特色的旅游观光景区和景点，让游人在这里敞开胸襟回顾历史、兴致勃勃鉴赏现实。

荣成市俚岛镇烟墩角的天鹅湖，是世界上最大的天鹅越冬栖息地，每年11月至次年的3月，都有成千上万的天鹅来此越冬，烟墩角便成了全国观赏天鹅的最佳之地，以致来此观赏天鹅的国内外游客年年都人气爆棚。现在的烟墩角天鹅湖景区是威海的开放景区之一，游客进入烟墩角天鹅湖一律免收门票。在烟墩角游览，最有个性的要数这里的民居了，不分大小人家，民居均以石为墙，屋脊隆起，铺满海草和渔网，显得厚重古朴，极具胶东地方特色。在烟墩角东南方海中还有神奇的花斑彩石。花斑彩石是海水长期侵蚀而形成的一座海蚀柱，高9米，长约35米，形状怪异，色彩鲜丽，大自然的鬼斧神工在这里体现得淋漓尽致，令人称奇。荣成市的石岛湾，地处山东半岛最东端，与日本、韩国隔海相望。这里冬无严寒，夏无酷暑，气候宜人，被誉为“东方夏威夷”。景区内有法华塔、法华院、天后宫、赤山禅院、大明圣院、荣成民俗馆等景点，其中著名景点法华院，始建于唐代，是目前威海唯一的佛教寺院；石岛渔家民俗村就坐落在石岛旅游村内，是旅游避暑的一处好地方。

距荣成市20公里的崖西镇，有一处被誉为“世外桃源”的景点名叫圣水观。圣水观是道家全真教嵛山派的发祥地，距今已有800多年的历史，据传王玉阳真人在此建观传教，后得道成仙。景区内古树参天，殿堂高耸，亭台、坛、阁古朴典雅，万寿塔、七真坛、金鼎九龙亭、千年银杏古树等名胜古迹，吸引着游人络绎不绝。创建于北宋年间的千真洞，因洞内有一能去病养身的圣泉水而得名，是驰名中外的“中国海岸第一石窟寺”，洞内有浮雕佛像1010尊。

从威海汽车站乘去成山头的班车，可以到距荣成市东北5000米处的成山镇观光游览。成山镇又名“天尽头”，因地处成山山脉最东端而得名，是中国陆海交融处的最东端，被古人认为是日神所居住的地方。据史书记载，周朝的姜太公、秦朝的秦始皇及汉武帝刘彻都曾亲临此地祭拜日神，迎接日出，留下了拜日台、秦桥、始皇庙、秦代立石等历史古迹，引人遐思无限，感慨颇多，如今被誉为“中国的好望角”，已跻身为中国最美的八大海岸之一。

位于文登区以西20公里的“圣经山”，因山上刻有老子的“道德经”而得名。“道德经”被道家奉为圣经，分上下两卷，全文5000余字均刻在山顶的巨石之上，此崖刻已有千年历史，成了国内唯一的“道德经”全卷石刻文化遗迹，深受古文化研究者和石刻爱好者的喜爱和追捧。

青草和绿树，被誉为“城市的翡翠”。绿草和森林，能为人们提供生命必不可少的氧气，与人的生产生活息息相关。据科学研究表明，一个人每天要呼出0.45公斤二氧化碳，吸入0.75公斤氧气。如果空气中二氧化碳的含量达到4%时，人就会头疼头晕、恶心呕吐。而各种植物的需要恰恰与人相反，它们吸进的是二氧化碳，呼出的是氧气，这种循环同人类构成相辅相成、和谐与共的密切关系。当今国际上被誉为“花园之国”的新加坡，基本上实现了寸土必绿；在瑞士，花圃遍布全国城市，市民人均拥有草坪达6平方米以上；美、英、法、日等发达国家的学校、科研、工厂、公寓、广场等公共区域，普遍将绿化摆在首要位置，受到社会各界的支持和拥护。来到威海旅游观光，让人印象最深的，就是威海对市容市貌的绿化和美化。

如今的威海市，为了美化环境、净化空气、消除污染、减低噪音，增强人们的身心健康，坚持把种草、栽花和植树作为城市文明的重要标志之一，坚持不懈抓“绿化”、搞“美化”。在威海市，不分东南和西北，无论大街或小巷，处处都能见到环保草地、花景草坪、路间林带和护坡草坪。这些绿草茵茵的草坪、浓荫匝地的林带、万紫千红的花坛，与一座座摩天大厦融为一体，绘成了一幅幅五彩缤纷的立体画，让人赏心悦目、心旷神怡，真真切切、实实在在地感悟到一种特有的惬意和享受。

威海，既是一座英雄的城市，更是一座美丽的城市。她那彪炳千古的爱国史迹，光辉灿烂的文化遗典，将永远牢记在中华儿女的心田里！

（2005年8月）

神奇"天路"青藏线

被誉为"天路"的青藏铁路，是当今世界上海拔最高、线路最长的高原铁路，这是人类铁路建设史上的奇迹，西方舆论称之为"中国的第二座长城"。就是这条被冠有多项"世界之最"、可与万里长城相媲美的钢铁大道，曾寄托了多少代中华儿女的希望和企盼。

全长1963公里的青藏铁路，北起青海省会西宁市，南至西藏首府拉萨市。其一期工程西（宁）格（尔木）段845公里线路已于1984年5月建成运营，二期工程格（尔木）拉（萨）段1118公里线路，于2005年10月15日全线铺通，2006年7月1日正式运营。这条被誉为"天路"的高原铁路，海拔超过4000米的线路长达960公里，有550多公里线路是铺设在年均气温零下10摄氏度左右的永冻区。在这亘古以来就是"千山鸟飞绝，万径人踪灭"的"生命禁区"，青藏铁路的建设却创立了多项"世界之最"。

世界海拔最高的铁路桥——三岔河大桥：

从昆仑山北缘的纳赤台上行15公里，就有一座大桥拔地而起，这就是名闻遐迩的青藏铁路最高桥——三岔河大桥。三岔河大桥共有20个桥墩，其中17个是圆形薄壁空心墩，空心顶部最薄处仅有30厘米。此桥矗立在海拔3800米的冲积地层峡谷中，桥的两端悬架于险峻陡峭的昆仑山山崖上。大桥全长690.19米，桥面距离谷底54.1米，远远看去，大桥就像巨人伸开双臂托起飞驰而来的列车，显得十分壮观。

世界最长的高原冻土隧道——昆仑山隧道：

全长1686米的昆仑山隧道，轨面海拔4648米。就是这条世界最长的高原冻土隧道，穿越了素有"万山之父"美称的巍巍昆仑山。隧道周围群山连绵，雪峰林立，景致独特；那海拔6000多米的玉珠峰和玉虚峰，亭亭玉立、银装素裹、云缠雾绕，形成了闻名遐迩的"昆仑六月雪"奇景，实属世界罕见的自然景观。

世界海拔最高的铁路隧道——风火山隧道：

风火山是青藏铁路穿越的一座著名大山。这座海拔5000多米的莽莽雪峰，高寒缺氧，七月飞雪，最低气温可达零下40多摄氏度，年均气温只有零下9摄氏度，空气中的含氧量不足海平面的50%。隧道地质结构主要为含土冰层、饱冰冻土、原始冰川、裂隙冰、砂岩、泥岩及泥沙互层。这座隧道被列为青藏铁路重点工程之首，誉为“天字第一号工程”，只有目睹了这条当今世界海拔最高的铁路隧道，才能真正领悟到中华民族挑战极限的智慧和力量。

世界高原冻土区最长的铁路桥——清水河大桥：

当你到达海拔4600多米的可可西里国家级自然保护区，就会看到一条全长11.7公里的铁路大桥犹如“彩虹”般飞架在冰层厚度达20多米的冻土上。由于该区域高寒缺氧，冻土层厚，含冰量高，植被稀少，生态脆弱，为了攻克和解决工程的冻土难题，铁路建设者便“以桥代路”，架起了这一世界高原冻土区最长的铁路大桥，为了保持桥墩的温度，整座大桥共用了12000多床被子。

长江源头第一桥——沱沱河大桥：

长江，这条中华民族的母亲河，她源头的名字就叫沱沱河。祖国的第一大河长江从唐古拉山各拉丹冬冰峰发源后，绕千山、纳万水，用自己乳汁般甘甜的江水灌溉着全国四分之一的土地，哺育着全国三分之一的人口，同黄河一起孕育了悠久灿烂的中华文化。其上游沱沱河流域既是长江源头的水源涵养区，也是可可西里国家级自然保护区的核心区。长达1389.6米的沱沱河铁路大桥，桥下矗立着42座桥孔，跨越了1300多米的宽阔河床，其雄伟，其壮观，一点都不比武汉长江大桥和南京长江大桥逊色！

世界海拔最高的铁路车站：

素有“江河之母”的唐古拉山，平均海拔5500多米，我国第一大河长江就是在唐古拉山的各拉丹冬雪峰发源的，海拔5068米的青藏铁路唐古拉山车站，是当今世界上海拔最高的铁路车站，你来到这一“离天最近”的火车站，可以正真体验一番“上了唐古拉，伸手把天抓”的豪迈感受。

作为西部大开发的标志性工程，青藏铁路二期工程格拉段线路自2001年6月29开工建设至2005年10月15日全线贯通，4万多名建设者历时5年，挑战生命极限，破解了多年冻土、高寒缺氧和生态脆弱三大世界难题。运行在这条"天路"上的旅客列车，是根据青藏高原的特殊气候和环境制造的25T型新型列车，是我国自主研制的世界首列高寒列车。列车由舒适的软卧车、硬卧车、高背软座的硬座车和宽敞明亮的餐车组成。车厢内装修都力求用现代化材料体现藏族风格，其档次不亚于豪华宾馆。

列车外观与其他列车差别不大，车顶为半圆拱形，乘客定员比一般列车少，空间相对宽敞，餐车可供44人同时就餐，还可以卖快餐。列车的每节车厢都有储物间、卧具室、制氧机、输送新风机、自动饮水机和烟火报警器，都有一扇作为紧急出口的窗户，车厢连接处设有紧急情况处理装置，还标有小孩购票身高线，大部分文字说明都同时用汉、藏、英三种文字。列车的进气系统为全新结构，可防风雪沙尘进入，非电气件均采取了防紫外线措施；车上还加装了先进的故障诊断、检测系统、GPS电子地图、摄像、影视系统和路轨情况检测等装置。

高原列车的最大特点是：其车厢配有整仓加氧的高原供氧系统，可根据车内空气中氧气的含量自动调整制氧机的运作，使车内空气中氧气的浓度始终保持在人体舒适水平上，以帮助旅客克服高原缺氧反应，保证列车能在高寒缺氧的环境下正常运行。针对"世界屋脊"的缺氧气候，高原列车的每节车厢都配置了几乎与飞机相同的两套供氧设备，一套是"弥散式"供氧，通过混合空调系统中的空气供氧，使每节车厢的含氧量都保持在适当水平；另一套是独立的接口吸氧，如果有旅客需要更多的氧气，可以随时用吸氧管吸氧。车内还设有医疗急救室，对突发、急症病人可进行及时治疗。

为了保护"三江源"、可可西里和藏北羌塘等国家级自然保护区的生态环境，列车上的真空集便装置和污水、污物箱，可将所有的废水、污物统一收集和排放。在全长1142公里的格（尔木）拉（萨）段，严格禁止向铁路沿线排放污水。为此在建路时共设立了15个污水处理站点，采用生化、电化、氧化等方式对污水进行处理，青藏铁路在沿线车站专门设置了垃圾存放收集点和污水处理站。青藏旅客列车开行后，每个星期都要开一趟“垃圾列车”，由“垃圾列车”将沿线垃圾全部运到格尔木进行处理。

青藏铁路既是一条民族团结线，也是一条自然风光旅游线。当你乘坐的青藏铁路列车从西宁市出发后，沿途无数的高原风光会让你赏心悦目，心旷神怡：你会在列车上首先观览到我国“两弹”研制基地——“原子城”、祖国面积最大的内陆咸水湖——青海湖、被誉为“世界奇迹”的盐湖铁路——“万丈盐桥”、世界面积最大的戈壁新城——格尔木……

最能体现青藏铁路特色的是格尔木至拉萨段。从格尔木出发到拉萨，途中仅需12个小时，乘车时间长短合适，且都是白天行车，可以说是景随车移、美不胜收！

列车从格尔木驶出后一路往南，你在这奔驰在雪域“天路”的旅客列车上，沿途既可领略到“世界屋脊”的雪山、草原、湖泊、大漠、戈壁、河流等独特的自然风光，也可观赏到“世界屋脊”的红隼、金雕、藏雪鸡、盘羊、棕熊、猞猁、雪豹、荒漠猫、藏羚羊、白唇鹿、藏野驴、野牦牛……“世界屋脊”独有的珍禽异兽，神奇壮观的自然景观，会使游人赏心悦目、如痴如醉。

列车跨越纳赤台三岔河大桥后，就完全置身于典型的青藏高原环境中：行驶约50公里，线路海拔就由2800米抬升到3500米，约100公里处，线路海拔就达4000米，至距格尔木160公里的昆仑山垭口，线路海拔就高达4767米。为了让游人饱览雪域风光，在格（尔木）拉（萨）段全线设立的45个大小车站中，又特意修建了玉珠峰、楚玛尔河、沱沱河、唐古拉山、措那湖、那曲、羊八井七大观光站台，其位置均选定在景色独特地段。“万山之父”昆仑山、长江主源沱沱河、“江河之母”唐古拉、野生动物乐园可可西里、世界罕见的羊八井地热……地球“第三极地”的独有风光，会让游人饱享眼福。尤其是在世界海拔最高的铁路车站——唐古拉山车站，你除了饱览长江“母亲”唐古拉山的雄奇和壮观，还可以领悟“世界屋脊”的神奇和魅力。

作为祖国内地通向西藏的唯一铁路，青藏铁路一期工程西（宁）格（尔木）段年运输能力已逾1000万吨，年客流量多达200万人次；青藏铁路二期工程格（尔木）拉（萨）段的通车运营，会将青藏铁路的客货运输揭开历史新篇章，“天路”将为祖国民族团结、经济发展和国防建设做出特殊贡献。

神奇“天路”青藏线，有得天独厚、绝无仅有的自然景观，也有饱含中华民族智慧和力量的人文景观。可以毫不夸张地说：当你乘坐既别致又舒适的新型列车旅行在青藏高原上，“世界屋脊”的无限风光，会让你从心底感悟到一种神奇和惬意、震撼和难忘！

（2006年7月）

富甲天下格尔木

在巍巍昆仑山南麓，有座富甲天下的戈壁新城名叫格尔木。

格尔木的蒙古语意为“河流密集的地方”，辖区总面积多达12.45万平方公里，是堪称“天下第一城”的世界面积最大城市。这座年轻的县级市，已建成面积30.22平方公里，辖区驻有青海、西藏和解放军地（厅）级单位5个，县（团）级单位近80个，全市各族人口已从当年的不足1万增加到27万。近几年来，格尔木市先后获得了“全国双拥模范城”“中国优秀旅游城市”“全国科技工作先进市”“全国民政工作先进市”“全国少年儿童工作先进市”“中国园林绿化先进市”和“全国精神文明建设工作先进市”等荣誉称号。党和国家领导人胡耀邦、温家宝、江泽民、朱镕基、吴邦国、李鹏、李岚清等先后都到格尔木视察工作，对格尔木的发展寄予厚望，原中共中央政治局常委、李瑞环在格尔木视察时提出：“要把格尔木建设成为中国西部一座现代化中心城市”的设想。如今的格尔木市，已建成了“两个枢纽”（西部现代化交通枢纽、信息通信枢纽）和“三个中心”（现代物流中心、资源加工转换中心、高原特色旅游中心）的现代化城市，被誉为“世界屋脊”的一颗璀璨明珠。

说起来，半个世纪前的格尔木还是一个名不见经传的戈壁滩，如今却成了富甲天下的大宝库，矿产储量在全国独一无二，是祖国名副其实的“聚宝盆”。在以市区为圆心、半径200公里的范围内，广泛分布着钾、钠、镁、锂、锑、硼、锶、铁、铜、黄金、石油、宝玉石、天然气等50多种矿产资源，占青海省已发现矿种的44%，其中有30多种位居全国矿藏储量的前10位，钾、钠、镁、锂4种矿藏总储量均占全国第一位。坐落在格尔木东南角的格尔木炼油厂，占地面积144公顷，具有加工100万吨常压蒸馏、60万吨催化裂化等11套生产装置，年原油运转能力200万吨，为青藏两省区提供着多种石油化工产品。建厂以来，江泽民、胡锦涛、吴邦国、温家宝、李瑞环、邹家华等先后来厂里视察和指导工作。1993年7月18日，江泽民同志在视察时还亲笔题写了“办好格尔木炼油厂，支援国防建设，造福青藏人民”的题词。

兴建在格尔木的青海盐湖工业集团有限公司，是国内最大的钾肥生产企业。集团独家开发的资源基地察尔汗盐湖，是我国已探明的最大可溶性钾镁盐矿床，总面积5856平方公里，有钾、钠、镁、锂等各种盐类资源储量600亿吨，资源潜在经济价值多达15万亿元以上。1993年7月，时任中共中央总书记的江泽民亲临盐湖视察，题写了“艰苦奋斗铸盐湖，改革开放创新业”的题词，盐湖100万吨钾肥项目于2003年10月建成投产，标志着我国成为世界上第7个拥有百万吨钾肥生产能力的国家。尽管目前我国国内使用的钾肥中95%都依赖进口，但察尔汗盐湖钾肥产量占到了国内钾肥总产量的97%。除了产量独占鳌头外，盐湖集团因自己研发出了具有世界领先水平的“水采船”和“反浮选——冷结晶”钾肥生产工艺而为世人瞩目。钾肥年产量由1958年首年开发生产的950吨提高到现在的100多万吨，2002年，盐湖集团的“盐桥”牌商标被国家工商总局评为中国驰名商标，“盐桥”牌氯化钾也被国家质检总局评为免检产品。

格尔木位处柴达木盆地腹部，具有独特的地理优势：东达西宁，西至新疆，南接西藏，北联甘肃，青新、青藏、敦格3条公路干线在此交汇；除了是青藏铁路最大的中间站，格尔木至甘肃敦煌、格尔木至新疆库尔勒铁路正在规划建设；格尔木飞机场可以起降各类飞机；环柴达木盆地双回路电网已落地成形……已被国务院列入国家首批循环经济试点产业园区。

格尔木不仅是祖国富甲天下的“聚宝盆”，更是一个充满原始、粗狂和神奇、神秘的旅游胜地，以世界屋脊、昆仑文化、大漠绿洲、茫茫盐湖为中心的旅游资源十分丰富，在全国10大类、95种基本类型旅游资源中，格尔木占8大类、57种。

就在这座世界面积最大城市的辖区内，雪峰连绵，河流纵横，冰川密布，湖泊众多，横亘着“万山之宗”昆仑山、“江河之母”唐古拉山、江源奇景、大漠戈壁、昆仑雄姿、雅丹地貌、古海底贝壳滩、长江正源沱沱河、长江“母亲”各拉丹冬的冰峰、独具特色的可可西里野生动物乐园，都是举世闻名的世界奇观。实施西部大开发战略以来，格尔木先后投资1.98亿元兴建了国家地质公园、森林公园、玉珠峰登山基地、昆仑神泉景点、昆仑文化旅游区等8个大型旅游项目，相继建成了昆仑山口、西王母瑶池、玉虚峰奇观、昆仑文化碑林等景点，已相继开辟了长江源头探险、昆仑山道教寻祖、察尔汗盐湖观光、胡杨林自然风景、玉珠峰登山探险等10多条青藏高原旅游线路，将戈壁新城格尔木建成了国家4A级旅游胜地。

出格尔木南行90公里，就到了昆仑河北岸海拔3700米的纳赤台。这里有一被誉为“人间圣泉”的昆仑山神泉。昆仑山神泉从地下喷涌而出，中心形成一朵晶莹透亮的蘑菇花形状，四季恒温7摄氏度，其流量达每秒245升。相传当年文成公主进藏行至这处茫茫狂野，突然狂风大作、烟瘴弥漫，一时人困马乏、口渴难耐，公主即下凤辇跪地祈祷上苍保佑。公主的诚心感动了上帝，刹那间沙尘平息、烟瘴四散，从地下涌出一洼清泉，众人在饮用了泉水后，顿觉神清气爽、精力充沛。从此，这一泉水被称为“人间神泉”。据中国地科院鉴定中心检测，昆仑山神泉水含有锂、钙、钼、镍、钛和偏硅酸等多种对人体有益的微量元素，每升矿化度小于0.5克，系世界罕见的优质含锶饮用矿泉水，不仅口感甘甜醇厚，而且还有预防心血管疾病的特殊功效。南来北往者凡经昆仑山神泉，都要在此饱饮为快。

从纳赤台往南走50公里，就到了是昆仑山东端最高峰的玉珠峰。巍然耸立的玉珠峰，海拔6178米，常年四季都是白雪皑皑、银装素裹。你驻足眺望，玉珠峰宛如一座银光闪闪的琼楼玉亭，在阳光的照耀下，雄伟壮观的玉珠峰恰似白玉砌成的巨大天梯，峰顶忽而白云飘荡，忽而又雾霭缭绕，云遮雾罩、影影绰绰的玉珠峰，总是让人神秘莫测、神奇不已。

来到海拔4767米的昆仑山口，就是青藏交通线观赏昆仑山的最佳位置。东西全长2500多公里，南北宽近200公里的昆仑山，雪峰莽莽，气势磅礴，自古被誉为“龙脉之祖”“万山之父”，是华夏文明的发祥地，也是中国古代神话传说的摇篮。其最高峰布喀达坂峰海拔6860米，是青海境内最高的山，在神话传说中，远古时期的昆仑山曾经是山清水秀、物产富饶、鸟语花香、气候宜人的人间仙境，被玉皇大帝当成了他的下都，昆仑山便成了从人间进入天堂的唯一“天梯”。在远古神话传说中，从盘古、玄龙、玉帝、西王母、九天圣母，至黄帝、炎帝、蚩尤、大禹、妈祖、姜子牙、周穆王等都在这里留下了他（她）们的身影。后来，水神共工与火神祝融闹矛盾，便来到昆仑山找玉皇大帝评理，到了昆仑山，又为谁先爬“天梯”大打出手，在难解难分之时，水神共工想用弱水淹死火神祝融，火神祝融想用山火烧死水神共工，使昆仑山烈焰腾腾，洪水泱泱，玉皇大帝知道后雷霆大发，遂将火神祝融发配到南方，并将他化成了九嶷山经受风吹雨打；将水神共工化为昆仑山神泉，以他长流不断的泉水滋养这方被烧焦了的土地。在昆仑神话形成上万年的今天，当你来到被誉为“龙脉之祖”“万山之尊”的昆仑山，“盘古开天辟地”“夸父逐日”“后羿射日”“嫦娥奔月”“女娲炼石补天”“女娲抟土造人”“白蛇昆仑山盗草”等等神话故事，仿佛一幕幕又恍然显现在眼前，让你领略到昆仑神话的博大和精深，感悟到昆仑神话的精神和魅力。

耸立在昆仑山道教教场正前方的山，就是储藏昆仑玉的玉虚峰。玉虚峰海拔5980米，相传当年玉皇大帝见昆仑山气势雄伟、景象万千，离天庭很近，又在昆仑山顶修建了一座轩辕行宫，玉帝妹妹玉虚神女却埋怨哥哥太贪心，不仅占了天上，还要占据地上。为了安慰妹妹，玉帝只好把玉虚峰让给了妹妹玉虚神女，玉虚神女便在玉虚峰顶修建了一座冰清玉洁、俏丽奇美的行宫，并经常带着众姐妹到此游玩。在玉虚神女居住和游玩的这地方，河对岸山上还有玉虚神女的天然像，面对玉虚神女体态轻盈、神情自若的天然图像，大家都纷纷感叹大自然的鬼斧神工。传说中，姜子牙曾在玉虚峰师从元始天尊修炼五行大道四十载，玉虚峰脚下的那颗山谷平台，相传就是当年姜子牙封神的封神台。

在玉虚峰山腰海拔4200米的地方，就是美轮美奂的昆仑玉矿藏。昆仑玉同和田玉于同一玉带上，主要由透闪石和阳起石构成，其中透闪石含量高达90%。成玉的矿物颜色，不含铁的呈白色或灰色，含铁的呈淡绿色，其中呈深绿色的，可与翡翠媲美，这种绿白分明的昆仑玉，可谓“玉中珍品”，玉质坚韧、细腻、润和，不仅象征着权利和财富，还有祛病、消灾、辟邪等功效，是集健身、观赏、珍藏为一体的名贵珍品。自20世纪90年代发现后，昆仑玉深受玉界人士青睐，被誉为“昆仑神玉”而遐迩闻名。

距离格尔木250公里的地方，就是神话传说中的西王母瑶池。西王母瑶池是一处海拔4300多米的高原天然湖，东西长1200多米，南北宽5000多米，面积60多平方公里，最深处达20多米，湖面呈现如意形，虽然传说中西王母的诞辰日是农历七月十八日，但是每年的农历的三月三、六月六和八月八这3天，天界各路神仙都要聚会“瑶池”给西王母祝寿，这就是民间传说中的“蟠桃盛会”。游人们到这里虽然看不到给西王母祝寿的“蟠桃盛会”，却能目睹瑶池的神秘和神奇。呈现在你眼前的瑶池，湖中清澈透亮、碧波粼粼，湖畔绿草茵茵，空中百鸟翱翔，地面异兽游弋，驻足湖畔放眼观望，雪峰嵯峨，蓝天白云倒影水中，全然一幅气象万千、美不胜收的风景画，传说当年周穆王就是在湖旁的平台会见西王母的。遥想远古时期各路神仙在这里给西王母祝寿，西王母在此宴请天界诸神的隆重场景，还真有一番妙不可言的韵味呢！

2001年11月14日，在格尔木南缘昆仑山口以西发生的8.1级大地震，是人类进入21世纪以来全球大陆上震级最大的一次地震。这次地震所形成的地表破裂带长达430公里，破裂带宽数十米至数百米，各种构造形变现象清晰，组成规律明显，是迄今为止中国唯一、世界罕见且保存最完整、最壮观的地震遗址，不仅是研究地震构造环境和地震破裂机制的活教材，而且是研究区域地壳运动特征、青藏高原内部运动学、动力学等重大科学问题的珍贵资料，其科学研究价值是全球大陆其他地点所没有的。格尔木已决定投资1亿元，在昆仑山口地震断裂带附近采取有效保护措施，建成集观光、科考等为一体的综合性旅游景观，修建地震遗迹展览馆和山口地震遗迹碑。

得天独厚的自然风光，独领风骚的人文景观，让格尔木举世瞩目。今日的格尔木，已成了中外游人向而往之的风水宝地。

（2006年7月）

绥德拜谒蒙恬墓

趁着在延安参观的机会，我特意到绥德县拜谒了蒙恬墓。

蒙恬墓位于绥德县城大理河西岸的绥德县第一中学后院西南角，与扶苏墓隔河遥遥相望。眼前的蒙恬墓，尽管经历了2000多年的风侵雨蚀，但墓丘仍然高高耸立、气势巍然，栽植在墓地的大榆树枝繁叶茂、浓荫盖地，墓基边沿全用长条石砌成，墓地四周有铁栅栏加以保护。传说中由部下将士用战袍掬土而堆成的蒙恬墓，为方圆占地不足百平方米的馒头形大土丘。墓前一方石碑上书有“秦将军蒙恬墓”六个大字，为清乾隆年间绥德州知州张元林所立。墓北另有三方石碑，自左至右的第一方石碑，是陕西省人民委员会1956年8月6日公布蒙恬墓为“陕西省重点文物保护单位”而立；第二方石碑为记述蒙恬将军生平的“秦大将军蒙恬墓碑记”，“墓碑记”背面刻有历代来拜谒蒙恬墓者留下的悼念诗，其中流传甚广的，是由闫秉庚写的“春草离离墓道侵，千年塞下此冤沉。生前造就千支笔，难写孤臣一片心”这首七言绝句《蒙恬墓》；第三方石碑为绥德县文物管理委员会于1978年10月竖立的“重点文物保护单位”公布碑。

立足蒙恬墓，禁不住让人浮想联翩、感慨不已，万千思绪把历史的镜头定格在了金戈铁马、战旗猎猎的春秋战国时期，眼前又重现了“文作苍毫光万世，武将友师震群狄”的蒙恬将军——

蒙恬是秦国著名将领，其祖父蒙骜，自小由齐入秦，在秦昭襄王时官至上卿，为秦国战功卓著的统军将领；其父蒙武，公元前224年担任秦国副将，率兵与王翦大败楚军，斩杀楚将项燕；公元前223年，蒙武率兵攻打楚国，一路过关斩将，势如破竹，连楚王负刍都被他生擒；身为秦国的青年将领，蒙恬英勇善战，战功卓著，同祖父蒙骜一起被并入春秋战国“十大将领”之列；公元前221年，蒙恬奉命率兵与齐国决战，以其卓越的军事才能，在兼并齐国的大业中立下了汗马功劳，得到秦始皇器重，被任命为咸阳内史（相当于京都卫戍司令）。

公元前221年，被后人称为“千古一帝”的秦始皇嬴政，先后灭掉了韩、魏、楚、赵、燕、齐六个诸侯国，建立了中国历史上第一个中央集权大帝国。作为国家统一的标志，秦始皇随即颁布了一系列法规法令，废除分封制，设立郡县制，统一了文字、法律、货币和度量衡。然而，就在秦始皇为统一中国南征北战时，日益强大起来的北方匈奴部族却占领了大漠南北的广袤草原。接着又趁秦国伐楚的机会，越过阴山和赵国长城及黄河，侵占了河套及其以东地区，西边侵入秦国疆界，劫掠陇西，北地（甘肃宁县西北）、上郡（今陕西绥德）等地，其势力范围扩展到距秦朝首都咸阳区区数百里的地界，给刚刚统一的秦国形成了新的威胁。

据《史记·秦始皇本纪》载：公元前215年，秦始皇东巡到达今河北秦皇岛一带的碣石地区，派燕人卢生、徐福等人入海寻求长生不老药，随后从那里开始巡视西北边疆，目睹了匈奴的南侵和扩张。也就在此时，出海归来的卢生呈上了画着“亡秦者胡也”的“神仙图”，这更加重了秦始皇对北疆的疑念和忧虑，即下决心消除匈奴侵扰这一心头之患，“乃使将军蒙恬发兵三十万人北击胡，略取河南地。”

公元前215年的夏秋之季，青年将领蒙恬受命率兵30万大军征伐匈奴。他兵分两路，主力由上郡经榆林进入河套北部，另一路兵马经萧关（今宁夏固原东南部）进入河套南部，与匈奴展开了生死决战。至初冬时节，即击败匈奴大军，肃清了匈奴部落，将河套地区拓归秦国；公元前214年初春，蒙恬又率军攻占高阙、阳山（阴山西北的狼山）、北假中（今内蒙古五原西、河套以北、阴山以南地区）等广袤土地。匈奴摄于秦军的威武，一路向北方退却，曾经一度被其占据的大片领地得以全部收复。在蒙恬守卫北部边疆的数年间，匈奴再不敢进犯秦国一步。

为了防御匈奴的再度侵扰，镇守新设44县及整个河套地区，秦始皇命令蒙恬大军继续留在边疆，并由高阙向西南沿狼山、贺兰山至榆中、临洮（今甘肃兰州、定西一带）修筑长城。在《史记·蒙恬列传》就明确记载道：公元前212年，秦始皇统一六国后，为抵御匈奴“乃使蒙恬将三十万众，北逐戎狄，收河南，筑长城，因地形，用制险塞，起临洮，至辽东，延袤万余里。于是渡河据阴山，逶迤而北，暴师于外十余年，居上郡，是时蒙恬威震匈奴。”对于这条长城，司马迁如是评论说：始皇帝“乃使蒙恬北筑长城而守籓篱，却匈奴七百余里，胡人不敢南下而牧马，士不敢弯弓而报怨。”大体分为西、中、东三段的秦长城，其西段凭借黄河天险而筑，以障塞城堡为主。蒙恬率领30万大军，在卫戍横贯甘肃、宁夏、陕北和内蒙古西南广袤边疆的同时，还承担了修筑长城的浩大工程，为巩固秦国北疆建立了巨大功绩。

身为一位武功盖世的杰出将领，蒙恬忠心耿耿矢志报国，深受秦始皇信任和倚重。其弟蒙毅，官拜上卿，“出则参乘，入则御前，”为秦始皇的股肱之臣。兄弟二人一文一武，蒙恬在外掌军统兵，蒙毅在内辅佐朝政，成了秦始皇的左膀右臂。司马迁在有2000字的《史记·蒙恬列传》如此记载：“恬任外事而毅常为内谋，名为忠信，故虽诸将相莫敢与之争焉。”

与此同时，秦始皇采纳左丞相李斯“焚书坑儒”的建议，坑杀儒生460多人，此事引起了长子扶苏的忧虑。扶苏是秦始皇26个儿子中最贤达的一个，他反对父亲“焚书坑儒”，便直言相谏：“天下初定，远方黔首未集，诸生皆通法孔子，今以重法绳之，臣恐天下不安。”秦始皇听后大怒，即贬扶苏到上郡做蒙恬的监军。蒙恬将军与公子扶苏默契配合，同心同德为国效力，为巩固秦国北疆建立了不朽功勋。

然而，就是这样彪炳史册的大将军、大英雄，却没有逃脱“君叫臣死，臣不得不死”的封建宿命——

公元前210年10月，秦始皇带着左丞相李斯、中车府令赵高和公子胡亥等人巡游河北、山东等地，在德州身染重病，逝前留下遗诏：“符玺赐扶苏，与兵属蒙恬，与会咸阳而葬。”但是中车府令赵高惧怕扶苏继位后与己不利，将诏书私扣不发，同公子胡亥与左丞相李斯密谋篡夺帝位，将始皇帝“符玺赐扶苏”的遗诏篡改为“立胡亥为太子”。赵高扶持胡亥继位后，即清除异己，诛杀扶苏和蒙恬。据《史记·蒙恬列传》记述：赵高“因有贼心，乃与丞相李斯、公子胡亥阴谋，立胡亥为太子。太子已立，遣使者又罪赐公子扶苏、蒙恬死。”于是伪造如下“诏书”：“朕巡天下祷词名山诸神，以延寿命。今扶苏与将军蒙恬将帅数十万为屯边，十有余年矣，不能进而前，士卒多耗，无尺寸之功，乃反数上书直言诽谤朕所为，以不得罢归为太子，日夜怨望。扶苏为人子不孝，其赐剑以自裁。”就这样，赵高让胡亥以一纸假“诏书”将公子扶苏杀害。扶苏死后，赵高疑惧蒙恬不服，怕他率兵造反，随即又让胡亥伪造“始皇遗诏”将蒙恬囚于上郡阳周（今子长县）狱中，强迫蒙恬服毒自尽。其部下见朝廷在杀害公子扶苏后又要置蒙恬将军于死地，纷纷劝他举旗抗命，但蒙恬至死不从。据《史记·蒙恬列传》记载，蒙恬临终时曾如是说：“自吾先人，及至子孙积功信于秦三世矣。今臣将兵三十余万，身虽囚击，其势足以倍畔，然自知必死而守义者，不敢辱先人之教，以忘先主也。”在胡亥的再三逼令下，蒙恬含冤饮恨，服毒自尽于阳周囚室，结束了他功绩昭昭、威名赫赫的英雄人生。

蒙恬将军含冤致死后的两千多年间，有不少政治家、史学家和文学家都为他惋叹，对他褒扬。北宋的大名人司马光也如此赞誉蒙恬：“恬明于为人臣之义，虽无罪见诛，能守死不威，斯亦足称也。”星移斗转，岁月苍桑，留在蒙恬身后的，除了绵延万里的巍巍长城，还有被誉为“文房四宝”之一的毛笔。因传说毛笔是由蒙恬发明和制作，为了纪念蒙恬将军，后人曾一度将毛笔称之为“蒙笔”。然而，当年胡亥和赵高将蒙恬、蒙毅兄弟两人杀害后，蒙姓氏族即遭受了一场前所未有的灭顶之灾——

从姓氏古起源说，蒙姓早在上古黄帝时期就出现了，无论是姓氏形成之初的5662个姓，还是至北宋初年《百家姓》著录的438个姓，作为黄帝直系后裔的蒙姓氏族可算是一个人口众多的大姓氏。《路氏疏传记》就明确记载：蒙姓人是黄帝轩辕氏嫡孙高阳帝的后代。从姓氏起源上说，蒙氏族人一直分布于北方。《姓氏考略》如是记述：在距今4500年的高阳帝时代，蒙姓人就受封定居在山东蒙山一带。后人曾有“望出安定，姓启蒙山”之说，后来到了“封邑为姓”的夏朝，夏朝君主便把黄帝后裔的颛顼氏族封至蒙城，蒙姓氏族即以地名为姓延续下来；到了周朝，当时朝廷在蒙山（今山东省中部）设了祭坛，并封蒙姓人氏为“东蒙主”，专门主持蒙山祭祀事务，蒙姓氏族便一代接一代繁衍生息在蒙山一带。春秋战国初期，姓氏合为一体，蒙姓族人蒙骜由齐入秦伺奉秦昭襄王，蒙姓人也就随之进入中原，定居于安定郡（今甘肃东部地区和宁夏固原一带）。在蒙姓氏族，其代表人物有“功高秦国”的蒙骜，“功盖群雄”的蒙武，楚国大夫蒙骜，“威震匈奴”的蒙恬，“掌国名卿”蒙毅，“金代赫赫元帅”蒙古纲，唐代南诏王蒙归义，明代石佥都御史蒙诏，太平天国著名将领蒙得恩……

至先秦前后的历史上，蒙姓氏族成了姓氏部落中的一大望族。但篡位后的胡亥以“莫须有”的罪名将蒙恬蒙毅两兄弟杀害后，又对蒙姓氏族“诛九族”……面对这一突如其来的“灭族”灾难，蒙氏族人有的改名换姓隐居生活，有的离乡背井逃亡他乡，致使蒙姓族人由山东、陕西、宁夏、甘肃等地纷纷迁往湖北、湖南、广东、广西、海南、贵州、四川和云南等边远区域，蒙姓人口一度急剧减少。直至今日，蒙姓人口仍然不足全国总人口的百分之一。

蒙恬将军长眠着的绥德县，位处黄河中游，北依榆林，南邻延安，东面与山西的吕梁市接壤，县城四周群山怀抱，无定河与大理河在此交汇后穿城而过。这块自古以来一直为北方边塞要隘的土地，物产富饶，地灵人杰，享有“天下名州”之美誉，是一处历史悠久、文化灿烂的富庶之地，其文化渊源与中华文化一样古老。这里的人类活动踪迹能追溯到比北京猿人稍晚的时期，石器文化和龙山文化的分布十分广泛；商周时期，这里发生过坚持抵御商王朝的“三年抗战”；至秦代，封为上郡的绥德便成了秦都咸阳的北部门户。继蒙恬将军以身报国之后，至西汉、北宋、辽、金、西夏等朝代，一些著名将领和文臣如狄青、李广、韩琦、范仲淹、沈括、司马光等都亲临绥德主持过军政事务，陈佑、温庭筠、贾岛、韦庄等文人墨客也在绥德留下了不少千古绝句——“可怜无定河边骨，犹是春闺梦里人”；“函关归路千馀里，一夕秋风白发生”这些脍炙人口的名句，就是诗人们题咏绥德战事的真实写照。到了南宋，被金人占领的绥德又出了个民族英雄韩世忠，韩世忠与岳飞父子双足鼎立，支撑了南宋的半壁江山，逝后还被追封为蕲王……

紧邻蒙恬墓的东北侧，就是绥德县第一中学的教学楼和师生体育活动场。绥德县第一中学是全县唯一一所纯高中年级的最高学府，全校共设63个班，每年级均为21个教学班。作为绥德县的人才大“摇篮”，这所中学已为国家培养了成千上万的各类人才，当下大名鼎鼎的国学大师、北京师范大学文学院教授康震就是从这所学校走出来的。我从校门走廊墙面的

“金榜题名”栏了解到：今年高考，全校1200多名高中毕业生，有98%以上全部考上了大学，其中仅考入中国人民解放军第二炮兵工程学院这一重点军校的学生就达9名。立足绥德县最高学府的“金榜”前，登科学子的名字一串又一串映入眼帘，莘莘学子的骄人成绩令人欣喜不已。

回顾历史，纵览今世，一种意念随即涌上我的心头：长眠于大理河畔的蒙恬将军，面对如此生机勃勃、繁荣昌盛的风流江山，他一定会傲视当年、笑慰九泉！

（2006年8月）

遵义会议纪念馆手记

遵义会议作为中国共产党和中国工农红军一个生死攸关的转折点，在党和红军的历史上具有十分重要的历史意义，与井冈山、延安、西柏坡等一起，已成为中国革命历史、革命传统和革命精神的重要纪念碑，数十年来一直吸引着中外游人来参观和瞻仰。

我曾先后两次探访过遵义会议纪念馆。今年的8月上旬，在中国人民解放军第二炮兵工程学院读书的儿子蒙振宇暑假不实习，我便和妻子、儿子一起到西南边陲的云贵高原旅游。飞机降落到“第二春城”贵阳市，三个人即特意来到遵义市参观和瞻仰遵义会议会址等红军长征留下的几处宝贵遗迹。

遵义市位处云贵高原北缘，是北达重庆、成都，南往贵阳、昆明的交通要塞。遵义会议会址位于遵义市红花岗区老城子尹路东侧96号，其主人是先后任国民党第25军2师师长、陆军102师师长和第4军副军长柏辉章的私宅。1935年1月初，红军渡过乌江即将占领遵义前夕，柏辉章举家而逃，整栋房子便成了空楼。红军进城后，设营队看中这里房间宽大、集中，便于警卫，就把总司令部机关设在这里，总部首长及前来参加中央政治局扩大会议的部分军团长和政治委员也住在这栋楼里，随即在这里召开了中共中央政治局扩大会议。

来到会址前，首先映入眼帘的是门楼的大匾，大匾上“遵义会议会址”6个字，是毛泽东同志1964年11月题写的。据说，在诸多革命旧址中，能得到毛泽东题写址名的，遵义会议会址是唯一的一处。“遵义会议会址”6个字从左至右排列，当年正是毛泽东书法艺术精进繁富时期，他在行笔用墨上刚劲雄健，墨色润泽相当，“遵”字笔走龙蛇，潇洒倜傥，两个“会”字肥瘦相宜，豪迈奔放，使横匾气势磅礴，风采飘逸，神气贯通，活力无穷。

会址整个建筑分主楼和跨院两大部分，主楼坐北朝南呈曲尺形，为中西合璧的两层砖木结构建筑，楼上楼下各有6间住房，青砖间用白石灰勾缝，歇山式楼顶覆盖着小青瓦，屋顶上的“老虎窗”，给整栋楼房增加了颇多气势。楼层四周的回廊在明间处截止，堂屋保留了我国古代建筑“彻上明造”的结构风格，每根檐柱顶饰着寓意为房主清清白白做人的垩土堆塑的青菜图案，整栋楼房的檐下柱间有10个卷拱支撑。主楼的门窗均涂饰为板栗色，楼上为梭窗，楼下为对开窗，镶嵌着彩色玻璃，窗外层还加有板扇；一楼层也有走廊，东西两端各有一转角楼梯，外面还加有一道木栅栏，显得既威严又气派。

主楼南面是柏家的旧宅，为一处自成格局的四合院，院内的7间房屋均为砖木结构，环境幽静，古色古香。红军进驻遵义后，此院便成了总司令部一局机要科人员的办公室兼住房。从小院东门出来，原是柏家的一口长方形水井，当年红军总部首长和工作人员的生活用水，都是从这口水井中提取。据说顺着城市建设的飞速发展，遵义市内的大多水井都已名存实亡，有的或干枯或污染被废弃，唯独这口老井水质清冽甘甜，并且常年不溢不枯，给毗邻的会址大楼增添了不少灵气。会址东侧有一棵大槐树，树高达30多米，枝叶繁茂，浓荫匝地，使院里充满了勃勃生机。

沿着主楼南边的走廊向东，便是1935年1月15日至17日中共中央举行政治局扩大会议的会场。室内保留着当年挂在东墙上的壁钟和一张褐色长方桌，桌子四周围着20张木架藤条折叠靠背椅。在遵义召开政治局扩大会议时，由1934年1月党的六届五中全会选出的12名政治局委员和5名政治局候补委员中，参加会议的是：政治局委员毛泽东、朱德、陈云、周恩来、张闻天（洛甫）、博古（秦邦宪）；政治局候补委员王稼祥、邓发、刘少奇、凯丰（何克全）；中央政治局的4位常委（也称书记）中，除留在江西瑞金根据地的项英外，周恩来、张闻天、博古3人全都出席会议；出席会议的红军总部及各军团负责人是：中央秘书长邓小平、红军总参谋长刘伯承、红军总政治部副主任李富春、红一军团军团长林彪、红一军团政治委员聂荣臻、红三军团军团长彭德怀、红三军团政治委员杨尚昆、红五军团政治委员李卓然、共产国际顾问李德和担任李德翻译工作的伍修权。

1934年11月的湘江战役之后，在数十万敌人的层层围追堵截下，由8.6万多人锐减为3万来人的中央红军（红一方面军）缺粮少弹、疲惫不堪，处在了极其艰难的危急关头。为期3天的遵义会议，根据大多数与会者的意见做出了几项重要决定，在组织上做出了部分调整：毛泽东由政治局委员上升为常委；王稼祥由政治局候补委员上升为政治局委员；取消了博古（秦邦宪）和李德的最高军事指挥权；恢复军委主席、红军总司令朱德和军委副主席、红军总政委周恩来指挥红军的权力，同时决定周恩来为军事指挥下最后决心的负责者。会议一结束，政治局常委即做出分工决定：毛泽东协助周恩来共同指挥军事，张闻天代替博古在党内负总责。二渡赤水河后，成立由毛泽东、周恩来、王稼祥组成新的“三人团”，负责全军的军事行动。遵义会议确立了毛泽东在党和红军中的领导地位，在极其危急的情况下挽救了党，挽救了红军，挽救了中国革命，在党和红军的发展历史上具有十分重要的历史地位。毛泽东在党的第七次代表大会期间曾这样说：“遵义会议是一个关键，对中国革命的影响非常之大。但是，大家要知道，如果没有洛甫、王稼祥两位同志从第三次‘左’倾路线中分化出来，就不可能开好遵义会议。”

来到遵义会议会址，吸引人参观的另一热点就是与会领导人的住址——

从会议室东门出来，经过几步长的走廊，就是红军总司令朱德的住室。室内置放着一张古老木床，上面铺着白布床单，一条灰色夹被，一条毛毯和一个白布包袱皮枕头，靠窗边，有一张红色办公桌，桌上放着铜墨盒和瓷质笔筒，笔筒内插着红蓝两色铅笔，还有一个三磅暖水瓶和白色搪瓷茶缸；朱德住室的隔壁是红军总参谋长刘伯承的住室；沿着东边的转角楼梯下来，便是会址大楼的东厢房，这里是总司令部一局作战室，作战室的对面，是一局局长彭雪枫的住室，彭雪枫住室隔壁，是一局孔石泉、罗舜初等参谋人员的住室。

进入大门，跨过高高的门槛，就是主楼房的堂屋，遵义会议期间，红军第三军团军团长彭德怀和政治委员杨尚昆就住在这间堂屋里；彭德怀、杨尚昆住室的隔壁，是政治局候补委员、红军第五军团中央代表刘少奇和第五军团政治委员李卓然的住室；经过堂屋左侧房间，踏上窄窄的转角楼梯，便是中央政治局常委、中革军委副主席、红军总政委周恩来的办公室兼住室。室内的陈列，是按长征时周恩来的警卫员魏国禄和范金标两人于1975年7月来现场回忆确定的。从周恩来住室出来，沿着走廊便到了参谋人员的住室……

细观与会领导人的住房，最气派的要数毛泽东、张闻天和王稼祥三人的了。红军进驻遵义后，毛泽东、张闻天、王稼祥是住在遵义新城距市中心不远的古寺巷（今幸福巷）28号。这里原为川南边防军旅长易怀芝（又名易绍全）的私邸，是一栋砖木结构的两层楼房，楼房坐北朝南，外表呈青灰色，地基高出地面约1米，大门正中是5级半圆形踢梯，楼的上下都有回廊环绕，整栋楼房均置拱形鸳鸯窗，彩色玻璃在阳光下熠熠闪光，使整栋楼房显得既壮观又雅致。进入大门，右侧是张闻天的住室兼办公室，室内陈设有一张老式大木床，铺着白粗布床单，一条灰色被子和一个用包袱布包着衣服做成的枕头，墙角放着一对公文箱，墙边是一张漆面已脱落的九抽桌和一把老式木椅；通过堂屋，沿着楼梯上到二楼，顺着走廊往右走，便是毛泽东的住室兼办公室，住室位置和陈设，据说是按毛泽东警卫员陈昌奉的回忆复原陈列的：室内置放着铜架床、木靠背倚、茶几、军用电话机、铁皮公文箱，南壁窗下是一张红色九抽桌，桌上放着马灯、军用地图、方形铜墨盒，楠竹笔筒里插着毛笔、红蓝色铅笔和一叠信笺纸，还有一个热水瓶和白搪瓷茶缸等物品；与毛泽东同住在二楼的，是中央政治局候补委员、军委副主席、红军总政治部主任王稼祥的办公室兼住室，室内陈设着老式木架床，床前是一张老式九抽桌，桌前放着一把木圈椅，墙角还有一对铁皮公文箱。1982年，贵州省政府将遵义会议期间毛泽东、张闻天、王稼祥三人住处公布为重点文物保护单位；1983年12月，国家文物局同意将三人住处统属全国重点文物保护单位遵义会议会址的组成部分。

遵义会议期间，毛泽东和张闻天、王稼祥三人不是住会址，而是一起住在新城的古寺巷。对此，曾有两种说法：一说毛泽东当时党内职务只是政治局委员，不是常委；一说毛泽东当时军内没有职务。而时任军委警备科长、中央纵队设营和防空司令王智涛在他的遗著中如是说："进驻遵义前，周恩来交代，号房子时要将毛泽东、洛甫、王稼祥安排在一起，将李德、博古安排得离他们远一点。于是，我将毛、张、王安排在新城古寺巷，将李德、博古分别安排在遵义老城两个地主的老宅。”

红军总政治部旧址位于遵义红花岗区老城杨柳街28号，距遵义会议遗址约有200米。这里原为天主教堂，分经堂和学堂两部分，占地面积13555平方米，四周有围墙，红军进驻遵义后，总政治部机关即设置在这里。

红军总政治部旧址，还值得纪念的是：红军1935年2月底3月初再占遵义城后，党中央为总结遵义战役取得胜利的经验，结合传达遵义会议精神在这里召开的红军干部大会。会上，毛泽东、张闻天等领导人做报告，对自2月24日至3月1日六天的战斗，把国民党军队从桐梓一直打到乌江以南，连续击溃和消灭敌人两个师又8个团的大胜利，给予了高度评价。指出这是红军长征以来取得的空前胜利。时任红2师第4团政治委员的杨成武曾回忆说：“会后，什么也不讲究，就地进行了所谓规模盛大的会餐，即用铁盆子盛着菜，倒上大碗的酒，几个人在地上围成一个又一个圈吃了起来。当时，陈赓、刘亚楼、陈光、耿飚、王开湘和我在地上围了一个圈子，也不知谁伸出筷子点了点盆里的菜，说了声‘吃呀！吃呀！’大家就随随便便吃的吃，喝的喝，干起来了。我们端着碗，一边饮酒，一边畅谈，开心极了。陈赓同志更是活跃，菜已经够多了，他还跑到伙房又端来两盆，口口声声说要吃个痛快。天主教堂里，鼓掌的、捶桌子的、唱的、互相握手的都有，有的人还登上桌子大声疾呼，有的人端着酒碗发呆，有的人什么都忘了，我呢，只是高兴地喊着一个字：‘好……’大家异口同声地说：‘问题解决了，问题解决了！’最后，大家高高兴兴地举起了酒碗，共同倡议：‘喝了，喝了，都喝了！’大家情绪之激动，是前所未有的。是啊，饱受了王明‘左’倾路线之苦的我们，今天，怎么能不如醉如狂呢？”

红军占领遵义后，总政治部驻地成了动员群众、组织群众、武装群众的场所，刚成立的县革命委员会、红军之友社、政治保卫游击队等组织的领导成员不断到这里请示工作或研究问题，不分白天黑夜，都有人进进出出，由红军总政治部召开的群众代表大会也就是在经堂内举行的，在遵义群众心目中留下了深刻印象，致使解放后党和政府在寻找遵义会议遗址时，误认为这里是开中央政治局扩大会议的地方，还挂了一段时间“遵义会议纪念堂”的牌子。1984年，国家拨专款对红军总政治部旧址进行维修，并将其统属遵义会议会址的组成部分。同年11月2日，邓小平为其题写了“红军总政治部旧址”8个大字。

遵义会议期间，国民党中央军和湘、桂、川、黔、滇等省地方军阀部队约150个团30余万人，从四面八方蜂拥而至，企图在长江以南、乌江以北的狭窄地区把3万多红军一举歼灭。为摆脱敌强我弱的被动危险局面，毛泽东、周恩来、朱德等根据遵义会议决定，准备在宜宾、泸州间或宜宾上游北渡长江，与红四方面军开创川西或川北根据地。遵义会议后即率领红军分三路从黔北松坎、桐梓、遵义向赤水县方向开进，揭开了四渡赤水的序幕……

遵义会议作为中国共产党和中国工农红军一个生死攸关的转折点。早在1961年3月，遵义会议纪念馆就被国务院公布为“全国重点文物保护单位”；1993年，遵义会议纪念馆被国家文物局遴选为“全国优秀社会主义教育基地”；1995年，遵义会议纪念馆被团中央命名为“全国青少年教育基地”；1996年，遵义会议纪念馆被国家教委、文化部、文物局、民政部、共青团中央、解放军总政治部联合命名为“全国百个爱国主义教育基地”；1997年6月，遵义会议纪念馆被中共中央宣传部公布为“全国100个爱国主义示范基地”之一。1996年，时任中共中央总书记、国家主席、中央军委主席的江泽民同志先后两次视察遵义会议会址，并挥毫敬录了毛泽东《忆秦娥·娄山关》词句：“雄关漫道真如铁，而今迈步从头越。”数十年来，遵义会议会址得到党和国家领导人的关怀，倍受全国各族人民的敬仰。

步出纪念馆大门，映入眼帘的是鳞次栉比的现代化建筑，大街小巷车水马龙、人潮如流。面对一派欣欣向荣、生机勃勃的繁华景象，让人不禁感慨万千、遐思无限：当年风雨如磐、境遇险恶的艰难岁月，数万红军前仆后继、浴血拼杀的战斗历程，如同电影般一幕又一幕浮现在了眼前！

（2007年8月）

侗韵悠悠三门塘

在黔东南州的雷山县参观时，我听说天柱县岔处镇的三门塘村是个遗迹众多、古韵深厚的侗族村，便决定趁此机会去看看。

从州府所在地凯里市坐汽车到达锦屏县城三江镇后，再转乘轮船沿清水江顺流而下，约行1小时水路后便到了侗寨三门塘。

这个有着340多户人家的侗族村寨，就坐落在清水江畔，碧水悠悠的清水江船来舟往，景致非凡；古朴的干栏式吊脚楼，高大的防火马头墙，冠盖如篷、葳葳蕤蕤的古老榕树，拔地而起、重檐尖顶的侗寨鼓楼，使村寨显得古色古香、和谐温馨。

由于具有得天独厚的舟楫之利，作为由湘入黔的古驿道，三门塘自古就商贾云集，盛况空前。自明正德年间朝廷委派官商到黔东南一带采购“皇木”开始，清水江便成了木材运输的主要水道，黔东南林区的大量木材都通过这里输往南北各地，在明清两代数百年间，三门塘一直是锦屏、天柱两县设立的六大码头之一。有老人追忆说：那时候江上的木排相连成片、成堆成垛，人要过江，无须渡船，踩着木排就能从容而过。即使要举办龙舟赛，也只能从江面木排中开出一条水道来进行。

随着木材水运的蓬勃兴起，让三门塘成了黔湘桂交界一带少有的富庶之地，热情好客的三门塘人也一代接一代传承着急公好义的好传统。尽管寨里曾有的乘凉楼、渡船屋、明德斋、三圣宫等已成遗迹，但三门塘村依然保存着60多块明清时代的古碑碣。这些古碑碣门类众多，有修路碑，有修桥碑，有义渡碑，有义学碑，还有保护村寨环境及公益设施的禁碑，这些古碑碣记载着三门塘村的历史，展示着三门塘人的风貌：游人可从这一座座古碑碣知道：三门塘村人早在清康熙年间就开始兴办义学，由村民集资形式兴建了名为“明德斋”的义学馆，至新中国成立初期，三门塘村的义学恒产仍多达500罗；为了改善摆渡条件，方便渡江者旅行，三门塘人于清雍正五年（1727年）就集资购土地、投义工，在寨子码头修建了“渡船屋”，拥有田产500罗、杉山数座的“义渡”恒产，在三门塘村竟保持了200多年；村里300年前就置有的40多亩“修路田”，也是由村民们捐资修路的余款购置的。

在侗族的传统风俗中，祖祖辈辈都是恋爱自由，婚姻自主，少有“父母之命”和“媒妁之言”，青年男女通过游山、对歌、踩歌堂、行歌坐月而相识相爱并喜结良缘，就是在家庭生活和社会活动中，也一直信守男女平等，共同决策与共创家业。

今日的三门塘，村人仍保留着尊重女性、崇敬老祖母等母系氏族社会的遗风和习俗，你会明显感受到人们对妇女的尊崇和敬重。村里的15口水井中，有两口是由妇女捐资修建，并立碑记载为妇女义井的“女井”。这两口“女井”分别修建于清宣统二年（1910年）和宣统三年（1911年），据碑文记述，两井中一井由舒萱女、潘引弟、刘明珠等16名妇女捐资修建；一井由刘长音、吴新桃等捐资修建。细览“女井”碑文，让人浮想万千，感慨不已：在头顶“三座大山”的封建社会里，三门塘的妇女们却能充当“半边天”，以主人翁气概投身公益性设施建设，这标志着妇女在家庭生活和社会活动中的地位及作为。

由于过去数百年间接待各地客商的原因，三门塘人的饮食文化非常独特，招待不同地区的客人，就设相应地区的宴席，主要设有招待外地汉人的“客边席”，适应湘鄂客商的“河边席”和本地侗家风味的“土席”。三门塘最有特色风味的是喝当地的侗家油茶。油茶由春季采摘的新鲜家茶拌和米花、黄豆和花生，炒至金黄后再放糖和葱花、蒜苗、辣子以及其他调味品烹煮而成，浓香可口，既是侗家待客的佳品，也是侗家待客的礼仪，凡到三门塘侗家作客的人，都会受到主人以油茶招待的。

在侗寨，生产生活、亲朋见面、对外交往、晓谕子孙、离合悲欢、谈情说爱……无处不歌，无事不歌。三门塘紧邻湖南，是黔东南州北侗地区赫赫有名的“四十八大寨”之一，也是黔湘桂交界天柱、锦屏、剑河等县久负盛名的侗族歌乡。这次三门塘之行，让我最感庆幸的是目睹了三门塘的侗族歌会——

每年农历的七月初七都要举办一场大型歌会，每场歌会往往延续三四天。生就爱唱歌的侗族人，只要有歌会，都是逢会必赶，逢会必唱。来三门塘赶会的，不仅有近邻数县的乡亲们，还有远在湖南靖县、会同等地的外省人。三门塘的歌会，不设歌台，只在村口扎制的彩门上挂一条标有“歌会”大字的红条幅，也无主持人宣讲开场白，歌会便在清水江码头通往村中的石板路上隆重开场，男男女女、老老少少好几千人聚集在一起，人山人海，蔚为壮观。此时的三门塘，只见歌手们或三人一群，或五人一伙地组成了成百上千的小“阵地”，每一“阵地”四周熙熙攘攘围了好几层的观众，有的挺身站立，有的随地而蹲，有的席地而坐，要唱什么，歌手们相互征询几句即开唱。或独唱，或对唱，或齐唱，无拘无束，自由自在，唱者尽心尽情，听者如痴如醉，场面极其热烈，气氛十分喜庆。侗歌不只格调优美，内容也很丰富，有酒歌，有情歌，有叙事歌，有劝世歌……在歌会期间，不仅白天歌如潮，人如海，就是到了晚上，人们也要聚集到寨中的场坝上，通宵达旦唱歌、对歌，把整个村寨变成了欢乐的海洋。

性格豪爽的村支书杨树芳，一面忙这忙那处理村务，一面向我详细讲述三门塘的历史、文化和风俗。从他的介绍中我了解到：三门塘人的服饰，虽然比南侗地区显得简朴些，但很有个性和讲究：男子一般是头扎包头巾，身穿大襟或对襟服，腰束长带，脚扎绑腿；妇女们的衣着比较讲究，分便装、筒装和盛装：便装是日常劳动生活所穿的粗布衣服，没有刺绣挑花，不缀金银饰品；筒装是出门作客或赶歌场的服饰，筒装无固定的银饰，只佩戴活动的银扣、团肩和压领；盛装一般只在出嫁或重大喜庆场合时穿戴，多以缎子为衣料做成夹衣，上面缀以银制的花鸟虫鱼，还佩以其他金银饰品，头饰或以红头绳盘头，或插上轻巧雅致的银簪。细说起来，妇女最有个性的是发辫：在三门塘，未出嫁的姑娘前额蓄刘海，后脑梳长辫；已出嫁而未生育者，去刘海，梳长辫；已生育的，后脑要挽一垂髻，还要插上一只高高的银簪。

尽管汉、侗文化交融较深，但是三门塘依然保留着当地侗族的一些习俗。每年除了过春节和专吃“甜藤粑”的三月三节，最隆重的要数农历十月十五的“斋粑节”。“斋粑节”是侗族年。这天家家户户都要带上斋粑、豆腐、果品和蔬菜等素食去祭神，家中也以素食祭祖，焚香燃烛，挂鞭放炮，喜庆至极。在三门塘，一般年节过后，总是外甥和女婿到舅父家和丈人家拜年，但过十月十五日的“斋粑节”，却是舅父和丈人来外甥女婿家吃斋粑，第二天还要带上斋粑才回去。

眼下的三门塘，依然是一个“耕读传家”的传统农业侗寨。水陆交通的便利，经济社会的发展，现代信息的冲击，侗族的原生文化及个性正在逐渐淡化和失落。在寨里，除了中老年人仍然说侗语、唱侗歌、穿侗服，有越来越多的年轻人去外地读书和创业，无论出门或进门，这些经多见广的年轻人，不仅不愿穿戴侗族服饰，就连从小会说的侗语也改成了普通话，即使对口口相传了多少代的侗歌，年轻人的喜爱度也比不上流行歌曲了。

然而，这样的变化，是发展，是进步，是潮流，是趋势。我相信，在历史巨轮的带动下，侗寨三门塘的明天会更繁荣、更美好！

（2007年8月）

衡山观奇

我在衡东县荣桓镇南湾村参观了罗荣桓元帅故居后，又游览了素有“五岳独秀”美誉的衡山。

衡山位处湖南省中部，纵越衡阳、横山、衡东、湘乡、湘潭、长沙等六县市，它南起衡阳的回雁峰，北抵长沙的岳麓山，地跨迢迢八百里，峰立巍巍七十二。早在远古时代，衡山就留下了不少感天动地的神话和传说：相传开天辟地的盘古死后，头化成了东岳泰山，脚化成了西岳华山，腹化成了中岳嵩山，右臂化成了北岳恒山，左臂则化成了南岳衡山；“火神”祝融氏死后被安葬在衡山的赤帝峰；“大禹岣嵝刻天书”“张三丰采药炼仙丹”“铁拐李玉溪修桥”“张果老大庙埋鞋”等传说故事都发生在衡山。在轸星旁边，还有一颗主管任教寿命的“长沙星”，衡山古属长沙，故而又有“寿岳”之称，人们常说的“寿比南山”就是指的衡山。

衡山在“五岳”中以风光绮丽而著称，素有“五岳独秀”的美誉，在我国的“五岳”中，泰山、华山、恒山、嵩山都位处北方的黄河流域，只有衡山坐落在长江以南的亚热带地区，具有冬暖夏凉、雨量充沛、气温垂直变化明显等特点，十分适宜植物生长，常年四季万木峥嵘，堆绿叠翠，姹紫嫣红，仅树种就有600多科、1700多种，森林面积达30多万亩，其中原始次生林达5.7万亩，森林覆盖率高达80%以上。衡山山川秀丽，风光壮美，名胜众多，古迹荟萃，有传说中的祝融冢、螺祖墓、舜帝南巡驻跸的安上峰、大禹治水驻旌的“禹王城”，加之数不胜数的题记石刻、楼台亭阁和寺庙道观，自古至今都是无数游人流连忘返的风水宝地。唐代的李泌、宋代的朱熹、明代的罗洪光曾在此讲学；杜甫、韩愈、柳宗元、刘禹锡、李商隐、范成大等诗人、散文家都在这里留下了足迹，写下了无数脍炙人口的诗篇华章。

衡山脚下的南岳镇，有大小寺观20余座，东街的祝圣寺，相传由大禹所建，清代曾被改建为康熙皇帝的行宫；正街那座宫殿式古建筑群，就是素称“江南小故宫”的南岳大庙。从大庙的北后门出来，便是衡山主峰祝融峰的登山处——

沿着登山公路蜿蜒而上，经过水流如银的络丝潭，绕过碧波荡漾的南岳大水库，跨过怪石如林的玉板桥，面前的花岗石门叫胜利坊，是1947年为纪念抗日战争胜利而建。坊上刻有一副楹联：上联是“七二峰，令召群英，胜算先操，中流砥柱”；下联是“五大洲，盟联友国，狂澜竞挽，世界和平”。楹联由著名书法家费新我左手书写，让游人在登山前仍能想象到烽火连天的峥嵘岁月。

在衡山香炉峰下，是我国建筑最早、规模最大的抗战纪念陵园——南岳忠烈祠。忠烈祠筹建于1939年，1940年破土动工，1943年竣工落成。这里主要安葬有国民政府第六战区、第九战区的抗日阵亡将士。顺中轴线依山势依次建有牌坊、纪念碑、致敬碑和享堂，前后纵深320米，左右横宽70米，占地面积2.34万平方米，建筑面积890平方米。忠烈祠由曾经参与过南京中山陵的商其煦先生设计，整座建筑前低后高，主次分明，结构严谨，被列为全国重点文物保护单位。忠烈祠的正门，是由花岗岩石砌成的，屋顶是碧绿的琉璃瓦，正上方镶嵌的汉白玉石牌上，竖刻着“南岳忠烈祠”五个镏金大字。进入牌坊，展现在眼前的是一片平坦而开阔的广场。广场中心是由五颗花岗岩炮弹组成的“七七纪念塔”，雕塑正面和左右两侧都嵌有汉白玉砌的“七七”两个字，象征着1937年7月7日中国人民抗日战争开始的卢沟桥事变，塔的后面是题写着“寇犯卢沟，大波轩然。捐躯卫国，忠勇将士。正气浩然，彪炳青史”等文字的《“七七”事变碑铭》。立足此处，让人的思绪又回到了腥风血雨的抗战时代——

抗日战争爆发后，凭借军事优势的日本侵略军很快就占领了大半个中国，东北、华北、华东、华中大批国土相继沦陷。在武汉、广州失守后，国民党政府于1938年10月迁都重庆，衡山便成了抗日前线大本营之一。1938年11月，蒋介石在衡山主持召开高级军事会议，处于第二次国共合作时期的中国共产党也派周恩来、叶剑英等人参加会议。会上，蒋介石听取了各战场指挥官的战况汇报后，鉴于“阵亡将士，多暴尸战场”，十分痛心，指示要尽快掩埋烈士遗体并从优抚恤烈士家属。会议决定由中央拨款，由第六战区、第九战区和湖南省政府主持并接受社会各界捐款，在南岳名山修建忠烈祠和烈士公墓，安葬抗日阵亡将士的遗骸，以告慰烈士在天之灵。于是，衡山便拥有了这座忠烈祠。

绕过纪念碑，是纪念堂。纪念堂是一座单檐碧瓦歇山顶的方形殿宇，全部用花岗石修砌而成。正门匾额“纪念堂”三字由前民革中央副主席屈武所题。沿石阶而上是三座拱门，堂中央耸立着一块6米多高的汉白玉石碑，碑上刻有国民党第九战区司令官薛岳撰写的《南岳忠烈祠纪念堂碑记》。《碑记》介绍了建祠的背景和经过，褒扬了烈士们为民族生存和解放而献身的报国精神。

在忠烈祠的享堂，正门由三道双面浮雕的汉白玉拱门组成，上部是由六根花岗岩石柱稳稳托起的朱红色歇山顶屋檐，正门上方悬挂着镏金匾额，其“忠烈祠”三字由蒋中正题写。这块匾额在1953年被摘下来，1980年在南岳大庙西侧龙塘寺中厅发现，经文物部门重新油漆后于1982年又重新挂了起来。1984年5月26日，时任中共中央总书记的胡耀邦同志到南岳忠烈祠参观时，指着这块匾额询问有关人员：“是原物吗？什么时候挂的？”听了相关解释后，胡耀邦高兴地说：“挂得好！当年有的人为国家、为民族生存而牺牲了，应该纪念！有的人还健在，在国外、在台湾，祖国统一是大家的工作嘛。”

瞻仰了忠烈祠后继续前行，就是万绿丛中的半山亭。这里海拔650米，正好是登临祝融峰路程的一半，所以叫半山亭。这里古木参天，浓荫匝地，楼阁、庙宇掩映其间，处处都是人头攒动，盛况不凡。由此沿公路向左行两公里，便是南岳著名的避暑胜地磨镜台。所谓的磨镜台，只是一块15平方米大的花岗岩平台，据说这是唐朝南岳名僧怀远用砖磨镜的地方。磨镜台以南不远是福严寺，寺后有“一生岩”“高明台”等古迹，另有许多名家题刻，寺旁还有一棵四人合抱的银杏树，据传这棵树已生长了1400多年。

由半山亭而上，经紫竹林、邺侯书院、铁佛寺，过五岳殿、湘南寺，便到了海拔1100米的南天门。南天门是登上衡山山顶的最后一站。这里是衡山前山与后山的分水岭，南天门以南称为前山，以北属于后山，从祖师殿上去不远，矗立着一座石碑坊，石碑坊正中刻着“南天门”三个大字，石柱上还刻有一副对联，上联是“门可通天，仰观碧落星辰近”；下联是“路通绝顶，俯瞰翠微峦屿低”。仔细品味，这副对联把南天门的地势、景物和给人的感受都淋漓尽致地写了出来，堪称传神之笔、精妙之意！由于是纵览衡山风景的最佳位置，立足南天门，无论是仰观蓝天白云，还是俯瞰万顷碧波，都会让人赏心悦目，不一而足。千百年来，南天门一直被说成是天国与凡间的分界线，在人们心目中，这里的一草一木，一山一石，都显得是那样神圣和神奇。

从南天门往上便到达衡山主峰祝融峰峰顶。峰顶四周群山怀抱，形成“众山来朝”之势。传说中的祝融氏是燧人氏之后的古帝，被黄帝委任为火官，也称“火神”“赤帝”。他以火施化，教民熟食，生火御寒，举火驱兽。因他将衡山作为栖息之地，死后也就葬于衡山的赤帝峰，与神农、伏羲一起并列为远古“三皇”。大文学家韩愈也在《游祝融峰》中感叹道：“祝融万丈拔地起，欲见不见轻烟里。”回味这些名篇佳作，让人对衡山充满了神秘和玄想。

眼前的祝融峰峰顶，建有一座祝融殿。祝融殿并不大，一进两间，花岗岩砌墙，殿顶辅以铁瓦，据说这些铁瓦大多为宋朝所铸，但至今仍光洁不锈。祝融殿殿顶为什么要用铁瓦呢？导游如此解释说：大家看看祝融殿四周那些低矮、稀少的松树就会明白：原来祝融峰峰顶每年有100天以上要刮七八级大风，风力强劲，殿顶如果不用铁瓦，必定会被大风摧毁掀翻。在《南岳志》也如此记载：殿盖铁瓦，目的就在于“罡风不能动摇，冰雪未可冻裂”。由于古代铁属金，因此祝融殿也被称为“金瓦殿”。

从祝融殿右侧的小石门走出，外面还有一个名叫望月台的大石台，上刻“乾坤胜览”和“惟我最高”八个字。这里是衡山的最高点，居高临下，天高地阔，苍峰连绵；环顾四周，无限风光一览无余。放眼远望，锦绣河山让人怦然心动，忘乎所以。此时的我，竟然想起了“横看成岭侧成峰，远近高低各不同。不识庐山真面目，只缘身在此山中”这首诗，恍觉当年苏轼的《题西林寺壁》就是他在此时此地写下的。虽然正是艳阳高照的朗朗白日，但你立足望月台，完全可以想象到凭栏望月的奇妙景致：在万籁俱寂、星明月灿的夜空中，你要是能站在衡山之巅的望月台凭栏赏月，肯定会有云低月近，如登天门的奇特感受。

细说起来，衡山主峰祝融峰并不高，峰顶海拔只有1290米，在五岳中最低。但由于四周均为高度不大的丘陵地带，因而显得异常高峻，让人有种“连峰去天不盈尺”的感觉。对衡山的美景，诗仙李白在《与褚公送陈郎将归衡山》中如此称颂：“衡山苍苍入紫冥，下看南极老人星。回飙吹散五峰雪，往往飞花落洞庭。”你立足祝融峰峰顶向东远眺，湘江蜿蜒如银色玉带；向南俯瞰，群山绵绵尽收眼底；放眼向西，雪峰逶迤，依稀可辨；北望洞庭，烟波浩渺，水天一色，此情此景，让人心旷神怡，物我两忘！

（2007年8月）

三星堆古韵惊天下

我参加了在成都召开的一个业务会后，又特意参观了三星堆博物馆。

来到三星堆博物馆，由书法家启功题写的“三星堆博物馆”6个大字即赫然入目，在占地450亩的馆区中，有绿茵如毯的草坪，有明净如镜的湖水，有造型别致的假山，有古拙质朴的水车，有清流飞泻的瀑布，有色彩绚丽的花坛，还有餐厅茶楼，有音乐茶座，有蜀乐表演；在三星堆纪念品服务部，各种纪念品琳琅满目，应有尽有，给人一种古今相融、返璞归真之感。别具一格的建筑造型，巧妙地将历史博览、学术研究、科普教育、旅游景观等多种功能融为一体，是国内一座现代化遗址专题博物馆，成为国内首家加入世界“绿色环球21”认证的博物馆。

三星堆博物馆主馆建筑古朴凝重，造型独特，是一个不同于其他建筑的变形螺旋体。进入主馆，映入你眼帘的即是那精美绝伦、神秘怪诞的国宝重器。六大展厅充分运用各种表现手法，通过精心设计的空间组合，结合展台布景，辅以声光电动，让1200多件珍稀文物在4000平方米的展出面积、长达800米的展线上得以全方位展示。陈列在各展厅的珍贵文物，不论是祭祀性的礼器，还是装饰用的制品，都体现着制作者的匠心和智慧。在第三展厅的文物中，有出土于三星堆遗址2号祭祀坑的1号青铜神树、2号青铜神树、3—8号青铜神树残件和一株汉代青铜钱树原件，其中那高约4米的青铜神树，是当今世界上年代最古、树株最高的青铜树；在陈列着11组文物的第五展厅，展出的文物有青铜龙、青铜蛇、青铜鸟、青铜太阳轮、青铜鸟形饰、青铜顶尊人像、戴金面罩青铜人头像等国宝级青铜文物，其中堪称世界古铜像之冠的青铜立人像，高达2.62米，仪表威严，神态凝重；那座两耳间宽超过1.38米，座高64.5厘米的青铜纵目人面像，活脱脱就是神话传说中的“千里眼”和“顺风耳”；那长达1.42米、重达463克的纯金杖，是象征当时蜀国首领权力和身份的实物例证；还有那些大小各异、数量众多的黄金面罩、青铜立人像、青铜跪坐人像、青铜兽面具，都属价值连城的稀有文物。这些距今3000～5000年的旷世神品，极具古蜀地方文化特色，标志着中华民族在商末周初时期高度发达的青铜文化，面对这些稀世珍宝，一种“两眼观历史，一步越千年”的遐思奇想油然而生。

中国青铜文化的极盛时期在商代晚期，三星堆遗址青铜器数量之巨大，种类之繁多，器形之怪异，纹饰之精美，造诣之高超，在国内外历史上都是罕见的。据专家考证，三星堆青铜文物材料的冶炼技术极为精湛，首先分别炼出金属铜和金属锡，然后再将金属铜和金属锡同炉而冶成青铜；青铜器物的范铸技术，主要有浑铸法、分铸法和嵌铸法，其复杂的铸铜工艺充分反映了三星堆当时科技发展的最高水平，堪与同一时期北方商王朝的铸铜工艺相媲美。就以数件寓意为“登天之梯”的青铜神树来说吧：青铜神树由底座、树和龙三部分组成，采用分段铸造法铸造，使用了套铸、铆铸、嵌铸等工艺；通高3.96米的青铜神树，树干铸于山顶正中，上有三丛树枝，每丛又分三枝，每枝上有3颗桃状果实，其中两果枝下垂，一果枝向上且立有1鸟，树侧有一条沿树逶迤而下的“马面”龙，头上有大小不等的一对犄角，身上有刀状羽翼，前爪匍匐于树座，后爪像“佛手”，造型光怪陆离，让人神秘莫测，不可名状。

据介绍，陈列在三星堆博物馆的1200多件国宝级文物，都出土于成都市北缘的广汉市南兴镇和三星镇。遗址东起回龙和真武两村，西至仁胜和大堰两村，南起米花和石林两村，北至鸭子河南岸，主要分布于马牧河两岸及鸭子河南岸东西长5～6公里、南北宽2～3公里的狭长台阶地。三星堆遗址群平面呈南宽北窄的不规则梯形。遗址依托鸭子河，横跨马牧河，地理位置和自然环境优越，已确定的文化遗存点达30多个，发掘出与商同时代大大小小的房基40余座，陶窑1座，灰坑100多个，确定了三星堆古城位置，其中以南部的“三星堆”、中部的“月亮湾”、北部的“西泉坎”、东部的“狮子闹”、西部的“横梁子”等遗址最为重要。1988年1月，国务院将三星堆遗址公布为第三批全国重点文物保护单位。

从广义来说，“三星堆”是指整个遗址，狭义的“三星堆”则特指遗址内的三个土堆。关于这三个土堆，当地人一直流传着一个美丽动人的神话传说：远古时候，玉皇大帝看中了这块风水宝地，于是特意从天上撒下三把土，三把土落到地面后，宛若三颗金光灿灿的星辰，人们于是将这地方叫成了“三星堆”。在三星堆北面，有一处犹如一弯新月的高台地，当地人便给它起名“月亮湾”，由此，“三星伴月堆”的盛名即在当地广为流传。

早在1929年，自三星堆月亮湾燕家院子出土了种类众多、造型精美的玉刀、玉戈、玉琮、玉璋、玉琥等大量玉器开始，三星堆即声名鹊起。经过几十年的考察发掘，已探明三星堆遗址分布范围达12平方公里，作为核心部位的三星堆古城，规模宏大，东西长1600～2100米，南北宽1400米，以东、西、南三面城墙及北侧鸭子河为防御体系；城内分布有作坊区、祭祀区和墓葬区等重要遗迹；城墙则由主城墙、内侧墙和外侧墙组构成，城基宽达40米，残存顶部宽20余米，墙体断面呈梯形。细究起来，这座尘封千年的三星堆古城，其规模比同时代的河南郑州商城还要大，于1991年1月在东城墙顶部发现的土坯砖，还成了迄今为止我国最早使用土坯砖建筑城墙的实证。

三星堆博物馆是在建成三星堆遗址防洪大堤，修通了市区至三星堆博物馆的专线公路后，于1992年8月破土动工、1997年10月建成开放的。在谈到三星堆博物馆的建设设计理念时，曾是三星堆博物馆建设总负责人的肖先进如是说：三星堆文化既是古蜀文明的杰出代表，更是中华民族光耀千秋的文化遗产。三星堆博物馆的设计和建设，始终坚持的指导思想就是面向大众、服务社会、满足不同文化层次、不同年龄结构、不同国籍肤色的旅客需求，让更多的人了解五千年华夏文明的光辉历史。

据统计，目前全国建有各级各类博物馆5000多座。在社会发展日新月异的今天，博物馆已成了人们认识历史、阅览文化、获取知识的重要场所。三星堆博物馆虽然在国内博物馆队列中是一个新成员，但一经开放便轰动世界，中外观众纷至沓来，赞叹之声不绝于耳。自1997年10月开馆以来，一直被国内外所关注和珍视，党和国家领导人胡锦涛、江泽民、李鹏、朱镕基、李瑞环、尉健行、李岚清等也先后前来参观，并给予了极高评价。时任中共中央政治局常委、全国政协主席的李岚清在参观该馆时曾这样赞叹："这个博物馆建得很有特色，将历史文化和旅游休闲融合在一体，这是今后文博事业发展的一个方向。"

真谓"沉睡数千年，一醒惊天下"。在中国浩如烟海、蔚为壮观的文物群体中，三星堆文物以独特的历史价值、文化价值、艺术价值和观赏价值而蜚声中外。走进三星堆博物馆，你可以认知悠悠远去的历史岁月，也可以领略中华民族的聪明智慧，更能感悟到华夏文明的灿烂和辉煌！

（2008年2月）

鼓浪屿掠影

8月下旬，由于要参加在福建武夷山市召开的一次业务会，我从西宁曹家堡机场登机后径直飞到了“东海明珠”厦门市。飞机一落地，即在厦门市朋友的陪同下，首先游览了名闻遐迩的鼓浪屿。

“贾客风樯争倚岸，渔家灯火远连天。”曾被无数人诵读的这两句诗，说的就是鼓浪屿。鼓浪屿是厦门市思明区与鹭江海峡相隔600多米的一个圆形小岛，面积只有1.78平方公里。别看这座孤岛“体积”小，名声可是出奇地大。早在清代乾隆年间，大诗人洪和长即这样赞美鼓浪屿：“锦绣烟花自一洲，无边风景似杭州。”在鸦片战争之后至20世纪中叶，英国、法国、美国、日本、西班牙、荷兰、丹麦、葡萄牙、奥地利、瑞典、挪威、比利时等国都先后在鼓浪屿这个小岛上设立了领事馆。于是，小岛鼓浪屿便成了国内外达官显贵和富豪商家们争相而聚的“人间天堂”：岛上设施五花八门，应有尽有，不仅有药房、布店、酒楼、医院、食杂店、理发店、百货店，还有学校、教堂、银行、邮局、电话亭、照相馆、怜儿堂、电影院，甚至还办起了杂志、报纸、图书馆和“大都会舞厅”……于是，在风水宝地鼓浪屿，美与丑兼并，高贵同卑贱相容，让这块小孤岛完全变成了灯红酒绿、五彩斑斓的花花世界。

在厦门轮渡码头乘坐旅游船，10多分钟就可抵达鼓浪屿轮渡码头。上了岸，向左，路旁有一片草坪，拐上一条斜坡路，右侧边上是电瓶观光车的停靠站，山坡的那房子就是当年的英国领事馆，如今的鼓浪屿管委会办公楼。斜坡上去，往左拐个弯的三岔路口处，便是当年的日本领事馆了。在日本人占据鼓浪屿的那些年，鼓浪屿可谓阴云密布、腥风血雨，有不少人被日本人砍了头，活着的人大部分也被关押在领事馆的地下室，饱受着“人间地狱”的折磨和摧残，在时隔数十年后的今天，墙面上依然还残留着当年那些被关押者留下的字。时至今日立足于此，虽是朗日之下，仍有一种阴森之感。

在鼓浪屿，没有雄伟壮观的大山和险峰，最高点就是龙头山。龙头山与厦门市的虎头山隔海相望，一龙一虎把守鹭江，人们将此誉之为“龙虎守江”。龙头山上岩峰怪异，沿着山间蹬道盘旋而上，就是龙头山最高处的日光岩，山顶的两块巨石，一高一低，高的一块直立，低的一块横卧，被人称为骆驼峰。

鼓浪屿一直被美誉为“万国建筑博物馆”。矗立在鼓浪屿的建筑物，最具代表性的就是风格各异、年代不同的老别墅，据说全岛保留完整的各式别墅，至今仍多达250余座。这些大多兴建于18—19世纪的建筑物，门楼的设计和装饰明显沿袭着欧洲文艺复兴时期的建筑样式，将古希腊三大柱式和盾形浮雕、缠枝花卉广泛装饰在门框上，与主楼和谐统一，并巧妙地结合了中国传统装饰艺术，把长城城墙、飞檐斗拱、龙凤须弥、宫殿装饰、闽南石雕、彩塑彩绘等古典艺术也应运于门楼装饰。这些显示着主人身份和地位的别墅很特别，尤其是别墅的窗子更有个性，几乎都是一座别墅一种窗形，甚至还有一栋别墅几种窗形：有尖拱形的，有圆拱形的，有落地的，有半墙的，有百叶的，有双层的，有素色的，有彩色的；那窗套、窗棂和窗饰更是五花八门，有欧式的，有美式的，有东洋式的，也有中国式的，更多则是中西混合型的……中华路有一栋老别墅，其窗子竟酷似猫头鹰；杨家园别墅瓶柱装饰的英式窗，其正面、侧面，一楼、二楼都不一样，窗套分圆拱和尖拱，窗棂又分为长颈瓶和短颈瓶，雕塑甚为精美，看起来真让人眼花缭乱，别有风味——面对这些精美绝伦的古老别墅，我禁不住思绪联翩，心想：历史学家们可在这里追寻鼓浪屿的沧桑历史；社会学家们可在这里研究鼓浪屿的风土人情；建筑师们可在这里吸取创作设计的艺术灵感，而更多的人则是在这里尽情地欣赏自然的美和艺术的美。

鼓浪屿虽然是个小孤岛，但人杰地灵，名人辈出，有投资200多万银圆在鼓浪屿设立“聚德堂”，并在鼓浪屿和厦门市购买160多座大楼的金融兼房地产大亨黄奕住，有在厦门市创设第二大华侨银行的“木材大王”李清泉，有赴美国讲学并著有散文集《西海纪游草》的汉学家林鍼，有集企业家、外交家和文学家于一身，出版《雾锁南洋》《樱都杂忆》和《回到娘家鼓浪屿》等著作的黄望青，有中国“现代第一位女作曲家、第一位合唱女指挥家、第一位专业声乐教育家”的周淑安，有创立了“林氏咽音练声体系”和“喘息法气功”的医学家林俊卿，有获得“中国第一位博士学位指挥家”称谓的陈佐煌，在漳州路长着古榕树、香樟树和玉兰树的小巷里，有一座既古朴又苍老的英式别墅，这就是大文学家林语堂与夫人廖翠凤的故居……

说起鼓浪屿的名人来，有一个妇孺皆知的人叫郑成功。郑成功本是福建南安人，但他将鼓浪屿设为根据地，在这个小岛上卧薪尝胆操练兵马，于1661年率部2.5万人与殖民台湾的荷兰侵略者展开激战，一年后即从荷兰殖民者手中收复了台湾省，然后在宝岛设府置县，组织百姓开荒种地发展生产，被台湾民众敬称为“开山王”。那座高达16米的郑成功石雕像，至今依然矗立在鼓浪屿覆鼎浴场旁边的覆鼎巨岩上；顺着福建路附近的复兴路上行，然后从漳州路下来，经过李家庄，再拐进一条巷弄，就是出生于鼓浪屿的著名文学家林语堂的故居……

在鼓浪屿晃岩路47号，有一座俗称“小八卦楼”的小洋楼——这就是闻名中外的妇科专家林巧稚的故居——1909年12月23日，被誉为“万婴之母”的林巧稚就出生在这座小洋楼里。

1921年，林巧稚去上海报考北京协和医学院，正在紧张答卷的时候，有个女考生晕倒了，林巧稚毅然放下手中的考卷照顾她……主考官为林巧稚的这种精神所感动，加之林巧稚未答完的试卷字迹清秀，试题答案清晰准确，即破格录取了林巧稚。经过8年学习和深造，林巧稚成了第一位毕业留院的中国女医生。

林巧稚一生共接生了5万多个婴儿。20世纪50年代，林巧稚曾收治过一个孕妇，诊断结果怀疑是子宫癌，确定切除子宫是最保险的治疗方法。林巧稚得知这个孕妇多年未孕，要是切除子宫从此不能生育，将会影响她一生的幸福，便果断采取保守治疗，为这名孕妇选择性剖宫产术，成功取出了一名健康婴儿。3个月后，产妇的宫颈瘤也完全消失，原来那是一种少见的妊娠期鳞状上皮高度增生，这名孕妇为了感念林巧稚，给孩子起名叫“念林”。不少父母都忘不了林巧稚从死亡线上抢救出婴儿，便给自己的孩子取名为爱林、继林、敬林、仰林……在林巧稚接生的婴儿中，有不少都当了全国文化、教育和科技界的领军人物，她1930年在北京协和医院亲手接生，并在医院档案上临时起名为“袁小孩”的袁隆平，竟成了“国宝级”的“杂交水稻之父”，为全世界的粮食生产做出了举世公认的重大贡献。

鼓浪屿是当今世界人均拥有钢琴数最多的地方，因此又被称为“钢琴岛”。来到鼓浪屿，不能不看的就是位处菽庄花园听涛轩的鼓浪屿钢琴博物馆。

鼓浪屿钢琴博物馆是鼓浪屿籍的旅澳钢琴教育家胡友义夫妇创建的。1998年，钢琴教育家胡友义夫妇决定投资兴建鼓浪屿钢琴博物馆，并把他们在国外收藏的90多架世界珍贵古钢琴运回故乡。鼓浪屿钢琴博物馆在2000年1月8日开馆后，作为钢琴博物馆的第二期工程，胡友义又于2001年12月22日从墨尔本运来40架钢琴布展。由此便有了鼓浪屿钢琴博物馆。今天的鼓浪屿钢琴博物馆，拥有100多架不同产地和不同产期的珍贵钢琴，另有100多件钢琴烛台、台灯及名人油画，成为国内唯一、世界罕见的钢琴博物馆。其中被胡友义称之为“思乡琴”的一架钢琴，是19世纪在英国制造的科洛德钢琴，琴身镶嵌着中国古代名画上的红鸟，澳大利亚的花鸟，还有厦门的市鸟——白鹭，以寄托夫妇两人的思乡之情。在这座钢琴博物馆开馆10年之际，胡友义夫妇已将这座钢琴博物馆连同100多架珍贵名琴悉数捐予故乡。被《纽约时报》誉为“中国最优秀的钢琴家”殷承宗，于1941年就出生在鼓浪屿。这位当年是《黄河》主创者之一，也是《黄河》首演者的钢琴艺术家，如今虽然已年过花甲，但仍不停地往来于欧、美、亚各地，同世界著名音乐团合作演出中国钢琴协奏曲《黄河》，并为鼓浪屿音乐学院和演艺职业学院的学子授课传艺。

说起来也怪，大概是上苍的特意恩赐吧，四面全被海水围困的小岛鼓浪屿，地表下面的淡水却出奇地多，据说在过去的多少个世纪里，部分厦门人饮用的淡水，也是从鼓浪屿运去的。时至今日的鼓浪屿，大大小小、深深浅浅的淡水井仍然多达几百口，不少水井依然倒映蓝天，清冽甘甜，其中豆腐井、豆菜井、水牛埕井、土地公宫井仍然是巷弄的公用井，可同时容纳10多人在井里取水使用。

“世外桃源”鼓浪屿，以其独特自然风光和厚重的人文积淀，年复一年、日复一日地吸引着中外游人来此游览观光。无论春夏还是秋冬，鼓浪屿一年四季的每一天都是游人如织，热闹非凡——

1930年秋天至1933年5月，著名作家巴金先后三次来到鼓浪屿，在他的《黑土》《朋友》《月夜》《南国的梦》和《旅游随笔》等散文里均留下了鼓浪屿的印记；文学家、思想家鲁迅先生在厦大任教时，鼓浪屿曾是他观光休闲的首选之地；1919年秋天，时年32岁的蒋介石带着勤务兵也来到了鼓浪屿，住进了他同乡老板徐桴开设在龙头路的厦门酒店……仅新中国成立后的这半个多世纪内，国内外来探访鼓浪屿的社会名流已不计其数，仅国内文化艺术和科技教育界，就有田汉、茅盾、启功、穆青、黄胄、徐悲鸿、郭沫若、梅兰芳、臧克家、梁思成、竺可桢、关山月等名人都先后到过鼓浪屿……眼下的鼓浪屿，作为国内外闻名遐迩的旅游观光名胜区，处处都设有各类档次的酒店、宾馆和疗养院，其中望景楼、喜林阁、鼓浪别墅、琴岛酒店、绿洲酒店、丽之岛酒店、海华度假屋、海上花园酒店、皓月园度假别墅、领事馆度假旅馆、南京军区疗养院、鼓浪屿干部疗养院、武警边防总队疗养院等更是声名远播而客无虚席。

有话说：“风正一帆悬，潮平两岸阔。”如今的鼓浪屿，已成了厦门市最聚人气的地方，凡是到厦门市的旅游观光者，没有不到鼓浪屿来逛逛的，风光无限的鼓浪屿，总是让无数人倾慕而来又流连忘返。

在登上返回厦门市区的轮船时，我心里立刻又涌出了一个意念：下次来厦门，还要再到鼓浪屿。

（2010年8月）

武夷山下尚贤风

金秋8月，因为参加一次业务研讨会，我第一次来到了文化历史名城武夷山市。

当你来到武夷山，热情豪放的武夷山人首先要安排你乘坐竹筏漂流九曲溪，其次就是招待你品茶，让你尽情享受武夷山茶的甘甜和醇香，领略武夷山源远流长的茶文化。俗话说“好山好水出好茶”，武夷山是中国红茶的原产地。武夷山人称“乌茶”的红茶，尽管茶叶是黑色，泡出的茶水却呈红色，千百年来，红茶一直是风靡西欧市场的稀罕物。早在明清时代，荷兰、葡萄牙的茶商就不远万里来到武夷山，专门收购红茶运到西欧去高价出售，将自己变成了腰缠万贯的大富豪。而当今的武夷山，最有名的茶要数享有“茶王”美誉的大红袍，正经的大红袍茶，只产于九龙窠崖壁下被列为“省级重点文物保护单位”的几棵茶树上，每年的产量最多只有几公斤，历来都是专供皇帝享用的“贡品茶”。

位处福建省西北角的武夷山市，因境内有武夷山而得名，也因有武夷山而闻名。自秦汉开始，有无数文人学士在武夷山留下了很多宫观、道院、庵堂等故址和遗迹。到了宋代，朱熹、杨时、胡安国等著名理学家在武夷山讲学论道，使武夷山成了“三朝理学驻足之薮”；此外，历代名人的摩崖石刻、九曲溪畔遇林亭的宋代磁窑、四曲溪畔的元代皇家御茶园、明末清初农民起义的山寨，都是武夷山名闻遐迩的文化遗迹。时至今日，武夷山有秦汉以来陆续修建的庙宇、亭台、书堂300余处，还有戚继光等历代名人留下的摩崖石刻400多幅，这些珍贵无比的文化遗迹，为武夷山市积淀了悠久的历史和灿烂的文化。

熙宁十年（1077年），理学家朱熹辞官来到武夷山创办武夷精舍，在这里长达10年的时间里，他“竭其精力研究圣贤经道”，对儒家学说阐微补缺，同时著书立说、聚徒讲道，其门徒蔡元定、游九言、黄干等也都相继在武夷山修建了静可书堂、洪源书堂、南山书堂等书堂山屋，使武夷山俨然成了名副其实的“道南理窟”。生前并不得志的朱熹，在去世后却被南宋王朝崇奉为一大圣贤，他讲学传道的武夷精舍被改为紫阳书院，明时又改称为“朱文公祠”延续至今。在武夷山留下足迹的，还有明代伟大地理学家徐霞客。明万历四十四年（1616年），徐霞客由崇安乘船南行，至九曲溪口便逆流西行，亲临武夷山进行考察，他走村访寨，前后攀登了玉女峰、天游峰、鼓子峰、三教峰、三姑石、换骨岩、幔亭峰，无论是大王峰的“百丈危梯”、白云山的“千仞绝壁”，还是接笋峰的“鸡胸”和“龙脊”，在武夷山的山山水水都留下了自己的脚印，为探究和考察武夷山的奇山奇水做出了重大贡献。

漫步武夷山，你不分城市或乡村，对你印象最深的，不只是武夷山市山清水秀的自然风光，更是武夷山下崇文尚学、兴教敬贤的良好风尚。武夷山市的五夫镇兴贤村，是理学家朱熹读书、讲学并生活了40多年的地方。当年朱熹在兴贤村广开书院大门，授徒讲学，不仅收留贫困学生免费入学，还留下了著名的《朱子家训》，由他兴起的兴贤毓秀、立志高远的良好古风敬效不辍，世代传衍。据史料记载，仅宋一代，区区兴贤村一带进士及第者多达182人，状元3人，这些学子大多都是出身贫寒而又励志苦读者，从此，兴贤村把那些曾为教育事业做出贡献的人尊称为“乡贤”，把推广教育的举措敬称为“首善”，在整个兴贤村方圆区域兴起了效仿圣贤、追求贤达的优良传统。时至今日，全村人家家户户都一代接一代传承着圣贤的精神，践行着圣贤的教诲，村民们无论男女或老幼，人人都坚守着“不求成圣，但求近贤”的做人信条。

在兴贤村，“读书为起家之本”是每户人家的共同认知。相传年幼时的朱熹贪恋观景赏花，有次错把“桃花”的“桃”写成了“挑水”的“挑”，一时狂风四起，雷声大作，一场暴雨打落了满树桃花，朱熹对此非常懊悔和伤心，惩罚自己一连写下了1000个“桃”字。当他聚精会神写完1000个“桃”字后，全村被暴雨打落的桃花又全都满树绽放了，而且比打落前更繁盛更鲜艳。朱熹父亲借此教育儿子说：“只要专心致志勤学苦读，连桃花都会为你再度盛开！”这一故事很快就在兴贤村传了开来，后来还成了福建一带“半亩方塘二度桃”的著名典故。

数百年来，那些口耳相传的圣贤故事，影响着一代代兴贤村人。在兴贤村的古街上，除了朱熹当年创办的“兴贤书院”，凤凰巷道内还有一座朱熹创办的“五夫社仓”。按照社仓的习俗：在丰收年份，社仓将粮食借给村民，收取20%的利息；在发生自然灾害的时候，社仓的粮食则为村民免息提供，这样使社仓的粮食逐年增加，解决了兴贤村赈灾粮食不足的问题。朱熹的这一做法，得到了宋孝宗的认可，并被推广到全国，让更多地方的黎民百姓受益。数十代兴贤村人不懈践行，将这小善大德汇聚成河，熠熠生辉。

兴贤村里有一项国家级非物质文化遗产——“龙鱼戏”，所谓“龙鱼”，是一种龙头鱼尾的龙，又称“鱼化龙”，寓意学子只要一心向学，便可以脱胎换骨，从一尾普普通通的水中鱼变成可以腾云驾雾的天之骄子、人中龙凤。从宋代开始，兴贤村每逢士子中举入贡、榜上提名，村民们都会用竹子编成龙鱼形，蒙上绢布，绘上色彩，制成龙鱼灯，以庆贺士子中举登科。

有话说：“宝剑锋从磨砺出，梅花香自苦寒来。”学习是人类不断进步、完善自身的重要阶梯。大至一个国家、一个民族、一方百姓，小至一个村庄、一个家族、一个个人，学习关乎其发展、兴盛和未来。五夫镇人世世代代重视读书、为学、兴贤，不仅是一种精神、一种传统、一种行动，更是一种传承、一种期待、一种境界。让崇文尚学、尊贤敬老的民风民俗成为一代代人的普遍共识，人人心有所见、个个心向往之，持续践行，的确难能可贵，可敬可佩！

会议间隙，我随意步入武夷山度假区苏闽步行街观市景。行至武夷宫仿宋古街，无意间便来到了由著名书法家启功题写“武夷山竹刻艺术”牌匾的“赋竹居”店铺，店内四壁挂满竹刻书画作品，这些大小不同、图案各异的竹刻书画作品，意蕴深邃、刻工精湛，给人以耳目一新之感，便进门与店主人搭讪起来。攀谈中，知道“赋竹居”主人名叫张栋华。张栋华是中国书法家协会会员、中国工艺美术协会会员、中国艺术摄影协会会员，并担任福建省竹业协会常务理事、福建省竹业协会竹工艺分会会长和《中国竹刻竹雕艺术》副主编，作为武夷山市竹刻艺术创始人，他的竹刻艺术作品融武夷山水文化及传统诗、书、画、印于一体，同时结合现代人的审美情趣，创造出独具特色的武夷山竹刻，其技法获得国家发明专利。他参加第五、第六、第七、第八届“国际刻字艺术展”，举办“中国武夷山竹居竹刻作品展”；作品先后入选全国第四届、第五届、第七届、第八届“全国刻字艺术展”；获第二、第三、第四、第五届“中国竹业博览会”金奖。在此同时，张栋华在武夷山度假区和武夷山风景区设立了几处竹刻艺术展览馆，先后举办几期竹刻技术培训班，已培养出数百名具有武夷山风格的竹刻技术人才，就连大学毕业后的女儿也在父亲身边学习竹刻技术，先后被《人民日报》、中央电视台等30多家国内外媒体专题报道，可谓武夷山竹刻艺术界的大名人。

在“赋竹居”墙壁上的10多幅竹刻字画，幅幅都为张栋华先生的手工雕刻精品。张栋华先生将这些字画明码标价挂在墙上，主要是展示，其次才是销售。其中幅宽50厘米，幅长1000厘米的《清明上河图》，雕刻历时长达两年，作品雕成后于2007年获“中国竹工艺精品大赛”金奖，2009年获“中国木（竹）优秀作品博览会”金奖；《百竹图》《宁静致远》《林榭煎茶图》《武夷山奇秀》《兰亭修禊图》《东南奇秀图》等12幅竹刻书画作品先后获“中国竹文化节”和“中国国际木林产品交易会”金奖。在逐一鉴赏墙上竹刻作品时，一幅名为《满堂春》的竹刻画吸引了我。看得出这幅长220厘米、宽52厘米的长方形竹刻画，从选材、备料，到构图、雕刻，均为精心所致。张栋华先生见我心仪这幅作品，首先给我详细介绍了作品的构图之妙和雕刻之长，然后语气暖暖地说：“今天有幸认识了你这位大西北来的新朋友，要是实心喜欢，就算是我与你的首次‘朋友之交’，这幅作品可以特价卖给你。”随即答应将这幅标价8000元的《满堂春》以5折价售于我。就这样，我的书画藏品中，又增加了一种新类别——竹刻画。

有句话说：“得山水静定多寿考，有诗书气必贤子孙。”诗文书画，陪伴着武夷山人走过了2000多年的风雨沧桑，秀美山川和人文传统，带给武夷山人无限的灵气与活力。武夷山，真是一个令人意蕴无穷、流连忘返的好地方！

（2010年8月）

丹东抗美援朝纪念馆散记

坐落在辽东半岛的丹东市，是我国在中朝边境的最大城市。抗美援朝战争开始后，中国人民志愿军就是在丹东（当时称安东）跨过鸭绿江进入朝鲜作战的。就因这缘由，国内规模最大，也是唯一仅有的抗美援朝纪念馆就建在了丹东市。金秋八月，趁着在北戴河开会的机会，我特意到丹东市参观和探访了抗美援朝纪念馆。

抗美援朝纪念馆坐落在丹东市的桃源山南端，是在志愿军第13兵团指挥所的基础上扩建的。扩建工程于1991年9月6日动工，1993年7月27日朝鲜停战协定签字40周年纪念日正式开馆。纪念馆由纪念塔、陈列馆和全景画馆三大主体建筑组成，占地面积180000平方米，建筑面积12000平方米。从纪念馆正门入口拾级而上，登完324阶大台阶，就是巍然高耸的纪念塔。纪念塔正面面向鸭绿江，塔身正面是邓小平题写的“抗美援朝纪念塔”7个大字，背面镌刻着共为621个字的纪念塔塔文；陈列馆是一座地下1层、地上2层的3层现代几何体建筑，大门上方镶嵌着郭沫若题写的“抗美援朝纪念馆”7个镏金大字，馆内迎面镶嵌着江泽民主席“中国人民志愿军的爱国主义、国际主义和革命英雄主义永放光芒”的题词。陈列馆共设三区，一区包括序厅、电影厅、贵宾室、影视室、广播室、监控室、资料室和办公室；二区和三区设有12个展厅，每个展厅为167平方米，展厅屋顶采用方格式透明藻井，形成自然采光，在第10展厅设有地道与全景画馆相连接；全景画馆为圆柱形密闭堡垒式建筑，是目前国内规模最大的全景画馆，位于纪念塔与陈列馆中间的西侧，馆内为两层建筑，上层设高16米，周长130多米的全景画。画馆内高达6米的观众看台是自动旋转式，每旋转一周为18分钟，一次可容纳200多名观众同时观看影视介绍。

1950年6月25日凌晨3时许，朝鲜率先发动了半岛战争，南朝鲜军队节节败退，很快连首都汉城都丢了。美国为了维护其在亚洲的地位和利益，于7月7日操纵联合国安理会通过第84号决议，决定组成“联合国军”介入朝鲜战争。次日，美国总统即任命远东总司令麦克阿瑟为“联合国军”总司令，统领美国、英国、澳大利亚、荷兰、新西兰、加拿大、法国、菲律宾、土耳其、泰国、南非、希腊、比利时、卢森堡、哥伦比亚、埃塞俄比亚等16个国家的军队和瑞典、印度、丹麦、挪威、意大利5个国家的医疗队侵入朝鲜作战。当时的美国，除了派出30多万空军和陆军，还调集了5艘航空母舰，仅用一个月就收复了南朝鲜90%的失地。9月15日，以美军为首的联合国军在朝鲜半岛西海岸的仁川登陆，朝鲜人民军腹背受敌。10月1日，美军越过了“三八线”，企图占领整个朝鲜，将战火烧到了鸭绿江边，并派飞机多次侵入我国领空，不断轰炸鸭绿江沿岸的我国领土。“抗美援朝，保家卫国”已是箭在弦上。10月19日，中国人民志愿军在司令员兼政治委员彭德怀的率领下跨过鸭绿江，于10月25日打响了抗美援朝第一战。

根据第一展厅的文字说明，1950年中美两国的有关数据对比是：钢产量：美国8785万吨，中国60万吨；原油：美国2.6亿吨，中国20万吨；发电量：美国3880亿度，中国45亿度；军用飞机：美国3.1万架，中国60架；国民总收入：美国2400亿美元，中国150亿美元；人均收入：美国1600美元，中国24美元；国防开支：美国150亿美元，中国10亿美元。从参战兵力来看，整个朝鲜战争期间，“联合国军”人数最多时有93.26万，其中受“联合国军”指挥的大韩民国军队为59万余人。

“小米加步枪”的中国人民志愿军进入朝鲜后，面对“飞机加大炮”的35万“联合国军”和受其指挥的59万韩国军队，在彭德怀司令员的指挥下，采取“以运动战为主，与部分阵地战、敌后游击战相结合”的作战方针，从1950年10月至1951年6月，连续进行了5次大规模战役，把以美军为首的侵略者从鸭绿江边赶回到“三八线”，迫使美国首次在没有取得胜利的停战协定上签了字。对志愿军组织的5次大战役，纪念馆的大型艺术实地全景画是这样介绍的——

第一次战役：正直以美国为首的“联合国军”大举北犯，妄图在感恩节前占领全朝鲜。志愿军抓住敌人分兵冒进的弱点，于10月25日在两水洞地区歼敌先头部队两个营，揭开了抗美援朝战争序幕，接着在持续12天的云山战斗中围歼美韩联军1.5万人，将东线敌军阻滞于黄草岭以南地区，迫使敌人从鸭绿江边退至清川江以南。志愿军首战胜利，站稳了脚跟，为继续作战创造了条件。

第二次战役：志愿军第一次战役后，美国为首的联合国军误认为中国出兵不多，于11月24日发起“圣诞节结束朝鲜战争的总攻势”。志愿军利用敌人恃强骄横的心理，采取诱敌深入、集中兵力实施双层战役迂回的方针，西线一部直插敌纵深，截断了敌人退路，正面主力全线突击，歼敌3.6万余人，收复了平壤和“三八线”以北广大地区，使麦克阿瑟所吹嘘的“总攻势”变为总退却。

第三次战役：经两次战役后，联合国军退守“三八线”既设阵地，企图以“先停火、后谈判”卷土重来。为了不给敌人以喘息机会，志愿军于1950年除夕对敌人发起全线进攻，在8天时间歼敌1.9万余人，进而加剧了敌人内部矛盾，扩大了志愿军的国际影响。

第四次战役：美国侵略者为了挽回其失败影响，急速从美国本土和驻扎欧洲、日本的美军中抽调补充兵力，于1951年1月25日开始发动大规模进攻，志愿军在组织了汉江南岸阻击战、横城地区反突击以及宽大正面逐山逐水机动防御，在历时87天的战役中，先后歼敌7.8万余人，将敌人阻止在“三八线”附近，为第五次战役创造了条件。

第五次战役：为了粉碎敌人在侧后登陆，配合正面进攻以期“在朝鲜蜂腰部建立新防线”的企图，志愿军在朝鲜人民军的配合下，于1951年4月22日发动了第五次战役，在连续50天的战斗中，歼敌8.2万余人，把战线稳定在“三八线”附近地区。

在全景画馆中，布景设计以高5.7米的看台为立足点，在绝对高度15米、长度132米的画布上，以艺术手段展现出战场的地形构造和节奏旋律，拉近主要战场，推远次要地域，在同一特定的时空条件下，将各次战斗的进展过程全面重现在观众面前，让每一位观众都清晰具体地了解了志愿军的丰功伟绩。

在全景画馆的大型艺术全景画介绍中，对五大战役中的“三所里阻击战”“龙源里阻击战”“松骨峰阻击战”“马场里保卫战”“清川江围歼战”“军隅里围歼战”“凤鸣里围歼战”等大血战还分别做了单独介绍。

在第三次战役中，有一场战斗是志愿军第38军335团1营3连官兵以百人之力，在没有防御工事的情况下，利用弹坑当掩体，与南逃美军展开血战，阻击美军3个师10多个小时，为大部队围歼敌人争取了宝贵时间。这就是小学语文课本中《谁是最可爱的人》所歌颂的松骨峰阻击战——

那是1950年11月下旬开始，为了打消“联合国军”反扑的念头，志愿军决定对已经后撤的美军3个师实施歼灭战，38军335团奉命赶往新兴洞阻击美军。由于美军后撤是开汽车，志愿军阻截则要全凭两条腿，只好连夜翻山越岭抄近路与敌人抢时间，于11月30日拂晓在书堂站附近赶在了南逃美军第2师、第24师和第25师前面。为了给大部队的合围赢得更多时间，1营3连奉命抢占公路旁名叫松骨峰的小山岗截击敌人。6时30分，3连官兵击败了敌人的尖兵部队，迅速占领了光秃秃的松骨峰，还未来得及修筑防御工事，美军第2师的机械化队伍就开到了3连官兵面前，一场举世罕见的阻击战随即打响。美军的第一波攻势被3连官兵击退后，气急败坏地调来了20多辆坦克、数十架飞机和数十门榴弹炮对松骨峰进行地毯式轰炸。在敌军发动第5次进攻时，3连战士已所剩无几：3排阵地上仅剩7班班长潘治中和战士陈学荣两个人，他们两人一面互相激励，一面死死地阻击着敌人；2排阵地上只剩的6个人，在打完最后的一颗子弹后，他们又举起刺刀同敌人展开近身战……在持续了6个小时的战斗即将结束时，3连仅剩的7个人依然牢牢地阻击着敌人，不让美军前进半步，躺在他们阵地前的美军尸体多达600多具。就在美军以为胜利即在眼前的时候，被四面八方赶来的志愿军悉数歼灭，志愿军38军335团3连传奇般完成了常态情况下不可能完成的阻击任务，用血肉之躯谱写了一曲令人荡气回肠的胜利凯歌，使美军3个师命丧于自己身旁，松骨峰由此成了震惊美军的英雄之地，志愿军成了令敌人闻风丧胆的最可爱的人！就连统帅苏联红军打败了希特勒的斯大林，在看到有关松骨峰战斗的报告后，不仅流下了感动的眼泪，还连声称赞道：“这是一支伟大的部队！”

在停战谈判中，美军的无理要求遭到拒绝后，美国为首的“联合国军”于1951年8月至9月向中朝军队发动了“夏季攻势”和“秋季攻势”，志愿军在朝鲜人民军的配合下粉碎了敌人的夏、秋季“攻势”，并相继进行了多次局部反击，先后歼敌16.8万多人。此后，志愿军又于1952年9月至10月对全线敌军发起了战术性反击作战，在44天时间内又歼敌2.7万余人，迫使敌人重新回到谈判桌上。为了粉碎美韩破坏停战谈判阴谋，志愿军从1953年5月13日开始发动“夏季反击战役”，采取“稳扎狠打、由小到大”战术，先后发动139次进攻，歼敌12万余人，收复土地240平方公里，有力地促进了朝鲜停战的实现。

在抗美援朝战争中，有一场震惊世界的战斗就是历时43天的上甘岭防御战。这场防御战是志愿军第15军和第12军一部依托以坑道为骨干阵地，以劣势装备挫败敌人大规模进攻的一次山地坚守防御战，其持续时间之长、火力之猛烈密集、战斗之紧张激烈，在中外战争史上所罕见——

1952年秋季，美韩联军实施“摊牌行动”，企图分割志愿军的防御体系，于1952年10月14日凌晨投入6万余兵力，集中了300余门重炮、100多架飞机和181辆坦克，对志愿军驻守的上甘岭地区发动了“金化攻势”。战役正式开始前，美第8集团军司令范弗里特曾放言：预计只会有200人左右的伤亡，仅需6天时间就能拿下上甘岭。但战役的进程却大大超出了范弗里特的预料：在战役开始的第一天，美军就向面积只有3.7平方公里的上甘岭阵地倾泻炮弹30多万发，投掷航空炸弹1500多发，短短数分钟内，炸弹如同雨点般砸向志愿军驻守的537.7高地和597.9高地……整个上甘岭战役期间，美军向上甘岭志愿军阵地共倾泻航空炸弹5000余枚，发射80毫米以上大口径炮弹197万多发，平均每天发射4万余发，火力最猛的时候，每秒落弹6发，凶猛的火力把上甘岭的山头都削低了2米，地面被炸成了一片焦土。在历时43天的激烈战斗中，志愿军阵地平均每平方公里落弹近50万发。在表面工事全部被摧毁的情况下，志愿军依托弹坑顽强坚守、誓死血战，先后进行大规模争夺战29次，打垮敌人的大小冲击600多次，歼敌2.5万余人，击毁敌机274架，始终将阵地牢牢固守在自己手里，取得了战役的全面胜利，使上甘岭成了“钢多气少”美韩联军的“伤心岭”！

被誉为“防御战役光辉典范”的上甘岭战役，既是敌我双方军事力量的较量，又是两种世界观、两种价值观、两种思想体系的较量。尽管人数和装备占绝对优势的敌人每天都对上甘岭进行狂轰滥炸，志愿军最终以4838人牺牲、6691人伤残的代价，彻底粉碎了敌人的疯狂进攻，涌现出了孙子明、孙占元、牛保才、赖发均、黄继光等一大批令敌胆寒的功勋战士，占参战总人数27.5%的12347人获得了各级“战斗英雄”称号。坚守上甘岭597.9高地3号阵地的志愿军英雄战士胡修道，在一天之内先后击退敌人40余次进攻，累计歼敌280余人，成功守住了自己的阵地，创造了志愿军的单人歼敌人数记录，成为名至实归的“单兵作战之王”。当年的上甘岭防御战，早已成了抗美援朝战争的不朽丰碑，成了中国人民志愿军无敌无畏、勇冠天下的代名词！

朝鲜战争结束后，西方军事评论家曾经这样评论说：“中国能一跃成为世界军事强国，如果不是他们在清长之战中稳执牛耳，那么之后的历史进程一定不一样。”他们所说的“清长之战”，也就是我们说的“长津湖战役”。1950年11月27日，美国陆战1师进入长津湖地区，这支总兵力达25000人的部队，为清一色的现代化精良装备，号称美军“王牌的王牌”，其对手是弹药、粮食和服装极度缺乏，且有三分之一兵员被冻伤冻残的志愿军第九兵团。战役发起前，美军狂妄地夸口说：“志愿军要想阻击美军陆战1师是痴心妄想。”但是完全出乎麦克阿瑟意料的是：战斗打响后，美军却溃不成军，号称美军骄傲的陆战1师“北极熊团”在战斗中竟全军覆没，3500多人只剩200来人活着突围，就连团旗也被志愿军缴获，致使“北极熊团”的番号也从美军战斗序列中被永远抹除。

对抗美援朝这场战争，毛泽东主席当年曾这样说：“打得一拳开，免得百拳来。就抗美援朝来说，如果我们不出兵，美国就会在我们身上插上三把刀，一把是在朝鲜，插在我们的头上；一把是在台湾，插在我们的腰上；一把是在越南，插在我们的脚上。”抗美援朝战争的胜利，巩固了新中国的政权，打破了美军不可战胜的神话，增强了民族自信心和自豪感，造就了一支不畏强敌、敢于胜利的无敌之师。

中国人民志愿军肩负全国人民的光荣使命，不负众望，不畏强暴，克服种种困难，以极不对称的劣势装备，同以美国为首的具有现代化装备的“联合国军”展开浴血奋战，将侵略军从鸭绿江边驱回三八线，以无数可歌可泣的英雄壮举打出了国威，打出了军威，被誉为“最可爱的人”，为维护世界和平建立了不朽功勋。至抗美援朝战争结束，志愿军先后涌现出以黄继光为代表的无数钢铁战士，有自班至团集体立功单位5989个，各级英雄、模范称号获得者414人名，三等功以上的各级战斗英雄多达302724名，其中有杨根思和黄继光两名“特级战斗英雄”，有王海、邱少云、杨育才、赵宝桐、张积慧等50名“一级战斗英雄”，有罗盛教等4名“一级模范”，有526354人先后被朝鲜最高人民会议授予各种英雄勋章。

在抗美援朝战场上，为了扭转失败结局，“联合国军”凭借其精良装备和空中优势，对志愿军不断发动狂轰滥炸的“炸弹战”的同时，甚至还对志愿军进行摧毁后勤运输补给线的“绞杀战”和灭绝人性的“细菌战”，导致战况空前激烈，致使志愿军大量伤亡。资料显示，中国人民志愿军包括第67军军长李湘、第50军代军长蔡正国、第39军副军长吴国璋、第23军副军长饶惠谭、志愿军空军第2师师长张庆等17名军师职指挥员在内的197653名官兵都牺牲在抗美援朝战场上，另有16.2万多人受伤和失踪。而以美国为首的“联合国军”和南朝鲜军，有1093839人被中朝两国军队所歼灭，美联社在1953年10月23日发布的数字中，“联合国军”和南朝鲜军的伤亡数竟高达1474269人。

据该纪念馆展厅文字资料记载，中国人民志愿军入朝总计290万人次。从1950年10月25日开始的运动战，至1953年7月27日结束的阵地战，志愿军共毙伤敌671954人、俘46088人，缴获坦克245辆、汽车5256辆、装甲车51辆、飞机11架、各种火炮4037门、各种枪支73262支；击毁敌人坦克2006辆、汽车3165辆、装甲车44辆、飞机10629架、各种火炮583门。

在参观抗美援朝纪念馆之前，我只是从小学语文课本的《谁是最可爱的人》认识志愿军，从《三千里江山》等书籍中了解志愿军。经过这次对抗美援朝纪念馆连续几天的参观和瞻仰，我对志愿军的丰功伟绩有了系统性了解和认知。志愿军气壮山河、无敌无畏的英雄壮举，藐视强敌、敢于胜利的无敌气魄，雪洗了中华民族自晚清以来的百年之耻，增强了民族的自信心和自豪感，给中华民族的反侵略斗争谱写了光辉篇章。

当我最后一次步出抗美援朝纪念馆的时候，禁不住思绪如潮，遐思无限，对志愿军的敬仰之情更加浓烈！回顾志愿军艰苦卓绝的抗美援朝史，我从心里更加坚信：中国人民志愿军的丰功伟绩，将会永远铭刻在中华民族的史册上！

（2011年8月）

（说明：本文所涉数据来源于丹东“抗美援朝纪念馆”及中国军事博物馆编著的《抗美援朝战争纪事》一书）

柳州拾锦

在我们中华民族的版图上，自然风光最美的要数广西。而在广西的版图上，柳州和桂林一起被列为自然风光最美的地方。阳春三月，我有机会来到了柳州市。

柳州，又叫龙城，这座位处广西中部的文化古城，下辖柳江、鹿寨、三江等11个区、县、市，前前后后已渡过了两千多年的沧桑岁月。传说在南北朝时期，滔滔柳江中曾经出现了八条龙逐浪翻腾、嬉游戏水的神奇景观，世人对此惊叹不已。在大惑不解之时，普遍认为这是南海龙王到柳江显灵，预示着喜庆和吉祥，是一种千载难逢的好兆头，于是，朝廷将柳州设置为龙州，龙城即由此而得名。从此，有壮族、汉族、瑶族、苗族、侗族、京族、毛南族、仫佬族、布依族等30多个民族便在这块山清水秀的好地方繁衍生息。

来到柳州，你会听到不少神奇动人的传说。其中最著名的传说是壮族歌手刘三姐的故事：传说很久很久以前，美丽善良的刘三姐因为反抗恶霸莫海仁的欺凌和压迫，星夜从家乡逃到柳州，被一位老渔翁收留。在日复一日的劳动中，刘三姐和青年渔民阿牛相爱，互定终身。企图霸占刘三姐的莫海仁打听到刘三姐的下落后，带着家丁追到柳州来捉拿刘三姐。突然，天上阴霾密布，电闪雷鸣，从小龙潭里跳出了两条金色大鲤鱼，一条驮着刘三姐和阿牛升上了天，另一条则变成一块从天而降的大石头，一下就把恶霸莫海仁砸在了小龙潭底下，随后这块巨石即化成了秀丽壮美的鱼峰山。时至今日，在鱼峰山东面临潭的山腰处，仍然留有三姐岩的遗迹哩！

柳州，以她秀丽俊美的山水闻名于世，成为游人争相而至的旅游胜地。柳州北距桂林210多公里，从地质结构和地貌特色来说，柳州与桂林同为喀斯特地貌，自然景观比“山水甲天下”的桂林毫不逊色，“岭树重遮千里目，江流曲似九回肠”这两句名诗，就是诗人歌咏柳州的。柳州城东的东台山，一崖临江，落日余晖，形成了“东台返照”之妙；城南的马鞍山，高冠群峰，巍峨壮观，有“天马腾空”之形；城西的文笔山，拔地而起，孤峰独秀，自古便有“孤峰耸翠”之赞语；城北的龙壁山，脚下水波回澜，山水相映，蔚为壮观，素来就有“龙壁回澜”之美称。在柳州的东南方，有耸立如孤鹤临江的驾鹤山；在西南方，有群山环拱、万树簇拥的大龙潭；在东南郊，是新风景区都乐洞天，由盘龙洞、通天洞和水云洞组成，完全可与桂林的芦笛岩和七星岩相媲美。在柳州市区正南面，有座山叫鱼峰山，形状像一条直立的鲤鱼，人们又叫她立鱼峰。立鱼峰峻峭挺拔，山上树木葱茏，堆青叠翠；山中有岩洞相同，玲珑深秀；山下有一潭碧水，山光水影，相映成趣。登上山顶凭栏远眺，只见四面青山环抱市区，一江碧水绕城而过，雄伟壮丽的柳江大桥和柳州铁路桥，犹如双虹飞架江面，连接着南北市区，柳江桥上各种车辆南来北往，川流不息，铁路桥上火车飞驰，汽笛长鸣；江面客轮穿行，百舸争流。此情此景，真是美不胜收，让人看不胜看、览不胜览！若将“山峰环野立，一水抱城流”、“水绕青山山绕水，山浮绿水水浮山”这些吟咏桂林山水风光的诗句来形容柳州的自然景观，更是再也恰当不过的！

在柳州市内，有古色古香的“柳侯祠”，有风光秀美的滨江大道。唐代文学家柳宗元被贬任柳州刺史后，这位抱负远大的政治家即精心指导全体居民兴修水利，发展农业，推动柳州的农牧渔业生产发生了史无前例的大变化，穷苦百姓过上了丰衣足食、安居乐业的好生活，感恩戴德的百姓们便把柳宗元这位“父母官”当成“神”敬起来，并建起了“柳侯祠”世世代代来纪念他。如今的柳侯祠公园内，有小桥流水，有亭台楼阁，绿树成荫，百花似锦，人头攒动，歌声朗朗，成了柳州人休闲娱乐的场所，外地人观光游览的胜地。

放眼市区，高楼大厦鳞次栉比，宽阔的街道上人潮如流，车水马龙，一派繁华景象。此情此景，不仅令人回首往昔，感慨万分——

在风雨如磐的历史上，柳州曾经是处山穷水恶的苦地方，柳江龙腾的传说，不过是人们祈求吉祥的愿望；歌仙刘三姐，又怎能唱转乾坤；即使是柳宗元这样胸怀天下的大政治家，也只能带领柳州食不果腹、衣不蔽体的穷苦百姓改善改善苦日子。历代封建王朝更是把柳州称之为“瘴乡”“大水”“大旱”“大疫”和“大灾”，“水毒人多病，烟昏马易惊”及“烟瘴盈眸疠气茫”成了昔日统治者对柳州的形容词。直至新中国成立前夕，柳州市仅有的12家小工厂和手工作坊，只能生产香烟、火柴、锄头和简单农具。作为朝廷贬官和充军发配的地方，新中国成立后，柳州迎来了翻天覆地的大变化、大发展。全市已建成冶金、机械、电力、电子、化工、造船、建材、轻纺等企业数千家，可生产钢材、汽车、水轮机、化肥、拖拉机、装载机、空气压缩机、水泥、纺织等门类齐全、品种多样的数万种产品。2002年，柳州的工业产值超过了解放初期的1万倍，成了广西仅次于南宁和桂林的工业基地。1958年，柳州市在北郊雀儿山下建起了广西最大的钢铁生产基地——柳州钢铁厂，如今已成了集采矿、炼铁、炼钢、轧材的大型企业。由于位居水陆交通要隘，柳州成为铁道部在全国唯一设立铁路局的地级城市。

作为多民族集聚城市，柳州有着民风淳朴、民族团结的良好传统。1999年9月新中国成立50周年华诞前夕，由国务院命名表彰的626个“全国民族团结进步模范”集体中，柳州民族师范学校、融安县雅瑶乡大琴村委会、柳州市柳江制药厂、柳州铁路局宜山车务段、柳州市城中区人民政府和柳州市民族事务局6个集体榜上有名；在628名“全国民族团结进步模范”个人中，就有中共柳州铁路局统战办副主任蒙天书、三江侗族自治县古宜镇镇长黄仁荣、中共融水苗族自治县永乐乡党委书记潘爱国、柳州化工集团公司副总经理廖能成、中共柳城县委书记韦开祥、中共柳州市委书记彭祖意6人。丰富多彩、别具一格的人文景观，吸引我来到了是柳州市三个民族自治县之一的三江侗族自治县。

三江侗族自治县位处柳州市行政区最北边，昆明、成都、重庆和贵阳通往桂林的高速铁路由西向东横穿境内，并在县境设有一个高铁车站。就在三江侗族自治县与广西、贵州、湖南三省交界处，有个已有500多年村史的自然村——高定村。

高定村居住着侗、苗、壮、汉、瑶、水6个民族的500多户人家。走进村里，只见木楼、鼓楼、吊脚楼依山而建，错落有致。这些非常典型的民族建筑，见证了村民相亲相爱、携手共进的历史。在高定村，6个民族和睦相处，亲如一家，“一家有难，大家相助”，“一家建房，百家帮忙”是代代传承的村规祖训。在这个远离城镇、交通不便的山村里，要按传统形式修建一座3层木楼需要七八十个壮劳力共同劳作三四天才能搭好框架，这样的规模，很难依靠一家人之力来完成，因此凡是有人家要建房，村里的青壮年都会争先恐后来帮忙。坐落在村里的500多座大木楼，全是由村民互帮互助建成的。

在高定村的中心位置，建有一座村寨鼓楼和六大家族鼓楼，这是村里人依照“款约”调解邻里纠纷、协商村寨大事的场所。“款”是侗族的乡规民约，相当于“治安条例”，具有严格的惩罚措施。在村民心目中具有至高无上的尊崇地位。在1949年前的500多年岁月里，高定村人祖祖辈辈一直信守“只有长治才能久安”的组训，村民凡是有了矛盾，就由村里最受尊敬的“款首”（长者）出面调解，无论是家庭矛盾，还是邻里纠纷，几乎都是由“款约”来协商和解决。

有侗族、苗族、瑶族居住的村寨里，几乎都建有鼓楼，鼓楼的建筑艺术更是匠心独运、巧夺天工。到高定村观光游览，最令人赞叹和称绝的是村里的那座独柱鼓楼。独柱鼓楼仅由一根45米高的木柱支撑着11层瓦檐，借助于横坊与四周边柱相连的牵引力而泰然屹立。领衔修建这座独柱鼓楼的建筑师名叫吴仕康。今年63岁的吴仕康师傅是土生土长在高定村的侗族匠人，他从20岁就开始拜师学艺，建筑艺术远近闻名。在从事工程设计和动工操作时，吴仕康师傅既不用画一张图纸，也不用拿一根铁钉，仅靠口耳相传的师徒授业和大脑心算，就能建造出严丝合缝、高峻挺拔的各式鼓楼来。面对游人的敬佩和赞叹，吴仕康师傅腼腆地介绍说：“修建村里的独柱鼓楼，从设计动工到竣工建成，我整整花了7个多月时间。”由于独柱鼓楼是为村里修建的公益建筑，高定村的独柱鼓楼是大家义务劳动建起来的，不仅参加兴建劳动的村民都不收工钱，就连吴仕康师傅也是分文未取！原来，这座11层独柱鼓楼所体现并记载的，是高定村6个民族团结一心、众志成城的精神和自信！

在湘、黔、桂几省区的河溪上，处处都可见到一座座全木结构的长廊桥，这就是侗、苗、瑶等民族地区的特有建筑——风雨桥。风雨桥形似长廊，桥上亭楼高耸，瓦顶相连，结构优美，具有独特的民族艺术风格。由于它既便于行人来往，又能让行人避风遮雨，所以当地人都叫它风雨桥。在三江侗族自治县，游人们还可观赏广西最独特最美观的侗族风雨桥——程阳桥。

程阳桥是一座石墩木面桥，坐落在三江侗族自治县林溪乡的林溪河上。蜿蜒曲折的林溪河河面并不太宽，但横跨其上的程阳桥却多姿多彩：桥上建有5座楼亭，楼亭之间以瓦顶相通，形成一个长廊，两侧有栏杆、长凳供行人休息观景；桥中间是一座4层6角塔形楼亭，两边各有1座4层4角楼亭，靠桥头两端的是2座4层殿形楼亭。这些楼亭形似宝塔，逐层而上，檐翼欲飞。塔顶上装有用红土烧成的葫芦，楼亭的支柱、檐壁以及顶板上，都彩绘着各种具有民族特色的美丽图案，无论远眺还是近看，屹立在林溪河上的程阳桥，既像一幅气韵生动的水彩画，又似一座精美绝伦的巨型木雕艺术品，让人赏心悦目，百看不厌。

建成于1916年的程阳桥，全长64.4米，宽3.4米，高10.6米。这座被誉为广西最具代表性的侗族风雨桥，整座桥没用一根铁钉，只是在木柱上凿出众多大小不同的孔眼，以榫相接而成，结构严密，坚固耐用，可延续二三百年而不损。据说这座结构奇特、造型优美的风雨桥整整花了11年才建成。建成后，附近8个村寨的村民都穿上节日盛装，敲锣打鼓、扶老携幼来庆贺。1962年，邮电部还特意印制了一枚面值0.20元的程阳桥图案邮票在全国发行，使程阳桥的名声远播全国。如今，通行了近百年的程阳桥已成了广西壮族自治区的重点文物保护单位。

龙城柳州山清水秀的自然风光，动人心弦的历史典故，风格独特的民族建筑，别具一格的人文风情，吸引着国内外游客纷至沓来，更让游人们心旷神怡，喜不胜收！

（2014年3月）

览胜黔西南

在享誉“喀斯特王国”和“古生物化石宝库”的黔西南地区，不论是喀斯特地貌的奇观异景，还是世界罕见的古生物化石，都会让旅游观光者大开眼界又大饱眼福！

伟哉壮哉黄果树瀑布

凡是到贵州观光旅游，不能不去的就是黄果树大瀑布。从贵阳乘车西行100多公里，便到了中国最大的黄果树瀑布。

黄果树大瀑布是我国最大的瀑布，位于安顺市镇宁布依族苗族自治县境内的白水河上，瀑布高约78米，宽约101米，其中主瀑高67米，瀑顶宽83米。早在300多年前，著名地理学家徐霞客面对世界著名大瀑布之一的黄果树瀑布，发出了“水由溪上石，如烟雾腾空，势甚雄厉，所谓‘珠帘钩不卷，匹练挂遥峰’，具不足拟其状也”的感叹，电视剧《西游记》中唐僧和孙悟空等师徒四人牵马前行的片头景观，就是在80多米宽的黄果树瀑布瀑顶拍摄的。

凡到贵州观光旅游，都要去看看黄果树大瀑布。黄果树瀑布发育于碳酸盐层中，瀑布前的箱形峡谷，原为一落水溶洞，后来随着洞穴的发育和水流的侵蚀，使洞顶坍塌，便形成了如今的大瀑布。站在瀑布对面的观瀑台观看，奔腾的河水从近80米高的悬崖绝壁上飞泻直下，重重地跌入崖下的犀牛潭，发出震天巨响，如千人捶鼓、万马奔腾，震耳之声远传数里。顺着观瀑通道走近大瀑布，近距离观览黄果树瀑布的雄奇和壮观，其恢宏气势令人惊心动魄。进入隐掩在瀑布身后半腰上50多米高的水帘洞，犹如走进了一个天然降温室，气温立刻降低了十几摄氏度。瀑布身后的水帘洞长达134米，洞内有5个洞厅、3股洞泉和6条通道，还有6个观瀑窗，大汗淋漓的游客们进入洞内，可通过观瀑窗尽情观赏倾天而泻的大瀑布。从洞内观瀑窗观看，不仅能观赏飞泻直下的大瀑布，还可以欣赏到犀牛潭水雾上的大彩虹。犀牛潭的大彩虹不只是七彩俱全，而且呈现出来的是双道和动态，在大瀑布身后的水帘洞，大家不仅可从不同角度观赏瀑帘落地的壮美景观，还能尽情地享受一番清凉和舒适，让游客们人人兴高采烈、个个乐趣陶陶。

壮观天下的黄果树瀑布，以它特有的雄姿和魅力吸引着四方游人向而往之。据介绍，每天来观赏黄果树大瀑布的游客多达数万人，为了避免观瀑通道的拥挤和堵塞，黄果树景区不得不以限售门票来控制游客数量，将每天进入景区的人数限制在50000名以内。

关岭观奇

早在8亿7千万年前，黔西南地质就开始有了沉积记录。地壳的抬升与河流的侵蚀，形成了黔西南峡谷、溶洞、峰林、瀑布等丰富多样的旅游资源，造就了黔西南千岩竞秀、万水争流、山清水秀的优美景观。观览了黄果树瀑布后，我又慕名探访了关岭化石群国家地质公园——

关岭化石群国家地质公园是以海生爬行动物化石为主的地质公园，被誉为“古生物化石王国”，位于距黄果树瀑布30公里的关岭布依族苗族自治县境内，公园规划面积86平方公里，核心景区0.94平方公里，320国道和沪昆高速公路贯穿公园。

黔西南地质历史悠久，地层发育累计厚度达3万米左右，其中古生界至三叠系海相沉积地层分布广泛，化石丰富，素有“沉积岩王国”和“古生物化石宝库”之称，其地质遗迹之丰富、类型之多样，在国内外都享有盛名。早在20世纪40年代，关岭布依族苗族自治县的新铺乡卧龙岗一带发现了距今2.2亿年前形成的海百合化石群，随后的半个多世纪中，关岭又相继发现了鹦鹉螺、海龙、鳍龙等海生爬行动物化石群，化石主要包括鱼龙类、海龙类、鳍龙类、楯齿龙等海生爬行动物，还有海百合、鱼类和菊石、双壳、牙形石、腹足类无脊椎动物及陆地古植物的茎秆和叶片化石，具有极其宝贵的观赏、收藏和科研价值。其海生爬行动物化石和海百合化石数量之巨大、种类之众多、保存之精美，为全球同期地层所罕见，享有“世界罕见的化石库”之美誉。

关岭化石群国家地质公园主景区有3个原位保护展示馆，展示有数十条鱼龙、海龙和海百合化石标本。在1号原位保护馆里，有一条长达4米的盘江鱼龙化石，在它的体内还孕育有一条小鱼龙化石；2号原位保护馆有长约10米的海洋霸主杯椎鱼龙，4米长的尾部在岩石上完美呈现，你可以清晰地看到鱼龙的骨架结构，以致可以想象到这一庞然大物曾经的强悍身影；在3号原位保护馆，映入眼帘的一条大鱼龙竟是那么生气勃勃，它扭曲翻转着尾巴，仿佛正在大洋深处自由游弋，其腹部的巨大黑石至今没有人能说清。在这一鱼龙化石旁边的土坑里，还有一棵枝繁叶茂的树木化石。在3号原位保护馆参观，更令人叫绝的是千姿百态的海百合化石，这些形态优美、生动的化石，能让你想象到当今关岭的前世今生和沧海桑田：在亿万年前既是一处海相生物的大世界，也是一处草木繁茂的陆地植物园。

关岭化石群是全球晚三叠纪独一无二的海洋生物化石库，以海生爬行类和鱼类最为丰富和完好，化石群多门类脊椎动物和无脊椎动物共计27属30余种。保护在这里的那些青灰色石头上，呈现的海龙、鱼龙、鳍龙、海百合和菊花等远古动植物图像活灵活现、栩栩如生！尤其是珍贵棘皮动物海百合的化石，由于这种古生物化石形似荷叶，体态优美，让人百看不厌，已成为国内外博物馆和私人收藏的稀有珍品。

关岭化石形态精美，保存数量巨大，为全球同期地层所罕见。这些化石既对研究晚三叠系海生爬行动物和海百合化石的分类演化具有重要意义，而且对当今人们观赏亿万年前的古脊椎动物和无脊椎动物提供了宝贵标本。关岭发掘出来的三叠纪海生爬行动物化石，是迄今为止世界上种类最多、保存最完好、规模最大的化石群。如果你想观赏数亿年前的古生物，那你就去关岭化石群国家地质公园吧。

气势磅礴“万峰林”

观览了黄果树瀑布和关岭化石群，我又去兴义国家地质公园看万峰林。

兴义国家地质公园位于黔西南州兴义市境内，从海拔2000多米的兴义七捧高原边沿，至万峰湖北岸和黄泥河东岸呈扇形展开，逶迤连绵至安龙、贞丰等地，是典型的喀斯特锥状峰林地貌。园内地层以三叠系碳酸盐岩出露为主，拥有峰林、峰丛、石林、石芽等丰富的岩溶景观，形态独特的2万余座岩溶石峰无边无际、气势恢宏，构成了国内面积最大、保存最完整、造型最优美的锥状喀斯特石峰，与广西桂林的塔状喀斯特石峰相辅相成，共同呈现着各有千秋的独特景观。

当年徐霞客来到万峰林，即被蔚为壮观的万峰林美景所震撼，禁不住发出“天下山峰何其多，唯有此处峰成林”的惊叹，赞美万峰林是“磅礴数千里，为西南形胜”。你一走进万峰林景区，就会被星罗棋布、交相辉映的锥形石峰所倾倒。不计其数的座座石峰满身披绿，绵延无际，如万顷海浪壮观天下、美不胜收。细心观览，你可在这一座座亿万年前形成的石峰上小中见大、大中见巧、巧中见奇、奇中见幽，一峰一景总会让你饱享眼福。

兴义作为黔西南沉积岩的一个缩影，海相碳酸盐岩从晚震旦世至中三叠世均有发育，从而为喀斯特地貌的形成创造了良好条件，加之湿热的热带、亚热带气候条件和第四纪新构造运动的影响，沉积构造极为丰富，地貌景观多姿多彩，形成了以锥状喀斯特地貌为主，兼有石林、石芽、溶洞、溶沟、峡谷、地下河、天生桥、多潮泉等多种喀斯特地貌类型，其壮观天下的万峰林，犹如一幅波澜壮阔的水彩画，让人目不暇接、看不胜看！已经历数亿年地质演变的万峰林，是当今全球锥状喀斯特石峰发育演化过程最完整、保存遗迹最丰富、连片面积最庞大、地貌景观最典型的锥状喀斯特石峰区，2004年已被国土资源部设立为国家地质公园。

兴义国家地质公园由万峰林园区、乌沙园区和泥凼园区3个独立园区所组成，总面积250平方公里，共有地质遗迹50处，其中世界级3处，国家级18处，其他级别29处，另外还有地质遗迹、地貌遗迹及地层剖面遗迹。如今的兴义国家地质公园，被誉为“中国最美地质公园”，先后获得“国家重点风景名胜区”“全国首批农业旅游示范点”“中国最美的五大峰林”和“国家4A级旅游风景区”等称号，被北京大学地球与空间科学学院选定为教学科研实习基地、贵州省科普教育基地、黔西南州青少年科普基地，成为国内外人们旅游观光的热点景区。大家相信，凭借壮观天下无的资源禀赋，万峰林会在保护地质遗迹、普及地学知识、促进国家旅游业发展上大放异彩、大显奇力。

天设地造“双乳峰”

在黔西南这一神奇秀美的大地上，有一处是三叠系形成的喀斯特地貌景观名叫双乳峰。双乳峰被当地布依族称为“圣母峰”，坐落在黔西南州贞丰县境内距县城9公里的贞（丰）贵（阳）公路干线上。

双乳峰是两座各自独立而又对称兀立的锥状喀斯特石峰，占地40公顷，最高海拔1265.8米，相对高度261.8米。两座石峰矗立在同一块地段上，形同女性的丰满双乳，其形态之逼真，让人不敢直视，难怪当地布依族人世世代代都要敬仰地称她为“圣母峰”。作为世界地形地貌的一大奇观，双乳峰在国内外都享有盛名。

双乳峰的形象和神态真是妙不可言！如此天设地造、惟妙惟肖的象形景观，让人惊奇不已又百感交集，尤令人百思不得其解的是：双乳峰这一精美绝伦的象形景观，究竟是造物主的随手点化，还是造物主的刻意雕琢？

驻足在双乳峰面前，我禁不住浮想联翩，遐思万千：在偌大的地球上，象形乳房的山峰肯定不少，但是如同贞丰县双乳峰这样形象逼真、惟妙惟肖的双乳峰却绝无仅有！当你身临其境目睹双乳峰的奇特景观时，才会正真领悟到大自然的神奇和魅力，感受到数亿年沧海桑田的地质演变和造化！

随着地球40多亿年的形成和演化进程，由于各种内、外地质作用，贵州西南部形成了很多美不胜收的地貌景观。黔西南地层发育累计最大厚度达3.5万米左右，被世人称之为“沉积岩王国”“喀斯特王国”和“古生物化石宝库”，地质遗迹资源丰富，类型多样，其中有很多都具有极高的地貌美学价值，双乳峰就是喀斯特地貌景观的一个典型遗迹。

双乳峰虽然是自然造化，却充满了无限的传奇色彩和广阔的想象空间。就是因为有双乳峰，这才让身处云贵高原崇山峻岭中的贞丰县名扬四海。如今的贞丰县，双乳峰已成了举世闻名的一大人文景观，不论春夏或秋冬，每天都有成千上万的国内外游客来观赏双乳峰。

双乳峰是大自然留给贞丰的恩赐和造化。据专家考证，双乳峰是因其特殊的地质条件形成的。双乳峰坐落的地理环境为三叠系嘉陵江组薄层——中厚层灰岩，岩层产状极为平缓，因局部岩层中夹黏土岩层次薄，抗风化能力较弱，历经亿万年的风雨侵蚀，便形成了上小下大的乳头状山峰。

尽管已经历了数亿年的风风雨雨，阅览了地质地貌的沧海桑田，但双乳峰依然显得那么年轻和俊俏、雅致和神秘。在中外游客的心目中，双乳峰将会永远充满让人遐思、令人崇拜的无限魅力！

（2015年7月）

“中国汞都”探访记

被称为世间宝贝的物质中，有两个名字分别叫汞和朱砂。汞：俗称水银，是一种既能溶解金、银、锡、钾、钠等矿物质，又能用来制镜子、气压计、温度表、水银灯和杀菌剂的稀有金属元素；朱砂，也称丹砂或辰砂，色泽鲜红，自古就成为人类崇拜的神物，具有多种化工用途，《神农本草经》记述说，朱砂还有养精神、益气血、明双目等功能。前不久，我就慕名探访了名闻遐迩的“中国汞都”。

“中国汞都”坐落在贵州省铜仁市万山区北部素有“万山”之称的崇山峻岭中，这里重峦叠嶂、群峰林立，万山就因山多而得名。独特的地质构造和岩性条件，在其地下形成了丰富的矿产资源，使万山成了世界上最大的天然汞矿产地，其朱砂的储量和产量也均为全国之首和亚洲之冠。

被万山群峰环抱的“中国汞都”，水银和朱砂开采历史长达2000多年。相传，秦朝就有人开始在万山开采朱砂，至汉代，万山的朱砂已闻名国内。明初洪武年间，中央政府在万山敖寨苏葛坑和大崖土黄坑设置水银场局；到光绪年间，英、法等国都在万山设立了水银公司；民国时期，贵州省设立了万山朱砂矿局和汞业管理处。前前后后延续了2000多年的开发史，使“中国汞都”名声远播，举世瞩目！

新中国成立后，中央政府即接管了同仁汞矿和湖南晃县汞矿，重工业部有色局在万山组建了下设万山、晃县、路腊、岩屋坪4个分矿的湘黔汞矿公司，相继投入资金2.4亿元，组织2.4万多职工在德江、印江、务川等地开发汞矿，并在黑硐子率先使用风动凿岩机，一举结束了手锤开采的历史，成为全国第一个机采汞矿。随后，又在汞矿普遍推广了湿法凿岩技术，减少了井下粉尘，提升了采矿效率。1958年10月，国家在撤销了湘黔汞矿公司后，又在万山组建了下辖印江、路腊、岩屋坪3个分矿的贵州省汞矿，持续加大了对水银和朱砂的开采步伐。在新中国成立后的50多年间，"中国汞都"开采的水银和朱砂一直占当时全国总产量的80%以上。仅20世纪60年代国家经济最困难时期，"中国汞都"就为国家生产水银4544.6吨，生产朱砂286.1吨，为国家建设做出了重大贡献，被周恩来总理亲切地称为"爱国汞"。

由于2000多年的不断开采，"中国汞都"的水银和朱砂资源终被挖光采尽。2009年，"中国汞都"被国务院列为全国第二批资源枯竭型城市。"中国汞都"利用国家给予的支持政策，进行"产业原地转型、城市异地转型"的转型发展，依托工业文明、朱砂文化和万山秀丽的喀斯特岩溶地貌自然风光，努力打造矿山旅游、科普旅游及专项考察旅游，建成了以"中国汞都"汞矿矿业遗迹为核心的景点景区——朱砂古镇，吸引着四面八方的游客前来旅游观光。

以朱砂古镇为核心的"中国汞都"，面积约5平方公里，在25个主要景点中，于2006年被国务院公布为"全国重点文物保护单位"的历史遗迹竟多达3个。来到"中国汞都"，不能不去的是全国重点文物保护单位的黑硐子、仙人硐和云南梯3处著名古代采矿遗址——

我首先观览的是全国重点文物保护单位之一的黑硐子采矿遗址。黑硐子又称黑窿子、老砂坑，开采历史已有2000多年，是世界上最早的汞矿开采地。遗址呈"葫芦状"，与一坑、官山等采矿场连为一体，在高达101米的绝壁上，大大小小分布着87个采矿硐，凹槽弧长153米，硐内是层层叠叠、纵横交错的迷宫，古代矿工遗留的石梯、隧道、刻槽、标记、矿柱等清晰可见。据文字介绍，黑硐子有蜿蜒曲折的巷道27条，其中14条主巷道绵延70多公里，部分采矿坑道多达5层，垂直高度达200多米。黑硐子遗址真实地再现了古代矿业生产状况，折射出古代科技水平，是研究经济史、科技史不可多得的历史遗迹。

与黑硐子遗址连在一起的另一处著名古代采矿遗址是仙人硐。仙人硐也是全国重点文物保护单位，因硐前矗立一座仙女石而得名。其硐分为上、中、下三层，采矿坑道纵横交错，形成巨大的地下网络，坑壁有许多古人用以标明矿床及掘进方向的标记，顶棚硕大的"疤痕"，据说就是唐代"爆火裂石"采矿生产留下的印记。

观览仙人硐，还会听到一个神奇美好的传说故事——相传仙人硐前的仙女石是巴蜀一位名叫“清”的淑女化身：“清”的丈夫是秦朝一员大将军，被朝廷派遣到万山镇守朱砂宝藏。有一天，蜂拥而至来抢夺朱砂的强人将“清”的丈夫杀害后，割下将军的头挂在仙人峰顶上，将其身躯立于仙人峰山腰饱受风吹和雨淋，久而久之，将军的身首化成了石头。“清”获悉丈夫被杀害后，率领家丁来万山凭吊，看到丈夫的身躯已化成了石头，发誓要与丈夫永远在一起，便带领家丁从当地人手里收购朱砂，开始往返于巴山、秦岭至长安一线经营朱砂和水银，不久便成为富可敌国的朱砂巨贾。年老后的“清”入威灵寺修成正果，圆满了自己的誓言，在仙人硐前化成一尊亭亭玉立的仙女石与丈夫隔山相望，时时刻刻都陪伴在丈夫身边。秦始皇听说了“清”的事迹后，也被“清”的坚贞勇敢所感动，在长安城为“清”筑起了一座“怀清台”。

“中国汞都”的另一个全国重点文物保护单位名叫云南梯。云南梯因是云南人在此采矿而得名。据史料记载，明太祖时，一位姓马的云南矿老板得知万山盛产朱砂后，便于公元1368年带领大批云南人来到“中国汞都”，他们在“中国汞都”的悬崖绝壁上开路凿硐，先后凿出石阶79级，矿硐21个。在总长上万米的矿硐中，最大的采矿场可容纳千人，所产朱砂和水银沿锦江、沅江销售后，换来了大量的布匹和盐巴，使“中国汞都”一时商贾云集，繁盛四方。在长达30多年的时光中，马老板在“中国汞都”究竟开采了多少朱砂和水银不得而知，但在石梯的出口处还留有马老板当年的刻槽计数。至今，石梯犹存，石硐仍在，硐口一根硕大的矿柱与山体形成了一个巨大的象鼻奇观，因此，此硐又称为“象鼻硐”，成了“中国汞都”的一处重点景点。

岩鹰窝，是进入“中国汞都”“地下长城”的入口之一。以岩鹰窝为起点，人们从手工业采撷到“爆火裂石”，从火药取矿到炸药爆破，从肩扛背驮到“小火车”运输，历经2000多年，林林总总开凿的采矿坑道长达970多公里，这一“中国汞都”的“地下长城”，比西班牙阿尔玛登汞矿的地下隧道还长200公里，成为世界最长的采矿坑道。进入坑道后，能够看到各种朱砂矿物标本和取样时留下的“刻槽”……从左边穿越“时光隧道”，就是“中国汞都”的观景平台“玻璃栈道”。

“玻璃栈道”修建在半岩坎悬崖峭壁上，下面是百余米高的悬崖，全长65米，宽1.6米，是贵州省第一条悬崖玻璃栈道。正前方远处，山峦叠嶂，绿波连绵，犹如一幅波澜壮阔、风光无限的山水画。玻璃栈道的右侧，全长1213米的栈道似一条巨龙，一直伸向崇山峻岭中的仙人峰，栈道西面连接景区大门，东面止于悬崖泳池。当你立足在被称为“崖上廊桥”和“公园阳台”的栈道上，悬于“空中”观深豁田畴，瞰飞鸟翱翔，虽然难免胆战心惊，却让你有一种惊险刺激的盎然情趣，令人心旷神怡，欣喜不已。

进入“中国汞都”汞矿工业遗产博物馆，此馆由原贵州省汞矿科学文化中心改建而成，博物馆大楼共5层，始建于1982年，占地面积910平方米，建筑面积3769平方米，是当时铜仁地区最气派的建筑物。博物馆现有各类藏品4272件，陈设共分3层，一层为序厅，设有展墙、贵宾室、沙盘模型、多功能厅；2层为陈列厅，主要陈列文物藏品，展示世界、中国和“中国汞都”汞矿资源分布情况及“中国汞都”汞矿的开采、选矿、冶炼历史；3层为演示厅，设有雕塑、影像、微缩景观再现体验，展示“中国汞都”民族风情、人文景观和自然资源，延续古今2000多年的各种藏品，让人目不暇接，大开眼界。

探访大名鼎鼎的“中国汞都”，不仅认识了“中国汞都”和“丹砂王国”的悠久历史，饱览了“中国汞都”和“丹砂王国”的灿烂文化，更是感受到了万山人的勤劳和勇敢、智慧和力量。

（2015年10月）

怀念爷爷蒙兆祥

我的爷爷蒙兆祥离世虽已有半个多世纪，但他的身影却一直牢牢铭记在我心里。星移斗转、岁月如梭，每当想起爷爷的音容和笑貌，总会让我情不自禁地深切怀念他。

爷爷出生在光绪十四年（1888年），排行老二，老大为姐姐，老三为弟弟。在内忧外患、风雨飘摇的晚清时代，生不逢时的爷爷从小就开始经历人间的风风雨雨，饱尝世态的酸咸苦辣。曾祖父在爷爷八岁那年去世后，家里即成了名副其实的孤儿和寡母。村里的“陈老爷”见我家里塌了天，不顾乡邻之情，让驴和羊在快要成熟的谷地里糟蹋庄稼。八岁的爷爷去找“陈老爷”评理，“陈老爷”虽然自知理亏，但不仅拉不下面子给这个八岁的娃娃认错，反而强词夺理耍蛮横，不让我爷爷走他家门前的大路去泉里担水和饮牲口。被阻断了人畜水道的爷爷倔强地说：“佛争香，人争理，”迫不得已决定去告状。县太爷见是一个几岁的孩子来告状，惊愕地质问：“你这么小的娃娃要告什么状?”爷爷从背袋里掏出一条胳膊粗的谷穗递给县太爷看，然后说明了来告状的事由，县太爷判定我爷爷说的有道理，当堂指派衙役到村里处理，“陈老爷”这才认了错又赔了损失。这事被传开后，乡里邻间都夸我爷爷小小年纪有主见，有胆识。

爷爷秉性刚直，为人厚道，其乐善好施的仗义之举，更被邻里乡间传为佳话。民国十八年（1929年）春天，甘肃、宁夏发生了罕见大饥荒，不少地区民不聊生、饿殍遍野，有的村庄甚至出现“人吃人、狗吃狗”的惊世惨状。当时还算富裕的我家，有糜、谷和扁豆等数石存粮。爷爷知道村里邻间有好多人家已无米下锅后，即对曾祖母说：“我们都是一个泉里吃水的人家，低头不见抬头见，总不能见死不救，眼睁睁看着让饿死人!”便毅然把自家的存粮捐给断粮户救急。在自己这么做的同时，爷爷还耐心说服村里另几户殷实人家也把存粮赊给断粮户，他动员大家互帮互助共渡难关，终于帮衬断粮乡邻度过了饥荒。在爷爷已离世数十年之后，每当说起爷爷当年扶危济困的大义举，乡邻老人依然都要深深感激他。

爷爷没有读过书，连自己的名字都不会写，但他知道知识的作用和力量，“种地多种谷，养儿多读书”就是爷爷的一句口头禅。自己的八个子女中，除三个女儿因重男轻女封建习俗未供读书外，对五个儿子的首件大事就是送他们进学堂。祖母在我五叔蒙之仁（《通渭县志》有载）不足两岁时就病逝，由于缺乏母亲照料，五叔的身子一直显得瘦小和羸弱。但在五叔八岁那年，爷爷依然让我五叔随同大其4岁的我父亲蒙之忠到20里外的毛家店学校住校读书。

对当年这段艰难的求学经历，我五叔后来曾多次回忆说：当时的毛家店学校是一所民办小学，学生几乎都是走读生，寥寥无几的住校生都是自带食物自起炉灶做饭吃。在校期间，他和我父亲只能在星期天回家取吃的，平素天天中午因为时间紧，做不了饭，午饭都是吃干熟面，晚饭才能做豆面掺着洋芋的拌汤吃。遇到下雨天，柴火潮湿做不成饭，他俩只好用生水拌熟面凑合，闹病了肚子总是一连要疼好几天……即使是如此不易的读书条件，爷爷也没让我五叔停过一天学。

爷爷一生最崇敬的是文化人，最钟爱的是能供娃娃读书的学堂。那是1936年，当时的榜罗区（含今什川和常河）公所以“公办民助”形式兴建学校。我老家党家阳山（人们习惯简称为阳山）位处20多个自然村的中心位置，村子的东北角和西北角又有四五眼常年不枯的清水泉，是方圆数十里范围内人畜饮水最多的村庄。爷爷听到区公所要兴办学校的消息后欣喜万分，一心想给村里建所学校供四邻五村的孩子们来读书。为了支持区公所在村里兴建学校，爷爷自愿捐出两垧（1垧为4.5亩）好地作校址，并多次请区公所差员到村里实地考察。尽管爷爷对建校用地不收分文，但因为没有打点“辛苦费”，他捐地办学的义举被打入“冷宫”。其后的两年时间内，全区先后新建了10多所初级小学和4所完全小学，而我爷爷捐地办学的一腔热情却化成了泡影。就因为这件事，我爷爷与时任榜罗区区长的闫文臣产生了心结。

新中国成立初期，辖属榜罗区的东泰乡政府即设在了党家阳山，区政府随即给村里架设了电话线，安装了在当时极其稀罕的电话机和扩音大喇叭，并设立了医务所、供销社和邮政投递站，还在村里办起了全乡历史上的第一所四年制小学。在时代纪元进入21世纪的时候，党和政府将建于20世纪50年代初的阳山学校由六年制小学又升格为九年制的“戴帽子”学校，在校学生也由当初的数十人增加到了400多人。在爷爷离世已半个多世纪的今天，每当议论起阳山村里的办学史，不少乡邻老人总要感慨地说：蒙家老汉在旧社会要给村里办学的心愿，终于在新社会圆满实现了。

早在1944年夏初开始，与二伯父交情甚笃的毛得功、郭化如、杨友柏等“甘南民变”领导人先后来到我家隐居和潜藏，这几位客人每次一来家，爷爷都是热情接待、悉心照顾，让他们安安全全住在家里躲避敌人的“通缉”和追捕。1946年10月，遵照党组织指示返回陇渭地区开展地下工作的毛得功又陪同陇右工委的早期领导人万良才来到我家，两人一起介绍我二伯父蒙之廉加入了中国共产党，并指定我二伯父担任通渭县第一个地下党支部——毛家湾党支部的委员和书记。从此，我家就成了陇右工委设在通渭、甘谷、武山和陇西四县交界区的一处重点“窝子”（在当时的陇右地下工作中，党组织把党员家统称为“窝子”），陇右工委副书记万良才，陇右工委委员兼组织部长毛得功，陇右工委委员兼军事部长郭化如，陇右工委委员兼组织部和军事部副部长杨友柏等工委领导人便成了家里的“特殊客人”。按照当时地下党的工作约定，凡是地下党的重点“窝子”，家里不仅要给来家的工委领导人提供食宿和掩护，还要担负站岗放哨、传递情报、打探消息和联络带路等任务。由于地下斗争的特殊条件，万良才、毛得功等工委领导人来“窝子”，几乎都是在夜深人静的时候。他们一到家，先在院墙外拣一土块扔在院子或房顶，家里人听到土块落地的响声后，就知道外面来了“自己人”，这才开门接他们进院。爷爷虽然听不懂万良才和毛得功他们讲的大道理，但认定他们都是一心报国的有志之士，待他们关怀备至、情同家人。只要是万良才、毛得功他们来家，爷爷总要叮咛二伯母和三伯母说：“在家千日好，出门一日难。你们杨哥（万良才化名为杨重义）、毛哥他们都是出门人，他们来家时，每天的两顿饭，必须有一顿要做成白面饭！”就这样，凡是工委领导人万良才他们来家，家里就用平时舍不得吃的白面做饭吃。

回忆起这段历史，我三伯母郭同梅经常说：那时候家里养的大黑狗很灵性，一见生人总要狂叫好一阵，而万良才和毛得功他们来家时，它不仅不吼叫，还要围在跟前摇尾巴显亲热，真是应验了“好狗不咬上门亲”这句古话。

在生死相依的地下斗争中，爷爷与万良才、毛得功和郭化如等地下党的领导人结下了终生情谊。在知道地下党组织缺钱缺枪的困难后，在农村守了一辈子家业的爷爷却一反常态，全力支持我二伯父粜粮食、卖土地，在先后将家里的10多垧土地卖出后，又向陇西县县城和甘谷县礼辛镇的商家富户借银圆，想方设法为地下党组织筹集经费。

1948年9月3日，担任地下党毛家湾支部书记的我二伯父蒙之廉被敌人抓捕后，爷爷说：“人在本钱在”，即倚靠刘维汉、闫尚仁等亲朋好友托人活动。为了营救我二伯父，爷爷先后又卖掉了家里的十来垧土地、1匹马和1头耕牛，同时又借了毛家店“复兴荣”号铺的数十块银圆作经费。在托人到通渭县城联系营救事宜时，爷爷又将我父亲蒙之忠卖为壮丁到县自卫大队当苦役。

1949年农历七月的一天，正在县城南城门站岗的我父亲被县自卫大队长张耀川叫去办公室，一进门，张耀川便低声低气地说：“我给你放几天公差假，你回阳山家里问问舅爷（指我爷爷，张耀川为我大姑父的同族侄子），我想给他老人家放些枪，他答不答应收？”爷爷听了张耀川捎的话，毫不思索就表态说：“他张耀川能拿来多少枪，我就能收下多少枪！”听了我爷爷的回话后，张耀川不仅当场表扬我父亲这事办得好，还让我父亲离开自卫队回了家。不几天，县自卫大队的中队长贾黑子（贾世忠）果然带人来到阳山，将他们背来的30多条长枪全部交给了我爷爷。

面对眼前的这么多条枪，我爷爷既担心又高兴。担心的是他怀疑这是张耀川设的“鸿门宴”，家里会因此遭受“灭门大祸”；高兴的是他有这么多枪要交给地下党。为了尽快与万良才和毛得功等地下党领导人接上头，爷爷于当天晚上即打发我三伯父蒙之礼去大石头镇谢家桥子村的谢峻山（为大石头地下党支部书记）家。由于谢峻山外出不在家，一时又无法联络到万良才和毛得功他们，爷爷这才把枪藏在了村北堡子内的地窖里。大约过了10多天，我家北山有解放军队伍向西行军，爷爷即让也是地下党员的大伯父蒙之端（解放后任榜罗区副区长、县粮食科长、县委常委、组织部长等职务）与解放军联系，将枪支交给了解放军。

1949年9月，兼任陇西县委书记和县长的陇右工委副书记万良才来阳山看望我爷爷，他知道了我爷爷收缴县自卫大队枪支的事情后，对爷爷这位农村老人的大智大勇惊叹不已，赞扬我爷爷“为通渭和平解放立了大功!”

1949年12月，甘肃省委追认我二伯父蒙之廉为革命烈士。遵照省委指示，通渭县委县政府在榜罗镇为二伯父举行了追悼会。会后，县长刘依民和副县长陈久斋在榜罗区区长郭效萱的陪同下，代表县委县政府给家里颁发红底黑字的“光荣烈属”木质牌匾，刚强了一辈子的爷爷紧紧握住县、区领导人的手，两眼溢满泪水却又语气平静地说：“我经历了晚清、民国和新中国三个时代，最大的感悟就是共产党好！新中国好!”事后，郭效萱曾多次对同在榜罗区政府工作的我父亲蒙之忠说：“陪同县领导去家里授匾是我第一次见到兆祥伯伯，令大家十分敬佩的就是兆祥伯伯的胸襟和远见!”1950年4月，县政府动员通渭一中的高中生报名从军，虽然当时家里我的三个姑姑早已出嫁，大伯父蒙之端、三伯父蒙之礼和父亲蒙之忠也都离家在外工作，但我爷爷仍然支持在高中读书的我五叔蒙之仁参加了中国人民解放军。

我爷爷是个地地道道的农村人，对当地的农业生产样样精通，行行拿手：农历一年中哪个节气是哪一月的哪一天，他掐着指头一算就能说上来；什么季节务哪种庄稼、种何种蔬菜，他都是了如指掌；村里的哪块地适宜种扁豆、麦子和胡麻等夏粮，哪块地适宜种糜子、谷子、苞谷和荞麦等秋粮，他都如数家珍般一清二楚；在各种农活上，不论是手把铧犁耕地，还是给麦子、胡麻和糜子、谷子撒籽，没有一样活儿能难住他，以致村干部在安排农业生产计划时，总要找我爷爷当“参谋”、出主意。更让人敬佩的是：爷爷虽然不识字，但很喜欢听书和看戏。我家在榜罗中街戏楼（“文革”初期被拆毁）东南侧的铺院里，东北角有一间坐北朝南的庭房，临街南北向是6间坐东朝西的店铺房。凡是榜罗镇上有戏班来唱戏，爷爷就要领我同他一起住进镇上铺院的庭房看戏，并让远离家门来看戏的亲朋好友也住宿在店铺里，每场戏一谢幕，爷爷还要与戏友们议论一番剧中故事。也许是受这一爱好的潜化和陶染，爷爷聊起话来总会引经据典，“火心要虚，人心要实”；“人上有人，天外有天”；“地薄多栽树，人贫多读书”；“天晴修水道，无事交朋友”；“只要有恒心，铁棒磨成针”；“交人要交真君子，栽树要栽松柏树”；“做事不可任心，说话不可任口”；“穷没根，富没梢；不怕家穷，就怕人懒”等很有哲理的格言和警句，就是爷爷素间常说的口头语。

在我的记忆中，爷爷是一个一天都闲不住的勤快人。我家庄墙西面的打麦场，农业合作化后就闲置了，已年过花甲的爷爷便持镢头将打麦场开垦成了菜园子，并在场南墙根栽上了花椒树。每年春节一过，随着惊蛰、春风、清明、谷雨等节气的逐一到来，爷爷就天天在菜园子里忙这忙那，分畦分类种上了香菜、大蒜、韭菜、辣椒、茄子、豆荚、菠菜、甜菜和胡萝卜等十余种蔬菜。那时候，我家虽然是一个有祖孙三代十几口人的大家庭，但每顿不管做什么饭，我妈妈和我三伯母都要炒一样鲜菜当小吃。即使在十冬腊月，凡是亲朋和客人来家里，家里都有我爷爷栽在菜园北崖根的红皮葱嫩叶子炝锅做饭。最让我记忆颇深的，是爷爷给家里修建花园的事。那是1957年的春天，爷爷天天都拿上铁锨、背上背篼到村里的老瓦窑坑捡废瓦和废砖，然后他又一筐筐取土、一担但挑水，自己设计，自己动手，在院子当间和大门前空地修起了两个大花园，并亲自去榜罗、常河和礼辛选购了十几种花籽和花根栽种在花园里，接着又隔三岔五去村里的甜水泉挑水浇花。由此开始，从芍药、牡丹，直至菊花的相继开花，每年的农历四月至九月，我家院里院外都是鲜花满园，花香四溢。家庭环境被爷爷这样美化后，我家不仅博得了乡里邻间的羡慕和称赞，还被乡、社评成了“卫生文明户”，在村里的扩音器里广播和表扬。

1957年2月，万良才和毛得功分别给他们尊称为“伯伯”的我爷爷写信（两信均辑入《通渭党史资料》第一辑），万良才还随信给我爷爷寄了一张大二寸照片作纪念。同年8月，我爷爷受万良才之邀第一次出远门去兰州。就是这次兰州之行，爷爷有生以来第一次坐了火车和汽车，第一次享用了既神奇又方便的电灯和电话，第一次参观了名闻遐迩的黄河中山大铁桥……时任省委常委、农村工作部长的万良才，还亲自陪同我爷爷游览了兰州名胜五泉山和白塔山，并给我爷爷买了冬天戴的围巾和绒帽。

1960年初，通渭发生了大饥荒，年过古稀的爷爷与全家人一起顿顿都吃“荞皮面”和“谷衣面”。由于饿肚子和缺营养，爷爷骨瘦如柴，身体十分虚弱。时任省委常委兼秘书长的万良才知道了我家的情况后，即委托省委“救命团”成员魏科长（当时他住阳山村干部蒙之勤家）和已任榜罗公社书记的李俊仁来我家看望我爷爷，并给爷爷送来了半袋白面和一大包白砂糖。

1978年8月初，我随五叔蒙之仁到定西看望毛得功。陇右工委的这位老领导便高兴地给我俩忆起了当年的地下斗争。他记忆犹新地说：“早在1944年初夏，我和郭化如、杨友柏就与当时在天（水）兰（州）铁路洛门工地当中队长的之廉有了联系和交往。1946年底，工委分工我和万良才重点负责通渭、甘谷、武山、陇西和渭源几县的工作，我俩初到通渭的第一个接头人就是之廉。那天刚一到家，兆祥伯伯就给我和万良才生火炖茶，并拾掇好家里的高房给我俩单独住宿。由于有之廉榜罗镇副镇长的公开身份作掩护，我俩在分工片区的重点工作，几乎都是在这间高房里筹划和决定的。在得知陇右工委从事地下工作的经费困难时，兆祥伯伯把积攒在床柜里的100多块银圆全部交给我和万良才。这笔现洋是当时工委得到的数量最大的个人支助经费，为陇右工委开展工作起了很大作用。”

就在这次谈叙时，毛得功还这样回忆说：“在陇右工委开展工作的几十个县域中，通渭县既是党的地下工作最活跃县之一，也是国民党白色恐怖最严酷县之一，社会成分极为复杂，一些坏人为虎作伥、恶贯满盈，他们的恶行本该受到应有惩罚。但由于通渭是解放军在1949年8月上旬西进兰州途中和平解放，当时部队只留下十几名干部接管全县建政工作，没有条件全面清理阶级阵线，部分历史罪人便趁‘改朝换代’的机会潜伏下来，有的甚至混进农会组织和乡村基层政权当干部，以致个别村庄出现了‘阶级敌人反专政’的怪现象。1951年初，在兆祥伯伯遭到地方恶人的挟私报复和政治诬陷时，我和万良才联名写信给通渭县委书记王宪宜，专门介绍了兆祥伯伯为地下工作做出的特殊功绩，赞扬兆祥伯伯是通渭县党外开明人士中对地下工作贡献最大的‘无名功臣’!”

在对爷爷的怀念中，让我最刻骨铭心的一个日子就是农历正月十五日——

那是1961年农历正月十四日，全家人刚刚“吃”完用干苜蓿渣煮成的“苜蓿汤”晚饭后，爷爷拿出一沓浅红色的一元币交给我三伯父，郑重其事地吩咐说：“后天是我74岁生日。明天榜罗逢集，你拿上这些钱，见有卖的锅盔（当地烙成的一种烤饼），就买几个来给我过生日。”安排完这件事情后，爷爷才同往常一样睡了觉。

次日凌晨门缝透亮的时候，爷爷将我肩头的被子盖严实后又坐起身，他打开一扇窗子，叫着我三伯父的乳名叮咛说：“今天去榜罗，一定记着要拿上汇单，把五子（我五叔的乳名）寄的衣服也取回来。”

大约过了一个来钟头，起身外出的奶奶发现天空飘起了大雪花，就问爷爷“下大雪还去不去榜罗了？”但爷爷不应声，便把全家人都喊起炕。只见这时的爷爷闭着两眼仰身而眠，呼吸和缓，面容安详，俨然一副酣然入梦的神态。三伯父揭开给爷爷早已做好的棺盖板，从里面拿出爷爷的“寿衣”给爷爷穿上；我妈妈和三伯母一人生火，一人在勺里拌“谷衣面”，烧了几个蚕豆大的“谷衣面”疙瘩塞进爷爷的袖筒里；奶奶还特意撕开贴身穿着的围肚袋，掏出一块银圆捏在了爷爷手心里。如此忙活停当后，全家三代人都齐聚在爷爷睡觉的庭房里，默默地陪伴着已是弥留之际的爷爷……大约是凌晨9点的时候，爷爷长长地出了一口气，随即便慢慢停止了呼吸……

在我记忆里，没有患过一次病，没有吃过一次药的爷爷，就这样永远离开了我们。身子和性格一样刚强的爷爷，在两天前的正月十三日早晨，当假期已满的我五叔要返回远在青海的工作单位时，他还硬要把我五叔一直送到村口的大路边。

爷爷走了，他走得那么平静，走得那么安详！说不清是啥原因，爷爷离开我们的这一幕，数十年间竟一直让我牢记在心，时时难忘！

（2019年4月）

（注：此文是为《通渭县志》的“人物补遗”和《榜罗之魂》的“地下斗争”写的，已刊于《通渭文艺》2020年02期）

永远的怀念

——缅怀二伯父蒙之廉

今年的9月17日，是二伯父蒙之廉被害70周年的纪念日。在这薪火相传、日复一日的纪念里，全家人更加怀念为新中国诞生献出自己生命的二伯父。

二伯父蒙之廉于1920年农历四月二十五日（公历6月11日）出生在通渭县榜罗镇的阳山村。每当说起二伯父，我的三姑姑总要给我们回忆海原大地震。那是民国九年（1920年）11月7日戌时，宁夏海原发生的8.5级特大地震波及通渭县。比二伯父大5岁的三姑姑回忆说：当时还不足7个月的二伯父，每天都是在大人吃晚饭时醒来，全家人要在晚饭后哄他入睡才睡觉。而在地震那天晚上，二伯父却一直酣睡着不醒来，吃完晚饭的全家人便围在二伯父身边等他醒来后再睡觉，猛然间从地下传出轰隆隆的闷响声，还没等大家反应过来，就发生了山摇地动的大地震。一刹那，家里的大小房屋全被震倒在院子里，只有二伯父睡觉的这间房没倒塌。地震后，爱讲迷信的曾祖母认定是二伯父救了全家人的命，在几个孙子孙女中一直对二伯父最偏爱。

二伯父天资聪颖，6岁开始读私塾，19岁那年从陇西师范学校毕业后即到毛家店小学当教师。在三尺讲台上，追求真理、追求进步的二伯父总是激励同学们要“风声、雨声、读书声，声声入耳；家事、国事、天下事，事事关心”，做“有志向、有抱负、爱国家、有作为”的人。1944年至1945年，在青富乡任副乡长的二伯父以中队长身份率民工在天（水）兰（州）铁路武山县洛门镇、鸳鸯镇、陇西县马河镇和定西县寒水岔施工。为人正直、办事公道的二伯父，一身正气、两袖清风，在社会上赢得了良好口碑，旋即于1945年秋又受任了榜罗镇副镇长。

早在陇西师范读书期间，二伯父就拜书法家柴庆荣为师，练就了一笔好书法，加之他博览群书、知识渊博，年纪轻轻就成为通渭、甘谷、武山、陇西和定西等数县遐迩闻名的文化人。无论亲朋好友，还是乡里邻间，逢年过节都要找他写对联、书条幅，二伯父不分亲疏远近，不顾忙闲得失，每每都是有求必应，热心相待，让其高兴而来，满意而归。二伯父的书法以行书见长，融正、行、草章为一体，笔法严谨，气韵清新，有人曾如此赞誉道："蒙之廉书法不拘于人而自成一体，墨迹恢宏又炉火纯青，聚首壮行又俊逸潇洒，堪称陇之书界一秀。"时至今日，在通渭、甘谷、武山、陇西和定西几区县，民间仍有不少人珍藏着二伯父的书法作品，他的部分书法遗墨还被辑入《通渭历史文化丛书·翰墨飘香》和《甘肃当代书画家艺术典库》（第二卷）等专集。

二伯父性格豁达，志存高远，为人崇尚正义，处事爱憎分明。1943年8月，轰动西北大地的"甘南农民起义"被国民党血腥镇压后，担任起义军二路军副司令的毛得功、郭化如与战友杨友柏等遭"通缉"而转入地下，在通渭、武山、陇西、渭源等地开展除暴安良的地下武装活动。1944年初夏，时在天兰铁路工地当中队长的二伯父即与毛得功、郭化如、杨友柏等有了接触和交往，与之成为志同道合的笃朋和挚友，并接应他们到自己家里隐居和潜藏，以躲避敌人的"通缉"和抓捕；1946年9月，已加入中国共产党的毛得功遵照中共甘工委指示从平凉返回陇西和渭源开展地下工作，途经通渭时首先与二伯父接了头，从此，我家即成了中国共产党最早建立在通渭县的一个地下联络点，秘密接应党的领导人来通渭开展工作；1946年10月，在毛得功的引荐和陪同下，时任中共"甘南民变工作委员会"书记的万良才也首次来到了我家里。就在这次接头时，两位领导人亲自介绍我二伯父蒙之廉加入了中国共产党。在通渭县第一个地下党支部——毛家湾党支部组建后，工委即指定由甄富堂任支部书记，二伯父和常振家、贾天佐、毛麟章4人任支部委员。1947年6月，在甄富堂改任甄家山地下党支部书记后，工委又指定二伯父担任了毛家湾地下党支部书记。其时正值敌人频繁"清乡""剿匪"，四处捕杀地下党员，陇右地区笼罩在一片腥风血雨的白色恐怖中。尽管随时都会有被捕坐牢和杀头的危险，但二伯父毅然把自己的命运同共产党紧紧地联结在一起，坚定不移地走自己认定的路，先后还介绍刘维汉、闫尚仁、段秀峰等4名有志青年加入了中国共产党。

在地下工作中，地下党组织把党员家统称为“窝子”。当时的陇右工委领导人高健君（解放后任甘肃省委副书记、书记和第二书记）、万良才、牙含章、毛得功、郭化如、杨友柏在社会上没有公开的职业，没有合法的身份，开展工作往往都是昼伏夜出，有时袭击敌人，战斗一结束就得在“窝子”潜伏下来。二伯父蒙之廉自担任了中共毛家湾地下党支部的负责人后，我家就成了通渭县地下党的一个重点“窝子”，陇右工委领导人万良才、毛得功、郭化如和杨友柏等便成了家里的特殊“客人”。从此，家里不仅要给来家的工委领导人提供食宿和掩护，还要承担站岗放哨、传递情报和探险带路等工作，严防敌人的跟踪、盯梢和抓捕。那时候的我家，除了我大伯父蒙之端（1912—1965）刚刚分家另居外，早已结婚并育有两女的二伯父仍与也已结婚的我三伯父蒙之礼（1924—2011）、我父亲蒙之忠（1929—2009）、我五叔蒙之仁（1932—2006）和我爷爷奶奶一起生活，是一个有祖孙四代十多口人的大家庭。二伯父一入党即将阳山老家的宅院和榜罗镇上的铺院都当成了地下工作的秘密联络点，还特意给阳山家里东南角的高房炕墙贴上了新的墙围纸，放置了桌子和凳子，让万良才、毛得功、郭化如等工委领导人来家后单独住宿。在那乌云遮天、风雨如晦的日子里，每次万良才、毛得功、郭化如、杨友柏等人一来家，二伯父除了由我爷爷蒙兆祥（1888—1961）生火炖茶悉心接待外，还要吩咐我三伯父蒙之礼和我父亲蒙之忠隐身村头路口瞭望放哨，有时候还打发我三伯父和我父亲到什川、常河、礼辛、洛门等地打探消息和传话递信，全力做好来家“客人”所托办的事；当万良才他们趁夜幕外出时，二伯父总要打发我三伯父和我父亲给他们做伴带路。为了支持工委工作，二伯父与我爷爷一起卖羊只、粜粮食，并先后出卖了家里的10多垧（1垧为4.5亩）土地，想方设法为地下党组织筹集经费。在此同时，二伯父又向附近富户商号借现洋，去陇西文峰镇和武山洛门镇买来5支手枪交万良才和毛得功等领导人使用……

1947年秋，榜罗镇按《中华民国宪法》实行“镇长民主竞选”。为了增强党的“两面政权”力量，把榜罗片区的地方政权掌握在中共党员手中，万良才和毛得功等陇右工委领导人在全面分析了二伯父在榜罗、青富等乡镇的个人名望后，决定二伯父公开参加榜罗镇镇长竞选，并指示地下党员甄富堂、张大旗和毛麟章等全力支持二伯父竞选镇长。在镇民大会选举时，参加竞选的郭维桢、闫重文等人见二伯父的选票远远领先于自己和其他竞选人，当场煽动部分镇民代表捣乱闹事，有人甚至趁机威胁说："蒙之廉有共产党嫌疑，不能把选票投给他！"一时会场一片哗然，选举秩序混乱不堪，使镇长竞选变成了一场政治闹剧。这一"镇长竞选"草草收场后，不仅镇长一职由郭维桢窃取，就连助纣为虐的"两面人"张居礼、恶贯满盈的榜罗镇自卫队长张功臣都当上了副镇长，而竞选时得票最多的二伯父依然是选前就任的副镇长。事后，万良才、毛得功等人疑虑和担心二伯父的身份已暴露，看透了国民党腐朽本质的二伯父提议说："县长魏筱笠与我多次切磋过书法技艺，个人交往还算可以，现在我就去见他试探，即使他掌握，我上他的门，料他将我奈何不得。"不日，二伯父趁到县府开会之机亲临魏筱笠家，就自己竞选镇长遭恶人暗算之事镇定自若地说："我是不是共产党，请县长定夺，若是，请县长按共党论处；若不是，对破坏竞选的恶人应如何处理？"魏筱笠听了连连赔笑道："子杰（二伯父之字）向来宽宏大量，这点事何必计较！今后还要在一起共事，以团结为重，对个别人的造谣惑众之言，理当不可听信。"二伯父回来向万良才汇报了这情况，万良才听了才放了心，并表扬二伯父对敌斗争有策略，有胆气！

1947年农历十一月二十九日是通渭县安远镇（1950年划入甘谷县）的逢集日，陇右工委从通渭、甘谷、陇西调集41名地下党员组成的游击队，在高健君、郭化如、毛得功和杨友柏的指挥下发动了安远反霸夺枪战斗，缴获镇公所长、短枪7支，子弹数十发，没收大恶霸张慕如家的烟土数十两，白洋600多块。不料战斗刚结束，国民党天水专员高增级即来到武山县洛门镇，于腊月初五亲自主持召开秦安、甘谷、通渭、武山、陇西五县有关人员参加的秘密军事会，调动通渭、甘谷、武山和陇西等县自卫队疯狂"清乡"和"围剿"。由于参加安远战斗的地下党员郭志忠被同村赶集人认出后密报榜罗自卫队长张功臣而被捕，叛变后的郭志忠不仅供出了参加战斗的13名党员名单，甚至还穿上敌人服装为自卫队指认抓人。在短短几天时间内，通渭、甘谷和陇西交界一带包括通渭县直沟支部书记张大旗、甘谷县陈家庄支部书记陈世昌、陇西县阳坡村支部书记王炳全和倾家门村支部书记倾海山4名支部书记在内的8名地下党员惨遭杀害。在这黑手遮天、群魔肆虐的危急关头，身任毛家湾党支部书记的二伯父沉着冷静与敌人周旋，一面凭借副镇长身份想方设法观察自卫队动向，一面及时密告毛麟章、闫尚仁、段秀峰等党员和什川的学长贾子才（《通渭县志》有载）等警惕和防范。每当说起当年这情形，我母亲刘岁香生前曾多次回忆说：在1947年腊月中旬的一天，我二伯父打发我父亲到刘家峡给我二舅刘维汉（地下党员）传话：说最近风声特别紧，张功臣天天带人四处抓人，窑沟的张玉林（即直沟党支部书记张大旗）已被榜罗自卫队抓捕后杀害了，要我二舅刘维汉千万警惕和防备。我二舅按我二伯父的叮嘱，在前前后后一个多月时间内，不是在刘家峡陡咀坡上的一个山洞里躲藏，就是以"探亲访友"名义去陇西师范的老师和同学家隐居。就是在二伯父的周密部署和防备下，位处这次事件中心区域的毛家湾支部党员和外围人员无一人暴露或被捕，为此，工委领导人万良才和毛得功还表扬了二伯父。

我老家党家阳山位处榜罗与常河两镇交界处，东南距常河镇和甘谷县的礼辛镇均为30多里，西距榜罗镇也有20多里路。早在毛家店学校任教时，二伯父就在榜罗中街戏楼（"文革"初期被拆毁）的东南侧置买了一处铺院，院内东北角为一间坐北朝南的客房，临街南北向是6间坐东朝西的店铺房。当初这铺院只是家人去武山洛门镇和陇西文峰镇赶集的"歇脚店"；二伯父先后在青富（今青堡）和榜罗两乡镇任职期间，这铺院便成了他一个人临时住宿的"家"；自1944年夏初结识了毛得功、郭化如和杨友柏等"甘南民变"领导人，二伯父就把这处铺院当成了毛得功、郭化如和杨友柏等躲避敌人通缉追捕的一个隐居点；1946年9月，从平凉重返陇西和渭源的毛得功在途经通渭时就住宿在我家的这处铺院里，从此，万良才、毛得功、郭化如和杨友柏等工委领导人凡来通渭开展工作，往往都是先到这一铺院与二伯父接头。1946年农历腊月下旬，毛得功与万良才一起来到了我家的这处铺院里，直至过完了1947年的春节才离开。我五叔蒙之仁在世时曾多次回忆他第一次见到万良才时说：1946年腊月中旬，我二伯父说他要在榜罗镇上过春节，在腊月二十八日（公历1947年1月19日）的榜罗逢集日，家里让他背了一条猪后腿肉、半篦筐油饼和10多斤熟面去榜罗给我二伯父。进院时二伯父正在北房给两位客人煮挂面吃，客人中一位是以前已多次来家“作客”的“毛哥”（毛得功），另一位则是他第一次见面的陌生人。二伯父接过东西高兴地说：“‘杨哥’和‘毛哥’来看我，有你背来的这么多好吃的，这个‘年’就好过了！”说话间他把挂面换成了油饼让两位客人吃。五叔说：当时自己只是一个刚考入陇西中学读书的初中生，对“杨哥”和“毛哥”的身份既不了解也不在意，后来才知道那位叫“杨哥”的就是化名为“杨重义”的万良才，与“毛哥”都为中共陇右工委的主要领导人。

由于党组织设在我家榜罗镇上铺院的这一联络点交通便利，信息灵通，情报传递及时、迅速，在通渭、陇西、武山和甘谷几县的地下工作中起到了重要作用。1967年1月，戴着“走资派”帽子的毛得功和通渭县委书记明星才被“造反派”押解到榜罗挂牌批斗时，还特意走进已被拆毁后要改建“榜罗公社地毯厂”的我家铺院旧址感今怀昔；1968年9月，曾任陇右工委书记的省委书记高健君与省委第一书记汪锋、副省长葛士英一起被遣送到通渭接受“文革”运动的“斗批改”，在回忆起中国共产党在通渭的地下工作时，高健君还特别提到了陇右工委建立在榜罗镇我家铺院的这处秘密联络点。

按照当时陇右工委地下工作的相关规定，为了保证党组织的安全，工委委员原则上不与一般党员见面；工委委员在党员家里的留宿时间也一般不超过两天。而万良才、毛得功、郭化如等来到我家，往往都是少则五六天，多则十多天。在吉凶难卜、险象环生的地下斗争环境里，万良才、毛得功、郭化如等工委领导人与二伯父蒙之廉如此肝胆相照、生死相托，不只是二伯父有榜罗镇副镇长的公开身份作掩护，更是工委领导人对二伯父的最大信任和器重。

1948年农历正月十八日清晨，在我家过完年的万良才要去陇西和渭源的新“窝子”，当时公开身份为榜罗镇副镇长的二伯父送他到榜罗后梁后由他只身去陇西。但当万良才走到四罗坪后梁时，正巧迎面碰上了“清乡”归来的榜罗镇自卫队长张功臣。张功臣见万良才不是本地人，即命身旁的自卫队员拦住他，随即紧盯着盘问道：“你是哪里人？要到哪里去？”

万良才沉着地回应说："我在陇西教书，趁过年去看望了一个同学。"张功臣明显不相信，又追问道："你的同学家住哪？叫啥名？"万良才知道二伯父在当地有名望，便机智地回答说："我的同学在榜罗东沟，名叫蒙之廉。"张功臣依然不相信，强令万良才跟他们一起返榜罗。

见万良才被张功臣带进镇公所，二伯父立刻意识到发生了意外，镇定地迎上去握住万良才的手说："老同学你不是回陇西吗?！怎么又折回了?！"万良才指了指身旁的张功臣说："在半路碰上了这位老总，是他要我返榜罗。"见此情形，张功臣这才不好意思地说："误会了，误会了。"二伯父趁机以要去积麻川看望我三姑姑为由，扯着万良才的胳膊一起离开镇公所，并送他到陇西文峰镇后才返回。后来每当提起这次遇险经历，万良才都要风趣地说："看来'魔高一尺，道高一丈'真是至理名言！"

1948年5月初，毛家湾党支部委员毛麟章在既不了解榜罗镇副镇长张居礼的中统特务身份，又未按组织规定向支部书记蒙之廉汇报的情况下，先后两次去介绍是自己朋友的张居礼加入中国共产党，秘密身份是中统局通渭县常设汇报室谍报员的张居礼便趁此机会套取情报，获悉了毛麟章和二伯父的中共党员身份。此事发生后，二伯父及时向工委委员兼组织部长毛得功做了汇报，毛得功分析认为：由于张居礼与毛麟章在个人交往上是朋友，张不会在短期内有举动，但指示我二伯父蒙之廉要做好紧急情况的防范和应对。此后，二伯父一回到家里，总要去村西北角的老堡子周围转一转。这处老堡子西、北两面墙外是一条名叫"堡子沟"的大沟壑，遇有紧急情况，只要从堡墙上溜下去，跑出十几米就能钻进数十丈深的沟壑里突围或隐藏。见堡子具有"攻可守，退可防"的有利地势，加之堡内仍居住着我大伯父等几户人家，起伙用水也较方便，二伯父便以"住堡子既敞亮又僻静，少人打搅可以多看书、多写字"为由，决定在堡墙上建一间小房子。主意打定后，二伯父即让我三伯父、我父亲及同村的数名小伙子当帮手，几个人一起忙这忙那，只几天工夫就在视野开阔的堡子东墙上建了一间小房子。此后，二伯父每次一回家，晚上便到堡墙上的这间小房子去住宿……2010年我回老家，当年建堡墙房子时曾帮二伯父挑过水的陈国章叔叔还对我回忆说：那时候大家不知道你二大（方言，意即二伯父）是地下党员，以为他在堡墙上修房子住只是为了"图清闲"，后来才明白了他这样做的缘由和用意。

安远反霸夺枪战斗后，敌人连续数月对通渭和甘谷、武山、陇西交界区域进行挨村挨户的大清查，同时还派出便衣特务四处侦探。鉴于这一新情况，陇右工委于1948年2月起以暂时减少通渭西乡（即通渭、甘谷、武山和陇西交界区域）的地下活动来转移敌人视线。为了得到工委领导对当下工作的新指示和新要求，二伯父于6月中旬背上宣纸、毛笔和砚台，以“走乡卖字”为名，同战友毛麟章一起到陇西、渭源寻找党组织。经过数天秘密寻访，终于在榆中县马衔山下找到了正在策划水家坡夺枪战斗的工委书记高健君及万良才、毛得功、郭化如和杨友柏等领导人，随即参加了震惊陇右大地的水家坡夺枪战斗，不料他俩的行动被中统特务张居礼所察觉。在二伯父和毛麟章返回家乡后，平素同毛麟章以“朋友”相称的中统特务张居礼，一面找借口与毛麟章聊“闲话”，一面对毛麟章监视、盯梢和跟踪，然后将刺探的情报密报通渭、天水等地特务机关。9月1日，国民党甘肃省第九区（即临洮专区）专员、保安少将司令何世英亲临属天水专区的通渭县，在与通渭县长、中统局通渭常设汇报室主任魏筱笠密商后，下令通渭县自卫队中队长贾世忠协同榜罗镇自卫队长张功臣带领6名自卫队员，于9月3日（农历八月初一）同时抓捕了二伯父和毛麟章，将两人关在榜罗中街戏楼底层的杂物室，于次日清晨即五花大绑押解到通渭县城关押。

二伯父和毛麟章的被捕，是通渭地下党在安远反霸战斗后所遭受的又一次重大破坏。在他们两人被捕后，陇右工委立即展开紧急营救。农历八月底，工委委员、组织部长毛得功先后两次来到常河地下党支部书记常振家家，指派常振家了解二伯父与毛麟章两人的被捕经过和关押地点；农历九月二十日，毛得功又带陇西县阴湾村地下党支部书记王凤贤来到常振家家，指派常振家和王凤贤一起去通渭县城打探二伯父和毛麟章被关押地点及看守部署等情况；农历九月二十三日，工委委员、军事部长郭化如又与常振家一起潜入通渭县城实地侦察，根据监狱岗哨配置及道路交通等情况，工委决定借农历十月初一晚上居民“送寒衣”的机会，实施这次陇右地下斗争史上规模最大的武装“劫狱”营救行动。农历十月一日的清晨，毛得功和郭化如率领从武山和陇西两县调集的20名游击队员化装成卖麦杆的农民，将藏有17支长枪、5支短枪的麦秆挑到县城南门外的马员外（马成德）店里卖。就在22名游击队员借夜幕开始行动时，内线消息说二伯父和毛麟章、王子元（通渭县白杨林地下党支部书记）三人已于5天前被押往兰州，致使工委精心策划的营救行动全盘落空。

在通渭县的历史上，中国共产党的第一个地下党支部就诞生于榜罗镇。榜罗镇南邻陇海铁路线，位居通渭、甘谷、武山、陇西和定西五县交界处，历来为通渭县商贸、交通重要驿站。在陇右工委所属20多个县市（含今甘肃河西走廊和青海省西宁市）的地下工作中，榜罗被列为重要片区之一。根据地下斗争需要，及时铲除当地罪大恶极的敌特首恶分子，是陇右工委开展地下斗争的一项重要工作。榜罗镇自卫队长张功臣在带人抓捕我二伯父蒙之廉和毛麟章之前，就抓捕和杀害了张大旗、陈世昌、陈保豆、陈义清、杨六五、王炳全、倾海山、许元元等8名地下党员，给陇右地下党组织造成重大破坏和损失。陇右工委书记高健君1948年10月14日给甘工委的《陇渭工作报告提纲》中就写道："在目前，渭源、陇西、通渭狱中，尚有党员数人被押。"该《提纲》在"今后工作"的第7条，即明确提出："为了保护好人，便利工作，设法解决通渭榜罗镇自卫队长张建勋（张功臣）。"与张功臣一起盘踞在榜罗的另一个敌特首恶分子张居礼，为人阴险、心黑手狠，是个死心塌地为虎作伥的"两面人"。为了掩盖自己的特务身份，他平素两面三刀假装进步，阳面当人、阴面当鬼，明里千方百计骗取别人对自己的信任和好感，在社会上具有很大的迷惑性，暗里却不断监视和跟踪进步人士，时时刻刻都威胁着地下工作的开展和安全。在营救二伯父和毛麟章的"劫狱"行动落空后，陇右工委即策划了铲除张居礼和张功臣的特别行动：

1948年腊月底，经毛家店地下党支部书记刘汉亮侦察，家在榜罗镇张家坪村沙咀儿的张居礼过年回家居住。1949年农历正月中旬的一天，陇右工委决定由毛得功带领两名游击队员以"拜年"为名来到张居礼家。他们三人一进院，即看见张居礼正在庭房陪客人喝茶和聊天，特务出身的张居礼见有生人来家，假装热情地连声说："喜客！喜客！"随即端起茶壶以"去灌水"为由转身迈出大门，钻进自家的猪圈棚里躲起来。毛得功他们意识到张居礼是要逃跑，紧随其后追出大门，但四处已不见了张居礼的身影。中统特务张居礼虽然侥幸躲过了这次惩罚，但他躲了初一躲不了十五，刚解放即被抓捕归案，1950年初被镇压。

此次行动后，陇右工委又策划了铲除敌人首恶分子张功臣的行动。张功臣的家在榜罗镇西南角为高墙深院的堡子里，因他平时大都蜗居在堡子内，工委便选定一个榜罗逢集日，由毛得功和郭化如率领10多名游击队员装扮成赶集的农民，秘密包围了张功臣居住的大堡子，待张功臣露面时击毙他。但张功臣深居简出，直到天黑也不出堡门。见此情况，毛得功和郭化如又临时决定点着了堡子旁场院的大草垛，待张功臣出门救火时收拾他。没料想张功臣宁让大草垛烧成灰，仍然是躲在堡子内当“王八”，游击队只得撤出了行动。俗话说“杀人要偿命，欠债要还钱”，血债累累的张功臣，虽然于通渭解放前夕就潜逃到临洮县的四十里铺做生意，但被执行任务的通渭县大石头（今属甘谷县）地下党支部书记谢峻山和毛得功的警卫员关占奎、陈进忠三人认出后捕获，1950年初在陇西被执行死刑。

二伯父和毛麟章、王子元三人被押解到兰州后，即被关押在甘肃省保安司令部设立在黄河北岸的尕寺沟秘密监狱。尕寺沟监狱由西北军政长官公署第二处直接管控。二处是国民党军统特务组织在西北的领导机关，执掌二处大权的是西北军统特务头子傅子赉，他早在任甘肃省平凉专员兼保安司令时，就不断向陇东、关中两分区和陕甘宁边区派遣特务搞破坏，处心积虑与人民为敌。在执掌了西北军政长官公署第二处这一军统特务机关后，身为陆军国民党少将的傅子赉便专门干起了破坏共产党地下组织、捕杀地下党员和革命进步人士的罪恶行当。凡被关进尕寺沟这一人间地狱者，个个都得饱受杀人狂傅子赉的肉体摧残和精神折磨。

在二伯父被关押兰州期间，爷爷先后两次打发三伯父蒙之礼去探望。三伯父是步行好几天才到人生地不熟的兰州城，但每次去探望，狱警都是不让见到二伯父，给二伯父的钱和物，只得托在兰州供职的白居智（榜罗镇白家川人）等朋友代转。大约是1949年的农历四月，家里收到了二伯父托人捎来的一封信，说他只有一件衬衣穿，要家里做件新衬衣给他换用。家里分析监狱看守可能比以前宽松了，即委托二伯父的同乡好友蒙之平叔叔去探望。这次之平叔叔探监时，正巧是一个武山口音的看守在值班，他认“老乡”后即破例让见到了二伯父。身陷囹圄的二伯父，这是他被关押兰州后第一次见到亲人，虽有千言万语要对亲人说，但他谆谆叮咛的是："天快放亮了，要杨哥（万良才）、毛哥（毛得功）等亲人多保重"；要之平叔叔"回去后找刘维汉、闫尚仁加入党组织"。大概是已预感到敌人要对自己下毒手，二伯父最后还叮咛之平叔叔转告家人，要我三伯父蒙之礼把自己"用过的两把'刷子'（指手枪）交给杨哥（万良才）和毛哥（毛得功）……"

1949年农历七月底，三伯父蒙之礼依照二伯父的嘱托，带着二伯父用过的两把手枪到陇西参加了陇右工委领导的陇右人民游击队。1986年8月，我五叔蒙之仁带我到兰州军区天水干休所看望杨友柏，这位曾任陇右人民游击队副司令兼参谋长的工委老领导依然印象清晰地回忆说："之礼是遵照之廉的嘱托来参加陇右人民游击队，鉴于他身体好、脑子灵，一到部队，工委就让他当司令部的警卫员。陇右人民游击队改编为警备团后，组织上又提拔他当了警卫排的副排长。"

1949年8月26日兰州解放后，全家老小及亲戚朋友时时刻刻都盼望着二伯父能平平安安回到家，但天天都得不到二伯父的任何音信。直到国庆后，万良才和毛得功传来了二伯父被害的噩耗，全家人这才知道二伯父已永远离开了自己的亲人！

甘肃全境解放后，《甘肃日报》于1950年2月14日至15日连载了一篇题为《纪念陇右死难的烈士们》的纪念文章，这篇由原中共陇右工委书记高健君、副书记兼宣传部长万良才、工委委员兼少数民族工作部长牙含章三人联名撰写的纪念文章，一开头即这样写道："在过去艰苦的几年当中，有四五十个优秀的陇右人民子弟——中国共产党的优秀党员，为甘肃人民的解放事业而英勇牺牲了，这是陇右人民的损失，也是陇右人民的光荣，这几十位烈士的壮烈史迹，同时也是中共陇右党的斗争历史，要在这篇文章中全部写出，是不可能的，这里只写最突出的烈士的史迹。"该文所"立传"介绍的12位烈士，依次为"陈超群、郭化如、魏郁、杨松轩、朱亮、石应华、甄富堂、蒙之廉、王英才、王炳全、程振刚、王子元"。1951年7月2日，是二伯父蒙之廉入党介绍人之一的万良才又在《甘肃日报》刊文这样评价："王炳权、张大旗、蒙之廉、甄富堂他们四人加上陈世昌、毛麟章等同志，便构成了党在陇西北山、榜洛（罗）、里（礼）辛到大石头的骨干，当时党的游击队由于有他们这些秘密据点，从陇西城边，一直可以活动到通渭、甘谷边境。”

1978年8月初，我随五叔蒙之仁去定西看望毛得功，陇右工委的这位老领导还记忆犹新地回忆说：“早在1944年初夏，我和郭化如、杨友柏即与当时在天兰铁路洛门工地当中队长的之廉有了联系和交往。1946年9月，我遵照党组织指示从平凉返回陇西和渭源开展地下工作，途经通渭的第一个接头人就是之廉；同年10月，我又陪同万良才与之廉接头，就在这次接头时，我们两人一起介绍之廉加入了中国共产党；1947年初，工委分工我和万良才重点负责通渭、甘谷、武山、陇西和渭源几县的工作，我俩初到通渭的第一个接头人也是之廉。之廉有文化，有远见，有勇有谋，能文能武，是陇右地下党的骨干党员，他被敌人抓捕并杀害，是陇右地下党工作的一大损失。”

1981年4月，曾任陇右工委委员兼少数民族工作部长的牙含章在他署名出版的《陇右地下斗争》一书中写道：“甘肃解放以后，我在兰州曾和高健君、万良才粗略地统计了一下，陇右地下党在1946年到1949年的整整3年地下斗争中，总共牺牲了地下党员50余人，占陇右地下党党员总数的百分之一。”该书第八章“血债须用血来还”的“解放前夕的大逮捕和大屠杀”一节所列名介绍的6位烈士，依次为“陈超群、王子元、魏郁、石凤玉、甄富堂、蒙之廉”。牙含章在自己历经30多年后还能回忆起来的“烈士事迹”中，对蒙之廉这样记述道：“蒙之廉同志：通渭榜罗人，陇西师范毕业，曾当过榜罗镇镇长。他入党以后，在通渭县的南部地区建立地下党方面有很大的贡献。特别是在掩护陇右人民游击队进行活动，积极寻找宿营地（窝子）、带路、打探消息等等方面，成绩更为突出。1948年秋，被特务张居礼告密，被当地自卫队逮捕，押送到兰州，遭受敌人的酷刑折磨，而没有泄露党的任何秘密。”

在中国共产党陇右地区的地下活动历史上，二伯父是通渭县最早接应中共陇右工委领导人毛得功和万良才的地下党员，也是中共通渭县第一个地下党支部的负责人之一。早在1949年12月，甘肃省委即追认二伯父蒙之廉为革命烈士，遵照省委指示，通渭县委县政府在榜罗镇为二伯父举行了追悼大会，给家里颁发了红底黑字的“光荣烈属”木质牌匾，并在榜罗镇东街口为二伯父修建了木质烈士纪念碑。1990年5月，通渭县委县政府在县城南屏山又修建了烈士陵园，为二伯父蒙之廉和甄富堂、张大旗、王子元、毛麟章五位烈士立碑纪念。

在有关史料中，对二伯父被害的具体地点，却一直存在两种不同记载：

高健君、万良才、牙含章三人刊发在1950年2月14日至15日《甘肃日报》的《纪念陇右死难的烈士们》一文，牙含章1981年署名出版的《陇右地下斗争》一书，1990年5月通渭县委县政府为二伯父等五位地下党员烈士撰写的烈士陵园纪念碑碑文，均记述为“兰州河北的尕寺沟监狱”。1986年2月，我趁在《兰州晚报》异地采访的机会，曾先后两次到关押摧残过二伯父等革命英烈的尕寺沟监狱遗址去凭吊，当时的尕寺沟监狱主监区，已改设成了兰州军区后勤部的一处物资仓库。

1988年通渭县党史办编印的《通渭县党史资料》（第一辑）《星火，在牛谷河畔燃烧——通渭地下党斗争情况综述》一文，《甘肃日报》1988年6月20日“陇上英烈”专栏的《铁窗难磨英雄志——记蒙之廉、毛麟章烈士》一文，都记述为“张掖贺家庄”；而1990年版《通渭县志》405页《地下党组织的发展与活动》和698页《人物传·蒙之廉》两篇志文，则言无定论地表述为“兰州（一说张掖）”。

由于交通、情报和信息、资料等条件所限，对部分历史事件的记述有出入也属正常。为了弄清二伯父被害的确切地点，五叔蒙之仁退休后曾两次到兰州查阅有关敌伪档案，又先后两次专赴张掖实地探访和寻查，终于确定二伯父被害的确切地点是张掖。

根据敌伪档案《关于蒙之廉、毛麟章杀害情况》等资料记述：在兰州即将解放的1949年8月10日，西北军统特务头目傅子赉下令将关押在尕寺沟监狱的二伯父等30多人转押河西。9月5日，傅子赉下达第一批屠杀令，将甘南农民起义军领导人王仲甲（临洮人）等10多人杀害在武威西门外；9月17日（农历润七月二十五日），东、西两面被解放军紧紧围困在张掖城的傅子赉又下达了第二批屠杀令，并亲自督率王富国、粟枝荣、贾戊午、梁俭、张伯华、赵贤杰、苏绍轼等军警特务，在沉沉夜幕笼罩中，将二伯父等17人逐个捆绑后活埋于张掖县城南郊的贺家庄，即今张掖市甘州区新墩镇花儿村六社。尤令人痛恶的是，这些刽子手在打着手电秘密杀害17名革命志士时，还将其中几人身上的手表、钱款和衣物据为己有。

古往今来，血债都是要血来还。在二伯父等17人被害的第二天，解放军即解放了张掖城，根据捕获敌特军警人员的交代和指认，解放军官兵来到了17烈士的被害地，将烈士遗体装殓入棺后就地安葬。被抓捕归案的傅子赉等军警特务，除傅子赉继续审讯外，其他几人经审讯均就地枪决，傅子赉在押解兰州审讯后，于1951年也被执行了死刑。随后不久，张掖县委县政府即将17烈士安葬地设立为张掖县的烈士陵园。

2001年清明节，退休定居西宁的我五叔特意去张掖市贺家庄吊唁。尔后，五叔又按传统习俗带我和二伯父长女蒙菊英、次女蒙兰英、次女婿冉万昌等家人数次到贺家庄给二伯父烧纸。见我们远道而来祭祀亲人，花儿村的贺福庆、陶喜身、郭建华等几位老人给我们讲述了当年他们的所见和所闻。另据张掖市党史资料的相关记述所佐证，二伯父等17人被害前的详情细节是——

在张掖解放的前几天，傅子赉为首的军警特务霸占了贺家庄的贺福林家，他们先将贺福林家人分男女软禁在两间屋子里，不许贺家人自由进出院大门，然后把二伯父等17人全部拘押在戒备森严的贺家牛圈里。9月17日下午，几个国民党军警在村里挨家挨户找铁锨，后来村民们才知道这是他们晚上要埋人用……我们家人从当地党委和政府铭刻的纪念碑碑文得知，这17位英烈分别来自甘肃、河南、湖南、安徽、陕西、四川、重庆和江西八省市的15个县。按碑文记述，他们的名字依次为蒙之廉（中共地下党员）、毛麟章（中共地下党员）、焦洁如（兰州大学俄文系学生）、陈敬宇（兰州大学法律系学生）、李承安（兰州大学法律系学生）、张振声（红军排长）、曹旦希（甘肃邮政局邮务工会理事长）、祁鼎承（国民党甘肃省参议员）、吴渊彦（兰州万国寄售行经理）、李文轩（农民）、尚银海（商人）、左化南（流落红军）、何锡楷（皮匠）、陈有诚（农民）、王学文（兰州大学学生）、邹如峰（军事科长）、程景瀛（兰州工校职员）。

根据民政部2010年统计，全国先后为中国革命和建设事业献出自己宝贵生命的烈士有2000万名，而目前有姓名可考，已列入各级政府编纂的烈士英名录中仅有180万人左右。2013年5月，遵照民政部、财政部《关于加强零散烈士纪念设施管理保护工作的通知》要求，张掖市将安葬在新墩镇花儿村的17烈士墓，与解放张掖时牺牲的中国人民解放军第一野战军第2兵团第3军89位烈士公墓合并迁葬，新建了张掖市西城驿烈士陵园。2013年10月10日，张掖市为西城驿烈士陵园举行揭牌仪式，二伯父次女蒙兰英、侄子蒙景明、侄孙蒙朋林等6人作为张掖市民政局的特邀代表，与张掖市党政军领导人一起出席揭牌仪式。在揭牌仪式上，张掖市副市长关尧、张掖军分区政委马立新为西城驿烈士陵园纪念碑揭幕；蒙景明作为17烈士后代代表，与原中国人民解放军第一野战军第2兵团第3军牺牲官兵后代代表、解放军总装备部北京军事代表局副局长黄西平（第3军军长黄新廷之子）为西城驿烈士陵园揭牌。

二伯父蒙之廉虽然已离开了我们，但他“先天下之忧而忧，后天下之乐而乐”的报国情怀，他大义凛然、视死如归的浩然正气，将永远根植在新中国的土地上，永远铭记在子孙后代的心田里！

（2019年5月）

（注：此文是为《通渭县志》的“人物补遗”和《榜罗之魂》的“地下斗争”写的，已先后刊于《通渭文艺》2019年02期、《黄土地》2021年04期）

罗广斌：一个脱凡超群的伟大作家
——《红岩》纪事之一

我保存在家里的上千册各类图书中，有一册是由中国青年出版社1962年12月出版发行、1963年2月由陕西人民出版社重印的《红岩》。这部分为上下两册印刷出版的《红岩》，虽然纸质粗糙，排版、印刷也极为简约，但在我的心目中却一直显得特别珍贵，其书作者罗广斌，也就成了我格外敬仰和崇拜的当代作家之一。

《红岩》是我小时候首次自作主张购买的第一部小说。小时候的我尽管认不了几个字，但特别喜欢读小说。除了反复翻看家里的几本竖排版的《水浒传》《西游记》《封神演义》《三国演义》和《儒林外史》等繁体字小说外，还前前后后阅读了《家》《子夜》《风雷》《苦菜花》《创业史》《艳阳天》《山乡巨变》《暴风骤雨》《烈火金刚》《林海雪原》《青春之歌》《四世同堂》《保卫延安》《浪涛滚滚》《吕梁英雄传》《铁道游击队》《野火春风斗古城》《钢铁是怎样炼成的》等数十部长篇小说，其中对我感染最大、影响最深的，要数罗广斌和杨益言合著的《红岩》了——

那是1963年9月老家通渭县榜罗镇的一个逢集日，我按母亲吩咐去镇上给家里买火柴、煤油、碱面和食用盐。一到镇上，我先将家里采挖的中药材“苔灯花”变卖成2元多现金后就开始逛商店，在商店的文化用品货柜边，一眼就被几本红色封面的小说《红岩》牢牢吸引了，我向售货员要出上下两册《红岩》稍稍翻阅了几页后，即知道《红岩》是描写国民党在重庆白公馆、渣滓洞关押和屠杀革命志士的书，由于二伯父蒙之廉也是从事中共地下工作被国民党抓捕关押并杀害的，即按书价掏出1元6角钱将上下两册《红岩》买下来。尽管因为买《红岩》花掉了手中多一半的钱，我无钱再买母亲吩咐要买的东西了，回家后被父亲一连数落了好几天，但因有了这两本《红岩》书，我心里总是乐不可支，从此一有空闲就读《红岩》，就连吃饭也要边吃边翻开《红岩》看。可以说，对小说《红岩》这部书，我真是如获至宝、爱不释手，认认真真通书阅读的次数至少都有十几遍，以致有些章节竟能滚瓜烂熟背下来。就在这样一遍又一遍的阅读中，使我对《红岩》作者罗广斌和杨益言格外崇拜，尤其在罗广斌被迫害致死后，我对罗广斌的敬重之情更为深切。

《红岩》的作者罗广斌，1924年11月出生于四川省忠县一个官僚地主家庭，有同父异母一兄一姐，其父亲罗玉涵为忠县县长，哥哥是国民党川鄂边绥靖公署主任兼第15兵团中将司令罗广文。罗广斌在昆明西南联大读书时就开始参加学生运动，被推选为“学生罢课委员会主席”，参加了昆明“一二·一”学生运动。由于受到特务的监视和跟踪，罗广斌跟随时任中共川康特委副书记的青年作家马识途撤离昆明，到中共地下党创办的建水县健民中学当教师；1946年秋，罗广斌又随同中共川康特委副书记马识途回到成都，并在马识途身边继续做党的地下外围工作；1947年春，罗广斌又考入重庆的西南学院学习，并被同学们推选为新闻系的学生会主席，在公开身份是《新华日报》记者的中共地下党员齐亮领导下从事学生运动；1948年初，罗广斌由中共重庆市委学运联络员江竹筠，中共重庆沙磁区委委员、学运特支书记刘国誌两人介绍入党；1948年7月，罗广斌受党组织指派重返成都，利用自己的特殊身份秘密从事上层统战工作。因捕前是中共重庆市委副书记的冉益智叛变出卖，罗广斌于1949年9月10日在成都家中被军统特务抓捕，随即被关进了重庆的“人间地狱”渣滓洞。

罗广斌被捕后，国民党保密局西南特区区长、西南长官公署二处少将处长徐远举专门约他的哥哥罗广文作了一次“会谈”，在和盘托出罗广斌由叛徒冉益智供出的材料后，深谙军统门道的罗广文表态说：“我这个弟弟被娇生惯养，到处乱跑，家里管不了他，由你们来管教管教也好。”在反复提审中，罗广斌虽然先后多次被徐远举及西南特区司法科审讯股长张界等国民党军统特务的威逼、恐吓和利诱，并由批准他入党、叛变后当了国民党中校军统特务的冉益智当面指认，但他拒不承认自己共产党员的真实身份，始终不吐露党组织一个字的秘密。对罗广斌的这种顽硬态度，西南军统特务头子徐远举几次都想一枪崩了他，但忌惮于罗广斌有个手握重兵的中将哥哥罗广文,要是刑讯逼供把他打死、打残了都无法交代,只好下令给这个豪门出身的“共匪”罗广斌戴上了两副脚镣以示惩戒。罗广斌坚贞不屈的无畏精神,获得了难友们的普遍敬佩,尤其是得到他入党介绍人江竹筠的安慰和鼓励,使他的思想有了进一步升华。

在渣滓洞监狱关押期间,罗广斌利用自己家庭的特殊关系,想方设法为难友们争取活动空间,与江竹筠、成善谋、何雪松等一起秘密“策反”监狱看守黄茂才,感化黄茂才借其身份便利为狱中难友暗传信息、捎带物品,并在自己值班时延长“放风”时间,在力所能及的情况下对狱中难友给“方便”、打掩护,就连楼上楼下“人犯”互递“条子”的行为,黄茂才也是睁只眼闭只眼。有次黄茂才随同渣滓洞监狱看守长徐贵林(小说《红岩》中军统特务“猫头鹰”的原型)突击搜查牢房,在楼上6室陈作仪枕头下发现一张抄录报纸新闻的纸条,他趁徐贵林未注意,即偷偷将纸条揣进自己的裤口袋,为难友们消除了一场大灾难。新中国成立后,人民政府没有忘记黄茂才给狱中难友们的宝贵帮助,给他安排了工作,并举荐他长期担任了四川荣县老家的县政协委员。

在1949年的狱中春节联欢晚会上,戴着两副脚镣的罗广斌跳起“脚镣舞”,脚镣声拌和的秧歌声,引起了难友们的一片欢呼。在狱中的新四军战士龙光章被特务摧残致死后,义愤填膺的罗广斌公开组织狱中难友进行抗议和绝食,迫使特务同意在狱中为龙光章开了追悼会,并把身染重病和刑伤严重的难友送医院治疗。渣滓洞监狱看守长徐贵林见两副脚镣不仅没有打掉罗广斌的顽硬气焰,而且他还成了监狱里挑弄事端的“刺儿头”,即提请徐远举将罗广斌转到“人犯”较少的军统特别看守所“白公馆”关押。

在白公馆这所“轻则终身监禁、重则枪毙砍头”的“活棺材”,罗广斌被关进二号监室,与陈然、刘国誌、王朴、谭谟、毛晓初、顾建平、任可风、郑业瑞、李自立、邓兴丰、涂孝文、杜文博、周居正等13人同为一牢房。巧的是罗广斌在白公馆的这一牢房里,又重逢了自己的另一个入党介绍人——也因叛徒冉益智出卖而被捕的中共重庆市沙磁区委委员、学运特支书记刘国誌,并新结识了中共《挺进报》特支书记陈然、重庆北区工委宣传委员王朴和许晓轩、谭沈明等铁骨铮铮的老共产党员,他们坚定不移、宁死不屈的精神时时刻刻都感染着罗广斌,使他“韧性的战斗”意志更加坚定。在与狱中共产党员的秘密交谈和讨论中，大家以罗广斌的家庭背景作分析，判断罗广斌出狱的可能性会大一点，同志们便要罗广斌多听、多看、多想，搜集一切能得到的情况，多与党内同志讨论问题，交换看法，总结经验和教训，一旦有机会出狱后向党组织作汇报。

国民党政权从重庆溃逃前夕，特务机关于1949年9月开始对关押在白公馆和渣滓洞的数百名革命志士进行秘密大屠杀。11月27日子夜，当白公馆由西南长官公署二处行动科科长雷天元指挥实施的秘密大屠杀正在进行时，已分7批秘密杀害了28名“人犯”的雷天元又接到渣滓洞打来的告急电话，说那边人手不够，要他马上带人去增援。雷天元便将尚未“处理”的罗广斌等19名“人犯”交给看守长杨进兴代管，待他回来后再“处理”。雷天元离开后，杨进兴听到警卫部队正在传令“紧急撤岗”，这个杀人如麻、血债累累的刽子手自知末日已到，便将关押在二楼的罗广斌等16人全部集中到平二室，命令当天的值班看守杨钦典留守后，即带领身边几名亲信仓皇潜逃。罗广斌便利用自己与“策反”对象杨钦典的个人关系，劝说他戴罪立功打开了监室门锁，然后把大家分成五组，指挥年轻人搀扶老年人、体质好的照顾体质弱的一起越狱。女共产党员郭德贤越狱脱险后回忆说：“当晚罗广斌像个战斗指挥员，他冲出牢门后，又跑上二楼对我喊：‘敌人撤了，我们一起冲出去！’我有两个女儿在身边，即背起三岁的小可，这时也赶来的周居正背起了五岁的小波，我们相互照应着一起逃出监狱。”就这样，被关在“活棺材”白公馆的19名在押人员全部越狱并成功脱险。

在“11·27”大屠杀时，“立地成佛”的白公馆监狱看守杨钦典，早前就因罗广斌、陈然、刘国誌等“政治犯”的“策反”教育和感化，曾多次利用自己的特殊身份给关押“人犯”做过好事，在“11·27”晚上的白公馆大屠杀时，他又良心发现立功赎罪，帮助19名被关押人员越狱逃生。重庆解放后，脱险志士实践了自己的诺言，他们向重庆市军管会汇报了杨钦典的情况，政府也宽大了杨钦典，并且决定给他安排工作，但这时杨钦典收到老家的来信，说他母亲得了重病，政府于是给杨钦典发了路费，让他回河南省郾城县周庄的农村老家照顾母亲。

罗广斌成功脱险后，即受党组织指派与驻防川西的哥哥罗广文取得联系，劝说时任国民党第15兵团司令的哥哥罗广文通电起义，为民族解放事业做出了自己的特殊贡献。其后，罗广斌从事共青团工作，先后担任了共青团重庆市北碚区工委组织部部长、共青团重庆市九龙坡工委副书记兼组织部部长、共青团重庆市委常委、统战部部长、重庆市青年联合会副主席等职务，期间，他曾被下放到重庆市长寿湖农场的渔场担任场党委委员和代理场长。

从白公馆死里逃生的罗广斌，一直没有忘记白公馆和渣滓洞被敌人惨杀的战友们，尽心竭力从事渣滓洞和白公馆被害烈士资料的搜集、整理和编写工作。他首先按狱中死难烈士的嘱托，写出了《关于重庆组织破坏经过和狱中情形的报告》这一珍贵党史资料；1950年7月，罗广斌同渣滓洞脱险者刘德彬、杨益言联名发表了报告文学《圣洁的血花》，并尝试创作文学作品《锢禁的世界》，随后，罗广斌又出版发行了革命回忆录《在烈火中永生》；从1956年开始，罗广斌作为小说《红岩》的第一作者，满怀对革命英烈的深厚感情，以敌狱关押志士的真实事迹为基础，与杨益言一起着手小说《红岩》的艰辛创作。两位都经历过生死考验的作家结合自己的亲身经历及所见所闻，以共产党员江竹筠、李青林、许建业、刘国誌、许晓轩、陈然、谭沈民、韩子栋等为原型，成功地塑造了江雪琴（江姐）、李青竹、许云峰、陈岗、华子良、齐晓轩、刘思扬、孙明霞、陈松林、余新江、丁长发等坚贞不屈、视死如归的英雄形象；同时又以敌特鹰犬“徐鹏飞”“猩猩”“猫头鹰”等军统特务的罪恶行径，揭露和鞭挞了毛人凤、徐远举、周养浩、徐贵林、杨进兴等刽子手的反动本性和累累罪恶，为纪念死去的战友和宣传烈士精神做出了自己的贡献。

长篇小说《红岩》于1961年12月出版后，罗广斌被调到重庆市文联，专职从事白公馆和渣滓洞遇难先烈事迹的搜集和整理。“文大革命”一开始，罗广斌即因家庭出身是“黑五类”而遭临厄运——在时任“中央文化革命小组”第一副组长江青的支使下，“造反派”颠倒黑白罗织罪名，给罗广斌戴上了“黑线人物”和“国民党特务”的大帽子，对他进行轮番批斗和人身摧残。1967年2月5日，一辆绿色吉普车开到罗广斌的家门口，车上跳下几个人不容分说便将罗广斌强行架走。此后的第五天，作家罗广斌的遗体血肉模糊地横躺在重庆土木建筑学院的一座三层楼房下，从敌人魔窟死里逃生的著名作家罗广斌，就这样凄惨孤楚地离别了人世，时年只有43岁。罗广斌被迫害致死后不久，被捧为“文化大革命‘伟大旗手’”

的江青在穿着军装接见造反派头头时竟如是说："罗广斌是罗广文的弟弟，有人要为他翻案，我们一万个不答应！"

星移斗转，时光如流。在经过12年之久的蹉跎岁月后，罗广斌的沉冤终于得到平反和昭雪：1979年11月11日，重庆市委举行了"罗广斌同志骨灰安放仪式"，文化部、全国文联、共青团中央、国家出版局、四川省委组织部、宣传部、重庆市革委会、市委组织部、宣传部、中国人民解放军空政歌剧团、北京电影制片厂以及中共中央组织部部长胡耀邦，全国文联副主席、中国作家协会主席茅盾，全国文联副主席周扬、夏衍、林默涵，中国科学院副院长华罗庚，中共四川省委顾问任白戈，重庆市委第一书记丁长河，市委书记徐庆茹等为这位含冤而死的人民作家送了花圈。

关于小说《红岩》的创作基础和写作经历，罗广斌逝世前曾经多次这样说："《红岩》这本小说的真正作者，是那些为革命献身的许多先烈，是那些知名和不知名的无产阶级战士。"《红岩》问世后，累计发行逾千万册，至今居中国当代长篇小说发行量之首。《红岩》的影响更是广泛超越了国界，被译成英文、法文、俄文、日文、德文、越南文、西班牙文等在几十个国家出版发行，其对中国当代人世界观、价值观的影响，当属空前绝后！有句古诗说"人生自古谁无死，留取丹心照汗青。"罗广斌——这个当代脱凡超群的伟大作家，他的名字永远和《红岩》联结在一起。

2019年的11月10日晚上8时半，中央广播电视总台在1频道《故事里的中国》栏目专门介绍了江姐和罗广斌的英雄事迹，罗广斌之女罗际和江姐的儿子彭云、孙子彭壮壮都分别讲述了对自己亲人的深切怀念；当年引导罗广斌走上革命道路的著名作家马识途，虽然已是105岁的高龄老人，但他仍然精神矍铄地与罗际、彭云、彭壮壮一起出镜于《故事里的中国》这一栏目，记忆犹新地向观众回忆了当年罗广斌参加革命的感人事迹，同时还展示了自己为《故事里的中国》栏目书写的一副对联，对联是用毛笔书写，内容是："登山不落同人后，做事敢为天下先。"

有句格言说："人生百年，书传万代。"作家罗广斌虽然早已离开了我们，但他以亲身经历和先烈精神写成的《红岩》，将永远绽放在祖国文学的百花园地里，他的名字也将永远铭刻在中华民族的史册上！

（2019年11月）

"活棺材"白公馆

——《红岩》纪事之二

凡是看过小说《红岩》的人，终身都忘不掉国民党军统特务机关设立在重庆的"活棺材"白公馆和"人间地狱"渣滓洞。

来到重庆后，我最先去探访的地方就是白公馆和渣滓洞。我从菜园坝的重庆火车站出口乘坐210路公交车至终点站，一下车就到了白公馆的大门口。虽然时间还不到九点钟，又是绵绵阴雨天，但被设立为"全国爱国主义教育基地"的白公馆已经人山人海，呈露不同肤色、操着各种语言的男女老少们，一个个都很自觉地排起了队，按照工作人员的指引鱼贯而入，然后又拾级而上，逐一参观凭吊当年关押并杀害爱国将领黄显声和中共四川省委书记罗世文、中共川西特委军委委员车耀先等革命志士的地方。

白公馆最初的主人是小军阀白驹。白驹曾任国民革命军第二十军第一师师长，他看上了歌乐山的秀美风光，于是依歌乐山、傍嘉陵江修建了这座私家别墅。别墅建成后，自称是唐代诗人白居易后裔的白驹借白居易字号"香山"给居所起名为"香山别墅"，外人便将"香山别墅"叫成了"白公馆。"1939年10月，军统局以34两黄金买下了白公馆，然后将白公馆的住房改造成监舍，将储藏食物的地下室改成了地牢和刑讯室，使白公馆变成了军统局司法处直属的秘密集中营。

白公馆作为军统在重庆的特别看守所，除了用来关押军统的"违纪分子"外，主要是关押军统认为"案情严重"的共产党员和进步人士，如中共四川省委书记罗世文，中共川西特委军事委员车耀先，中共重庆沙磁区委委员、学运特支书记刘国誌，中共《挺进报》特支书记陈然，中共《挺进报》特支宣传委员成善谋，中共重庆北区工委宣传委员王朴，中共西北特支委员宋琦云及妻子徐林侠，东北军抗日爱国将领黄显声等都被关押在这一集中营。白公馆对“人犯”的处理方式，或由该所负责秘密屠杀，或转送贵州的息烽集中营继续监禁和秘密杀害，或转交重庆卫戍司令部军法处公开判刑和屠杀。

1946年7月，国民党将军统局改名为国防部保密局，白公馆集中营随即隶属保密局司法处管辖。因保密局西南特区区长、陆军少将徐远举（小说《红岩》中军统特务头子徐鹏飞的原型）兼任西南长官公署二处处长，白公馆集中营实际上是操控在徐远举手中，而具体负责监控的是保密局西南特区副区长兼督查室主任、陆军少将周养浩。在今日的白公馆旧址，仍留有“刑讯洞”遗迹，并留有军警特务对“人犯”实施吊刑、灌刑、火刑、电刑、钉竹签、夹竹筷、刺乳头、老虎凳等各种酷刑的见证物。

白公馆主建筑为一栋两层楼房，守卫森严，一旦进来就很难活着出去。人们可从白公馆陈列的各种实物、图片和文字介绍中知道：1939—1949年，先后被关进白公馆的50多名共产党人和革命志士中，只有一人是在关押期间伺机脱逃出来的，这位传奇式人物就是小说《红岩》中“疯老头”华子良的原型韩子栋——

韩子栋1908年出生在山东省阳谷县，1933年在北平中国大学经济系读书时加入中国共产党。入党后，组织上派他打入国民党蓝衣社（即复兴社，军统的前身）内部做情报工作，1934年因叛徒出卖而被捕。先后被辗转关押在北平、南京、汉口、益阳、息烽和重庆，面对敌人的反复审讯和严刑拷打，他始终不承认自己的真实身份，不暴露党组织的任何秘密。经过多次交锋后，他知道特务机关并没有掌握自己的任何活动证据，这更加坚定了他不暴露真实身份的决心，在前后14年的关押中，特务给他的罪名一直是“严重违纪人员”。被长期关押的韩子栋，给人印象总是沉默寡言、“呆呆傻傻”、“疯疯癫癫”，特务们被他的这些反常行为所麻痹，认为他只是一个神经错乱的“疯老头”而放松了对他的看管和约束，让他干些扫院子、清垃圾和当挑夫的杂务活。韩子栋利用自己比较自由的身份，秘密担任了与狱外的联系任务。每次跟随特务外出买菜挑货，他都要仔细观察道路交通和辨认方向，为成功越狱准备条件。1947年8月18日，特务看守卢兆春照常带着韩子栋到磁器口买菜，韩子栋像往常一样挑着担子走出了白公馆监狱。因为卢兆春经常在磁器口买东西，有些熟人总要请他去聊天、喝茶或打麻将。这一天，卢兆春买好蔬菜和其他货物后照常到“鑫记杂货店”打麻将，韩子栋也照常坐在货主家门口的石台上等卢兆春。当卢兆春正玩得洋洋得意的时候，韩子栋便走到他身边说要“方便”一下，卢兆春漫不经意地挥了挥手表示同意，韩子栋不慌不忙走出门。这次出门后的韩子栋没有去厕所，而是径直走向磁器口的嘉陵江江边，正好江边停着一艘小渡船，他说有急事要过江，央求船工把他渡到对岸去，看着韩子栋那着急的样子，船工没讲条件就把他送到了江北的石马河——

逃出虎口的韩子栋，一路辗转来到党中央驻地西柏坡，向党组织详细汇报了国民党军统机关在息烽和重庆集中营的罪恶行径，组织上即安排他参加了冀鲁豫解放区的土改工作。新中国成立后，韩子栋先后在中央财经委、人事部、一机部、国家技术委员会担任中层领导职务，1958年，他又调到贵州省工作，先后担任了贵阳市委副书记、市政协主席、贵州省政协副主席等职务，1985年离休，1992年5月病逝于贵阳。

1949年8月，蒋介石派保密局长毛人凤到重庆布置大屠杀，督促军统特务机关抓紧清理“积案”，下令杀害爱国将领杨虎城、黄显声、周从化和共产党员许晓轩、谭沈民等“政治犯”。白公馆监狱自10月28日首先将中共《挺进报》特支书记陈然（小说《红岩》英雄陈岗的原型）、中共《挺进报》特支宣传委员成善谋、中共重庆北区工委宣传委员王朴等几名共产党员残忍杀害后，即开始对关押“人犯”分批实施大屠杀。

身为历史潮流的最早觉醒者和使命担当者，正气凛然的革命志士即使面对生离死别的大考验，他们所表现出来的高风亮节总是那么感天地、泣鬼神！关押在白公馆的国民党东北军军长黄显声（小说《红岩》中爱国将领黄以声的原型），被誉为东北军“打响抗日第一枪”的爱国将军，面对日寇入侵，他明确主张打消党派成见，团结一致抵抗侵略，亲自指挥军警武装打响“九一八”沈阳抵抗第一枪，并率先组建东北抗日义勇军，积极开展抗日救国运动。1938年3月，被国民党军统局以“联共和反抗中央”的罪名逮捕后长期关押。1940年6月22日，将军在军统息烽集中营写给儿子的信中说：“我现在虽然坐牢，并未犯法，是为国家、为正义而坐牢，问心无愧，将来生死存亡在所不计。”如果要想活下来，黄显声将军是完全可以的。在重庆关押期间，他的部下到狱中探望他时，要强行带他出去，甚至有一次营救他的吉普车都开到了白公馆附近，但是将军却坚决地表示："我要光明正大地为正义而生！如不是堂堂正正地走出去，宁可死在监狱里！"被关押在白公馆的"人犯"中，黄显声将军是唯一能看到报纸的人，这位被长期囚禁在牢笼中的爱国军人，素常总是想方设法把国内外发生的大事件秘密透露给难友们，新中国成立的大喜讯，就是他在10月7日秘密告诉大家的。

1949年11月27日下午3时，于上午就被徐远举召去开"绝密会"的白公馆看守所所长陆景清给看守长杨进兴打来紧急电话，命令他立即对关押"人犯"施行大屠杀。4时许，在白公馆的"人犯"们即将开始吃晚饭的时候，看守长杨进兴以"杨家山周（养浩）主任请您谈话"为由将黄显声将军骗出牢房，走至步云桥，杨进兴手枪的罪恶子弹由后背射进将军的胸膛，将军猛地一怔，万万没想到特务是从背后开黑枪，他艰难地回过头，对着特务骂了一句"混账东西"便倒了下去。杀人不眨眼的杨进兴没等黄显声将军咽下最后一口气，即一脚踩住将军的脖子，抢走了将军的礼帽和手表……

杀害黄显声将军的枪声一响，关押在白公馆的难友们已明白敌人要大开杀戒。晚饭刚过，看守特务就开始提人。头一个被喊的名字叫刘国誌。刘国誌是小说《红岩》英雄刘思扬的原型，他1921年出生在四川泸州的一个大富豪家庭，排行第七，是全家人中备受娇宠的幺儿，1944年在西南联大经济系读书时加入中国共产党。1947年初，身为中共重庆沙磁区委委员、学运特支书记的刘国誌受组织派遣回到重庆，以《商务日报》记者的公开身份秘密开展学生运动。1948年4月，刘国誌因叛徒冉益智（捕前任中共重庆市委副书记，小说《红岩》中叛徒甫志高的原型）出卖而被捕，被关进了"活棺材"白公馆。9月初，他五哥刘国琪专程从香港赶到重庆来营救。刘国琪将一张香港汇丰银行开出的空白支票交给特务头子徐远举说："只要放了刘国誌，你愿意填多少就填多少。"徐远举也不愿意跟钱过不去，答应只要刘国誌签一个"认错书，"便予"立即释放。"但是刘国誌毅然坚持说："要释放必须是无条件！"就这样，刘国誌又被关进了白公馆。当敌人喊他名字时，早有心理准备的刘国誌正伏在牢房地板上写《就义诗》，面对特务的吼叫，他知道自己生命的最后时刻到了，不慌不忙地回答：“不要慌，等老子把诗写完后，再跟你们一起走。”“死到临头，还写什么诗!”特务们不由分说，给刘国誌戴上手铐后将他押出白公馆。没时间用笔写，刘国誌索性高声朗诵起来：“同志们，听吧！像春雷爆炸的，是人民解放军的炮声！人民解放了，人民胜利了！我们——没有玷污党的荣誉，我们死而无憾!”他那无畏无惧的朗诵声，洪亮地回响在通往刑场的山间小路上。

刘国誌之后，被关押10年的老共产党员许晓轩也被押了出来。走到关押罗广斌的2号牢门前，许晓轩站住了，他想在这最后时刻再留句话给站在门口向自己告别的罗广斌。这位是小说《红岩》中英雄齐晓轩原型的老共产党员此前曾仔细分析过：因为罗广斌有个当兵团司令的中将哥哥罗广文，在难友中最有希望活下去。鉴于重庆市委书记刘国定、副书记冉益智两人被捕叛变后给党组织造成的重大破坏和损失，许晓轩曾多次叮咛罗广斌：“你要是能活着出去，一定要把我们的意见告诉党组织。希望党组织经常整党、整风，清除非无产阶级意识和作风，保持党的纯洁性。”对许晓轩此刻从眼神里要嘱托的话，罗广斌全都心领神会，并牢牢记在了心田里。

对白公馆施行的大屠杀，罗广斌以自己的所见所闻写下了这样的真实记录：“27日下午四时，黄显声将军、李英毅（张学良副官）首先被害。枪声一响，我们便知道是‘开始了，’晚餐后开始提人，先是我们一室的刘国誌、谭谟、丁地平，然后是四室的许晓轩、谭沈明全部，和单独住的周从化、黎友霖……我和谭沈民、文泽、宣灏隔着窗子握了握手说：‘安心些，你们先走一步，再见!’”由于长期的牢狱磨炼，每个“人犯”都变得冷静而且坚强，面对死亡竟表现得如此坦然和无畏!

据抓捕归案后的特务交代：在这次大屠杀现场，共产党员谭沈民指着监刑的军统特务杨进兴痛斥他：“你这至死不悟的刽子手，人民绝不会放过你!”血债累累的刽子手杨进兴，居然先用匕首在谭沈民身上扎了几刀，然后才开枪射杀他。一个名叫黎洁霜的女“人犯”和她的丈夫王振华抱着自己三岁的王小华和不满周岁的王幼华，对着刽子手杨进兴央求说：“你们多打我几枪，把孩子留下，他们没有‘罪’。”而这些失去人性的刽子手，却先掐死了两个孩子后再枪杀了黎洁霜夫妇。仅这半天时间里，白公馆特务分7批将28名“政治犯”全部杀害，其中共产党员谭谟在身中三枪倒地后，竟然又奇迹般苏醒过来，他强忍着剧痛从难友遗体中死里逃生。

在军统特务戒备森严的“活棺材”白公馆，除了韩子栋是趁外出挑菜之机成功逃脱，谭谟是在被刽子手屠杀时身中三枪后又死里逃生，另有罗广斌、杨其昌、尹子勤、任可风、周居正、周绍轩、王国源、江载黎、郑杰瑞、杜文博、毛晓初、段文明、李自立、李荫枫、秦世楷、贺奉初、郭德贤及她五岁长女郭小波、三岁次女郭小可等19人在“11·27”大屠杀时越狱脱险，其他先后被关押在这里的50多名共产党员和革命志士，无一例外全部被敌人所杀害。

有话说“恶有恶报，善有善报。”就在白公馆特务集中屠杀了革命志士后的第三天，人民解放军即完全解放了重庆市。新生政权一成立，公安部门就在城乡各地全面展开“追逃”行动。真谓“天网恢恢，疏而不漏”。在持续进行的“追逃”行动中，除了已逃往台湾、香港等地或畏罪自杀者，包括徐远举、周养浩、杨元森、廖宗泽、钟铸人、刘志钦、李克昌、张少云、漆玉麟、熊祥、张界在内的刽子手先后都纷纷落网。亲手杀害了杨虎城、黄显声两位爱国将领和中共四川省委书记罗世文、中共川西特委军委委员车耀先等数十名革命志士的白公馆看守所长杨进兴，改名为“杨大发”潜逃到四川省南充县青居乡馨坝和平三村，他花20块大洋找了一家杨姓人认了“家门”，后又续了一家“娘亲家”和一家“干亲家”，隐瞒了自己的罪恶历史，伪造了虚假的社会身份，在土改运动中当上了“伸冤仇、斗地主的领头人”，不仅给自己骗取了“贫农”家庭成分，分得了土地和房子，还当上了农业互助组组长，成了被乡政府多次表扬的“农耕技术先进个人”和“扫除文盲积极分子”。伪装得如此巧妙的杨进兴，最终还是逃不脱历史的惩罚，于1955年6月16日被重庆市公安局“追残组”侦查员吴国成、申俊章等捕获，公判后被执行枪决。

1950年至1955年，白公馆改成了“战犯管理改造所，”不知是历史巧合还是上天安排，白公馆这处关押迫害革命志士的“活棺材”，又成了拘押国民党军警敌特和战犯的看守所。此后，不只国民党原保密局西南特区区长、陆军少将徐远举，原保密局西南特区副区长、陆军少将周养浩，原保密局业务处处长、陆军少将黄益公，原保密局云南站站长、陆军少将沈醉，原国民党兵工署警务处长、保密局西南特区代区长、陆军少将廖宗泽等军统特务头子成了白公馆的新"人犯"；就连原国民党四川省政府主席、陆军上将王陵基，原国民党川湘鄂绥靖公署主任、陆军中将宋希濂，原国民党十四兵团司令、陆军中将钟彬，原国民党四川省党部主任委员、陆军中将曾扩情，原国民党宝鸡警备司令刘进，原国民党派驻延安联络少将参谋郭仲容等也成了被拘押在白公馆的新"成员"。

革命先烈为国家、为民族英勇献身的伟大精神，是我们国家和民族最宝贵的精神财富。曾经的"活棺材"白公馆，如今成了遐迩闻名的全国爱国主义教育基地。陈列在展馆的各种遗物、图片和说明文字，记载着历史，缅怀着先烈，年年岁岁让无数来此的参观者和凭吊者了解着昨天，认识着今天，展望着明天！

（2019年11月）

“人间地狱”渣滓洞

——《红岩》纪事之三

出白公馆大门朝左拐，顺歌乐山山脚走一公里路，就是当年国民党军统局设在重庆的另一处“人间地狱”——渣滓洞。

渣滓洞原本是一处小煤窑，因产煤多渣而得名。从地理位置上来说，渣滓洞和白公馆都同处在歌乐山麓，相距也不足两公里；从名字上看，一俗一雅；从当初的用途上说，白公馆是达官显贵的私家别墅，渣滓洞则是煤少渣多的小煤窑。但因都是国民党军统设在重庆的两大集中营，这两个名字就被共同的历史紧紧连在了一起。

1943年的下半年，白公馆改为中美合作所校级军官招待所，军统局决定另觅新址关押“政治犯”。军统局总务处处长沈醉便开着吉普车四处考察，最终选定了渣滓洞。渣滓洞三面环山，一面临谷，只有右侧一条羊肠小路通往磁器口。沈醉后来曾经回忆说：“我看中的是这里山坳被煤矸石堆起的一块大平地，及平地上的一排矿主办公室和矿工居住的宿舍房。只要把这块平地用高墙电网一围，再在山崖上修上岗楼，派上士兵把守，犯人就是插上翅膀也难以逃脱。”军统局长戴笠亲自到现场查验后也当即拍板，然后采取“武力封矿”手段，便将渣滓洞小煤窑变成了军统局设在重庆的一所大监狱。

渣滓洞监门外设有一处登记室，当年凡进出监狱者，都必须持有看守所的“条子”或军统二处的“提票”。这一监狱分内、外两院，外院是特务办公室、刑讯室和医务室，院墙上写有专供特务看的“训词”，内容是：“长官看不到、想不到、听不到、做不到的，我们要替长官看到、想到、听到、做到。”另外还有“命令重于山，工作岗位就是家庭”等“训谕”和《中国国民党党员守则》。内院由牢房和放风坝组成，进门右侧是放风坝，左侧为3间平房，靠院门第一间为特务办公室，另两间均为女牢房。女牢房左侧是一处暗无天日的“地下牢房”，当年为中共重庆市委4名领导人之一的市委委员、工运书记许建业（小说《红岩》英雄许云峰的原型）被捕后就被单独关在这处“地牢”里。面对女牢房和放风坝的是一栋分上下两层、每层各有8间狱室的男牢房。一楼的8间男牢房和2间女牢房，均安置木制上下层单人床，二楼的8间男牢房没有床，“人犯”全是睡在地板上。为了瓦解“人犯”的意志和毅力，特务在放风坝围墙上涂写了“劝降”标语：内容分别为：“政府痛惜你们背道而去，寄望你们转头归来”；“迷津无边，回头是岸；宁静忍耐，无怨无尤”；“春天一去不复还，细细想想；认明此时与此地，切莫执迷”。同墙还配有“回头是岸”的壁画。

在监狱围墙外左方有三间平房，这是监狱警卫连连长的办公室及住室，其旁不远处的几间草房是警卫连的士兵宿舍。尽管渣滓洞监狱的围墙很高，围墙外还架设了电网，但军统特务在监狱的后山垭口又派驻了一个机枪排，在监墙外四周设了四个哨兵值岗亭，值岗亭的射击孔直接对着围墙内的各监室，每天不分昼夜都有哨兵警戒看守。一到晚上，为了防止哨兵打盹，狱内值班特务都要按时敲竹梆，以示警戒和提醒。在戒备如此森严的监狱，就是翱翔天空的小鸟儿也难以飞进或飞出。

在渣滓洞监狱，被关押的“人犯”每天只吃两顿饭，监室里没有卫生设施，吃饭、解便都是在监室里。饭是霉变黄色米做的，几乎没有菜，一年四季很难见到一丝肉。开饭后，一室一只小木桶装上饭，每室派一个值日去提回来吃。上午和下午，全牢房各有一次半个来钟头的“放风”时间，所有“人犯”才能利用这点宝贵时间相互说说话、聊聊天，敞开胸怀多吸纳一点新鲜空气……

在“人间地狱”渣滓洞，有位女共产党员名叫江竹筠。江竹筠是小说《红岩》女英雄江姐（江雪琴）的原型，她1920年8月生于四川自贡市，1939年春天在重庆南岸中学读高中时加入了中国共产党。1941年，江竹筠被地下党组织安排到宋庆龄和邓颖超领导的重庆妇女总会工作；1944年，江竹筠被党组织从重庆转移到成都后又考入四川大学读书；1946年7月，她受组织派遣到万县从事地下联络工作；1947年，她受中共重庆市委指派，秘密从事育才学校、西南学院、国立女子师范学院等院校的学运和党建，同时负责中共重庆市委地下刊物《挺进报》的联络和发行；1948年2月，在其丈夫、时任中共川东临委委员兼下川东工委副书记、川东游击纵队政委的彭咏梧（小说《红岩》中彭松涛的原型）被敌人杀害后，江竹筠仍然遵照组织决定继续担任川东临委和下川东工委的联络员。1948年6月14日，江竹筠因叛徒冉益智（捕前任中共重庆市委副书记，小说《红岩》中叛徒甫志高的原型）出卖被捕，被关进渣滓洞监狱。保密局西南特区区长兼西南长官公署二处处长徐远举从叛徒口供知道江竹筠是彭咏梧的妻子和助手后，企图从她身上打开缺口，一举摧毁川东地区的中共地下组织，即命西南特区司法科审讯股长张界（小说《红岩》中军统法官朱界的原型）对江竹筠进行突击审讯。

面对江竹筠这个体质瘦弱的女共产党员，曾将数百名革命志士判处极刑的刽子手张界，在提审时一连提了10多个问题要江竹筠回答，没想到江竹筠则是一问三不知，甚至连彭咏梧都说不认得，后来干脆什么问题都不回答了。

碰了一鼻子灰的张界，命令特务对江竹筠施用“老虎凳”“带刺鞭”和“夹竹筷”等酷刑，江竹筠数次被折磨得昏死过去，又被凉水反复浇醒，但就是一字不答特务的审问。为了撬开江竹筠的嘴，特务竟给她的十个指甲全部钉进了竹签，直到傍晚时分才将昏死过去的江竹筠架回牢房。难友们都被江竹筠的坚贞不屈所感动，便不约而同地尊称她“江姐”。

1949年8月27日，国民党保密局长毛人凤在重庆罗家湾召集徐远举、周养浩等西南特务头面人物开会，决定对关押在重庆的所有“政治犯”实施大屠杀。在9月6日先将杨虎城将军和其秘书宋琦云两家6口人杀害后，敌人便开始分批杀害关押在渣滓洞和白公馆的“政治犯”。10月28日，军统行动处的刽子手将关押在白公馆的中共《挺进报》特支书记陈然、中共《挺进报》特支宣传委员成善谋、中共重庆北区工委宣传委员王朴、中共川康特委委员华健、中共梁山垫江特支书记蓝蒂裕、中共万县县委书记雷震、华蓥山游击纵队大队长楼阅强等10名“人犯”集体枪杀；11月14日，又开始分批杀害关押在渣滓洞的30名“政治犯”：当刽子手点名要女牢房的江竹筠、李青林（小说《红岩》女英雄李青竹的原型，捕前为中共万县县委副书记）“出监”时，两人都知道这是要与同志们永别了，一面照着镜子整理头发和衣饰，一面安慰着依依不舍的难友们。看到入狱后被“老虎凳”压断了一条腿的李青林行走艰难，十指被钉过竹签的江竹筠急忙上前搀扶她，两个女共产党员昂首挺胸迈出牢门，走到监狱大门口又双双回过头，神态坦然地向战友们挥手告别和致意……

在渣滓洞被杀害的“政治犯”中，有一位女共产党员名叫杨汉秀。杨汉秀1912年出生在四川广安县一个官僚地主家庭，其父杨淑身为大革命时期国民革命军第九师师长，大伯父是四川五大军阀之一的杨淑泽（杨森）。杨汉秀1926年随父亲部队在万县时，就受到第九师党代表朱德的教诲和引导，成为一名立志报国的进步青年。1939年，杨汉秀到太行山八路军总部见到了朱德，被留在八路军总部工作，后又随朱德回到延安，1942年加入了中国共产党，入党后组织上选派她到延安抗大读书。抗战胜利后，组织派遣杨汉秀到重庆从事上层统战工作，并于1946年9月随同周恩来一起飞抵重庆。返回重庆后，杨汉秀即拿出娘家给自己的全部陪嫁资产，倾力资助渠县和重庆的地下工作，并利用大伯父杨森是国民党重庆市长和重庆卫戍总司令的特殊条件，想方设法为中共地下游击队购买枪支和弹药，1948年8月被军统特务逮捕后关进渣滓洞。1949年年初，杨汉秀被杨森的一个小妾接出渣滓洞。出狱后，大伯父杨森曾数次警告她“不准再参与‘共党’活动”，但杨汉秀依然初心不改，一如既往继续从事党的地下工作，被保密局西南特区警务处秘密逮捕后重新关进渣滓洞。1949年11月23日，特务把戴着手铐的杨汉秀勒死在歌乐山上的金刚坡，将她遗体拖弃在成渝公路旁的碉堡内。在渣滓洞“11·27”大屠杀时死里逃生的共产党员盛国玉回忆说：“杨汉秀真是了不起！她婚后有一男一女两个孩子，因为要从事党的地下工作，她将儿子托付给一个朋友抚养。在预感到敌人要对自己下毒手之后，杨汉秀多次对我们同室的姐妹们说她特别挂念儿子，总想在死之前能看上儿子一眼，但她的这么一点小愿望，敌人还是没让她实现。”

1949年11月26日晚，国民党保密局局长毛人凤将白公馆和渣滓洞大屠杀名单交给西南特区区长徐远举。27日上午，徐远举召集西南长官公署二处行动科科长雷天元，保密局重庆站法官、西南特区司法科科长龙学渊，二处行动科组长熊祥，渣滓洞看守所所长李磊，看守长徐贵林，白公馆看守所所长陆景清，看守长杨进兴等人参加的紧急会议，决定由雷天元和龙学渊共同主持白公馆和渣滓洞的大屠杀，由熊祥、李磊和陆景清带人具体执行，并要求在执行时特别加强内外警戒，执行完毕后要将渣滓洞看守所放火焚毁，不给外界留下任何遗迹。27日晚上8点许，在渣滓洞集中营，先是由二处行动科刽子手熊祥拿着屠杀名单逐一点名，将刘世泉、邓惠中（女）等24人分三批押上卡车杀害于松林坡。12点刚过，特务们突然走进一间间牢房下命令："起来，起来！办移交了，各人把衣物都带上。"为了蒙骗即将要被他们残忍杀害的志士们，在小说《红岩》中是"猩猩"原型的渣滓洞看守所所长李磊对着牢房阴阳怪气地大声吼道："他妈的，要来接收白天又不来，深更半夜怎么移交嘛。楼上的人都下来，让那些龟儿子来点名！"紧接着，特务们分头将楼上的男"人犯"全部集中关押到楼下1至7牢室后，又将两间女牢的"人犯"集中关进楼下第8牢室。此时，监狱警卫连三排长刘建对已紧急集合起来的武装士兵命令说："共产党已打到罗家坝，奉上司命令，今晚要把这里的共党分子处决完，原准备分批拉出去，现在来不及了，只好就地处理。"话音刚落，士兵们即端起卡宾枪堵在了各间牢门口，随着看守长徐贵林（小说《红岩》中特务"猫头鹰"的原型）的一声哨响，乱枪扫射立刻开始。27岁的新四军排长李泽、共产党员陈作仪和张学云等人见刽子手将枪伸进牢门，即紧紧抓住敌人的枪筒欲夺枪反抗，罪恶的子弹将他们的身体打成了蜂窝状，鲜血四溅，但他们依然死死抓住枪筒不松手，直至狂泻的子弹将他们一个个击倒在牢门口。乱枪扫射结束后，刽子手徐贵林又领着特务打开牢门"验尸补枪"……就在这场狱内实施的秘密大屠杀，有180多名革命志士瞬间倒在了敌人的枪口下。

趁着特务搬运柴火和汽油"焚牢灭尸"的慌乱机会，乱枪扫射时身未中枪和受伤未死的刘德彬、肖中鼎、周仁极、钟林、傅伯雍、孙重、陈化纯、盛国玉、李泽海、杨培基、张泽厚、刘翰钦、周洪礼、杨同生和杨纯亮15人相互招应着冲出牢门，合力推倒了牢房左侧厕所旁的一堵院坝围墙后逃生，其中刘德彬、李泽海、周洪礼等人都是身中数枪而不死，更为传奇的是：曾任"左翼作家联盟"组织干事的民盟盟员张泽厚，在这次屠杀时身中八枪后竟然也能死里逃生。新中国成立后，张泽厚先后在川北大学和四川师范学院当教授，并担任了川北文学工作者协会主委、南充市文联主席等职务，1989年8月病逝于四川省岳池县老家。

在"人间地狱"渣滓洞和"活棺材"白公馆这两处黑牢里，从1949年8月27日至"11·27"秘密大屠杀，仅仅3个月时间内就有300多名革命志士被敌人杀害。为了新中国的建立，为了民族的解放，这些先烈们矢志不渝、坚贞不屈，视死如归、大义凛然，用自己的鲜血和生命书写了永垂史册的光辉篇章。

解放后，重庆市对渣滓洞和白公馆两个集中营旧址进行保护管理；1955年，重庆市依托渣滓洞和白公馆监狱遗址建成重庆歌乐山烈士陵园；1956年8月，四川省人民委员会将渣滓洞和白公馆两个监狱旧址一起公布为"省级文物保护单位"；1963年，重庆市将渣滓洞和白公馆建成中美合作所集中营美蒋罪行展览馆；1988年，国务院公布重庆歌乐山烈士陵园为全国第三批重点文物保护单位；1994年，国家文物局命名重庆歌乐山烈士陵园为"全国优秀社会主义教育基地"；1995年，国家教委、民政部、文化部、共青团中央、国家文物局、解放军总政治部命名重庆歌乐山烈士陵园为"全国100个爱国主义教育基地"；1997年，中宣部命名重庆歌乐山烈士陵园为"全国100个爱国主义示范教育基地"。

用先烈精神教育人、激励人和鼓舞人，既是历史的传承，也是现实的呼唤。重庆解放以来的数十年间，渣滓洞每天都有成千上万的国内外群众来参观、瞻仰和凭吊。当年这处"人间地狱"的血腥历史，让来到这里的每一个人都会抚今追昔、浮想联翩，既震撼不已，更感慨不已！

（2019年11月）

杨虎城将军的最后岁月

因为促成和发动了震惊中外的“西安事变”，民族英雄杨虎城这个名字早就牢记在我心里了。但是特意了解和探究杨虎城在“西安事变”后的悲惨遭际，却是我在数次参观了关押过将军的贵阳黔灵山麒麟洞、息烽集中营和玄天洞之后的近两年。

爱国将领杨虎城，1893年出生在陕西省蒲城县一个农民家庭，1912年即投身了孙中山领导的辛亥革命，参加了陕西革命武装“秦陇复汉军”，组建了农民抗暴武装“中秋会”；1917年，他带领“中秋会”这支农民武装加入了于右任在陕西成立的靖国军；1924年经孙中山介绍加入国民党，随后任国民联军第十军军长并率部北伐；1930年12月，杨虎城率领国民党十七路军回师西安，随即被任命为陕西省政府主席、十七路军总指挥、西安绥靖公署主任。

杨虎城将军的民主爱国主义思想，使他与中国共产党建立了长期合作的特殊关系。1927年蒋介石发动了“四一二”反革命政变，在国共两党合作彻底破裂，共产党人遭到野蛮屠杀的腥风血雨中，杨虎城不仅没有执行蒋介石的“清党”令，反而在他的部队里继续保留共产党员的职位，先后任命中共党员魏野畴为十七路军政治部主任，胡英初为第一师政治处处长，曹力如为第二师政治处处长，武勉之为第一师第二旅旅长。另外，杨虎城还让南汉宸任书记的中共皖北特委在自己部队中成立，共产党员人数很快增加到数百名。在此同时，杨虎城还庄重地提出了加入中国共产党，将部队改编为红军，希望能做“第二个贺龙”的神圣要求。皖北特委向上级党组织做了汇报，虽然党中央已经批准了杨虎城加入共产党的请求，但是由于他当时正在日本休养，加之交通信息不通，这一愿望最终没能实现。

1935年10月，中央红军胜利到达陕北后，在蒋介石于西安成立“西北剿匪总司令部”，调集东北军、十七路军围攻陕甘苏区的情况下，杨虎城将军与中共达成了包括“双方互派代表、互设电台、互通情报；十七路军在适当地点设立交通站，帮助红军运输物资和掩护中共人员的往来；在共同抗日的原则下，双方各守原防，互不侵犯，必要时可以事先通知，放空枪、打假仗，以应付环境”为内容的秘密协议。1936年8月，杨虎城将军对中共派驻西安代表张文彬委以上校参议职，并为其配备联络电台，对红军进出交通站的人员供给十七路军军服以掩护，对陕北在西安购买的各类物资派出十七路军汽车运送，在自己周围形成了由中共中央代表张文彬，中共北方局南汉宸、王世英及中央军委西北特别支部的多渠道联络系统，更加坚定了将军的抗日主张和决心。

1936年冬天，日军进犯绥远，民族危机空前严重。蒋介石在将他的260个团30余万嫡系部队调往西北，对陕北红军进行大围剿的同时，于12月4日又亲临西安威逼杨虎城和张学良全面“进剿”陕北红军。一向敢作敢为的杨虎城将军一面与张学良密切策划，一面密令十七路军孔从洲部以晚间演习为名在中央军、警、宪、特驻地配置了兵力，12月12日同张学良将军一起发动了震惊中外的“西安事变”，促成了“国共合作，共同抗日”的新局面。

“西安事变”和平解决后，背信弃义的蒋介石即监禁了张学良，随后又逼迫杨虎城辞去西安绥靖公署主任及十七路军总指挥职务，要他以“欧美考察军事专员”出访海外。

1937年10月2日，杨虎城将军在收到了宋子文“兄虽未奉电召，弟意宜自动返国”的电报。为了能早日参加抗战，杨虎城将军于10月29日由法国启程回国。得知杨虎城回国消息的蒋介石即设下圈套，命军统局长戴笠致电杨虎城“先至长沙再到南昌与总裁相见”。在将军一行到达香港时，中共中央驻港代表张云逸特专程访晤，转达了中共中央欢迎将军共筹抗日的意见，缘于张学良的前车之鉴，张云逸还建议将军直接到武汉会见周恩来，然后再转赴延安。而将军对蒋介石缺乏警惕，认为“蒋既同意抗日，谅必不致节外生枝，如去延安，反授蒋以口实”而未从张云逸建议，贸然乘机由香港飞抵长沙，于12月1日中午乘火车抵达武昌，次日即被戴笠送到南昌软禁起来。当晚，戴笠特别叮咛监管将军的军统上校警卫队长李家杰说："我派你当杨先生的警卫队长，明里是警卫，暗里是监视，防止他逃跑或自杀，要保守秘密，不许让外人知道此事。"从此，叱咤风云、威震天下的杨虎城将军即屈身为囚，失去了人身自由。

1938年7月，随丈夫回国后居住西安的谢葆真偕幼子杨拯中和副官闫继民、勤务张醒民到益阳看望杨虎城将军，不料被军统作为"人犯"一并关押。南京沦陷后，杨虎城将军被秘密转移到湖南桃源县城外的吴家大屋监禁。1939年春天，将军又被转押至贵州息烽集中营关押。

为国民党三大监狱之一的息烽集中营，位处息烽县城东郊的阳朗坝，今天要去集中营，交通极为方便，城关的501路公交车就直达阳朗坝。但在当年的息烽县，由于设有国内关押"政治犯"人数最多的息烽集中营，便成了国民党军统局由南京迁至重庆后的第二大本营。军统局除了委派陆军中将胡靖安，陆军少将何子桢、周养浩、郑文川、李祖文等人在息烽办事处及息烽集中营任职外，还先后委任陆军少将邓匡元和陈国桢两人当息烽县长，并调遣军委会特务二团全员驻防息烽，全面控制了息烽县的党政军大权，在这个当时只有2000多常住居民的小县城（当时息烽全县人口不足7万），仅军统派驻的武装人员竟多达15000余人。军统头子戴笠在亲临阳朗坝集中营检查时，认为阳朗坝集中营离公路太近，不利看守和保密，于是除将副官闫继民、勤务张醒民两人继续关押在阳朗坝集中营外，又将杨虎城及夫人谢葆真、幼子杨拯中三人转移到距县城八九公里的玄天洞单独关押。

玄天洞是息烽县城东北角崇山峻岭中的一处天然岩洞，洞高15米，宽54米，深130米，背倚绝壁，前临悬崖，只在洞口左侧有一条台阶小道可供出入，真谓"天设之牢"。军统将玄天洞定为关押杨虎城的处所后，在洞内最里头修了5间小平房作牢房，在小平房左右两侧各建一栋分上下两层的大厢房，右厢房为特务队办公室，左厢房为宪兵队办公室。杨虎城将军被转押进玄天洞后，戴笠随即派重兵监管，内卫由警卫队长李家杰带领36名军统特务负责，每班岗昼夜均有10人执勤，其中4人专门监视将军住室，另在将军住室前、后及洞口三处各配2人站岗；在洞口和洞顶还由宪兵队设岗看守。除此，军统在玄天洞周围2公里范围内修筑了数座碉堡，在玄天洞通往山下的道路上设立了三道警卫岗哨，牢牢控制了从山下通往洞口的所有要隘，同时又部署特二团一个连在玄天洞四周5公里范围内的雨洒、河坎寨、平天坝等村寨执行外围警戒，严密监视和清查这些村寨出现的可疑人员，多达300余名特警宪人员组成层层人网，对杨虎城将军进行严密看守和监管。

玄天洞终年不见阳光，早晚都有浓雾扑室，监室阴暗潮湿，蚊蝇肆虐。被禁锢在如此恶劣环境里的杨虎城将军，已意识到蒋介石不会在短期内释放他，只得提请改变居住环境和条件，在他的再三要求下，军统局才批准由将军自己拿出400美金在洞口左侧搭建了一间简易房让他居住。在建房过程中，警卫队长李家杰千方百计捞取工费，趁机将多半建房款装入私囊。

1939年底，谢葆真生下儿子杨拯黔，9天后夭亡。1942年2月，谢葆真生下女儿杨拯贵，由于缺乏营养，无奶水喂养，特务便准许将军自己掏钱，从山下三田乡的香树坪村雇来了一名叫吴琼珍的产妇当奶妈。由于被阻断了经济收入，随身携带的两箱衣服和物品在转押路上全部丢失，杨虎城在玄天洞的生活十分艰苦，他克勤克俭，节衣缩食，经常穿的只有一套粗布衣和一套旧军装。在洞内，特务安排了一个姓毛的小厨师给他买菜做饭，杨将军爱吃面食，素常都是自己动手做馒头和面片吃。如果要吃点好的，特务就要将军自己掏钱付费。一天，将军一家正要围桌就餐，面对又硶又馊的"黄米饭"，谢葆真顺口说了句"怎么饭菜弄得越来越糟糕?"，恰好被警卫队长李家杰听见，特务李家杰不但不致歉，反而恶言相向，谢葆真忍无可忍，将手中的一碗饭劈头盖脸砸向李家杰。此后，特务李家杰表面上点头哈腰，暗里却对将军一家作难使绊，甚至不断向戴笠打小报告，诬陷杨虎城"经常辱骂党国领袖"，"谢葆真是精神病"，以此借机强化对将军一家的看守和监管。

1945年8月15日，日本宣布投降，10多年的抗日战争终于胜利结束，消息传到玄天洞，杨虎城将军十分高兴，当天晚上吃饭时，将军还特意饮了几杯庆贺酒。

星移斗转、物是人非，作为关押杨虎城将军时间最长的地方，玄天洞已成为息烽集中营革命历史纪念馆的一部分，通往玄天洞的雨洒、河坎寨和平天坝等村寨也有了公路，但因道路崎岖难行，至今仍不通行大客车。要去玄天洞，只能在息烽火车站广场租乘“小摩的”。如今的玄天洞，依然保存着杨虎城将军用过的水杯、被子、蚊帐、木板床和谢葆真给将军磨豆腐用的小石磨……

1945年8月28日，毛泽东赴重庆参加国共谈判，随即提出释放张学良和杨虎城两将军；1946年1月，旧政治协商会议在重庆召开，各界共同要求释放张学良和杨虎城；1月14日，中共代表周恩来在会上发言时也呼吁释放张、杨两将军。蒋介石对此不但充耳不闻，反而下令将杨虎城从息烽玄天洞秘密转押至重庆歌乐山松林坡的戴公祠，随后又将他从戴公祠转押到杨家山一平房内，由保密局（由军统局改名）交警大队和宪兵24团一个连严密看守。

转至杨家山关押后，特务加大了对杨虎城将军的生活虐待和精神摧残。将军心情忧郁愤懑，以致肺火攻心，身体的免疫力明显下降，先是四年前就有的胆结石病急性发作，不得不在童家桥洗布塘中央医院分院（前身为军统局“四一”医院）做了胆囊切除手术；后又有两颗上门牙牙根发炎化脓，直至面部浮肿、饮食难咽后，才让牙科医生蒋祝华拔牙治疗，肉体的病患使将军遭受了极大的痛苦。而与此同时，被特务以“精神病”为由与将军和拯中、拯贵三人隔离关押的谢葆真，于1947年12月27日被特务活活杀害。作为这段历史的见证人，杨拯贵的奶妈吴琼珍后来曾回忆说：“到重庆后，夫人与杨将军和拯中、拯贵都是隔离的，只有我一人守候在侧。一天（即12月27日），夫人说她想吃豆花，我到伙房为她弄回一碗，刚扶她吃了一口，特务就进来了，说要给夫人打针，马上将夫人手脚捆绑在床上，两根针同时从脚跟上注射，夫人痛得两眼直往上翻，很快就断了气。”谢葆真的遗体火化后，将军将夫人的骨灰殓入一个一尺见方的木盒内，白昼为伴，夜晚共眠，其情其容令人心碎。

1949年1月21日，蒋介石宣布正式引退，由副总统李宗仁代行总统职权；22日，李宗仁下令释放张学良和杨虎城两将军，重庆的《大公报》《新民报》，南京的《江南晚报》和香港的《文汇报》等接连登载了开释杨虎城的消息；24日，李宗仁电令重庆市长杨森“释放杨虎城，并以专机送他到南京共商国是”；1月26日，监察院长于右任又与重庆市长杨森通电话，特意询问了杨虎城将军的近况……

对于释放杨虎城将军的命令，虽然新闻界已传得沸沸扬扬，但军统特务头子毛人凤根本不理这个茬，蒋介石在重庆的忠实代理人杨森更是不听李宗仁的话，他明里托词推诿，暗里却急电毛人凤拿主意。毛人凤自己做不了主，便连夜赶到溪口请示蒋介石。蒋介石听了当即雷霆大发、破口大骂：“娘希匹，李宗仁竟要释放张学良和杨虎城！如果张、杨当年听我的话，不闹‘西安事变’，我早就把共产党消灭了，不会搞到今天这个地步。现在把他们放出去，杨就会去投共产党。”接着，又气势汹汹命令道：“杨在重庆目标太大，马上把他移往贵州去。”

保密局西南特区区长徐远举接到毛人凤“速密押杨虎城到贵阳监禁”的急电后，立即来到关押杨虎城将军的杨家山囚室，他假装和善地对杨将军说：“杨先生，这地方不安全，特请你转移到贵阳去。”被秘密囚禁在杨家山的杨虎城将军，也得知了李宗仁要释放他的消息，心想自己12年的囚徒生活即刻便会结束。没想到徐远举又要把他转押到贵阳去，将军怒不可遏地质问道：“什么？李代总统下命令要释放我，你却要我迁贵阳。我又不是小孩，今天这里，明天那里，我不走，要死就死在这里，何必把我送回贵阳去杀呢?”

杨虎城坚持不去贵阳，徐远举又想到了另一个特务张静甫，决定由张静甫来说服杨虎城去贵阳。张静甫是杨虎城在玄天洞时的专职医生兼特务队队副，后因盗窃特务队药品被关进白公馆集中营。1946年杨虎城由玄天洞转押重庆时，就是由张静甫游说成行的。杨虎城一见到张静甫就首先发话：“你今天放回来，是徐远举让你来劝我去贵州吧？”张静甫如实回答说：“我还没有被开释，他们说我劝你同意去贵州才恢复我自由。”接着，他告诉杨将军：“我被关在白公馆，得知宋琦云、徐林侠夫妇和他们的小儿子宋振中也都关在白公馆。”

宋琦云长期任杨虎城的秘书，但杨虎城一直不知道宋、徐两人也被逮捕入狱，对此十分惊讶。他思忖了片刻说：“你告诉徐远举，要我去贵州可以，但要答应我两个条件，一是杨拯中年龄已长，需读书启蒙，要宋琦云夫妇随去当教师；二是让副官闫继民、勤务张醒民也一同去照料。”徐远举经请示毛人凤同意后，这才将杨虎城一行转押到贵阳黔灵山的麒麟洞，由驻贵阳的宪兵团和国民党第89军共同监管。

1949年4月，人民解放军占领了南京，宣告了国民党反动统治的覆灭。8月中旬，蒋介石命令军统机关“加紧清理积案”，并指示“密裁”杨虎城。27日，毛人凤奉蒋介石之命与徐远举和周养浩密商处死杨虎城将军的具体方案。先议在贵阳秘密杀害，因恐走漏风声而不好收场，最后将杀害地点选定在重庆歌乐山松林坡的“戴公祠”，同时还指定由周养浩去贵阳押解杨虎城回重庆。

人称“笑面虎”的周养浩，是军统特务头子毛人凤的妹夫，1941年起任军统息烽办事处主任兼息烽阳朗坝监狱长，1948年调重庆出任保密局西南特区副区长。他在息烽阳朗坝集中营任职时，曾受戴笠指派到玄天洞“看望”杨虎城，给杨将军留过一点“好”印象。9月1日，“笑面虎”周养浩来到贵阳黔灵山麒麟洞。一见面，周养浩就对杨虎城将军“道喜”说：“总裁到了重庆，要见见主任。”随即明里陪伴杨虎城聊天、打麻将，暗里则严密部署押解杨虎城到重庆。6日清晨，由麒麟洞警卫队长张鹄指挥，将杨、宋两家及闫继明、张醒民8人一并转押重庆。到达黔、蜀两省交界处的松坎后，周养浩一看天色尚早，担心到重庆过轮渡时被人看见，便安排杨虎城在一小客栈内歇息。下午4点一启程，已成功诓骗了杨虎城将军的周养浩即单车先行，不到7点就赶到重庆南郊的海棠溪，依照毛人凤的“手令”，他将转押事宜移交给早已等候在这里的白公馆看守长杨进兴，自己便单独回了家。

晚上11时许，押解杨虎城父子的第一辆汽车首先停在了戴公祠停车场，主持押解的杨进兴貌似恭敬地对杨虎城将军说：“请主任暂住戴公祠。”随后，他在前面带路，由另两名特务一左一右挟持将军，幼子杨拯中手捧母亲的骨灰盒跟随其后，父子两人被特务押解着拾级而上，刚进入戴公祠会客室，押解特务即对将军说：“这里的两间房子，先生住一间，公子住一间。”说着把杨拯中拥进里间房内。这时，藏在门后的西南长官公署二处行动科刽子手王少山的匕首立刻刺向杨拯中后背，杨拯中惨痛地叫了一声“爸！”他正要挣扎，即被二处行动科另一名刽子手林永昌接连几刀刺倒在地。将军听见儿子的惨叫声，刚一转身，二处行动科科长熊祥的匕首即刺进了他的胸膛，刽子手杨进兴随即用手帕勒住了将军的嘴巴和脖子，接着又连补几刀，一代民族英雄就这样惨死在国民党军统特务的屠刀之下。

杀害了杨虎城父子后，刽子手杨进兴、熊祥、王少山和林永昌4人又立马赶到戴公祠警卫室来杀人。押解宋琦云等人的汽车在停车场一停稳，押解特务以“照顾行李”为由，阻止闫继民和张醒民两人下车，随后押解宋琦云、徐林侠、宋振中和杨拯贵4人来到戴公祠警卫室。等候在门口的杨进兴说：“这里有三间屋，你们就在里面休息。”徐林侠刚一进屋，就被潜伏在里面的王少山连捅几刀杀死在地；没等外屋的宋琦云反应过来，杨进兴和熊祥的匕首即刺进了他的前胸和后背……只有7岁的杨拯贵和9岁的宋振中，瞬间被眼前的惨状惊得目瞪口呆，没等两个稚气未脱的孩子回过神，是白公馆看守员的军统特务安文芳即扑向杨拯贵，死死掐住了她的脖子，直到小拯贵被活活憋死；特务杨钦典将小说《红岩》中“小萝卜头”的原型宋振中按倒在地，又是堵嘴又是掐脖子，杨进兴拿着血淋淋的匕首走过来，对着尚未断气的“小萝卜头”狠狠几刀……

第二天，特务安文芳和勤杂工陈紫云等将杨虎城一家三人的遗体和谢葆真的骨灰盒埋在戴公祠左侧的花坛里，宋琦云、徐林侠夫妇及儿子宋振中的遗体则被埋在戴公祠警卫室伙房后面的地坑里。与杨虎城将军一起被转押到重庆的闫继民和张醒民，当晚即被关押到渣滓洞集中营。11月24日，杨进兴以“同杨将军一起去台湾”为名，将闫继民和张醒民押出监狱，秘密杀害在梅园旁的公路边。至此，先后随杨虎城一起关押的9名“政治犯”，就这样被军统特务全部杀害。

1949年11月30日，重庆解放。党和政府随即组织人力查找杨虎城将军遗体下落。根据白公馆特务杨钦典和李育生提供的线索，并由当年给将军做了拔牙手术和安装假牙的蒋祝华医生所验证，对杨虎城的遗体重新装殓入棺。1950年1月15日，西南军政委员会在重庆隆重举行了“追悼杨虎城将军暨被难烈士大会”，西南党政军领导人刘伯承、邓小平送了挽联。追悼会后，杨虎城将军及宋琦云等9位烈士灵榇，均覆以鲜艳的国旗，由杨虎城将军长子杨拯民护送至西安后安葬于长安县陵园。中共中央和中央人民政府也在北京举行了公祭大会，毛泽东、刘少奇、朱德、周恩来等党和国家领导人均送花圈致悼。真谓“壮志未酬身先死，长使英雄泪满襟”。

杨虎城将军尽管生时备受摧残，但死后极受哀荣，他的名字已经牢牢镌刻在了中华人民共和国的史册上！

2014年，在新中国成立65周年之际，经中共中央组织部、宣传部、统战部和教育部、民政部、文化部、共青团中央等11个部门联合评选，杨虎城将军又被评为“一百位为新中国成立作出突出贡献的英雄模范人物”之一。杨虎城——这位名垂青史的民族英雄，中华儿女将世世代代崇敬他，薪火相传纪念他！

（2020年3月）

《工人日报》青海记者站志
(1995—2010)

《工人日报》(国内统一刊号CN11-0002；代号1-5)青海记者站是《工人日报》1956年5月设立在青海的派出机构。“文革”开始后，《工人日报》于1966年12月31日被停刊，青海记者站随之被撤销。1978年10月6日《工人日报》复刊后，依照全国总工会文件要求，并报请青海省新闻出版局审核注册，青海记者站又予恢复。记者站设在省总工会，除办公室和办公桌椅等设备由省总工会配备外，驻站记者属《工人日报》编制，其工资、差旅费和其他经费均由报社支付。

1986年11月，在第四任驻站记者秦学惠调回编辑部工作后，报社即以“必须是共产党员、年龄在35岁以下、有中级新闻专业职称和自愿长期在青海工作”四条件作为考察标准，确定选配《西宁晚报》记者部副主任蒙景辉为第五任驻站记者，并任命其为记者站站长，全面主持记者站工作。

遵照毛泽东主席指示创刊于1949年7月15日的《工人日报》，由中华全国总工会主办，毛泽东同志曾亲自为之两次题写报名。其办报宗旨是宣传党的方针、政策，“代表中国工人阶级说话”，为职工知政、议政、参政提供舆论阵地，以群众性、思想性、战斗性、知识性的特点和风格“服务三工”(工厂、工会、工人)，当好全国亿万职工的“喉舌”和“代言人”。

作为当代中国政治、经济、文化和社会生活中具有重大影响的中央级大报，《工人日报》1978年10月6日复刊后，先后设有“班组天地”“工会生活”“工人论坛”“女工园地”“工人的画”“工人摄影”“工人文艺”“政工之页”“理想与道德”“企业家之友”等20多个副刊和专刊。全方位、多角度报道广大职工在改革发展中的新创造、新贡献和新成就，力求使职工群众成为新闻主体，每年仅报道先进人物近500个。2010年11月16日，《工人日报》又正式推出中央主流媒体首个“农民工专刊”，重点宣传农民工群体中涌现出来的优秀代表和先进事迹，及时介绍各地各界关怀农民工的好做法和好经验。自创刊以来，《工人日报》就面向国内外发行，读者群遍布党政机关、企事业单位和群众团体，发行量在全国一直仅低于《人民日报》而稳居第二位，覆盖面和社会影响极为广泛。1994年7月1日，在《工人日报》创刊45周年之际，中共中央总书记、国家主席、中央军委主席江泽民为《工人日报》题词："坚持正确导向，办出鲜明特色。"1995—2010年期间，先后时任中华全国总工会主席的全国人大常务委员会副委员长倪志福，中共中央政治局常委、中央纪律检查委员会书记、书记处书记尉健行，中共中央政治局委员、全国人大常委会副委员长王兆国都分别到《工人日报》视察工作，倪志福、尉健行还分别出席《工人日报》的全国记者会并发表重要讲话。

《工人日报》复刊后，在全国各省、市、区和大连、青岛、厦门、深圳、西安、成都等计划单列城市分别设立了记者站，并为记者站制定了"通讯员组建、报纸发行和新闻报道"三大任务。

针对青海高寒缺氧、地广人稀、交通不便等自然条件，为了加大对驻地青海的宣传力度，扩大青海的社会影响，青海记者站始终重视通讯员队伍的联络和组建。按照报社每三年聘任一期通讯员、特邀通讯员和特邀记者的规定和要求，记者站在省、州（地、市）两级党委、政府的部分部委办，省、州（地、市）两级总工会及生产规模大、职工人数多的石油、铁路、交通、电力、城建、农林、教育、卫生等行业和企事业单位，根据本人兴趣爱好、写作能力等特长选聘通讯员、特邀通讯员和特邀记者。每期聘任的通讯员、特邀通讯员和特邀记者均为20名左右，最多时达30余名。

为了尽快提高通讯员的业务水平，驻站记者蒙景辉每年都坚持进行通讯员业务培训工作，并带领通讯员深入生产一线采访，现场指导通讯员进行新闻写作：

1995年7月26日—28日，经青海记者站协助组织，《工人日报》由副总编辑王小龙主持在西宁举办了"《工人日报》星期刊新闻研讨会，"省委常委、宣传部长田源，省总工会主席邱富贵，省广播电视局局长王贵如，省广播电台台长李生文，《青海日报》副总编辑张秉麟等出席了开幕式，省内部分通讯员、特邀通讯员和特邀记者也被邀请参加了研讨会；

1998年6月下旬，西北地区工人文化宫文化经济信息交流网一届二次理事会在西宁召开，驻站记者蒙景辉应邀出席会议，并向与会代表介绍《工人日报》对工人文化宫报道的重点和要求；

2001年4月22日至25日，兰州铁路局在甘肃天水市举办了“兰局工会新闻宣传报道工作表彰暨培训班”，驻站记者蒙景辉受邀赴天水为培训班授课。会上，西宁分局的数名《工人日报》通讯员受到表彰，《工人日报》通讯员在国内主流媒体发稿数名列路局第一名的西宁铁路分局工会被表彰为“工会新闻宣传报道工作先进集体”；

2003年7月，西宁铁路分局党委宣传部在格尔木举办通讯员学习班，驻站记者蒙景辉赴格尔木为学员授课，并带领学习班部分学员深入基层站段的生产一线采访和写稿；

2006年10月，《工人日报》举行优秀通讯员表彰大会，青海特邀通讯员李忠云（省总工会副巡视员）连续15次被评为“优秀特约通讯员”而受到表彰，成为《工人日报》这次表彰的十名“十五连冠优秀特约通讯员”之一。

做好发行工作，是《工人日报》赋予记者站的一项重要任务。青海记者站按照总社的具体要求，积极争取省总工会和各级党委、政府有关部门的支持，对《工人日报》在驻地青海的发行工作坚持“常年抓，抓常年”，做到《工人日报》覆盖到全省城市、农村和牧区，使党、政、工、农、商、学各行各业职工都订阅《工人日报》。1993年11月16日，《工人日报》在二版刊发了一篇标题为《西宁钢厂每7名职工拥有1份〈工人日报〉》的消息稿，西宁钢厂职工人均订阅《工人日报》的这一记录，至今仍为全国独立核算大中型企业职工人均订阅报纸之“最高。”1995—2010年的15年间，《工人日报》在青海的发行总数达84729份，平均每年的发行量为5649份。按照省内48万名职工总数计算，《工人日报》在青海的职工人均订阅数历年都排全国31省市区的前一、二名。1994年8月28日，在总编辑张宏遵主持下，《工人日报》首次在西宁召开发行工作会，时任中共青海省委书记的尹克升和省委副书记姚湘成出席了开幕式。尹克升在与会议代表合影时即席讲话说：“我每天早晨要看的两张报，一张是《人民日报》，另一张就是《工人日报》。”《青海日报》和青海电视台对《工人日报》的这次发行会都进行了重点报道。

2008年7月20日至23日，《工人日报》由社长刘玉明主持，第二次在西宁召开了发行工作会，全国各省市区总工会分管宣教工作的副主席、宣教部部长，新疆生产建设兵团工会分管宣教工作的副主席，沈阳、大连、青岛、厦门、武汉、杭州、宁波、南京、广州、深圳、西安、成都等15个计划单列市总工会分管宣教工作的副主席，部分大型企业工会和宣传部门的领导人及各记者站站长参加了会议。省委常委、省总工会主席穆东升接见了与会代表，省委宣传部常务副部长王向明、省总工会常务副主席张玉娥出席会议，王向明在会议开幕式讲话时对《工人日报》青海记者站的发行工作给予了充分肯定。

在新闻采访和报道工作上，《工人日报》青海记者站驻站记者遵照编委会要求，始终坚持正确的政治方向和舆论导向，坚持团结、稳定、鼓劲和正面宣传为主的方针，既高扬主旋律，又体现群众性，及时报道驻地在改革发展中的新举措、新经验和新成就，积极主动为宣传青海多发稿、多聚力：

1996年初，玉树发生了百年不遇特大雪灾。驻站记者蒙景辉主动请缨深入灾区采访，在《工人日报》2月3日一版、2月5日三版刊发了消息《青海玉树紧急救灾》和《蓝天赤爱》《民族亲情重于山》两篇通讯。在此同时，编辑部在头版开设了"来自玉树抗灾一线的报道"专栏，并派记者部副主任张进同蒙景辉一起深入灾区采访。自2月9日开始，先后为"来自玉树抗灾一线的报道"专栏采写了《进玉树》（2月9日）、《玉树临雪》（2月13日）、《雪原信使》（2月15日）、《结隆行》（2月22日）、《雪道上的县长》（2月23日）等通讯，并于3月2日三版以整版篇幅刊发了题为《走进暴风雪——96青海玉树抗雪救灾亲历记》的长篇通讯，使《工人日报》成为报道玉树抗雪救灾篇幅最多、社会影响最大的全国性大报。

1997年初，《工人日报》在全国新闻系统率先开展"新闻扶贫"活动。青海记者站将驻地青海的"新闻扶贫"地区选定在发源了长江、黄河和澜沧江的玉树藏族自治州，编委会同意了记者站的报道计划后，又在头版开设了"来自江河源头的报道"专栏，驻站记者蒙景辉与报社指派记者周兴旺一起深入全州6县采访，自3月20日开始先后在该专栏刊发了《彩虹升自北京城》（3月20日）、《在澜沧江最上游》（3月21日）、《通天河畔冻土地》（3月24日）、《春风飞度昆仑山》（3月25日）、《索南达杰的身后事》

（3月26日）、《情系巴颜喀拉山》（3月27日）和《玛多行》（3月28日）等通讯，全方位、多角度向全国报道了祖国“江河源头”的历史变迁和社会发展。玉树州委州政府特致信《工人日报》社，对蒙景辉和周兴旺的“新闻扶贫”报道予以表扬。

1999年，驻站记者蒙景辉遵照编委会要求，长时间深入偏远地区工农业生产一线采访，先后在《工人日报》采写刊发了《“名、优、鲜”取代“老三样”：青海告别缺菜历史》（2月10日二版）、《让环卫工人香起来：西宁提高环卫工人待遇》（2月26日一版）、《有机构、有牌子、有队伍、有阵地：循化县私企职工纷纷加入工会组织》（6月21日六版）、《鲜菜落户锡铁山》（8月18日二版）、《青海民族教育取得长足进展：少数民族在校生比解放初增长60倍》（10月6日一版）、《巴颜喀拉山有群铁打汉：清水河养路工17载风雪无阻保畅通》（10月27日三版）、《高原医疗卫生事业蓬勃发展：青海人“长”了30岁》（11月8日三版）等数十篇突出地区特点和民族特点稿件，为宣传青海走出了新路子。

2001年，驻站记者蒙景辉采写的《青海黑河源头敲响生态警钟》（8月6日二版）、《青海拯救藏羚羊》（9月15日一版）、《让藏羚羊与钢铁大道和谐共处》（10月11日六版）、《青海湖生态工程启幕》（11月3日二版）、《尕海湖面临生态灾难》（11月26日一版）等9篇稿件，分别被中央人民广播电台和中央电视台转播；刊发在5月24日二版的《“户口不迁、身份保留、来去自由”：青海引进季节性人才》和7月24日头版头条的《江河源头湿地在呼救》两稿，被中央人民广播电台和中央电视台同时转播。

2005年3月上旬至12月中旬，中宣部组织《工人日报》、《人民日报》、新华社、《光明日报》、《经济日报》、中央人民广播电台、中央电视台、《科技日报》、《中国青年报》、《中国妇女报》、《农民日报》和《法制日报》12家国内主要新闻单位开展“全面落实科学发展观”大型系列主题宣传活动，派出600多人次深入全国31省市区集中采访报道，先后刊发各类稿件8000多篇（幅）。《工人日报》青海记者站记者蒙景辉采写的长篇通讯《“保、治、退、管”齐头并进，“封、护、育、造”综合治理——三江源打响生态保护攻坚战》（7月27日头版），获中宣部“全面落实科学发展观”主题宣传优秀作品二等奖，成为这次大型系列主题宣传活动200篇获奖作品中唯一报道青海的作品。

2006年4月29日，时任青海省委书记的赵乐际（2012年11月15日在党的十八届一中全会当选为中央政治局委员、中央书记处书记；2017年10月25日在党的十九届一中全会当选为中央政治局常委、中央纪律检查委员会书记）带领省委省政府分管领导到中国铝业公司青海分公司慰问职工，在与公司省部级劳动模范座谈后合影时，赵乐际指着摆在最前排给省委省政府领导人坐的椅子大声说："让劳模坐在前排！"接着又指挥其他领导同志全都站在后排与劳模合影。《工人日报》驻站记者蒙景辉与通讯员乔睿随即写出了题为《"让劳模坐在前排"——青海省委书记赵乐际看望劳模代表侧记》的现场特写发编辑部，这篇特写5月1日在《工人日报》头版一刊出，立即得到社会各界的普遍好评，有读者还写信给记者蒙景辉评价道："身为省委书记，赵乐际在与劳模合影时'让劳模坐在前排'，自己和其他领导站在后排，这看起来只是一'前'一'后'、一'坐'一'站'的小事儿，体现的却是省委领导尊重劳模、崇敬劳模的情怀和风尚！"是年4月开始，中宣部推出"劳动者之歌"的大型专题报道，组织《工人日报》《人民日报》等12家国内主要新闻单位同步报道生产一线劳动者的感人事迹。《工人日报》驻站记者蒙景辉采写的《"天路"上的深深脚印——记青藏铁路托素湖站站长安顺德》（7月20日头版）一稿，被中宣部评为"劳动者之歌"大型人物报道的"优秀作品"。同年12月，蒙景辉深入青藏公路沿线采访，所写《青藏公路养路工后继乏人问题亟待解决》一稿，在12月30日七版"记者来信"专栏发出后，"青藏公路养路工后继乏人问题"随即被交通部列为全国公路四大重点问题予以解决，并特意致电蒙景辉表示感谢，《中国公路》杂志对这篇"记者来信"还予以转载。

2007年，驻站记者蒙景辉采写的长篇通讯《"人"在上，是为"企"——西部矿业公司全心全意依靠职工办企业纪实》于4月4日在《工人日报》头版头条刊发后，受到时任中共中央政治局委员、全国人大常委会副委员长、中华全国总工会主席王兆国的充分肯定，省委宣传部还随即组织省内主要媒体进行集中采访，对西部矿业公司全心全意依靠职工办企业作了全面报道。

2010年4月14日清晨，玉树发生了7.1级强烈地震，驻站记者蒙景辉立即向编辑部汇报灾情，主动担负起抗震救灾报道任务，及时为玉树抗震救灾采写各类稿件。他所采写的《交通职工李德业献身抗震救灾一线：青海省政府追认其为革命烈士》一稿于《工人日报》4月29日二版刊发后，全国总工会领导给予高度评价，并要求《工人日报》对李德业的事迹进行深度报道。蒙景辉接受任务后立刻紧急赶往李德业家乡和生前所在单位采访，仅以3天时间即采写了题为《用生命谱写人生壮歌——记以身殉职在抗震救灾一线的革命烈士李德业》的长篇通讯，该稿被《工人日报》在5月4日头版刊出后，引起了社会各界的广泛好评，使之成为青海省内外报道李德业事迹的重头稿。当编辑部在三版开设“玉树地震灾区见闻”专栏后，驻站记者蒙景辉先后为该专栏采写了《灾后重访隆宝滩》《与职工心连心的“娘家人”》《熠熠生辉公主庙》《生机重现结古镇》《为了“生命线”的畅通》《为了新玉树的崛起》《地震灾区军民情》《琅琅书声传灾区》等通讯，蒙景辉采写的长篇通讯《昆仑赤子——记玉树县结古镇甘达村党支部书记、全国劳动模范叶青》一稿，被《工人日报》于6月15日五版刊发。至此，蒙景辉成为中央驻青新闻单位报道玉树抗震救灾人均发稿量最多的记者。

在1995—2010年期间，《工人日报》青海记者站驻站记者蒙景辉刊发在《工人日报》的各类稿件中，有14篇先后荣获“青海省新闻奖”，获奖作品分别为：

1995年：通讯《神奇青海好去处》（6月25二版）获1995年度“青海省新闻奖”三等奖；

1996年：通讯《“花儿”声声漫西宁》（10月30日三版）获1996年度“青海省新闻奖”二等奖；

1998年：消息《“万丈盐桥”面临严重威胁：青藏铁路职工全力抢修》（8月11二版）获1998年度“青海省新闻奖”三等奖；

1999年：消息《高原医疗卫生事业蓬勃发展：青海人寿命“长”了30岁》（11月8日三版）获1999年度“青海省新闻奖”三等奖；

2000年：消息《规范行政行为、增强法治观念：青海撤销无法规依据文件》（2月14日一版）获2000年度“青海省新闻奖”二等奖；消息《学会爱护自己的家园：“长江源头最高学府”增设环保课》（9月4日三版）获2000年度“青海省新闻奖”三等奖；

2001年：通讯《江河源头湿地在呼救》（7月24日一版）获2001年度“青海省新闻奖”二等奖；

2002年：消息《冲破地域限制、闯出开放格局：青海科技走向世界市场》（5月8日六版）获2002年度“青海省新闻奖”二等奖；

2003年：消息《黄河上游持续水枯：“输电”大省青海成了“进电”大户》（3月27日二版）获2003年度“青海省新闻奖”二等奖；

2004年：通讯《青海“冬虫夏草”面临空前劫难》（6月23日二版）获2004年度“青海省新闻奖”三等奖；

2005年：消息《政府主导、社会参与、市场运作：青海旅游业进入高速发展期》（7月16日二版）获2005年度“青海省新闻奖”二等奖；

2006年：消息《青海“引智”路子越走越宽：5年引进国外专家117名、引进国外技术和技术成果推广示范项目93个》（12月21日六版）获2006年度“青海省新闻奖”二等奖；

2007年：消息《青海建立“首席工人专家及津贴”制度》（1月4日二版）获2007年度“青海省新闻奖”二等奖；

2008年：消息《由“清欠”转为“防欠”：青海交通系统完善农民工工资发放机制》（9月11日二版）获2008年度“青海省新闻奖”三等奖。

在1995—2010年间，驻站记者蒙景辉本人于1997年1月被《工人日报》授予“贡献奖”；1998年2月被《工人日报》评为“‘新闻扶贫’先进个人”；1999年9月被国务院授予“全国民族团结进步模范”，在北京受到江泽民、胡锦涛等党和国家领导人接见；2000年12月被青海省委宣传部、省政府办公厅和省委外宣办联合评为“对外宣传青海先进新闻工作者”；2007年5月被青海省委宣传部命名为“全省宣传文化系统‘四个一批’优秀人才”；2010年8月被青海省委、省政府和省军区联合授予“全省抗震救灾模范”，并享受省（部）级劳动模范待遇。

（2019年11月）

［注：此文先后辑入《青海工运》（2019年第12期）和《青海省志·报业志》（1995—2010）］

后 记

《怀心集》这本书，是继《野采集》和《大地请》之后我出版的第三本散文集，所辑各篇都是从自己1980年以来所写的散文中遴选结集的。

当年迈出校门一走上社会，我便喜欢在业余时间“爬格子”。那是1975年6月下旬，我写了一篇题为《狂风暴雪育雄鹰——评电影〈草原英雄小姐妹〉》的影评邮投《青海日报》编辑部，没想到只隔几天后，这篇影评即以足足半个版的篇幅刊发在7月3日的《青海日报》文艺版。从此开始，我更热衷于同笔和纸打交道，并不时有作品发表在《青海日报》和《雪莲》等报刊上。当了记者后的这些年，我在新闻采写之余依然喜欢写点诗词、散文和诗评、影评之类的东西，在这些“业余”之作中，篇幅和字数最多的就是散文。

尽管散文的主题选择随意自由，既能写人、写景和叙事，也能状物、抒情和议论，小至一物一景，一感一触，大至时代风云，社会忧乐，均可立意谋篇、跃然纸上，其写法更是灵活多样、不拘一格，不分自然风物或是游丝遐想，你想怎么写就怎么写，引笔行文开合自由。但要写出一篇让人爱读、引人入胜的散文，绝不是“下笔成章、一挥而就”这般轻易和简单。《怀心集》各篇的写作，虽然没有“为得一个字，捻断十根须”的苦思和苛求，更没有“两句三年得，一吟双泪流”的历练和打磨，但对每篇的选题立意、结构布局和素材取舍，我都是精心构思，反复琢磨，甚至为一个标题、一段情节、一种意境的写作而食不甘味、睡不成眠，那种苦思苦虑、坐卧不宁的心绪，直至结稿后才能释然。

我知道人们读书，或是为了释疑、解惑，或是为了求知、明理，或是为了立志、怡趣，企冀从所读的文字中有所获，有所得，有所感，有所悟。一篇散文，无论篇幅长与短，文字多与少，要让读者爱读，就得有吸引力，有感染力，而散文的吸引力和感染力，除了文字所蕴涵的可读性、知识性和趣味性，还必须要有美的主题，美的语言，美的情操，美的精神，让读者能从字里行间回望到历史的脚步，领略到民族的智慧，感受到时代的脉搏，获得新的知识，得到新的启示……

作为祖国文学园地的一朵鲜艳奇葩，散文虽有文学体裁特性，但与小说、戏剧和诗歌的根本区别就是取材的真实。尽管散文的写作可以在渲染意境、烘托气氛、塑造形象等方面做点虚构，但虚构必须以真实和存在为前提。无论是撷取现实生活的逸闻趣事，还是漫谈古今中外的沧桑巨变，散文既讲求“美”，更讲求“真”；唯其“真”，才其“美”。因此，写散文不能张冠李戴、移花接木，更忌讳随意虚构、无中生有。就是基于这认知，《怀心集》各篇的取材都是真人真事、真景真情，写的都是我的所思和所想、所感和所悟，全书各篇无论忆人叙事、写景纪游，还是咏物抒情、谈古道今，每个场面、每段情节、每种景物、每样风光，都是我亲眼所见、亲耳所闻，即使是引述一段历史典故、一件名人轶事、一个民间传说，也是在查阅相关史料的基础上，经过反复比较和筛选才写入的。

我近30年的时光是在《工人日报》记者的岗位上渡过的。当全国性大报的驻省记者，虽然听起来很风光，其实是一种“全天候”的苦差事，长年累月都要日复一日与时间赛跑，突然一个电话或一纸“通知”，就得立马去赶火车或乘飞机，吃不上饭、睡不了觉成了平常事。加之自己是《工人日报》派驻青海记者站的“双肩挑”，身负新闻采写和行政事务两副担子，既要策划对驻地新闻宣传的采访和报道，接洽处理读者的来信和来访，组织指导通讯员的采访和写稿；又要保证落实编辑部指定的重点报道任务，全面了解掌握省委省政府对新闻宣传的部署和要求，及时疏通与有关地区、部门和行业的联系渠道，常年四季都是忙忙碌碌“连轴转”。几乎都是在新闻采写之余写成的《怀心集》，其中有些篇目虽然早已构思成型并已动笔写作，但一有紧急采访任务只能停笔搁稿，直至挤出时间了又续写。先后实地参观三次才写出的《遵义会议纪念馆手记》一文，就是这样前前后后经过数次续写才成篇的。2019年10月，在得知重庆歌乐山烈士陵园已被列为“全国爱国主义示范教育基地”后，我便怀着50年前读《红岩》时就有的一腔敬意去参观。一到重庆，即成天钻在白公馆和渣滓洞一遍又一遍看展品，读“展介”：面对敌人那一件件令人毛骨悚然的刑具，面对许云峰、江姐等革命英烈视死如归、撼天动地的壮举，我的心灵被淬炼，思想被升华，满腔的热血在撞击着我，一种激情在激荡着我，于是写出了《罗广斌：一个超凡脱俗的伟大作家》《“活棺材”白公馆》和《“人间地狱”渣滓洞》，以表达对英烈的敬仰和纪念；在着手写作《杨虎城将军的最后岁月》一文时，除了仔细参观白公馆的各展室，我还特意实地探访关押过杨虎城将军的贵阳麒麟洞、息烽集中营和玄天洞，并仔细查阅贵州省政协编印的《息烽集中营》等文史资料，对相关事件的时间、地点、经过等细节作了全面探究、了解和梳理。

尽管记者职业是既劳心又劳力的苦职业，但我热爱这一职业。就在《工人日报》这一国家重点媒体的记者岗位上，无论是美丽富饶的“三大”盆地，还是气象万千的“五大”高原，在祖国山河的东、西、南、北、中，我都留下过自己的足迹。也缘于记者这职业，我采访和认识了不少新朋友，他们中，既有普通工人、农民和士兵，也有镇长、县长、市长、省长、部长和将军；有被誉为“辛勤园丁”的中小学教师，有素享“白衣天使”称号的医生和护士，也有著名作家、诗人、专家、教授和院士；就在记者这一岗位上，我曾受到江泽民、胡锦涛等60多位党和国家领导人的集体接见，也曾面对面聆听过江泽民、李鹏、朱镕基、尉健行、赵乐际、倪志福、王刚、王兆国、杨传堂、卢展工、曾培炎、孙春兰等党和国家领导人的讲话和报告……就是记者这职业，开阔了我的视野，增长了我的见识，拓展了我散文写作的空间和领域：在从事新闻采访的数十年，不分是长城内外还是大江南北，不论去城市还是去农村，每到一地，我总是以游览观光、考察访问等方式了解当地的风土人情、历史文化和地理地貌，甚至会入迷般观赏当地的古迹名胜、民风民俗和自然风光。“世界屋脊”的冰川雪峰，华北平原的麦浪青禾，江南水乡的古桥亭榭，湘桂大地的奇峰秀水，独具特色的民族风俗，都会让我浮想联翩、遐思无限。心有所得、情有所动，于是兴之所起，随感而发，便将自己的所见所闻、所感所悟形诸笔端。

在《怀心集》即将付梓出版时，青海师范大学学报编辑部副主任、硕士生导师、青海文学评论家安海民为本书写了《序》；兰州大学出版社人文社会科学编辑部主任张国梁为本书出版提了不少宝贵建议；本书的责任编辑王曦莹老师一丝不苟审稿校稿，对每篇所引历史纪年、楹联词赋都逐一核对，甚至对个别标点符号也作了精心修改；曲丹老师在作本书封面设计时，还特意设计了两种版面供我选用……虽然有话说“大恩不言谢”，但在本书即将付梓时，我要对上述各位老师表示发自肺腑的衷心感谢！

蒙景辉

2022年5月1日于西宁市